KNAUR

NEVER
JESSA HASTINGS

ROMAN

Aus dem Englischen von
Wolfgang Thon

Die englische Originalausgabe erschien 2023 unter dem Titel »Never« bei Orion Fiction, einem Imprint der Orion Publishing Group Ltd., London.

Besuche uns im Internet:
www.droemer-knaur.de
Instagram: @KnaurFantasy
TikTok: @droemerknaur

Deutsche Erstausgabe Februar 2025
© Jessica Rachel Hastings 2023
© 2024 der deutschsprachigen Ausgabe Knaur Verlag
Ein Imprint der Verlagsgruppe
Droemer Knaur GmbH & Co. KG, München
Alle Rechte vorbehalten. Das Werk darf – auch teilweise –
nur mit Genehmigung des Verlags wiedergegeben werden.
Die Nutzung unserer Werke für Text- und Data-Mining
im Sinne von § 44b UrhG behalten wir uns explizit vor.
Redaktion: Catherine Beck
Covergestaltung: ZERO Werbeagentur, München,
Übername des Originals von Sourcebooks
Coverabbildung: ZERO Werbeagentur nach einem Entwurf von Emmy Lawless
Satz und Layout: Adobe InDesign im Verlag
Druck und Bindung: CPI books GmbH, Leck
ISBN 978-3-426-53086-3

2 4 5 3 1

An den allerersten verlorenen Jungen, den ich so sehr liebte, als ich noch klein war. Du bist an einen weit entfernten Ort gegangen, an den dir niemand von uns folgen konnte, und du bist wahrscheinlich der Grund, warum ich mich zum ersten Mal in die Geschichte vom ewig jungen, ewig freien Jungen verliebt habe. Du warst Jugend, du warst Freude, du warst der kleine Vogel, der aus dem Ei geschlüpft ist, und du bist bis zum heutigen Tag zeitlos in meinem Kopf verankert, mit goldenem Haar und lachend.
Ich hoffe, du hast gefunden, wonach du gesucht hast.
Ich hoffe, dass du frei bist.

KAPITEL 1

In den Legenden, die in meiner Familie von Generation zu Generation weitergegeben werden, gibt es diesen Jungen. Er rutscht über die Rockschöße der Sonne, reitet auf dem Wind, und Freiheit strömt durch seine Adern. Sein Herz, so heißt es, ist wild, aber in jeder Version der Geschichte, die mir je über ihn erzählt wurde, war nie davon die Rede, dass sein Herz unzähmbar sei.

Er nehme die Fantasie gefangen und befreie die Seele, sagen sie über ihn. Meine Großmutter kannte ihn, und ihre Mutter vor ihr. Und auch meine eigene Mutter. Das Vermächtnis unserer Familie ist mit Geschichten über ihn gespickt, darüber, wer er ist, über die Abenteuer, die sie mit ihm erlebt haben … manche waren erschreckend, andere aufregend, aber immer, immer waren sie schön.

Die Schönheit ist schon ein merkwürdiges Ding, findet ihr nicht auch? Denn schön sein bedeutet nicht notwendigerweise, auch immer gut zu sein, und nur weil euch etwas nicht glücklich macht, schließt das nicht aus, dass es nicht trotzdem schön ist. Eine provokante Lektion, die ich allerdings erst nach einer ganzen Weile begriff.

Meine Großmutter Wendy erzählte mir Geschichten über sie selbst und diesen Jungen. Wie er an einem stillen Abend im Jahr 1910 zu ihr kam, als ihre kleinen Brüder besonders mutwillig gewesen waren. Er klopfte an ihr Fenster – dass er es tun würde, hatte sie schon immer gewusst, weil die Mutter ihrer Mutter es ihr erzählt hatte, und sie glaubte ihr –, bestreute sie mit Goldstaub, und weg waren sie. Glückliche Gedanken und so weiter.

Ihr kennt die Geschichte.

Der Junge nahm sie mit in ein fernes Land, das hinter einem Stern versteckt war und wo es noch echte Piraten gab, wo sich Meerjungfrauen nicht verbargen und Feen durch die Luft flatterten wie Herbstblätter an einem windigen Tag. Dorthin brachte er meine Mutter, genauso, wie er meine Großmutter und meine Urgroßmutter dorthin gebracht hatte.

Und wohin er mich ebenfalls bringen würde.

Diese Geschichten wurden mir schon erzählt, bevor ich mich überhaupt erinnern konnte. Sie wurden mir ohne meine Zustimmung ins Gehirn eingeprägt. Magie umgab mich, ob ich wollte oder nicht. Ich wollte sie nicht. Wie meine Mutter vor mir halte ich mich für eine gebildete Frau und für viel zu alt für solche Gutenachtgeschichten.

Dieser Junge aus ihren Geschichten soll meine Urgroßmutter Mary geholt haben, als sie zwölf war, Wendy, als sie dreizehn war, und meine Mutter ebenfalls mit dreizehn. Und bei mir sollte es genauso sein, so dachten sie.

Das war die Geschichte, die sie mir erzählten, wenn sie mich abends ins Bett brachten, meine gesamte Jugend lang.

Manchmal war es meine Großmutter, manchmal meine Urgroßmutter – nur meine Mutter erzählte sie nie, weil sie sagte, die Geschichten würden mir den Verstand verderben.

»Ich denke, er wird dich bald holen kommen, Daphne.« Meine Großmutter lächelte mich in meiner Kindheit jeden Abend an, wenn sie das Fenster offen ließ, damit er hereinkommen konnte.

Nur, seht ihr, der Junge kam nicht.

Zehn, elf, zwölf, dreizehn – die Jahre rannen vorbei, wie der Regen über die Fensterscheiben rinnt, und meine Fenster blieben unverriegelt, aber auch ungeöffnet.

Je älter ich wurde, desto häufiger fragte ich mich, ob diese Familienlegende nur eine merkwürdige Gutenachtgeschichte war. Vielleicht ein grotesker Scherz, von dem sich alle hatten mitreißen lassen und den sie nun schon viel zu viele Jahre auf die Spitze trieben.

Als ich fünfzehn war, erkannte ich sie in den Gesichtern meiner Großmütter – diese Angst, dass vielleicht etwas passiert war. Vielleicht hatte der Mann mit dem Haken den Jungen endgültig besiegt. Oder möglicherweise war er in der großen Schlacht, von der er immer gesprochen hatte, gestorben. Ich sah zu, wie dieser Gedanke über ihre Gesichter huschte, so wie der Junge ihren Worten nach durch den Himmel fliegen würde. Aber am Ende beruhigten sie sich immer damit, dass er niemals sterben könnte. Er konnte unmöglich sterben, weil er der Never-Boy war. Er mochte behaupten, dass der Tod ein furchtbar großes Abenteuer wäre, aber immerhin war der Tod so ganz und gar nicht sein Schicksal. Jedenfalls argumentierten sie so.

Wenn man ihn heute zu meinen Großmüttern bringen würde, würden sie immer noch erröten und einen träumerischen Blick bekommen. All diese Jugend und die Sonnenuntergänge, die Abenteuer und die Wunder, die Fehler und eine Magie, von der ich ziemlich sicher bin, dass es sie nicht wirklich gibt. Für sie jedoch existiert sie. Es ist, als ob der Junge in ihren Erinnerungen lebt, und sie auch, jung und unsterblich, wenn der Zeiger der Uhr rückwärts tickt, die Zeit zurückdreht und ihre Fesseln löst und sie erneut frei sind von den Ketten des Alters.

Meine Mutter war nicht so, wohlgemerkt, obwohl auch sie gewissermaßen in der Vergangenheit lebt. Es ist jedoch die historische Vergangenheit, die irgendwie viel schwieriger zu erreichen ist.

Wendy sagte, meine Mutter habe Peter besucht. Mary, meine Urgroßmutter, behauptete, meine Mutter sei eine ganze Weile dortgeblieben. Ich weiß nicht, was an der Vergangenheit meiner Mutter und ihrem angeblichen Leben in Neverland wahr ist und was nicht. Ich weiß nur, dass sie heutzutage den größten Teil ihrer Zeit auf der Yucatán Peninsula verbringt. Dort führt sie eine »sehr wichtige Ausgrabung« durch – das sind ihre Worte. Sie ist Archäologin, versteht ihr? Eine »Sache von Leben und Tod«, so nennt sie ihre Ausgrabung. Ich bezweifle allerdings, dass das stimmt. Ich kann mir unmöglich vorstellen, wie das zutreffen soll, denn alles, was sie ausgräbt, ist schon seit geraumer Zeit nicht mehr am Leben. Ich hege den leisen Verdacht, dass der Tod, von dem sie spricht, vielleicht eher ihr eigener ist. Dass sie nicht dazu geschaffen war, Mutter zu sein, und dass es sie umbringen könnte, wenn sie sich so verhielte – und sei es auch nur einmal in ihrem Leben.

Als ich vierzehn war, war ich mit der ganzen Farce fertig. Mittlerweile ging ich auf das Roedean-Internat, und aus gutem Grund war meine Mitbewohnerin im Wohnheim[*] recht unglücklich mit meiner Neigung, nachts die Fenster nicht zu verschließen. Abgesehen davon war ich dem Alter für Gutenachtgeschichten entwachsen, und Märchen hatte ich auch satt. Dieser mysteriöse Junge, den man mir mein ganzes Leben lang als real untergeschoben hatte, hatte sich in einen Mythos verwandelt, auch wenn Oma Wendy und Großmutter Mary

---

[*] Charlotte

immer noch Stein und Bein schworen, dass es ihn wirklich gab und er aus irgendeinem Winkel des Universums unterwegs war, um mich aufzuspüren.

Die Wahrheit ist, ich konnte gut darauf verzichten, dass er kam und mich fand.

Wir haben 1967, und ich bin siebzehn Jahre alt, bald achtzehn. Ich will meinen Sommer nicht mit einem sonderbaren dreizehnjährigen Jungen verbringen. Abgesehen von der Vorstellung, dass sich zuvor erwähnter Junge in einem Status fragwürdiger Legalität befindet, klingt das auch ziemlich schrecklich. Ich habe weitaus dringendere Dinge im Kopf als einen imaginären Jungen, der sich über sich selbst und alles, was er tut, lustig macht.

Dieser Sommer ist alles, was zwischen mir und dem Beginn meines wirklichen Lebens steht.

Ich war immer recht jung für meine Klassenstufe. Meine Mutter hat mich früh angemeldet. Sie sagte einmal, ich sei eben sehr klug, aber ich glaube, es lag daran, dass sie in Belize sein wollte. Nun, für mich hat es gut funktioniert, denn ich bin bereit, erwachsen zu werden. Ich war mein ganzes Leben lang eine Erwachsene, glaube ich. Das musste ich sein.

Der verantwortungsbewussteste Erwachsene, den ich kenne, ist ganz und gar vom Mesoamerika des neunten Jahrhunderts besessen, und für meine Großmütter existieren nur Feen*, wenn auch nicht buchstäblich – sehr zu ihrem Leidwesen.

Trotzdem sind sie entzückend. Bitte glaubt keine Sekunde lang, dass sie es nicht wären.

Wendy und Mary sind mir die liebsten Menschen auf der Welt, so realitätsfern sie auch sein mögen.

Es macht sie beide traurig – vor allem Wendy, das merke ich –, dass er mich vergessen hat. »Er vergisst manchmal Dinge, weißt du?«, sagt sie und schneidet eine Grimasse, als ob es dadurch weniger schmerzt. Dass man mich leicht vergessen kann oder dass ich von Verrückten aufgezogen wurde, meine ich.

Wenigstens sind sie geschäftstüchtige Verrückte. Wendy hat alle

---

* Oder wahlweise Artus. Ich habe sehr viel über Avalon gehört.

ihre Geschichten in einem großen Buch zusammengefasst und illustriert; ihr habt es wahrscheinlich gelesen. Sie hat es unter einem Männernamen veröffentlicht, weil es eine Männerwelt ist. Damals vielleicht mehr als heute.

Die sexuelle Revolution steht vor der Tür (behauptet man jedenfalls), aber ich interessiere mich nicht sonderlich für Sex. Ich interessiere mich für Intelligenz und wie man sie entwickelt.

Ich mag Geologie. Das ist seltsam, hat mir mein Freund gesagt. Es wäre seltsam, so etwas zu mögen. Aber ich mag diesen Planeten. Ich bin glücklich, dass ich auf ihm lebe, glücklich, durch ihn geerdet zu sein. Es ist wunderschön hier, warum sollte ich es also nicht sein? Ich brauche keinen albernen Stern, auf dem Meerjungfrauen hausen. Ich habe diesen Planeten mit all den seltsamen und merkwürdigen Varianten des Lebens, die sich hier tummeln. Seekühe und Kolibris und Glühwürmchen. Was für eine Welt!

Noch eine Sache auf diesem Planeten, die ich liebe? Cambridge. Und ich wurde aufgenommen. Im Herbst geht es los. Ich habe Wendy dazu gebracht, sich mit mir in der Bibliothek auf die Tische zu legen, als niemand zuschaute, und die Weisheit derer einzuatmen, die vor mir gegangen sind. Zum milliardsten Mal in meinem Leben spürte ich den großen Drang, alles zu lernen, was ich kann, einfach alles zu wissen. Manchmal sagt Mary, sie könne an mir sehen, wie es mich älter macht, wie all das Wissen, das ich mir anzueignen versuche, mich erwachsen werden lässt. Aber dann hat Wendy auch immer gesagt, wie seltsam es sei, dass die Liebe einen wieder zurückentwickelt. Die Zeit löst sich in der Gegenwart der Liebe auf, sagt sie. Sie durchbohrt den Schleier unseres Verständnisses.

Es ist kein besonders spektakulärer Abend. Eigentlich ist es ein ganz normaler.

Frisch sogar.

Die Luft ist kühl, auf unserer Straße in unserer kleinen Ecke am Park in Chelsea ist es wie immer herrlich ruhig und der Himmel klar, gespickt mit Sternen, die bei näherer Betrachtung vielleicht ungewöhnlich hell waren.[†]

[†] Einer ganz besonders, wage ich zu behaupten. Aber mehr werdet ihr darüber nicht von mir hören.

Und in dieser Nacht, die keine große oder besondere Bedeutung hat, beginnt meine Geschichte wirklich.

Ist euch klar, wie sehr man sich an die Geräusche des eigenen Zuhauses gewöhnt?

Mit Ausnahme der Zeit, die ich im Internat verbracht habe, habe ich mein ganzes Leben lang in Nummer 14 gelebt. Es ist das Haus, in dem meine Mutter aufgewachsen ist, und ihres, seit drei Generationen das Haus der Darlings. Ich kenne die Geräusche meines Hauses in meinem tiefsten Inneren – vielleicht sind es Erinnerungen in meinem Blut. Eingebettet in meine DNA.

Ich nehme an, es ist wichtig, an dieser Stelle innezuhalten und euch mitzuteilen, dass in meinem Schlafzimmer ein ständiger, unausgesprochener Kleinkrieg tobte: Fenster auf – Fenster zu.

Mit dem Entriegeln konnte ich umgehen. Wie ich bereits erwähnte, war aufgrund der Hartnäckigkeit meiner Großmütter mein Schlafzimmerfenster immer unverriegelt,* trotz der exponentiell steigenden Kriminalität in dieser Stadt. Wer war ich schon, ihnen zu widersprechen? Sie wollten sehen, wie ich von einer Bande Jugendlicher zerfleischt wurde, die an der Wand eines Hauses in Chelsea hochkletterten, um ein leicht zu öffnendes Fenster zu finden, durch das sie auf der Suche nach schnellem Drogengeld einsteigen konnten? Schon in Ordnung. Sollte mein Tod doch eine Bürde sein, die sie herumzuschleppen hatten. Weniger in Ordnung war für mich jedoch die schamlose Einladung des Ärgers, indem sie das besagte Fenster weit offen ließen.

»Vielleicht weiß er sonst nicht, dass er reinkommen soll«, sagte Wendy.

»Dann ist er nicht gerade clever«, hielt ich dagegen, und sie verdrehte die Augen.

»Also …«, mischte sich Mary ein. »Er kann ja wohl kaum durch die Stadt laufen und überall Fenster öffnen, oder? Er würde wegen Hausfriedensbruchs angeklagt werden.«

»Vielleicht sollte er das auch!«, antwortete ich vorlaut.

»Daphne!« Wendy seufzte, bevor sie es wieder öffnete.

Ich hatte bereits erwähnt, dass es für die Jahreszeit ungewöhnlich

---

* Sorry, Charlotte.

frisch war. Jeden Abend, wenn ich aus der Bibliothek nach Hause kam, schloss ich das Fenster, weil ich fürchtete, mir sonst den Tod zu holen. Und jede Nacht schlich sich eine meiner Großmütter ins Zimmer und öffnete es wieder, als hätten sie einen nervösen Tick. Morgens stritten wir deswegen, aber insgeheim hatte ich mich an den Luftzug im Gesicht gewöhnt. In den Nächten, in denen sie selbst einschliefen, bevor sie dazu gekommen waren, mein Fenster zu öffnen, schlief ich wesentlich schlechter. Ich mochte es, dass die Kälte mir einen Vorwand gab, eingekuschelt unter schweren Decken zu schlafen.

Es ist ziemlich spät an diesem lebhaften, sternenklaren, ganz normalen Abend, und gegen Mitternacht oder vielleicht ein bisschen früher. Ich schlafe schon, als ich höre, wie mein Fenster geöffnet wird.

Ich habe einen leichten Schlaf. Den hatte ich schon immer.

Als ich höre, wie das Fenster hochgeschoben wird, lächle ich wie immer. Ich frage mich, welcher dieser süßen Plagegeister von Großmüttern es ist. Ich würde es gleich erfahren, denn ich kenne auch ihre Geräusche. Wendy tritt immer auf dieselbe knarrende Bodendiele, und Mary, egal, wie oft wir dieses Spiel schon gespielt haben, stößt auf dem Weg nach draußen mit ihrem Gehstock an die Tür.

Ich warte mit hochgezogenen Augenbrauen und lausche auf den verräterischen Hinweis, damit ich mich am nächsten Morgen bei der richtigen Frau beschweren und ihr nahelegen kann, sich gefälligst um ihre eigenen Angelegenheiten zu kümmern. Sie nähmen lieber in Kauf, dass ich mir eine Lungenentzündung hole, als zu riskieren, dass ihr imaginärer Freund vor einem geschlossenen Fenster steht.

Aber ich höre nichts.

Kein Knarren von Dielen.

Keinen Schlag mit dem Stock.

Ich warte.

Mein ganzes Leben lang haben sie mein Fenster geöffnet. Ich kenne das Geräusch, also weiß ich mit Sicherheit, dass es offen ist ... und außerdem kann ich den Windzug spüren, auf den ich warte.

Ich richte mich blitzschnell auf, und es dauert nur eine Sekunde, bis sich meine Augen auf die Dunkelheit einstellen. Aber noch bevor sie das tun, sehe ich die Gestalt dastehen.

Groß. Breitschultrig. Ein Mann.

Mir schießt in einem Sekundenbruchteil der Gedanke durch den Kopf: »Scheiße! Jetzt ist es also passiert! Die Jugendlichen und das Drogengeld!« Ich beschließe jedoch, meinen bevorstehenden Tod nicht tatenlos daliegend hinzunehmen, schlage mit der flachen Hand auf die Lampe neben mir und setze mich so schnell und aufrecht wie möglich hin.

»Wer sind Sie?«, frage ich schnell und schroff. Ich hoffe, dass er mein nervöses Atmen nicht bemerkt.

Er schneidet eine Grimasse. »Du weißt nicht, wer ich bin?«

Und da nehme ich sein Gesicht wahr.

Goldblondes Haar. Interessante Augen, die etwas hervorstehen, aber ich kann ihre Farbe vom Bett aus nicht erkennen. Er trägt nur eine verblichene, zerschlissene olivgrüne Leinenhose, die vorne zugebunden ist. Kein Hemd.

Was ziemlich verwirrend ist, wenn ich ehrlich bin.

In London sieht man nicht viele Männer ohne Hemd, wahrscheinlich liegt es daran. Außerdem ist der Sommer fast vorbei, und Strände gibt es hier sowieso nicht, und wer schwimmt schon in der Themse, und ich starre nur auf seine Brust, benommen, den Mund leicht geöffnet. Er ist zweifellos Kaukasier, verbringt aber offensichtlich unendlich viel Zeit in der Sonne.

Ich schaue auf seine Füße. Sie sind nackt und ein wenig von Erde verkrustet, als wäre er gerade nach einem Fußballspiel auf einem feuchten Feld hereingekommen.

Ich blicke wieder zu seinem Gesicht hoch.

Er hat dichte Augenbrauen und den Kopf schief gelegt, während er mich betrachtet. Seine Augen tanzen über mich hinweg, und wenn ich den Moment analysieren müsste, würde ich sagen, dass er vielleicht genauso verwirrt aussieht wie ich.

Ich springe aus dem Bett und werfe ihm einen finsteren Blick zu. Ich habe keine Angst mehr, obwohl – sollte ich welche haben? Vielleicht empfinde ich ja in der Rückschau Furcht, eines Tages.

Stattdessen hebe ich auf seine Frage hin die Augenbrauen. »Sollte ich das?«

»Ja.« Er runzelt die Stirn. »Ist schon etwas peinlich für dich, dass du es nicht weißt.«

Ich verschränke die Arme geziert vor meiner Brust. »Ist es nicht eher peinlicher für dich, da du in mein Schlafzimmer einbrichst, in der Erwartung, erkannt zu werden, und es nicht wirst?«

Sein Blick verändert sich, wird herausfordernd »Du musst wohl wissen, wer ich bin, ein bisschen jedenfalls, denn warum sonst hast du keine Angst?«

»Ich könnte unglaublich mutig sein«, erwidere ich und hebe hochmütig das Kinn.

Er verdreht die Augen. »Oder dumm.«

Ich schnaube ein wenig, verschränke die Arme fester vor der Brust und betrachte ihn im Licht, das der Mond auf ihn wirft. »Bist du«, ich blinzle zweimal, »Peter Pan?«

»Wusste ich doch, dass du es weißt!« Er zeigt triumphierend auf mich.

Ich mustere ihn mit zusammengekniffenen Augen und schüttle den Kopf. »Du kannst nicht er sein.« Ich runzle die Stirn, während ich vorsichtig einen Schritt auf ihn zugehe. Er misst etwa 1,85 Meter. Vielleicht auch mehr. Jedenfalls ist er groß, das ist ganz sicher. »Du bist ...« Ich blinzle mehrmals und verziehe das Gesicht. »Groß.«

Er schaut auf seine nackte Brust hinunter, streckt sie ein bisschen heraus, blinzelt mich an und macht dann diese Sache mit den Augenbrauen, die mir Herzrasen und weiche Knie bereiten könnte. »Ich weiß.«

»Aber du solltest doch ...« Ich suche nach den richtigen Worten.

»Ein Junge sein?« Er wirkt genervt. »Ich *bin* ein Junge.«

Ich betrachte ihn erneut mit schief gelegtem Kopf. Er sieht nicht aus wie ein Junge. Er sieht so alt aus wie ich, vielleicht sogar ein kleines bisschen älter.

Ich kneife die Augen zusammen. »Also, wie alt bist du denn?«

»Ich bin größer als du«, gibt er schnell zurück.

»Ich habe nicht gefragt, wie groß du bist.« Obwohl er unbestreitbar größer ist als ich. Ich bin gerade mal 1,70 Meter. »Ich will wissen, wie alt du bist.«

»Älter als du«, sagt er. Jetzt fällt mir auf, dass er einen amerikanischen Akzent hat. Und ausweichend antwortet. Was nicht sonderlich überraschend ist ... diese verdammten Amis.

»Und das ist wie alt?« Ich stemme die Hände in die Hüften und fange an, mich zu ärgern.

»Perfekt alt.«

Ich stampfe mit dem Fuß auf. »Und das ist was?«

Er macht einen Schritt auf mich zu, und jetzt sehe ich seine Augen. Grün. Unverkennbar grün.

Peter Pan mustert mich von oben bis unten. Sein Kopf ist zur Seite geneigt.

»Du bist auch die perfekte Art von alt.«

Ich werde rot. Ich weiß nicht, warum.

Ich schlucke schnell, schüttle den Kopf und reiße mich wieder zusammen.

»Komm schon, Wendy.« Der Junge greift nach meiner Hand, und ich reiße sie zurück.

»Ich bin nicht Wendy.«

Er verdreht die Augen und stöhnt, etwas ungeduldig und rüde. »Und was bist du dann?«

»Du meinst, ›wer‹ ich bin?«

Er verdreht wieder die Augen und sagt nichts.

»Ich bin Daphne.«

Er schneidet eine Grimasse. »Das ist ein komischer Name.«

Ich schneide ihm auch eine. »Nicht komischer als Peter Pan.«

»Mein Name ist der beste Name.« Er zuckt stolz mit den Schultern.

Ich blinzle ihn an. »Warum Pan?«

»Warum Daphne?«, kontert er mit dumpfer Stimme.

Ich finde, er ist eine schreckliche Nervensäge.

Ich atme tief durch und seufze, um mitzuteilen, dass ich verärgert bin. Aber dabei steigt mir zufällig sein Geruch in die Nase. Weißt du, wie die Luft riecht, wenn die Sommerzeit naht? Wie Frangipani und Meer. Er riecht wie die Luft kurz vor dem Sturm. Er riecht nach Freiheit, und ich will es nicht, aber ich atme ihn tief ein. Und als ich ihn erst mal in meiner Brust spüre, ist da diese seltsame Gewissheit, und zwar ziemlich deutlich. Dass das Gefühl von ihm da drin vielleicht nie mehr ganz verschwindet.

Habt ihr jemals so ein Gefühl gehabt? So eine Vorahnung? Eine starke Objektpermanenz von dem, was als Nächstes kommen wird?

So fühlt es sich an, Peter Pan einzuatmen. Als machte man den ersten Schritt auf einem Teppich, der vor einem ausgerollt ist.

Seine Augen streifen über mein Gesicht, mit einer neugierigen Intensität, die ich nicht verstehe. Ich frage mich, ob er mich küssen wird, so nah beugt er sich zu mir. Weiß er überhaupt, was Küsse sind? Meine Wangen fühlen sich heiß an, und ich schlucke nervös, bevor ich den Kopf über mich selbst schüttle.

Ich darf nicht vergessen – und das ist unbestreitbar die Stärke einer Frau –, dass ich furchtbar sauer auf ihn bin. Er hat mich aus dem Stand heraus dumm genannt, meinen Namen falsch verstanden und ihn dann auch noch komisch genannt. Ich wende mich von ihm ab, die Arme vor der Brust verschränkt und die Brauen vor Empörung hochgezogen.

»Wendy, Mädchen.« Er schiebt den Kopf um meine Schulter. »Warum bist du wütend?«

»Ich heiße nicht Wendy.« Ich kehre ihm den Rücken zu und setze mich auf mein Bett. Wenn ich ehrlich bin, mag ich ihn nicht besonders, glaube ich. Seinetwegen fühle ich mich nicht wohl in meiner Haut, und doch sehne ich mich fast verzweifelt nach seiner Anerkennung. Ich habe noch nie die Anerkennung eines Mannes gesucht.

Ich hatte Freunde. Viele Jungs mögen mich. Ich bin durchaus auf konventionelle Art attraktiv, und ich bin klug. Ich stamme aus einer wohlhabenden, wenn auch als exzentrisch geltenden Familie*. Ich bin geheimnisvoll und unnahbar. Ich interessiere mich nicht für die Dinge, für die sich andere Mädchen interessieren. Als Jasper England mich zum Abendessen auf das Landgut seiner Familie einlud, kreischten alle Mädchen in meinem Schlafsaal, nur ich nicht.

Ich bin hingegangen. Und habe mich gut amüsiert. Wir haben uns geküsst. Davon verstand er was. Er fragte mich, was ich nach der Schule machen wolle, und ich sagte, ich wolle auf die Universität gehen. Er fragte mich, ob ich meinen Master machen wollte. Denn in dem Fall könnte er mir viel Zeit ersparen.

Als ich ihm sagte, ich wolle Mineralogie studieren, starrte er mich an, als hätte ich gesagt, ich wolle eine Gabel in eine Steckdose stecken.

---

* Wenn auch vielleicht weniger als gedacht. Denn wie es scheint, ist das, was ich als ihre extreme Exzentrizität ansah, offensichtlich real.

Wir haben den ganzen Sommer zusammen verbracht,* weil er wirklich sehr gut küssen konnte. Schließlich fragte Jasper, ob das mit der »Geologie-Sache« ein Scherz gewesen wäre, und ich sagte Nein, und dann hat er mich kurz darauf nach Hause gebracht, und seitdem haben wir nicht mehr miteinander gesprochen.†

Ich weiß nicht, was Peter Pan an sich hat, das mich sofort entmutigt, aber so ist es. Mir ist nur nicht klar, warum. Ich kenne diesen Jungen schließlich nicht, außer dass ich ihn wohl doch kenne, glaube ich. Ich kenne ihn, wie ihr ihn kennt, wie wir ihn alle kennen ... aus einem alten Traum.

Niemand mag es, wenn ein Traum kaputtgeht.

»Aber du bist ein Mädchen.« Peter kniet sich vor mich und legt die Hände auf meine Knie. Das ist das erste Mal, dass wir uns berühren. Mein Gehirn merkt sich das, denn ich weiß, dass sich mein Herz später daran erinnern wollen wird. Ich trage einen ziemlich kurzen Slip und ein weißes Baumwollleibchen, und er schaut zu mir hoch und lächelt.

Peter runzelt die Stirn, verwirrt, aber sein Lächeln bleibt auf seinen Lippen.

»Das beste Mädchen, das ich je gesehen habe«, stellt er sachlich fest, und meine Wangen färben sich rosa.

Sie gefallen ihm, meine rosa Bäckchen. Das merke ich daran, dass er sich in die Brust wirft, vom Boden aufspringt und sich durch sein blondes Haar streicht.

Er geht durch mein Zimmer und sieht sich die Poster an der Wand an.

»Wer ist das?« Er zeigt auf eines.

Ich werfe einen Blick auf das Plakat und sehe Peter dann verwirrt an. »Das ist Mick Jagger.«

»Kennst du ihn?« Er runzelt die Stirn.

»Nein, aber ...«

»Warum hängt dann ein Bild von Mick Jagger an deiner Wand?«

»Na, weil er ziemlich sexy ist, findest du nicht?«

Peter verzieht das Gesicht. »Was ist sexy?«

Ich schürze die Lippen. »Gut aussehend«, erkläre ich ihm. Kaum

---

* Der Sommer vor diesem.
† Ich glaube, er hat sich gerade verlobt.

habe ich die Worte ausgesprochen, zieht er einen Dolch aus seinem Gürtel und schlitzt mein Poster in zwei Hälften.

Es geht alles so schnell – eine Veränderung, die man übersieht, wenn man auch nur blinzelt, –, aber Peters Gesicht wechselt blitzschnell von neugierig zu düster. Das Plakat flattert zu Boden, und unsere Blicke folgen ihm.

»Hey!«, knurre ich. »Das war mein Lieblingsposter!«

»Ich bin jetzt dein Liebling.« Er wirft mir ein knappes Lächeln zu.

Ich schaue ihn böse an.

»Ich teile nicht gern«, sagt er und mustert seinen Dolch, bevor er ihn einsteckt.

»Was teilen?« Ich verschränke wieder die Arme.

Er sieht mich stirnrunzelnd an. »Dich.«

Ich wünschte, das würde mich nicht für ihn einnehmen, aber das tut es, einfach so. Vielleicht liegt es daran, dass ich noch nie die Wertschätzung eines Mannes erfahren habe.

»Vaterlose Mädchen, die sich selbst überlassen werden, sind eine Gefahr für die Gesellschaft und für sich selbst«, hörte ich einmal eine Freundin meiner Großmutter sagen, die alle schnell mit Urteilen bei der Hand waren. Ich bin mir nicht sicher, was sie damit meinte, aber vielleicht betraf das ja einen Fall wie diesen.

Diesen Nervenkitzel, ihm zu gefallen, selbst wenn das bedeutete, etwas zu verlieren, das ich zuvor geliebt habe.[‡]

Es ist nur ein Poster, sage ich mir, während ich darauf hinunterstarre und alles verdränge, was es implizieren könnte.

»Warum bist du Amerikaner?«, frage ich und lege den Kopf schief.

»Was ist ein Amerikaner?«, fragt er misstrauisch, bevor er schnell hinzufügt: »Ich weiß, was es ist, aber ich will nur rausfinden, ob du es auch weißt.«

Ich werfe ihm einen vielsagenden Blick zu. »Ein Amerikaner ist jemand aus Amerika.«

»Richtig.« Er nickt. »Und das ist …?«

»Ein Kontinent?« Ich runzle die Stirn. »Und ein Land.«

»Auf …?« Er zieht die Augenbrauen hoch.

[‡] »Geliebt« ist vielleicht etwas übertrieben.

Die Falten auf meiner Stirn werden dicker. »Der Erde?«

»Ah.« Er nickt wieder. »Richtig. Nein, ich weiß … gut. Wissen Amerikaner alles?«

Ich verdrehe die Augen. »Ich meine, sie glauben es jedenfalls.«

Er zuckt mit den Schultern. »Wahrscheinlich bin ich deshalb einer, weil ich wirklich alles weiß.«

Ich lasse meine Augen wieder rollen, während ich zu ihm aufschaue.

Er ist wirklich ziemlich groß.

»Stimmt irgendetwas von dem, was sie über dich gesagt haben?« Ich sehe zu ihm hoch, während ich die Überreste meines Plakats einsammle, zusammenfalte und in eine Schublade lege.

»Ich weiß nicht.« Er lehnt sich lässig an die Wand und verschränkt die Arme vor der Brust. »Was haben sie denn gesagt?«

»Also …« Ich stehe auf und gehe zu ihm. »Erstens haben sie gesagt, dass du ein Junge bist.«

»Ich bin ein Junge«, bestätigt er stolz.

»So gerade noch.« Mein Blick gleitet an ihm hinunter und bleibt dort hängen.

Mein Großvater[*] hat vor seinem Tod seine ganze Zeit im Garten verbracht. Unser Garten war der beste in der ganzen Straße, wunderschön. Ich liebte seine Hände, wenn er von draußen hereinkam. Ich machte ihm eine Tasse Tee und servierte ihm einen Jaffa-Kuchen, und er aß ihn, ohne sich vorher die Hände zu waschen, und das machte mich glücklich. Peters Hände erinnern mich an seine, also nehme ich an, dass er mich auch glücklich macht.

Wir stehen jetzt aufgerichtet voreinander, und ich nehme seine Hand in meine, drehe sie um und inspiziere seine riesigen Pranken. Ich liebe ihre Rauheit. Ich liebe sie sofort. Ich weiß, es ist seltsam, das zu sagen, denn unter den Fingernägeln ist Schmutz, aber trotzdem haben seine Hände etwas Schönes.

»Das sind keine Jungenhände«, stelle ich fest.

Er packt meine Hände wieder und untersucht sie ebenfalls genau.

»Für mich sehen sie aus wie Mädchenhände.« Er blickt auf mich

---

[*] Wendys Ehemann, natürlich. Alfred Beaumont.

herunter und lässt meine Hand nicht los. »Was sagen sie noch über mich aus, Mädchen?«

»Dass du gegen Piraten kämpfst?«

»Das tue ich.« Stolz reckt er sein Kinn.

»Dass du fliegst?«

Und dann grinst er mich so unglaublich verwegen an. Mein Herz fühlt sich an, als ob es selbst fliegen würde.

»Ich weiß.« Er nickt feierlich.

»Zeigst du es mir?« Ich ertappe mich dabei, wie ich ihn mit den Wimpern anklimpere.

Er wirft sich wieder in die Brust und nickt.

Dann fliegt er.

Es ist nicht spritzig, wie man es sich vielleicht vorstellt. Es ist ... Stellt euch eine Feder vor, die langsam und anmutig zu Boden fällt, und dann spult es in eurem Kopf rückwärts ab. So sieht es aus, wenn er aufsteigt.

Ich wünschte, mein Gesicht würde nicht vor Entzücken strahlen, aber das tut es – ich merke es.

»Wie machst du das?« Ich schaue ihn bewundernd an, und glaubt mir, wenn ich es euch sage: Er ist ein Wunder.

»Glückliche Gedanken.« Peter Pan zuckt mit den Schultern, als wäre es nichts.

»Woran denkst du?«

»An dich.« Er grinst, dann streckt er seine Hand aus und reicht sie mir wie ein Gentleman.

Ich schaue zu ihm hoch, meine Lippen sind geschürzt.

»Jetzt, Mädchen.« Er wirft mir einen Blick zu. »Denk an mich.«

Als ob ich ausgerechnet diese Aufforderung bräuchte, und nicht schon ziemlich, wenn nicht sogar Hals über Kopf in diesen goldblonden fliegenden Jungen in meinem Zimmer verliebt wäre. Als ob ich nicht – von nun an und für den Rest meines dummen Lebens – auf die eine oder andere Weise von ihm entzückt oder gequält werden würde. Und dann stößt mein Kopf – und vielleicht auch ganz leise mein Herz – mit einem dumpfen Schlag gegen die Decke – wohl ohne meine Erlaubnis und in mehr als einer Hinsicht –, während ich auf und davon schwebe.

»Peter!«, schreit Oma Mary, deren zierlicher, gebrechlicher Körper kaum die Hälfte der offenen Tür einnimmt. »Ich dachte, du wärst gestorben.«

Peter schwebt herunter und beäugt sie misstrauisch.

»Niemand könnte mich töten.« Er runzelt ein wenig die Stirn und neigt den Kopf in ihre Richtung wie bei mir, was mir das Gefühl gibt, nichts Besonderes zu sein. »Wer bist du?«

Ich schaue von ihm zu ihr, und die Tiefe der Traurigkeit meiner Urgroßmutter holt mich auf den Boden zurück.

»Du erinnerst dich nicht an mich?«, fragt sie ihn.

Er kneift die Augen zusammen. »Ich erinnere mich an jeden.«

»Ich bin Mary«, sagt sie.

Peter tritt ängstlich einen Schritt zurück. »Lügnerin.«

»Es ist wahr, Peter. Ich bin jetzt alt.« Sie lächelt ihn traurig an. »Sehr viel älter als zwanzig.«

»Aber du hast es versprochen.« Er senkt den Kopf, um ihr in die Augen sehen zu können.

»Peter«, sagt sie sanft und geht auf ihn zu, aber er weicht einen weiteren Schritt zurück. »Wir haben dieses Gespräch schon einmal geführt.«

»Wann?« Selbst seine Brust sieht verärgert aus.

»Tausendmal, in eben diesem Zimmer.«

Peter schüttelt den Kopf, und wie er die Stirn runzelt, bricht mir das Herz. Wie sich auf seinem zarten Gesicht sein Unverständnis darüber abzeichnet, dass jemand ein Versprechen brechen kann, das er ihm gegeben hat. Ich kann mir nicht vorstellen, dass das allzu oft vorkommt, wenn man es verhindern kann …

»Aber ich war doch nur kurz weg …«

»Ich bin neunzig, Peter«, sagt Mary zu ihm, und Peter Pan plumpst wie ein Stein auf den Boden.

Er sieht zu uns auf – erst zu ihr, dann zu mir –, und seine Augen quellen fast über vor Empfindungen, die er sicher nicht ganz verstehen kann. Ich starre auf ihn hinab.

Ich habe es mir nicht vorgenommen – es geschieht ganz unwillkürlich –, aber plötzlich sinke ich neben ihm auf die Knie. Er strahlt etwas so Verzweifeltes aus, ein solches Bedürfnis nach meiner ganzen Aufmerksamkeit und Konzentration, dass ich spüre, wie er mir die Schlüssel zu meiner Befangenheit aus der Tasche zieht.

Ich berühre sein Gesicht, als hätte ich keine Kontrolle mehr über meine Hände, als wären sie bereits seine, als wären sie Magnete für sein Gesicht. »Du musst nicht weinen.«

Er schlägt meine Hand weg, springt vom Boden auf und wischt sich mit der Armbeuge rasch das Gesicht ab. »Ich habe nicht geweint.« Er wirft mir einen finsteren Blick zu.

»Außerdem, Peter ...« Mary versucht ganz offensichtlich, ihn abzulenken. Das Gleiche macht sie auch mit meinem rotznasigen kleinen Nachbarn. »Du bist auch gewachsen.«

Peter Pan richtet sich auf, und alle unangenehmen Gefühle scheinen verpufft zu sein, als er sie angrinst.

»Ich weiß! Bin ich nicht groß und gut aussehend?«

»Und unausstehlich«, setze ich hinzu.

»Was hast du gesagt?« Er blickt zu mir und blinzelt. Offenkundig hat er mir nicht zugehört, was mich wütend macht und mich – bedauerlicherweise – noch etwas mehr zu ihm hinzieht.

»Daphne, Darling.« Mary wedelt mit der Hand in meine Richtung. »Sei nicht so pingelig. Er ist einfach ein Schmuckstück.«

»Genau, Mädchen.« Peter grinst mich an. »Ich bin ein Schmuckstück«, wiederholt er stolz.

Mary schaut zu ihm. Ihre alten Augen sind wieder ganz jung vor Staunen. »Peter, warum bist du erwachsen geworden?«

»Ich bin noch nicht erwachsen.« Er schwebt in der Luft und lehnt sich zurück, als säße er auf einer aufblasbaren Liege in einem Pool.

»Aber fast.« Sie sieht ihn an, wie es nur ein alter Freund kann.

Peter zuckt mit den Schultern, dann hebt er noch einmal eine Achsel. »Ich musste es werden«, gibt er dann zu.

»Warum?« Ich runzle die Stirn.

»Damit ich die Kämpfe gewinnen konnte, die ich gewinnen muss.«

»Und welche sind das?«, frage ich neugierig.

Peter Pan sieht mich mit einem Blick an, der mich eigentlich erschrecken müsste. Tut er aber nicht.

»Alle«, sagt er und atmet dann laut durch die Nase aus. »Du wirst schon sehen.«

»Vielleicht will ich es ja gar nicht sehen«, sage ich, einfach so, nur um zu widersprechen.

Er schwebt zu mir herunter, und unsere Blicke begegnen sich. »Du willst es sehen«, sagt er, und das stimmt. Dann klatscht Peter in die Hände, und seine Augen leuchten. »Wollen wir gehen?«

»Wohin gehen?« Ich blinzle.

Peter und meine Urgroßmutter lachen.

»Nach Neverland, Liebes«, sagt Mary, als wäre ich ein Dummerchen.

Meine Miene verfinstert sich, und ich sehe sie an, als wäre sie verrückt. Was sie auch ist. Ich bin siebzehn – ein Teenager! So Gott will, gehe ich in ein paar Monaten auf die Universität. Ich habe mein Leben geplant. Ich kann nicht mit einem Jungen weglaufen, den ich nicht mal kenne.

Ich schüttle den Kopf, und Peter verdreht ungeduldig die Augen.

»Darling.« Mary berührt sanft meinen Arm. »Du musst mit ihm gehen.«

»Und warum muss ich das?«, frage ich sie leise.

»Du weißt, warum«, sagt sie. Dann lächelt sie mich auf diese seltsame Art an. Es ist ein Lächeln, an das ich noch Stunden, Tage und Jahre zurückdenken werde. Wenn sich die Zeit in nichts auflöst und die Erinnerungen an mein altes Leben zu verschwimmen beginnen, wie Wolken, die vom Himmel geblasen werden, werde ich immer noch an dieses Lächeln denken.

Ein Segen? Eine Erlaubnis? Eine Warnung? Die Ränder ihres Lächelns, die mir vielleicht verraten haben, was von oben Genanntem es wirklich war, werden irgendwann verblassen, und ich werde mich immer fragen, ob sie damit andeuten wollte, dass es nur ein Initiationsritus oder tatsächlich ein Geburtsrecht wäre.

Ich sehe zu ihm hinüber, und etwas in mir spürt Erleichterung, ich weiß nicht, warum. Als wäre mit ihm zu gehen ein Schritt zu meiner Bestimmung hin. Dabei glaube ich nicht mal an Bestimmung! Ich glaube an Wissenschaft und Fakten, nicht an Jungs, die angeblich ein besonderer Teil meines Schicksals sind.

Aber er ist hier. Wie sie es immer vorhergesagt haben ...

»Was ist mit meiner Ausbildung?« Meine Stimme klingt kläglich.

»Deine Ausbildung wird immer hier warten.« Sie lächelt zart.
Ich strecke die Hand aus und berühre sie. »Und was ist mit dir?«
Ihr Lächeln wird traurig und müde. »Schon bald werde ich gegangen sein.«

»Wohin?«, will Peter wissen.

Mary wirft ihm einen ernsten Blick zu und schaut dann wieder zu mir. Ich glaube nicht, dass er es versteht, und wahrscheinlich ist es auch besser so – es gibt einfach Dinge, die die Sonne nicht wissen sollte.

»Du musst gehen, Daphne«, sagt sie und legt ihre Hand an mein Gesicht. »So wie ich gegangen bin und meine Mutter vor mir ... und Wendy nach mir und deine Mutter nach ihr. Dies ...«, sie senkt die Stimme, damit er diesen Teil nicht hören kann, »*er* ist deine Bestimmung, mein Liebling. Dass er jetzt deinetwegen gekommen ist, einfach so.« Sie wirft mir einen seltsamen und gewichtigen Blick zu. »Es ist Schicksal.«

Meine Schultern sacken unter dem Gewicht des Ganzen hinab, und sie lacht.

Sie schaut zwischen Peter Pan und mir hin und her. »Meine Süße«, seufzt sie. »Da draußen wartet ein ganzes Universum auf dich.«

»Ja, Mädchen.« Peter bedenkt mich mit einem stolzen Grinsen. »Komm schon.«

Er greift nach meiner Hand, und ich würde gern behaupten können, dass es mich ärgert – und ich tue auch so, als ob es das täte –, aber die Berührung fühlt sich an wie das Britzeln von Elektrizität. Unsere Blicke treffen sich, und so, wie er mich ansieht, begreife ich, dass er es auch spürt. Denn ganz plötzlich sieht er etwas erschrocken aus und reißt seine Hand zurück.

»Weißt du überhaupt, wie ich heiße?« Herausfordernd hebe ich die Augenbrauen.

»Natürlich kenne ich deinen Namen.«

»Dann los.« Ich zucke etwas zickig mit den Achseln. »Wie lautet er?«

»D... D... Drache.«

»Drache.« Ich blinzle. »Du denkst, mein Name ist Drache?«

Er lacht spöttisch. »Nein. Er ist ... D... Dais... Daphne! Ja, Daphne. Ha! Ich hatte recht. Ich wusste es.«

Ich sehe Mary an. »Das mache ich auf keinen Fall.«

Mary lächelt amüsiert. »Liebling, du bist jetzt schon eigentlich zu alt.«

»Nein, bin ich nicht. Ich bin erst siebzehn!«

»Gerade noch so eben.« Sie wirft mir einen vielsagenden Blick zu. »Bald bist du achtzehn, und schon jetzt musst du weniger erwachsener werden. Das musstest du schon immer.«

»Ich habe gerade die Schule beendet. Was würden die Leute wohl sagen, wenn ich mitten in der Nacht mit einem fremden Jungen verschwinde?«

»Es ist nicht wichtig, was sie sagen, Daphne. Wichtig ist, dass du glücklich und frei bist.«

»Wir haben 1967!« Ich hebe verärgert die Hände. »Wir leben in London, nicht in Bengasi! Ich bin sehr frei, und ich bin sehr glücklich!«

Sie berührt mein Gesicht mit mütterlicher Zärtlichkeit. »Mein Schatz, das liegt daran, dass du beides noch nicht wirklich kennst.«

Ihr zartes Lächeln scheint von Traurigkeit umflort, und ein Gedanke, den ich hasse, schwirrt mir durch den Kopf. Dass ich sie vielleicht nie wiedersehen werde.

»Geh!«, fordert sie mich auf. Sie nimmt mein Gesicht in ihre Hände und küsst mich auf die Wange.

Dann greift sie nach Peters Hand. Zuerst scheint es ihm Angst zu machen, von einer alten Frau berührt zu werden. Als ob man sich anstecken könnte, wenn man sich nicht gleich danach gründlich die Hände wäscht. Aber dann lächelt er sie an, und ich beobachte, wie zwischen den beiden etwas strömt, einen Moment lang, das sich anfühlt, als hätte ich es nicht miterleben sollen. Aber das tue ich. Es ist ein stummes Lebewohl. Das letzte Mal, dass sie sich sehen. Das Ende des Wegs für ihr großes Abenteuer.

»Ich fliege dich zu den Sternen, wenn es so weit ist«, verspricht er ihr feierlich.

»Ich werde wieder jung sein, wenn du das tust.« Sie lächelt so unendlich traurig. »Denk an mich, wie ich einst war, Peter«, bittet sie ihn, und er nickt gehorsam. »Und du …« Sie dreht sich an der Tür zu mir um und lächelt sanft. »Erinnere dich an mich wie die, die du sein wirst.«

Dann schlüpft sie aus meinem Zimmer und schließt die Tür hinter sich. Ich schaue ihr hinterher und weiß nicht, wann ich angefangen habe zu weinen, aber meine Tränen fallen.

Peter schaut auf mich herab und tritt einen Schritt näher. Er neigt wieder den Kopf und wischt sie mir mit den Fingerkuppen seiner riesigen Pranken weg.

»Jetzt nur noch fröhliche Gedanken, okay, Mädchen?«, sagt er.

Ich nicke.

»Bist du bereit?«

Die Frage ist vielleicht bedeutungsvoller, als mir lieb ist. Bin ich bereit, Mary Evangeline Darling in diesem Leben nie mehr wiederzusehen? Bin ich bereit, alles, was ich je gekannt habe, für einen magischen Jungen zu verlassen? Bin ich bereit, mein Herz völlig brechen zu lassen? Alle Geschichten über ihn sind voll von Abenteuern, zu wunderbar, um ihnen auf Papier gerecht zu werden. Aber es gibt einen roten Faden in allen, und über diesen Faden sprechen wir nicht. Darum haben sie mein ganzes Leben lang einen Bogen gemacht, dem haben sie nie direkt in die Augen geschaut. Es ist ein seltsamer Tanz, dessen Schritte den Frauen meiner Familie von Natur aus angeboren zu sein scheinen, und schon bald würde ich erleben, wie ich mich ihnen anschlösse. Ohne viel Zeit darauf zu verwenden, ohne bewusste Überlegung oder Anstrengung würde auch ich die Schritte machen und mich ebenfalls am Rand dieses roten Fadens entlanghangeln.

Die Antwort ist also: Nein, eigentlich bin ich für nichts davon bereit. Und trotzdem fängt mein Herz an davonzuschweben, wie ein Papierdrache, der in dem Himmel seiner Augen gefangen ist. Und ich spüre, dass das alles keine Rolle spielt. Ich habe keine Wahl, nicht wahr? Es ist genauso, wie Mary gesagt hat. Es ist das Schicksal meiner Familie; wir sind an ihn gebunden. »Und so wird es immer weitergehen«, sagte Wendy immer. Es ist unsere Bürde, ihn zu lieben. Was ich nicht tue und auch nicht tun werde. Aber ich konnte mir vorstellen, dass jemand es tun könnte.

»Klar.« Ich räuspere mich. »Also, was brauche ich?« Ich sehe mich in dem Zimmer um.

Er wirft mir einen neckischen Blick zu. »Mich.«

Ich verdrehe die Augen. »Nein, was brauche ich wirklich, ich meine, praktisch gesprochen?«

Er schwebt zu mir herüber und hebt mein Gesicht sanft an, sodass es seines spiegelt. »Nur mich.«

Ich schlage seine Hand weg, bin verlegen, weil meine Wangen sich schon wieder rosa färben. Für Jasper Englands isländisch-blaue Augen haben sie sich nie rosa gefärbt, und sie werden es auch nicht für Peters Augen, nehme ich mir vor, obwohl sie es bereits sind.

»Das ist doch lächerlich!« Ich schüttle den Kopf über ihn, während ich in meinem Zimmer nach einem Rucksack krame.

»Ich passe auf dich auf, Mädchen«, sagt er mit ziemlich ernster Miene, dann greift er nach meiner Hand. »Komm jetzt mit mir.« Er zieht mich zum Fenster, und seine Augen leuchten wie die Sterne, die uns rufen. »Du wirst dir nie wieder Sorgen um Erwachsenenzeug machen müssen.«

Er schwebt rückwärts, zieht mich auf die Kante der Fensterbank, und ich beobachte ihn genau.

»Nie ist wirklich eine furchtbar lange Zeit ...«

In diesem Moment, als ich an der Grenze zwischen allem, was ich wusste, und allem, was ich lernen konnte, taumele, am Rand der Klippe stehe, die letztlich den Abgrund am Rest meines Lebens darstellte, hätte ich ihm gern sagen können, du hättest mich in beide Richtungen ziehen können, es hätte mir gereicht, dass du mir ein Leben in Sicherheit und Glück versprochen hättest, und ich hätte das blöde Fenster für immer verrammelt. Aber das Unbekannte hat etwas so Süßes an sich, und es ist so erregend, sich in etwas Neues zu stürzen, dass ein Teil von mir wohl wusste, obwohl ich noch nicht dort war, dass Neverland eines Tages sowohl der große Meilenstein als auch der Erdrutsch meines Lebens sein würde.

Ihr mögt mich für dumm halten, weil ich mitten in der Nacht mit einem Jungen aus dem Fenster springe, dessen Haare so unzähmbar sind wie sein Herz, aber wenn ihr die Verlockung und die Anziehungskraft dieses besagten Jungen nicht versteht, dann, und es tut mir schrecklich leid, euch das sagen zu müssen, habt ihr Peter Pan nie getroffen.

KAPITEL 2

Ich weiß nicht, wie es passiert oder wie er es macht, aber ich bin mir ziemlich sicher, dass Peter Zeit und Raum so falten kann, als wären sie ein Stück Papier in seiner Gesäßtasche, denn es dauerte wirklich nur einen Moment oder zwei, zu dem verdammten zweiten Stern von rechts zu kommen, den ich mein ganzes Leben lang angestarrt habe. Schwarze Löcher gibt es übrigens wirklich, auch wenn ich annehme, dass es auf der Erde erst in ein paar Jahren einen endgültigen Beweis dafür geben wird. Vielleicht steckt er ja sogar mit den schwarzen Löchern unter einer Decke. Er sagte mir, dass das Überschreiten des Ereignishorizonts normalerweise auf der Haut sticht. Aber er habe darum gebeten, dass der Horizont mich nicht sticht.

Ich muss ihm zugestehen, er hat es nicht getan. Es gibt jedoch eine Menge über das Innere eines Schwarzen Lochs zu sagen – es ist weit weniger bedrohlich, als man aufgrund seines Namens vermuten könnte. Und ich bestehe darauf, dass in diesem speziellen Szenario sein Bellen viel schlimmer ist als sein Biss. Es ist ein wirbelndes, heißes Durcheinander aus allem, was es im Universum jemals gegeben hat oder geben wird, und es schwimmt irgendwie über euch und um euch herum und vielleicht – da bin ich mir nicht ganz sicher – aber möglicherweise auch durch euch hindurch. Es ist ein wirklich beeindruckender Anblick.

Peter Pan beim Fliegen zuzusehen, ist wie einen Delfin beim Schwimmen im offenen Meer zu beobachten.

Er gleitet über den Himmel und streift die Sterne. Ich habe noch nie so etwas wie ihn gesehen, als würde ein Stein über den Himmel hüpfen und sich wie ein Lichtstrahl zwischen den Kometen hindurchschlängeln. Er besteht aus allen für uns sichtbaren Teilen des elektromagnetischen Spektrums, und sogar aus denen, die wir nicht sehen können, und das alles in wundervolles Fleisch gehüllt, mit der freiesten aller Seelen. Du hättest nicht mal versuchen brauchen, es mir in diesem Moment zu sagen, denn ganz gleich, was du sagen würdest, ich hätte dir sowieso nicht geglaubt, aber jemand muss einen hohen und beeindruckenden Preis für die Freiheit dieses Jungen zahlen, und er dürfte nur selten, wenn überhaupt, derjenige sein, der die Rechnung begleicht.

Während wir durch die tiefschwarze Nacht am Rande unserer Atmosphäre fliegen, sehe ich aus dem Augenwinkel, wie Peter mich beobachtet.

Ich schaue zu ihm hinüber.

»Mädchen.« Er blinzelt.

Ich hebe fragend die Brauen.

»Du bist wirklich sehr hübsch.«

Mein Herz schwillt mehr an, als mir lieb ist, aber ich versuche, einen kühlen Kopf zu bewahren. »Aber hältst du mich auch für klug?«

»Wir werden sehen.« Er lächelt mich verschmitzt an, und ich runzle die Stirn.

Alles, was ich in meinem Leben wollte, war, klug zu sein. Klugheit ist meine Daseinsberechtigung, seit ich in der siebten Klasse Klassenbeste wurde und meine Mutter zufällig dabei war. Sie war sehr erfreut. Seitdem war ich immer Klassenbeste.

»Jetzt, Mädchen.«

Ich schnaufe verärgert. »Hast du schon wieder meinen Namen vergessen?«

»Daphne, Mädchen.« Er wirft mir einen selbstgefälligen Blick zu. »Hast du schon mal mit einem Jungen Händchen gehalten?«

Ich will nicht lachen, aber ich lache. Nur ein bisschen. Es ist eigentlich mehr ein Schniefen als ein Lachen, also mache ich rasch ein Husten daraus.

»Ja.«

Peter Pans Gesicht verfinstert sich.

»Mit wem?«

»Also ...« Ich spitze die Lippen, und meine Gedanken schweifen ab.

»Du hast seinen Namen vergessen?« Peters Frage klingt hoffnungsvoll und vergnügt.

Jasper. Und Steffan. Ein walisischer Junge, mit dem ich letzten Frühling ausgegangen bin. Wir haben uns auch geküsst, aber ich glaube nicht, dass Peter viel an diesem spezifischen Detail liegt.

»Na klar«, lüge ich.

Peter fegt auf mich zu und nimmt meine Hand in seine. »Du wirst dich immer an den Tag erinnern, an dem du mit Peter Pan Händchen gehalten hast.«

Er wirft mir ein unbekümmertes Lächeln zu.

Und er hat recht, das werde ich. Aber ich frage mich, wie er schon vergessen konnte, dass wir nicht einmal vor einer Stunde in meinem Schlafzimmer Händchen gehalten haben. Ich denke, es ist besser, es nicht zu sagen; er scheint sich nicht gern korrigieren zu lassen. Bleiben wir fair – wer tut das schon? Ich glaube kaum, dass das ein Licht auf ihn wirft. Jedenfalls nicht mehr als auf mich, weil ich Peter nichts sage, was ihm missfällt, da ich möchte, dass er mich mag.

Wie furchtbar albern von mir. Wie schrecklich typisch für die Art Mädchen, die ich gar nicht bin. Stell dir vor, ich sage nicht die Wahrheit, um die Gefühle eines Mannes zu schonen. Einfach lächerlich.

Und doch sollte das nur die erste von vielen solchen Gelegenheiten sein.

Ich brauchte sehr lange, um zu lernen, dass es viele verschiedene Arten von Männern in dieser Welt und all den anderen Welten wie der unseren gibt, aber eine todsichere, schnelle und einfache Methode, einen echten Mann unter all den Männern zu erkennen, ist, herauszufinden, wie sehr du in seiner Gegenwart du selbst sein darfst. Ein echter Mann wird dir erlauben, ganz du selbst zu sein, dir den nötigen Spielraum lassen, deine Meinung zu ändern oder sie sogar weiterzuentwickeln. Ein einfacher Junge gibt dir vielleicht nur ein Achtel Raum dafür auf diesem Weg, wenn du Glück hast.

Peter drückt meine Hand.

»Jetzt musst du dich gut festhalten, Mädchen, die Sonne geht auf, und wir müssen sie auf ihrem Weg in das Universum nebenan einholen.«

Mehr Vorwarnung bekomme ich nicht.

Sein Griff um mich verstärkt sich ein wenig, ist aber bei Weitem nicht fest genug für das, was gleich passieren wird.

Ich weiß nicht, ob ich die richtigen Worte finde, um zu beschreiben, wie es sich anfühlt, durch den Kosmos geschleudert zu werden.

Ein paar Jahre zuvor war ich mit meinem Großonkel und meiner

Tante in SeaWorld in San Diego. Ihre Kinder sind unterirdisch, und sie mögen mich viel lieber. Sie sagen, dass ich das ganze Erlebnis aufwerte, also nehmen sie mich meistens mit.

In SeaWorld gibt es Wasserrutschen, und auch wenn dies ein unvollkommener Vergleich ist, so ist es doch die beste Art, es zu erklären, die ich mir vorstellen kann.

Es ist wie ein Rausch, fast nass, sehr dunkel. Gleichzeitig sanft, aber auch irgendwie plemplem in den Kurven und Ecken. Es zischt, und am Ende wird man schneller, und dann kommt das Licht! Überall Licht.

Ich weiß nicht, wie ich das geschafft habe, aber ich halte mich immer noch an Peter Pan fest.

Oder vielleicht, wie er mich so ansieht, meine Hand immer noch in seiner, sein Gesicht jetzt vom Licht dreier ziemlich nahe beieinanderstehender Sonnen erhellt, und mit, wie ich sehe, leicht rosa Wangen, hält er sich vielleicht tatsächlich an mir fest.

Wir reiten auf der aufgehenden Sonne wie in einem Riesenrad, und meine Hand liegt immer noch in seiner, und ich frage mich, ob er vergessen hat, dass er sie hält, und ob das gut oder schlecht ist. Ich kann es nicht sagen.

»Da sind wir«, sagt er, steht auf und zieht mich mit.

Wir fallen ein paar Fuß tief und landen auf einer Wolke.

»Weißt du, dass man uns auf der Erde beibringt, dass Wolken nur aus Wasserdampf bestehen? Du kannst nicht auf ihnen stehen.«

Peter sieht mich empört an. »Lügner.«

Dann zieht er mich von der Wolke hinunter auf einen Weg, der irgendwo hinführt, wohin ich noch nicht blicken kann.

Erst jetzt lässt er meine Hand los, und ich will nicht bedürftig klingen, aber kaum berührt er mich nicht mehr, wünsche ich mir irgendwie, dass er es wieder tut.

Er führt mich über den Wolkenpfad, springt voraus wie ein Welpe, den man von der Leine gelassen hat, bis wir zu einer kleinen Hütte inmitten eines Wolkenfelds kommen, das über einem großen Berg thront.

Verwirrt sehe ich mich um. »Was ist das?«

»Gepäckaufgabe«, sagt ein Mann, der vor der Hütte sitzt und mir bis jetzt nicht aufgefallen ist. Er liegt halb auf einem Holzstuhl und hat seine Angelrute in eine ferne Wolke geworfen. Seine Haut ist wie Leder, ein bisschen braun, so wie eure auch sein würde, wenn ihr den ganzen Tag auf einem Stuhl in einer Wolke verbringen würdet. Ich kann seine Haarfarbe nicht erkennen, weil er eine rote Fischermütze trägt, aber ich vermute, dass sein Haar, egal, welche Farbe es einmal hatte, jetzt ergraut ist. Seine Augen jedoch sind unglaublich blau. Er sieht aus, als wäre er in den Sechzigern. Vielleicht siebzig?

Er steht auf und reicht mir die Hand. »Ich bin John.«

Ich schüttle seine Hand. »Daphne.«

»Alles klar, Peter?« John nickt ihm zu.

»Alles klar.« Peter zuckt die Achseln.

»Du bist ein gutes Stück größer geworden.« John reckt das Kinn zu ihm. »Du wirst es diesem Hook ganz schön schwer machen.«

Peter wirft John einen kurzen Blick zu, als ob er sich über die Unterstellung ärgern würde, dass er es nicht schon getan hat. Er fährt sich mit der Hand durchs Haar und sieht mich dann ein wenig missmutig an. »Bin gleich wieder da.«

Ich nicke kurz.

John lächelt mich an und beugt sich vor. »Du hast die Augen deiner Mutter«, flüstert er.

Ich zögere. »Woher weißt du, wer meine Mutter ist?«

Er lächelt schwach, aber es könnte ein trauriges Lächeln sein. »Ich verliere nie Gepäck.«

Und noch bevor ich mich fragen kann, was er damit meint, schlendert Peter aus der Hütte und sieht leichter aus als noch vor einem Moment.

Er berührt die Wolken kaum, als er darübergleitet, ohne wirklich auf sie zu treten, als würde ihn nichts auf der Welt mehr belasten.

»Du bist dran, Mädchen.« Peter deutet zur Hütte.

»Hab keine Angst.« John legt einen Arm um mich.

»Was soll ich machen?«, frage ich und blinzle heftig.

»Dein Gepäck aufgeben.«

»Aber ich habe nichts mitgebracht.« Ich zucke mit den Schultern und zeige ihm meine leeren Hände.

Er mustert mich freundlich, dann flüstert er: »Nicht diese Art von

Gepäck. Du wirst es schon sehen. Geh direkt zum Spiegel, wenn du so nett wärest.« Dann geht er hinaus und schließt die Tür hinter sich.

Es ist ziemlich dunkel in der Hütte, die von silbrigem Licht nur schwach beleuchtet ist, und der Raum ist größer und tiefer und breiter, als die Hütte von außen vermuten lässt.

In der Mitte steht ein Spiegel. Ein ziemlich schlichter Spiegel, nichts Verschnörkeltes.

Auf den Boden ist ein großes X gemalt, etwa einen Fuß davor. Es ist nur logisch, dass ich mich daraufstelle.

Ich starre mich an. Lange braune Haare. Blaue Augen, wie die meiner Mutter, anscheinend. »Überraschend bräunliche Haut«, wie meine Schlafsaalaufsicht sagen würde, mit, wie ich finde, etwas zu langen Armen und Beinen. Ich hoffe nur, dass sie Peter gefallen.

Ich schaue an mir hinunter und frage mich, wie ich das Gepäck, von dem sie sprechen, finden soll, dann sehe ich etwas am Rand meines Blickfelds ...

Mein Spiegelbild, das unter ungefähr fünfzig Taschen fast verschwindet.

Taschen in allen Formen und Größen. Verschiedene Farben, verschiedene Materialien, winzige Taschen und riesige Taschen. Jede Tasche ist mit einem Etikett versehen, aber ich habe Angst, es zu lesen. Es wäre eine schreckliche Konfrontation, wenn ich herausfinden würde, was genau mich diese siebzehn langen Jahre belastet hat. Aber ganz offensichtlich stehe ich hier, furchtbar festgefahren und nicht einmal im Entferntesten so sorglos, wie ich dachte.

Man könnte sogar sagen, ich werde von Sorgen erdrückt.

Ich neige den Kopf nach links, nur um sicherzugehen, dass es kein Trick und mein Spiegelbild ist und mir folgt. Das tut es.

Ich trete einen Schritt näher. Auch das tut es.

Um den Hals meines Spiegelbilds ist eine mauvefarbene Umhängetasche drapiert. Langsam, während ich mich im Spiegel betrachte, greife ich danach und ziehe sie von mir herunter. Und obwohl ich sie in meinen Händen nicht sehen kann, spüre ich sie dort und fühle den Unterschied in mir, als ich sie auf den Boden fallen lasse. Während ich das tue, bin ich mir im Stillen ziemlich sicher, dass gerade diese Tasche etwas mit meiner Mutter zu tun hat.

Was auch immer es war, es fühlt sich unglaublich an, sie nicht mehr herumzuschleppen.

Also mache ich dasselbe mit einer anderen Tasche.

Und dann noch einer.

Allmählich fällt der Groschen, und ich lege alles ab. Alles. Meinen ganzen Ballast.

Sie fallen wie Schuppen von mir ab, und ich habe das Gefühl, ich könnte schweben, und vielleicht tue ich das auch, eine winzige Sekunde lang.

Ich gehe wieder nach draußen, aber jetzt ist es mehr wie ein Gleiten, ein bisschen wie Schlittschuhlaufen, und ich gleite – rums – direkt in John hinein. Ich werfe ihm einen entschuldigenden Blick zu.

»Ich wusste nicht, wo ich sie hinlegen sollte. Es tut mir leid.«

Er wedelt mit der Hand. »Darum kümmere ich mich.«

»Danke.« Ich greife nach seinem Arm und lächle ihn an.

»Wir sehen uns.« Er wirft mir so einen Blick zu, und ich weiß nicht, was er damit meint. Aber ... kennt ihr das Gefühl, dass jemand die Zukunft kennt? Und euch vielleicht auch?

»Du siehst leichter aus.« Peter Pan lächelt mich an, während ich hinüberschwebe.

»Habe ich vorher schwer ausgesehen?« Ich runzle die Stirn und schaue an mir hinunter.

»Sehr.« Er nickt und wirft mir so einen Blick zu, und ich ärgere mich über seine Unhöflichkeit.

Peter wirbelt mit einem Tritt eine Wolke auf, steht am Rand und schaut nach unten, und das ist alles schrecklich unfair. Denn hier gibt es so viele Sonnen, dass er von allen Seiten beleuchtet wird und es aussieht, als wäre er von einem Heiligenschein umgeben.

Seine Schultern sind mit Sommersprossen übersät, und ich frage mich, unter welchen Umständen er wohl so ruhig halten wird, dass ich sie eines Tages zählen kann. Wahrscheinlich, wenn er schläft. Oder wenn ich ihm eine Tasse Kamillentee servieren würde, vielleicht.[*]

»Was starrst du so?« Peter runzelt die Stirn, blickt über die Schulter und dann zu mir hoch.

---

[*] Unterschiebe, wohl eher. Er wird ihn nicht freiwillig trinken.

»Was?« Ich blinzle und räuspere mich. »Nichts.«

Peter wirft mir einen misstrauischen Blick zu und schnappt dann erfreut nach Luft. Er holt ein Monokular aus seiner Gesäßtasche und zeigt es mir.

»Das habe ich Kapitän Hook stibitzt.« Er grinst, während er es aufzieht und hindurchschaut. »Die Meerjungfrauen liegen draußen auf dem Skull Rock! Ich muss ihnen zeigen, dass ich jetzt groß bin.« Er sieht selbstgefällig zu mir herüber. »Und ein Schmuckstück.«

Ich zögere, und noch bevor ich etwas erwidern kann, nimmt er Anlauf.

»Folge mir!«, sagt er und springt.

»Warte!«, rufe ich ihm nach und laufe zum Rand. »Wohin willst du …?«

Dann springt er kopfüber aus den Wolken. »Spring, Wendy! Pass nur auf, dass du nicht …!«

Und das war's.

Er ist verschwunden.

Danach kann ich ihn nicht mehr hören.

Also, hört zu. Ich weiß nicht, warum ich das mache. Es ist verrückt, und im Nachhinein würde ich diesen Plan genauso schäbig und unausgegoren finden wie ihr, wenn ihr ihn zum ersten Mal hört. Aber mit so gut wie keinem Gedanken an meine Überlebenschancen und mit minimaler Rücksicht auf mein persönliches Wohlbefinden stürze ich mich von der Wolke, genau wie Peter es getan hat.

So beginnt es. Mein rasanter Abstieg, mein Sturz hinter ihm her.

Die Wolken peitschen an meinem Kopf vorbei, ich werde schneller, und der Planet unter mir, von dem ich mit Sicherheit weiß, dass er nicht die Erde ist,[*] kommt immer näher, und genau in diesem Moment erfahre ich eine schreckliche Offenbarung. Mir wird klar, dass ich nicht fliege, sondern falle.

Es ist schon komisch, wie ähnlich sich diese beiden Dinge am Anfang anfühlen können, nicht wahr?

Jetzt sind diese scheißglücklichen Gedanken verdammt weit weg, und alles, was mir gerade bleibt, sind meine äußerst bittern. Ich bin

---

[*] Allein schon aufgrund seiner Farbe.

mir sehr wohl bewusst, dass ich tatsächlich auf meinen unmittelbaren Tod zustürze, und ich könnte schwören, aus dem Augenwinkel gesehen zu haben, wie Peter Pan meine neu entdeckte (aber bedauerlicherweise und unbestreitbar vorhandene) Zuneigung zu ihm wie einen Fallschirm zur Landung benutzt.

Vielleicht bin ich eines Tages, sehr viel später in meinem Leben, in der Lage, den Vergleich zu ziehen zwischen dem, wie das jetzt im Moment ist – in den Tod zu stürzen und so weiter – und wie es sein wird, wenn ich mich verliebe. Leider bin ich noch nicht so weit, solch einen Vergleich anstellen zu können. Nicht richtig.

Irgendwie habe ich das Gefühl, dass ich immer schneller falle, je näher ich dem herrlichen Blau komme, auf das ich zustürze, und ich wappne mich, so gut ich kann, gegen den Tod.

Da ist keine Klarheit. Kein Frieden. Nur eine hämmernde Angst und ein Schrei, von dem ich glaube, dass er von mir kommt, aber trotzdem seltsam weit weg klingt.

Ich sage nur so viel: Der Aufprall, mit dem ich auf dem Wasser aufschlage, ist fürchterlich. Es fühlt sich an, als würde Glas unter mir brechen, über mir, um mich herum und durch mich hindurch.

Der Schmerz raubt mir so sehr den Atem, dass ich nicht sofort begreife, dass ich nun, wie das Schicksal es wollte, auf Neverland gelandet bin, auch und höchst bedauerlicherweise auf Neverland ertrinke.

Die Ironie des Ganzen ist und bleibt mir noch eine ganze Weile verborgen.

Das Wasser verschlingt mich ganz. Ich kann nicht mehr erkennen, wo oben oder unten ist; das Licht scheint aus allen Richtungen zu kommen.

Es ist wunderschön, das Wasser. Die blauesten Blaus küssen es, und ich denke, es spricht einiges für das Ertrinken.

So viel Wasser zu schlucken, ist anfangs nicht sonderlich angenehm, aber nach kurzer Zeit ist es gar nicht mehr so schlimm.

Während ich hier sterbend treibe, denke ich, wie außerordentlich leid es mir tut, dass ich an diesen dummen Ort gekommen bin und meine Mutter die ganze Zeit recht gehabt hat. Ich hätte einfach nach Cambridge gehen sollen.

Dann plumpst etwas neben mir ins Wasser. Mein Herz jubelt, weil Peter Pan gekommen ist, um mich zu retten. Später werde ich mich an diesen Moment erinnern, der sich als Nächstes ereignet, und zwar als den Moment, ab dem sich alles – wirklich alles – ändert.

Allerdings kapiere ich das erst nach einiger Zeit.

Ich werde an die Oberfläche gezogen, denn plötzlich habe ich wieder Luft in der Lunge, kann atmen und huste und spucke. Die vier Sonnen brennen so hell, dass ich nichts sehen kann, aber ich spüre, dass ich wieder in Sicherheit bin, denn er nimmt mich in die Arme, und dann legt er mich flach auf ein warmes Deck.

Ich spucke Wasser wie ein geplatzter Hydrant und kann immer noch nicht mehr erkennen als eine Gestalt, die auf mich herabschaut. Aber dann neigt er den Kopf, und in dem Moment wird mein Blick klar. Ich sehe, dass es nicht Peter ist, der den Kopf schief legt. Es ist jemand völlig anderes.

Gibt es ein Wort, das Erschrecken und Begeisterung in einem Wort zusammenfasst?

Wenn ja, würde ich es jetzt gern benutzen.

Ehrfurcht vielleicht? In der etymologischen Bedeutung dieses Worts aus dem vierzehnten Jahrhundert. Furcht und große Verehrung. Sie ist seltsam, diese schreckliche Ehrfurcht, die ich vor dem Mann habe, der mich mit den ernstesten Augen betrachtet, die ich je gesehen habe. Bei ihrem Anblick schlucke ich schwer. In ihnen liegt so etwas wie Heimat. Wie die dunkelsten Blautöne des Wassers auf diesem Planeten, den ich so sehr liebe. Und sie gehören einem Mann – eindeutig einem Mann, nicht einem Jungen. An seinem kurzen Bart erkenne ich, dass er ein Mann ist, und an dem markanten Gesicht, wie es nur Männer haben. Außerdem ist er sehr groß. Nicht nur von seiner Statur her, sondern auch von der Art, wie er steht. Obwohl, er steht gar nicht. Er kniet neben mir. Trotzdem erkenne ich, dass er groß ist und dass er, wenn er die Möglichkeit hätte, auf eine ganz bestimmte Weise dastehen würde. Die Schultern zurück, die Augen geradeaus.

Auf den ersten Blick ist sein Haar braun, aber es ist heller, als man glaubt. Es ist auch eher länger als kurz. Es fällt in Wellen bis um sein Kinn. Seine Haut ist von der Sonne gebräunt, und er ist nass. Er ist von Kopf bis Fuß durchnässt.

»Geht's dir gut, du?«* Der Fremde streicht mir ein paar Haare aus dem Gesicht, und seine Stirn legt sich in Falten, während er mich mustert. Er blinzelt nicht, er starrt mich nur an und wartet. Aber ich? Ich blinzle wie eine Verrückte, weil er anbetungswürdig schön ist.

Schmale Wangen, dichte Augenbrauen, die beste Nase, die ich je in meinem Leben bei einem Menschen gesehen habe,[†] und obwohl seine Gesichtsbehaarung etwas zu dicht ist, als dass ich es mit absoluter Sicherheit behaupten könnte, vermute ich stark, dass man sich an seiner vermutlich makellosen Kieferpartie schneiden könnte.

Ich setze mich auf.

»Trägt denn hier niemand Hemden?« Meine Frage klingt verärgert, aber ich versuche damit nur geschickt davon abzulenken, dass ich unverhohlen auf seine tätowierten Arme und Brust starre.

Er blickt an sich herunter, auf seine nackte und bedauerlicherweise wie gemeißelte Brust, und dann wieder zu mir hoch. Er ist amüsiert.

»Hab's ausgezogen, bevor ich dir's Leben gerettet hab.«[‡] Er wirft mir einen vielsagenden Blick zu.

Ich ärgere mich sofort über seinen Tonfall, und außerdem kann ich seinen Akzent nicht auf Anhieb zuordnen.

Schottisch? Irisch? Irgendwo dazwischen. Auf jeden Fall von den Isles.

Ich verschränke die Arme vor der Brust und setze mich noch ein wenig gerader hin.

»Also, geht's gut?«, wiederholt er die Frage etwas sanfter.

»Ja.« Ich sehe ihn finster an.

»Sicher?«

»Ja«, erwidere ich leicht entrüstet. Ich räuspere mich. »Wer bist du überhaupt?«

»Wer ich bin?« Er blinzelt und wirft einen Blick auf die Männer, die hinter ihm aufgetaucht sind. »Bin jedenfalls nicht der, der von droben[§] runtergestürzt ist, Mädel. Wer bist'n du?«

Er reckt mir das Kinn entgegen, während er meine Hand nimmt

---

* Er spricht in einem gedehnten Slang, keine geschliffene Hochsprache.
† Dabei bin ich nicht mal sicher, ob er überhaupt ein Mensch ist.
‡ Dieser Akzent!
§ Bedeutet: oben.

und mich vom Boden hochzieht. Als wir uns berühren, fühlt es sich an, als würde etwas aus einem Regal fallen, das ich mein ganzes Leben lang sehr ordentlich und aufgeräumt gehalten habe. Es ist ein sehr geordnetes Regal – alles darauf ist farblich abgestimmt und alphabetisch geordnet –, aber irgendwo in mir höre ich etwas zerbrechen, und das macht mir Angst, also reiße ich meine Hand weg und schlinge unbehaglich die Arme um mich.

Ungeduldig hebe ich die Augenbrauen. »Ich habe dich zuerst gefragt.«

Seine Lippen zucken, als er lächelt, und als Antwort zuckt mein Herz ebenfalls.

»Ich, ich bin Hook.«

Ich erstarre, ein wenig entsetzt und sehr verwirrt.

»Nein, bist du nicht.« Ich schüttle den Kopf.

Er blickt sichtlich amüsiert wieder über die Schulter zu seinen Freunden. »Wohl, sicher bin ich das.«

»Nein.« Ich schüttle den Kopf. Zum einen ist die Gestalt vor mir nicht so alt. Altert denn hier niemand? Den Beschreibungen meiner Großmütter nach war Hook älter – ein Mann von mindestens fünfunddreißig Jahren, wenn nicht mehr. Klar, »Mister Perfektes Gesicht« hier hat einen Bart, auf den andere Jungs in seinem Alter vielleicht neidisch sind, aber ich bin mir zweifellos gewiss, dass er nicht mal annähernd dreißig sein kann.

Außerdem haben sie mir erzählt, Hooks Augen hätten die Farbe von Vergissmeinnicht, eine unheimliche Nuance von Hellblau. Aber diese Augen haben Farben, die man in den unerforschten Teilen der Malediven finden würde.

Und dann, und das verdammt ihn endgültig, fällt mein Blick auf seine Hand, die ich gerade noch gehalten hatte. Ich blicke rasch zu seiner anderen Hand hinüber ... beide sind noch da und keineswegs an ein Krokodil verfüttert.

Ich sehe ihn misstrauisch an. »Und wo ist dann dein Haken?«

»Ah.« Er nickt einmal, nach wie vor amüsiert. »Du denkst an meinen Pa.«*

---

* Das heißt Vater.

Ich hebe die Brauen, als wäre ich ungeduldig, dabei ist allein seine bloße Anwesenheit ein unglaublicher Nervenkitzel.

»Und du bist …?«

Sein Blick wandert an meinem Körper hinunter. Mir wird wieder bewusst, dass ich nur meinen Slip und ein Hemd trage, und ich werde verlegen.[†]

»Jamison«, sagt er, als er mir wieder in die Augen sieht. »Hook.«

Ich blicke zu ihm auf, und auf meinen Schultern lastet das Gewicht der Geschichten, die mir meine Großmütter mein ganzes Leben lang erzählt haben. Obwohl ich weiß, dass ich diese Bürde oben in dem Zimmer in den Wolken definitiv abgelegt habe.

»Jam.« Ein großer blonder Schotte kommt im Eilschritt um die Ecke. Er sieht aus wie Anfang zwanzig. »Da is'n …« Er unterbricht sich, als er mich sieht, und sein Blick zuckt zu Jamison zurück.

Jamison bedenkt ihn mit dieser Art von Blick, wie ihn sich Männer in prekären Situationen zuwerfen. »Gib mir 'ne Minute, Kumpel.« Er ruckt mit dem Kopf, eine Aufforderung an den Schotten, zu verschwinden. »Und hol mir 'ne Decke, was?[‡] Sie is' pitschnass.«

Der Mann nickt und geht weg.

Ich trete unruhig von einem Fuß auf den anderen. »Solltest du nicht eigentlich der Böse sein?«

»Aye.« Er lacht schnaubend. »So, bist also mit dem kleinen Bürschchen befreundet, was?«

»Mit Peter?«, stelle ich klar.

Er nickt und feixt.

»Ja.« Ich zucke mit den Schultern. »Ich nehme an, man könnte uns als Freunde bezeichnen.«

»Klar doch, und wo is' er?« Er macht dabei so ein Ding mit seinem Mund, schiebt den Kiefer arrogant vor, was mich irritiert. Außerdem mag ich seinen Ton nicht, also mustere ich ihn entrüstet.

»Wir wurden bei diesem Kopfsprung nach unten getrennt.«

Er hebt die Brauen. »Ach was?«

[†] Und zwar nicht, weil sie durchnässt oder so kurz sind, sondern weil er jemand ist, dem ich mich von der besten Seite zeigen möchte. Ich weiß nicht mal genau, warum.

[‡] Das heißt hier, wie ich noch herausfinden werde, »auch«.

»Ach ja!« Ich recke die Nase in die Luft. »Ich wette, er sucht mich gerade.«

»'scheinlich.« Er nickt verständnisvoll. »Wenn du doch bloß in der Schar der Meerjungfrauen da oben aufm Felsen wärst.« Er deutet mit dem Kinn über das Wasser.

Ich drehe mich um und spüre, wie mir die Gesichtszüge entgleisen. Peter Pan steht inmitten einiger Felsen, die Hände in die Hüften gestemmt, kräht wie ein Gockel und klopft sich auf die Brust. Um ihn herum liegen sechs oder sieben der schönsten Geschöpfe, die ich je in meinem Leben gesehen habe. Sie klimpern mit den Wimpern, klatschen und jubeln, und Peter sieht sie mit schief gelegtem Kopf an, hockt sich hin und berührt ihre Gesichter. Mein Magen fällt fünf Fuß tief direkt ins Meer zurück.

»Hier, da haste sie.« Der Schotte ist zurückgekehrt, und das reißt mich ins Hier zurück.

Ich schaue den Mann an, und Jamison Hook beobachtet mich so aufmerksam, dass es fast aufdringlich wirkt. Er schaut auf die Decke, die der Mann ihm in die Arme gelegt hat.

»Ist die etwa von meinem Bett, Trottel?«

Der Schotte lacht spöttisch. »Na, werd ihr sicher nich' meine geben, weißt du.«

Hook starrt ihn ein paar Sekunden finster an, und seine Augen verdunkeln sich. Ich frage mich, ob dem Schotten Ärger bevorsteht, doch dann verzieht Jamison Hook das Gesicht zu einem Lächeln, und er schlägt ihm klatschend auf den Arm.

»Der da is' Orson Calhoun.« Er deutet auf ihn.

»Angenehm.« Orson streckt seine Hand aus. »Und du bist?«

»Daphne.« Ich schüttle seine Hand. »Belle Beaumont-Darling«, setze ich ohne besonderen Grund hinzu.

»Hölle.« Jamison Hook zieht den Kopf zurück. »Das is' aber mal 'ne Ansage, was?«

Ich drehe mich um und werfe ihm einen finsteren Blick zu. »Wie bitte?«

»Nix.« Er zuckt mit den Schultern, aber aus dem Augenwinkel sehe ich, wie Hook mich anstarrt. Hinter seinem Blick steckt mehr als nur nichts.

»Was?« Ich verschränke entrüstet und abwehrend die Arme vor meiner Brust.

Er starrt mich noch einen Moment lang an, dann schüttelt er den Kopf. »'s is' einfach nur der Name, das is' alles«, sagt er.

Ich fühle, wie der Wind sanft über mein Gesicht streicht und meine Wange küsst, als würde er mir etwas zuflüstern.

Er zeigt auf meinen rechten Mundwinkel. »Du hast da den Kuss deiner Sippe.«

Ich blinzle ihn verwirrt an. »Ich habe was?«

»Du hast diesen Kuss da im Mundwinkel, wie deine ganze Sippe«, wiederholt er.

Meine Hand fliegt zu meinem Gesicht, und ich erröte. »Hab ich?«

»Aye.« Er nickt und starrt mich an, während er darauf deutet. »Unübersehbar.«

Ich bin absolut entzückt.

Um ganz ehrlich zu sein, das habe ich mir immer gewünscht. Von allem, was ich von meiner Familie erben konnte, war es das, was ich mir am meisten gewünscht habe. Ich habe meine Mutter einmal gefragt, ob ich ihn habe, und sie hat mich vollkommen unbeeindruckt angesehen. Sie fragte mich, warum in aller Welt ich einen Kuss im Mundwinkel haben wollte, den niemand stehlen konnte.

Großmutter Mary brachte sie daraufhin zum Schweigen und erzählte mir, dieser versteckte Kuss sei sowieso nicht dazu da, dass man versuche, ihn zu ergattern. Er wird dem gegeben, dem er wirklich gebührt.

Es ist ziemlich einschüchternd, wenn einem ein schöner Mann auf den Mund starrt, und bitte seid euch dieser beiden Dinge gewiss: Er starrt dorthin, und er ist, ohne jeden Zweifel, schön.

Jamison blinzelt, und der Bann zwischen uns löst sich auf. Er nickt Calhoun zu: »Was wolltest du sagen, eben?«

Calhoun deutet mit einem Nicken hinter Hook. »MacDuff und Brown haben sich schon wieder in den Haaren.«

Jamison verdreht die Augen und sieht mich dann wieder an, aber ich kann den Blick nicht von Peter auf den Felsen mit den schmeichelnden Meerjungfrauen abwenden.

Er hat mich bereits völlig vergessen.

»Da muss ich dazwischengehen«, erklärt Jamison. »Hast du Lust auf 'nen Spaziergang? Willste dir das Dorf ansehen?«

Ich werfe einen letzten Blick in Richtung Peter. Aber in meinem Innersten weiß ich, dass ich in diesem Moment weniger als nichts für ihn bin, also nicke ich Jamison knapp zu.

»Hat dein Sturz wehgetan?«, fragt er, ohne mich anzusehen, und fährt sich mit der Hand durchs Haar.

»Ja.« Ich werfe ihm einen Blick zu. »Ziemlich.«

Er verbeißt sich ein Lächeln. »Übrigens, gern geschehen, was?«

Jamison hebt eine Braue, als er mich vom Boot auf die Straße führt, und irgendetwas am Aussehen des Dorfs löst eine nervöse Aufgeregtheit in mir aus, als ob es mir hier gefallen könnte. Es ist, als wäre ich in die Vergangenheit und durch sie hindurch in einen Traum gefallen. Meine Großmütter haben mich Anfang des Jahres nach Disneyland mitgenommen. Wart ihr schon mal auf der »Fluch der Karibik«-Bahn? Sie ist ziemlich vergleichbar mit diesem Dorf hier. Nur Jamison Hook fällt da raus. Im Gegensatz zu den schmuddeligen Robotern auf dieser Bahn sieht er eher aus, als würde er in eine Kunstgalerie gehören, vielleicht direkt neben der Venus von Milo.

»Gern geschehen? Wofür?«, frage ich ihn und ziehe erneut die Augenbrauen hoch.

Er wirft mir einen genervten Blick zu, während er mich vom Boot führt: »Weil ich dich gerettet hab, dumme Gans.«

Ich reiße übertrieben die Augen auf. »Wohl kaum.«

Er packt mich an der Taille und schiebt mich rückwärts zum Wasser. »Ich kann dich auch wieder reinwerfen, wenn's dir lieber ist?« Er feixt spöttisch. »Dich ent-retten.«

»Das würdest du nicht tun!«, erkläre ich hochnäsig. Ich mag seine Hände an meiner Taille sehr, hoffe aber, dass er das nicht mitkriegt.

Er zuckt mit den Schultern. »Ich mach keine Versprechungen, was ich alles tun oder nicht tun würde, um dich wieder nass zu sehen.« Er lächelt mich anzüglich an, und ich gebe ihm einen Klaps auf den Arm.

Es macht Spaß, ihn zu berühren. Habt ihr schon mal einen Menschen berührt, der sich einfach gut anfassen lässt?

Er lacht wieder. Er hält sich für so charmant und einnehmend,* dass die einzige Reaktion, die ich für angemessen halte, darin besteht, vorauszugehen und ihn zu zwingen, mir hinterherzulaufen. Ich will ihn an die sexuelle Revolution gemahnen, die auf meinem Planeten stattfindet. Und auf die ich in diesem Fall gerade pfeife.

»Du bist also eines der Darling-Mädchen!«, ruft er, während er mir folgt, genau wie ich es wollte.

»Ja«, sage ich, schon wieder hochnäsig.

»Is' schon 'ne Weile her, dass eine von euch hier war«, sagt er, und ich bleibe vor ihm. »Was is'n pass...? Oh. Morrigan. Wie geht's, wie steht's?«

Ich schaue zu ihm zurück. Da steht ein ziemlich hübsches Mädchen† neben ihm, mit zwei Broten in den Armen. Langes, gewelltes, kastanienbraunes Haar fällt ihr über die Schultern, ihre blasse Haut ist von der Sonne mit Sommersprossen übersät, und ihre Augen mustern mich kalt. Ich stelle mir vor, dass sie Jamison Hook ziemlich heiße Blicke zuwirft.

Sie erwidert seinen Gruß nicht.‡ Sie schaut nur von ihm zu mir und wieder zu ihm, aber das scheint ihn nicht zu stören. Er wirft ihr ein träges, fast gleichgültiges Lächeln zu.

Sie bedenkt mich mit einem langen Blick.

»Wer ist das?« Sie fragt ihn, nicht mich.

»Morrigan, das da ...« Er sieht zu mir herüber. »Das is' Daphne Tallulah Bowing-Darling.«

Ich sehe ihn böse an, weil ich weiß, dass er meinen Namen absichtlich verhunzt hat. Er grinst mich sarkastisch an. Er will mich nur ärgern. Bedauerlicherweise schafft er das auch.

»Angenehm.« Ich ignoriere ihn und strecke ihr meine Hand hin, aber sie schüttelt sie nicht, sondern schaut sie nur an. Das ist doch ziemlich unhöflich, oder? Auf jeden Fall ist es peinlich, dass ich meine Hand gut vier Sekunden lang ausgestreckt halte, bevor Jamison sie nimmt und sie fröhlich einmal schüttelt. Er ist sehr zufrieden mit

---

* Was er auch ist.
† Mädchen? Junge Frau? Jedenfalls älter als ich, das ist mal sicher.
‡ Falls er sie wirklich gegrüßt hat. Bei seinem Akzent ist das schwer zu sagen.

sich, und ich bin ihm ehrlich gesagt dankbar. Aber ich glaube nicht, dass mich das seiner Freundin sympathischer macht.

Sie kneift die Augen zusammen.

»Und woher kennt ihr euch?«

Jamison öffnet den Mund, aber ich komme ihm zuvor.

»Ich bin einfach so vorbeigekommen.« Ich zucke lässig mit den Schultern. »Ich bin in Schwierigkeiten geraten, und Jay-muh-son« – ich spreche es absichtlich falsch aus und sehe ihn dabei an; er verdreht die Augen, muss aber gegen ein Lächeln ankämpfen – »war so freundlich, mir zu helfen.«

Sie beäugt mich misstrauisch. »Pans Neue?« Sie ruckt mit dem Kopf in meine Richtung, auch wenn die Frage nicht an mich gerichtet ist.

»Aye.« Jamison nickt und fängt meinen Blick auf. »Klar, und die schönste bisher, meinste nicht?«

»Klar, wenn du Haut und Knochen magst, sag ich mal.«

Sie wirft mir einen weiteren unbeeindruckten Blick zu. So wie man vielleicht eine Spinne in seinem Schlafzimmer ansehen würde, wenn man Spinnen nicht besonders mag.

Dann schreitet sie davon.

Hook sieht ihr nach, bevor er zu mir herabschaut. Er hat die Brauen amüsiert hochgezogen. »Kümmer dich mal nicht um die.«

»Eine Freundin?«, frage ich neugierig.

»Du meinst, ob wir zusammen sind?«, stellt er klar, und ich nicke. Er lacht selbstgefällig, ganz das absolute Arschloch, das er bestimmt auch ist. »Ja, manchmal, aber nur im biblischen Sinn, was.«

Ich werfe ihm einen unbeeindruckten Blick zu. Die Art, wie er mich kurz anlächelt, lässt mich vergessen, dass ich mit einem Jungen hiergeflogen bin, der mich bereits vergessen hat und der, soweit ich weiß, denkt, ich sei ertrunken, und sich nicht mal die Mühe macht, nach meiner Leiche zu suchen.

Dann ertönt das Bersten von Glas, und zwei Männer stürzen auf die Straße.

Eine tobende Menge folgt ihnen. Alles geht so schnell.

Eine allgemeine Schlägerei bricht aus, und die Leute schubsen sich herum. Calhoun ist mittendrin, und Jamison steht am Rand und schaut zu. Er steht dicht hinter mir, und ich ertappe mich dabei, dass ich ihn beobachte, nicht den sich entfaltenden Tumult. Ich stelle fest, dass ich es mag, wie sein Mund aussieht, wenn er ernst wird.

Ich nehme an, wenn ihr mich fragen würdet, was da passiert ist und warum ich mitten auf dem Platz eines Dorfs stehe, in dem ich noch nie zuvor war, mit einem Mann, den ich noch nie zuvor getroffen habe, während um uns herum eine wilde Prügelei tobt, und wir beide einfach nur den Blick des anderen mit ehrfürchtigem Schweigen erwidern, wäre die beste Antwort, die ich euch geben könnte, dass ich zum zweiten Mal in meinem Leben – und seltsamerweise am selben Tag – eine Art Zukunft vor mir aufblitzen sah. Und mich durchfuhren wie ein Blitz Schmerz und Traurigkeit und Verlieren und Verlust und Tod und Blut und Angst und Zittern und Lust und Staunen und Liebe und Versprechen und …

Dann wird einer der kämpfenden Männer heftig gestoßen. Betrunken und aus dem Gleichgewicht gebracht, taumelt er zurück. Die anderen Zuschauer sehen es und bilden eine Gasse, damit er nicht gegen sie prallt. Aber ich sehe es nicht, denn ich ertrinke gerade wieder, nur diesmal auf dem Trockenen und in den Augen eines Piraten.

Der Trunkenbold kracht in mich hinein, stößt mich von den Füßen, und ich falle fast zu Boden. Aber Jamison Hook fängt mich auf und stellt mich wieder auf die Beine. Und lässt mich nicht mehr los.

Er senkt den Kopf, um mir in die Augen zu sehen. »Alles gut bei dir?«

Ich nicke, etwas erschüttert, aber glücklich, wieder seine Hände auf mir zu fühlen. Warum bin ich froh, wieder seine Hände auf mir zu fühlen?

Er nickt einmal und dreht sich auf dem Absatz um. Wenn ich gewusst hätte, was passieren würde, hätte ich ihn aufgehalten – ich schwöre es –, aber er ist schnell. Das werde ich noch lernen, er ist in fast jeder Sache schnell, außer in einer.

Er greift nach unten, dann blitzt etwas auf, die Zuschauer schnappen vernehmlich nach Luft, und dann fällt der Mann, der mich umgerissen hat, tot um. Blut spritzt in alle Richtungen.

Meine Augen weiten sich vor Entsetzen, und ich stolpere rückwärts, weg von Jamison Hook, weil ich mich mit einer Unvermitteltheit wieder erinnere, die mich wie ein D-Zug trifft – Jamison Hook ist ein Pirat. Ein echter. Ein »Geh-ihm-lieber-aus-dem-Weg-wenn-du-ihn-kommen-siehst«-Pirat. Und er sieht diese Veränderung in meinem Gesicht. Die Art, wie ich ihn vorher angesehen habe, ist verschwunden, zugedeckt vom Blut eines toten Mannes.

»Willst du immer noch das Dorf sehen?«, fragt Orson. Er taucht hinter uns auf, ohne sich darum zu scheren, dass er dafür über eine Leiche steigen muss.

Ich schüttle den Kopf. »Ich habe genug gesehen.« Ich sehe Hook an: »Bring mich einfach zu Peter.«

Er lacht spöttisch. »Wer bin ich, dein verdammter Führer? Such ihn selbst.« Er deutet mit einem Nicken zum Wasser.

Er ist wütend, glaube ich. Keine Ahnung, warum. Er ist der Mörder, nicht ich.

»Ich bring sie hin«, bietet Orson an. Erst jetzt blickt er zwischen uns hin und her.

Ich sage nichts, aber ich nicke einmal, und dann führt er mich weg.

Als ich ein paar Meter entfernt bin, schaue ich zurück und sehe, wie Hook jemandem ein Bier wegschnappt und es in einer Geschwindigkeit hinunterkippt, dass Mutter sich Sorgen machen würde.*

Damals wusste ich es nicht, weil ich leider keine Augen im Hinterkopf habe, aber hätte ich welche gehabt, hätte ich gesehen, wie Jamison Hook mir nachschaute, als ich wegging. Mit finsterer Miene, ungeduldig und verärgert und auch ein wenig traurig.

Orson und ich verlassen den Dorfplatz und gehen einen weißen, steinigen Weg entlang. Es ist wunderschön. Irgendwo zwischen Milos und Cortona, mit Olivenbäumen, weißen Felsen und Bougainvillea überall, und dann kommen wir zu einer Lichtung.

Calhoun zeigt geradeaus in eine Bucht unter mir. »Zu deinem Jungen geht's da lang.«

Ich schlucke und sehe zu ihm hinüber. »Er ist nicht mein Junge.«

---

* Damit meine ich nicht meine Mutter, weil man in Belize Rum sehr zu schätzen weiß. Sondern die Sorgen irgendeiner Mutter.

Er zieht eine Braue hoch. »Kann man verflucht noch mal wohl sagen.« Damit verschwindet er.

Ich klettere zum Ufer hinunter und beobachte ein paar Augenblicke lang nur.

Peter liegt auf einem Felsen und blinzelt, das Gesicht zur Sonne gewandt. Eine Meerjungfrau hat ihren Kopf auf seine Schulter gelegt und streicht mit einem Finger über seine Brust.

Eine Sekunde lang frage ich mich, ob ich besser gehen sollte.

Vergiss Neverland, vergiss diese beiden Jungs, die du gerade getroffen hat, und ich weiß genau, was du denkst: Vor nicht mal einem Tag waren sie Fremde, bedeuteten mir nichts, und dieser Ort war nur das Flüstern eines Traums, den meine Vorfahren träumten, also könnte ich gehen. Vielleicht sollte ich das …

Aber wenn ich jetzt gehe, würde ich, das weiß ich, den Rest meiner Tage damit verbringen, mir zu wünschen, wieder hier zu sein. Ich würde mich mit einer hundsmiserablen Neugier fragen, was hätte sein können, wenn ich geblieben wäre. Denn Neverland ist wie Treibsand für deine Seele und wie die Mafia für dein Herz. Bist du einmal drin, bist du drin.

»Wendy!«, ruft mir Peter jubelnd vom Felsen zu. Fröhlich lachend springt er auf und fliegt zu mir herüber.

Ich möchte böse auf ihn sein, weil er schon wieder meinen Namen vergessen hat, aber etwas in mir ist einfach froh, dass er sich freut, mich zu sehen.

»Ich dachte, du wärst gestorben.« Er lacht unbekümmert.

Ich finde das nicht lustig. Er bemerkt es nicht.

»Wo bist du gewesen?«

Wo bin ich gewesen? Ich war mir nicht mal sicher. Fünf Minuten war ich allein in Neverland, und ich wurde kurzzeitig – und schmerzhaft – von den Augen eines arglistigen Piraten verführt. Wirklich peinlich. Und erbärmlich.

Kurz überlege ich, ob ich Jamison erwähnen soll, aber letztlich finde ich, dass es da nichts zu erwähnen gibt. Überhaupt nichts, und da ist auch nichts.[†]

[†] Richtig?

Ich schaue zurück zum Dorf, drüben am Hafen, wo ich gelandet bin, auf der Suche nach – egal. Auf der Suche nach Ärger, denke ich mal.

Ich lächle Peter strahlend an.

»Ich habe dich gesucht«, lüge ich.

KAPITEL 3

Bevor ich zu dem komme, was ich euch als Nächstes erzählen werde, möchte ich noch einmal betonen, dass ich eigentlich ziemlich clever bin. Ich beherrsche die englische Sprache und verfüge über einen umfangreichen Wortschatz. Dennoch weiß ich nicht, ob ich die Wörter kenne, die notwendig wären, um euch zu beschreiben, wie Neverland wirklich ist. Dessen ungeachtet werde ich es versuchen.

Die Insel selbst ist zwar in vier Abschnitte unterteilt, aber nicht geviertelt wie zum Beispiel eine Torte.

In Ermangelung einer besseren Erklärung könnte man sagen, sie ist wie ein Croissant geformt und dann ziemlich willkürlich in vier Teile getrennt. Die Buchten und der Strand verlaufen entlang der inneren Krümmung der Insel. Und diese Krümmung ist technisch betrachtet zweigeteilt, aber vom Boden aus kann man das nicht sehen.

In dem Teil, in dem Jamison Hook wohnt, und im Dorf hat man das Gefühl, als wäre immer Sommer, und sie nennen ihn Zomertierra.

Die andere Hälfte dieser Sichel sieht aus und riecht sehr deutlich nach Frühling. Hier leben Peter und – wie man mir sagte – die Ureinwohner der Insel*. Den Teil nennen sie Preterra.

Zomertierra und Preterra säumt, sich über die gesamte Länge der Insel erstreckend, Haustland. Hier herrscht das ganze Jahr über Goldener Herbst, obwohl ich nicht sicher bin, ob es hier überhaupt so was wie Jahreszeiten gibt. Und hinter Haustland begrenzt und überschattet die gesamte Insel Vinterlun, mit seinen Bergen und dem Schnee. Ich glaube, fast alle Berge der Insel befinden sich in Vinterlun, vielleicht mit Ausnahme des Carnealian. Der liegt ganz links auf der Insel. Man könnte sagen, er gehört zur Provinz Zomertierra.

Jede Provinz scheint unmerklich in die nächste überzugehen, sodass man nicht sicher sein kann, wo die eine endet und die andere beginnt. Außerdem gibt es eine fast schon aufdringlich türkisfarbene

---

* Sowohl Menschen als auch Feen.

Bucht, die zwischen dem Never Wood und Jamison Hooks Wohnort liegt – nicht, dass wir noch einmal an ihn denken wollten.

Peter hat vor den Meerjungfrauen* ein bisschen mit mir angegeben, aber keine von ihnen hat auch nur ein Wort mit mir gewechselt. Keine einzige!

»Nimm es nicht persönlich«, sagte er mir. »Ihre Spezies behandelt deine Sorte nicht sehr freundlich.«

»Meine Sorte?«, wiederholte ich.

»Du weißt schon, ein ...« Er hob das Kinn in meine Richtung, während er die Stimme senkte, »... Mädchen.«

Dafür haben sie, wie es scheint, viel für Jungen übrig. Ich würde sogar so weit gehen zu sagen, dass sie auf unangenehme Weise von Peter eingenommen sind. Sie liegen völlig hingerissen auf dem Bauch, das Kinn in die Hände gestützt, und himmeln ihn an, während er ihnen Kunststücke vorführte und mich dabei manchmal als Komparse benutzte. Er balancierte mich auf einem Finger. Er warf mich hoch in die Luft und fing mich auf, kurz bevor ich ins Wasser fiel. Er hat mich nicht gebeten, mitzumachen. Ich wurde einfach mit eingebaut, aber es hat mir nichts ausgemacht, denn er ist Peter Pan. Es ist vielleicht das schönste Gefühl, das ich je empfunden habe, seinen Blick auf mir zu fühlen. Selbst wenn er nicht die ganze Zeit auf mich gerichtet ist. Die Meerjungfrau, die er Marin nennt, fordert sehr viel von seiner Aufmerksamkeit, und Peter scheint sie ihr gern zu gewähren.

»Du bist jetzt immer so verträumt, Peter.« Sie schaute ihn mit klimpernden Wimpern an.

Er legte sich hin, ihr gegenüber, fast Nase an Nase.

»Das weiß ich.«

Als die Sonne fast untergegangen war und die Meerjungfrauen sich beschwerten, dass es auf den Felsen allmählich zu kalt würde, um noch länger darauf zu liegen, flüsterte Peter mir zu, dass er sich langweilte und wir gehen sollten. Das war für mich in Ordnung, denn

---

* Marin hat wunderschöne olivfarbene Haut, goldblondes Haar und violette Augen; Crystal wunderschöne weiße Haut, blaues Haar und blaue Augen; Pania wunderschöne dunkle Haut, braunes Haar und goldene Augen; Delphine wunderschöne braune Haut, blondes Haar, grüne Augen.

wenn ich ganz ehrlich bin, fand ich es gar nicht so schlecht, wie die Schatten die Gesichter der Meerjungfrauen veränderten.

Du hebst Geschöpfe wie Meerjungfrauen in deiner Vorstellung auf einen Sockel. Und dort oben sollen sie bleiben, erhaben und prächtig. Mich sollte es eigentlich nicht interessieren, wie die Dunkelheit ihnen mitspielen mochte, obwohl man das vermutlich über uns alle sagen könnte.

Ich habe ihn gefragt, ob wir bitte zum Never Wood laufen könnten, denn ich hätte gern die Gegend erkundet. Und ihr wisst ja, dass Herumstreifen dabei hilft. Ihr hättet Peters Blick sehen sollen, als ich das vorschlug! Man hätte fast meinen können, ich hätte ihn um eine Nierenspende gebeten. Natürlich sind wir geflogen. Weil er es so wollte und weil es außerdem schneller geht. Also war dies wahrscheinlich eine vernünftige Entscheidung.

Außerdem hat das Fliegen auch seine Vorteile. Ich habe mir so viele Orte notiert, die ich unbedingt besuchen muss. Einige kannte ich schon aus den Geschichten meiner Großmütter, wie den Skull Rock, das Old Valley, in dem die Ersten Menschen von Neverland leben, die Cannibal Cove, die eigentlich eine eigene Insel vor der Ostküste ist, und dann natürlich die Neverpeak Mountains. Es gibt eine ganze Reihe von Inseln und Atollen rund um das Festland von Neverland, und einige sehen wahrscheinlich genauso aus, wie man es sich vorstellt, aber andere sind ziemlich bizarr: Da ist eine, die aussieht, als wäre eine Insel auf dem Rücken einer riesigen Muschel gewachsen, eine andere ist von undurchdringlichem Dschungel überwuchert. Eine ist völlig von Wolken umhüllt. Und das sind nur die, die ich von hier aus mit eigenen Augen sehen kann. Peter sagt, dass es noch viel mehr gäbe und ich sie mit der Zeit sehen würde.

Aber ich habe etwas entdeckt, das für mich wie eine Burg aussah, eine, von der ich noch nie gehört habe. Außerdem gibt es hier eine Handvoll aktiver Vulkane, was unglaublich ist. Ich muss sie alle besuchen. Natürlich ist die Geologie eines Vulkans für jeden faszinierend, nicht nur für eine potenzielle Geologin wie mich, also stelle ich Peter viele Fragen darüber. Um welche Art von Vulkanen handelt es sich? Wie aktiv sind sie? Wie zugänglich sind sie? Werden sie von jemandem überwacht? Ich fokussiere meine ganze mentale Energie auf die

Vulkane. Ich denke keine Sekunde darüber nach, ob ich schuld am Tod des Mannes bin, den Jamison Hook umgebracht hat. Und schon gar nicht denke ich darüber nach, wie es sich anfühlte, als seine dummen Piratenhände auf meiner Hüfte lagen, oder wie ernst seine Augen sind. Und würde ich über seine Augen nachdenken – was ich ja nicht tue –, dann nur, weil sie die Farbe von Wasser haben, und der Ozean ist Wasser, und in dem Ozean wäre ich gestern fast ertrunken. Also denke ich überhaupt nicht an seine Augen, sondern an den Ozean. Und/oder das Ertrinken. Ich mag den Ozean nicht mal besonders.*
Ich will nicht Meeresbiologin werden, falls ihr euch erinnert, sondern Geologin, und deshalb sollte ich meine ganze Aufmerksamkeit auf die Vulkane hier richten. Von denen Peter offensichtlich nichts versteht. Als ich ihn fragte, von welcher Art der Vulkan in der Nähe von Zomertierra sei, sagte er »von der heißen Art«. Aber ich versuche, kein Urteil über ihn zu fällen, weil ich bezweifle, dass er eine ordentliche Ausbildung genossen hat. Jedenfalls sieht er weder wie ein Supervulkan noch wie ein Schichtvulkan aus, und ich hoffe, er ist kein spitzkegeliger Vulkan, denn das wäre langweilig. Dann ist es wahrscheinlich ein Schildvulkan. Das wäre schön.

Er hat ihn umgebracht, ohne auch nur zu überlegen, fast wie aus Reflex. Und ich habe den Verdacht, dass sein Tod durch mich und nur durch mich verursacht wurde. Ich habe das Gefühl, dass dieser Mann vielleicht noch am Leben wäre, wenn er auf jemand anderen gefallen wäre. Und das ist verwirrend und schrecklich und entsetzlich, weil ich, wenn auch eher widerwillig zugeben muss, dass es ein gewisser verdrehter Trost ist, zu wissen, dass Jamison Hook einen Mann für mich oder wegen mir töten würde.† Nur weiß ich nicht, warum er es getan hat. Ich vermute, ich werde es vielleicht auch nie erfahren, was ein bisschen gemein wäre, weil ich so gern Dinge weiß. Aber dann fällt mir ein, was man immer über seinesgleichen gesagt hat: Einem Piraten darf man niemals trauen.

Ich frage mich, wie viel Wahrheit wohl in diesem Satz steckt. Bei diesem Gedanken keimt ein kleiner Anflug von Panik in meiner Brust auf. Denn hätte noch gestern Morgen jemand einen anderen Men-

---

* Das ist gelogen.
† Zumindest hat es den Anschein, dass er es tun würde.

schen für mich und vor meinen Augen und in meinem Namen umgebracht, hätte ich denjenigen sofort als böse und nicht vertrauenswürdig eingestuft. Und obwohl ich Hook für böse halte, weil er offensichtlich ein Mörder und wahrscheinlich auch ein Schwerenöter ist, fürchte ich, dass Letzteres vielleicht nicht ganz für ihn gilt.

Wenn ihr mich nämlich nach dem Weg vom Dorf zum Never Wood und zu dem Teil der Insel, in dem Peter wohnt, fragen würdet, würde ich, so fürchte ich, passen müssen. Unterwegs habe ich schon ein paarmal befürchtet, dass Peter vielleicht den Weg zu seinem eigenen Haus vergessen hat. Denn ich weiß mit Sicherheit, dass wir uns zweimal im Kreis gedreht haben. Ob das nun daran lag, dass wir uns verflogen hatten, oder ob Peter einfach nur Spaß daran hatte, mich zu verwirren, kann ich weder bestätigen noch dementieren, aber so viel kann ich euch mit Sicherheit sagen: Aus der Luft betrachtet, befindet sich sein Haus im östlichen Teil des Halbmonds, in der Nähe der inneren Bucht am Hafen. Die Landschaft ist in der Tat verwirrend, und ich vermute, dass Peter selbst ihn in Ermangelung eines besseren Begriffs Never Wood genannt hat. Es ist nämlich gar kein Wald, und das ist noch längst nicht alles. Es ist sehr viel mehr.

Es ist eine allumfassende Wildnis aus Wäldern, Urwäldern, Dschungeln, Stränden und Buchten. Meistens bleibt jeder Teil für sich, aber gelegentlich gibt es Überschneidungen, und das kann höchst irritierend sein. Da war zum Beispiel ein Jaguar mit smaragdgrünen Augen, der auf einem Ast des Never Trees lag. Das fand ich seltsam, denn ich habe noch nie einen Jaguar in einer Eiche gesehen. Andererseits habe ich wohl generell nicht viele Jaguare gesehen. Ich sah eine Eule in einer Palme. Einen Tukan im Klee. Eine Menge Leben, das hervorbricht und übereinanderpurzelt, so wirkt Neverland.

Der Baum, in dem die Jungen leben, ist ein Wunder an sich, und als ich hineintrete, wird mir sofort klar, dass er verzaubert sein muss, denn er öffnet sich zu einem labyrinthischen Raum, der wie ein indonesischer Dschungel aussieht.

Wendeltreppen aus Baumstämmen, Zweigen und Netzen erstrecken sich über die gesamte Länge der Räume und dienen wohl als eine Art Balkon. Die Dächer sind mit Palmwedeln gedeckt, und das Ganze scheint nur von Stöcken und Seilen und anderen Dingen zusammengehalten zu werden. Aber die Dinge sind hier nie so, wie sie scheinen. Daran müsst ihr immer denken!

Hier sind auch überall verstreut solche ... ich weiß nicht, wie ich sie anders nennen soll als Nester. Sie sehen alle unglaublich einladend aus, aber keines ist so einladend wie das Nest ganz oben. Es ist mit Decken und Kissen vollgestopft, und von allen Ruhestätten, die ich sehe, ist es ziemlich augenfällig das Beste. Das sagt mir sofort, dass es Peter gehört.

»Hast du sie erwischt?« Ein kleiner Junge kommt angerannt. Er hat dunkelbraunes Haar und dunkle Augen.

»Ja, hast du?«, fragt ein anderer mit hellbraunem Haar und einer Brille ohne Gläser.

Sie scheinen beide etwa elf oder zwölf Jahre alt zu sein.

Ein anderer Junge, größer und breitschultriger als die ersten beiden, aber immer noch deutlich kleiner als Peter,* schlendert mit verschränkten Armen heraus. Er hat dunkle, fast schwarze Haare und ein freches Gesicht.

»Sie steht doch gleich da, Jungs.« Er nickt in meine Richtung. »Ihr müsst hinsehen, bevor ihr eure unsinnigen Fragen stellt.«

»Jungs!«, brüllt Peter, während er auf einem Dachbalken balanciert. »Ich habe eine!«

Ich schaue missbilligend zu Peter hinüber, ein wenig verstimmt darüber, dass ich als »eine« bezeichnet werde. Dann wende ich mich den anderen Jungs zu und begrüße sie etwas unbehaglich.

»Hallo.«

»Hallo!«, sagt der erste mit den dunklen Haaren. »Ich bin Kinley.« Er schüttelt mir energisch die Hand. »Hab noch nie 'n Mädchen getroffen. Das ist echt aufregend.« Er hat einen leichten Cockney-Akzent. Süß.

»Niemals?« Ich blinzle.

»Nein.« Kinley schüttelt feierlich den Kopf.

Der Junge mit der Brille sieht ihn stirnrunzelnd an. »Du kennst doch Feather und Calla und Sahara und ...«

»Das sind Mädchen?«, fragt Kinley völlig schockiert.

---

* Ich wage zu behaupten, dass das auch beabsichtigt ist.

»Ja!«, rufen die Jungen und Peter im Chor.

Kinley wirft einen Blick in Peters Richtung und flüstert: »Warum quatscht er dann immer von Mädchen, als ob sie was Besonderes wär'n?«

»Weil sie es sind«, antwortet der Junge mit der Brille. Er klingt eher, als wäre er vor einem ganzen Leben aus Westlondon hierhergekommen. Er schiebt Kinley aus dem Weg. »Mein Name ist Percival, und im Gegensatz zu meinem törichten Freund verstehe ich den zarten Ernst der weiblichen Gattung.«

Ich habe keine Ahnung, was er damit meint, aber ich schwöre euch, dass ich eine ernste Miene aufsetzte, als er das sagte.

»Nobel«, sage ich, um ihn nicht zu entmutigen.

»Du darfst mich Perce nennen«, sagt er vornehm.

Ich nicke und lächle höflich. »Daphne.«

»Brodie.« Der größere der beiden anderen streckt seine Hand aus. Er hat noch einen schwachen Akzent, der schwer zuzuordnen ist. Ein Anflug von Schottisch? Vielleicht Amerikanisch? Wie auch immer, ich habe das Gefühl, dass er die beiden anderen ziemlich streng behandelt.

»Wo hast du sie gefunden, Peter?« Percival fliegt auf den Balken zu, auf dem Peter balanciert.

»Ich habe sie im Schlafzimmerfenster gefunden, wie ich es mir gedacht habe!«, verkündet Peter. »Ich habe dir doch gesagt, dass sie auf mich wartet. Sie warten immer auf mich«, sagt er und schubst Percival vom Balken.

Ich erschrecke, weil ich noch neu hier bin und einen Moment vergessen habe, wo dieses Hier ist, als der Junge durch die Luft purzelt und in einem der Netze unten landet. Er lacht fröhlich und starrt bewundernd zu Peter hoch, als wäre er ein Gott.

Da steht er, Peter Pan, die Hände in die Hüften gestemmt, so wie man ihn immer beschrieben hat, nur größer und viel schöner – und vielleicht auch ein bisschen angsteinflößender. Er starrt auf mich herab, sieht mir in die Augen, dann schenkt er mir ein halb gares Lächeln, das ich in meinem Magen spüre. Habt ihr schon einmal den Blick von jemandem im Magen gespürt? Im Laufe des Tages war ich mir häufiger ganz sicher, und es wurde auch empirisch bewiesen, dass ich nicht die Einzige bin, die Peter Pan so ansieht. Aber jetzt, in diesem Moment, bin ich es, das weiß ich, und ich werde einen Zentimeter größer. Denn genau das passiert, wenn Peter Pan dich ansieht. Dann ist das Lächeln weg. Der Moment vergeht, und sein Gesichtsausdruck verändert sich von der süßen Neugier, mit der er mich anschaute, zu dem Blick, den er bekommt, wenn er von einem hohen Ding springen will. Dann springt er vom Balken, fliegt durch die Luft und landet in einem der Netze.

Die anderen beiden Jungen machen es ihm nach, steigen ein paar Sekunden lang auf und stürzen dann hinab.

»Könnt ihr denn alle fliegen?«, frage ich und schaue auf sie hinab.

»Nur, wenn wir bei Peter sind«, sagt der mit dem leeren Brillengestell.

»Warum?« Ich schaue sie der Reihe nach fragend an.

Kinley zuckt mit den Schultern. »Sind nun mal die Regeln.«

»Ach? Wer sagt das?«

Peter sieht mich mit einem trotzigen Funkeln in den Augen an und hebt hochmütig eine Braue.

»Niemand darf hier fliegen, außer mit deiner Erlaubnis?« Ich mustere ihn finster, diesen schönen Diktator. Denn das scheint er ja zu sein.

Peter fliegt wieder zu mir hoch, mit diesem süßen Grinsen im Gesicht.

»Das stimmt.«

Ich verdrehe die Augen. Ich glaube, er hält sich für clever, weil er die Schwerkraft beherrscht.[*]

Ich schaue mich im Baumhaus um, während ich lausche.

»Wo sind die anderen?« Ich frage niemanden Bestimmtes, aber Brodie nimmt die Frage auf und verengt ein bisschen die Augen.

»Wir sind die Verlorenen Jungen«, sagt er.

»Ja, schon, aber vorher gab es doch viele von euch, nicht wahr?« Ich bin verwirrt. »Wo sind sie jetzt?«

»Weg, nehme ich an.« Er zuckt mit den Schultern.

Das irritiert mich noch mehr. »Wohin sind sie denn gegangen?«

---

[*] Und ich nehme an, damit liegt er wohl auch ganz richtig.

»Einfach weg«, sagt er und schaut sich um, als hätte er ihre Abwesenheit erst jetzt bemerkt. »Ich hatte mal einen Bruder, glaube ich. Vielleicht?« Er blickt an die Decke, aber ich kann sehen, dass er eigentlich in seinem Kopf zurückschaut, als versuche er, sich an etwas zu erinnern.

Ich blinzle zweimal. »Und er ist weg?«

Brodie schaut mir kurz in die Augen, dann zuckt er mit den Schultern. »Muss ihn mir wohl ausgedacht haben«, sagt er, bevor er springt und in den Netzen landet.

Die vier kämpfen und ringen in den Netzen, und mir fällt auf, dass alle drei Verlorenen Jungs jünger sind als Peter. Das wäre mir seltsam vorgekommen, und ich hätte vielleicht sogar noch länger darüber nachgedacht, wenn nicht eine Lichtkugel hereingeflogen wäre. Sie prallt an den Balken ab und schwebt dann schließlich direkt vor meinem Gesicht. Sie ist nicht sehr groß, nicht größer als meine Faust, aber o Gott, sobald sie in der Luft schwebt, sehe ich, was sie ist. Sie ist wunderschön.

Ich weiß, was ihr jetzt denkt: Wir alle wissen, was man über Feen sagt, und manches davon ist wahr, aber vieles ist nur Verleumdung.

Glöckchen mochte Wendy nicht, das wissen wir, aber Großmutter Mary kannte Glöckchen gar nicht. Sie hatte eine andere Fee als Begleiterin, und die war ziemlich freundlich zu ihr. Und ich, na ja, ich habe noch nie eine gesehen, aber ich hatte viele schöne Träume über Feen. Im Nachhinein bin ich nicht mehr davon überzeugt, dass das alles nur bloße Träume waren, sondern eher eine Vorbereitung auf das Leben, das mich hier erwartet.

Ja, es stimmt, dass ihre Winzigkeit die Vielfältigkeit ihrer Gefühle in einem einzigen Augenblick hemmen kann, aber ich persönlich bin der Meinung, dass Glöckchen gelegentlich ganz besonders schlecht gelaunt und fürchterlich frech war.

Abgesehen davon war ich bei meiner Ankunft in Neverland schon deshalb ein wenig nervös, weil ich fürchtete, so wie es Peter Pan bestimmt war, immer ein Mädchen wie mich zu finden, es mir auch bestimmt war, von den Feen gehasst zu werden.

Aber die kleine Fee, die vor meinem Gesicht schwebt, ist wie ein

Pünktchen aus Sonne. Sie hat sehr blasse, fast durchscheinende Haut, riesige hellblaue Augen und langes, glattes, fast weißblondes Haar.*

»Na hallo.« Ich schenke ihr mein herzlichstes Lächeln.

Sie klingt wie ein Glockenspiel, wenn sie spricht.

»Nein, kein Problem, ich kann dich verstehen.« Ich nicke ihr zu, und Peter schaut stirnrunzelnd und neugierig zu mir herüber.

»Du sprichst Stjär?« Er schwebt zu mir herüber und wischt die Fee achtlos mit der Hand weg, als er seine Aufmerksamkeit auf mich richtet.

»Ich … ich wusste nicht, dass ich das kann.« Ich werfe ihm einen fragenden Blick zu. »Aber vielleicht doch?«

Die Fee bimmelt erneut, landet auf Peters Kopf und stolziert darauf herum, ohne darauf zu reagieren, dass er sie gerade eben noch verscheucht hat.

»Ich glaube, meine Großmütter haben es mir beigebracht.« Ich schaue von ihr zu Peter. »Ich habe das immer für ein Spiel gehalten, aber … Ich bin übrigens Daphne«, stelle ich mich ihr vor und strecke meinen Finger nach ihr aus.

Sie schüttelt ihn.

»Rune?« Ich wiederhole ihren Namen und schaue Bestätigung heischend zu Peter.

Er nickt und starrt die Fee finster an. Die gleitet an seinem Arm hinunter, als wäre es eine Wasserrutsche, bevor sie wieder zu meinem Ohr hochfliegt und dort herumbimmelt.

»Oh!«, strahle ich sie an. »Es ist mir ein Vergnügen! Ja, ich bin heute angekommen, gerade eben.« Ich nicke. »Ja, aus London. Oh, das war gar nicht so schlimm. Aber ich hatte noch nie ein schwarzes Loch von innen gesehen. Das war schon etwas Besonderes.«

In meinem peripheren Blickfeld nehme ich Peter und die Verlorenen Jungs wahr, die hinter uns schweben und uns neugierig beobachten.

»Sie mag dich«, sagt Brodie.

»Warum auch nicht?« Ich bin ein bisschen verblüfft.

»Oh.« Er springt zu mir rüber. »Ich habe es nicht so gemeint. Es ist

---

* Das allerdings ziemlich unordentlich ist.

gut, dass sie das tut.« Dann lehnt er sich dicht an mich heran und flüstert: »Nur dass die hier Peter nicht besonders mag.«

Das finde ich jetzt interessant, denn soweit ich weiß, mögen alle Feen Peter. Eigentlich mögen alle weiblichen Wesen Peter. Als hätte er eine magische Anziehungskraft auf uns. Es gibt da eine unausgesprochene Annahme, dass Männer immun gegen das sind, was wir[†] an Peter so lieben, und natürlich stimmt das auch zumeist,[‡] aber es ist nicht immer und auch nicht so oft der Fall.

Mädchen mögen von seinem jungenhaften Charme und dem albernen Sternchengefunkel in seinen Augen angezogen werden, aber Wendy sagt, dass Jungs auch oft feststellen, dass Peter eine Anziehungskraft auf sie ausübt. Nicht unbedingt auf dieselbe Art, aber dadurch, dass er auf alles klettern kann oder dass er Blitze einfängt und sie auf die Wolken zurückschleudert oder dass er so tief über der Wasseroberfläche fliegt, dass er die Flossen der Haie streift, so wie wir selbst, ohne nachzudenken, ein Treppengeländer hinunterrutschen.

Ich will damit sagen, es ist eine Seltenheit, jemanden zu finden, der immun gegen ihn ist, und allein deshalb mag ich Rune jetzt schon.

Ich nicke. »Nun, Rune, ich bin sehr erfreut, dich kennenzulernen.« Ich schenke ihr mein herzlichstes Lächeln, während Peter herüberschwebt.

»Was zwitschert ihr zwei Vögelchen denn da?«

Rune klingelt ärgerlich.

»Ich mag Vögel. Ich habe es nicht böse gemeint.« Peters Miene verfinstert sich.

Noch mehr Gebimmel.

»Schon gut.« Peter sieht ziemlich verlegen aus. »Dann tut es mir eben leid.«

Seine Wangen sind jetzt gerötet. Ich kann mir nicht vorstellen, dass er oft gescholten wird, denn er wedelt mit der Hand nach ihr. »Du kannst gehen.«

Rune bimmelt wieder, und es ist eindeutig spöttisch. Dann grinst sie mich an und zischt davon. Ich bin ein bisschen traurig, dass sie weg ist.

[†] Damit meine ich den weiblichen Teil der Menschheit.
[‡] Zum Beispiel ist diese Immunität in der Familie Hook offenkundig erblich.

»Wo wohnt sie denn?« Ich sehe mich um.

»Gleich um die Ecke«, erwidert Peter gleichgültig, während er seinen Bizeps begutachtet.

»Welche Ecke?«

Percival zieht die Achseln hoch. »Keine Ahnung.«

»Also dann.« Ich mustere die Jungs der Reihe nach streng, und jeder – außer Peter – verzieht bedröppelt das Gesicht. »Wo soll ich wohnen?«

Peter sieht sich um. »Hier, Dummkopf«, sagt er nach einem Moment.

»Hier?«, wiederhole ich. »Mit euch allen?«

Peter nickt wieder und wechselt verständnislose Blicke mit den anderen Jungs.

»Was sollen die Nachbarn denken?«

Kinley schaut über die Schulter. »Nachbarn?«

»Ich kann nicht gut hierbleiben«, verkünde ich mit einem Blick in die Runde.

Peter zuckt mit den Schultern. »Natürlich kannst du.«

Ich bin skeptisch. »Und wo soll ich schlafen?«

Peter lacht und schüttelt den Kopf. »Mit mir.«

Ich blinzle. Ziemlich oft. »Wie bitte?«

Die Jungs starren mich an, sichtlich verdattert, als ob meine Reaktion seltsam wäre.

»Vielleicht ist sie ja schwerhörig?«, flüstert Percival Peter zu.

»Mit. Mir«, wiederholt Peter überdeutlich.

Ich bedenke ihn mit einem verärgerten Blick. »Ich … habe … dich … schon … beim … ersten … Mal … gehört!«

»Oh.« Peter schwebt zu mir herüber, die Arme vor der Brust verschränkt. »Was ist denn dann das Problem, Mädchen?«

»Also …« Ich sehe ihn unsicher an und streife dann die Jüngeren mit einem vorsichtigen Blick, bevor ich die Stimme senke. »Was sollen die Leute sagen?«

Peter schüttelt verdutzt lächelnd den Kopf. »Was immer sie wollen!«

Ich seufze. »Nein. Ich meine …«

Peter hebt fragend die Brauen und wartet.

Ich spitze meine Lippen. »Ein Junge ... und ein Mädchen ... in einem Bett ... Das ist sehr ...« Ich lasse meinen Blick über die Jungs schweifen, in der Hoffnung, einer von ihnen würde sich edelmütig einmischen und diesen verunglückten Satz für mich beenden.

»Kuschelig?«, bietet Kinley an.

Ich schüttle den Kopf. »Nein. Ich meine ...« Ich verkneife mir ein Lächeln. »Ihr wisst doch, was ...?« Ich schlucke nervös und räuspere mich. »... Sex ist?«

»Na klar«, erwidert Percival. »Wie buchstabiert man das noch mal?«

»S-E-X.«

»Ach ja. Ein deutsches Wort.« Percival nickt wissend. »Für die Zahl nach fünf und vor sieben, glaube ich?«

»Es ist ...« Ich schüttle den Kopf. »Nein, also ... es ist ... Nein.«

Brodies Miene verfinstert sich, und er verschränkt wieder die Arme. »Na, was ist es dann?«

Ich kratze mich vorsichtig hinter dem Ohr und vermute, dass meine Wangen rot angelaufen sind, denn plötzlich fliegt Percival los und holt mir einen Stuhl.

»Ist dir heiß, Mylady?«

»Nein, ich bin ...«

Er schiebt mich trotzdem nach hinten auf den Stuhl. »Das ist schon viel besser.« Er lächelt, zufrieden mit sich selbst.

Kinley und Percival sitzen vor mir auf dem Boden, Brodie zieht sich ebenfalls einen Stuhl heran, und Peter lehnt kühl an einem Balken und beobachtet mich scharf.

»Also.« Brodie winkt ungeduldig mit der Hand. »Dann erzähl uns davon.«

»Äh ...« Ich verziehe das Gesicht. »Nein.«

»Das musst du!«, schreit Percival entsetzt.

»Jau!« Das ist Kinley.

»Wendy hat Peter immer Geschichten erzählt«, erklärt Percival. »Vielleicht kannst du uns eine Geschichte über Sex erzählen, damit wir es verstehen.«

Dann muss ich plötzlich kichern, und ich schlage mir die Hände vor den Mund, um den Anfall zu unterdrücken, aber der Schaden ist bereits angerichtet. Der süße kleine Percival sitzt zu meinen Füßen und sieht aus, als fühlte er sich verschmäht, weil er von einer älteren Frau ausgelacht wurde, also lächle ich ihn ganz liebenswert an.

»Tut mir leid.« Ich schenke ihm ein weiteres süßes Lächeln. »Ich wollte nicht lachen. Es ist nur …«

Peter wirft mir einen misstrauischen Blick zu. »Was ist denn so lustig, Mädchen?«

»Nichts.« Ich schüttle den Kopf, weil ich Percivals Unbehagen nicht noch verstärken will.

Peter springt in die Luft und gleitet zu mir herüber, wobei er meinem Gesicht sehr nah kommt. Er mustert es genau.

»Sie weiß es nicht!«, verkündet er.

Ich verdrehe die Augen. »Ich weiß es wohl.«

Er wirft mir einen Blick unter boshaft gehobenen Augenbrauen zu. »Dann beweise es.«

Ich kann es nicht ertragen, von jemandem herausgefordert zu werden. Das ist eine Schwäche von mir, das gebe ich gern zu. Aber ganz besonders reagiere ich, wenn ich von einem Mann herausgefordert werde. Ich bin nicht unter allzu vielen Männern aufgewachsen, nur mit meinem Großvater, versteht ihr? Und der gehörte zu den Männern, die Frauen für das überlegene Geschlecht hielten und glaubten, dass die Sonne nur deshalb auf- und unterginge, um meiner Großmutter die Ehre zu erweisen, in ihr Gesicht zu scheinen.

Ich wäre dickköpfig, sagt Großmutter Mary immer über mich. Und ich bin daran gewöhnt, die klügste Person im Raum zu sein. Also reagiere ich jedes Mal ungehalten, wenn das infrage gestellt wird.

»Also gut«, sage ich hochnäsig.

Wahrscheinlich wäre es angebracht, an dieser Stelle einzuflechten, dass ich nie Sex hatte.

Noch nicht. Allerdings hatte ich schon ein paarmal Gelegenheit dazu. Ich hatte nur nie den Wunsch danach, also bin ich nicht übermäßig qualifiziert, diese Lektion hier zu erteilen, aber ich atme tief durch und versuche es trotzdem.

Ich schürze die Lippen.

Wie erklärt man Jungen, die noch nie eine Romanze gesehen oder erlebt haben, Sex in einer Welt ohne Marilyn Monroe oder Sophia Loren?

»Okay«, beginne ich und verziehe schon das Gesicht. »Nun, habt ihr jemals Zeit mit einem Mädchen verbracht – oder mit einem Jungen?«, hänge ich hastig dran. »Ich verur... ... Ich meine nicht ... ihr mögt es ja vielleicht, wenn ihr mit u...«

Alle sehen mich verständnislos an, und Peter legt irritiert den Kopf schief.

»Schon gut.« Ich schüttle den Kopf. Ich atme aus. »Gut, also manchmal, wenn du Zeit mit jemandem verbringst, und es dir gefällt, Zeit mit ihm zu verbringen, und dann bekommst du manchmal, wenn du ihn siehst, so ein Gefühl im Magen, das ist wie ... ein ... also ... Schlag?«

»Was?« Percival reißt verblüfft die Augen auf.

»Aber es ist nicht ... nur schlecht.«

Kinley schüttelt den Kopf. »Ich weiß nur, es is' nie nich' gut, 'nen Schlag abzukriegen.«

»Nein, nein, das ist kein richtiges Schlagen. Es ist ...« Ich schüttle den Kopf. »Ein Gefühl. Es sind nur Gefühle – seltsame Gefühle, sicher, aber irgendwie trotzdem gut.«

»Ich weiß, was du meinst.« Peter nickt nachdenklich. »Das Gefühl habe ich auch bei dir.« Er sagt das so beiläufig, als hätte er eine Bemerkung über das Wetter gemacht.

Ich atme die ganze Bedeutung dieser Bemerkung tief ein. Am liebsten würde ich mich darin wälzen, den Moment genießen, aber dann redet er weiter.

»Ist das Sex?« Peter klingt erfreut. »Ist es das, was wir tun?«

»Aye.« Percival nickt altklug.

Ich schlage mir die Hand vor den Mund, weil ich gegen den Drang zu lachen ankämpfe.

»Klingt langweilig.« Kinley sieht mich misstrauisch an.

»Hört zu, nein.« Ich seufze. »Sex ist nicht langweilig. Normalerweise. Obwohl, das kann wohl auch mal vorkommen.«

»Ich hasse langweilige Dinge.« Peter schüttelt den Kopf.

»Ich auch.« Brodie nickt bekräftigend.

»Es ist nicht langweilig!«, knurre ich, während ich ungeduldig den

Kopf schüttle. »Hört mal ... also ... habt ihr jemals ...« Ich zermartere mir das Hirn. »... schon mal jemanden geküsst?«

»Jemanden geküsst?« Kinley runzelt die Stirn.

»Ja!« Ich verdrehe die Augen. »Geküsst! Wie ...« Ich gebe mir ein Küsschen auf den Handrücken.

»Oh!« Brodie nickt. »Du meinst Fingerhüte.«

»Ja!« Ich zeige triumphierend auf ihn und erinnere mich an den Fauxpas meiner Großmutter. »Hast du schon mal jemanden ›fingerhütelt‹?«

»Ja!« Peter nickt enthusiastisch.

Es gefällt ihm nicht, bei irgendwas zu kurz zu kommen. »Ich habe Wendy einen Fingerhut geschenkt! Und den beiden anderen auch. Und einem ganzen Haufen davor. Einfach so ...« Er zeigt auf mich und schenkt mir ein stolzes Lächeln. »Ich liebe Fingerhüteln.«

Ich schlucke schwer, würge innerlich und werfe Percival einen flüchtigen Blick zu.

»Okay, wenn wir das jetzt also zählen, ich fühle mich dramatisch nicht in den Magen getreten.« Percival sieht verwirrt aus, und ich sehe, wie er seine Achseln in Richtung Kinley hebt.

»Jedenfalls«, fahre ich fort. »Es ist eine Art von ... viele Fingerhüte, aber größere Fingerhüte als ...«, ich gebe mir wieder einen kleinen Kuss auf die Hand, »das.«

»Oh, dann weiß ich ja alles über Sex!«, behauptet Peter stolz und verschränkt die Arme über dem Kopf, was beinahe sexy wirkt. Ist es aber nicht, wegen dem, was er gerade gesagt hat.

»Nein, tust du nicht«, widerspreche ich streng.

»O doch, tue ich. Ich habe schon haufenweise Mädchen gefingerhütelt.«

Ich starre ihn an. Sein Verhalten stört mich in mehrfacher Hinsicht. Dass er meint, er wisse, was Sex ist, obwohl er das offensichtlich nicht tut, dass er offenbar viele Mädchen geküsst hat, die nicht ich waren, und dass mindestens drei von ihnen aus meiner mütterlichen Blutlinie stammen.

»Okay.« Ich messe ihn mit einem strengen Blick. »Ich werde versuchen, dir zu erklären, was Sex in seiner krassesten Form ist.«

»Hast du das nicht gerade getan?« Peter gähnt. »Ich weiß alles darüber.«

»Fingerhüte sind nur ein Teil davon«, erkläre ich ein wenig bissig. »Außerdem heißen sie nicht Fingerhüte. Sie heißen Küsse, also weißt du offensichtlich gar nicht so viel und solltest den Mund halten und zuhören.«

Peters Augen werden zu Schlitzen, und er sieht genervt aus, aber das ficht mich nicht an. Denn er ist so ein Besserwisser, weiß aber kaum etwas. Und genau das ist eine der schlimmsten männlichen Eigenschaften: so zu tun, als wüsste er über Dinge Bescheid, von denen er keine Ahnung hat. Aber ich rufe mir ins Gedächtnis, wie einzigartig seine Lebensumstände sind. Keine Mutter, kein Vater, folglich auch kein Grund, irgendetwas zu wissen, das mit Sex zu tun hat, bis jetzt jedenfalls.

»Und außerdem gehören Küsse zum Sex dazu und führen manchmal auch zu ...«

»Zu was?« Brodie klingt schon wieder gelangweilt.

»Okay.« Ich atme tief durch und klatsche in die Hände.* »Das Ding in deiner Hose ist anders als das Ding in meiner Hose, und du kannst das Ding in deiner Hose mit dem Ding in der Hose anderer Leute zusammenstecken, und das ist eine Art von Sex.«

Sozusagen.

Peter Pan blickt auf seine Leinenhose. Er und Brodie wechseln verwirrte Blicke, und dann höre ich den Kleinsten sagen: »Sie is' ja 'ne Hübsche, aber eine schöne Geschichte kann sie nich' erzähl'n, nich' wie die anderen.«

Ich bedecke mein Gesicht mit beiden Händen, seufze und gehe gleichzeitig in Flammen auf.

Peter dreht den Kopf ruckartig in Kinleys Richtung. Sein Blick könnte vorher irgendwohin auf eine Stelle gerichtet gewesen sein, an der er nichts zu suchen hatte. »Was hast du gesagt?«

»Nichts!« Kinley schüttelt hastig den Kopf und sieht ein wenig erschrocken aus.

Peter starrt ihn ein paar Sekunden zu lange mörderisch an, dann

---

* Dann lege ich eine Hand über meinen Mund und schlucke. Oh, ich könnte auf der Stelle sterben.

sieht er die anderen der Reihe nach an. »Ich werde diese Wendy nicht teilen, Jungs.«

Und ohne meine Erlaubnis fange ich an, ein kleines bisschen über dem Boden zu schweben. Ich kann es nicht ändern. Glückliche Gedanken und so. Diese Verräter!

»Warum nicht?« Alle drei runzeln die Stirn.

Peter zuckt mit den Schultern. »Ich mag dieses Gesicht so sehr, dass ich nicht will, dass es jemand anderes sieht.«

Percival seufzt. »Das schafft aber ein schwieriges häusliches Umfeld.«

Ich räuspere mich vernehmlich. »Habe ich kein Mitspracherecht?«, frage ich hochmütig.

Peter verdreht die Augen. »Na, dann mal los.«

»Ich möchte nur klarstellen, dass ich nicht euer aller Mutter sein werde.«

»Das is' total in Ordnung«, versichert mir Kinley.

»Ich werde nicht die Mutter von irgendjemandem sein«, stelle ich klar.

»Das ist wirklich in Ordnung.« Percival nickt. »Wir brauchen keine Mütter. Wir sind jetzt groß. Wir brauchen jeder eine Freundin.«

Ich werfe ihm einen strafenden Blick zu. »Ich werde auch nicht deine Freundin sein.«

Er pustet frustriert in die Luft.

»Wohin soll ich dann gucken?« Kinley starrt mit großen Augen und pflichtbewusst auf Peter und geflissentlich überhaupt nicht auf mich.

Ich berühre seine Wange und drehe sanft seinen Kopf in meine Richtung. »Du kannst mich ansehen, Kinley.«

»Gut!«, bellt Peter. »Du kannst sie ansehen, aber sie gehört nur mir.«

Und vielleicht, ganz vielleicht, schwillt mein Herz einen Zentimeter an.

Danach haben wir ein göttliches Abendessen. Einen Sonntagsbraten, nur dass ich nicht glaube, dass heute Sonntag ist.

Brodie hat mir erzählt, dass hier eine Art Elf lebt, den sie Kobold nennen. Es sind kleine Hauskobolde, die kochen und putzen. Als Gegenleistung macht man ihnen Porridge, was Peter allerdings anscheinend nie tut. Also mache ich es mir zur persönlichen Aufgabe, das ab sofort zu ändern. Sie lassen sich nicht gern sehen und arbeiten lieber allein. Aber eines Nachts, wenn ich nicht müde bin und nicht gerade eine Reise durch ein schwarzes Loch hinter mir habe oder mit ansehen musste, wie ein Mann von einem sexy Piraten ermordet wurde oder einer bunt zusammengewürfelten Gruppe von kleinen Kindern und Halbwüchsigen erklären musste, was Sex ist, werde ich lange aufbleiben und versuchen, sie zu entdecken und ihnen für ihre Dienste zu danken, weil das höflich ist und weil ich außerdem alle Kreaturen auf dieser Insel sehen möchte.

»Komm mit.« Peter nimmt meine Hand und führt mich vom Tisch weg. »Das Abendessen ist vorbei.«

Dann lässt er mich hinaufschweben.

Es dauert ein paar Augenblicke, bis ich merke, dass er mich in sein Schlafzimmer bringt.

Ich bin noch nie in das Zimmer eines Jungen geschleppt worden – obwohl ich einmal einen Jungen in mein Schlafsaalzimmer geschmuggelt habe[*][†] und Jasper England mich einmal in seinem Auto betatscht hat und dieser walisische Junge und ich einen Großteil des Sommers schwimmend und küssend verbracht haben[‡] –, aber ich war noch nie in einem Jungenzimmer. Obwohl Peters Zimmer eigentlich kaum Peters Zimmer ist. Das alles hier ist ein einziger großer Raum, und sein Nest liegt einfach nur ein bisschen weiter oben als die der anderen.

»Hier wirst du wohnen«, sagt er, während er mich absetzt. »Es ist der beste Platz, und deshalb gehört er mir. Es ist natürlich immer noch mein Bett, aber du darfst auch hier sein.«

Ich lächle ihm schüchtern zu und nicke unmerklich.

Er springt in die Luft und purzelt dann auf sein Nest, schüttelt sein Haar, sodass es fällt und sein Gesicht perfekt einrahmt, und zieht dann die Decke über sich. Er blickt zu mir hoch.

»Kommst du rein?«, fragt er.

Seine Stimme hat eine seltsame Unschuld. Und das ist wirklich

---

[*] Tut mir leid, Charlotte!
[†] Danke, Charlotte!
[‡] Und das waren ganz andere Küsse als diese dummen Handküsse.

sonderbar. Ich weiß nicht, wie alt er ist, vielleicht neunzehn?* »Älter als ich«, hat er gesagt. Es ist seltsam, dass ein Junge, der älter ist als ich, keine Ahnung von Sex hat und nicht weiß, warum ich mir Sorgen darüber mache, was die – wenn es sie denn gäbe – nicht existierenden Nachbarn dazu sagen könnten, dass wir uns ein Nest teilen. Aber dass er nicht versteht, warum das auf eine ganz bestimmte Art wahrgenommen werden könnte, gibt mir das Gefühl, dass alles, worüber ich mir in einem solchen Szenario Sorgen machen könnte, viel zu unwahrscheinlich ist, als dass es passieren würde.

Peter nickt wieder in Richtung seines Nests und lädt mich jetzt wortlos ein, zu ihm zu kommen. Wider besseres Wissen fühle ich mich wieder ein wenig so, als hätte ich einen Schlag in den Magen bekommen.

Ich habe auch noch nie mit einem Jungen geschlafen.

Nicht auf diese Art und auch nicht auf die andere. Ich weiß eigentlich nicht, wie viele Möglichkeiten es gibt, wirklich mit einem Jungen zu schlafen, aber seid gewiss: Ich habe keine von ihnen erlebt.

Und das ist eines der Dinge, über die ich nachgedacht habe – wie schön es wäre, vor allem im Winter, wenn es kalt ist und man sich nah an sie kuscheln kann, um sich zu wärmen. Aber hier ist das Kälteste eine sanfte Brise, und selbst die ist kaum spürbar. Ich bin mir sicher, dass ich jetzt viel zu viel darüber nachdenke, aber ich weiß nicht einmal, wie man sich lässig neben einen Jungen in ein Bett legt, geschweige denn in ein Nest.

Ich schlucke nervös und gehe zu ihm, zu abgelenkt, als dass mich glückliche Gedanken schweben lassen könnten.

Ich lege mich langsam neben ihn und starre an die Decke. Peter beobachtet meinen Mund genau, und dann stupst er gegen die rechte obere Ecke.

»Die sind so schwer zu fangen«, sagt er. »Und so selten!«

»Ja.« Ich schenke ihm ein sittsames Lächeln. »Das hat man mir schon gesagt.«

»Ich fange deinen«, sagt er. Er klingt selbstsicher.

---

* Aber wie viele Jahre lang war er zwölf?

Ich lege die Hand auf den Kuss, um mich zu überzeugen, dass er ihn mir nicht weggeschnappt hat, während ich blinzelte.

Er hört nicht auf, mich zu mustern, und lächelt dabei ein wenig.

»Was?« Meine Brauen schieben sich zusammen.

»Du siehst nervös aus«, stellt er fest.

Meine Stirn legt sich in Falten. »Und warum bringt dich das zum Lächeln?«

»Ich weiß es nicht.« Er lächelt noch mehr. »Es ist einfach so.«

Ich lege mich neben ihn, die Arme vor der Brust verschränkt, steif wie ein Brett.

Er rollt sich zu mir, stützt sich auf seinen Ellbogen und schaut auf mich herab.

Seine Augen zucken über mein Gesicht.

»Keine Sorge«, flüstert er. »Ich bin auch nervös.«

Ich weiß, dass sich meine Wangen unübersehbar rosa färben, weil Peter sie berührt. Ich liebe es, seine Hände wie Kompressen auf meinem Gesicht zu spüren.

»Peter.« Ich schürze die Lippen, und meine Augen werden groß. »Vorhin hast du gesagt, dass du mich nicht teilen willst, so wie du die anderen geteilt hast.«

Er nickt.

»Warum nicht?«, dränge ich.

»Ich weiß es nicht.« Er zuckt mit den Schultern und lässt sich auf seinem Kissen nieder. »Es ist nur ...« Er zuckt wieder mit den Schultern. »Ich will es einfach nicht. Und ich tue nie etwas, das ich nicht will.«

Pause.

»Allein der Gedanke daran, dass dich jemand anders ansieht, bringt mich dazu, alles zu zerschlagen und dich einfach hier oben festzuhalten, wo dich niemand sehen kann.«

Ich werfe ihm einen missbilligenden Blick zu. »Na, das ist nicht gerade mein Lieblingsplan.«

Peter mustert mich aus dem Augenwinkel. »Schlaf nicht in der Hängematte von jemand anderem, okay?«

Ich nicke. »Okay.«

Er streckt die Arme über seinen Kopf und gähnt. »Meine ist sowieso die beste.«

KAPITEL 4

Wahrscheinlich hätte ich es kommen sehen müssen, oder zumindest mit dem Gedanken spielen sollen, dass es hier noch andere Leute gibt, mit denen Peter eine ganze Menge Zeit verbringt. Aber dazu kam es erst, als Peter Pan ganz offen sagte: »Ich sollte Calla besuchen, denn ich bin jetzt groß, und sie wird mich sicher sehen wollen.«

Und dann fragte ich: »Wer ist Calla?«

Niemand sagte etwas, und das war auch nicht nötig, denn Peter hat schon viele Mädchen gefingerhütelt, wenn ihr euch erinnert, aber das leichte Zucken von Brodies Augenbrauen bestätigte es mir.

Peter antwortete übrigens auch nicht. Er flog einfach aus dem Fenster, als hätte er mich vergessen, nachdem er sie erwähnt hat.

Ich bin jetzt schon ein paar Tage dort, glaube ich? Das ist schwierig zu sagen. Ihr kennt doch diese seltsame Zeit zwischen Weihnachten und Neujahr auf der Erde, wenn es sich anfühlt, als wäre das wirkliche Leben ausgesetzt und man driftet irgendwie ohne wirkliches Zeitgefühl durch die Tage? So ist es hier, nur eben immer. Zeit ist hier etwas unglaublich Flüchtiges. Ich glaube, es sind erst ein paar Tage, und ich glaube das nur, weil ich im Kopf mitzählen kann, wie oft ich vergessen habe, den Brei für den Kobold zu machen, nämlich dreimal,[*] den heutigen Tag nicht mitgezählt, und wie oft wir unsere Medizin einnehmen mussten, ebenfalls dreimal,[†] glaube ich.

Das mache ich morgen früh als Erstes, ganz gleich, was passiert.

Peter sagte, es sei meine Aufgabe, die Kleinsten dazu zu bringen, sie zu nehmen, also nehme ich meine zuerst, um den Jungs zu beweisen, dass man sie schlucken kann. Das kann man auch. Sie ist vor allem süß, fast schon eklig. Wie Agavendicksaft. Aber am Ende hat er einen bitteren Nachgeschmack.

»Komm schon.« Brodie nickt zum Fenster. »Ich bringe dich hin.«

»Du bringst mich wohin?« Ich runzle die Stirn.

»Zur Stjärna.«

---

[*] Oder waren es achtmal?
[†] Oder waren es zwölfmal?

Es ist kein schrecklich weiter Weg zum »Alten Tal«, wie sie es nennen, vielleicht dreißig Minuten zu Fuß. Dort leben die Leute von Stjärna. Es grenzt an Zomertierra. Der größte Teil ihres Landes liegt in Preterra und besteht aus Seen, Kiefern, Felsen und Wildblumen. Ich hätte mich in der Schönheit des Ganzen verlieren können, wenn ich nicht gerade auf meinen schlimmsten, Wirklichkeit gewordenen Albtraum gestarrt hätte.

Peter Pan, der von einem Felsen springt und im Wasser mit dem schönsten Mädchen spielt, das ich je in meinem ganzen kläglichen Leben gesehen habe.

Dunkelbraune Haut, schokoladenbraune Augen, rabenschwarzes Haar. Wunderschöne Jaguablüten ranken sich ihren Arm hinauf.[‡] Das größte, weißeste, breiteste Lächeln, das ich je gesehen habe …

Meine Ehrfurcht vor ihm dämpft sich ein wenig, während ich sie beobachte, und ich erinnere mich daran, dass ich ihn vielleicht noch nicht einmal fünf Tage kenne.[§] Wenn das Staunen nachlässt, kann das hier helfen, sich an Dinge zu erinnern. Dann kommt das Staunen wieder zurück und erinnert mich daran, dass manchmal abstrakte Dinge wie Zuneigung außerhalb der regulären Raumzeit existieren und tatsächlich in der besonderen Ecke des Universums wohnen, die ausschließlich für die füreinander bestimmten Herzen reserviert sind.

Schon die Präsenz des Mädchens in seiner unmittelbaren Nähe ist – so könnte ich es am besten beschreiben – so, als würde man mitansehen, wie ein Fremder ein Familienerbstück verschandelt.

Jedes Mal, wenn sie sein Haar berührt oder auf seine Schultern springt, spüre ich eine Schärfe in meinen Atemzügen, während sich meine Fersen ein wenig tiefer eingraben. Ich bin so nervös, als würde ich beobachten, wie eine unglaublich teure Kristallvase auf der Kante eines Regals wackelt.

»Mach dir keine Sorgen um die beiden«, sagt ein Junge.

Ich schaue zu ihm hinüber.

Dunkle Haut, langes dunkles Haar, dunkle Augen, dasselbe strahlende Lächeln wie das des Mädchens – offensichtlich ihr Bruder.

---

‡ Die kenne ich aus der Zeit, die meine Mutter mit mir in Peru verbracht hat.
§ Oder sind es neun?

Ebenfalls ohne Hemd. Mein Gott – die Sache mit den Hemden! Wann sind Hemden aus der Mode gekommen?

»Ich habe mir keine Sorgen gemacht«, gebe ich hochmütig zurück.

»Ach.« Er sieht mich prüfend an. »Dann sieht dein Gesicht immer so angespannt aus?«

Ich bedenke ihn mit einem vernichtenden Blick, und Brodie lacht.

»Brodie.« Der hemdlose Junge lächelt ihn an und schlägt ihm spielerisch auf den Arm. »Du bist größer geworden.«

Brodie lächelt, aber es wirkt etwas gezwungen, als ob es für ihn nicht so toll wäre wie für einen Teenager auf der Erde, wenn er größer wird. Er deutet hinter uns. »Ich sollte die Kleinen suchen«, sagt er zu mir, bevor er den hemdsärmeligen Jungen anschaut. »Wenn Peter sie wieder vergisst, bringst du sie dann zurück zum Baum?«

Der hemdlose Junge nickt, und ich hoffe, dass man mir nicht ansieht, wie verletzt ich nicht nur darüber bin, dass Peter mich vergessen hat, sondern dass es auch anderen Leuten auffällt. Obwohl ich mir ziemlich sicher bin, dass es mir ins Gesicht geschrieben steht.

»Ich bin Rye.« Der hemdlose Junge streckt mir mit einem herzlichen Lächeln die Hand entgegen.

Ich starre ihn eine Sekunde lang an, irgendwie beschämt darüber, dass er schon bei der ersten Begegnung mit mir weiß, wie leicht man mich vergessen kann, aber er scheint mich deswegen nicht abstoßend zu finden. Er steht einfach da, die Hand ausgestreckt, lächelt und wartet.

Ich nehme seine Hand und schüttle sie. »Daphne.«

Er nickt einmal und lächelt noch stärker, und eigentlich hat er wirklich ein sehr schönes Lächeln.

»Die Bäume haben von einem neuen Mädchen auf der Insel geflüstert.«

»Haben sie das?« Ich strahle.

Er nickt wieder, und ich beschließe, dass ich seine Augen mag. »Komm mit. Ich werde dich vorstellen.« Er nickt in Richtung Peter und seiner Schwester.

Ich weiche unwillkürlich zurück, unsicher, aber er verdreht die Augen. »Sie ist gar nicht so übel.«

Aus der Nähe ist sie jedoch noch schöner als aus der Ferne, obwohl ich verzweifelt gehofft hatte, das wäre nicht so. Ihre Augen scheinen tatsächlich aus Granaten zu bestehen, und ihr Blick ist alles andere als erfreut, als er auf mich fällt.

»Cal!«, ruft Rye ihr zu. »Das ist Daphne.«

Peter dreht sich im Wasser um und blinzelt zu mir hoch. »Ach ja! Ich habe dich völlig vergessen!«

Ich presse die Lippen zusammen und versuche, einen weiteren Ausdruck niederschmetternder Enttäuschung in meinem Gesicht zu verbergen.

»Hallo«, begrüße ich sie und setze mein herzlichstes Lächeln auf.

»Das ist Calla.« Rye blickt von ihr zu mir.

Calla sagt nichts, sondern starrt mich nur mit zusammengekniffenen Augen an.

Ich lächle weiter. »Angenehm.«

Sie sagt immer noch nichts.

Ich sehe zu ihrem Bruder.

»Callie.« Er tritt Wasser am Ufer. »Sag Hallo.«

Sie starrt mich ein paar Sekunden lang an und verdreht dann die Augen. »Hallo.«

Und dann stürzt sie sich wieder auf Peter, und sie spielen weiter.

Ihr Herumgeplansche klingt ziemlich laut, und auch das Branden der Wellen am Ufer, aber nichts ist auch nur annähernd so laut wie das Gelächter der beiden.

Es ist zu viel Haut auf Haut. Peter nimmt sie in die Arme und wirft sie umher, wie er es vor ein paar Stunden mit mir in den Netzen getan hat, und ihre Beine wedeln anmutig durch die Luft, bevor sie ins Wasser stürzt und er abtaucht und sie wieder hochzieht.

Sie springt auf seine Schultern und schlingt ihre Beine um ihn. Ich habe mich noch nie unsichtbar gefühlt, aber jetzt tue ich es. Ich hasse das Gefühl.

Hätte ich die richtigen Ohren für solche Dinge, würde ich hören, wie die Linse einen Riss bekommt. Nicht die Linse, durch die ich Peter sehe, sondern die, durch die ich mich selbst sehe. Dass er mich ignoriert, dass er selbstvergessen mit Calla herumtobt, macht Peter nicht unsympathischer – obwohl ich wünschte, es wäre so. Es bewirkt nur, dass in mir die tragischste aller Nebenwirkungen aufkeimt. Ein schrecklicher Durst.

Ich bin für ihn unsichtbar. Und jetzt muss ich gesehen werden.

Rye betrachtet seine Schwester und Peter, wirft mir einen langen Blick zu und nickt dann nur allzu wissend mit dem Kopf in eine andere Richtung.

»Wollen wir spazieren gehen?«

Wahrscheinlich nicke ich etwas zu beflissen, aber ich muss hier weg. Es ist ziemlich demoralisierend, wenn man sieht, wie man einfach aus dem Fokus von jemandem verschwindet.

Schicksal und dergleichen, erinnere ich mich. Es war mein Fenster, zu dem er gekommen ist. Ich war es, die er hierhergeholt hat.

Und ich bin es auch, die er vergessen hat.

Rye läuft ein paar Schritte vor mir her, bevor er sich umdreht, mit warmen, sonnigen Augen, die mich ein wenig an einen Golden Retriever erinnern.

»Wohin?« Er grinst.

Ich zucke mit den Schultern. »Sag du es mir.«

Er denkt einen Moment nach. »Warst du schon im Dorf?«

Die offensichtliche Antwort wäre ein Ja, aber ich ertappe mich dabei, wie ich mit den Schultern zucke und sage: »Kaum, nur für eine Minute, nur ...«

Ich sollte es eigentlich nicht zugeben,[*] aber ich weiß, dass ich in dieses Dorf will, weil ich den Piraten wiedersehen möchte.

In Neverland kann man viele Dinge vergessen, und zwar ganz leicht, wenn ich ehrlich bin. Ich denke nicht so oft an meine Großmütter. Das heißt, ich tue es schon, weil Peter mich die ganze Zeit Wendy nennt, also erinnere ich mich deshalb an sie. Aber ich denke nicht mit Herzschmerz an sie, weil ich sie vermisste. Ich denke nicht an meine Freunde in London. Ich denke nicht daran, wie die Blumen in unserem Garten duften. Ich denke nicht an eine Tasse heißen Tee. Aber ich denke an Jamisons Hände um meine Taille und an die Farbe seiner Augen[†] und an die Form seines Munds.

Meistens denke ich über die Form seines Munds nach, weil ich ihn irgendwie nicht so richtig erfassen kann.

---

[*] Aber ich weiß, dass es die Wahrheit ist, ob ich es zugebe oder nicht.

[†] Sie sind ein bisschen wie der wässrige Planet ein paar Galaxien weiter, auf dem ich aufgewachsen bin.

Und ich mag es eben, alles zu verstehen, das ist alles. Ich mag es, alles zu wissen. Ich halte mich für ziemlich gebildet, aber die Form der Oberlippe dieses Piraten erfasse ich nur unzureichend. Manchmal, wenn Peter eingeschlafen ist und ich noch nicht ganz, an diesem Ort zwischen Schlafen und Wachen, an dem man Peter Pan finden sollte, da er direkt neben mir liegt, wandern meine Gedanken davon, und ich frage mich, wie es wohl wäre, mit dem Mittelfinger die Kontur von Jamisons Kiefer nachzuzeichnen. Ich vermute, dass es sich anfühlt, als würde man mit der Hand über die Kante einer Marmorarbeitsplatte streichen.

Rye und ich schlendern eine Weile schweigend weiter, aber zum Glück ist es eine angenehme Stille, die immer noch von der Wildheit Neverlands erfüllt ist. Zweige knacken unter unseren Füßen, Flüsse rauschen, Vögel zwitschern, und Rye summt eine Melodie vor sich hin.

»Danke«, rufe ich ihm zu. »Dass du mir angeboten hast, mich da wegzubringen.«

Er schaut zu mir zurück und lächelt. »Ich sehe das ungefähr genauso gern wie du.« Er lacht. »Vertrau mir.«

»Sie stehen sich also nahe?«, frage ich nach einer Minute.

»Früher einmal.« Er blickt zu mir zurück. »Sie hatten ihre schönste Zeit, als Calla zwischen neun und vierzehn war oder so, ich weiß es nicht mehr. Damals waren sie unzertrennlich.«

»Was ist passiert, als sie vierzehn war?«

»Sie wurde vierzehn.«

»Und?« Ich bin verwirrt.

Rye dreht sich um, streichelt imaginäre Brüste und feixt. »Er konnte nicht mehr so tun, als würde sie nicht allmählich erwachsen.« Er dreht sich wieder um und berührt sanft die Bäume, an denen wir vorbeigehen, als begrüßte er alte Freunde. »Aber jetzt, wo er älter ist, sind sie …«, er dreht sich um und legt wieder die Hände auf die imaginären Brüste, »wahrscheinlich eher ein Ansporn als alles andere.«

Ich seufze.

»Mach dir keine Sorgen.« Wieder lächelt er kurz. »Er wird sie später auch vergessen.«

Ich lache empört. »Warum mögen wir ihn noch mal?«

»Da bin ich überfragt.« Er zuckt mit den Schultern, während wir durch eine Lichtung auf einen Strand treten.

Er zeigt auf ein Piratenschiff, das ich wiedererkenne. Wunderschöne weiße Segel, die sich wie Bettdecken falten lassen, dunkles Holz, viel Schiffszeug, viel Gold. Die Galionsfigur des Schiffs ist ein Tiger. Anfangs fand ich das seltsam. Eigentlich finde ich das immer noch seltsam.

»Das gehört Hook. Weißt du, wer das ist?«

Ich verziehe die Lippen. »Wir sind uns schon begegnet.«

Rye blickt fasziniert auf mich herab. »Wirklich?«

»Nur ganz flüchtig!«

Er grinst.

»Was?« Ich runzle die Stirn, und meine Wangen färben sich rosa.

»Und?« Er hebt die Brauen und deutet ein Feixen an. »Was denkst du?«

Ich hebe abwehrend die Hände. »Warum ziehst du so ein Gesicht?«

»Richtig.« Er gluckst. »Du fandest ihn also attraktiv.«

»Was? Ich …« Ich schüttle den Kopf. »Nein, ich habe …«

»Tut mir leid.« Er verdreht die Augen und grinst. »Ich meinte traumhaft.«

»Nein.« Ich runzle die Stirn. »Ich …«*

Rye schnaubt, rollt übertrieben mit den Augen und geht weiter.

»Lügnerin!«, ruft er mir zu, und ich jage ihn über den Strand und in das Dorf. Ein bisschen entrüstet und ehrlich gesagt auch ziemlich verlegen, weil ich den Piraten tatsächlich sowohl attraktiv als auch traumhaft fand. Das heißt, bis er jemanden vor meinen Augen ermordet hat, woraufhin ich wieder einmal dramatisch ernüchtert wurde.

Irgendwie. Ein bisschen. Na gut, ich war nicht ernüchtert, aber ich hätte es sein sollen.

Und ja, zugegeben, es war ein winziges bisschen attraktiv, so verteidigt zu werden, aber so schrecklich verteidigt! Igitt, grotesk! Also ist er eigentlich nicht traumhaft, auch wenn er es ist.

Außerdem ist er es auch nicht. Ich bin wahrscheinlich nur aus dem

---

* Ich finde ihn eindeutig traumhaft.

Häuschen, weil Peter in einem Fluss herumplanscht und seine Hände überall auf dem schönsten Mädchen der Welt hat, mit dem er zuvor eine tief verwurzelte, kindliche Verbindung hatte.[†]

»Na, da sieh mal an«, sagt eine vertraute Stimme.

Ich drehe mich um, und da ist er. Jamison Hook. Die Arme über seiner nun behemdeten Brust verschränkt.[‡]

Ich werde auf der Stelle rot. Ich weiß nicht, warum.

Ich sage nichts, starre nur zu ihm hoch, und dann beugt er sich zu mir herunter und flüstert: »Das ist jetzt der Moment, in dem du Hallo sagst, Daphne Belle Burmont-Darling.«

»Ich heiße Beaumont.« Ich werfe ihm einen missbilligenden Blick zu.

»Was ist?«, fragt Rye und beugt sich zu uns vor.

Ich stoße die Luft durch die Nase. »Nichts …«

»Ureinwohner.« Hook nickt, und ich öffne protestierend den Mund.

Ich will sagen: »Ich glaube nicht, dass du ihn so nennen kannst«, aber Rye kommt mir zuvor.

»Pirat.« Rye nickt Hook zu, und in diesem Moment wird mir klar, dass sie nicht wirklich feindselig miteinander umgehen.

»Mädel.« Hook nickt mir zu und unterdrückt ein Lächeln.

»Arsch.« Ich blicke ihn böse an, und sein unterdrücktes Lächeln verwandelt sich in ein Grinsen. Ich wende mich neugierig an Rye. »War dein Volk denn schon immer auf der Insel?«

Hook schaut zwischen Rye und mir hin und her. »Technisch gesehen waren sie Kolonisten.«

Ich richte mich auf. »Sei still! Das glaube ich dir keine Sekunde lang.«

Rye sieht zwischen uns beiden hin und her und verdreht unbeeindruckt die Augen. »Beruhigt euch.« Dann richtet er den Blick auf mich. »Wir waren nicht die Ersten hier.«

Jamison wirft mir einen Blick zu. »Ganz schön rassistisch, gleich was anderes anzunehmen.«

[†] Eine existenzielle Frage: Wenn eure ganze Existenz Kindheit ist, habt ihr dann überhaupt noch eine?
[‡] Mist!

»Aha. Und wer war dann zuerst hier?«

»Tja ...« Hook zuckt mit den Schultern. »Je nach Überzeugung waren die wahren ersten Leute hier die Fae.«

»Und die Tiere«, fügt Rye hinzu.

Hook nickt. »Und das Meervolk, nehm ich an, aber die sind zum Teil auch Fae.«

»Sind sie das?«, erkundige ich mich gut gelaunt, und beide sehen mich seltsam an.

»Was lernt ihr eigentlich in den Schulen in England?«, will Rye wissen.

Ich lasse meine Augen rollen. »Oh, nur nützliche Dinge wie Mathe und Englisch und Geschichte und Geografie und Biologie ...«

Jamison verzieht das Gesicht. »Nich' sehr gründlich, nein, wenn sie 'nen ganzen verdammten Planeten übersehen haben, was?«

Ich werfe ihm einen gequälten Blick zu, bevor ich mich wieder an Rye wende. »Wenn du nicht aus Neverland kommst, woher bist du dann?« Dann stelle ich sofort eine weitere Frage. »Was bist du?«

»Ein Mensch.« Rye zuckt mit den Schultern.

Ich bin ein wenig verärgert über die ausweichende Antwort. »Klar, aber was für ein Mensch?«

»Nur 'n Mensch«, antwortet Hook achselzuckend.

»Aber woher kommst du?« Ich schaue zwischen den beiden hin und her.

Sie deuten beide in den Himmel.

»Okay. Wann?«

Beide glotzen mich an, bevor Hook sich zu Rye beugt. »Stellt mächtig viele Fragen, was?«, sagt er ruhig.

Rye macht eine bestätigende Geste.

Hook fährt fort. »Is' alles ein winziges bisschen nervig, nein?«

Rye lacht schnaubend, aber glaubt nur nicht, ich hätte nicht mitbekommen, dass keiner der beiden mir antwortet.

»Also, was führt euch in diesen Teil der Insel?«, fragt Jamison Rye, sieht mich dabei aber an.

»Daphne möchte eine Führung durch das Dorf.«

»Ach, jetzt möchte sie das?« Jamison grinst mich an. »Seltsam, wenn man bedenkt, dass ich sie erst vor 'ner Woche hier rumgeführt hab ...«

Ich versinke im Boden, und Ryes strahlende Augen funkeln belustigt, als er mich ansieht.

»Also ...« Ich räuspere mich. »Ich ... ähm ... ich meine, es war alles andere als umfassend.« Ich sehe Jamison an. »Du warst ehrlich gesagt ein ziemlich schrecklicher Fremdenführer.«

»Ich war 'n Fremdenführer!«

»Nein, warst du nicht.« Und nach einer winzigen Pause: »Du hast einen Mann getötet!«

Er sagt gleichzeitig: »Ich hab einen Mann getötet!«

Dann treffen sich unsere Blicke.

»Mitten auf der Tour«, erinnere ich ihn.

Jamison zuckt beiläufig mit den Schultern. »Aye, manche Leute würden dafür extra bezahlen.«

»Ich jedenfalls nicht«, sage ich indigniert und schniefe. »Und nenn mich gern misstrauisch, aber ich traue dir überhaupt nicht, weder im Allgemeinen noch als Reiseleiter, also ...«

»Sicher, klar.« Hook grinst. »Pirat und so.«

»Ganz genau«, erwidere ich todernst.

»Klingt nach einer tollen Tour«, scherzt Rye leise.

»Halt die Klappe!«, schnauze ich ihn an.

Ich weiß nicht, wann oder wie es passiert ist – auf jeden Fall gab es keine Einladung –, aber Jamison Hook schlendert mit uns über den Marktplatz.

Er grüßt die Leute, wenn wir an ihnen vorbeigehen, und manchmal glaube ich, dass die Mädchen um uns herum hörbar seufzen.

Eine ältere Frau an einem Obststand wirft ihm einen Apfel zu, den er mit einem Augenzwinkern auffängt und mir dann anbietet.

Ich schüttle den Kopf, und er beißt herzhaft hinein. Es knackt laut, und der Saft läuft ihm über die Unterlippe. Er wischt ihn mit dem Handrücken weg, und ich schlucke schwer.

Jamison Hook dreht sich auf dem Absatz herum. In seinen Augen fängt sich das Licht. Sie sehen ein bisschen aus wie die Oberfläche des Neptuns, die ich jetzt kenne, weil ich glaube, dass ich auf dem Weg hierher daran vorbeigeflogen bin. Dunkel und hell, wie das sich verschiebende und bewegende, wirbelnde Blau und Ultramarin.

»Also.« Jamison räuspert sich. »Wo steckt denn Never Boy heute?«

Ich streife ihn mit einem kurzen Blick. »Beim Never Girl.«

Er kneift die Augen zusammen. »Bist'n du das nicht?«

Ich klinge müde, aber auch irgendwie amüsiert. »Heute nicht.«

»Er ist mit meiner Schwester zusammen.« Rye blickt nicht von der goldenen Lampe auf, die er gerade inspiziert.

»Ah!« Hook wirft mir einen vielsagenden Blick zu. »Wie exorbitant* ungewöhnlich für ihn.«

Ich ignoriere die Bemerkung und gehe weiter.

»Wie läuft's denn so da drüben mit dem kleinen Mann?«, ruft Jamison mir nach. Es klingt, als meinte er die Frage aufrichtig, obwohl ich seiner Aufrichtigkeit nicht traue, auch wenn ich es gern täte.

Ich mag es, wenn er Peter als den »kleinen Mann« bezeichnet. Es ist milde abwertend, also theoretisch unbedenklich, und doch würde es Peter furchtbar kränken. Ich tue mein Bestes, ihn deswegen nicht mit einem Lächeln zu belohnen, und verkneife es mir jedes Mal, wenn es sich androht. »Ich kann mir nicht vorstellen, dass es ihm gefällt, wenn du ihn so nennst.«

»Klar, das is' ja der Hauptgrund, warum ich's mache, was?« Er wirft mir einen amüsierten Blick zu, und ich tu so, als ob mich das nervt und ich es nicht ein bisschen liebe. Peter ist manchmal einfach zu groß für seine Stiefel, wisst ihr?

»Es läuft gut.«

»Und wie ist es so, bei den Verlorenen Jungs zu leben?«, will Rye wissen.

»Es ist gut.« Das kommt ein bisschen zu schrill rüber.

»Gut?«, wiederholt Hook skeptisch, und Rye dreht sich neugierig um.

»Gut.« Ich verziehe das Gesicht. »Na ja, irgendwie seltsam.«

»Inwiefern seltsam?« Rye runzelt die Stirn.

»Weiß nicht. Sie sind sehr weit weg vom normalen Leben und von ... gesellschaftlichen Normen.«

»Na sicher.« Jamison sieht mich vielsagend an. »Sind 'n Haufen Halbwüchsiger, die alle zusammen in 'nem Baumhaus hausen, in dem ein Wahnsinniger ... will sagen Fünfzehnjähriger das Kommando hat.«

---

* Das bedeutet »sehr«.

Rye legt den Kopf schief und denkt darüber nach. »Ich glaube, er ist mittlerweile ein ganzes Stück älter.«

»In Wirklichkeit?« Hook prustet. »Aye, er ist etwa vierhundert Jahre älter.«

»Es sind keine normalen Teenager, das meine ich.« Ich werfe ihm einen Blick zu, der ihm, wie ich hoffe, klarmacht, worauf ich hinauswill, was er ja noch nicht mitbekommen hat. »Ich meine … es sieht aus, als wüssten sie von vielen … wie soll ich es vorsichtig ausdrücken … Dingen nichts.«

Ryes Miene verfinstert sich noch mehr, und ich frage mich, ob ich dieses verflixte Gespräch noch einmal führen muss.

»Sie wussten nichts von Sex.«

»Was?« Rye blinzelt mich mit großen, überraschten Augen an.

Ich nicke gereizt.

»Und du hast es ihnen erklärt?« Er ist sichtlich irritiert.

Hook lacht schnaubend, und ich bedenke ihn mit einem vernichtenden Blick, während ich bedauernd in Ryes Richtung die Achseln zucke. »Na ja, sie hatten ja keine Ahnung!«

Ryes Mund steht weit offen, und seine Augen leuchten. »Wie hast du … warum ist das … was?«

Ich fächere mir Luft zu, weil mir wieder heiß ist. »Ach, woher sollten sie es auch wissen, denke ich mal. Niemand hat es ihnen gesagt.« Ich seufze. »Die Bedeutung der Mütter, mal ehrlich – oder der Väter! Oder einfach, du weißt schon, Gemeinschaftswissen, das irgendwie … weitergegeben wird.« Ich mustere Rye. »Jemand hätte es ihnen erklären müssen!«

Rye schüttelt den Kopf und grinst breit. »Ich bin so froh, dass ich den Stab habe an mir vorbeigehen lassen.«

»Na ja, wie dem auch sei.« Ich bedenke Rye mit einem finsteren Blick. »Ich habe es ihnen gesagt und, mein Gott …« ich reibe mir die Schläfen, »ich habe sie vielleicht wirklich auf einen schlechten Weg gebracht. Es würde mich nicht wundern, wenn einer von ihnen aufsteht und jemandem, zu dem er sich hingezogen fühlt, in den Bauch boxt.«

Hook beäugt mich erstaunt. »Weshalb das?«

»Weil es sich so anfühlt, wenn man sich zu jemandem hingezogen fühlt, weißt du? Wie ein Schlag in die Magengrube.«

Rye überlegt kurz und zuckt dann mit den Schultern. »Mir gehen sie einfach nicht aus dem Kopf.« Dann wandert sein Blick hinter mich. »He, ich bin gleich wieder da.«

Hook und ich sehen zu, wie er in einem Laden verschwindet. Hook betrachtet den Laden eine Minute lang, dann dreht er sich wieder zu mir um. Hinter seiner Stirn arbeitet etwas, aber der Ausdruck verschwindet, als er mich ansieht.

Er geht ein paar Schritte schneller als ich, und ich frage mich, ob er das tut, damit ich ihm hinterherstarre.

Er trägt eine dunkle Hose, die nicht besonders gut sitzt, aber irgendwie meine ich das positiv, und ein weißes Hemd mit einer marineblauen Jacke mit großen Knöpfen und hohen Lederstiefeln, die nicht zugeschnürt sind.

Er schaut mich lächelnd an. »In meiner Nähe bekommst du auch 'nen Schlag in die Magengrube, is' doch so?«

Ich bin empört. »Ist es nicht.«

»Doch, kriegst du.« Er lächelt, seine Augen leuchten. »Ich weiß, dass es so is'. Du knickst immer 'n bisschen ein, wenn du mich siehst.«

Ich starre ihn mit großen Augen an und schüttle den Kopf. »Du bist verrückt.«

»Bin ich, ja?« Er legt spielerisch den Kopf schief, und vielleicht, aber nur vielleicht, kriege ich keinen Schlag in den Bauch, sondern vielleicht nur einen kleinen Schnipp oder so. Aber das zählt nicht.

»Nun.« Ich atme scharf ein und stemme gereizt die Hände in die Hüften. »Du spürst auch einen Schlag in der Magengrube, wenn du mich siehst.«

»Nein.« Er zuckt gleichgültig mit den Schultern und schüttelt den Kopf, und ich spüre, wie ich wieder erröte, aber diesmal anders. Ich mache ein langes Gesicht.

Er lässt es auf sich beruhen – die Unbeholfenheit, die Enttäuschung, die nicht da sein sollte, aber sich dennoch auf meinem Gesicht unübersehbar abzeichnet –, dann beugt er sich zu mir. Sein Gesicht ist so nah an meinem, dass ich seinen Atem spüre. Der Blick seiner Augen flackert zu meinem Mund, und er fährt sich mit der Zunge über die Unterlippe.

»Der Magen is' nich' grade der Ort, an dem ich's spüre«, flüstert er. Er holt einen Flachmann heraus und trinkt einen Schluck, bevor er ihn mir anbietet.

»Also gut, dann ...« Ich schüttle den Kopf, während ich ihn mit meinem Blick durchbohre. Ich schlucke. »Wo spürst du es denn?«

Er zieht vielsagend die Augenbrauen hoch.

»Ah!« Ich stampfe auf, verärgert, dass ich ihm auf den Leim gegangen bin. »Du bist ekelhaft.« Schnell gehe ich die Straße hinunter und schüttle den Kopf über ihn. »Widerlich! Du bist bedauernswert! Ich kann nicht glauben ...«

Er packt mein Handgelenk und wirbelt mich herum, sodass wir uns Aug in Aug gegenüberstehen. »Dass du dich zu mir hingezogen fühlst?«

»Nein!« Ich reiße meine Hand weg und gebe ihm eine Ohrfeige. »Dass ich überhaupt ... Zeit mit dir verbringe!«

»Aye.« Er nickt, während er schluckt. »Aber du fühlst dich zu mir hingezogen.«

»Ich ...« Ich pruste höhnisch.

»Sieh dich doch an!« Jamison strahlt selbstgefällig. »Dir hat's die Sprache verschlagen.«

Wieder pruste ich höhnisch, greife in die Innentasche seines Mantels und schnappe mir seinen Flachmann. Ich schraube den Deckel hastig ab und trinke einen großen Schluck. Er starrt mich abwartend an, aber ich glaube, er ist vielleicht ein wenig beeindruckt. Ich mag das Gefühl, ihn beeindruckt zu haben, und vielleicht spielt ja mein Gehirn da auch ein paar hypothetische Szenarien durch, wie ich ihn sonst noch beeindrucken könnte.[*] Ich schraube den Deckel wieder fest zu und reiche ihn ihm zurück.

Dabei berühren sich unsere Hände, und für den Bruchteil einer Sekunde verschwindet der selbstgefällige Ausdruck auf seinem Gesicht, und er sieht mich so an, wie sich mein Herz anfühlt – überrumpelt und ein bisschen ängstlich. Es dauert nur einen Moment, aber ich sehe es, bevor er es wegblinzelt und wieder eine selbstgefällige Miene aufsetzt.

---

[*] Oder vielleicht auch nicht. Wer weiß?

»Hat das geholfen?« Er deutet auf seinen Flachmann. »Fühlst du dich jetzt in meiner Gegenwart, als hättest du dich besser unter Kontrolle?«

Ich hebe den Kopf so hoheitsvoll, wie ich nur kann, und gehe an ihm vorbei.

Ich höre ihn lachen, und dann ist er wieder neben mir. »Mach dir man keine Sorgen. Ich hab diese Wirkung auf viele Mädchen.«

Mein Kinn sinkt zu meiner Brust. »Wie viele Mädchen?«

Seine Augenbrauen zucken hoch. »Viele.« Er betont das Wort überdeutlich.

Ich jaule leise in der Kehle. Jamison Hook ist wahrscheinlich der nervigste Mann, den ich je kennengelernt habe, aber eins ist unbestreitbar: Er ist furchtbar männlich.

Er mustert mich amüsiert von Kopf bis Fuß. »Klar, aber wie sind wir überhaupt auf Sex gekommen?« Er trinkt einen weiteren Schluck aus seinem Flachmann.

»Na ja.« Ich seufze. »Peter sagte, ich solle mit ihm schlafen ...«

Jamison verschluckt sich an seinem Rum.

»Nicht so!«, stelle ich rasch klar und schüttle den Kopf, obwohl es mir gefallen hat, wie er darauf reagiert hat. Jetzt fühle ich mich ein gutes Stück besser. Ich schaue zu ihm hoch, unsere Blicke treffen sich, und mein Herz schlägt ein wenig schneller.

»Wie dann?« Er schüttelt den Kopf, während er sich ein Lächeln verkneift. Er verkneift sich ständig sein Lächeln ... ich frage mich, ob das wohl so ein Piratending ist. Dürfen Piraten nicht fröhlich sein?

»In seiner Hängematte. Bei ihm.«

»Eine Hängematte.« Er beäugt mich. »Du schläfst in 'ner Hängematte?«

»Hmm ...« Ich schürze die Lippen, während ich überlege. »Es ist eine Mischung zwischen einer Hängematte und einem Nest.«

Ich sehe, wie er versucht, es sich vorzustellen, aber zu seiner Verteidigung muss ich zugeben, dass das ganz schön schwierig ist.

»Macht's denn Spaß?«, erkundigt er sich.

Ich zucke ausweichend mit den Schultern.

»Nun.« Er wirft mir einen Blick zu. »Ich hab 'n Bett, falls du mal Lust hast, es zu benutzen.«

Ich verdrehe die Augen und marschiere rasch voraus.

»Ich bin nur ein Gentleman!«, ruft er mir nach.

»Nennt man das heutzutage so?«, werfe ich über die Schulter zurück, ohne ihn anzusehen.

»Ha!«, sagt er nur, und ich bin sehr zufrieden mit mir.

Jamison lehnt mit geneigtem Kopf an einer Wand und beobachtet mich, die Stirn leicht gerunzelt. »Bist du denn überhaupt geeignet, ihnen so 'ne Lektion zu erteilen?«

Ich drehe mich verärgert um. »Was meinst du damit?«

Er hebt das Kinn in meine Richtung. »Schon mal Sex gehabt?«

Meine Wangen werden wieder warm, und ich habe das Gefühl, dass ich verlegen sein sollte, aber das will ich nicht, also verschränke ich die Arme, gehe zu ihm und stelle mich unmittelbar vor ihn. Er weicht bis an die Wand zurück, und dann erwidere ich so hochmütig, wie ich kann: »Nein.«

»Na dann.« Sein Blick wandert über meinen Körper, und er schluckt. »Gut zu wissen.«

Ich stütze meine Hände in die Hüften und versuche, überlegen zu wirken. »Warum ist das gut zu wissen?«

Er schüttelt den Kopf. »Is' einfach gut zu wissen.« Er unterdrückt wieder ein Lächeln und schiebt seine Zunge in seine Wange, sagt aber nichts weiter. Ich weiß nicht, warum, aber ich lächle unwillkürlich zurück.

Ich trete ein paar Schritte von ihm weg, weil ich vermute, für eine gesunde Beziehung zu Jamison ist Distanz sehr wichtig. Dann drehe ich mich wieder zu ihm um. »Wie alt bist du?«

Er lacht leise. »Zweiundzwanzig.«

Schon ziemlich erwachsen, findet ihr nicht? Ein richtiger Mann – besonders im Vergleich zu Peter. Nur dass ich ihn nicht mit Peter vergleiche. Warum um alles in der Welt sollte ich das auch tun?[*] Peter ist ein Junge, Jamison ist ein Mann, und ich bin eine …

»Und du?«, erkundigt sich Jamison beiläufig, was mich leicht irritiert. »Wie alt bist'n du?«, wiederholt er die Frage.

Ich bin eine Frau. Jedenfalls halte ich mich dafür. Außer in Peters

---

[*] Vielleicht weil wir nicht auf der Erde sind?

Nähe. Dann bin ich vielleicht ein Mädchen, denn ich glaube nicht, dass er viel mit Frauen anfangen kann. Aber wäre ich allein, und eine Stimme in mir würde fragen, ob ich eine Frau oder ein Mädchen bin, dann lautete die Antwort wahrscheinlich und ehrlich gesagt, dass ich mich genau auf der Schwelle zwischen beidem befinde. Ich spüre einen Zug nach hinten und einen nach vorn – zum Erwachsenwerden und zum Jüngersein. Die Neigung, Verantwortung zu übernehmen, und Panik, die mich am liebsten davor weglaufen lässt. Das ist neu. Das habe ich noch nie erlebt. Als hätte Peter eine Saat in meinem Kopf gepflanzt, die mich zum ersten Mal ein wenig Angst vor der Zukunft empfinden lässt.

Angst ist ansteckend, falls ihr das noch nicht wusstet.

Und mein Gehirn arbeitet jetzt, in diesem Moment, sehr schnell. Es ist nur etwa eine Sekunde vergangen, seit Hook mich nach meinem Alter gefragt hat. Das ist eine ganz normale, nicht sonderlich bedeutsame Frage – die ich ihm schließlich selbst zuerst gestellt habe! Aber jetzt, da sie an mich gerichtet wird, fühlt sie sich irgendwie gewichtig an, und die Antwort bereitet mir Kopfzerbrechen. Als ob es weitreichende Konsequenzen hätte, ob ich ein Mädchen oder eine Frau bin.

Und ich zögere unmerklich, ihm zu antworten, weil ich nicht will, dass er aufhört, mich so anzusehen. Seine Augen gleiten über meinen Körper wie ein Tiger, der eine Antilope taxiert. Ich weiß, dass es mir nicht gefallen sollte, und vielleicht sollte es mir sogar Angst einflößen, aber ich mag dieses Gefühl. Sehr. Ich mag es viel mehr, als ich es mir wünsche, und ganz sicher mehr als das Gefühl, das ich zuvor empfunden habe, als ich Peters Hände auf der Taille dieser Calla sah. Also ist das, was ich wirklich empfinde, eher eine Art verzweifeltes Begehren, gesehen zu werden, und der wahre Grund, warum ich hier bin, und es steckt gar nichts anderes Komplizierteres oder Subversiveres dahinter.

Ich räuspere mich, straffe mich, entspanne meine Miene und antworte ganz ruhig. »Achtzehn«, lüge ich, bevor ich leise und kaum hörbar hinzusetze: »Fast.«

Jamison spitzt die Lippen, während er ausatmet. Er blinzelt wieder, etwas zweifelnd, und schüttelt den Kopf. »Wie ›fast‹?«

»Erster November«, erwidere ich, und es klingt hoffnungsvoll, als wollte ich, dass mein Geburtstag für ihn akzeptabel ist.

Er denkt nach. Seine Augen zucken umher, seine Lippen verziehen sich zu einem nachdenklichen Schmollmund, und dann, nach einem Moment, sagt er: »In Ordnung.«

Ich schlucke und rühre mich nicht. Aber ich bin ziemlich erleichtert, dass ich ihn wohl nicht völlig abgeschreckt habe.

»In Ordnung?« Ich hebe leicht die Brauen.

Jamison räuspert sich, während er einen Schritt auf mich zu macht und seinen Mund so nah wie möglich an mein Ohr legt, ohne es zu berühren. »Zwischen meinen Schultern. Wie ein Gewicht.« Er zieht den Kopf zurück, sodass wir uns wieder ansehen können. Sein Blick wandert von meinen Augen zu meinem Mund und wieder zurück zu meinen Augen. »Und ich spüre es in den Knochen.« Er macht eine Pause. »Nicht in diesem Knochen!« Er stupst mich gutmütig an, und wo sein Ellbogen meine Rippen berührt, hält das Gefühl dieser Berührung viel länger an, als es sollte. »Hör auf, dir so was vorzustellen.« Er grinst mich an.

Ich atme laut aus. »Ich habe mir gar nichts …«

»In meinen normalen Knochen.« Er ignoriert mich einfach. »Ich fühle es überall. Wie eine Grippe.«

Dann schaut er mir ein paar Sekunden lang in die Augen. Er sieht mich jetzt auf eine Weise an, die anders ist als vorher. Schwerer. Vorher lag sein Blick auf mir wie eine Strickjacke und jetzt wie ein Wintermantel.

»Tagchen, Jam.« Ein älterer Mann nickt ihm freundlich zu. Jamison erwidert das Nicken und schenkt ihm ein herzliches Lächeln.

Ich betrachte ihn nachdenklich. »Sie nennen dich Jem?«

Er schüttelt den Kopf. »Jam.«

Ich lächle. »Magst du Konfitüre?«

Er verdreht die Augen. »Klar, so wie die ersten drei Buchstaben meines Namens.«

Ich lächle, froh, ihn ein wenig gepikst zu haben, und verschränke die Hände hinter dem Rücken, während wir durch die Stadt gehen.

Die Blicke der Dorfbewohner folgen uns, und dieses Gefühl gefällt mir sehr.

Er ist viel größer als ich. Mindestens einen ganzen Kopf, wahrscheinlich sogar noch etwas mehr.

»Nennt man dich so?«

»So nennen mich meine Freunde.« Er zuckt mit den Schultern und denkt dann kurz nach. »Meine Mutter nennt mich Jammie.«

Ich sehe ihn an und gebe mir keinerlei Mühe, mein Lächeln zu verbergen. »Ach, wie überaus entzückend.«

»Ruhe jetzt.« Er starrt geradeaus, aber er ist nicht wirklich verärgert, er versucht nur, so auszusehen. Aus dem Augenwinkel sieht er mich an: »Hab aber auch nix gegen Jem.«

»Hast du nicht?«, frage ich zufrieden.

Er nickt. »Du darfst mich so nennen.«

Das macht mich glücklich. »Okay.«

»Okay.« Er nickt wieder, diesmal jedoch nur einmal, dann hält er inne. »Und wie nenne ich dich, hm?«

Ich rolle mit den Augen. »Daphne.«

Er schüttelt den Kopf. »Hast du keinen Spitznamen?«

»Daphne ist ziemlich schwierig abzukürzen.« Ich zucke hilflos mit den Schultern.

»Nennt deine Mutter dich denn nicht irgendwie?«

Meine Mutter spricht mich sowieso kaum an, nicht mal mit meinem Namen. Das sage ich ihm aber nicht. Wie auch? Durch so ein Eingeständnis käme er vielleicht auf die Idee, dass ich von Natur aus unerwünscht bin. Und ich möchte nicht, dass ihm dieser Gedanke auch nur ins Ohr geflüstert wird.

Also schüttle ich nur den Kopf.

Er sieht mich verärgert und gleichzeitig etwas verwirrt an. »Überhaupt keinen Kosenamen?«

»Meine Mutter hält Spitznamen für überflüssige Zeitverschwendung.« Ich lächle knapp. Außerdem habe ich den Verdacht, dass ein gewisses Maß an Gleichgültigkeit im Spiel ist, aber das kann ich weder eindeutig bestätigen noch ausschließen. Ich räuspere mich. »Deshalb hat sie mir einen Namen gegeben, den man nicht wirklich abkürzen kann.«

Sein Gesicht verzieht sich in einer seltsamen Art von Unbehagen. »Daphne Belle Biemont-Darling. Ein bisschen lang, oder?«

»Ich heiße Beau! Man spricht es ›boh‹ aus, wie in ›nicht die Bohne! Beaumont‹«, unterbreche ich ihn mit einem Knurren. »Bohne!«

»Bohne?« Er legt den Kopf schief und grinst. »Na klar. Aber ich nenn dich lieber Boh.«

Unsere Blicke treffen sich, und er schluckt. Es ist, als würde die Sonne meine Wange küssen, und eine seltsame neue Art Wärme legt sich über mich, während seine Augen mich taxieren.

»Jam!« Es ist der Pirat von neulich, Orson Calhoun. Er packt ihn an der Schulter. »Es gibt Zoff.«

Jamison verdreht die Augen. »Was is'n jetzt?«

Rye taucht hinter Calhoun auf. Seine Miene ist düster.

»Einer der Kleinen hat dem verdammten Bäcker einen Laib Brot gestohlen. Und der verlangt jetzt seine Hand als Strafe dafür.«

»Oh, Hölle.« Jem schiebt sich rasch an mir vorbei.

»Alles in Ordnung bei dir?« Rye fährt sich durchs Haar, während wir hinter Hook herlaufen.

»Alles gut, ja.« Ich nicke. »Wo hast du gesteckt?«

Er zuckt mit den Schultern. »Ich hab dich nur 'ne Minute aus den Augen gelassen.«

Eigentlich hat er mich für mehr als zwanzig Minuten aus den Augen gelassen, aber das hat mich alles in allem[*] nicht gestört, also sage ich nichts.

Jamison beschleunigt sein Tempo, als spürte er die Dringlichkeit des Augenblicks, und die Leute gehen ihm aus dem Weg, als wäre er der Bürgermeister dieses seltsamen Dorfs.

Am anderen Ende hat sich eine Menschenmenge versammelt, und dazwischen tobt ein Haufen schreiender Kinder. Hook bahnt sich seinen Weg zwischen allen hindurch, und dann sehe ich ihn. Einen schrecklich aussehenden Mann mit fettigem Haar und ungefähr neunzehn Kinne, der eine Hand hochstreckt, in der er ein Hackbeil hält, und mit der anderen den Arm eines süßen kleinen Jungen, eines blonden Engels.

Der zappelt und weint, und mir stockt der Atem.

Jem schaut über seine Schulter zu mir, als ob ihm gerade wieder eingefallen wäre, dass ich da bin. Es ist ein kurzer Blick, bevor er sich wieder der Szenerie vor ihm zuwendet.

---

[*] Alles in allem heißt hier Jamison.

»Redvers«, Jamisons Stimme klingt ruhig, »leg das Hackbeil weg. So gut ist dein Brot auch wieder nicht.«

Der Mann blickt zu Jamison. »Der kleine Mistkerl hat mir einen Laib gestohlen.«

»Ich habe nichts gestohlen!«, schreit der Junge. »Ich habe das Brot heruntergestoßen und wollte es nur aufheben!«

»Verlogener Abschaum!«, schreit der Bäcker und fasst das Hackbeil fester.

Ich sehe, wie er damit ausholt, schlage die Hände vor die Augen und linse durch die Finger.

»Aye.« Jem nickt und lächelt ihn angespannt an. »Aber ich glaub ja nich', dass es sich lohnt, dafür abzukratzen.«

Der Bäcker sieht erneut Jem an und fletscht dann finster die Zähne. »Ich will ihn nicht umbringen. Nur die Hand abhacken.«

Jamison zuckt mit den Schultern. »Aye, aber verstehst du, dann würd ich dich töten, also …«

Der Bäcker reißt die Augen auf, als Hook seine Pistole zückt und damit direkt auf den hässlichen Kopf des Bäckers zielt.

Dann passiert etwas, worauf Jamison wohl nicht vorbereitet war.

Ein anderer Junge – älter als der süße kleine blonde, vielleicht dreizehn oder vierzehn – taucht auf. Er hat auch eine Pistole und richtet die Waffe auf Jamison.

»Nimm die Waffe runter!«, sagt er mit zittriger Stimme. Er hat die gleiche rosige Haut, die genauso fettig glänzt wie die des Bäckers. Das muss sein Sohn sein, ganz sicher.

Ich ziehe scharf die Luft zwischen die Zähne und bin nervös. Ein wenig, weil ich nicht will, dass Jamison noch einen Menschen tötet, vor allem aber, weil ich ganz sicher nicht will, dass jemand Jamison tötet.

»Milton!« Der Bäcker knurrt und sieht selbst erschrocken aus. »Nicht, leg sie weg.«

Der Junge schüttelt den Kopf. »Fair ist fair«, sagt der Junge und versucht, seiner Stimme einen mutigen Anstrich zu geben. »Wir wollen nur seine Hand.«

Der Bäcker schüttelt hastig den Kopf und starrt Hook an. »Ich will nur einen Schilling. Ich bin nicht auf Ärger aus.«

Ich höre, wie Hook laut durch die Nase atmet. Er ist genervt, aber er bleibt ruhig.

»Daphne?«, ruft er, ohne sich zu rühren, den Blick starr auf das Hackbeil gerichtet, die Hand mit der Pistole ganz ruhig. »Kommst du bitte mal her?«

Rye schiebt mich wortlos nach vorne, und ich gehe nervös zu ihm. Der Bäcker und der Sohn starren mich finster an, als ich mich ihnen vorsichtig nähere.

»Hier.« Jem sieht mich an und holt mich mit einem Nicken näher zu sich. »Greif in meine Tasche.«

Ich starre Hook an. Er bedenkt mich mit einem liebenswürdigen und etwas gleichgültigen Blick. »Gib dem Mann 'n paar Schillinge für seine Mühe.«

Ich blicke wie versteinert von Jamison zu dem Bäcker und dem kleinen Jungen, dann seufzt Jem. »Mach schon, Boh. Wir haben nicht den ganzen Tag Zeit.«

Ich werfe ihm einen unbeeindruckten Blick zu und stelle mich direkt vor ihn. Ich schaue nervös zu dem Bäckersohn hinüber, aber Hook senkt den Kopf, um meinen Blick aufzufangen, und er macht wieder diese Sache, mit der er mir wortlos signalisiert, dass wir nicht in Gefahr sind.

Ich schiebe meine Hände unter Jems Mantel und streiche über seinen Körper. Er sieht mich amüsiert an, und ich verkneife mir für ein paar Sekunden die Frage, wo ich eigentlich tasten soll.

Er schiebt wieder die Zunge in die Wange. »Vordere linke Tasche«, sagt er, ohne den Blick abzuwenden.

Ich schlucke schwer.

»Pass bloß auf deine Hände auf«, sagt er so leise, dass es außer uns niemand hören kann.

Ich ziehe eine Handvoll Münzen heraus – goldene, silberne und bronzene, das war zu erwarten –, aber keine sieht aus wie unsere Schillinge zu Hause.

Ich präsentiere sie auf meiner Handfläche und sehe dann abwartend zu Jamison hoch.

Er blickt auf meine Hand und dann an mir vorbei zurück zum Bäcker, der uns scharf beobachtet.

»Zwei von den silbernen mit dem Mädchen mit den Blumen im Haar«, sagt er, ohne mich anzusehen.

Ich nehme zwei davon und stecke den Rest zurück in seine Tasche. Man hätte es leicht übersehen können, wenn man in dem Moment geblinzelt hätte, aber Jamison zwinkert mir zu, während ich das tue, und mein Herz macht einen kleinen Satz.

»Bring's Redvers, Daphne, wenn's dir nichts ausmacht.« Hook nickt dem Bäcker zu, ohne die Waffe zu senken. »Leg sie vor ihm auf den Tisch.«

Ich nicke und folge seiner Aufforderung. Dabei starre ich den kleinen Jungen an, dessen Arm der Bäcker immer noch festhält, und frage mich, wann der Mann ihn wohl loslässt.

Der Bäcker schaut auf die Münzen auf dem Tisch, dann zu seinem Sohn. Er bedeutet ihm mit einem Nicken, die Waffe zu senken. Und dann, endlich, nimmt er das Hackbeil weg.

Hook seufzt liebenswürdig und schiebt seine Pistole in seinen Gürtel. Dann geht er zu dem kleinen Jungen und hebt ihn mit einer wunderbaren Leichtigkeit auf seine Arme. Anschließend tritt er zu dem Bäcker.

Ich stehe regungslos da, wie gelähmt von all dem, was ich gerade mitangesehen habe.

Jamison beugt sich dicht zu dem Bäcker. »Wenn du noch mal auch nur versuchst, 'nem Kleinen wehzutun, ramm ich dir ein Hackbeil in die Visage!«

Ich komme nicht mal dazu, nach Luft zu schnappen – obwohl das angemessen gewesen wäre –, als Jem auch schon meine Hand packt und mich durch die Menge hinter sich herzieht.

Kaum haben wir sie hinter uns gelassen, lässt er den kleinen Jungen auf den Boden herunter.

»Farley.« Jem sieht ihn strafend an. »Ich hab's dir schon tausendmal gepredigt – wenn du was brauchst, sag's mir einfach.«

»Ich hab's nicht gestohlen, Jam!« Der Junge stampft mit dem Fuß auf. »Ich schwör's, ich bin gerannt, gegen den Laib gestoßen, und dann ist er runtergefallen.«

Jamison seufzt und wedelt mit der Hand. »Dann halt dich verdammt noch mal vom Dorfplatz fern, kapiert?«

»Okay.« Der kleine Junge nickt und lächelt zu ihm hoch. »Danke, Jam.«

Dann rennt er davon.

Ich schaue zu ihm hoch,* und ich glaube, wenn ich die Galaxien fühlen oder auch nur sehen könnte, hätte ich vielleicht einen neuen Mond erkennen können, der sich hinter Jamison Hook auftut, aber meine Augen sind noch nicht so weit.

Die Ehrfurcht überwältigt mich fast. »Du bist nicht halb so schlimm, wie er sagt«, erkläre ich.

Jamison legt den Kopf schief und runzelt die Stirn. »Und du, du bist zweimal so mutig und schön, wie er dich glauben macht.«

Die Anspannung in meinem Gesicht löst sich auf wie Regen in einer Pfütze, und ich habe das Gefühl, auf einen großen Baum zu starren, auf den ich am liebsten klettern oder den ich einatmen oder unter dem ich liegen würde. Seine Nähe erdet einen auf eine seltsame Art. Es ist ein Gefühl, als säße man am Ufer eines riesigen, ruhigen Sees, oder in einer kalten Nacht draußen am Feuer, oder läge sicher und warm unter einer Decke und sähe durch das Fenster einen großen Sturm aufziehen. So ist es, wenn man neben ihm sitzt, und daran denke ich, als ich zu ihm aufschaue und er mich mit zusammengebissenem Kiefer und gerunzelter Stirn betrachtet.† Dann blickt er auf unsere Hände. Er hält meine fest, und mir wird plötzlich sehr deutlich bewusst, dass ich seine ganz fest umklammere. Er starrt sie ein paar Sekunden lang an, dann sieht er wieder in mein Gesicht. Aber er sagt nichts und zieht auch seine Hand nicht weg, also löse ich meine. Ich weiß nicht, warum.

Jedenfalls nicht, weil ich es will, sondern weil ich annehme, dass ich es tun sollte, richtig? Ich bin nicht seinetwegen hier. Und ja, Peters Hände waren überall auf dem Körper eines anderen Mädchens, und dabei habe ich mich elend und unsichtbar gleichzeitig gefühlt. Aber eine Stimme in meinem Gehirn sagt mir, dass es keine Rolle spielt, weil sie nicht füreinander bestimmt sind, also sind Jamison und ich es auch nicht.

---

* Er ist jetzt besonders groß. Ich glaube, er ist durch all das etwa einen Fuß gewachsen. Zumindest vor meinem geistigen Auge.
† Irgendwie blickt er dauernd finster.

Er räuspert sich und steckt die Hand in die Tasche, als Orson und Rye sich uns zögernd nähern.

»Gut gemacht.« Orson nickt Hook zu und dann zu mir. »Und du ... bist mutiger, als ich's von so einem Hänfling von englischem Mädchen erwartet hätte.«

Ich werfe ihm einen finsteren Blick zu, und Jamison hebt das Kinn, als wollte er mich verteidigen. »Verpiss dich und mach die Luke dicht.«*

Ich schaue zwischen ihnen hin und her. »War das Englisch?«

»Aye«, sagt Orson, während Jem nickt.

»Sozusagen.« Rye blickt zwischen den beiden hin und her, dann wirft er mir einen vielsagenden Blick zu. »Wir sollten wahrscheinlich zurück ins Tal gehen.«

»Dank dir für deine Hilfe heute.« Hook schaut mir eine Sekunde lang in die Augen.

Ich lächle ihm kurz zu, und meine Wangen fühlen sich heiß an. Ich weiß nicht, warum, aber ich will auf keinen Fall, dass es jemandem auffällt.

Jamison nickt kurz und tritt zurück. »Boh.«

Ich lächle ihn an, obwohl ich das gar nicht wollte, und erwidere das Nicken.

»Jem.«

Dann dreht er sich um und geht.

»Spitznamen?« Rye blinzelt.

Ich verdrehe die Augen und gehe voraus.

Er joggt hinter mir her und lacht. »Weißt du eigentlich, was ›nur ganz flüchtig‹ bedeutet?«

*

Als ich nach Hause kam, habe ich Peter gefragt, wie sein Tag war. Er wirkte irgendwie mürrisch. Das passte nicht zu ihm. Er erwiderte, er könne sich nicht erinnern und sei gleich wieder da, dann flog er davon.

Als er weg war, flatterte Rune augenblicklich herein, hell und fun-

---

* Ob ihr es glaubt oder nicht – das heißt »sei still«.

kelnd, und klingelte mir sehr viel mehr Informationen ins Ohr, als ich wollte.

»Haben sie sich geküsst?«, fragte ich schließlich.

Sie bimmelte. Nein.

Das war die einzige wirkliche Erleichterung, die mir ihre Geschichte bot. Er hatte Calla mit auf ein Abenteuer genommen: Sie waren auf Bäume geklettert, hatten ein Tigerbaby gerettet und so getan, als würde sie in einer Höhle ertrinken, und die anderen Verlorenen Jungs wären Piraten, die sie töten wollten. Rune sagte, als Peter sie am Ende rettete, wollte Calla ihn küssen, aber er bekam rote Wangen und fing an zu lachen.

Ich konnte nicht genau sagen, ob er sich tatsächlich nicht mehr an seinen Tag erinnerte, bevor er sich aus dem Staub machte, oder ob seine Erinnerungslücke nur eine bequeme Ausflucht war, um nicht die Wahrheit sagen zu müssen.

Und das immerhin trifft zu: Es ist hier schwierig, sich an einige Dinge zu erinnern, aber das gilt nicht für alle.

Zum Beispiel kann ich mich nicht mehr genau daran erinnern, was ich gestern zu Abend gegessen habe oder wie Wendy riecht, aber ich scheine mich an das Gefühl meiner Hand in Hooks zu erinnern, und ich kann die Erinnerung an das Glitzern des Hackbeils und den ängstlichen Blick des Jungen nicht abschütteln.

Als Peter zurückkommt, ist sein Gesicht anders, ganz heiter, mit seiner träumerischen Art von Vergesslichkeit, und er schwebt mit mir in sein Zimmer hinauf.

»Was hast du heute gemacht?«, fragt er mich, als er sich auf seinem Bett niederlässt.

Ich zögere einen Bruchteil länger als üblich. »Rye hat mich ins Dorf mitgenommen.«

»Oh.« Peter nickt. »Und was hast du gemacht?«

»Eigentlich nichts«, sage ich, etwas schnell. Ich hatte schon das Gefühl, dass ich ihn ein bisschen belogen habe, weil ich ihm nichts von Hook erzählt habe, als ich ihn am ersten Tag traf. Und jetzt lüge ich wieder.

Eigentlich nichts?

Ich schätze, technisch gesehen ist das zutreffend. Wir haben ja nichts Besonderes gemacht.

»Wir sind nur ein bisschen durch die Stadt geschlendert.« Ich zwinge mich zu einem Lächeln.

»Hast du Hook gesehen?«, fragt Peter und starrt zum Strohdach hinauf.

Ich spitze die Lippen. »Ja, habe ich tatsächlich.«*

Peter dreht sich abrupt zu mir um. »Du hast ihn getroffen?«

Ich nicke und schlucke nervös.

Er starrt mich eine Sekunde lang an und rollt sich dann wieder auf den Rücken.

»Dieser Hund!«, zischt Peter, und ich runzle in der Dunkelheit die Stirn.

»Ich fand ihn nicht so schlimm.«

Peters Kopf ruckt derartig heftig zu mir herum, dass es mich nervös macht. »Was hast du gesagt?«

»Ich meine ...« Ich schlucke wieder. »Ich kenne ihn kaum. Er schien ... einfach nett zu sein. Er hat einen Jungen gerettet.«

»Ich bin der, der Jungs rettet«, gibt er schroff zurück.

»Da bin ich mir sicher.« Ich nicke schnell. »Ich wollte nicht andeuten, dass du es nicht tust, als ich gesagt habe, dass er es tut.« Ich schlucke. »Er hat es einfach ... gemacht. Vor meinen Augen.«

»Angeber«, sagt Peter leise, bevor er mir einen Blick zuwirft. »Triff dich nicht mehr mit ihm.«

Ich stütze mich auf die Ellbogen, und meine Miene verfinstert sich. »Wirst du Calla wiedersehen?«

»Wen?« Peter runzelt verwirrt die Stirn. »Tiger Lily, meinst du?«

»Das ist nicht ihr Name, Peter«, erinnere ich ihn.

»Ich kenne ihren Namen!«, schnauzt er. »Und das ist nicht das Gleiche.«

»Wieso nicht?«

»Weil ...« Peter beäugt mich. »Calla ist meine Freundin.«

Ich ziehe die Schultern ein wenig hoch. »Nun, vielleicht ist Hook mein Freund.«

Peter starrt mich an, und ich sehe selbst in der Dunkelheit, wie sich seine hellen Augen verdunkeln. »Ich bin dein Freund.«

---

* Vor etwa einer Woche, aber das sage ich nicht laut.

»Und ich darf keinen anderen haben?« Meine Stimme hebt sich merkwürdig am Ende des Satzes.

Peter legt sich wieder hin und schüttelt den Kopf. Dann seufzt er ungeduldig. »Ich versuche, dich zu beschützen.«

»Wovor?« Ich lege mich wieder neben ihn. Ich muss zugeben, dass ich gern neben ihm liege. Es ist schwierig, ein ähnliches Gefühl für einen Vergleich zu finden, aber wenn ich es müsste, wäre es wohl wie das Gefühl, neben einem Löwen zu liegen. Beängstigend und wunderbar, gefährlich und sicher zugleich.[†]

Peter sagt eine gefühlte Ewigkeit nichts, bevor er zu mir herüberschaut. Er wirkt so ernst, wie ich ihn noch nie erlebt habe.

»Vor allem.«

[†] Nur wenn er dich mag.

KAPITEL 5

»Aufwachen, Mädchen!«, befiehlt Peter Pan, während er seine Nase an meine drückt.

Blinzelnd öffne ich die Augen und lächle ihn müde an, während ich tief einatme. Rieche ich da etwa Süßigkeiten? Es ist ein schöner, vertrauter Geruch. Irgendwie nach zu Hause?

Ich reibe mir die Augen.

»Hast du Süßigkeiten in der Tasche?«, frage ich.

»Nein.« Peters Miene verfinstert sich ein wenig, und mir fährt ein Stich durchs Herz, als wäre ich traurig, weil er traurig ist. »Warum?«

»Ach, nichts.« Ich lächle zu ihm hoch. »Ich rieche nur rosa Bonbons, glaube ich.«

Peter verdreht die Augen. »Sei nicht albern«, sagt er, während er mich hochzieht und dann mit den Händen in der Luft herumwedelt, um den Geruch zu vertreiben.

Ich dehne und strecke mich, während ich gähne.

Hier glaubt niemand an Jalousien. Seit meiner Ankunft konnte ich kein einziges Mal ausschlafen. Um ehrlich zu sein, bin ich erschöpft.

Peter hält Schlaf für Zeitverschwendung. Was keine Überraschung ist.

Ich glaube irgendwie, dass ein Großteil seiner Einstellung darauf zurückzuführen ist, dass er jahrelang viel zu wenig geschlafen hat.

»Der Tag wartet«, sagt er, fliegt in die Dachsparren hinauf und landet auf einem Balken. Er hockt dort, strampelt mit den Beinen und schwingt, während er auf mich herabstrahlt wie meine persönliche Sonne. Es fühlt sich an, als läge man an einem heißen Tag im Freien, wenn Peter sich auf einen konzentriert. Eine Art sättigende Wärme.*

»Ich möchte dich heute irgendwo hinbringen«, sagt er lächelnd.

Ich setze mich auf und reibe mir müde die Augen. »Wohin?« Ich lächle schlaftrunken.

---

* Wisst ihr, was ich meine? Eine Wärme, die manchmal fast zu warm ist, aber trotzdem ist es der schönste, berauschendste Sommertag, also willst du nie, dass er endet.

»Nur zu einem meiner besten Plätze.« Er zuckt mit den Schultern, bevor er mit einem dreifachen Rückwärtssalto vom Balken springt und direkt vor mir landet. »Aber zuerst ...« Er wirft mir einen strengen Blick zu. »Die Medizin.«

Peter hüpft davon, und ich wecke Kinley und Percival. Ich gehe zu ihnen und fliege nicht. Ich finde das Fliegen am Morgen etwas anstrengend.

»Guten Morgen, Jungs«, sage ich und streiche jedem von ihnen mit der Hand durchs Haar.

Sie werden blinzelnd wach.

»Frühstück.« Ich werfe ihnen ein Lächeln zu.

Sie nicken müde und lassen ihre Köpfe wieder auf die Kissen sinken.

Ich habe die Kobolde noch nicht gesehen, aber bereits angefangen, ihnen kleine Zettel mit Komplimenten zu hinterlassen, denn ihre Kochkünste sind einfach großartig. Ich weiß nicht mehr, was ich gestern zum Frühstück gegessen habe, aber ich erinnere mich, dass ich dafür hätte sterben können. Heute besteht das Frühstück aus einem unglaublichen Berg dicker, lockerer Ricotta-Pfannkuchen, Honigwaben, Sirup und Kompott, mit Butter und Früchten. Als Brodie, Kinley und Percival sich zu uns an den Tisch setzen, nehmen wir alle unsere Medizin.

»So schlimm ist es nicht!«, beschwichtige ich Kinley wie jeden Morgen. »Denk einfach daran, wie stark dich das macht.«

»Aber ich bin schon stark.« Er zieht eine beleidigte Miene.

Ich stoße ihn aufmunternd an. »Stell dir vor, wir stark du dann noch wirst! Also, wohin gehen wir, Peter?«, frage ich, während ich in eine Erdbeere beiße.

»Wir gehen schwimmen«, antwortet er gut gelaunt.

»Schwimmen?«, wiederhole ich mit einem Stirnrunzeln. »Aber ich habe keinen Badeanzug.«

»Warum nicht?« Er verzieht das Gesicht. »Und was ist das überhaupt?«

Ich blicke resigniert zur Decke. »Die Kleidung, in der du schwimmst.«

Peter lockert die Schultern. »Und warum hast du sie nicht mitgebracht?«

»Du hast gesagt, ich sollte sie nicht mitnehmen!« Ich stehe auf. Irgendwie bin ich verärgert.

Also steht er auch auf und hebt abwehrend die Hände. »Nein, habe ich nicht!«

»Hast du wohl!« Ich starre ihn entrüstet an. »Du hast gesagt, du seiest alles, was ich bräuchte!«

»Bin ich auch!«

Percival beugt sich zu Kinley. »Offensichtlich nicht«, flüstert er ihm ins Ohr.

Und dann schießt Rune heran und schwebt funkelnd vor meinem Gesicht.

Ich strecke meine Hand aus, damit sie landen kann.

»Ich weiß!« Ich schüttle den Kopf. »Er ist so eingebildet.«

»He!« Peter knurrt und wirft eine Blaubeere nach der Fee.

Sie fliegt mit Lichtgeschwindigkeit zu ihm und zieht ihn an den Haaren, bevor sie wieder zu mir zurückfliegt.

»Er sagte, er sei alles, was ich bräuchte. Kannst du das glauben?« Ich verdrehe die Augen. »Es ist meine Schuld, weil ich ihm geglaubt habe. Männer können einfach nicht richtig packen.«

Sie klingelt.

»O nein. Ich möchte dich nicht damit behelligen.« Ich will ihr Angebot ablehnen, doch dann: »Wenn du sicher bist, dass es dir keine Umstände macht?«

Sie klingelt erneut und zischt davon.

»Siehst du.« Peter zuckt mit den Schultern. »Problem gelöst. Die Feen machen dir einen Badeanzug.«

Ich sehe ihn missbilligend an. »Hättest du es mir gesagt, hätte ich einfach meinen eigenen mitbringen können und ihnen die Mühe erspart.«

Er wedelt nur gleichgültig mit der Hand und gähnt.

Gerade als das Frühstück fertig ist, kommt Rune zurück und lässt einen Bikini auf den Tisch fallen, der aus eng verflochtenen Gänseblümchenketten besteht.

»Du meine Güte!« Ich betrachte ihn. »Er ist wunderschön.«

Sie klingelt.

»Er wird auseinanderfallen?« Ich halte ihn vorsichtig hoch.

Sie schüttelt ihren winzigen, wunderschönen Kopf, weil ich sie falsch verstanden habe. »Oh!« Ich blinzle erfreut. »Es ist verzaubert!« Und sie klingelt wieder.

»Ja!« Brodie nickt zustimmend. »Zieh ihn an.«

Peter wirft Brodie einen gereizten Blick zu, aber der hält nur eine Sekunde vor, denn plötzlich rutscht Calla auf einer Rutsche zu uns hinunter, von deren Existenz ich keine Ahnung hatte, und ich runzle sofort die Stirn.

Rye landet eine Sekunde nach ihr und winkt mir kurz zu.

Calla richtet sich auf und streicht sich den Schmutz von den Händen. Wenn ich sage, dass sie schön ist, möchte ich, dass ihr euch eine dunkelhäutige Raquel Welch vorstellt. Im letzten Dezember ist ein Film herausgekommen, vielleicht habt ihr schon davon gehört? *One Million Years B.C.* Sie posiert in einem Bikini aus Tierhaut auf dem Poster? Nun, das ist im Wesentlichen auch das, was Calla trägt, und sie sieht genauso umwerfend aus wie Raquel Welch.

Rune seufzt.

Ich schaue an mir hinunter – auf den gleichen rüschigen, kurzen Babydoll-Schlafanzug, in dem ich angekommen bin. In Weiß.* Mein Lieblingsschlafanzug, und ich dachte immer, ich sähe darin ganz hübsch aus, bis diese verdammte Raquel Welch auftauchte.

Peter starrt sie an, fast so, als wüsste er nicht, was er tun soll, als wäre es zu viel – als wäre sie zu heiß –, und sie weiß es. Sie weiß, dass sie schön ist; man kann nicht so schön sein und es nicht wissen, und ich weiß, dass sie weiß, dass sie schön ist, denn sie fuchtelt damit vor meiner Nase herum wie mit einer schrecklichen Waffe, von der sie weiß, dass sie mein Ende sein könnte.

Kinley stupst mich an und zieht mich am Haar zu sich herunter, um mir etwas zuzuflüstern. »Vielleicht solltest du dich jetzt umziehen.«

Ich verlasse den Raum – ohne dass es jemand merkt, außer Rune, die mich begleitet.

Und ich lege nur zu gern meine Kleidung ab. Das habe ich nicht getan, seit ich hier bin.

---

* Obwohl er zugegebenermaßen immer weniger weiß wirkt, als die Tage so dahintröpfeln.

Und … habe ich geduscht?* Duschen scheint eine der Sachen zu sein, die man hier leicht vergessen kann.

Man erledigt zwar seine alltäglichen Aufgaben, aber man erinnert sich nicht oft an sie.

Ich habe festgestellt, dass ich mich daran erinnern kann, wie ich mich bei bestimmten Dingen fühle, wenn ich sie mit genügend Ernsthaftigkeit wahrnehme. Also versuche ich, mich daran zu erinnern, wann ich das letzte Mal geduscht habe und ob ich danach einfach wieder meinen alten Schlafanzug angezogen habe. Ich nehme an, das habe ich wohl. Ich habe nichts anderes mitgebracht, und Peter bekommt es ehrlich gesagt überhaupt nicht auf die Reihe, seinen Worten gerecht zu werden, dass er alles sei, was ich bräuchte.†

Trotzdem ziehe ich den Feenbikini an, und Rune macht mit den Gänseblümchen einen Knoten im Nacken, flattert aufgeregt um mich herum und klatscht in die Hände.

Da es hier keinen Spiegel gibt, kann ich nicht überprüfen, wie ich aussehe, aber ich versuche, an mir hinunterzublicken.

»Er passt wie angegossen«, sage ich ihr.

Sie zuckt mit den Schultern. *Es ist Magie*, sagt sie, und dann schiebt sie mich zu den anderen zurück.

»Wow!« Percival stößt einen dramatischen Schrei aus, als ich wieder hereinkomme.

Rye zieht sich zurück, blinzelt überrascht. Calla verdreht die Augen und schaut dann weg, aber Peter – sein Mund steht leicht offen, dann schluckt er schwer. Er sagt nichts, aber sein Gesicht ist ernst geworden. Und ich weiß nicht, ob es ein wunderbares oder ein schreckliches Gefühl ist, so angestarrt zu werden. Irgendwas dazwischen vielleicht.

»Wollen wir gehen?« Rye klingt ein wenig unbehaglich.

Ich nicke eifrig, bevor ich mich an Rune wende.

»Danke«, sage ich. Sie klatscht in ihre winzigen Hände, und das Blatt einer Rosenblüte erscheint. Damit streicht sie über meine Wangen, meine Nase und dann über meine Lippen.

Dann bimmelt sie und zwinkert mir zu.

---

* Das habe ich doch, oder?
† Ich putze mir die Zähne mit Sand und kaue danach Minzblätter.

Ich trete hinaus in den Wald, und Rye läuft mir nach. »Willst du ihn umbringen?«

»Ich versuche nur, eine Chance zu bekommen, wenn deine Schwester dabei ist.« Ich verdrehe die Augen.

Er macht dasselbe. »Oh, du hast eine Chance, und wie.«

Peter und Calla kommen nach uns heraus, und Peter starrt mich immer noch an. Unsere Blicke begegnen sich, und er sieht sofort auf seine Hände.

Ich gehe zu ihm hinüber und suche seinen Blick. »Geht es dir gut?«, flüstere ich.

»Gut.« Er nickt. »Ja, natürlich geht es mir gut. Warum sollte es mir nicht gut gehen?«

Ich schüttle den Kopf. Das mache ich offenbar ziemlich oft. »Ich weiß nicht. Du scheinst einfach ...«

»Ich habe einen Schlag in den Magen gekriegt.« Er nickt. Und sagt es so emotionslos, als wäre es einfach nur eine Tatsache.

»Oh.« Ich versuche, nicht einfach davonzuschweben. Er sieht die Freude in meinen Augen trotzdem und blinzelt mich spielerisch an.

»Bist du auch geschlagen worden?«

»Noch nicht.« Ich hebe hochmütig das Kinn, und seine Miene verfinstert sich sofort. »Vielleicht, wenn du dein Hemd ausziehst.«

Er grinst mich an und lacht, bevor er mit Anlauf hochspringt und ein Stück weit schwebt. Ich drehe mich zu Calla um, die mich einfach nur anstarrt. Das heißt, *starren* ist das falsche Wort. Es ist eher ein mörderischer, hasserfüllter Blick.

»Ich glaube, wir hatten irgendwie noch keine richtige Gelegenheit, uns kennenzulernen. Du bist das einzige Mädchen, das ich hier gesehen habe, außer Rune, der Fee«, rede ich drauflos, weil sie mich immer noch stirnrunzelnd ansieht. »Sie ist natürlich ein Mädchen, aber sie ist kein Menschenmädchen, also bist du das erste Menschenmädchen, das ich gesehen habe, abgesehen von einer im Dorf, die eigentlich ... na ja, sie war irgendwie unhöflich, also bin ich froh, dass ...«

Ich schüttle nervös den Kopf und schenke ihr ein breites, entschuldigendes Lächeln. »Es tut mir leid. Ich bin etwas redselig.«

»Hallo, etwas redselig«, erwidert sie todernst.

»Nein.« Ich lache. »Tut mir leid, ich meinte, ich habe geplappert.«

Sie mustert mich von Kopf bis Fuß. »Kann man wohl sagen.«

Ich stelle mich vor sie und versperre ihr den Weg. »Ich bin Daphne.« Ich strecke ihr meine Hand entgegen, und ihr liegt ganz richtig damit, wenn ihr annehmt, dass sie sie nicht schüttelt. Stattdessen starrt sie sie an, als hielte ich ihr eine Nacktschnecke zum Streicheln hin.

»Ich weiß.« Sie tritt um mich herum.

»Calla …«, knurrt Rye.

»Was?« Sie seufzt gelangweilt.

»Sei nett.«

»Warum?« Sie zuckt mit den Schultern und sieht ihren Bruder an, nicht mich. »Sie wird einfach erwachsen und alt werden, und er wird ihrer überdrüssig, so wie bei allen, dann wird er sie zurückbringen, und sie wird sich ihr ganzes trauriges Restleben über wünschen, sie wäre immer noch mit einem Jungen zusammen, der sie längst vollkommen vergessen hat.« Jetzt endlich richtet sie den Blick auf mich, sieht mich mit diesen dunklen Augen an, die von einem Schmerz umrandet sind, der mir sagt, dass das ihre Geschichte ist, genauso, wie es meine sein könnte. »Denn das ist das wahre Schicksal der Familie Darling.«

Dann sprintet sie los, tänzelt geschmeidig wie eine Gazelle einen Baumstamm hinauf, und gerade, als sie abspringt, schreit sie nach Peter. Er stürzt sich aus der Luft hinunter und fängt sie auf. All das geschieht mit einer spektakulären, einstudierten Leichtigkeit. Wenn man das gesehen hat, fragt man sich unwillkürlich, wie oft er diesen Körper schon gefangen und berührt hat, dass er ihn jetzt so intuitiv und geschickt fangen kann …

Rye blickt zu mir herüber. »Sie ist ziemlich besitzergreifend.«

Ich werfe ihm einen Blick zu. »Ach was, echt jetzt.«

Er zuckt beiläufig mit einer Achsel und mustert mich von oben bis unten: »Immerhin hast du auch in diesem Ding da einen ziemlichen Auftritt hingelegt …« Er deutet mit dem Kinn auf mein Outfit.

»Gefällt er dir?«, frage ich stolz.

Er nickt mir ziemlich übertrieben zu.

»Glaubst du, sie wird mich irgendwann mögen?« Ich starre auf seine Schwester, die in Peters Armen über uns durch die Luft schwingt.

»Wahrscheinlich eher nicht.« Er zuckt mit den Schultern. »Aber kannst du es ihr verübeln?«

Ich seufze.

»Wie alt ist sie?«, frage ich, während ich sie beobachte.

»So alt wie ich«, antwortet Rye gleichgültig. »Sechzehn. Sie wird nächste Woche siebzehn.«

»Ihr seid Zwillinge?«

Er nickt. Ich kannte einige Zwillinge in der Grundschule. Sie waren seltsam. Ihre Verbindung zueinander überstieg irgendwie immer jedes normale Verständnis.

»Ich bin siebzehn«, sage ich lächelnd. »Aber ich werde bald achtzehn.« Meine Brauen ziehen sich zusammen, als ich darüber nachdenke, was das bedeutet. Der Gedanke, älter zu werden – erwachsen zu sein –, hat mich noch nie irritiert, aber je länger ich hier bin, desto mehr habe ich das Gefühl, dass das Älterwerden eine größere Bürde sein könnte, als mir bisher bewusst war. Außer im Zusammenhang mit Jamison. Ich habe den leisen Verdacht, dass das Erwachsenwerden für ihn das Gegenteil einer Bürde sein könnte.

»Peter war dreizehn, als du ihn das letzte Mal gesehen hast?« Ich werfe Rye einen Seitenblick zu.

Er nickt.

»Und war er lange Zeit dreizehn?«, frage ich.

Rye nickt erneut und denkt darüber nach. »Mindestens ein paar Hundert Jahre.« Er zuckt mit der Achsel, als er hinzufügt: »Hat man mir jedenfalls gesagt.«

»Und jetzt?« Ich schaue zu Peter hinauf, der immer noch über uns schwebt – mit den markanten Gesichtszügen eines griechischen Gotts und der Sonne hinter ihm, in seinem Haar. Sie lässt ihn golden, bronzefarben und hell erscheinen.

Rye beobachtet ihn und blinzelt. »Achtzehn? Neunzehn vielleicht?«

Ich verziehe den Mund. Es dauert nicht mehr lange, bis ich auch für ihn zu alt sein werde.

»Sag mal ...« Rye mustert mich grinsend. »Wie alt ist Hook denn mittlerweile?«

Ich bleibe einen Moment stumm und blicke starr geradeaus, bevor ich beiläufig antworte: »Ich bin mir nicht sicher.« Erneut sehe ich ihn aus dem Augenwinkel an. »Aber ich bin mir ziemlich sicher, dass ich keine Ahnung habe, warum du ihn überhaupt erwähnt hast.«

Er wirft mir einen amüsierten Blick zu. »Na klar, schon gut.«

*

Der Skull Rock ist ganz und gar nicht so, wie man ihn sich vorstellt: Schon der Name beschwört Bilder von düsterem Himmel, Donnergrollen und krachenden Wellen herauf, aber diese Bilder sind falsch.

Hat der allein stehende Felsen eine auffällige Ähnlichkeit mit einem Schädel? Ja.

Gibt es Legenden darüber, ob der Felsen tatsächlich der Schädel eines alten Riesen ist? Noch mal ja.

Aber er hat nichts Makabres an sich.

Der unter Wasser liegende Teil ist mit Korallen bewachsen und wird von den prächtigsten Fischen bewohnt, die man sich überhaupt vorstellen kann. Regenbogenfische, schillernde Fische, Fische, deren Schuppen beim Schwimmen die Farbe wechseln. Sie bewegen sich im Wasser und funkeln wie Juwelen, und meine Miene verfinstert sich fast ohne mein Zutun, als Peter seine Angelschnur auswirft.

»Aber sie sind doch so hübsch!« Ich schmolle.

Er zuckt gleichgültig mit den Schultern. »Man kann schöne Dinge töten.«

Ich verziehe das Gesicht. »Du meinst, man kann schöne Dinge essen.«

»Genau.« Er nickt, setzt sich auf den Felsen und gähnt.

Callas und mein Blick begegnen sich. Diese Kameraderie ist schon komisch, die Frauen an den dunkleren Orten finden, an denen wir manchmal landen, was jetzt aber gar nicht der Fall ist! Ich bin nicht im Dunkeln. Im Gegenteil, es ist unglaublich hell! Und wunderbar. Ich nehme an, dass wir uns beide nur im Stillen ein bisschen unwohl fühlten, angesichts dessen, was Peter vielleicht gerade ungewollt angedeutet hat. Unsere Gedanken werden das sowieso bald begraben.

Rye wirft einen Krabbenkescher ins Wasser und setzt sich dann neben Peter. Er sieht ihn verwirrt und neugierig zugleich an.

»Ich muss das einfach fragen, Pan.« Er schneidet kurz eine Grimasse. »Wie hast du das gemacht?«

Peter runzelt die Stirn. »Was gemacht?«

Rye deutet vage auf seine Gestalt. »Wachsen …?«

»Ist das nicht die falsche Frage?«, frage ich missbilligend.

Sie sehen alle zu mir herüber.

»Ich meine …« Ich bemühe mich, beiläufig zu klingen, »die Frage ist doch, wie um alles in der Welt ist er jung geblieben?«

»Wir sind nicht auf der Erde«, stellt Calla nüchtern fest.

Ich verdrehe die Augen, aber dann konzentriere ich mich auf Peter. »Also, wie hast du das gemacht?«

In Peters Augen flackert Aufregung auf, wie immer, wenn er etwas weiß, das andere nicht wissen. Er mag es, Dinge zu besitzen, die andere Leute nicht haben. Ebenso wie er es mag, Dinge zu wissen, die andere Menschen nicht wissen. Es als Überlegenheitskomplex zu bezeichnen, würde die Sache zu sehr vereinfachen. Zu behaupten, dass er Kontrolle liebt, klingt zwar unglaublich hart, ist vielleicht aber trotzdem zutreffender.

Calla gefällt nicht, wie Peter mich ansieht, mit seinem halb garen Lächeln, als wäre das ein Geheimnis, das zu lüften mich einen Preis kosten würde, und ich würde ihn zahlen. Es gibt nicht viel, was ich nicht tun würde, damit er mich weiterhin so ansieht, denn ich bin mir sicher, dass sein Blick zu mindestens fünfzig Prozent aus Schlafmohn besteht.

Ein gereiztes Krächzen aus Callas Kehle, und die Stimmung ist verpufft. »Jeder weiß, wie er jung bleibt.«

Ich lege die Hände in den Schoß und setze mich ein wenig aufrechter hin. »Ich weiß das nicht«, kontere ich nachdrücklich.

Peter starrt mich ein paar Sekunden lang an, bevor er neben sich auf den Boden klopft.

Ich setze mich zu ihm. Ein bisschen, um Calla zu ärgern, vor allem jedoch, weil ich es einfach will. Er rückt näher an mich heran, und wir sitzen Schulter an Schulter.

Man sollte meinen, dass ich mich inzwischen daran gewöhnt hätte – weil wir uns ein Nest teilen und uns nachts aneinanderreiben, aber er rollt sich so weit wie möglich von mir weg. In der ersten Nacht fragte ich ihn, was er da mache, und er erwiderte, er wolle nicht, dass ich ihn mitten in der Nacht trete. Ich wusste nicht, ob er das im übertragenen oder wörtlichen Sinne meinte, aber im Grunde heißt das, dass er mich weit weniger berührt, als ihr vielleicht gedacht habt.

Das kann einen ganz schön aus dem Konzept bringen, wenn man sieht, wie unbekümmert er jemand anderen berührt.

Ich sitze also neben ihm auf diesem magischen, geheimnisvollen Felsen, unsere Schultern reiben aneinander, wenn er seine Hand bewegt, sodass sie ein wenig hinter meinem Rücken liegt. Es ist fast, als würde er den Arm um mich legen – aber nur fast. Das würde er nicht tun, denn er ist Peter Pan, und so etwas wäre zu erwachsen. Aber in diesem besonderen Moment fühle ich mich wohl so, wie ich mich schon die ganze Zeit in Neverland gefühlt habe.

Peter lehnt sich zu mir und flüstert: »Ich habe ihn gefunden.«

Ich schaue ihn erwartungsvoll an. »Du hast was gefunden?«

Er wirft mir einen Blick zu. »Den Brunnen.«

Ich bin verwirrt. »Den Brunnen ...«

Calla stöhnt schon wieder gereizt. »Der ewigen Jugend, Dummkopf.«

Darüber muss Peter mehr lachen, als mir lieb ist. Als würde er denken, ich wäre wirklich dumm. Also werfe ich ihr einen finsteren Blick zu. Ich werde zusehends empfindlicher. Ich habe mich noch nie dumm gefühlt. Ich wurde auch noch nie so oft so ausgeschimpft.

Aber auch, weil Calla einfach nur grundlos gemein zu mir ist.

»Hast du das wirklich?« Ich sehe nur Peter an, reiße die Augen weit auf und mache den Eindruck, als sei ich mehr von seiner Geschichte begeistert als von seiner Herablassung verletzt.

Mit der Zeit werde ich diese Kunst bestimmt unglaublich gut beherrschen.

Peter nickt stolz.

Ich lehne mich ein wenig gegen seinen Arm und schaue dabei zu Calla hinüber. Peter schluckt. »Wusstest du, dass man auf der Erde glaubt, er sei in Florida!«

»Was ist Florida?«, will Rye wissen, und ich zucke beiläufig mit den Schultern.

»Es ist einfach nur ein riesiger Sumpf und das Ende von Amerika.«

Calla zieht eine ungeduldige Augenbraue hoch. »Was ist Amerika?«

Ich spitze meine Lippen. »Der Ort, an dem die Königin nicht wohnt.«

»Hier wohnt auch keine Königin«, sagt Peter.

»Aber wir hatten mal einen König«, sagt Rye. »Einen Elfenkönig.«

»Oh.« Ich blinzle interessiert. »Was ist mit ihm passiert?«

Calla zuckt mit den Schultern und Rye auch, aber anders. Ihr Schulterzucken wirkt gelangweilt, und bei ihm sieht es aus, als wäre er traurig, keine Antwort zu haben. Aber Peter fährt sich mit dem Finger über den Hals und hält meinen Blick fest.

»Er ist tot?« Ich schrecke zurück.

Peter nickt nachdrücklich.

»Woher weißt du das?« Ich schaue von ihm zu Rye.

Rye seufzt beschwichtigend. »Er weiß es gar nicht. Es ist eine lange Geschichte.« Er macht eine Pause. »Eine schlimme Geschichte.«

»Ich dagegen«, Peter richtet sich auf, »habe eine gute.«

»Tut mir leid«, lenke ich ein. »Der Jungbrunnen ... also, wo ist er?«

Peter starrt mich ein paar Sekunden lang an, bevor er den Kopf in den Nacken legt und lacht.

»Netter Versuch.«

Ich blinzle ihn ein wenig ungläubig an. »Du willst es mir nicht sagen?«

Rye blickt an Peter vorbei und sieht mich an. »Er sagt es niemandem.«

»Niemand weiß davon.« Peter zuckt mit den Schultern. »Nur ich und ungefähr drei Erwachsene.«

»Und wer ist das?« Ich würde mich darüber ärgern, falls ich für immer jung sein sollte.

Peter gähnt. »Keine Ahnung.«

»Du hast ihn also gerade gefunden?«, frage ich gereizt.

Er nickt. »Das Wasser hat so schön geschimmert, also habe ich es probiert, und danach bin ich einfach nicht mehr gealtert.« Er legt sich zurück auf den Felsen, aber nicht bevor er sein Hemd ausgezogen und es achtlos zur Seite geworfen hat.

Er sieht so bedauerlicherweise gut aus. Eigentlich ist er immer bedauerlich gut aussehend, ganz gleich, was er macht.

Ich schlucke, und er bemerkt es und grinst zu mir hoch. »Bist du jetzt getreten worden?«

Ich lege mich mit dem Gesicht zu ihm auf die Seite. »Ja«, flüstere ich leise.

Er rückt näher an mich heran. »Gut«, flüstert er zurück.

Dann platscht es laut, als Calla ins Wasser springt. »Peter!«, ruft sie. »Peter, komm rein. Das Wasser ist perfekt! Es hat deine Lieblingstemperatur.«

»Nur einen Hauch kühler als ein kühles Bad?« Peter setzt sich sofort auf.

Calla kommt kaum dazu, zu nicken, als er hinter ihr her ins Wasser springt. Nach einem Moment kommt sein Kopf wieder hoch, und er seufzt vor Zufriedenheit.

Rye und ich sehen uns an, und er wackelt vielsagend mit den Brauen.

»Trotzdem!«, rufe ich Peter zu. »Wie bist du gewachsen?«

Er fährt sich gleichgültig mit den Händen durchs Haar. »Ich habe nur eine Zeit lang keine Medizin genommen.«

Rye runzelt interessiert die Stirn. »Wie lange ist eine Zeit lang?«

Peter zuckt mit den Schultern und taucht unter. Es kommt mir sehr genau überlegt und gut getimt vor. Er bleibt gerade so lange unter Wasser, dass unsere Frage und dass er nicht geantwortet hat, unmerklich aus unseren Gedanken verschwindet, wie eine Wolke, die durch einen Teil des Himmels schwebt.

Sein Kopf durchbricht die Wasseroberfläche, und er schwimmt auf mich zu. Er hat etwas in der Hand und hält es mir hin. Ich strecke meine Hand danach aus.

Er drückt mir die größte Perle in die Hand, die ich je gesehen habe – so groß wie ein Apfel. Mit großen Augen blicke ich auf sie hinunter.

»Für dich.« Er lächelt mich engelsgleich an, bevor er auf dem Rücken von mir wegschwimmt.

Ich sehe, wie Rye die Perle aus dem Augenwinkel mustert. Sein Mund zuckt auf eine Art, die ich nicht verstehe, aber es ist mir auch egal, denn ein Sonnenstrahl taucht Peter in ein schrecklich schönes Licht, und alle meine anderen Gedanken lösen sich auf wie das Weiß auf einer Welle.

»Donnerwetter!« Ich seufze, stütze das Kinn in die Hände und blicke ihm nach. »Du musst die tollsten Geschichten kennen.«

»Kenne ich auch.« Peter nickt kühl.

»Ich weiß auch eine gute, Peter«, mischt sich Calla ein.

Peter seufzt leise, als hätte er keine Lust, sie zu hören. »Sie wird nicht so gut sein wie meine, aber in Ordnung. Dann schieß los.«

»Nun, ich war am Flussufer zwischen Preterra und Zomertierra mit ...«

»Mit wem?« Peter unterbricht sie scharf.

Das gefällt Calla, während ich das Gefühl habe, über einen Stein zu stolpern.

Enttäuschung ist so lästig. Sie schleicht sich an und wirft ein unangenehmes Licht auf die Dinge, die einem wichtig sind und von denen man das nicht wusste.

»Mit Heron.« Ihre Augen glitzern. Sie schiebt ihr dunkles Haar über die Schulter und sieht zu mir herüber. »Er ist der Sohn des Häuptlings. Der Nächste in der Thronfolge.«

Sie sieht mich an, während sie es sagt, aber ich bin mir ziemlich sicher, dass sie diese Information nicht meinetwegen weitergibt. Sie sagt es zwar zu mir, aber ihre Worte schweben über Peters Kopf.

»Warum warst du mit ihm am Flussufer?« Seine Miene ist jetzt sehr finster.

»Weil ...« Sie zuckt mit den Schultern, als wäre es ihr völlig gleichgültig. »Du hast nicht mehr mit mir geredet. Ich war dir zu groß, weißt du noch?«

Sie wirft ihm einen vielsagenden Blick zu.

Peter schüttelt den Kopf. »Damals war ich dumm.«

Sie nickt. »Das sehe ich auch so.«

Rye atmet durch die Nase aus und rutscht dichter an mich heran.

»Jedenfalls sind wir am Flussufer entlanggegangen, und dieses Ding kam und griff uns an ...«

»Welches Ding?« Bei der Erwähnung von Gefahr leuchten Peters Augen auf.

»Ich weiß es nicht. Es war seltsam ...« Sie schüttelt den Kopf. »Ich konnte es nicht genau erkennen, aber ich habe es für eine Sekunde durch die Spiegelung im Wasser gesehen, und ich glaube, es sah aus wie ein Mensch ...« Sie hält inne und erinnert sich. »Aber dann irgendwie auch wieder nicht.«

Peter schwimmt mit großen, gebannten Augen zu ihr.

Meine Großmütter haben immer gesagt, dass er eine Schwäche für Geschichten hat.

»Und was dann?«

»Nun, dann ...« Calla wirft sich dramatisch in Pose. »Es hat Heron am Knöchel gepackt und angefangen, ihn unter Wasser zu ziehen, um ihn zu ertränken.«

»Es ist ein Fluch«, flüstert Rye mir zu. »Alle Erstgeborenen des Häuptlings sterben.«

»Er ist gestorben?« Ich schaue von Rye zu Calla, entsetzt.

Sie schüttelt den Kopf und sieht selbstgefällig aus. »Ich habe ihn gerettet.«

»Wie?«, fragt Peter. »Sag mir, wie hast du das geschafft?«

»Ich habe dem Ding einen Ast auf den Kopf geschlagen.« Sie zuckt mit den Schultern. »Und als ich Heron wieder ans Ufer gezogen habe, war es schon weg.«

»Wow.« Ich lehne mich zurück und bin ein bisschen nervös. »Gibt es hier wirklich Monster?«

»Eigentlich nicht.«[*]

»Manchmal.«[†]

»Ja.«[‡]

Sie antworten alle gleichzeitig.

Rye räuspert sich. »Ich habe neulich ein Baby im Dorf vor diesem bösartigen Panther gerettet.«

»Hast du?« Ich blicke zu ihm hinüber.

»Das hat er.« Calla nickt. Sie ist stolz auf ihn. Dadurch ist sie mir zum ersten Mal ein wenig sympathisch.

»Wie?«, will ich wissen.

»Ja.« Peter ist irritiert. »Wie?«

Rye antwortet beiläufig. »Ich habe den Panther von der Straße aus

---

[*] Rye.
[†] Calla.
[‡] Peter.

durch das Fenster klettern sehen, und dann habe ich das Baby weinen gehört ...«

»Was hast du im Dorf gemacht?«, fragt Peter.

Calla zuckt mit den Schultern. »Rye geht oft ins Dorf.«

Peter sieht sie misstrauisch an. »Weshalb?«

Weder Rye noch Calla sagen etwas.

»Ich mag das Dorf«, mische ich mich ein.

Jetzt starrt Peter mich an, und Rye lächelt mir schüchtern und dankbar zu.

»Der Panther hatte das Baby gepackt, ist aus dem Fenster gesprungen und die Wände hochgeklettert. Ich habe ihn mit einem Pfeil erschossen.«

»O mein Gott.« Ich blinzle. »War das Baby unversehrt?«

Rye nickt, während Peter stöhnt: »Wen interessiert das schon?«

Ich wende mich ihm zu, entsetzt, wenn ich ehrlich bin.

Rye wendet sich ab und schaut weg.

»Nun, zum einen« – ich werfe Peter einen giftigen Blick zu – »die Mutter des Babys, da bin ich mir ganz sicher.«

Rye wirft mir einen dankbaren Blick zu.

Peter taucht aus dem Wasser auf. »Meine beste Geschichte ist die, in der ich Hook töte«, verkündet er, und ich schwöre bei Gott, ich schnappe ein wenig nach Luft, und ich gebe euch gegenüber (und niemandem sonst) insgeheim zu, dass sich mein Herz für ganze vier Sekunden ziemlich verkrampft. Dann wird mir klar, dass er den älteren Hook meint und nicht den mit dem perfekten Gesicht und den Augen wie Ozeane.

Ich streiche mir die Haare hinter die Ohren und atme kontrolliert aus.

Wenn ich ganz ehrlich bin, verstehe ich nicht ganz, wieso es mich so erschreckt hat, und ich will auch nicht weiter darüber nachdenken.

»Erzähl es uns, Peter«, fordert Calla ihn auf. »Es ist eine meiner Lieblingsgeschichten.«

Rye lehnt sich gegen den Felsen, die Augen geschlossen, aber er blinzelt immer noch in die Sonne.

»Das war meine bisher cleverste Tötung«, erklärt Peter. Seine Augen sind groß vor Aufregung. »Ich habe das Krokodil aus seiner Höhle gelockt.«

»Wie?«, frage ich. Er interessiert sich vielleicht nicht für Details, ich aber schon.

»Mit Blut«, sagt Peter.

Rye öffnet ein Auge und sieht auf.

»Wessen Blut?«, frage ich irritiert.

Peter zuckt mit den Schultern. »Einfach nur Blut.«

»Von wem?«, hake ich nach.

»Weiß nicht.« Peter fliegt höher in die Luft, bevor er wie ein Kormoran ins Meer schießt und wieder auftaucht, in der Hand einen Fisch, den er einfach so gefangen hat. »Von irgendwoher.« Er fliegt wieder hoch und hält den Fisch fest. »Dann bringe ich das Krokodil zu dieser Insel, die wirklich weit weg ist. Sie ist sehr weit weg. Mit der Jolly Roger bräuchte man fast einen ganzen Tag, um dorthin zu kommen ... und dann habe ich das Krokodil dort festgehalten, indem ich es mit Dingen gefüttert habe, die es mag.«

»Was mag es denn?«

»Ich weiß nicht.« Peter zuckt wieder mit den Schultern. »Frischfleisch und so.«

Mein Kopf ruckt zurück. »Hast du gerade ›Frischfleisch‹ gesagt?«

»Frischer Schinken.« Calla betont die Worte übertrieben. »Stimmt's, Peter?«

»Klar.« Peter nickt.

Ich schlucke und beobachte, wie der Fisch in seiner Hand zappelt. Er packt ihn fester.

»Dann habe ich im Dorf das Gerücht in die Welt gesetzt, dass auf dieser Insel der Jungbrunnen ist.« Peter sieht zu mir herüber. »Hook war immer besessen davon, den Jungbrunnen zu finden, also ist er hingesegelt. Ganz allein! Ich wusste, dass er das tun würde, denn er ist gierig und egoistisch, und er wollte ganz sicher nicht, dass jemand außer ihm weiß, wo er sich befindet.«

Ich starre ihn an und frage mich, ob er weiß, was er da sagt, ob er sich der Heuchelei bewusst ist, aber ich glaube nicht, dass es ihn überhaupt interessiert.

»Dann habe ich die Feen dazu gebracht, mir einen Brunnen zu machen, der aussieht wie aus alten Zeiten, eben wie der echte, aber nicht genau wie der echte. Und den habe ich dann mitten im Treibsand aufgestellt.«

Ich runzle die Stirn. »Warum ist der Brunnen nicht versunken?«

Er knurrt ungeduldig. »Warum stellst du so viele Fragen?«

Rye stützt sich auf seine Ellbogen, hört zu und erwartet die Antwort.

Calla sieht zu Pan auf, als wäre er ihr Held – und das ist er wohl auch, nehme ich an. Ihre Augen sind praktisch glasig vor Ehrfurcht, meine aber nicht. Ich warte und hebe herausfordernd den Kopf.

Peter rollt wieder mit den Augen. »Ich habe ihn von einer Fee verzaubern lassen«, gesteht er verärgert.

Rye sitzt jetzt ganz aufrecht und runzelt die Stirn. »Wie bringt man eine Fee dazu, etwas zu tun?«

Peter wirft ihm einen langen, ausdruckslosen Blick zu. »Es gibt Wege.«

Ich habe wieder dieses Gefühl. Es ist klein, und ich begrabe es sofort, streue etwas Sand darüber und konzentriere mich auf das Wunder des Ganzen. Niemand tut immer hundertprozentig das Richtige, oder? Am allerwenigsten ich. Ich bin nicht perfekt – ich habe ihn neulich Abend angelogen, und ich kann manchmal ein ziemlicher Besserwisser sein. Oft denke ich, dass ich mehr und mehr lerne, aber in Wirklichkeit lerne ich gar nichts. Wenn überhaupt, dann verlerne ich alles, was ich zu wissen glaubte, aber vielleicht ist das auch ganz gut so. Und außerdem ist Peter die buchstäbliche Verkörperung von Jugend und Freiheit und Freude, und manchmal haben diese Dinge eben ihren Preis.

»Und dann war es eigentlich ganz einfach«, sagt Peter und blickt auf den Fisch in seinen Händen hinunter. Er hat jetzt aufgehört, zu zappeln. Nur sein Schwanz schlägt noch ab und zu schwach. »Als Hook auf der Insel war, hat er so lange gesucht, bis er den Brunnen fand, den die Feen gemacht hatten. Er ging geradewegs dorthin und grinste wie ein Idiot. Er hat schon nach ein paar Sekunden gemerkt, dass er versinkt und dann ...«

»Kannst du den Fisch loslassen?«, unterbreche ich ihn.

Peter wirft mir einen gereizten Blick zu. »Was?«

»Der Fisch.« Ich nicke zu dem Fisch in seinen Händen. »Bitte?«

Er schaut wieder auf seine Hände, als ob er gerade erst bemerkt hat, dass er noch da ist und echt ist und lebt und er ihn vielleicht gerade umbringt. Er gibt ihm einen Kuss und wirft ihn achtlos über die Schulter.

Ich beobachte, wie er durch die Luft fliegt und zurück ins Meer platscht, aber ich traue mich nicht, nachzusehen, ob er regungslos wieder an die Oberfläche steigt.

»Als er feststeckte, ließ ich das Krokodil aus dem Käfig, den ich gebaut hatte. Es ging direkt zu Hook, denn Hooks Blut lockt es am stärksten. Ich hatte ihm in die Wange geschnitten, damit es ihn riechen konnte. Krokodile sind wie Haie, wusstest du das?« Er lächelt mich liebenswürdig an. »Sie können Blut riechen.«

Ich verschränke die Arme und fühle mich unwohl. »Ist denn das Krokodil nicht auch allmählich versunken?«

»Doch.« Peter nickt gleichgültig. »Sie sind beide gestorben. Es war ziemlich beeindruckend.«

Ich starre ihn mit offenem Mund an, aber er lächelt nur, und für eine Sekunde fühle ich mich gebrochen, verwirrt über all die Dinge, die ich da höre, denn er sagt es so, als wäre es völlig unwichtig. Calla scheint das nicht zu stören, und Rye sieht vielleicht ein wenig beunruhigt aus. Aber ich kann nur daran denken, dass der Mann Jamisons Vater war und Peter ihn an ein Krokodil verfüttert hat und noch stolz darauf ist. Mir wird ganz anders ums Herz, wenn ich mir vorstelle, wie Jamison sich gefühlt haben muss, als er erfuhr, dass sein Vater gestorben war. Wann war das passiert? War er traurig? War er erleichtert? Manchmal kann der Tod Erleichterung bringen, das weiß ich. Das ist schon auf der Erde so, also verhält es sich vielleicht hier genauso.

Oder funktioniert der Tod hier vielleicht ganz anders?

Vielleicht ist er nicht diese schreckliche Angelegenheit, die wir zu Hause daraus machen? Vielleicht sind sie auf Neverland weiterentwickelt und haben einen Weg gefunden, Menschen aus der Vergangenheit zu besuchen?

Vielleicht ist der Tod hier nur der nächste Schritt auf der Entwicklungsstufe, und sie gehen deshalb so unbekümmert damit um. Vielleicht ist der Tod hier wirklich ein furchtbar großes Abenteuer.

»Welche ist deine beste Geschichte, Daphne?«, fragt Rye. Er begegnet meinem Blick und nickt mir zu, als wollte er mir sagen, dass ich sprechen soll.

»Also …« Ich schüttle den Kopf und versuche, die seltsamen Gefühle in mir zu verdrängen. Ich schaue von Rye zu Peter und zucke mit den Schultern. »Letzten Sommer habe ich den Neffen der Königin vor dem Ertrinken gerettet.« Ich schaue zwischen ihnen hin und her; Rye hört zu, Peter runzelt die Stirn, und Calla starrt auf ihre Nägel. »Ich war auf einer Poolparty mit meinem Ver…« Ich unterbreche mich. »Meinem Freund. Er ist mit all den Leuten befreundet. Dieser kleine Junge ist in den Pool gefallen, und niemand hat es bemerkt, nur ich habe ihn da unten auf dem Boden gesehen. Also bin ich zu ihm runtergetaucht, und am Ende ging es ihm gut, das war schön.«

Peter runzelt unbeeindruckt die Stirn.

»Sie hat mir einen Royal-Victorian-Orden verliehen«, verkünde ich.

»Was ist das?«, fragt Calla ziemlich desinteressiert.

»Ach.« Ich zucke nonchalant mit der Achsel. »Das ist eine Auszeichnung, die man von der Königin bekommt, wenn …«

»Wen interessieren schon Königinnen?«, kräht Peter dazwischen. »Könige vielleicht schon. Aber Königinnen?« Er prustet verächtlich die Luft zwischen den Lippen heraus.

Jetzt reichte es mir. Ich stoße mich von den Felsen ab und mache mich auf den Rückweg.

Nur zurück wohin? Ich bin mir nicht sicher. Einfach weg. Weg von ihm.

Ich stapfe den Skull Rock hinunter. Die Flut ist so niedrig, dass die Sandbank sichtbar wird, die ihn mit dem Festland verbindet, zum Glück. Ich habe keine glücklichen Gedanken, um zu fliegen.

Er ist schrecklich. Ehrlich, er ist furchtbar, findet ihr nicht auch?
Er ist ganz, vollkommen und komplett schrecklich.
Egozentrisch, launisch, eitel …

»Warte!«, ruft er und fliegt hinter mir her. »Was ist los? Wo willst du denn hin?«

Er landet vor mir, und ich starre zu ihm hoch.

Die Sonne steht jetzt hinter ihm, sein Gesicht liegt im Schatten.

Ich weiß, ihr wollt, dass ich sage, dass er so weniger schön ist, aber das wäre gelogen. Peter Pan ist bei jeder Art Licht und zu jeder Tageszeit spektakulär, ganz unabhängig davon, wie die Sonne auf ihn fällt. Die Schatten in seinem Gesicht trüben seine Schönheit nicht, sie verstärken sie noch. Der süße Schwung seiner Nase wird durch die neuen Sommersprossen betont, die ihm der Tag geschenkt hat, und seine Augen sind jetzt, da die Sonne untergeht, tatsächlich deutlich heller, als hätten die beiden den ganzen Tag lang darum gewetteifert, das Glänzendste um uns herum zu sein. Da ist ein schwaches Flackern von Licht auf seinem Amorbogen, als wäre es durch eine Art Magie dort gebannt, und ich schlucke schwer, denn vor drei Sekunden habe ich ihn noch gehasst, aber jetzt steht er wieder vor mir, und das Gefühl verebbt. Was ist das nur?

Ich schüttle den Kopf über ihn. »Du bist wirklich der Schlimmste.«

»Nein, bin ich nicht.« Peter schneidet eine Grimasse. »Ich bin der Beste.«

Ich werfe ihm einen verärgerten Blick zu. »Nein, bist du nicht. Du bist nervig und unhöflich und ...«

»Wieso bin ich unhöflich?«, unterbricht er mich.

»Weil du mich unterbrichst.«

Er hebt die Augen zum Himmel. »Jetzt gerade.«

»Trotzdem ist das unhöflich.«

Er streckt das Kinn ein wenig vor und verschränkt die Arme vor der Brust. »Und davor?«

Ich starre hochmütig zu ihm hinauf. »Normale Menschen finden meine Geschichte beeindruckend.«

Er pustet verächtlich. »Na und? Wen interessieren schon die normalen Menschen?«

Ich richte meinen Zeigefinger auf ihn. »Unhöflich!«

»Gut!« Peter legt müde den Kopf in den Nacken. »Ich bin beeindruckt.«

Verärgert schlage ich mir die Hände vors Gesicht, während ich mich an ihm vorbeidränge. »Sag das nicht nur einfach so!«

Er knurrt tief in der Kehle. »Du weißt nicht, was du willst!«

Ich drehe mich um und sehe ihn wieder an. »Was ich will?«

»Ja!« Jetzt schreit er und stellt sich direkt vor mich. »Du hast doch keine Ahnung! Du schreist nur, weil du ein Mädchen bist, und Mädchen machen solche Dummheiten!«

»Nein!« Ich schaue ihm in die Augen. »Ich schreie, weil ich wütend auf dich bin!«

Er starrt mich ein paar Sekunden lang an und blinzelt. Fünf Mal, um genau zu sein. Ich habe mitgezählt. Ich konnte nicht anders.

Blinzeln. Blinzeln, blinzeln. Blinzeln. Blinzeln.

»Mädchen ...« Peter duckt sich, um meinen Blick zu halten. »Warum bist du wütend auf mich?«

Ich versuche mein Bestes, ihn anzusehen und wütend zu bleiben, aber es ist schwierig. Fast schon gegen meine eigene Intuition? Das ist nicht gerade das, was einem gefällt.

Ich rufe mir in Erinnerung, dass es einer der größten Vorteile einer Frau im Leben und in der Liebe ist, wütend auf einen Mann sein zu können, also verschränke ich die Arme vor der Brust und versuche, so zu tun, als ob ich nicht an seine Schultern und ihre Größe denke.

»›Mädchen‹ ist nicht mein Name.«

»Daphne.« Er neigt den Kopf in die andere Richtung. »Die schöne Daphne.«

Ich kehre ihm nur deshalb den Rücken zu, damit er noch stärker um mich kämpft.

»Clevere Daphne«, sagt er und tritt rasch um mich herum, sodass wir uns wieder gegenüberstehen. Er legt eine Hand auf meine Taille, die andere auf meinen Arm. »Die-unendlich-viel-schönere-und-klügere-als-alle-anderen-im-ganzen-Universum-außer-mir-Daphne.«

Ich verdrehe die Augen, aber innerlich schwanke ich trotzdem ein bisschen.

»Also, Mädchen, warum bist du wütend?«

Ich atme aus, ohne gemerkt zu haben, dass ich die Luft angehalten hatte.

»Du hast den Tag mit Calla verbracht.« Ich versuche, nicht allzu schmollend zu klingen, auch wenn ich es ein wenig tue.

»Heute, meinst du?«

»Jedenfalls ein bisschen.« Ich zucke mit den Schultern.

Peter wirft mir einen mürrischen Blick zu. »Na, dann sei mal wegen einem bisschen nicht böse.«

Ich stemme meine Hände in die Hüften. »Und an etwa hundert anderen Tagen, seit ich hier bin.«

»Habe ich das?« Er klingt neugierig.

»Ja.«

Er denkt darüber nach, als wäre es für ihn eine neue Erkenntnis. »Was sollen wir tun?«

»Weiß nicht.« Ich zucke mit den Schultern, weil ich nicht dumm klingen will, aber ich fühle mich trotzdem so. »Du berührst sie, schenkst ihr deine ganze Aufmerksamkeit und …«

Er lächelt jetzt selbstgefällig. Als hätte er die ganze Zeit gewusst, was er mit ihr macht, und nur gewollt, dass ich es laut sage.

»Dir gefällt das nicht«, sagt er und denkt konzentriert darüber nach. Es ist vielleicht erwähnenswert, dass ich glaube, dass er wirklich darüber nachdenkt.

Ich recke empört die Nase in die Luft. »Nein.«

Er hebt leicht die Brauen. »Warst du eifersüchtig?«

Ich spitze die Lippen, komme mir wieder dumm vor und hasse das Gefühl. »Ja.«

Peter nickt einmal, runzelt die Stirn und leckt sich über die Unterlippe. »Wie heißt das Wort, das man für Fingerhüte benutzt? Aber ich meine das falsche Wort, nicht das richtige.«

Strafend sehe ich ihn an und muss dennoch lächeln. »Fingerhut ist das falsche Wort. Küssen ist das richtige.«

Er prustet. »Küssen ist kein richtiges Wort.«

»Doch, ist es.« Ich nicke nachdrücklich.

Er wirft mir einen Blick zu, als wäre ich ein Idiot. »Einen Kuss gibt man auf den Finger.«

»Einen Kuss kann man überallhin geben!«

»Nun, ich würde dir gern einen auf den Mund drücken«, sagt er unerschrocken.

»Oh«, sage ich ziemlich kleinlaut. Ich schlucke, und mein Herz hüpft plötzlich herum wie ein Vogel, der versucht, aus dem Käfig zu kommen. »Jetzt?«

Er geht einen Schritt auf mich zu, schluckt selbst einmal. »Ja.«

»Einverstanden.«

Er legt den Kopf schief. »Bereit?«

Ich nicke nur. Ich habe keine Worte mehr in meinem Körper, nur noch Bammel.

Und dann steht er einfach da.

Er tut ... nichts. Er steht da, direkt vor mir, die Augen offen, und starrt mich an.

Ich schaue zu ihm hoch. »Du hast gesagt, du hast schon viele Mädchen geküsst.«

»Das habe ich.« Er atmet aus und sieht verwirrt und frustriert aus. »Das hier ist anders.«

»Warum?« Meine Stimme klingt leise. Vor Nervosität vielleicht.

Peter zuckt mit der Achsel. »Ist einfach so.«

»Also gut.« Ich nicke. »Weißt du, was du tun musst?«

Er sieht mich finster an. »Natürlich weiß ich das.«

Ich schaue zu ihm hoch, seine Augen sind runder als noch vor einem Moment. »Gut.« Ich lächle ihn an und nehme seine linke Hand. »Nun, wie du dann ja weißt, legst du deine Hand auf meine Taille, hier, so ...« Ich lege sie dorthin.

Peter nickt einmal. Und schluckt. »Und die andere Hand?«

»Hierher, wenn du willst.« Ich lege sie auf mein Kreuz.

Er nickt wieder.

»Meine Hand ...« Ich hebe sie an und lege sie sanft auf seine Wange. »Die kommt hierher.«

»Genau, das wusste ich«, sagt er mit tiefer und etwas heiserer Stimme.

Er schluckt, und ich stelle mich auf die Zehenspitzen.

»Und dann schließt du natürlich die Augen«, flüstere ich, und er kneift die Augen fest zu.

Ich starre ihn ein paar Sekunden lang an und schließe den Anblick in die Erinnerungskiste in meinem Kopf weg, damit ich mich für immer an die Pracht dieses Moments erinnere, daran, wie er jetzt aussieht, an dieses zarte Aufeinandertreffen von Unschuld und Erwachsenwerden.

Und dann drücke ich langsam meine Lippen auf seine.

Das Meer spült um unsere Knöchel, und der Sand unter unseren Füßen weicht zurück, und es ist, als würde ich versinken – vielleicht tue ich das auch? Der Geruch von blühenden Blumen umhüllt mich, und ich schwöre euch, ich habe gespürt, wie Schmetterlinge gegen unsere Wangen flattern und uns küssen, während wir uns küssen.

Es ist langsam und sanft und süß. Es gibt kein Feuerwerk, keinen großen Knall – nur mein drachenförmiges Herz, das aufsteigt und in den Botticelli-Himmel entschwebt.

»Wow!« Er weicht ein wenig zurück. »Das kannst du gut.«

Ich lache schnaubend. »Danke.«

Er runzelt ein wenig die Stirn. »Jetzt musst du sagen, ich kann das auch gut.«

Ich verdrehe amüsiert die Augen. »Du kannst das auch gut.«

Er lächelt strahlend, und ich glaube, die Sonne klettert wieder ein bisschen höher in den Himmel.

In dieser Nacht hat er aufgehört, eine Kissenwand zwischen uns zu errichten.

KAPITEL 6

Es dauerte nicht lange, bis Peters Küsse immer besser, länger und mutiger wurden. Er küsst mich häufiger, und seine Hände werden immer kühner, während die Tage an uns vorbeiziehen. Aber es ist trotzdem komisch, denn ganz gleich, was er macht oder wie er mich küsst, er kann meinen Kuss immer noch nicht einfangen.

Das macht ihn wahnsinnig. Könnte das tatsächlich der Grund sein, warum wir es so oft tun?

Manchmal kommt es mir vor, als wäre es ein Spiel, das er nicht aufhören kann zu spielen; der Preis ist der Kuss, und ich bin nur das Spielfeld.

Das klingt schlimmer, als ich es meine. Es ist gar nicht so schlimm ... Seine Küsse sind genauso, wie ihr sie euch vorstellen solltet: Sie durchströmen den ganzen Körper mit der Wärme einer aufgehenden Sonne, schmecken nach Wasserfall und Frühling und Regenbogen und Milchstraße und all den guten Sternen. Ich küsse ihn sehr gern. Selbst wenn ich in seinen Augen nichts sehe, was mir die Gewissheit gibt, was ich für ihn bin.

Wenn ich neben ihm sitze, legt er den Arm um meine Schultern, vor allem, wenn noch jemand anderes im Zimmer ist – er teilt eben nicht gern. Und er ist von Natur aus misstrauischer als alle anderen Jungen, vor allem Brodie gegenüber, weil er der größte und daher für Peter, das finde ich allmählich heraus, am bedrohlichsten ist.

Aber, he, denkt nicht, ich würde mich darüber beschweren. Ich bin nicht furchtbar schwer zufriedenzustellen, und ich bin hier glücklich. Die Küsse sind gut, fast schon großartig. Ich weiß nur nicht, ob das ein Zeichen dafür ist, dass wir es auch sind, sondern eher, dass wir es einfach tun. Denn warum sollten wir nicht?

Es erweist sich jedoch als ziemlich schwierig, ihn besser kennenzulernen, vor allem in der Hinsicht, in der ich ihn gern kennen würde – wisst ihr, was ich meine? Ihn auf eine Art zu kennen, die derjenigen ähnelt, wie ich jetzt seinen Körper kenne und er meinen.

Aber Peter kennenzulernen ist so, als würde man versuchen, das

Wasser zu studieren, während es sich über eine Klippe stürzt. Immer in Bewegung, immer in Eile, irgendwie gleichbleibend und gleichzeitig nie dasselbe.

Erschwerend kommt noch hinzu, dass er fast alles vergisst, was offensichtlich alles verkompliziert.

Er verschwindet tagsüber für einige Zeit. Er könnte bei Calla sein oder angeln oder mit den Meerjungfrauen spielen, oder er könnte mit den Jungs durch die Baumkronen schweben, oder er tut vielleicht auch nichts von alldem.

Und ich glaube nicht, dass er mir vorsätzlich aus dem Weg geht, obwohl ich mir da niemals ganz sicher bin. Es ist schlichtweg einfacher, anzunehmen, dass er tatsächlich so vergesslich ist, wie er behauptet.

Zum Abendessen kommt er nicht nach Hause. Es sind nur die Jungs und ich da, und das ist auch okay. Ich muss nicht ständig in Peters Nähe sein, obwohl ich verstehe, warum es sich so anhören könnte, als ob ich das dächte. Aber ich muss es wirklich nicht. Es ist nur ein seltsames Gefühl, an einem fremden Ort und dabei fast vollkommen abhängig von einer unzuverlässigen Person zu sein. Es ist, als würde man zum ersten Mal in seinem Leben eine Schachpartie gegen einen Meister spielen, aber in der Dunkelheit, und nur seine Figuren leuchten. So fühlt es sich an, wenn man mit Peter zusammen ist.

»Wie lange bist du schon ein Verlorener Junge, Brodie?«, frage ich, während ich einen großen Schluck Wasser aus einer Kokosnussschale trinke. Ihr würdet nicht glauben, wie das Wasser hier schmeckt. Irgendwie süß wie Nektar, aber nicht im Entferntesten aufdringlich, sondern einfach perfekt ausbalanciert geschmacklos.

»Ich weiß nicht.« Brodie blinzelt, als er versucht, sich zu erinnern. »Es ist schon ein bisschen her.«

»Warst du schon immer größer als die anderen?«

Er schüttelt den Kopf. »Ich glaube, ich war auch mal klein.«

»Werden hier alle alt?«

Er nickt. »Außer Peter.«

»Warst du noch sehr jung, als er dich gefunden hat?«

Brodie stützt das Kinn in die Hand und denkt zurück. »Wir waren auf einem Boot, glaube ich.« Er blinzelt ein paarmal. »Ich kann mich nur schwach daran erinnern. Ich höre Möwen in meinem Kopf, wenn ich daran denke.«

»Wir?« Ich neige den Kopf in seine Richtung. »Dein Bruder, meinst du?«

Er nickt und konzentriert sich angestrengt. »Ich glaube schon.«

»Ist er nicht mit dir gekommen?«

»Doch, Peter hat uns beide mitgenommen.« Er nickt.

»Mitgenommen?« Ich blinzle verwirrt, und Brodie schüttelt den Kopf.

»Nein. Gerettet, meine ich.« Er blickt an mir vorbei ins Leere, während er sich erinnert. »Er hat uns gerettet. Unsere Eltern, meine Mutter, sie hat nicht …« Er hält inne, atmet aus. »Sie hat nicht aufgepasst, und ich bin über Bord gefallen. Wahrscheinlich wir beide.«

»Und Peter hat euch gerettet?« Ich lächle Brodie an und spüre einen Anflug von Stolz auf Peter. Wie edel von ihm.

Brodie nickt, aber er runzelt immer noch die Stirn, als ein Gedanke über seine Miene zieht. »Ja«, sagt er trotzdem.

»Und wo ist dein Bruder jetzt?«, frage ich behutsam.

Brodie sieht zu mir, als wäre ihm gerade wieder eingefallen, dass ich hier bin. Er blinzelt und atmet aus. »Ich weiß nicht.«

Dann kracht es.

Ich zucke erschrocken zusammen und umklammere instinktiv Brodies Arm, bevor ich Peter sehe, der in einer Art Türrahmen steht, der zum Esszimmer führt.

Er starrt uns nur an. Um seinen Fuß herum liegen Glasscherben.

»Hoppla«, sagt er, tritt darüber hinweg und geht auf uns zu.

»Hi.« Ich lächle und merke nicht, dass ich nicht ausatme, als ich Peter erkenne. Stattdessen ziehe ich meine Knie an die Brust. Wohl, weil ich entspannt bin. Denn so etwas tun doch Leute, die entspannt sind, glaubt ihr nicht auch? Brodies Schultern wirken allerdings eher angespannt.

Peter kommt zu uns, setzt sich neben mich, legt einen Arm um meine Schultern und starrt Brodie wortlos an.

Der schluckt, räuspert sich und steht dann auf.

»Danke, dass du mit mir gegessen hast!«, rufe ich ihm nach.

Er sagt nichts, während er über die Schulter schaut, sondern nickt nur.

»Worüber habt ihr gesprochen?«, will Peter wissen, als Brodie hinausgeht.

»Ach, nichts.« Ich zucke mit den Schultern. »Nur darüber, wie er nach Neverland gekommen ist.«

»Hat er dir gesagt, dass ich ihn gerettet habe?«

Ich nicke. »Hat er.«

Peter wirft mir einen triumphierenden Blick zu. »Warst du sehr stolz auf mich?«

Ich streiche mit meinen Lippen über seine Wange. »Das war ich.«

Er lehnt sich lächelnd auf seinem Stuhl zurück und atmet zufrieden aus.

»Wo warst du heute Abend?« Ich frage, obwohl ich die Antwort schon kenne.

»Keine Ahnung.« Er zuckt mit den Schultern.

»Hast du jemanden getroffen?«

Er untersucht seinen Daumen. »Könnte sein.«

»Calla?«, frage ich und bin eine Spur verunsichert.

Er starrt mich eine lange Sekunde lang an, dann fliegt er los und wirft sich in eines der riesigen Netze. Ich seufze und fliege ihm hinterher, weniger übermütig, und ich falle wohl auch mehr in das Netz, als mich hineinzuwerfen.

Er rollt sich von der Stelle, wo er liegt, zu mir herüber, als würde er einen Hügel hinunterstürzen. Er hält inne, als sich die ganze Seite seines Körpers gegen meinen presst.

»Weißt du, wie ich hierhergekommen bin?«, fragt er mich unbeschwert.

Ich schaue mich ein wenig verwirrt um. »Hier ... wo hier?«

»Na hier, hier.« Peter zuckt mit den Schultern. »Neverland hier.«

Ich sollte vielleicht anmerken, falls ich mich vorher unklar ausgedrückt habe, dass es fast süchtig macht, ihn zu küssen. Wann immer er mich küsst, gibt es das unvermeidliche Ende dieses speziellen Kusses. Und von diesem Moment an bis zum nächsten denke ich an diese Küsse ... wann es wieder passieren wird, wie es passiert und warum es sich anfühlt, als hätte man ein bisschen zu viel Champagner getrunken. Die Arme werden einem schwer, und der ganze Körper versinkt in eine komische, träge Art von Entspannung.

»Mmm.« Ich runzle ein wenig die Stirn. »Ich denke, dass ich die Geschichte schon von Mary oder Wendy gehört habe, aber du wirst sie sicher besser erzählen.«

Er küsst mich, weil ich das gesagt habe. Ich wusste, dass er das tun würde, deshalb habe ich es gesagt. Er senkt den Kopf, bis sein Gesicht ein Stück unter meinem ist, drängt meinen Mund dorthin, wo er ihn haben will, und presst seine Lippen, die von Sekunde zu Sekunde frecher werden, auf meine.

Er bewegt sich ein wenig, zieht mich auf sich, schiebt sich unter mich.

Er legt seine rechte Hand auf meinen unteren Rücken und sieht mich kurz an. »Es ist in Ordnung, wenn ich nur eine Hand hier auf dich lege und die andere hinter meinen Kopf, oder?«

Fast hätte ich gelacht, aber ich tue es nicht, weil er diesen besonderen Blick bekommt, wenn er spürt, dass man über ihn lacht.[*]

»Du musst mich nicht jedes Mal auf die gleiche Weise halten, Peter.«

»Oh, ich weiß.« Er zuckt mit den Schultern. »Ich wollte nur sichergehen, dass du das weißt, weil ich meine Hand hier hinten haben will, aber ich wollte nicht, dass du deswegen wie ein Mädchen reagierst.«

Ich atme aus und werfe ihm einen Blick zu. »Wie bist du nach Neverland gekommen, Peter?«, frage ich, um einen Streit zu vermeiden.

»Es war ein Frühlingsmorgen, und ich war mit meiner Mutter in Kensington Gardens«, beginnt er. »Ich war das süßeste Baby, das du je gesehen hast.«

»Da bin ich mir sicher.« Ich nicke.

»Ich saß im Kinderwagen, und sie unterhielt sich mit einer Lady – du weißt ja, wie gern Mädchen reden ...«

Ich verdrehe wieder die Augen.

»Sie hat mir keine große Aufmerksamkeit geschenkt. Was glaubst du, warum Mütter so was tun?«

---

[*] Es ist kein besonders schrecklicher Blick und eigentlich nur dann unheimlich, wenn es draußen dunkel wird.

»Was?« Ich sehe ihn fragend an. »Ihre Kinder ignorieren, meinst du?«

Er nickt und wartet auf eine Antwort – sehr untypisch für ihn.

Ich schlucke und denke an mein eigenes Leben zurück. Ich glaube, meine Mutter hat mich auch häufig ignoriert. Es war eigentlich ganz schön, nicht mehr daran zu denken. Genau genommen möchte ich mich nicht daran erinnern, wie sehr sie mich ignoriert hat.

»Sie waren beschäftigt, nehme ich an.«

»Beschäftigt«, knurrt er, als wolle er den Begriff verscheuchen. »Ich hasse beschäftigt sein.«

Sein Gesicht ist so wütend, so verletzt, als ob er das Staunen über seine eigene Geschichte verliert. Als würde die Erinnerung von den Emotionen verwässert, die es auslöst, von seiner Mutter in einem Park ausgesetzt zu werden, wenn die Realität nicht vollständig durch die Rettung durch Feen und Magie betäubt würde.

»Und was dann?« Ich banne seinen Blick und lasse ihn nicht mehr los. »Deine Mutter hat also mit einer Frau gesprochen ...«

»Und dann gab es einen Windstoß!«, verkündet Peter dramatisch. »Den heftigsten Windstoß, den es je in der Geschichte der Zeit gegeben hat!«[*]

»Und was dann?« Ich lächle ihn an.

»Und dann bin ich einfach weggerollt.« Er zuckt mit den Schultern, als wäre das eine Bagatelle. »Weg und immer weiter weg, einen Hügel und noch einen Hügel hinunter, bis ich ganz verloren und allein war.«

Sonderbar, denn so viele Hügel gibt es in Kensington Gardens nicht. Ich hüte mich aber, das zu sagen.

»Hattest du schreckliche Angst?«, frage ich stattdessen.

»Ein bisschen.« Er zuckt wieder mit den Schultern. »Aber ich war natürlich weniger ängstlich, als ein normales Baby es gewesen wäre.«

»Du warst also allein?«

Er nickt, sein Gesichtsausdruck hat sich verändert. Er blinzelt zweimal. »Ich war allein.«

Ich lege meine Hand auf seine Wange, und er küsst mich gedankenlos. Ich glaube, er denkt, eine Hand auf seiner Wange bedeutet, dass er es tun muss.

---

[*] Das fühlt sich zumindest diskussionswürdig an, aber das ist keine Schlacht, die ich schlagen möchte.

»Dann hat Glöckchen mich gefunden.«

Ich lächle zu ihm hoch. »Wie war sie denn so?«

»Glöckchen?« Er zieht kurz die Augenbrauen hoch. »Sie war ...« Er runzelt die Stirn. Er schluckt, putzt sich die Nase und schaut weg. Ich kann nicht sagen, ob er es vergessen hat oder ob er aufgewühlt ist.

Ich beobachte ihn ein paar Sekunden lang, bevor ich vorsichtig frage: »Wo ist sie?«

»Hm?« Er sieht zu mir rüber und runzelt die Stirn.

»Wo ist sie?«

»Wer?«, fragt er, und ich bekomme ein langes Gesicht.

Ich räuspere mich. »Glöckchen.«

Er schüttelt den Kopf. »Du hättest sie nicht so nennen dürfen. Das durfte nur ich.«

»Okay.« Ich nicke. »Aber wo ist sie?«

Peter gähnt und streckt die Arme über den Kopf. »Was meinst du?«

»Ich meine, wo ist sie hingegangen?«

»Ich weiß es nicht!«, sagt er laut und setzt sich auf.

»Okay.« Ich sehe mich verwirrt um. »Können Feen sterben?«

»Können sie.«

»Und ist sie gestorben?«

»Warum fragst du mich das?« Er steht auf, verschränkt die Arme, und der Wind draußen wird stärker. Er ist noch so leise, dass ich ihn nicht bewusst wahrnehme, aber das heißt nicht, dass er nicht auffrischt.

Ich stehe ebenfalls auf, denn ich mag das Gefühl nicht, dass Peter mich überragt. »Warum erinnerst du dich an manche Dinge, an andere aber nicht?«, frage ich ihn bedächtig.

Peter schüttelt den Kopf. »Wovon redest du?«

»Ich meine ...« Ich bemühe mich, beiläufig zu klingen. »Du erinnerst dich nicht mehr daran, was du heute Abend gemacht hast oder was du heute zu Mittag gegessen hast. Sicher, das sind Kleinigkeiten, klar, das ist in Ordnung, vergiss sie, wen kümmert es, wenn du sie vergisst. Aber wie kannst du dich daran erinnern, wie du hergekommen bist, als du noch ein Baby warst? Niemand kann sich an irgendetwas erinnern, das ihm passiert ist, als er noch ein Baby war.« Ich schüttle den Kopf und sehe ihn mit großen Augen an. »Überhaupt niemand, aber du kannst es?«

»Ich bin eben schlau, das ist alles.« Er geht weg.

Er geht, er fliegt nicht.

»Aber du kannst dich nicht daran erinnern, was mit deinem besten Freund passiert ist!«, rufe ich ihm nach.

»Glöckchen war nicht mein bester Freund«, sagt er, ohne sich umzudrehen, aber er ist stehen geblieben.

»Natürlich war sie das.« Ich klettere aus den Netzen auf festen Boden.

Er schüttelt den Kopf. »War sie nicht.«

»Wer ist es dann?«

»Niemand.« Peter zuckt mit den Schultern. »Ich brauche keinen besten Freund.«

Das ärgert mich irgendwie. »Aber sie war immerhin wichtig für dich, oder etwa nicht?«

Er tut gleichgültig. »Ich denke schon.«

»Und du hast völlig vergessen, wohin sie verschwunden ist?« Ich stelle die Frage laut und deutlich.

»Ja«, antwortet er im gleichen Ton und verzieht sein Gesicht zu einer hässlichen Grimasse.

Ich habe ihn noch nie hässlich gesehen.

Und es ist auch nicht die normale Art Hässlichkeit, bei der etwas körperlich abstoßend ist, was er nie sein könnte. Es ist die andere Art.

Die Wellen rauschen jetzt laut. Sie müssen gewaltig sein, denn wir sind nicht auf dem Wasser.

Wir sind auch nicht weit davon entfernt, weniger als einen halben Kilometer. Das Baumhaus ist nicht direkt am Ufer gebaut, aber ich höre die Wellen gegen die Bäume schlagen.

»Was ist überhaupt mit ihr passiert?« Ich verstehe das nicht.

Peter sieht mich finster an. »Warum denkst du, dass etwas passiert ist?«

Ich ziehe die Brauen hoch. »Und, ist was passiert?«

»Ich …« Er atmet verächtlich aus. »Nein.«

»Nein?«, wiederhole ich. »Oder weißt du es nicht?«

»Ich erinnere mich nicht!«

»Aber du weißt doch noch, wie du hergekommen bist!« Ich schreie jetzt.

Er stürzt sich auf mich, fliegt von dort los, wo er zehn Meter entfernt stand, und in einer einzigen Sekunde steht er unmittelbar vor mir.

»Ich habe gelogen!«

Mein Herz hämmert heftig. »Was?«

»So bin ich nicht hergekommen.« Er schreit immer noch ein bisschen. »Ich erzähle allen, dass es so gewesen ist, ist es aber nicht. Ich habe diese Geschichte von einem Verlorenen Jungen gestohlen«, gesteht er. Er schwebt jetzt nicht mehr, sondern steht mit den Füßen fest auf dem Boden. »Der war in Kensington Gardens, und seine Mutter hat ihn ignoriert, also habe ich ihn mitgenommen.«

»Peter!«

»So hatte er es besser.« Er nickt. »Er war glücklich mit mir.«

»Und jetzt?«

Er zuckt mit den Schultern, rollt mit den Augen. Was er als Nächstes sagt, klingt so, als sei es ein Verrat, der sich speziell gegen ihn richtet.

»Er ist erwachsen geworden.«

Er geht wieder von mir weg, aber ich laufe ihm nach.

»Also, wo ist er?«, frage ich und greife nach seinem Handgelenk.

Er schüttelt mich ab. »Weiß ich nicht!«

»Was soll das heißen, ›Weiß ich nicht‹?«

Er sieht mich wütend und frustriert an: »Ich habe vergessen, wo ich ihn hingetan habe, das ist alles.«

»Ihn hingetan?« Ich blinzle ihn an. »Warum solltest du ihn irgendwo hintun?«

Peter wirft mir einen gereizten Blick zu. »Das ist nur so eine Redewendung.«

»Für was?« Ich bin laut, und da er nicht antwortet, versuche ich es noch mal. »Du hast also einen Jungen seiner Mutter in Kensington Gardens gestohlen und ihn seitdem irgendwo in Neverland verlegt?«

»Yepp.« Er übertreibt es mit der Aussprache, aber er klingt unbeteiligt.

»Und hat dich auch jemand entführt?« Ich durchbohre ihn mit dem Blick. »Wie bist du hergekommen?« Ich ziehe an seinem Arm, und er dreht sich auf dem Absatz um, als ich das tue.

»Ich weiß es nicht!«, brüllt er. »Ich weiß es nicht! Hör auf, mich zu fragen. Ich weiß es nicht.« Seine Augen sind jetzt dunkel, kein Grün oder Gold ist darin zu erkennen. Sie wirken eher wie Melasse. Und sie blicken wild, wie diese atlantischen Stürme. »Ich mag deine Fragerei nicht.« Peter knurrt und steht über mir, die Nase an meine gepresst, aber nicht auf eine Art, die sich süß oder gut anfühlt. »Ich mag mein Gefühl dabei nicht. Von deinem Gerede wird mir ganz übel. Du redest immerzu! Du sollst damit aufhören. Ich erinnere mich an das, woran ich mich erinnere, und ich vergesse, was ich vergesse, und wenn du mich noch mehr Dinge fragst, dann werde ich dich vergessen.« Letzteres brüllt er, und es donnert so laut und direkt über uns, dass ich vor Schreck aufspringe, und kaum lösen sich meine Füße vom Boden, schwimme ich durch die Luft zu meinem Bett.

Nur ist mein Bett sein Bett, und er jagt mir hinterher.

»Wendy!«

»Daphne!«, schreie ich ihn an und starre mitgenommen aus dem Nest.

»Daphne.« Er seufzt, als wäre er traurig über sich selbst. »Es tut mir leid. Ich weiß, du bist einfach nur ein neugieriges Mädchen.«

Ich pruste höhnisch und schaue weg.

»Tut mir leid.« Er runzelt die Stirn, als er sich neben mich setzt. Er berührt meine Wange mit dem Finger, streichelt sie fast. »War es schlimm, das zu sagen?«

Ich schaue ihn an, und meine Wut wird durch seine Berührung ein wenig gelindert. »Ja.«

Er wirft mir einen scharfen Blick zu. »Du bist aber neugierig.«

»Ich bin nicht neugierig.« Entrüstet verschränke ich die Arme. »Ich versuche nur, dich kennenzulernen.«

Peter zuckt mit den Schultern und wirkt schon wieder unbekümmert. »Du kennst mich.«

»Nein.« Ich sage mir, dass es mich nicht im Geringsten beunruhigt, wie schnell sich seine Stimmungen ändern. Denn die Gezeiten des Ozeans ändern sich auch schnell, und das ist gut und sicher, und es sterben kaum Menschen im Ozean.

»Ich kenne dich nicht«, sage ich ihm. »Nicht richtig.«

»Doch, tust du!« Er seufzt. »Ich liebe die Sonne und das Fliegen und Schätze und Abenteuer und ...«

»Das ist nicht das, was du bist. Das ist es, was du liebst.«

Peter wirft mir einen Blick zu, als wäre ich dumm. »Wir sind, was wir lieben, Mädchen.«

»Ich liebe Felsen und die Erde und das Lernen, aber ich bin nicht diese Dinge!«

»Nun, ich liebe die Gefahr, und ich liebe die Freiheit, aber versuch mir einzureden, dass ich das nicht bin.« Er hebt herausfordernd eine Braue.

Ich nicke und lasse die Schultern hängen, weil ich müde bin und er recht hat. Hat er wirklich. »Du bist diese Dinge«, gebe ich zu.

Er stupst mich mit dem Ellbogen an. »Die gute Art von gefährlich ...«

»Ja.« Ich nicke, obwohl ich mir nicht ganz sicher bin.

Er seufzt und blickt auf seine Hände. »Ich hätte keinen Sturm auf dich hetzen sollen.«

Verblüfft sehe ich ihn an. »Du warst das?« Ich hatte mich schon gewundert.

»Ja«, sagt er und starrt weiter auf seine Hände.

Meine Miene hellt sich ein wenig auf. Vielleicht sollte sie das nicht tun, aber meistens verspürt man Ehrfurcht ohne vorherige Erlaubnis. »Wie machst du das?«

»Ich weiß nicht. Es passiert einfach.« Er zuckt mit den Schultern. »Manchmal, wenn ich an dich denke, färbt sich der Himmel pink.«

Meine Augen werden groß.* »Wirklich?«

Er zuckt wieder mit den Schultern. »Als wir uns das erste Mal geküsst haben, gab es in der Nacht danach einen Meteoritenschauer.«

»Warum hast du mir das nicht gesagt?«

Er zuckt mit den Schultern. »Es fühlte sich albern an.« Er lächelt, während er wegschaut.

Ich senke den Kopf, damit sich unsere Blicke treffen. »Peter, wie kann sich das albern anfühlen?«

»Ich weiß nicht, wie ich hierhergekommen bin«, sagt er unvermit-

---

* Und alle Dinge, über die ich mir noch vor einer Minute den Kopf zerbrochen habe, purzeln geradewegs aus meinem Kopf.

telt, und seine Augenbrauen wölben sich in der Mitte auf eine Art, bei der mir das Herz aufgeht. »Oder woher ich komme oder wer meine Eltern sind. Sie wollten mich einfach nicht haben oder kennen, denn ich bin hier, und das ist alles, was ich weiß.«

»Oh«, sage ich und wünschte, wir hätten das nicht gemeinsam. Diesem Club anzugehören ist schrecklich.

»Aber die Feen haben mich aufgezogen«, sagt er und fängt meinen Blick auf. »Zusammen mit dem Land. Ich glaube, das ist der Grund, warum das alles passiert. Das Land ist mein Freund.«

Ich greife nach seiner Hand, und er lässt zu, dass ich sie nehme.

»Es hört auf dich?«

Peter nickt. »Und fühlt mit mir.«

»Tun das die Tiere auch?«

»Die meisten, ja.«

Jetzt bin ich wieder von Ehrfurcht erfüllt und blicke ihn nur mit großen Augen und etwas dämlich an.

»Bist du beeindruckt?« Er grinst.

Ich nicke feierlich. »Ja.«

Peter legt einen Arm um meine Taille und den anderen um meinen Rücken und fährt mit seinen Lippen über meine.

»Gut.«

KAPITEL 7

Es schläft sich besser, wenn keine Kissenwand zwischen euch steht. Nicht, dass er mich festhält oder berührt. Manchmal wache ich auf, und sein Bein liegt über mir, aber das war's dann auch schon mit den nächtlichen Zärtlichkeiten.

Aber da die Kissenwand gefallen ist, gewährt mir das mindestens eins: eine spektakuläre Aussicht am Morgen.

Man mag darüber streiten, und er selbst würde dem sicher nicht zustimmen, aber ich finde, Peter ist am schönsten, wenn er schläft. Wenn er wach ist, bleibt er nie lange genug still, damit ich ihn richtig wahrnehmen könnte, und ehrlich gesagt, gibt es viel von ihm wahrzunehmen.

Seine Haut schimmert fast wie Feenstaub. Ich weiß nicht – sie ist von einem goldenen Ton überzogen und herrlich olivfarben. Seine Sommersprossen küssen seine Wangen und Schultern, wie ich es gern würde, aber er mag keine Zuneigung, die nicht von ihm ausgeht. Sein Haar wird jeden Morgen vom Meer und vom Wind gestylt. Sie ordnen es in seine perfekte, gewellte Form.

Seine Augen öffnen sich flatternd, und ich schließe meine schnell.

Er würde viel zu selbstgefällig werden, wenn er wüsste, dass ich ihn manchmal beim Schlafen beobachte.

Er setzt sich auf und schüttelt mich, weil ich gut darin bin, Dinge vorzutäuschen.

»Aufstehen, Schlafmütze! Es ist Morgen.« Er hüpft aus dem Nest und fliegt direkt zum Balken, springt ab und schwebt über die Betten der Jungs unter uns. »Guten Morgen, Leute!«, schreit Peter.

Die Kleinsten reiben sich die müden Augen.

»Medizin!«, ruft Peter, und wir stöhnen alle. Aber ich folge ihm nach unten und mache mich daran, sie zu verteilen.

Brodie lächelt mich fest an, als ich ihm seine gebe, und ich schenke ihm ein besonders herzliches Lächeln, weil ich das Gefühl habe, dass er es braucht.

»Du siehst heute ziemlich groß aus, Brodie.«

Etwas flackert über sein Gesicht, und er sagt nichts, aber er setzt sich schnell wieder, bevor Peter zu ihm sehen kann.

Ich lasse mich neben Peter auf den Sitz gleiten, greife über ihn hinweg nach einer Schale mit Beeren und ziehe sie zu mir heran.

»Wunderschöner Aufstrich, Kobold! Vielen Dank!«, rufe ich in der Hoffnung, dass er mich hören kann.

»Du musst dich nicht bei ihm bedanken«, sagt Peter, während er sich Speck in den Mund schaufelt.

»Aber ist es nicht nett?«, erwidere ich beiläufig.

Peter verzieht das Gesicht. »Er muss es tun. Er ist ein Sklave.«

Ich starre Peter an. »Er ist doch nicht wirklich ein Sklave?«

Er betrachtet nachdenklich einen Apfel, den er in der Hand hält, und beißt hinein – es knackt laut. Dann starrt er auf den Zahnabdruck, den er hinterlassen hat. Schließlich sieht er mich an und richtet sich auf.

»Warum trägst du immer dasselbe?«, fragt Peter und beäugt mich mit geneigtem Kopf.

Ich beuge mich zurück. »Wie bitte?«

»Du trägst immer die gleiche Kleidung.« Peter blinzelt mich an. »Unentwegt.«

Ich deute auf ihn. »Du auch.«

»Tiger Lily trägt nie das Gleiche«, sagt er gleichzeitig und schaut wieder auf seinen Apfel, bevor er erneut hineinbeißt.

»Es gibt keine Tiger Lily, Peter.« Ich straffe die Schultern. »Sie heißt Calla.«

Er dreht sich wieder zu mir um. »Calla trägt nie dasselbe.«

»Nun.« Ich lächle ihn scharf an. »Da hat ihr wohl jemand gesagt, dass sie richtig packen soll.«

Peter verdreht die Augen und stößt sich vom Tisch ab. »Das schon wieder!«

Ich fasse es nicht. »Du hast mir gesagt, ich brauche nichts! Weißt du, was das bedeutet?«

Er starrt mich an. »Natürlich weiß ich, was das bedeutet.«

»Und doch …«, erwidere ich spitz.

»Ich will nicht mehr darüber reden«, sagt er und entfernt sich vom Tisch. »Es ist langweilig.«

Ich schaue ihm stirnrunzelnd hinterher. »Wohin gehst du?«

»Irgendwohin, nur nicht zu dir«, sagt er, bevor er zum Fenster hinausfliegt.

Ich starre ihm nach. Meine Wangen sind gerötet vor Scham, und das Schweigen der Verlorenen Jungs macht es noch schlimmer.

Alle blicken auf ihre Teller und trauen sich nicht, etwas zu sagen, falls Peter spioniert. Dazu wäre er auch fähig, um zu hören, ob jemand etwas sagt, was seiner Meinung widerspricht.

Noch nie in der ganzen Zeit, in der ich hier bin, bin ich den Tränen so nah gekommen wie jetzt, unvermittelt und so unsicher, als würde ich nackt vor ihnen sitzen.

Sie wissen nicht, was sie tun sollen. Ich weiß nicht, was ich tun soll. Sie sitzen einfach da in dieser schrecklichen Stille, traurig meinetwegen, schauen auf ihre Hände, ihre Teller, ihre Zehen, die Wand, auf alles, nur nicht auf mich. Es ist schrecklich.

»Also, das war ein wunderbares Essen«, sagt Percival schließlich. »Ich muss nur dringend …« Damit huscht er davon.

Kinley folgt ihm.

Brodie steht auf, das Kinn gesenkt, und sieht mich an.

Sein Blick ist tiefgründig und will mir etwas sagen, aber ich weiß nicht, was, und dann verschwindet auch er.

Jetzt bin nur noch ich übrig. Als ich aufstehe, höre ich das trippelnde Geräusch kleiner Füße. Ich drehe mich um und glaube, einen Fetzen zerrissener Kleidung zu sehen, und will etwas sagen, als ich einen kleinen Brandteig-Windbeutel neben meinen Füßen sehe. Nur einen. Auf einem kleinen rosa Teller.

Ich starre ihn ein paar Sekunden lang an und lächle dann.

»Kobold?«, rufe ich, dann warte ich eine Sekunde – nichts. »Danke, wer auch immer du bist.«

Ich falte den Windbeutel in eine Serviette und verstaue ihn in meiner Tasche.

Ich kann nicht allein fliegen (ich habe es schon einmal versucht, aber die Schwerkraft scheint es nicht zuzulassen), und ich bin auch noch nicht allein ins Dorf gelaufen, aber Letzteres scheint mir doch eher zu liegen.

Die Strecke zwischen dem Baumhaus und dem Dorf verläuft in einer großen Sichel, sodass es schwer ist, sich zu verlaufen.

Ich gehe am Ufer entlang. Es ist kein besonders langer Spaziergang. Vielleicht eine Stunde? Eher ein bisschen weniger.

Wisst ihr, dass Sand auf der Erde aus zerkleinertem Sandstein und Quarz besteht, und aus Muschelstücken und Skeletten von Meereslebewesen? Der Sand hier sieht ein bisschen aus wie bei uns – körniger, größer, die Muscheln sind deutlicher zu sehen –, aber das Beeindruckendste ist, dass ein großer Teil des Sandes aus zermahlenen Edelsteinen besteht, denke ich jedenfalls.

Ich kann es nicht genau sagen, weil ich kein Mikroskop dabeihabe, aber wenn die Sonnenstrahlen auf den Sand treffen, brennt der Glanz einem fast die Augen aus. Und wenn ich ihn aufhebe und durch meine Finger rieseln lasse, sehe ich Flecken, die wie Rubine, Topase, Turmaline und Tavorite aussehen. Sie sind winzig, eigentlich nur Glitzer. Aber es sind keine Glitzersteinchen, es sind Juwelen, und der Anblick ist überwältigend.

Ich konzentriere mich die meiste Zeit des Spaziergangs auf den Sand und bemühe mich zu verhindern, dass mir Peters Worte im Kopf herumschwirren wie ein Vogel, der in einem Käfig gefangen ist, und sich vor lauter Aufregung die Flügel verletzt.

Ich hatte ehrlich gesagt all die Wochen nicht darüber nachgedacht, wie ich aussehe. Doch nach dem, was Peter heute Morgen gesagt hat, denke ich an fast nichts anderes. Es ist furchtbar, kleingemacht zu werden, und wenn er auch in fast allen Dingen gut ist, ist er gerade darin besonders gut.

In meinem Kopf hat sich ein Gedanke festgesetzt: *Ich kaufe ein paar neue Kleider, und dann zeige ich es ihm!* Aber was zeige ich ihm damit? Dass er mir unfreundliche Dinge an den Kopf werfen kann und ich mich wie ein Schilfrohr im Wind verbiege, um seine Anerkennung zu bekommen? Oder die Alternative: Ich ignoriere, was er gesagt hat, und fühle mich dann einfach unbehaglich und insgeheim peinlich berührt, bis es nachlässt?

Beides klingt ziemlich schrecklich, aber im ersten Fall bekomme ich wenigstens neue Kleidung.

Das einzige Dilemma ist, dass ich kein Geld habe. Aber ich habe die Smaragdohrringe, die meine Mutter mir einmal geschenkt hat.

Ich persönlich halte mich für sentimental, aber sie ist es auf keinen

Fall. Ich rede mir ein, dass meine Mutter in diesem Fall eher stolz auf mich wäre, weil ich pragmatisch genug war, meine Ohrringe für Kleidung einzutauschen.[*]

Als ich ins Dorf gehe, erwarte ich fast, dass mich alle wegen meines unansehnlichen Äußeren anstarren, aber ich merke schnell, dass es erstens niemanden kümmert, dass ich zweitens gut aussehe, und drittens, und das ist vielleicht das Wichtigste, dass Peter Pan ein verdammtes Arschloch ist.

Ich bin kurz davor, mich umzudrehen und wegzugehen, aber da ich einmal hier bin, spiele ich mit dem Gedanken, mir vielleicht eine Mitfahrgelegenheit nach London zu suchen.[†]

Wie schrecklich er ist! Wenn man nicht in seiner Nähe ist, ist sie fassbarer, fast, als hätte sich ein Nebel gelichtet.

Ich atme geräuschvoll aus und drehe mich auf dem Absatz herum, vielleicht, um einfach wieder zu verschwinden,[‡] aber unvermittelt sehe ich mich einem Piraten gegenüber.

»Aye.« Jamison Hook seufzt, lächelt aber. »Konntest wohl einfach nich' wegbleiben, was?«

Ich sehe ihn gereizt an. »Wie bitte?«

»Du bist gekommen, um mich zu sehen.« Er hebt spielerisch die Brauen.

Ich stemme empört die Hände in die Hüften. »Das bin ich ganz sicher nicht!«

Er grinst mich an. »Klar doch, ich seh, wie du mich ansiehst.«

Ich schüttle verächtlich den Kopf, schlucke aber nervös, weil ich nicht weiß, ob das stimmt. »Du bist schrecklich eingebildet.«

»Aye.« Er nickt kühl. »Und du versteckst dich mit Peter Pan auf einem Baum, also weiß ich, dass du auf eingebildet stehst.«

Ich werfe ihm unter gesenkten Wimpern einen Blick zu. »Pfff, das wird von Sekunde zu Sekunde weniger.«

---

[*] Ich verdränge den Gedanken, dass ich es nur tue, weil ein Junge gemein zu mir war. Ich kann es zwar nicht mit Sicherheit sagen (da wir nie über solche Dinge gesprochen haben), aber ich hege den starken Verdacht, dass sie dieses spezielle Detail nicht gutheißen würde.

[†] Denn ich würde es niemals allein durch die Galaxis zurückschaffen.

[‡] Vielleicht. Ich weiß es nicht. Ich bin mir einfach nicht ganz sicher.

Was soll ich euch sagen? Er hätte leicht nachhaken können – ich habe ihn praktisch dazu eingeladen –, aber er macht es nicht. Er bohrt nicht nach mehr Informationen und bedrängt mich nicht. Er hebt nur eine Braue und neigt den Kopf, während er stumm verarbeitet, was ich gerade gesagt habe.

Dann verschränkt er die Arme vor der Brust und sieht mich auf eine Art an, aus der ich nicht ganz schlau werde.

»Bin überrascht, dass du dich überhaupt an mich erinnerst.«

Er sieht mich hochmütig an, und ich kontere mit einem Blick, als ob ich ihn für nervig halte, aber in Wahrheit bin ich froh, dass er noch hier ist.

Jamison presst die Lippen zusammen. »Sind dir die Dinge immer noch 'n bisschen unklar?«

Ich starre ihn an und blinzle dann ein paarmal. Das Gefühl, dass mich hier jemand versteht, ist schon Jahre her, aber bin ich überhaupt schon seit Jahren hier? Oder sind es nur Tage?

»Ja, eigentlich schon.« Ich lachte verblüfft auf. »Das ist komisch, nicht wahr?«

Er presst die Lippen zusammen, und ich weiß nicht, warum, aber irgendwie macht es mich nervös, und ich lache kurz, um ihm zu zeigen, dass es mir gut geht. Obwohl ich mir da nicht sicher bin, aber andererseits: Warum sollte es mir nicht gut gehen?

Ich strahle. »Passiert dir das hier auch?«

»Das hat nichts mit hier zu tun.« Er verzieht den Mund. »Es hat was mit dort zu tun.«

»Was meinst du mit ›dort‹? Wo dort?«

Er kratzt sich am Hals und schaut mich lange an, bevor er geräuschvoll durch die Nase ausatmet. »Hast du dich nie gefragt, warum sich keiner von euch da drüben an was erinnert?«

»Es ist Neverland, das ist alles«, erwidere ich abweisend. »Die Dinge ... entgleiten einem.«

Jamison schüttelt den Kopf. »Nicht allen, nein.«

Ich starre zu ihm auf, mein Mund steht offen. »Wirklich?«

»Ich erinnere mich an alles.« Er tut so, als wäre das nichts Besonderes.

Ich bin verwirrt. »Sogar an das von vor einer Woche?« Meine Frage klingt, als wäre das eine große Leistung.

»Aye.« Er stößt ein Lachen aus. »Auf den Tag genau vor einer Woche hatte ich ein Lachsbrötchen zu Mittag. In der gleichen Nacht habe ich ein besonders lohnendes Kartenspiel gewonnen. Am Tag davor hatte ich zum Frühstück ...« Er blinzelt und denkt zurück. »Eier. Gekocht. Weiches Eigelb. Toast.«

Er nickt bei der Erinnerung,* und ich finde, dass er sehr, sehr hübsch anzusehen ist ...

Er spricht weiter.

»Ich war an diesem Tag bei der Bank. Hab was in meinem Safe deponiert. Ich hatte in dieser Nacht Sex ...«

Ich runzle die Stirn und wünschte, ich hätte es nicht getan, denn es ist unübersehbar. Er bekommt es mit, hält fest, was es sagt, ohne es auszusprechen, und er – dieser schreckliche, schöne Trottel von Mann – reagiert geschlagene sechs Sekunden lang nicht. Dann macht er einen Schritt auf mich zu und hält meinen Blick gebannt. Er nickt beruhigend.

»Und du, Daphne Belle Beaumont-Darling, bist vor einundvierzig Tagen um siebenundzwanzig Minuten nach der vollen Stunde vom Himmel gefallen.«

»Um welche Stunde?« Ich frage das nur aus Trotz.

»Um zwei.« Er hält meinen Blick. »Nachmittags.«

Meine Wangen werden warm. »Warum erinnerst du dich daran?«

Er atmet aus und ist eine Sekunde lang still, bevor er herausfordernd das Kinn hebt. »Erinnerst du dich nicht?«

Ich verziehe den Mund, während ich so konzentriert wie möglich daran zurückdenke.

»Ich erinnere mich, dass du kein Hemd anhattest«, platzt es einfach so aus mir heraus.

Seine Augenbrauen schießen erfreut in die Höhe. »Aye, daran erinnerst du dich natürlich.«

Ich verdrehe die Augen. »Hör auf ...!«

»Es ist sehr erinnerungswürdig.« Er grinst.

Ich verschränke die Arme vor der Brust.

Er lacht. Ich mag das Geräusch so sehr. Als säße man an einem

---

* Obwohl ich es für eine irgendwie lustige Angeberei halte.

Feuer mit seinem Lieblingsgetränk in der Hand, so fühlt sich sein Lachen an, wenn es einen umhüllt – es wärmt einen von innen heraus. Und obwohl ich mich bemühe, ihm gegenüber so teilnahmslos zu wirken, wie ich es nur kann, bringt mich sein Lachen ein wenig aus der Fassung, und ein weiteres besonderes Geständnis entweicht mir.

»Ich erinnere mich auch an deine Augen.«

Er legt den Kopf leicht schief und macht einen halben Schritt auf mich zu. »Was ist mit meinen Augen?«

Ich schlucke, lecke mir über die Unterlippe, wende den Blick von ihm ab. Mein Herz hämmert jetzt wie eine verräterische kleine Trommel.

Er zupft gedankenlos mit den Zähnen an seiner Unterlippe und tritt dann bewusst einen Schritt von mir weg.

Und holt tief Luft. »Klar, aber ich bin beeindruckt, dass du dich überhaupt an sie erinnerst.«

»Warum?« Ich tue gleichgültig, als würde ich nicht manchmal an seine Augen denken, wie ich auch an seine Hand an meiner Taille an jenem Tag denke.

Seine Miene wird ernst. »Weil drüben auf diesem Teil der Insel etwas im Wasser ist.«

»Jamison.« Ich verdrehe die Augen.

Er mustert mich. »Ich lüg dich nich' an.«

»Hör auf«, sage ich, und mir wird heiß um den Hals herum.

»Ich sag's dir«, er lächelt gepresst, »der kleine Mann tut was ins Wasser.«

»Jem!« Jetzt knurre ich.

»Daph.« Er nickt nachdrücklich. »Er tut es.«

Ich starre ihn an. »Nein, tut er nicht.«

»Woher weißt du das?«

»Er tut es einfach nicht.« Ich bin ein wenig hilflos.

»Aber woher willst du das wissen?«

»Weil er es niemals tun würde!« Ich stampfe mit dem Fuß auf.

»Aye.« Das scheint ihn nur zu bestätigen. »Du weißt es also nich' wirklich.«

»Ich will nicht mehr darüber reden«, erkläre ich verärgert.

»Weil du weißt, dass ich recht habe.« Sein Blick spricht Bände.

»Nein.« Mein Blick ist bewusst und kontrolliert. »Weil ich mir ziemlich sicher bin, dass du dich vollkommen irrst.«

Jamison beobachtet mich scharf. »Ich kann es sehen, weißt du. Genau da.« Er streckt seine Hand aus und tippt mir zwischen die Brauen. »Du hast Angst, dass es wahr ist.«

»Lass das!« Ich schlage seine Hand weg. Ein bisschen, weil ich es will, ein bisschen, weil ich Lust habe, ihn zu berühren. »Deshalb bin ich nicht hier.«

»Weshalb dann?« Er klingt ungeduldig.

Ich verschränke die Arme vor der Brust und lasse die Schultern hängen. »Ich brauche neue Kleidung.« Ich deute an mir hinunter. »Das ist das einzige Outfit, das ich habe, und es ist schmutzig.«

»Aye.« Er nickt bedächtig. »Stimmt, als ich dich das erste Mal gesehen habe, dachte ich ›das ist ein schmuddeliges Mädchen‹.«

Ich bin empört, und er kichert und grinst. Er wollte mich provozieren, und das hat geklappt. Irgendwie gebe ich ihm – glaube ich – auch ganz gern, was er will.

»Was stimmt denn mit deiner Kleidung nicht?«, will Jem wissen.

»Nichts.« Ich sehe an mir hinunter und fühle mich wieder dumm und peinlich berührt.

Jamison versucht, meinen Blick zu erhaschen. »Was?«

Ich schüttle den Kopf und sehe zu ihm hoch, so tapfer ich kann. »Ach, nichts.«

Dann blicke ich mich auf dem Dorfplatz nach der Schneiderin um. Ich weiß, dass ich hier neulich einen Laden gesehen habe; auf dem Dach thronte eine überdimensionale Garnspule – das wäre ziemlich irreführend, wenn es sich nicht um eine Schneiderin handelte. Ich schaue an Hooks vorbei, dann über die Schulter. Dieser blöde Ort ist so verwirrend.

Ich glaube, meine Augen sehen etwas wässrig aus, und ich frage mich, ob sie das sind, weil Jamison seinen Blick nicht von ihnen abwendet.

»Hat jemand deswegen was gesagt?« Er nimmt mein Handgelenk in seine Hand und hält mich fest.

Ich tue so, als ob das Ganze nur eine Dummheit wäre – was es auch ist. Es ist dumm. Ich kann dumm sein, das weiß ich. Aber dumme Dinge können trotzdem verletzen.

Ich sehe den Laden und setze mich dorthin in Bewegung.

»War er das?«, ruft er mir nach.

Ich bleibe stehen. Ich sage nichts, drehe mich nur um und sehe ihn an.

Jamison hebt den Kopf. »Er hat dich verspottet? Wegen deiner Kleidung?«

Ich sage nichts, aber unsere Blicke bleiben verschränkt.

»Aber wie?« Er knurrt missbilligend. »Da gibt's nicht viel zu spotten«, sagt er und verzieht kaum eine Miene, als er auch schon seine Hand auf meine Taille legt und mir wieder in die Augen schaut. »Deine Sachen sind 'n Witz.« Er duckt sich noch mehr, um sicherzugehen, dass ich es begreife, und wackelt mit den Brauen. »Das ist klar, aber ich mag sie.« Er zuckt mit den Schultern und lässt seinen Blick von oben bis unten über mich wandern. »Mir wär's sogar lieber, wenn's noch weniger wäre, wenn ich ehrlich bin.«

Mir fällt die Kinnlade herunter, und meine Brauen schießen in meine Stirn.*

»Ein Scherz!«, sagt er wieder und stupst mich spielerisch an.

Das ist Flirten, denke ich.

Er schüttelt den Kopf. »Ich mache Witze.« Er hält inne und leckt sich über die Unterlippe. »Jedenfalls bis zum ersten November. Dann mach ich wahrscheinlich keine Witze mehr.«

Meine Augen werden wieder groß, und statt zu lachen, wie ich es gern getan hätte, schnappe ich kurz nach Luft. Jamisons Miene wird ernst, und ich habe das aufregende Gefühl, wichtig zu sein.

Er schluckt ein wenig nervös. »Du hast seit etwa einer Minute nichts mehr gesagt.«

Ich zucke gewollt lässig mit den Schultern. »Du redest genug für uns beide.«

Er unterdrückt ein Lächeln. »An dem, was du anhast, gibt es nicht das Geringste auszusetzen.« Er hält kurz inne und mustert mich. »Genauso wenig an dem, was du nicht anhast.«

---

* Und zwar vollkommen entzückt, muss ich leider zugeben.

Ich verschränke die Arme und werfe ihm einen unbeeindruckten Blick zu,[†] und er lacht wieder.

Ich seufze und schwinge die Tür zum Laden auf. Sie schließt sich mit einem Klicken hinter mir, und ich sehe über die Schulter. Er ist mir nicht gefolgt.

Das geht gar nicht.

Ich öffne die Tür einen Spalt und stecke den Kopf wieder hinaus.

»Kommst du nicht mit?«, frage ich.

Er lächelt schwach und betritt hinter mir den Laden.

»Morgen, Bets.« Jamison strahlt und geht auf die ältere Frau zu, die hinter dem Ladentresen steht.

Sie hat goldblondes, strähniges Haar, strahlend blaue Augen mit vertrauenerweckenden Falten und einen schönen Mund.

»Jam.« Sie nickt ihm freundlich zu, und ihr Blick fällt auf mich. Sie mustert mich von oben bis unten, genauso wie ich fürchtete, dass alle mich ansehen würden, aber sie ist Schneiderin. Also geht das wohl in Ordnung.

»Das hier ist meine liebe Freundin Daphne.« Er deutet auf mich. »Sie will sich neue Klamotten besorgen, weil sie unter der Fuchtel eines wahnsinnigen Frauenhassers steht.«

Er lächelt mich an, und ich verdrehe die Augen.

»Schon klar.« Sie nickt, und ich registriere den schwachen Cockney-Akzent. »Er ist also kein Fan von deinem Schlafanzug?«

»Nein.« Ich hebe hochmütig den Kopf.

Sie atmet durch die Nase aus und zuckt mit den Schultern. »Ich selbst mag so was auch. Aber gut, was suchen wir, hm?«

»Also.« Ich lächle tapfer und räuspere mich. »Ich möchte gleich zu Beginn sagen, dass ich eigentlich kein Geld habe.«

Bets verdreht die Augen, und Jamison sieht mich an, als wäre ich verrückt, aber ich streiche mir rasch die Haare hinter die Ohren und lasse meine Ohrringe aufblitzen.

»Aber ich habe die hier.«

Sie und Jamison starren auf meine Ohren, und er fährt überrascht zurück.

[†] Obwohl ich unmittelbar unter meiner coolen Oberfläche sehr beeindruckt bin.

»Kolumbianische Muzo-Smaragdohrringe. Vielleicht nur ein bisschen weniger als drei Karat pro Stück.«

Sie nickt. »Das genügt.«

Hook wirft ihr einen Blick zu, der fast ein wenig ärgerlich wirkt.

»Also gut, Mädchen.« Bets tritt hinter dem Tresen hervor. »Was machen wir denn für dich?«

»Hmm.« Ich überlege. »Einfach ein paar Klamotten?«

»Was für Kleidung?«, fragt sie. »Willst du aussehen wie wir, oder willst du aussehen wie du?«

»So wie ich, danke«, sage ich höflich, und obwohl Jamison ein Buch in der Hand hält und mich nicht wirklich beachtet, nehme ich wahr, dass er ein kleines bisschen lächelt, als ich das sage.

»Richtig.« Sie nickt. »Dann werde ich dir etwas schneidern. Kleider?«

»Klar.«

»Shorts? Und diese knappen Tops, die ihr Menschen mögt.« Sie hält inne und kneift die Augen zu Schlitzen zusammen. »Du bist doch ein Mensch, ja?«

Ich werfe einen amüsierten Blick zu Jamison, bevor ich sie wieder ansehe: »Ja, schon.«

Sie nickt wieder. »In Ordnung. Komm in einer Stunde wieder.«

»Oh.« Ich schaue verblüfft von ihr zu ihm. »Willst du nicht wissen, welche Farben ich mag?«

Sie schreibt etwas auf, ohne mich eines Blickes zu würdigen. »Ich weiß, welche Farben du magst.«

Ich blinzle verwirrt. »Oder welche Größe ich habe?«

Sie seufzt gelangweilt, nimmt ihre Tasse Tee und starrt Jamison an. Er legt seinen Arm um mich und lächelt entschuldigend, während er mich aus dem Laden führt. »Bin gleich wieder da«, ruft er ihr zu, und sie scheucht uns mit einer Handbewegung hinaus. Sie scheint verärgert zu sein.

»Was machst du da?«, knurre ich ihn an, als wir wieder draußen sind. »Sie weiß nicht, was ich will!«

»Sie ist eine Magierin.« Er klingt so, als hätte ich es wissen müssen.

Ich werfe aufgeregt einen Blick über die Schulter zurück. »Wirklich?«

»Du bist in Neverland, weißt du noch?« Er sieht mich fragend an. »Oder hast du das auch vergessen?«

»Eine Stunde.« Ich spitze die Lippen. »Was wollen wir so lange unternehmen?«

»Wir?« Er blinzelt, und ich bin böse. Er lacht und fährt sich mit den Händen durchs Haar. Es ist heute zu einem Pferdeschwanz gebunden. »Ich könnte deine Führung zu Ende machen.«

»Oh.« Ich nicke sarkastisch. »Weil du so gut darin bist.«

»Also bist du für 'nen Nachschlag zurückgekommen?« Er grinst mich an, und dann fällt mir etwas an ihm auf.

»Ach übrigens ...« Ich starre ihn an. »Du bist unglaublich sauber.«

»Was?« Er verzieht das Gesicht.

»Du bist sehr sauber.«

»Was soll ich sagen ... danke?« Es ist ihm nicht geheuer.

»Kann ich dich um einen seltsamen Gefallen bitten?«

Er blickt spöttisch zum Himmel. »Du nimmst und nimmst und nimmst.« Aber er beißt sich auf die Unterlippe und grinst halbherzig, während er ungeduldig mit der Hand wedelt.

»Hast du eine Dusche?«, frage ich ihn hoffnungsvoll. »Oder eine Badewanne?«

Er lacht schnaubend. »Aye, eine Badewanne.« Dann nickt er in Richtung seines Schiffs.

Wir gehen schweigend dorthin, und aus irgendeinem Grund irritiert es mich, dass ich freiwillig auf das Schiff eines Piraten gehe. Das widerspricht allem, was mir meine Großmütter erzählt haben. Oder? Haben sie nicht davon gesprochen? Ich kann mich nicht mehr erinnern.

»Das ist also die Jolly Roger?«, frage ich, als ich das Deck betrete.

Es ist wirklich sehr schön. Sehr verschnörkelt, sehr sauber, es gefällt mir sehr.

»Nein.« Er schüttelt den Kopf. »Das ist nur mein Zuhause.«

»Oh.« Ich nicke. »Hat es einen Namen?«

»Mein Schiff?« Er blickt sich stolz um, bevor er nickt. »Aye.«

Ich ziehe die Augenbrauen hoch und warte.

»*Die Güldene Torheit.*«

»Und was ist deine Torheit?«, frage ich neugierig.

»Meine güldene Torheit? Erzähl ich dir im November.«

Ich lache leise, während ich ihn missbilligend ansehe. Er drückt kurz die Zunge in die Wange, und schaut dann schnell weg.

»Hier entlang.« Er führt mich in den hinteren Teil des Schiffs zu einer Tür und stößt sie auf.

Ich weiß nicht, was ich eigentlich erwartet habe. Weniger, nehme ich an. Weniger von einem Zuhause. Aber es ist wunderschön.

Hohe Balken aus dunklem Holz, unterschiedliche Perserteppiche mit viel Rot und Marineblau. Es ist sehr heimelig. Ein großer Esszimmertisch. Ein sehr seriös wirkender Schreibtisch. Ein Himmelbett, bei dessen Anblick ich heftig schlucke. Meine Wangen werden heiß.

Die kreisrunden Bullaugen erstrecken sich über die gesamte Länge des Schiffs und gewähren einen Blick auf die Bucht.

Und hinter einem sechsteiligen Paravent eine Wanne.

»Briggs?«, ruft Jamison. »Briggs, bist du da?«

Ein Trippeln ertönt, und dann erscheint irgendwo aus der Wand ein kleiner Elf. Jedenfalls glaube ich, dass er aus der Wand kommt.

Er ist nur etwa kniehoch, hat große, spitze Ohren, Augen, die weiter auseinanderliegen als bei Menschen, eine süße Stupsnase, strubbeliges Haar und große, breite Füße. Er sieht ein bisschen älter aus.

»Sir?« Er lächelt Jamison liebenswürdig an, und ich richte mich erfreut auf.

»Das ist Ms Beaumont-Darling.«

Der Elf verbeugt sich.

»Bitte.« Ich lege eine Hand auf meine Brust. »Nenn mich Daphne.«

Der Elf schüttelt den Kopf. »Unziemlich«, knurrt er.

»Oh.« Ich sehe Jamison erschrocken an. »Ich wollte nicht ... ich wollte nicht ...«

Hook sieht mich amüsiert an, bevor er sich wieder dem Elf zuwendet.

»Briggs, Daphne möchte ein Bad nehmen. Könntest du ihr bitte eins einlassen?«

Briggs nickt, verbeugt sich vor mir und verschwindet hinter dem Paravent.

»Ist das ein Kobold?«, frage ich und verdrehe den Kopf, um ihn zu sehen. »Ein Küchenelf?«

»Pst!« Hook tritt rasch zu mir und legt mir die Hand auf den Mund. »So kannste sie nicht nennen!«

»Was?« Meine Worte werden von seiner Hand gedämpft.

Er wirft mir einen Blick zu. »Is' abwertend.«

»Oh.« Ich bin überrascht. »Das wusste ich nicht! So nennt Peter unseren, und ich …«

Hook verdreht die Augen. »Natürlich ist das abwertend.« Er seufzt einmal. »Sie bevorzugen Heinzelmännchen.«

Ich schüttle entschuldigend den Kopf. »Das wusste ich nicht. Heinzelmännchen?« Ich wiederhole es.

Er sagt es noch einmal, diesmal deutlicher. »Heinzelmännchen.«* Er wirft mir einen nachsichtigen Blick zu. »Und aye. Das is' er.«

»Wir haben einen im Baum, aber ich habe ihn noch nie gesehen.«

»Ja, is' normal«, erwidert Jamison gleichgültig.

»Heute Morgen hat er mir allerdings das hier hinterlassen.« Ich ziehe das Gebäck heraus und halte es ihm hin. »Möchtest du etwas davon?«

Jamison schaut auf das Gebäck in meiner Hand und dann in mein Gesicht, als würde er gerade entscheiden, ob er ein Gebäck essen will, das ich den ganzen Tag mit mir herumgeschleppt habe.

»Aye«, sagt er schließlich.

Ich folge ihm zum Esszimmertisch, und er setzt sich ans Kopfende, während ich mich zu seiner Rechten setze. Ich stelle den Windbeutel vor ihn, und er zieht einen wunderschönen Dolch aus dem Stiefelschaft. Er hat eine silberne Klinge, einen goldenen Griff und ist mit roten Juwelen besetzt. Damit zerschneidet er das Teilchen in zwei Hälften.

»Der ist hübsch.« Ich nicke auf den Dolch.

Er leckt die Sahne von der Klinge und hält ihn mir hin. »Er ist alt. Mein Vater hat ihn mir geschenkt.«

Er nimmt einen Bissen von seiner Hälfte und scheint angenehm überrascht zu sein.

»Bist du hier geboren?« Ich beobachte ihn.

Er nickt.

---

* Heinzelmännchen sind im englischen und schottischen Volksglauben kleine, emsige Feen oder Kobolde, die in Häusern und Scheunen wohnen.

»Und bist du schon ewig hier?«

Er schüttelt den Kopf. »Mein Vater ging nach Eton, also bin ich natürlich nicht nach Eton gegangen.« Er lacht in sich hinein. »Ich habe das Internat in Armagh besucht. Die Royal School.«

Ich starre ihn schockiert an. »Du hast in Irland gelebt?«

Er lächelt. »Aye. Das heißt, immer hin und her zwischen hier und dort.«

»Stammt deine Mutter von dort?«

Er schüttelt wieder den Kopf, und seine Miene ist kryptisch.

»Hast du deshalb so einen seltsamen Akzent?«

Jamison lacht glucksend. »Mein Akzent ist ein Sammelsurium aus Akzenten, die ich von meinen Eltern, meinen Kindermädchen und meiner Schule aufgeschnappt hab. Englisch, Irisch, Schottisch – es ist ein verdammter Mischmasch.«

»Warum genau?«

»Nun, mein Vater kommt aus England. Ursprünglich aus London. Und meine Mutter – sie ist 'ne Auswärtige, würde man wohl sagen. Ich hatte ein irisches Kindermädchen, ein schottisches Kindermädchen, irische Lehrer und Freunde. Ich schätze, ich klinge nach ihnen allen.« Er wirft mir einen schnellen Blick zu. »Wir sind Produkte der Leute, die uns großziehen.«

Ich bin mir nicht sicher. »Glaubst du, das ist wirklich so?«

Er nickt fast feierlich. »Leider.«

Meine Gedanken wandern zu Peter ... Wer hat ihn aufgezogen? Das Land.

Ich spitze die Lippen und schaue dann wieder zu Jamison auf. »Sagst du leider wegen deines Vaters?«

Er wird plötzlich ernst. »Ich bin nicht wie er.«

Ich lächle ihn freundlich an. »Bist du dann wie sie?«

Als er darüber nachdenkt, verzieht er den Mund. »Ich hoffe es.«

»Wo ist sie jetzt?«

»Meine Mum?« Jamison zuckt mit den Schultern und reißt die Augen auf. »Gott weiß, wo.«

Ich frage mich, was er damit meint, aber es erscheint mir unhöflich, nachzufragen. Mütter und Väter können ein so heikles Thema sein, und ob man weiß, wo sie sind, ist nicht unbedingt ein Maßstab für irgendetwas. Eltern haben unsichtbare Fäden und Bindungen, die sie zu anderen Dingen als ihren Kindern ziehen. Manchmal lassen sie zu, dass man sie sieht. Und manchmal auch nicht.

»Darf ich dich was fragen?« Ich spitze die Lippen, und er nickt.

»Es tut mir schrecklich leid, wenn das unhöflich ist und ich zu weit gehe, aber standest du deinem Vater nahe?«

Er starrt einige Sekunden lang zu mir herüber und schüttelt dann den Kopf. »Eigentlich nicht. Manchmal vielleicht.« Er zuckt mit den Schultern. »Er war nich' nur schlecht.«

Ich versuche, ihn mir vorzustellen – den furchterregenden, abscheulichen, berüchtigten Käpt'n Hook … Er war nicht nur schlecht?

»Hast du Geschwister?«, fragt er mich.

Ich schüttle den Kopf.

»Du bist allein zu Hause?« Er reckt das Kinn in meine Richtung. Ich beiße in den Windbeutel, und – o mein Gott – er schmeckt göttlich.

»Und meine Großmütter«, antworte ich.

»Wo ist deine Mutter?«

»Oh.« Ich nehme noch einen Bissen. »Irgendwo in Mittelamerika. Bei einer Ausgrabung.« Er legt verwirrt den Kopf schief. »Sie ist Archäologin.«

Er nickt, beeindruckt, und ein Lächeln huscht über sein Gesicht. Dann streicht er mir mit dem Daumen über die Unterlippe, und mein Herz bleibt stehen. Er schaut auf die Creme, die er gerade von meinem Mund abgewischt hat, und saugt sie dann gedankenlos von seinem Daumen ab.

Mein Mund wird trocken.

»Und was willst du werden, wenn du groß bist?«, fragt er.* »Oder hast du gar nicht mehr vor, erwachsen zu werden?«

Ich lasse mich nicht provozieren. »Ich will Geologin werden.«

»Oh.« Er lacht, als wäre er verwirrt. »Das is' … speziell.«

»Eigentlich …« Ich setze mich aufrechter hin. »Ist es das nicht. Geologie ist ein furchtbar breit gefächertes Fachgebiet.«

Er nickt und schluckt. »Mein Fehler«, sagt er amüsiert.

---

* Die Deine, vielleicht. Ich weiß es nicht.

»Mineralogie«, präzisiere ich, auch wenn er nicht nach den Einzelheiten gefragt hat. »Ich mag Felsen. Und Steine und Erde. Ich liebe die Erde.«

»Hast du sie deshalb verlassen?«

Ich zögere und denke darüber nach, was er damit andeuten will. »Ich weiß nicht, warum ich sie verlassen habe – Fernweh vielleicht?« Ich zucke mit den Schultern. »So etwas wie Schicksal? Aber das heißt nicht, dass ich sie nicht liebe.«

Das scheint ihn zufriedenzustellen. »Und warum magst du die Erde so sehr?«

»Ich weiß es nicht.« Ich atme aus. Die Frage ist irgendwie tröstlich. »Ich glaube, ich finde sie erdend. Ich mag es, mit nackten Füßen auf der Erde zu laufen – mag es, wie sie sich anfühlt.«

Er beobachtet mich und lässt mich weiterplappern.

»Ich glaube, ich habe sie immer gemocht. Felsen und Natur und Vulkane, die Entstehungsgeschichte der Dinge. Das alles fasziniert mich einfach. Ich mag es, wie sich Steine in der Hand anfühlen, wie sie sich auf der Haut anfühlen. Ich mag es, wie eine bestimmte chemische Formel und die Zeit unter der Erde, in der Dunkelheit, wo niemand hinschaut, sie entstehen lässt.« Ich deute wieder auf meine Ohrringe, und er lächelt schwach. Ich zucke mit den Schultern und habe das Gefühl, schon zu lange geredet zu haben. »Ich mag es, wie Steine Geschichten erzählen. Ich glaube, ich mag die Erde, weil sie eigentlich nur ein großer Stein ist.«

Jamison betrachtet mich, und seine Augenbrauen sind in der Mitte zusammengezogen, fast wie ein Stirnrunzeln, aber es ist keine grimmige Miene. Er ist auch nicht verwirrt. Ich würde sagen, er ist einfach fasziniert.

Ich zapple ein wenig, weil mir die Intensität seines Blickes auf mich peinlich ist, aber es freut mich auch ein bisschen.

Ich räuspere mich, will weitermachen. »Ist das hier ein Planet?«

»Neverland?« Er blinzelt. »Ja, natürlich is' das hier ein Planet. Auf was, glaubst du, stehst du hier mit deinen kleinen Füßen?«

Ich verdrehe die Augen.

»Neverland ist nicht der ganze Planet. Es ist eine Insel, die wiederum Teil eines Reichs ist. Der Planet selbst heißt Kleines Störj.« Er steht auf und geht zu einem Bücherregal, in dem die Bücher ohne jedes System sortiert sind, außer dass jedes Buch in Leder gebunden ist. Er nimmt eines mit marineblauem Rücken und Goldfolienprägung heraus und legt es vor mich. »Es wurde um 1300 vor Christus deiner Zeit gegründet.«

»Von wem?« Ich stütze das Kinn in der Hand.

Er schlägt das Buch auf und blättert ein paar Seiten weiter bis zu einem Schwarz-Weiß-Foto von fünf Personen. Drei Frauen, zwei Männer.

Ich bestaune sie einige Sekunden lang. »Was waren sie?«, frage ich, während ich sie anstarre.

»Ich glaube, der politisch korrekte Begriff ist Sternenreisende.« Er wirft einen wohlwollenden Blick auf das Foto.

»Sie sind Außerirdische?« Überrascht sehe ich zu ihm auf.

Er fuchtelt mit dem Zeigefinger vor meiner Nase hin und her. »Das is' politisch unkorrekt.«

»Entschuldigung!« Ich schenke ihm ein Lächeln. »Dann stimmt es also, dass wir nicht allein im Universum sind?«

Jamison zuckt mit einer Achsel und blickt über die Schulter auf den Hafen hinter uns, der von Fischern und Booten bevölkert ist. Eine Idylle. »Offensichtlich nicht.« Seine Augen werden ein wenig weicher. »Hattest du das Gefühl, du wärst allein?«

Von Sekunde zu Sekunde weniger, denke ich. Ich sehe ihn an und muss schwer schlucken. Dabei ignoriere ich das Gefühl all der Fäden, die an mir zerren, und trete um eines der Millionen Schlaglöcher herum, die in meinem Kopf über Piraten existieren.

»Das Bad ist fertig!«, ruft Briggs und steckt den Kopf hinter dem Paravent hervor.

»Danke, Briggs.« Jamison nickt ihm zu, und ich gebe ihm das Buch zurück.

Er schiebt es wieder zu mir. »Behalt es.« Er legt seine Hände um meine und gibt mir das Buch zurück. Unsere Blicke treffen sich. »Du brauchst es mehr als ich, da drüben mit dem kleinen Mann. Kann mir nicht vorstellen, dass er ein besonders großartiger Gesprächspartner ist.«

Ich unterdrücke ein Lachen und weiche seinem Blick aus, denn seine Augen sind zu schön, um ihnen zu lange standzuhalten.

Er deutete in Richtung Wanne.

Ich lächle ihn kurz, aber dankbar an und schlüpfe hinter den Paravent.

Dort ziehe ich meine Kleidung aus und lege sie am Fuß der Wanne ab. Sie hat Klauenfüße.

»Ich lass dich jetzt in Ruhe!«, ruft mir Jamison von der anderen Seite zu.

»Das musst du nicht!«, antworte ich vielleicht etwas zu hastig, und er macht eine verlegene Pause.

»Was dann?«, fragt er nach ein paar Sekunden.

Ich überlege. Kratze mich an der Wange. Versuche herauszufinden, warum ich das gesagt habe.

»Ich unterhalte mich gern mit dir.« Das ist letztendlich auch die Wahrheit. Drei Sekunden vergehen, bevor er etwas erwidert.

»Ja«, sagt er, und ich höre, wie er auf der anderen Seite des Paravents einen Stuhl über den Boden heranzieht. »Ich unterhalte mich auch gern mit dir.«

»Aber nicht gucken«, ermahne ich ihn.

Pause.

»Ich kann nichts versprechen.«

Ich lächle – so sehr, dass ich froh bin, dass er es nicht sehen kann – und lasse mich in die Badewanne sinken. Ich weiß nicht, ob es daran liegt, dass ich seit einundvierzig Tagen nicht mehr richtig gebadet habe,[*] aber es ist perfekt. Die perfekte Temperatur, die perfekte Menge Wasser, und es riecht, als ob es Öle in der perfekten Kombination enthält, dazu hält mich die Form der Wanne in der perfekten Position.

Ich atme aus.

»Ist 'n tolles Bad«, erklärt er.

»Das ist es.« Ich nicke. »Danke, dass ich es benutzen darf.«

»Danke, dass du dich in meinem Haus entkleidet hast«, sagt er vornehm, und ich versuche, nicht zu lachen. Vergeblich. Er lacht auch.

»Schmuddelig, schmutzig, unordentlich«, höre ich Briggs sagen. Mein Kopf ruckt in seine Richtung, und ich schaue über den Bade-

---

[*] Der Ozean zählt nicht.

wannenrand. Er ist so klein, dass er nicht hineinsehen kann, und als ich ihn sehe, starrt er auf meinen Schlafanzug und trägt ihn weg.

»Briggs!«, stammelt Jamison peinlich berührt.

»Dreckiges Mädchen«, knurrt Briggs, während er sich entfernt.

Es herrscht unbehagliche Stille.

»Ich glaube, er meinte meine Kleidung.«

Jamison muss lachen. »Hoffen wir's.«

Ich höre, wie er den Stuhl zurückschiebt und aufsteht. »Bin gleich wieder da.«

»Okay.«

Er geht.

Ich lasse mich tiefer in die Wanne sinken und versuche, dem Gefühl, etwas falsch zu machen, nicht direkt in die Augen zu sehen.

Warum fühle ich mich so?

Als würde ich Peter alles schulden, obwohl er ganz bestimmt der Meinung ist, dass er mir nichts schuldet.

Er ist so ein seltsamer Junge. Nur Instinkt und wildes Tier. Das ist größtenteils sehr aufregend und macht das Leben mit ihm fast zu einem Traum.

Aber es gibt einen schmalen Grat zwischen Träumen und Albträumen.

Peter kann herzlos und impulsiv sein; er ist unglaublich temperamentvoll. Er ist hitzköpfig, er ist arrogant, er ist stolz – aber er hat auch diesen jungenhaften Charme. Und man kann so vieles entschuldigen, weil er keine Eltern hatte. Jedes Mal, wenn ich mit ihm zusammen bin und er gut zu mir ist, ist es so, als würde ich erfolgreich einen Löwen streicheln. Ich bin unheimlich stolz und erleichtert und erfreut, dass der Löwe beschlossen hat, mich nicht zu beißen, aber er könnte mich beißen, und wenn er das tut, kann der Biss ziemlich schwerwiegend sein.

Aber es lohnt sich, die Bisse zu riskieren, wenn man sich dafür zu einem Löwen legen kann – das ist etwas Besonderes, das man wohl nur einmal im Leben erlebt. Allerdings frage ich mich, ob meine Lebensspanne dadurch möglicherweise wesentlich verkürzt wird. Und wenn ja, ist es das wirklich wert?

Ich höre, wie die Tür wieder geöffnet wird.

»Jem?«, rufe ich.

»Boh!«, ruft er zurück. »Bist du salonfähig?«

»Nicht im Entferntesten.«

Er lacht schnaubend auf der anderen Seite des Abgrunds.

»Du hast mir kein Handtuch hiergelassen«, beschwere ich mich.

»Hab ich nicht?« Er macht eine Pause, die sich ziemlich dehnt. »Wie schrecklich von mir. Aber klar, ich werde es dir persönlich bringen, ja?«

»Jamison!« Ich strafe ihn mit einem finsteren Blick, obwohl er mich gar nicht sehen kann, und er lacht über seinen eigenen Witz. Dann wirft er ein Handtuch über einen Flügel des Paravents. Ich stehe auf und wickle es um mich.

Ich trete hinter dem Wandschirm hervor, und Jamisons Blick gleitet über meinen Körper, und sein Mund öffnet sich ein wenig. Er blinzelt, bis er meine Knöchel erreicht, dann mustert er mich noch mal gründlich von unten bis oben.

Ich schlucke, während ich das Handtuch fest um den Körper ziehe. »Dein Heinzelmännchen hat meine Sachen mitgenommen.« Ich presse die Lippen zusammen.

Er nickt und grinst. »Dreckiges Mädchen.«

Ich sage nichts, verlagere nur mein Gewicht und starre ihn an. Irgendwie ist die Situation ziemlich festgefahren.

Aber es ist nicht das schlechteste Gefühl, hier so mit ihm zu stehen. Er versucht, mich nicht anzustarren, und ich versuche, es nicht so sehr zu genießen, wie ich es tue, weil er es trotzdem macht.

Er hebt einen Finger, geht zu seinem Bett, um etwas zu holen, und kommt mit einem Stapel Kleidung zurück.

»Von Bets.«

Ich starre auf die Kleider in seinen Armen. »Ich habe sie noch nicht bezahlt.«

»Ich habe sie bezahlt.« Er tut, als wäre das keine große Sache.

Ich staune ihn an, als er mir die Kleidung in die Arme legt.

»Das hättest du nicht tun müssen«, sage ich leise.

Er verzieht die Lippen. »Wollte nicht, dass du deine Ohrringe verscherbeln musst.«

»Jem ...«

Dann zuckt er beiläufig mit den Schultern. »Aber klar, ich hab das nur gemacht, damit ich sie dir irgendwann später ausziehen kann.«

Ich senke das Kinn und sehe ihn missbilligend an, als würde mich die Vorstellung verärgern, statt mich zu erregen. Was sie tut.

»Du bist schrecklich dreist.«

Seine Brauen zucken. »Und du, Boh, kannst die Faszination in deinen Augen nich' sonderlich gut verbergen.«

KAPITEL 8

Peter sagt kein Wort, kein einziges, als ich mit meinen neuen Klamotten hereinspaziere … als ob er es gar nicht bemerkt hätte.

Sämtliche Kleidungsstücke, die Bets für mich gemacht hat, waren absolut göttlich. Er hat kein einziges Mal etwas darüber gesagt – und null nachgefragt. Er wollte weder wissen, woher ich sie habe, noch wie ich sie bezahlt oder wann ich sie bekommen habe. Keinen Pieps darüber, ob mich ein teuflisch gut aussehender Pirat ein klein wenig für sich eingenommen hat, weil er mir die Smaragdohrringe meiner Mutter ließ – nicht ein Wort.

Was die Frage aufwirft: Hat er das, was er über meinen Schlafanzug gesagt hat, überhaupt ernst gemeint, oder war es nur ein willkürlicher Gedanke, den er äußerte, ohne darüber nachzudenken, was typisch für ihn wäre. Und habe ich ihn mir zu Herzen genommen, obwohl ich ihn einfach hätte ignorieren sollen?

Allerdings ist es schwer, sich die Dinge, die er sagt, nicht zu Herzen zu nehmen. Ich kriege die ganze Zeit mit, wie es um uns herum passiert. Ich habe erlebt, wie er Calla sagte, ihr Haar sei zu lang und störend, und am nächsten Tag tauchte sie mit deutlich kürzerem Haar auf.[*] Ich hörte, wie er zu Kinley sagte, dass er würfe wie ein Mädchen,[†] und dann sah ich, wie er später allein übte. Vor ein paar Tagen hat er Brodie angeraunzt, dass er zu viel Platz auf dem Stuhl einnehme. An dem Abend ist Brodie nicht zum Essen gekommen.

Diese Teile von Peter sind verdammt bitter zu schlucken, und hin und wieder komme ich an einen Punkt, an dem ich mich frage, warum wir alle hier sind, warum irgendjemand von uns ihm gegenüber loyal bleibt. Und glauben Sie mir, wir sind ihm gegenüber loyal. Aber dann gibt es da noch den anderen Teil von Peter, in dem ich ihn dabei ertappe, wie er Percival beibringt, perfekt mit Pfeil und Bogen zu

---

[*] Obwohl ich nicht mal sicher bin, dass er es überhaupt bemerkt hat.
[†] Und wie ich ihn kenne, bezweifle ich, dass er gemeint hat, ein Mädchen würde mit Fokus und Präzision und einer ruhigen Stärke werfen, was über Peters Horizont ginge.

schießen, und Kinley zeigt, wie man lange tauchen kann. Ich sah, wie Calla weich wurde, als Peter einen Eimer Muscheln anschleppte, sie vor eine ältere Frau aus Stjärna stellte und sie auf die Wange küsste, bevor er wieder verschwand.

Immer wieder muss ich mir vor Augen führen, dass er von Feen und zum Teil auch vom Land aufgezogen wurde und sich deshalb launisch wie das Wetter verhält.

Es kommt nicht oft vor, dass das Wetter nicht ins Extrem schlägt. Normalerweise ist es heiß oder kalt, sonnig oder regnerisch, stürmisch oder strahlend, und so ist es auch bei ihm.

Was auch immer Peter in einem bestimmten Moment ist, er ist es ganz und gar. Wenn er bockig ist, mein Gott, ist er wirklich hassenswert, aber wenn er lieb ist, ist er die menschliche Verkörperung von Vögeln, die auf deinen Fingern landen, und Rehen, die dir aus der Hand fressen.

Ich folgere daraus, dass man das Wetter nicht einfach hassen kann, weil es sich manchmal ein bisschen grausam verhält.

Nicht, dass ich Peter jemals hassen könnte, denn es ist ja Peter. Ich würde es gern tun, wenn ich könnte. Ich habe nachts wach gelegen, nachdem er den Tag mit Meerjungfrauen verbracht hat, ohne mich. Ich habe mein Bestes versucht, ihn dafür zu hassen, aber ich schaffe es nicht. Mir ist klar, wie seltsam das ist. Wirklich. Vielleicht kenne ich ihn erst seit ein paar Tagen, vielleicht schon seit Jahren, aber wenn man in seiner Nähe ist, saugt er einen förmlich auf. Ich hege den Verdacht, dass auch ich, sollten wir uns jemals gänzlich trennen, wie meine Großmütter es getan haben, zu einer dieser alten Frauen werde, die Fenster einen Spalt offen lassen. Ich würde versuchen, zu ihm zurückzufinden, erneut den Hauch von Freiheit und Sommer zu erhaschen und den Geruch seiner Haut nach Kokosnuss und Salz. Aber vielleicht ist es ja mehr als das? Denn selbst wenn ich bei ihm bin, selbst wenn er unmittelbar neben mir liegt, habe ich das Gefühl, dass ich vielleicht sterbe, wenn ich ihn verlasse, ganz gleich, auf welche Weise. Das klingt so merkwürdig, ich weiß. Es ist nur ein Gefühl, das mich manchmal überkommt. Ich weiß nicht genau, warum.

Mittlerweile habe ich mehr oder weniger akzeptiert, dass Peter und ich eine seltsame Verbindung haben, die, und da bin ich mir ziemlich sicher, sowohl Zeit als auch Raum überbrückt hat, um uns zu vereinen.

Meine Großmütter haben immer gesagt, dass Peter Pan ein Teil der Bestimmung unserer Familie ist. Ich finde das irgendwie logisch. Wäre er eine Art Generationenschicksal, wäre das auch in Ordnung. Aber ich vermute, dass er für mich mehr ist als nur das.

Man glaubt, man könne Bestimmung und Schicksal austauschen, kann man aber nicht. Deine Bestimmung wird – jedenfalls meiner Meinung nach – von dir und deinen Entscheidungen und dem beeinflusst, was du wählst, das Schicksal dagegen nicht. Es ist konkret. Es lässt Ereignisse eintreten, die sich der Kontrolle des Menschen entziehen, als würde es von einer übernatürlichen Macht kontrolliert.

Irgendwas an Peter fühlt sich wie Schicksal an, und ich denke, das ist eine wichtige Komponente für mich, denn ich bin mir meiner selbst bewusst genug, um zu wissen, dass ich ihn nicht immer mag, und doch strahlt er eine spürbare Anziehungskraft auf mich aus, und ich habe nicht immer das Gefühl, dass ich sie kontrollieren kann.

Dieses seltsame Zu-ihm-zurückgezogen-Werden, selbst wenn ich versuche, in eine andere Richtung zu schwimmen, ist, als ob das Universum mich dorthin zieht, wo es mich haben will. Und ich glaube an ein Universum, das so etwas tut …

Wenn das Universum auf diesem Planeten einen Jungen großziehen kann, kann es sicher auch das Schicksal von ein paar Herzen formen, also ist das wohl mein Los.

»Du wirst doch nicht wieder weggehen, oder?«, fragte Peter neulich abends aus heiterem Himmel.

Ich spielte mit Rune eine Partie Zieh-eine-Karte und sah zu ihm auf. »Wohin weggehen?«

Er zuckte mit den Schultern. »Irgendwohin.«

Rune läutete, und ich warf ihr einen beruhigenden Blick zu.

Ich musterte Peter nachdenklich, da ich mir immer noch nicht ganz sicher bin, was er mir eigentlich sagen wollte.

»Also …«, erwiderte ich lächelnd, »ich werde ganz sicher manchmal weggehen.«

»Aber nicht richtig weg«, präzisierte er. »Die anderen sind alle weg, aber du wirst bleiben, oder?«

Ich betrachtete ihn ein paar Sekunden, bevor ich plötzlich nickte, obwohl ich seine Frage in meinem Kopf nicht bejaht hatte.

Er lächelte selbstzufrieden und flog dann aus dem Fenster davon.

Manchmal habe ich das Gefühl, dass die Liebe zu ihm etwas ist, das mit mir geschieht, nicht durch mich oder in mir. Etwas Äußerliches, das nichts mit meinem täglichen Leben zu tun hat und mit dem, wie ich mich manchmal zu fühlen glaube. Letztendlich fühle ich mich sowieso immer anders, wenn ich sehe, wie er eine Wolke herbeiruft, um einer verwelkten Blume etwas Schatten zu spenden.

Das ist Schicksal. Das muss es sein. Deshalb stört es mich nicht,[*] wenn er mit Calla herumtobt oder wenn er den ganzen Tag damit verbringt, vor den Meerjungfrauen anzugeben, denn es ist nicht dasselbe. Sie bedeuten ihm nicht dasselbe wie ich, glaube ich. Er teilt sein Bett nicht mit ihnen, er küsst sie nicht,[†] und er kehrt nicht zu ihnen nach Hause zurück. Ich denke, das bedeutet doch etwas, oder nicht?

Rye kommt heute vorbei, und wir wollen in Preterra herumlaufen. Er sagte, er wolle mir beibringen, wie man auf Nahrungssuche geht, damit ich mich selbst versorgen kann. Ich habe ihm gesagt, Peter hätte gesagt, er würde für mich sorgen. Aber Rye hat nur gelächelt und erwidert, dass er es trotzdem für eine gute Idee hält, nur für den Fall.

Das hat mich ein bisschen irritiert, denn was heißt ›nur für den Fall‹? Für den Fall, dass was passiert? Aber dann zuckte er mit den Schultern und setzte hinzu: »Du weißt schon, falls du dich verirrst oder so.« Ich weiß nicht, ob er das wirklich so gemeint hat oder ob er es nur gesagt hat, um den Schlag abzumildern. Andererseits, welchen Schlag?

Ich verstecke das Buch, das Jem mir gegeben hat, wie jedes Mal, wenn ich das Haus verlassen habe. Es macht mir viel Spaß, es zu lesen, etwas über dieses Land zu erfahren und darüber, wie es entstanden ist. Aber ich vermute, dass es Peter nicht sonderlich interessieren wird, da er bisher kein einziges Mal darin vorkommt. Was, ehrlich gesagt, den Anschein erweckt, jemand hätte versucht, etwas klarzustellen. Ich weiß nicht, wie alt Peter Pan ist. Ich weiß nicht, wie lange er schon der Wunderknabe dieser kleinen Insel ist, aber dass ein Ge-

---
[*] Nicht sehr.
[†] Hoffe ich.

schichtsbuch über Neverland geschrieben wird und Peter darin nicht vorkommt? Das scheint mir beabsichtigt zu sein.

Ich trage eines der Outfits, die Bets für mich genäht hat. Eine kleine weiße Bluse mit Rundhalsausschnitt und maßgeschneiderten Shorts. Und ganz unter uns: Ich mag es, die Kleidung zu tragen, die Jem mir gekauft hat. Es gibt mir das Gefühl, ein Geheimnis zu tragen.

An Peter, der mich beim Frühstück kaum beachtet, schien das alles verschwendet zu sein. Gestern flog er in eines der Dörfer auf einer der anderen Inseln und kämpfte auf Leben und Tod gegen einen Piraten.

»Worum?«, fragte ich.

»Um die Ehre!«, rief er, und die Verlorenen Jungs lachten sarkastisch.

Seine wahre Beute war jedoch das Messer, das er dem Piraten abgenommen hatte.

Der Griff ist mit Silberdraht umwickelt. Einiges davon ist dunkel, anderes hell, aber wichtig ist, wie scharf es ist, besonders für einen Jungen wie Peter.

»Seht nur, wie scharf es ist«, sagte er beim Frühstück in die Runde, bevor er mit dem Finger vorsichtig auf die Spitze der Klinge tippte und sich ein Blutstropfen bildete. »Es wurde mit Magie geschmiedet«, sagte er, und die Jungs antworteten mit bewundernden Ausrufen.

Peter streckte mir die Hand entgegen. »Kann ich ein Haar haben?«, fragte er, ohne mich anzusehen.

»Was?« Ich starrte ihn an. Er hob den Blick und zupfte mir ein Haar vom Kopf.

Das Haar hielt er zwischen Daumen und Zeigefinger, als wollte er eine Nadel einfädeln. Stattdessen versuchte er buchstäblich, das Haar zu spalten, um zu beweisen, dass das Messer das konnte.

Also küsste ich ihn auf die Wange, und er sagte nichts, als ich mich verabschiedete.

Als ich hinausgehe, läuft er mir nach und küsst mich an dem riesigen Pilz neben der Tür.

»Du siehst heute wirklich hübsch aus, Mädchen«, sagt er.

Ich erröte. »Willst du Rye und mich begleiten? Wir gehen ein bisschen ...«

»Langweilig!«, kräht Peter, und ich verdrehe die Augen. Er legt beide Hände um mein Gesicht, küsst mich noch einmal und läuft in die andere Richtung davon.

»Euch beiden scheint es besser zu gehen«, stellt Rye fest und stößt sich von dem Baum ab, an dem er lehnt. Ich hatte ihn nicht bemerkt und lächle verlegen.

»Entschuldige.«

»Weshalb?«, fragt er gleichgültig. »Bist du fertig?«

Ich nicke.

»Hast du deinen Korb?«

Ich halte ihn hoch.

»Hast du deine Schere?«

Ich schüttle den Kopf.

»Ein Messer?«, fragt er.

Ich verziehe das Gesicht.

»Schon gut. Ich habe zwei. Komm mit.«

»Wohin gehen wir?«, frage ich ihn nach ein paar Minuten.

»An den besten Ort für die Nahrungssuche.«

Ich hebe fragend die Brauen und warte.

Er schaut über die Schulter und lächelt mich aufgeregt an. »Ins Untergegangene Königreich.«

Ich bin verwirrt. »Das was?« Ich schätze, ich habe diesen Teil der Geschichte im Buch noch nicht erreicht.

»Die Fae, richtig? Sie leben in winzigen Nestern, ein paar hier und da. Und die meiste Zeit sind sie allein.«

»Genau.« Ich nicke. Sie leben meist in den Bäumen, und man erkennt sie an diesem hellen Licht, das fast zu schön ist, um echt zu sein, für reine Einbildung aber wiederum zu warm. Die kleinen Höhlen sind meist von Moos überwuchert, um sie herum wachsen kleine Pilze und die winzigsten Blumen, die man je gesehen hat, und es gibt so viel Glitzer. Ich habe mich nicht getraut, hineinzuschauen, aber es klingt nach Windspiel und Vogelgezwitscher.

»Aber sie haben früher in einem Königreich gelebt.«

»Wirklich?«

»Und damals waren sie auch groß.«

Ich bleibe stehen. Denn das klingt jetzt wirklich ziemlich erfunden. »Was?«

»Das können sie immer noch sein«, meint Rye beiläufig.

Ich verstehe das nicht. »Aber warum sind sie dann klein?«

»Wenn sie klein sind, kann man sie schwieriger fangen.«

Ich sehe ihn stirnrunzelnd an. »Wer versucht, sie zu fangen?«

Rye wirft mir einen ernüchternden Blick zu. »Viele Leute.« Er überdenkt seine Antwort. »Viele Dinge.« Dann schweigt er wieder ein paar Minuten lang, bevor er stehen bleibt und sich bückt. »Das ist eine Art von Mykorrhizapilz.«

»Oh.« Ich nicke. »Die haben wir auch auf der Erde.«

»Ja«, bestätigt er, »ich glaube, sie kommen ursprünglich von dort. Meine Leute haben sie hergebracht. Jedenfalls sind sie ungiftig und essbar.« Er pflückt drei und legt sie in seinen Korb. »Die hier«, er zeigt auf eine kleinere Sorte, die irgendwie klebrig aussieht, »sind auch essbar.« Er verzieht das Gesicht. »Aber die Piraten kommen immer her und suchen sie. Dann zermahlen sie sie und ...« Er zieht die Luft durch die Nase.

»Oh!« Ich schnappe nach Luft. »Als Droge?«

»Das ...« Er zuckt mit den Schultern. »Ich weiß nicht, was das ist. So nennen wir das hier nicht.«

Ich mustere ihn. »Wie nennst du es denn?«

Er kichert und denkt eine halbe Sekunde lang nach. »Kräuterentspannung.«

»Drogen.« Ich nicke lachend.

»Es gibt ein paar Pflanzen, die das können. Blumen und Blätter und Pilze ...«

»Nimmst du sie?«, frage ich, als Rye sich aufrichtet und schließlich weitergeht.

»Manchmal«, sagt er.

»Wofür?«, frage ich neugierig.

Er sieht zu mir zurück. »Wenn ich es brauche.« Er bleibt vor einem Baum stehen, greift nach einem Ast und zieht ihn herunter. »Komm, riech mal daran.«

Er ist groß und breitschultrig und hat ein so freundliches Gesicht, dass es unmöglich ist, ihn nicht anzugrinsen, wie ich es gerade tue. Seine Augen sind dunkel wie Leder, er hat kurzes, dunkelbraunes Haar, braune Haut und ein wunderschönes Lächeln.

Er sieht auch gut aus, und ich vermute, dass er das weiß, obwohl er es nicht zu seinem Vorteil zu nutzen scheint.*

»Lune blå.«

Ich atme den Duft ein, und ich weiß nicht, wie ich das Wunder dieses Geruchs erklären soll. Vielleicht pürierte Brombeeren mit Sahne?

»Es sind die Blätter«, erklärt er. »Nicht die Beeren. Daraus macht man Tee.«

Er pflückt ein Büschel und legt es in meinen Korb. Als unsere Gesichter nahe genug beieinander sind, um den Atem des anderen zu spüren, lächelt er mich kurz an. Es passiert nicht aus Absicht, sondern rein zufällig.

»Peter mag ihn.« Er deutet auf die Blätter in meinem Korb und räuspert sich.

»Also ...« Ich sehe mich um. »Bist du mit jemandem zusammen?«

Ryes Augenbrauen tanzen verwirrt. »Ich bin mit dir zusammen ...«

»Oh!« Ich lache und schüttle kurz den Kopf. »Nein, auf der Erde würdest du sagen ...« Ich verstumme, während ich nachdenke. »Bist du mit jemandem ... romantisch zusammen? Ich meine ... als Paar? Mit jemandem?«

»Ah.« Jetzt versteht er. »Ich ... interessiere mich für jemanden, ja.«

»Oh!« Das freut mich. »Wie aufregend.«

Er verdreht die Augen und geht weiter. »Tatsächlich?«

Ich nicke, obwohl er es nicht sehen kann. »Weiß sie es?«

»Weiß nicht«, ruft er, ohne sich umzudrehen. »Schwierig zu sagen. Sie ist immer sehr beschäftigt.«

»Womit?«

Er wirft mir einen Blick zu. »Mit anderen Leuten.«

»Ah.« Ich nicke und frage mich, ob er von mir spricht. Das könnte sein.

Ich überlege. Er ist ein sehr guter Freund geworden, seit ich hier angekommen bin, aber ich dachte, er wäre einfach nur mein sehr guter Freund.

Ich presse die Lippen zusammen. »Danke, dass du das hier machst.«

---

* Wie toll von ihm. Und wie ihn das über all die anderen Männer auf dieser Insel erhebt, die ich kenne.

»Sicher.« Er nickt und schenkt mir ein kurzes Lächeln. »Gern geschehen.« Rye atmet laut aus, pflückt ein paar Beeren von einem Busch und wirft sie mir zu.

Ich schaue auf sie hinunter. Sie haben ein schönes, warmes Pink und sind weich, fast samtig. »Was sind das für Beeren?«

»Himbeeren.« Er grinst.

»Oh.« Ich bin etwas verlegen.

Er kichert und geht vor mir her, und eine Weile sagen wir nichts. Ich denke, es ist ein gutes Schweigen, nicht eines von der schlechten Sorte.

»Darf ich dich etwas fragen?«, rufe ich.

»Ja«, sagt er, ohne anzuhalten.

»Vergisst du Dinge?«

Jetzt bleibt er stehen. »Was?«

Ich hole ihn ein. »Warum vergesse ich hier Dinge, du aber nicht und Jem auch nicht und ...«

»Jem?« Er ist verblüfft.

»Entschuldige.« Ich verbessere mich rasch. »Jamison.«

Er blinzelt. »Jamison?«

Ich schlucke und verdrehe die Augen.

Rye mustert mich aufmerksam. »Wann wurde Jamison zu Jem?«

»Warum ist das wichtig?« Ich zucke mit den Schultern, wende mich von ihm ab und pflücke willkürlich ein paar Blumen, um abzulenken.

»Bist du mit ihm zusammen?«

Ich erstarre, presse die Lippen zusammen und kontrolliere meine Stimme, bevor ich antworte. »Manchmal.«

Rye beobachtet mich aus ein paar Metern Entfernung. »Wow.«

»Wow was?« Ich runzle die Stirn.

Er hebt eine Augenbraue, wirft mir einen vielsagenden Blick zu, geht dann an mir vorbei, schiebt einen Zweig der Trauerweide beiseite und hält ihn für mich zurück.

»Er ist mein Freund«, fahre ich fort und schaue ihn an.

»Wenn du das sagst.«

»Das tue ich«, erwidere ich hoheitsvoll.

Er nickt, aber es ist seltsam. Er scheint von mir genervt zu sein.

Ich mustere ihn nachdenklich. »Warum bist du so komisch?«

»Bin ich nicht.« Rye seufzt. »Ich bin nur ... ach, nichts.« Er schüttelt den Kopf. »Ich weiß nicht, warum du Dinge vergisst.«

»Nur ein paar Dinge«, stelle ich klar, auch wenn er nicht um eine Erläuterung gebeten hat. Dann merke ich, dass er stehen geblieben ist.

Er steht vor einem riesigen, überwucherten Marmorbogen.

Die schmiedeeisernen Tore sind von Efeu überwuchert. Rye stößt sie auf, und sie knarren laut. Aus irgendeinem Grund ist das ein feierlicher Moment.

»Das ist das Untergegangene Königreich?« Ich staune das alles an.

Es kommt mir fast vor, als wären wir in einem Gewächshaus mit einem so hohen Dach, dass man es nicht sehen kann. Die Bäume sind unglaublich hoch, also gibt es hier wahrscheinlich kein Dach, aber sobald ich eintrete, überkommt mich das Gefühl, unter einer Art Baldachin zu stehen.

»Ja.« Er nickt.

»Wow.« Ich sehe mich um.

Der Ort wirkt heilig. Wirklich. Wir stehen unter einem Baum, und der Wind weht herein, streicht um uns, wie es der Wind hier tut, sanft und präsent zugleich, sein Rauschen klingt wie Flüstern in den Ohren, als ob er etwas sagen wollte. So etwas habe ich hier noch nie gesehen. Alles ist aus Marmor und Stein und überwuchert und wimmelt nur so von Leben. Es krabbelt aus jeder Ritze und jedem Spalt.

Es ist wunderschön und verfallen, faszinierend und quälend zugleich. Kennt ihr das, wie weh es manchmal tut, wenn man sieht, dass etwas, das eigentlich wunderschön sein sollte, völlig ruiniert ist?

»O mein Gott.« Ich bücke mich zu den schönsten rosa Blumen, die ich je in meinem Leben gesehen habe, hinunter und pflücke eine. »Schau dir die an. Die sind ...«

»Fass die nicht an!«, sagt Rye schnell, und ich erstarre. »Das sind Glömmfloare. Sie ...« Er hält inne, blinzelt und denkt nach. »Sie sind schlecht für dich.«

»Oh.« Ich wische mir die Hände an meinem Kleid ab. »Was passiert dann?«, frage ich unbehaglich.

Er betrachtet mich ein paar Sekunden lang, dann fällt sein Blick auf den Boden, und seine Miene hellt sich auf. »Oh, komm her.« Er hockt sich hin und deutet auf eine Blume, die keiner gleicht, die ich je zuvor gesehen habe. Sie ist irgendwie rosa, irgendwie violett, wie ein Sonnenuntergang – mit Schichten um Schichten von Blütenblättern. Sie ist dramatischer als eine Pfingstrose, genauso elegant, aber größer.

»Das ist die Blühende Krankenschwester.« Er lächelt stolz. »Sie heilt so ziemlich alles. Gebrochene Knochen, gebrochene Herzen, gebrochene Seelen, Stichwunden, Sirenenküsse, Werwolfbisse – eben so ziemlich alles außer einigen Zaubern und den Tod selbst.«

Ich beuge mich hinunter und betrachte sie staunend.

»Außerdem ist sie sehr selten und bei falscher Zubereitung giftig«, fügt er hinzu.

Ich sehe ihn sarkastisch an. »Na toll.«

Er grinst.

»Warum kann sie bestimmte Zauber nicht heilen?«, will ich wissen. Dann schneide ich über meine eigene Frage eine Grimasse. »Und außerdem, was meinst du mit ›Zaubern‹?«

»Du weißt schon. Magie?«

»Von den Feen?«

»Nein.« Ryes Gesicht wird ernster. »Eine andere Art Magie.«

Er sagt nichts weiter dazu, also bücke ich mich, um die Blume zu pflücken. »Warte«, sagt er. »Lass sie. Wir brauchen sie nicht.«

Ich denke über seine Worte nach. Dann nicke ich. »Du hast recht.«

Wieder verfallen wir in Schweigen, und ich frage mich, was es mit der Blume auf sich hat, von der er sagte, sie sei ungesund, und warum diese magische Blume hier keine Zaubersprüche brechen kann. Und überhaupt – Zaubersprüche?

»Kann denn etwas Zauber brechen?« Ich setze mich neben ihn unter einen Baum.

»Hm. Für alles Übernatürliche gibt es ein natürliches Gegengewicht, meistens jedenfalls. Allerdings kommt es darauf an.«

»Auf was?« Ich fange an, Grashalme zu flechten.

»Auf den Zauber.« Er sieht mich nicht an. »Ich kenne keine Pflanze, die einen von einem magischen Tod zurückholen kann. Aber ich weiß von einer Pflanze, die einen Schlafzauber oder einen Nebelzauber aufheben kann oder …«

Ich bin verwirrt. »Wer wirkt die alle?«

Er sieht mich lange an und lacht dann. »Niemand. Mach dir keine Gedanken deswegen.«

Dann steht er auf, geht hinter den Baum und sammelt einige Pilze, die dort wachsen, und erklärt mir, welche davon sicher sind und welche nicht.

»Also, wie lange sind du und Jamison schon …?« Er lässt das Ende offen, und ich sorge dafür, dass er mein Gesicht sieht, als ich antworte.

»Nein, wir sind nicht … irgendwas«, sage ich nachdrücklich. »Wir sind nur Freunde.«

Er mustert mich ungläubig. »Wer …?«

»Wir machen manchmal einfach etwas zusammen.«

»Zum Beispiel?«

Ich verschränke trotzig die Arme. »Hatten wir nicht gerade festgestellt, dass ich mich an nichts erinnern kann?«

Rye verdreht die Augen, und ich stöhne, weil ich mich in der Falle fühle.

»Neulich hat er mich in die Bibliothek mitgenommen, glaube ich. An einem anderen Tag in einen Teeladen. Einmal hat er mir ein paar Kleider gekauft …« Rye kommentiert das mit einem Blick, den ich ignoriere. »Er hat mich zu dem Ort mitgenommen, an dem die Gründer gelandet sind.«

»Die Gründer.« Seine Miene ist finster.

»Tut mir leid.« Ich hebe die Hände. »Ist es schlimm, das zu sagen?«

»Kolonisierung ist nie toll, ganz gleich, wie gut sie läuft.« Er zuckt eine Achsel. »Aber ich glaube, mein Volk ist hier ja auch gelandet. Vor uns gab es nur die Fae.«

»Aber deine Leute sind klargekommen?«

»Meine Leute haben Neverland erbaut.« Er nickt. »Nur nicht laut der Geschichte.«

»Ach nein?«

»Sie waren größtenteils in Ordnung, sagen die Ältesten, nicht so wie die Kolonisatoren auf der Erde. Wir kommen nur nicht in den Büchern vor. Jedenfalls nicht in diesen.«

»In welchen denn?« Ich suche seinen Blick. »Ich würde sie mir gern mal ansehen.«

Er lächelt kurz. »Irgendwo auf der Insel gibt es Höhlen, von denen meine Vorfahren reden und die die ganze Geschichte erzählen – du weißt schon, die Prophezeiung und der Rest.«

»Welche Prophezeiung?«

Er zögert. »Ich weiß nicht, irgendwas, dass das Königreich wiederhergestellt wird.« Er deutet vage auf unsere Umgebung.

Ich lege meine Hand auf den umgestürzten Marmorkopf einer riesigen Statue. »Was ist hier passiert?« Ich sehe mich um.

»Fae sind wahnsinnig loyal, geradezu besessen davon. Sie sind Rudelwesen. Sie lieben die Familie, sie lieben sich gegenseitig, und es gibt da etwas – ein Wort, das ihr auf eurem Planeten für Wunschsklaven benutzt.« Er versucht sich zu erinnern.

»Dschinns?«, schlage ich vor, und Rye schnippt mit den Fingern.

»Dschinns! Ja. Das sind Karikaturen von Fae. Nur, wenn man einen erwischt, hat man nicht nur drei Wünsche frei, sondern unendlich viele. Und sie leben sehr, sehr lange, es sei denn, man tötet sie absichtlich.«

»Wer sollte absichtlich einen töten?« Ich bin entsetzt.

»Sie selbst, wenn sie nichts mehr haben, wofür es sich zu leben lohnt, oder jemand anderes, wenn er versucht, eine andere Fee zu beherrschen.«

Ich sehe ihn verwirrt an. »Wie kann man eine Fee kontrollieren?«

»Eigentlich geht das nicht. Deshalb muss man sie paarweise fangen. Nur so kannst du sie dazu bringen, zu tun, was du willst.«

Das gefällt mir zwar nicht, aber ich höre weiter zu.

»Wenn du zwei hast und drohst, einer wehzutun, wird die andere machen, was du willst. Das ist der Grund, warum sich Feen isolieren und getrennt bleiben. Sie sind so loyal, dass man sie zu leicht ausnutzen kann.«

»Und was ist hier passiert?«

Rye kratzt sich am Hals. »Die Leute haben das Dorf immer wieder geplündert, um ihre Magie zu kontrollieren, oder für Geld, für Reichtümer, du weißt schon – der übliche Mist, für den Leute einen Ort zerstören, der ihnen nicht gehört.«

Ich begreife das einfach nicht. »Die Feen sind also einfach weg?«

»Sie haben sich zerstreut«, erwidert er. »Das mussten sie. Als die Leute herausfanden, dass Feen viel fügsamer sind, wenn man zwei auf einmal gefangen nimmt, war es für die Feen zu gefährlich, sich zu zweit oder zu mehreren zu zeigen. Wir haben versucht, sie zu schützen. Mein Großvater sagte, das habe eine Zeit lang funktioniert, aber Feen sind ja sehr offensichtlich nicht menschlich, weißt du? Sie sind zu schön. Sobald man eine sah, wusste man sofort, um wen es sich handelte, also haben sie sie trotzdem gefangen genommen.«

»Deshalb haben sie sich klein gemacht?«

»Ja. Na ja, und dann haben die Menschen auch noch angefangen, die Feenfrauen zu vergewaltigen, um Halblinge zu zeugen.«

Mir bleibt vor Entsetzen der Mund offen stehen.

»Aber die Menschen kapieren es einfach nicht. Die Magie einer Fee ist so mächtig und gehorcht nur ihr. Wenn du eine Fee zwingst, gibt sie dir trotzdem nicht, was du willst. Sie kontrollieren ihre Magie. Also haben sie sie eingesetzt, um ihre Größe zu kontrollieren, klein zu bleiben, allein zu bleiben, zu überleben.«

Ich fühle mich elend. »Würden die Leute immer noch versuchen, ihnen wehzutun?«

»Daphne.« Er sieht mich an, als wäre ich dumm. »Ganz gleich, welche Epoche oder welcher Planet es ist, was würden Menschen nicht tun, um Macht zu erlangen?«

Man hat eine Vision von anderen Planeten, die besser sind als unsere, fortschrittlicher, friedlicher, entwickelter.

Und vielleicht wären sie das auch ohne die Menschen. Der Mensch scheint der gemeinsame Nenner zu sein, wenn es um den Untergang anderer geht.

»Wir sollten gehen.« Rye deutet mit dem Daumen über die Schulter. »Ich bringe dich zurück zur Cannibal Cove.«

»Was? Nein, danke.«

Er lacht. »Es ist nur ein Name. Dort sind meistens nur Meerjungfrauen.«

Und wisst ihr was? Ich liebe es hier wirklich. Trotz der Fremdartigkeit und des Chaos und der Geheimnisse, die mir so über den Kopf gewachsen zu sein scheinen, ist das Land geradezu spektakulär.

Jede Farbe, die hier blüht, ist wahnsinnig intensiv. Ihr habt noch nie so gesättigte Grüntöne gesehen, und es gibt etwa eine Million verschiedene Schattierungen, die sich übereinanderlegen, während sich das Untergegangene Königreich der Fae mit seinem zugewachsenen Wald in einen richtigen Dschungel verwandelt, der sich bis zum unvorstellbar schönen Strand ausbreitet. Es ist, als hätte noch nie jemand einen Fuß daraufgesetzt.

Der Wind weht mir entgegen, und die Luft ist angenehm, auch wenn mir ein paar Sandkörner ins Gesicht prickeln. Ich drehe den Kopf, um meine Augen zu schützen, und entdecke eine Meerjungfrau auf dem Felsen.

Ich finde es immer noch lächerlich, davon zu sprechen.

Ich erkenne sie. Es ist die mit den kastanienbraunen Haaren. Marin heißt sie, glaube ich. Rye hat mir erzählt, dass sie zum Teil eine Sirene ist. Ich weiß allerdings nicht, was das bedeutet.

Ihr Schwanz hebt sich von der Umgebung ab, denn er leuchtet und schimmert in Bernstein- und Gelbtönen.

Dann bemerke ich unter ihr zwei menschliche Beine. Ich bleibe stehen und blinzle. Es wird schwierig, etwas zu sehen. Die Sonnen gehen schon alle unter.

»He.« Rye packt meinen Arm. »Wir sollten gehen.«

»Was?« Ich blinzle verwirrt.

Er stellt sich vor mich. »Es war dumm, hier entlangzugehen. Ich weiß nicht, was ich mir dabei gedacht habe, aber wir sollten einfach wieder zurückgehen ...«

Ich schiebe den Kopf um ihn herum, und jetzt fokussieren sich meine Augen.

Die Meerjungfrau ist mit jemandem zusammen. Genauer gesagt, sie küsst jemanden.

Und zwar sehr leidenschaftlich.

»Peter?« Ich sage seinen Namen, aber er klingt fremd aus meinem Mund. Es ist ein komisches Gefühl, wie schweben, aber auf eine unangenehme Art. Als wäre ich auf dem Meer und würde abdriften. Ich glaube, ich rufe seinen Namen noch einmal, während ich auf ihn zugehe, aber er hört nicht auf.

Rye greift wieder nach meinem Arm. »Lass uns einfach gehen.« Er schüttelt den Kopf. »Wir wollen das nicht sehen. Marin ist ein harter Brocken. Wir sollten ...«

»Peter Pan!« Ich rufe so laut, dass er mich endlich bemerkt.

Er zieht sich von der Meerjungfrau zurück und schaut sich verwirrt um, bis sein Blick schließlich auf mir landet. Ich stehe etwa zehn Meter von ihm entfernt.

»Wendy!« Er strahlt.

»Daphne«, sage ich, und Rye lässt den Kopf sinken, während die Meerjungfrau kichert.

»Daphne.« Peter nickt und lächelt gleichgültig, während er sich auf den Ellbogen stützt. »Rye! Was machst du denn hier auf dieser Seite der Insel?«

Rye schüttelt den Kopf und hebt eine Achsel. »Nahrungssuche.«

Ich schaue an Peter vorbei zu der Meerjungfrau, die an seiner Schulter lehnt und ihn verträumt anhimmelt, bevor ich den Blick wieder auf ihn richte.

»Was machst du da?« Ich klinge entschlossener, als ich mich fühle.

»Küssen.«

Das ist offensichtlich. Ich habe es ja gerade gesehen. Ich weiß nicht, warum es sich anfühlt, als hätte jemand ein Klavier auf mich fallen lassen, als er es laut ausspricht. Da ich jetzt näher an ihm dran bin, sehe ich, dass er irgendwie schimmert ... das sind Schuppenstückchen auf seiner Haut, weil er sich an der Meerjungfrau gerieben hat.

»Oh.« Ich nicke vor mich hin, während ich zu ihm hinüberschaue. »Warum?«

»Weil es gut ist«, erwidert Peter gleichgültig, und Rye neben mir seufzt.

»Oh.« Ich nicke wieder. Noch ein Klavier.

»Daphne.«

Bei Peters Tonfall komme ich mir schrecklich dumm vor.

»Du bist nicht das einzige Mädchen, mit dem ich spiele.«

Klavier.

»Dachtest du, du wärst es?« Die Vorstellung scheint ihn zu verwirren.

Ich starre ihn an und versuche, so gut ich kann, mir nicht anmerken zu lassen, dass ich das Gefühl habe, ein kleiner Teil von mir faltet sich in mir zusammen und verkriecht sich in eine entfernte Ecke, wo ich ihn nicht mehr erreichen kann.

Peter lächelt mich unbekümmert an und nickt Rye zu. »Komm, setz dich zu uns.«

Rye tritt neben mir unbehaglich von einem Fuß auf den anderen, und ich starre Peter an, unfähig, den Blick abzuwenden.

»Nein.« Ich schüttle den Kopf.

Peter sieht zu mir herüber, mit geneigtem Kopf, als versuchte er, Symbole in einer fremden Sprache zu entziffern.

»Warum siehst du so ... dumm und traurig aus?«, ruft er mir zu.

Weil ich beides bin, denke ich.

Ich sage nichts, und Peter wirft der Meerjungfrau einen Blick zu, der wohl besagen soll, ich bin diejenige, die für diese peinliche Situation verantwortlich ist. Er schnauft amüsiert, und die Meerjungfrau legt eine Hand auf den Mund und hat Mühe, ihr Lachen zu unterdrücken.

Etwas an seiner Gleichgültigkeit und daran, wie seltsam schön und grausam sie zugleich ist, treibt mir das Wasser in die Augen.

Peter blinzelt ungläubig zu mir herüber. »Weinst du etwa?«

Die Meerjungfrau stößt ein entzücktes kleines Quieken aus, und Peter lacht und sieht mich an, als wäre ich nicht die, mit der er jede Nacht sein Bett teilt.

Ich mache auf dem Absatz kehrt und marschiere zurück in den Dschungel.

»Wohin gehst du?« Rye läuft hinter mir her. »Ich bringe dich zurück. Du kannst bei uns bleiben.«

Ich drehe mich zu ihm um und verschränke die Arme vor der Brust.

»Ist er so auch mit Calla?«

Rye seufzt und legt den Kopf schief. »Daphne, ich ...«

»Macht er das auch mit Calla?«, frage ich tonlos.

Er sagt nichts.

»Ja oder nein, Rye?«

Rye seufzt. »Ja.«

Ich verstehe das einfach nicht. »Ich gehe nicht zurück ins Old Valley.«

Er sieht gestresst aus. »Wohin gehst du dann?«

Wohin soll ich gehen? Ich weiß es nicht. Doch, ja, ich weiß es. Es gibt eigentlich nur noch einen Ort, an den ich gehen kann.

Ich setze mich wieder in Bewegung.

»Flieg wenigstens hin!«, ruft er mir zu.

»Ich kann nicht ohne ihn fliegen.«

Rye schneidet eine Grimasse.

Ich schaue zurück zum Felsen. Peter liegt da auf dem Felsen, die Hände hinter dem Kopf verschränkt, und die Meerjungfrau starrt ihn bewundernd an. Mit dem Finger fährt sie über seine Nase.

Das reicht mir. Ich mache mich auf den Weg durch den Dschungel.

Fliegen wäre schneller, das stimmt, aber obwohl ich es noch nie versucht habe, bin ich mir sicher, dass ich es ohne ihn nicht schaffen würde – das sagt Peter jedenfalls. Außerdem weiß ich nicht, ob man fliegen kann, wenn man traurig ist, denn glückliche Gedanken, die man braucht, wie Peter sagt, habe ich keine. Ich bin nicht bereit, mich auch noch wie eine Versagerin zu fühlen, während ich mir gerade wie eine Idiotin vorkomme.

Aber schließlich werde ich hier draußen ganz allein nervös, weil ich mich hier noch nicht besonders gut auskenne. Wenn wir hier draußen sind, habe ich nie das Gefühl, dass wir denselben Weg nehmen. Wenn Rye mich irgendwohin mitnimmt, bleiben wir auf einem ausgetretenen Pfad, oder wenn einer der Verlorenen Jungs mich begleitet, nehmen wir Wege, die mir bekannt vorkommen. Aber wenn Peter dabei ist, gehen wir immer seltsame Wege und nehmen Abzweigungen, die mir unbekannt sind. Ein kleiner Teil von mir fragt sich, ob er das mit Absicht macht. Auf diese Weise muss ich mich auf ihn verlassen, aber wem könnte ich das sagen, und wie sollte ich es beweisen? Und warum überhaupt?

Ich laufe also durch den Dschungel, bis ich das Ufer der Sichel erreiche, und dann folge ich dem Rand der Bucht.

Ich muss sagen, es ist ziemlich schwierig, sich auf einer Insel zurechtzufinden, die man noch nicht so gut kennt, wenn man weint. Das sagt einem vorher niemand. Es ist sogar ziemlich gefährlich, und ich wäre ein paarmal fast gestürzt, wenn nicht ein paar kleine Vögelchen neben mir hergeflogen wären. Sie wiesen mir den Weg und hielten mich mit Schnabelstößen und Flügelschlägen auf mein Gesicht auf dem richtigen Weg, wenn ich in die falsche Richtung ging.

Sie begleiten mich den ganzen Weg bis zum Ortseingang, diese süßen Schätze. Ich suche in meinen Taschen nach etwas, um es ihnen zu geben, aber ich habe nichts. Ich winke ihnen nur zum Abschied zu, und schon fliegen sie davon.

Es wird allmählich dunkel. Ich weiß nicht, wie spät es ist – als würde Zeit hier eine Rolle spielt. Ich habe noch nicht herausgefunden, an welcher Sonne sie ihre Zeit messen. Jedenfalls kann es nicht zu spät am Abend sein, aber jetzt, da ich hier bin, weiß ich nicht, warum ich gekommen bin.

Obwohl, ein Teil von mir weiß es.

Ich bin natürlich traurig. Aber warum bin ich ausgerechnet hierhergekommen? Das ist eine Frage, der ich ausgewichen bin, weil sie keinen Sinn ergibt. Jedenfalls kann ich es nicht wirklich glauben. Peter macht das mit Calla und den Meerjungfrauen? Und er hat das die ganze Zeit gemacht, in der er nicht bei mir war?

So küsst er nicht einmal mich, nicht auf diese Art. Es war sehr inniges Küssen ... Er hat sich weiterentwickelt, ohne mich und ohne es mir zu sagen.

Ich gehe mutig zur *Güldenen Torheit,* steige an Bord und gehe direkt zu der Stelle, zu der mich Jamison neulich geführt hat.

Orson Calhoun sitzt auf der Brücke und hievt sich von seinem Stuhl. »'allo.« Er nickt.

»Hi.« Ich wische mir mit den Händen über das Gesicht und schniefe. Ich weiß, es sieht aus, als ob ich geweint hätte. Das kann ich nicht verheimlichen.

»Geht's dir gut?« Er nickt mir zu.

»Ist Jamison da?« Ich schaue an ihm vorbei zur Tür zu seiner Kajüte.

»Aye.« Er nickt.

»Da drin?« Ich gehe zu der Tür.

»Ja, aber ...«, beginnt Orson, aber es ist zu spät.

Ich stoße die Tür auf, und da steht er. Mit einem Mädchen. Sie kommt mir irgendwie bekannt vor, aber ich kann mich ja zurzeit an nichts mehr erinnern. Irgendein Mädchen eben. Er ist mit ihr zusammen. Sie beugt sich über einen Tisch, ganz nackt. Er ist halb nackt und pumpt sich einen ab.

»O Gott.« Ich schlage mir die Hand vor den Mund, fahre herum und bedecke meine Augen. Zu spät.

»Boh!«, sagt er erschrocken.

»Mist! Tut mir leid!« Ich stürme hinaus, so schnell ich kann, und eile von der Brücke. »Ich bin ... Oh, Mist! Entschuldige.«

Ich höre eine Bewegung hinter mir.

»Vielen Dank dafür«, wirft Hook Calhoun hin, als er an ihm vorbeiläuft und hinter mir herjoggt. »Wow, he, Moment!« Er packt mich am Arm und wirbelt mich herum, damit ich ihn ansehe. »Was ist los? Was machst du hier?«

Ich reiße meinen Arm frei, und er verzieht das Gesicht.

»Geht's dir gut?«

»Blendend.« Ich nicke wie blöd. »Mir geht es super.« Während ich das sage, schüttle ich den Kopf. Ich bin mir nicht sicher, ob es mir gut geht. Irgendwie geht es mir gerade nicht so gut. Diese Vögel müssen zurückkommen. Ich kann kaum noch etwas sehen. Ich wedele mit der Hand in Richtung seiner Kajüte. »Lass dich von mir nicht davon abhalten ...« Ich schlucke schwer. »Fertig zu werden.«

Hook atmet vernehmlich aus und sieht mich verwirrt, vielleicht sogar ein wenig traurig an.

»Was ist los?« Er wirft kurz einen Blick zurück.

»Nichts.« Ich hebe dramatisch die Achseln. »Buchstäblich nichts. An allen Fronten.« Das stimmt schließlich. »Ganz offensichtlich.«

Seine Miene verfinstert sich. »Was?«

Ich deute auf das Mädchen, das jetzt in der Tür steht und uns genervt beobachtet. »Viel Spaß.«

»Ja, sicher«, spottet Jamison verärgert. »Werd ich haben.«

Ich gehe rückwärts von ihm weg und zeige ihm den Mittelfinger, bevor ich mich umdrehe und davonmarschiere.

»Ich weiß nicht, was das bedeutet!«, ruft er mir nach. Ich wirbele herum und zeige ihm beide Mittelfinger.

Das beeindruckt ihn nicht sonderlich. Dann geht er zu dem Mädchen zurück, legt den Arm um sie und schließt die Tür hinter sich.

Klavier.

Ich weiß nicht, wohin ich gehen oder was ich tun soll. Zum Baumhaus zurück kann ich nicht. Ich will nicht ins Old Valley gehen. Ich weiß nicht, wie ich nach Hause komme.

Ich entdecke eine kleine Eidechse, die mich aus ein paar Metern

Entfernung anstarrt. Sie leuchtet in einem warmen Gelbgrün und hockt am Rande des Stegs.

Ich beobachte sie ein paar Sekunden lang und fühle mich kurz besser. Ich bin abgelenkt von etwas so Seltsamen, das meine ganze Aufmerksamkeit verlangt. Dann fällt die Eidechse von der Kante des Stegs.

Ich stürze mich dorthin und spähe über den Rand, aber die Echse ist in einem Kanu gelandet, das an den Strand gezogen wurde.

Sie starrt zu mir hoch und blinzelt zweimal. Aus irgendeinem Grund habe ich das Gefühl, dass sie mir etwas sagen will.

Ich werfe einen Blick über die Schulter, um zu überprüfen, ob das noch jemand beobachtet. Aber es sind nicht viele Leute unterwegs, und außerdem, wer achtet schon auf ein trauriges, weinendes Mädchen, wie es einer Eidechse hinterherjagt?

Ich lasse mich über den Steg gleiten und lande auf dem Sand.

Ich starre die Eidechse an, die zurückstarrt. »Verstehe ich das richtig – wir sollen uns das da teilen?« Ich deute auf das Kanu.

Typisch für Eidechsen, erwidert sie nichts. Was ich allerdings vermutet hatte.

Ich halte ihr die Hand hin. »Bist du eine nette Eidechse?«

Sie kriecht auf meine Hand und rollt sich sofort auf meiner Handfläche zusammen.

»Na, wenigstens ist einer von uns für die Nacht versorgt.«

Ich klettere in das Kanu und kauere mich zu einem Ball, wobei ich darauf achte, meinen neuen Echsenfreund nicht zu zerquetschen.

Vielleicht habe ich mich geirrt. Vielleicht gibt es so etwas wie Schicksal nicht, und vielleicht hasse ich es, hier zu sein.

KAPITEL 9

»Hast du mit 'ner Eidechse geschlafen?«, fragt eine tiefe* Stimme, die ich eigentlich morgens nicht unbedingt als Erstes hören möchte. Obwohl, ehrlich gesagt bin ich wohl auch froh, sie zu hören.

»Nein.« Ich halte die Augen noch ein paar Sekunden geschlossen. »Ich glaube, das warst du.«

Jamison lacht, und ich reiße die Augen auf und starre meinen kleinen Echsenfreund an, und nur meinen kleinen Echsenfreund. Er liegt immer noch zusammengerollt in meiner Handfläche. Ich lächle ihm zu und hebe dann die Hand zum oberen Ende des Kanus. Dort lasse ich ihn von mir herunterklettern.

»Sieh dich an.« Jamison deutet mit dem Kinn auf mich. »So eins mit der Natur.«

»Sieh dich an.« Ich erwidere seinen Blick böse. »So bekleidet heute Morgen.«

Er legt den Kopf schief. »Bist du deswegen ein bisschen traurig?«

Ich schalte auf bockig. »Nicht mal im Entferntesten.«

Nur bin ich das wohl doch, ein bisschen. Aber nur ganz, ganz wenig.

Er geht in die Hocke, damit wir auf Augenhöhe sind. »Was machst du denn in 'nem Kanu?«

»Oh.« Ich seufze. »Ich hatte einfach genug von all den Annehmlichkeiten, die das Leben in einem Baumhaus mit sich bringt, und habe beschlossen, mir ein paar schmerzhafte Probleme im unteren Rückenbereich zuzulegen.« Ich triefe vor Sarkasmus.

Jamison unterdrückt ein Lächeln und nickt. »Du hast Streit mit dem kleinen Mann?«

Ich wende den Blick ab. »Ich will nicht darüber reden.«

Er sucht meine Augen. »Du bist gestern Abend zu mir gekommen.«

Ich fletsche die Zähne. »Und du bist mit jemand ganz anderem gekommen, also ist das für dich doch brillant gelaufen.«

---

* ... und bedauerlich sexy ...

Jamison mustert mich abschätzend. »Bist du deswegen zu mir gekommen?«

Schnell streiche ich mir ein paar Haarsträhnen hinter die Ohren. »Natürlich nicht!«

Er steht da, die Arme verschränkt, und starrt mich skeptisch an. »Du bist sauer.«

»Nein, bin ich nicht!«, widerspreche ich scharf. Ich weiß nicht, wann ich Lust bekommen habe, mich mit ihm zu streiten, aber ich tue es.

Er bietet mir seine Hand an, um mir hochzuhelfen, aber ich schlage sie aus und stemme mich stattdessen selbst in dem Kanu hoch – ziemlich unbeholfen, wie ich hinzufügen möchte.

Er verdreht die Augen.

Ich habe noch nie mit einem Mann gestritten, also kann ich nicht mit Sicherheit sagen, ob wir das gerade tun. Aber was auch immer es ist, ich muss zugeben, es hat einen gewissen Nervenkitzel.

Jamison nickt mir zu. »Dein Kleid gefällt mir. Du siehst ziemlich gebräunt aus.«

»Ich werde in der Sonne schnell braun, das ist alles«, erwidere ich abweisend.

»Ich mache dir ein Kompliment.« Er mustert mich unbeeindruckt. »Eigentlich mache ich dir ein Kompliment wegen des Kleids, das ich dir gekauft hab ... und das du trägst.«

»Ich habe dich nicht darum gebeten!«

»Du könntest einfach dankbar sein«, erwidert er unerschüttert.

»Das war ich auch!«, schieße ich zurück.

»Bis?« Er hebt abwartend die Brauen, und ich antworte nicht.

Ich sage nichts, sondern genieße die Aufmerksamkeit, die er mir schenkt. Dann atmet er genervt aus, hebt den Blick zum Himmel, dreht sich um und geht weg.

»Wo gehst du hin?«, rufe ich ihm nach, aber er bleibt nicht stehen, sondern geht einfach weiter. Also klettere ich auf den Steg und laufe ihm hinterher. »He!«, rufe ich erneut. »Wohin gehst du, hab ich gefragt!«

Er dreht sich um, ohne anzuhalten. »Bisschen in die Berge, die Beine vertreten.« Er wackelt mit den Brauen. »Willst du mich begleiten?«

»Nein«, antworte ich schnell.

»Dann nicht.«

Ich bereue meine Antwort sofort. »Vielleicht.«

Er bleibt stehen. »Vielleicht?« Er kneift die Augen zusammen, und ich glaube, dass ein Lächeln über sein Gesicht huscht, aber nur ganz schwach und nur für eine Sekunde, bevor er es wieder unterdrückt. Vielleicht genießt er es auch, auf mich wütend zu sein. Jamisons Blick fällt auf meine nackten Füße. »Für die wirst du was brauchen.«

Ich richte mich beleidigt auf. »Ich bin gestern ohne Schuhe durch das Untergegangene Königreich und den Dschungel gelaufen.«

»Das war ziemlich dumm von dir.« Er beäugt mich missbilligend. »Und wir gehen auf 'nen Berg. Da gibt es zerklüftete Felsen und Schnee und ...«

»Ach, dann eben nicht!« Ich verschränke die Arme und schaue weg.

Er starrt mich an. »Du bist heute eine absolute Nervensäge.«

Mein Mund klappt auf, ein bisschen, weil ich verletzt bin, aber vor allem wegen des Tadels.

Jem kommt auf mich zu und deutet in Richtung Dorfplatz. »Wir können dir ein Paar Schuhe kaufen, Boh.«

»Ich will nicht, dass du mir Schuhe kaufst!«, lehne ich entschieden ab.

»Warum nicht?«

»Warum willst du das tun?«, frage ich. »Damit du mir das wieder unter die Nase reiben kannst?«

»Ich habe nie – verdammt!« Er schüttelt den Kopf, sein Gesicht kommt dem meinen näher. »Hast du dir den Kopf gestoßen?«

Dann schießt ein Lichtball zwischen uns und schwebt auf meiner Augenhöhe. Jamison weicht überrascht zurück, als ich meine Hand ausstrecke, damit Rune darauf landen kann. Sie bimmelt.

»Oh, nein. Mir geht's gut.« Ich schüttle den Kopf.

Sie schwingt sich herum und läutet Jamison aggressiv ins Gesicht. Er steht mit großen Augen und fassungslos da, bevor sie wieder zu mir herumschwingt und auf meiner Hand landet. Sie klingelt.

Ich werfe ihr einen gereizten Blick zu. »Du hast schon davon gehört, ja?«

Sie schellt wie wild.

»Sie ist sehr hübsch ... Oh, das musst du nicht sagen ... Okay, danke. Das ist ... nett.«

Noch mehr Gebimmel.

»Nein, ich hab seitdem nicht mehr mit ihm gesprochen.« Ich schüttle den Kopf, dann spüre ich Jamisons Blick auf mir. Ich fahre zu ihm herum. »Was?«

Er hebt überrascht eine Augenbraue. »Du sprichst Stjär?«

»Ja.« Ich tue so, als ob ich das schon mein ganzes Leben beherrsche. »Du nicht?«

Er weicht ein wenig zurück, wieder überrascht.

»Nich' fließend, nein.«

Ich zische spöttisch, und Rune und ich wechseln einen unbeeindruckten Blick.

»Ich weiß.« Ich verdrehe wieder die Augen, während ich ihn einen Moment lang anstarre, bevor ich wieder die Fee ansehe. Sie läutet mir etwas darüber vor, wie gut er aussieht. »Ja, ich schätze schon, wenn man sich für so etwas interessiert.«[*]

Sie klingelt.

»Ohne etwas an, meinst du?« Ich senke die Stimme und drehe meinen Körper ein wenig, damit Jamison mich nicht gut sehen kann, falls ich rot werde. Denn das könnte passieren, möglicherweise. »Ja, habe ich. Nein! Nein, nein! Das nicht! Aber es ist eigentlich ganz nett, wenn du es unbedingt wissen willst.«[†]

Ich richte mich wieder auf, schaue ihn über meine Schulter an, und unsere Blicke treffen sich. Er wischt ein Lächeln aus seinem Gesicht, bevor er den Blick abwendet, und ich ignoriere die Stimme in meinem Hinterkopf, die mir einflüstert, dass er das alles vielleicht doch verstanden hat.

Rune läutet.

»Wir wollten eigentlich spazieren gehen, aber ich habe keine Schuhe.«

Jamison schiebt den Kopf vor und hebt protestierend den Finger.

---

[*] Ich sage das, als ob ich nicht daran interessiert wäre.
[†] Und Rune klingelt, dass sie es allerdings unbedingt wissen muss, und offen gestanden, kann ich es ihr nicht verdenken.

»Es is' ja nich' so, dass ich dir nich' angeboten hätte, Schuhe zu kaufen.«

Rune klingelt erfreut.

»Tja, aber sie hat Nein gesagt«, antwortet Hook ihr. »Ja, weil sie stur ist.«

Rune läutet mich scharf an und stampft mit dem Fuß in der Luft.

»Ich bitte nicht gern andere Menschen um etwas«, erkläre ich stolz.

Rune bimmelt wieder wütend. Feen und ihr Temperament, also ehrlich.

»Nun, ich stufe dich auch als Mensch ein, Rune.«

Sie verzieht das Gesicht, als wäre es eine Beleidigung, als Mensch bezeichnet zu werden. Wenn man uns als Spezies betrachtet, kann ich verstehen, warum sie das nicht besonders gut aufnimmt.

»Ich habe es positiv gemeint«, stelle ich klar. »Ich möchte dich nicht um etwas bitten und erwarte auch nicht, dass du mir hilfst.«

Die Fee wirft mir einen verärgerten Blick zu, bevor sie von meiner Handfläche springt und meine Knöchel umschwirrt.

Hook verfolgt fasziniert, ebenso wie ich, wie sie aus dem Nichts ein schönes Paar kniehohe Mokassins fabriziert. Dann flirrt sie wieder auf meine Hand zurück.

»Oh, Rune, die sind wunderschön!« Ich schaue von ihr zu meinen Füßen. »Ich liebe sie! Ich danke dir!«

Jamison verfolgt das Ganze mit offenem Mund und großen Augen, als hätte er noch nie eine Fee oder Magie gesehen.

Rune trillert und schaut zwischen Jamison und mir hin und her.

»Nur den Berg hinauf, glaube ich. Willst du dich uns anschließen?«

Sie macht leise Kussgeräusche, und ich schwenke sie rasch aus Jamisons Blickfeld.

»Echt jetzt! Hör sofort damit auf!«, flüstere ich ihr zu, und sie lacht.

Jem reckt den Hals, um zu sehen, was los ist, und Rune springt aus meiner Hand und huscht zu ihm hinüber, schwebt ein paar Sekunden lang auf seiner Augenhöhe und dann an sein Ohr und läutet so leise, dass ich sie nicht hören kann.

»Ich weiß.« Er nickt, biegt den Kopf zurück und sieht sie verwirrt an. »Nein, sag das noch mal, langsamer jetzt. Oh. Oh, das werd ich, aye.« Er nickt. »Ich schwör's. Nein, kann ihn auch nich' ausstehen.«

Ich betrachte die beiden missbilligend, und Jem wirft mir einen selbstgefälligen Blick zu, während Rune von ihm wegfliegt.

»Vielleicht kannst du ihr auch 'nen Mantel für die Berge zaubern?« Er fragt freundlich, aber sie fegt wie eine wütende Flipperkugel zwischen uns hin und her.

»Er hat es nicht so gemeint!«, versuche ich sie zu beschwichtigen.

»Is' schon gut!« Hook klingt fast panisch. »Sie kann meine Jacke haben. Wenn ihr kalt wird, kriegt sie meine Jacke.«

Das besänftigt Rune ein wenig. Dann fliegt sie ihm direkt ins Gesicht, bimmelt und droht ihm mit dem Finger, bevor sie mit Lichtgeschwindigkeit davonschießt.

Jamison sieht zu mir herüber und zieht die Brauen hoch. »Also, bitte nie 'ne Fee um 'nen Mantel. Jetzt wissen wir Bescheid.«

Ich muss lachen, und wir gehen in den Regenwald, der an das Dorf angrenzt.

Er betrachtet mich eine Weile aus dem Augenwinkel, bevor ich etwas sage.

»Was?«

»Die Fee.« Er blinzelt. »Sie geben sich nicht oft mit Menschen ab.«

Ich spitze die Lippen, weil ich nicht weiß, was ich sagen soll, aber sein Blick wirkt seltsam, fast ehrfürchtig.

Jamison schüttelt leicht den Kopf. »Und sie zaubern nie für sie.«

»Was soll ich sagen?« Ich werfe ihm einen hoheitsvollen Blick zu, einfach so, ohne einen bestimmten Grund. »Ich bin eben sehr charmant.«

Er sieht mir in die Augen. »Ja, schätze, das bist du.«

Das entwaffnet mich, sodass der ganze Treibstoff, den ich im Tank hatte, um mich mit ihm zu streiten und ihm grundlos böse zu sein, augenblicklich verpufft.

Jem denkt noch immer darüber nach. »Heutzutage sieht man nicht mehr so viele Feen. Sie können sich gut verstecken.«

Ich nicke. »Und das aus gutem Grund.«

»Ah.« Das scheint ihn zu beeindrucken. »Hast also in dem Buch gelesen …«

Ich bin erfreut. »Habe ich.«

»Komm und leih dir meine Bücher, wann immer du willst«, bietet er mir an. Und obwohl ich nicht glaube, dass er das sexy gemeint hat, war es absolut sexy.

Rye sagte, dass man eigentlich nur ein paar Tage braucht, um die ganze Insel zu umrunden. Und dass man vom Baumhaus zum Neverpeak Mountain einen halben Tag braucht. Von Zomertierra aus benötigt man weniger.

Wir befinden uns in dem Teil des Regenwalds, der in einen normalen Wald übergeht, und ich kann sehen, wie er sich langsam in einen Herbstwald verwandelt.

Jem und ich schlendern eine Weile schweigend dahin. Es ist ein gutes Schweigen. Peter hält nicht viel davon. Für ihn ist Stille langweilig und muss ausgefüllt werden. Er füllt sie auch aus, ständig. Er erzählt Geschichten von sich, kräht, lacht, küsst manchmal – und nicht nur mich allein, wie es scheint.

Aber hier mit Jem ist es eine Stille, wie ich sie noch nicht oft genießen konnte.

Ich höre Vögel zwitschern, das Rauschen der Luft, die durch die Bäume um uns herumstreicht, aber sonst nicht viel.

Aber diese Stille hat einen Nachteil. In der Stille kommen Gedanken.

Willkürliche Gedanken, die du nicht einmal denken willst, aber da sind sie, brummen tief in dem Monster deines Gewissens. Gedanken, die du den ganzen Tag ignoriert hast. Denn wenn du sie nicht ignorierst – wenn du vielleicht über solche Dinge nachdenkst –, könnte das Gewebe von allem, was wir kennen, zerreißen und ausfransen, und was dann?

Genau das ist doch die Frage, oder?

Und was dann? Und eigentlich und wirklich, selbst dann ... was?

Soweit ich weiß, ist der Pirat mit diesem Mädchen zusammen, und er ist einfach ein schrecklich wunderbarer Charmeur.*

Dann atmet er laut seufzend aus.

»Spuck's einfach aus!« Jamison beobachtet mein Gesicht.

Mein Blick zuckt zu ihm. »Was?«

»Worüber auch immer du nachdenkst. Sag's einfach oder frag es oder ...«

---

* Das stimmt, ungeachtet von allem anderen.

»Warum hast du mir das nicht gesagt?« Die Frage platzt förmlich aus mir heraus.

Es klingt eher wie eine Forderung als wie eine Frage.

Er bleibt stehen.

Ich mustere ihn feindselig und komme rasch zu dem Schluss, dass wir uns wieder streiten werden. Dieser Ort hier fühlt sich schön dafür an – malerisch ... Jedes Rot und Orange und Gelb auf der Palette ist dort, wo wir stehen, verschmiert.

Es regnet Blätter und riecht nach schwelenden Holzscheiten und Zimt, und Jamison Hook fügt sich nahtlos darin ein, denn er hat etwas an sich, als käme man nach einem Regenschauer ins Haus, und das Feuer wäre bereits entzündet.

»Du hast nie gefragt ...«

»Und?«, fahre ich ihm ungeduldig dazwischen.

»Warum sollte ich es dir dann sagen?«

»Weil ...«

»Warum?«, hakt er mit hochgezogenen Augenbrauen nach.

Ich starre ihn wütend an und bin bereit, mit ihm zu streiten, grundlos.

»Kaufst du oft Kleider für verirrte Seelen?« Ich stemme meine Hände in die Hüften. »Um sie in falscher Sicherheit zu wiegen?«

»Was?« Er schreit fast.

»Und badest sie?«

»Ich habe dich nicht gebadet. Mein Heinzelmännchen hat dir ein Bad eingelassen, und du bist ohne fremde Hilfe hineingestiegen.«

»Und dann ...«

»Und dann!« Er unterbricht mich. »Bist du gegangen. Bist zu dem kleinen Mann zurück in dein beschissenes Haus in einem Baum gegangen und dort geblieben, bis er den nächsten Scheiß mit dir gemacht hat.« Jamison schüttelt wütend den Kopf. »Hast du geglaubt, ich warte hier auf dich?«

Ich ziehe beleidigt den Kopf zurück. »Nein.«*

»Gut.« Er mustert mich gereizt. »Weil ich's auch nich' gemacht hab.«

»Ja, weiß ich. Hab ich gesehen.«

---

* Aber ein Mädchen darf ja wohl vielleicht hoffen.

Er spottet. »Du bist doch wirr im Kopf.«

»Was?« Ich blinzle.

»Du bist wütend auf mich, weil ich mit einer anderen schlafe, obwohl du doch jede Nacht mit ihm schläfst.«

»Ich bin nicht wütend auf dich.« Ich umgehe die sehr große Lücke in der Schlussfolgerung, die er gerade gezogen hat.

»Doch, bist du. Du machst immer diese Sache mit deinen Augen, wenn du wütend bist. Dabei rümpfst du die Nase, und dein Mund zieht sich nach unten, als würdest du die Stirn runzeln, aber das tust du nicht.«

Ich blinzle ein paarmal, und meine Wangen werden heiß. »Woher weißt du das?«

»Weil ich dich sehe, Daphne!«, schreit er. »Du bist nervig und du bist dickschädelig,[†] und du bist eine verdammte Nervensäge. Du denkst, du weißt alles, aber in Wirklichkeit weißt du gar nichts, und du bist verdammt blöd, weil du deine ganze Herzenszeit damit verbringst, über einen fliegenden Jüngling nachzudenken, der sich, und das ist Tatsache, einen verdammten Dreck um dich schert.«

Ich starre ihn wütend an und schüttle schwach den Kopf, weil ich Angst habe, dass das alles wahr sein könnte. »Du weißt nicht, wovon du redest.«

»Aye, Boh, weiß ich wohl, denn du bist mir verdammt nicht egal!« Sein Blick ist fest auf mich gerichtet, und er mahlt mit dem Kiefer. »Und du bist überwältigend.«

Er bannt mich ein paar Sekunden mit seinem Blick, dann drängt er sich an mir vorbei und geht den steil ansteigenden Berg hinauf.

Die Minuten verstreichen, und es ist jetzt eine andere Art von Stille. Eine, in der ich zwar weiß, dass er wütend auf mich ist, aber nicht, wie ich das in Ordnung bringen soll. Das ist ein Gefühl, das ich gar nicht mag.

Er ist etwa zwanzig Schritte vor mir, als ich hinter ihm herlaufe.

»Ich schlafe nicht mit ihm!«, rufe ich. »Nicht so.«

Jem bleibt kurz stehen und geht dann weiter. »Wie denn?« Er sieht sich nicht um.

[†] Das heißt eigensinnig.

»Ich schlafe einfach nur!«, rufe ich, und er hält inne. »Schlafen. Ich schlafe neben ihm.« So, pah! Ich gehe weiter.

Jamison sieht zu mir zurück.

»Ich werde ihn sicher nicht über einen Tisch legen«, raunze ich ihn an.

Er verkneift sich ein Lächeln. »Tut mir leid, dass du das gesehen hast.«

»Warum?« Ich fühle mich wieder etwas traurig deswegen.

Er zuckt mit den Schultern. »Is' einfach so.«

Wir gehen jetzt nebeneinander, und auf dem Berg liegt Schnee, obwohl es noch nicht kalt ist.

Jamison pflückt gedankenlos Pflanzen, während wir hinaufklettern, und wirft mir ab und zu einen Blick zu. Ich halte nur ein paar Minuten durch, bis ich die nächste Frage stelle.

»Seid ihr zusammen?«

Er sieht mich an, und ich warte mit zusammengepressten Lippen auf die Antwort, ohne seinen Blick zu erwidern.

Er schüttelt den Kopf. »Nein.«

Wir starren uns ein paar Sekunden lang an, bevor er sich umschaut.

»Schnee.« Er zieht seine Jacke aus.

»Oh, mir geht's gut«, sage ich ihm, aber er legt sie mir trotzdem über die Schultern.

»Nein, nimm sie.« Er bedenkt mich mit einem spöttischen Blick. »Meine zerbrechliche Männlichkeit könnte es nicht ertragen, wenn deine kleine Fee zurückkommt und mich in Stücke reißt, weil du verdammt noch mal gebibbert hast.«

Ich ziehe seine Jacke fest um meinen Körper, nicht weil mir kalt wäre, sondern weil es mir gefällt, wie sie sich anfühlt. Ich beäuge ihn. »Was ist, wenn du dich erkältest?«

Er zuckt die Achseln. »Dann musst du wohl kommen und mich baden.«

Ich verkneife mir ein Lachen, und er blickt geflissentlich in eine andere Richtung.

»Wir sind fast da«, informiert er mich dann.

»Fast wo?« Ich sehe mich um. Wir sind ziemlich weit oben, aber bis zum Gipfel brauchen wir wohl noch ein paar Stunden. »Weißt du überhaupt, wohin du gehst, oder hast du dich verlaufen?«

»Ob ich mich verlaufen habe?« Er wirft mir einen vernichtenden Blick über die Schulter zu.

Ich inspiziere geflissentlich meine Nägel. »Ich meine vielleicht moralisch.«

»Klar. Wie ist denn dein Vater so?«, fragt er plötzlich und sieht mich stirnrunzelnd an.

»Wie bitte?« Ich blinzle. »Was?«

»Wie sieht deine Beziehung zu deinem Vater aus?«

Ich weiß nicht, warum mich das völlig überrumpelt, aber es ist so, und ich bleibe unvermittelt stehen. »Warum fragst du mich das?«

Er kratzt sich im Nacken. »Weiß nicht. Du kommst mir irgendwie wie jemand vor, der eine komplizierte Beziehung zu seinem Vater hat.« Er schneidet eine Grimasse.

Fassungslos sehe ich ihn an. Ich glaube nicht mal, dass ich wirklich beleidigt bin – obwohl ... ein kleines bisschen vielleicht.

»Ich kenne ihn nicht.«[*]

Jamison nickt langsam, denkt nach, und dann lächelt er. Es ist ein wissendes Lächeln, ein bisschen so, als hätte er es die ganze Zeit gewusst, und jetzt – jetzt bin ich beleidigt.

»Findest du das witzig?« Ich stemme die Hände in die Hüften und bin bereit für eine weitere Auseinandersetzung.

Jamison baut sich vor mir auf, sodass wir uns direkt gegenüberstehen, zupft am Revers seiner Jacke und zieht sie enger um meinen Körper.

»Nein, tue ich nicht.« Sein Blick gleitet über mein Gesicht. »Wer zum Teufel würde dich einfach zurücklassen, wenn er die Wahl hätte?«

Sein Gesicht nähert sich meinem. Er hat die Jacke immer noch in den Händen und zieht mich jetzt zu sich. Ich nehme meinen Atem sehr deutlich wahr, und ich kann die Augen einfach nicht schließen. Wie gebannt beobachte ich, wie er immer näher kommt, und ich weiß, dass ich die Augen zumachen sollte, weil man das vor einem

---

[*] Er ist vor meiner Geburt gestorben. Meine Mutter hat ihn bei einer Ausgrabung kennengelernt.

Kuss tut, und ich glaube, genau dazu wird es kommen. Aber ich möchte sie nicht schließen, weil sein Gesicht so schön ist und ich es gern genau beobachten würde.

Seine Augen halten meinen Blick, als er sich näher zu mir beugt, und vom Gipfel des Bergs umweht uns diese kühle, weiche Luft. Sie dringt durch uns hindurch und streicht über unsere Nasen. Es ist die Art von Wind, die man bis ins Innerste spürt, die aber nicht so wehtut wie diese schreckliche Winterkälte, die wir in England erleben. Trotzdem breitet sich ein Schmerz in meinen Knochen aus, das ist wahr – ein neues Ungleichgewicht in mir, das ich noch eine ganze Weile lang nicht erkennen oder verstehen werde. Außerdem bin ich nervös, aber ich glaube, es ist eine gute Nervosität. Sie missfällt mir nicht, und ehrlich gesagt liebe ich sie vielleicht sogar. Seine Hände berühren mich, und seine Augen lassen meine immer noch nicht los, und ich glaube, es beginnt zu schneien. Ich spüre es auf meinem Gesicht – diese winzigen, kalten Tropfen. Ich blinzle jedes Mal, wenn einer auf mir landet – und sie landen auch auf ihm. Einer fällt auf seinen Jochbogen, direkt unter seinem Auge, und verschmilzt mit ihm, so wie ich es in einer Minute vermutlich auch tun werde. Könnte ich diesen Moment einrahmen, würde ich es tun – ich würde ein Foto machen und es jeden Morgen anschauen, um meinen Tag auf spektakuläre Weise richtig zu beginnen. Dann schweben seine Lippen über meinen, und das Gefühl, wie sein Atem über mein Gesicht streicht, überläuft mich am ganzen Körper, und ich will nicht, dass er aufhört. Die Brise scheint in unseren Ohren zu wispern, und er kommt langsam immer näher, sehr langsam, und gerade, als ich erwarte, dass sich unsere Lippen berühren – zieht er sich zurück.

»Einunddreißig Tage«, flüstert er und richtet den Blick zu Boden.

»Was?« Ich bin verletzt und verwirrt, weil er gerade diesen Moment komplett vermasselt hat.

»Er wappnet sich«, sagt eine Stimme, die ich noch nie gehört habe. Die Stimme einer Frau.

Ich schaue an Jamison vorbei, und mein Blick fällt auf sie.

Sie ist schlank und hübsch, aber mit scharfen Zügen und funkelnden Augen. Ich kann ihr Alter zwar nicht genau bestimmen, aber sie ist jung. Jedenfalls sieht sie jugendlich aus.

»Wofür?«, frage ich sie verblüfft.

Sie hebt die Brauen. »Für dich.«

Jamisons Blick streift meinen, dann verdreht er die Augen, bevor er sich umdreht und ihr die Hand auf den Mund legt.

»Kein Wort mehr von dir, hörst du?« Dann küsst er sie auf die Wange.

Sie sieht verärgert zu ihm auf. »Warum bringst du sie zu mir?«

Sie hat einen unverkennbar britischen Akzent.

Ich stehe da, unsicher und dumm und frage mich, zu wem er mich jetzt gebracht hat. Noch eine Nichtfreundin von ihm? Verdammte Piraten! Und verdammte Männer. Ich hasse sie alle. Sie sind Hallodris, allesamt.

»Ich wollte dich sehen«, erwidert er unbeeindruckt, »und sie war so am Boden,[*] hat ganz allein in 'nem kleinen Kanu geschlafen.«

Die Frau sieht mich ungeduldig an. »Wieso hast du in einem Kanu geschlafen?«

»Das zudem auch noch an Land war«, wirft Jamison mit einem Seitenblick auf mich ein.

»Oh.« Die Frau verzieht das Gesicht. »Das traurigste aller Kanus.«

Jamison deutete mit dem Kopf auf mich.

»Sie kam mich gestern Abend besuchen. Ich hatte keinen Besuch erwartet. Ich war … mit jemand anderem zusammen.« Er fängt meinen abschätzigen Blick auf. »Und sie war so von Gram[†] gepackt, dass sie sich in 'nem Kanu darin gesuhlt hat.«

Ich bedenke ihn mit einem strafenden Blick, bevor ich die Frau ansehe. »Er hat sich bei dieser Geschichte ziemlich viele Freiheiten genommen.«

»Davon bin ich überzeugt.« Sie nickt. »Trotzdem, wer bist du?«

»Daphne«, antworte ich, aber aus irgendeinem Grund scheint das nicht auszureichen, also fühle ich mich irgendwie fast gezwungen, ihr meinen Nachnamen zu nennen.

»Beaumont-Darling.«

Sie mustert mich von oben bis unten und ergreift dann plötzlich, ohne zu fragen und ohne Vorwarnung, meine Hand. Sie dreht sie in

---

[*] Das bedeutet: »traurig«.
[†] Soll heißen »Trauer«.

ihrer um und betrachtet mit zusammengekniffenen Augen meine Handfläche. Ich schaue leicht besorgt zu Jem, aber er lächelt nur.

Dann lässt die Frau meine Hand los und ergreift die von Jamison. Sie fährt mit ihren Händen zweimal über seine Handfläche,* um sie zu glätten, und mustert sie. Dann ergreift sie wieder meine Hand, hält sie neben seine und hebt sie ins Licht.

»Hm«, sagt sie. »Interessant.«

Mehr äußert sie nicht, bevor sie unsere beiden Hände loslässt und von ihm zu mir schaut.

»Sie hat den Kuss.« Sie zeigt auf meinen Mund.

Jem nickt. »Ich weiß. Gefällt mir sehr, dass er noch da ist.«

Sie blickt mich an. »Pan hat ihn nicht gestohlen?«

»Er hat es versucht«, gebe ich zu.

Jamison neben mir verlagert unruhig das Gewicht.

»Ich bin Itheelia«, sagt die Frau.

Mir bleibt der Mund offen stehen.

»Le Faye?« Ich blinzle. Na klar! Aus dem Buch! Ich habe doch gedacht, dass sie mir bekannt vorkam. »Die Gründerin?«, präzisiere ich.

Sie seufzt. »Wenn man gewissen Geschichtsbüchern glauben mag ...«

»Ich habe alles über dich gelesen. Du bist mit deinem Bruder hergekommen und ...«

»Und mit meinen besten Freunden.« Sie nickt.

»Du bist durch sechs Galaxien gereist!«

»Du auch.« Sie macht eine wegwerfende Geste. »Na ja, eigentlich ist die Erde wohl nur zwei Stationen von hier entfernt, aber es ist trotzdem eine ganz schöne Reise, findest du nicht?«

»Ziemlich, ja.« Ich bin vor Ehrfurcht fast wie erstarrt. »Tut mir leid, ich ... Wie kann es sein, dass du noch lebst?«

Sie wirft Jamison einen Blick zu, der zu besagen scheint, ich wäre das unhöflichste Mädchen der Welt.

»Das ist doch schon lange her, nicht wahr?«, füge ich schnell hinzu, als sie nicht antwortet.

Sie nickt, und ich kann ihren Blick nicht so recht deuten. »Aye, es

---

* Und ich bin nicht im Entferntesten eifersüchtig.

war vor langer Zeit.« Dann räuspert sie sich. »Warum warst du in einem Kanu, Daphne Beaumont-Darling?«

Trotzig verschränke ich die Arme vor der Brust. »Ich konnte nirgendwo anders hin.«

»Verstehe.« Sie nickt, dann kneift sie die Augen zusammen. »Also, du sagst, du warst mit jemandem zusammen ...« Sie beäugt Jamison misstrauisch, und ich frage mich, ob sie sich jetzt streiten werden. Ein Streit zwischen Liebenden.

Ich wäre ziemlich erschüttert, wenn er mich tatsächlich auf diesen Berg geschleppt hätte, um mir eine potenzielle andere Geliebte vor die Nase zu setzen. Wenn sie der Grund dafür ist, dass er mich nicht geküsst hat, obwohl es schneite und der Wind förmlich darum bettelte, dass wir uns küssen und überhaupt, dann sollte ich wohl der Grund für einen Liebeshändel sein, um wenigstens ein bisschen Genugtuung zu bekommen.

Jamison wirkt beklommen, und ich – ohnehin schon verärgert über ihn, weil er unseren (Beinahe-)Kuss ruiniert und weil er – hypothetisch – eine romantische Beziehung zu einer anderen Person hat – räuspere mich.

»Es war ein Zusammensein der sexuellen Art«, verrate ich ihr aufgekratzt und stoße ihn sozusagen vor den Bus.

Die Frau hebt die Augen zum Himmel. »Jammie«, grollt sie drohend.

»Mum, hör zu ...«

»Mum?«, unterbreche ich sie, und mein Kopf ruckt zwischen ihnen hin und her wie bei einem Pingpong-Match.

»Oh.« Er macht eine vage Geste, wie ein Sohn es wohl tun würde. »Das hier ist meine Mutter.«

»Oh!« Ich reiche ihr erneut die Hand. »Das ... es ist mir ein Vergnügen!«

Seine Mutter schüttelt meine Hand mit beiden Händen und lächelt. »Weißt du, er hat noch nie ein Mädchen hierher mitgebracht.«

Jamison protestiert. »Ich bringe sie gar nicht zu dir. Sie ist ...«

»Ist sie ein Mädchen?«, unterbricht sie ihren Sohn kurz und bündig.

Jamison blickt mich an. »Aye.«

Sie zieht eine Augenbraue hoch. »Und sie ist hier, oder etwa nicht?«

Jem verdreht die Augen und schaut dann weg. Ich habe den Eindruck, seine Mutter ist eine Frau, die ihren Willen häufig durchsetzt.

»War es dieses Morrigan-Mädchen, mit dem er letzte Nacht zusammen war?« Die Frage gilt mir.

»Ich weiß nicht. Ich habe ihren Namen nicht mitbekommen.« Ich sehe Jamison fragend an, ohne ein Wort zu sagen. Denn ich weiß, dass sie es war.

Er atmet geräuschvoll aus, nickt aber.

»Jammie!«

»Bedauerlicherweise«, ich versuche, mich wieder ins Gespräch zu bringen, »habe ich alles gesehen. Sie war über einen Tisch gebeugt und so weiter.«

Itheelia verzieht das Gesicht. »Das ist bedauerlich.«

Jamison seufzt. »Also, hör zu. Sie hat sich immerhin nich' beschwert, weißt du.«

Das scheint Itheelia nicht sonderlich zu beeindrucken, und sie klopft ihm auf den Arm. »Dann, mein Lieber, klingt das nicht gerade nach einem gut gemachten Job, oder?«

Er legt den Kopf in den Nacken und sieht in den Himmel. Er weiß, wann er geschlagen ist.

»Wo ist deine Jacke?«, fragt seine Mutter. »Hier oben ist es eisig.«

»Die trägt sie.« Er zeigt auf mich, aber ich glaube, er will nur von sich ablenken.

»Warum hast du keine Jacke mitgebracht?«, fragt sie mich entsetzt. »Deinetwegen muss mein Sohn frieren.«

Jamison grinst selbstgefällig.

Ich lege abwehrend die Hand auf meine Brust. »Ich wusste nicht, dass ich heute in die Berge gehen würde, und meine Fee wollte mir keine Jacke machen.«

Sie blinzelt. »Du hast eine Fee?«

»Also …« Ich neige den Kopf. »Habe ich nicht?«

»Vielleicht?« Jamison überlegt. »Irgendwie schon.«

»Sie ist meine Freundin«, erläutere ich. »Sie hat mir diese Stiefel gemacht.« Ich zeige sie ihr.

Itheelia starrt sie skeptisch an. »Wie heißt diese Fee?«

»Rune«, antworte ich. »Warum?«

Sie schüttelt den Kopf und denkt nach. »Seltsam. Feen haben es für gewöhnlich nicht so mit kleinen Erdbewohnern.«

Das könnte eine Beleidigung sein, aber ich bin mir eben nicht sicher.

»Es hat ihr sicher nicht gefallen, als Jamison sie gebeten hat, mir einen Mantel zu machen, damit er mir seine Jacke nicht geben muss.«

Er atmet zischend aus, während seine Mutter keucht und ihm einen Klaps auf den Arm gibt. Er bedenkt mich mit einem gewollt ausdruckslosen Blick, und ich weiß nicht, was ich getan habe. Aber ich grinse ihn trotzdem an, weil ich froh bin, dass er wieder einen Rüffel bekommen hat.

»Du hast eine Fee gebeten, dir etwas zu machen?«

»Ich hab sie gebeten, *ihr* etwas zu machen!«

»Was hat sie gesagt?«

Mein Stichwort. »Sie hat ihn hauptsächlich angeschrien und ihm gesagt, er soll mir seine Jacke geben.«

Ihr Blick durchbohrt mich förmlich. »Du sprichst Stjär?«

»Und zwar gut.« Jamison nickt, und aus irgendeinem Grund erröte ich unter seinem Blick.

»Interessant.« Bedächtig wiegt sie den Kopf und wendet sich dann ab. Sie schnippt mit den Fingern und lässt ihre Hand nach rechts gleiten. Der Fels bewegt sich mit ihr und enthüllt ein in die Höhlenwand gebautes Haus.

Mir klappt der Mund auf, und ich umklammere mit beiden Händen Jems Arm. »Sie ist magisch?«

Er lächelt mich an und geht hinein. Irgendwie, aus irgendeinem Grund, lasse ich ihn nicht los. Mein Griff wandert ein wenig nach unten, sodass ich mich jetzt an seinem Handgelenk festhalte und seinen Arm fast umschlinge, während wir das Haus seiner Mutter betreten.

Ich beuge mich zu ihm. »Warum ist sie magisch und du nicht?«, flüstere ich.

»Ich könnte es auch sein.« Er zuckt mit den Schultern. »Wahrscheinlich. Ich übe nur nie.«

»Oh.« Ich bin verblüfft. »Warum nicht?«

Er antwortet mit dieser Beiläufigkeit, die man nur hat, wenn man mit Magie aufgewachsen ist. »Wer hat schon Zeit für so was?«

»Du ...« Ich starre ihn an. »Was machst du überhaupt den ganzen Tag?«

»Ach, du weißt schon.« Er seufzt, erwidert meinen Blick aber mutwillig. »Frauen retten, die vom Himmel fallen, verirrten Seelen Kleider kaufen ...«

Ich versuche, mir ein Lächeln zu verkneifen. Erfolglos.

Itheelia Le Faye kramt in einem Schrank herum, und als sie sich wieder zu uns umdreht, hält sie einen wunderschönen Pelzmantel in den Armen.

Ihr Blick fällt auf meine Hände am Arm ihres Sohns, und sie lässt ihn ein paar Sekunden lang dort ruhen. Dann, ganz schwach, wie von einem unsichtbaren Faden gezogen, heben sich ihre Mundwinkel, und ich sehe die Andeutung eines Lächelns um ihre Lippen.

»Zieh das an.« Sie drückt mir den Mantel in die Hand.

Etwas widerwillig löse ich mich von Jamisons Arm, und er streift mir sanft die Jacke von den Schultern.

»Das erste Mal, dass ich dich entkleide, und dann ausgerechnet vor meiner Mutter«, seufzt er.

Ich sehe ihn vorwurfsvoll an.

Er zieht seine Jacke an und bläst dann in seine Hände, als hätte er die ganze Zeit gefroren. Obwohl er kein Wort gesagt hat. Dann nimmt er mir den Mantel aus den Armen und hält ihn mir auf. Ich schlüpfe hinein, und vielleicht bleiben seine Hände eine Sekunde länger als nötig auf meinen Armen liegen. Ich bin mir nicht sicher.

Ich schaue zu seiner Mutter hinüber. »Er ist sehr gut erzogen.«

»Das ist er.« Sie nickt stolz, bevor sie ihren Sohn ansieht, so als ob sie sich gerade an etwas erinnert hätte. »Ich habe etwas für dich.«

Sie schießt aus dem Raum, und dabei bemerke ich in einer Schale einige gravierte Steine. Ich nehme einen heraus, um ihn zu betrachten, dann wende ich mich an Jem. »Was ist das?«

»Das sind Wahrheitsrunen«, antwortet er.

»Was?« Ich blinzle.

»Man wirft sie in die Luft und stellt eine Ja-oder-nein-Frage. Wie die Steine landen, verrät die Antwort.«

»Wie?«, frage ich ungläubig.

Jem verzieht das Gesicht, als hielte er mich für dumm. »Durch Magie.«

»Oh.« Natürlich. Ich bin verlegen.

»Warte, ich zeige es dir.« Jem schnappt sich die Steine und wirft sie in die Luft. »Fühlt sich Daphne zu mir hingezogen?«

Panisch und ohne zu wissen, was ich tun soll, springe ich vor den Piraten, damit er nichts sehen kann, und schieben schnell die Steine mit dem Fuß auseinander, als sie auf dem Boden landen.

Jem sieht mich fragend an.

»Die Antwort hätte dir sicher nicht gefallen«, behaupte ich schüchtern.

Er prustet amüsiert. »Ach, aber ich kenn die Antwort schon, also ...«

»Ich weiß, dass du glaubst, die Antwort zu kennen ...«

»Oh«, unterbricht er mich. »Ich kenn die Antwort.«

Ich kneife die Augen zusammen, weil ich das Gefühl habe, zu verlieren und transparent zu sein, und das bin ich ja auch. Aber dann zieht er seine Augen auch zu Schlitzen zusammen, und aus irgendeinem Grund fühle ich mich besser.

»Also.« Ich verschränke die Arme vor der Brust. »Du findest mich attraktiv.«

»Klar«, sagt er und schaut mich an. »Um das zu erkennen, brauchst du keine Steine.«

Ich erröte, und in dem Moment kommt seine Mutter mit einem kleinen goldenen Kompass in der Hand wieder herein. Sie hält ihn Jem hin.

Er betrachtet ihn. »Was ist das?«

»Ein Kompass«, erklärt sie.

Er klappt ihn auf und schaut darauf.

»Er ist kaputt.«

Sie beugt sich vor und schaut ebenfalls darauf. Ich kann nichts erkennen, aber als sie den Kopf hebt, schaut sie von dem Kompass zu mir und sagt: »Nein, ist er nicht.«

Sie wedelt mit der Hand und arrangiert dann die Blumen auf ihrem Esstisch neu.

Jamison schaut stirnrunzelnd auf das Instrument in seiner Hand. »Nach Norden geht's aber da lang.« Er deutet – offenbar – nach Norden.

»Wer hat etwas von Himmelsrichtungen gesagt?«, erwidert sie beiläufig.

Dann führen sie ein Mutter-Sohn-Gespräch nur mit Blicken, er steckt den Kompass ein und kommentiert das nicht weiter.

Ich betrachte Itheelia, die weiter Blumen umsteckt, und versuche, sie einzuschätzen. »Wie alt bist du?«

Sie schnappt dramatisch nach Luft, aber ihre Augen funkeln. »Frechheit.«

Ich richte den Blick rasch auf Jamison, der es sich in einem Sessel am Kamin bequem gemacht hat, in dem kein Feuer brennt.

»Mum.« Er deutet auf den kalten Kamin.

»Kann mein Sohn nicht selbst ein Feuer machen?« Sie ist leicht verärgert.

»Kann meine Mutter nich' einfach …« Er schnippt mit den Fingern. »Mit ihren magischen Kräften?« Er klingt ungeduldig.

»Faul, ungeduldig, träge …«

»Vor allem kalt«, fährt er ihr in die Tirade.

Itheelia seufzt ergeben, und nach einem kurzen Fingerwinken ist das Feuer entfacht.

Jem steht auf und hockt sich davor, um sich die Hände zu wärmen. Ich sauge den Anblick in mich auf und schlucke.

Es gefällt mir, wie er aussieht, wenn das Licht der Flammen auf ihn fällt und Schatten über sein Gesicht werfen. Möglicherweise mag ich aber auch einfach nur sein Gesicht.

Jem blickt über die Schulter zu mir und ruckt mit dem Kinn in Richtung des Sessels, in dem er gesessen hatte.

Das erregt mich auf eine Art, wie es das eigentlich nicht sollte, das weiß ich. Ich bin überrascht, dass er mich bei sich haben will. Ich bin glücklich, weil der Junge, mit dem ich den Tag verbracht habe, diesmal meinen Namen nicht vergessen hat? Was macht Peter Pan da eigentlich mit mir?

Ich setze mich und beobachte Jamison, bis er mich wieder anschaut.

»Ist dir warm?«, fragt er.

Ich nicke stumm, und er gibt sich damit zufrieden.

»Wie alt bist du, Daphne?«, ruft seine Mutter.

»Achtzehn«, flunkere ich. Als ich Jamisons große Augen sehe, füge ich hinzu: »Fast.«

Sie mustert uns aus Augenschlitzen, während sie eine Kanne Tee aus dem Nichts zaubert. »In einunddreißig Tagen, wette ich.«

Ich sehe Jem erstaunt und erfreut an. »Werde ich in einunddreißig Tagen achtzehn?«

Er nickt, lächelt in sich hinein, und ich setze mich aufgeregt auf.

»Anfang November?«, fragt sie.

»Ja.« Ich freue mich.

Sie deutet mit einem Nicken auf Jem. »Er Ende November.«

»Wirklich!« Ich strahle ihn an, aber er sagt nichts. Er sieht mich nicht einmal an, sondern lächelt einfach nur ins Feuer.

»1948 geboren?«, fragt mich Itheelia.

Ich schüttle den Kopf. »Neunundvierzig.«

Sie winkt, und die Teekanne hebt sich in die Luft und gießt ihren Inhalt in Teetassen.

»Wie alt warst du, als du Jem bekommen hast?«

»Jem?« Sie blinzelt, aber ich vermute, dass sie zumindest ein kleines bisschen erfreut ist. Mir fällt auf, dass ihr Sohn absichtlich nicht vom Feuer wegschaut. Er starrt weiter einfach hinein und wartet, dass seine Mutter eine Bemerkung macht.

Ich kann es euch nicht genau erklären, aber es ist für mich genauso wie vorhin, als er mir seine Jacke um die Schultern gelegt hat. Irgendwie gewichtig. Es hält mich nicht nur warm, sondern es ist etwas Schweres, das sich wie ein Anker anfühlt, der auf den Grund dessen sinkt, was ich bin. Er fasst dort einfach Fuß, macht es sich gemütlich.

Als ob es keiner Erklärung bedürfte, dass ich einen Namen für ihn habe, der nur mir gehört. »Bei fünfhundert habe ich aufgehört, mein Alter zu zählen«, antwortet Itheelia liebenswürdig.

»Und wie hast du Kapitän Hook kennengelernt?« Ich ziehe meine Füße unter mich, und Jem setzt sich auf die Armlehne des Sessels.

Ich mag das Gefühl, dass er mich überragt. Es gibt mir Sicherheit.

Dann wird mir klar, dass ich mich eigentlich schon lange nicht mehr sicher gefühlt habe.

Sie wirkt ein bisschen genervt, weil sie darüber reden soll, aber ihr kennt ja den Blick, den Frauen bekommen, wenn sie aufgefordert werden, von ihrer Jugend zu erzählen. Sie ist nicht wirklich verärgert, auch wenn sie so tut.

»Hier.« Sie fährt mit der Hand durch die Luft. »Auf der Insel.«

»Wart ihr verheiratet?«

Die Frage gefällt Jamison gar nicht.

»Nein. Aber wir waren schon eine ganze Weile zusammen«, meint sie.

»Länger, als ihr hättet sein sollen«, bemerkt Jem und sieht seine Mutter an.

»Er war kein Gründer.« Es klingt wie eine Feststellung, aber eigentlich frage ich.

»Nein.« Sie schüttelt den Kopf. »Wir waren das aber ebenfalls nicht, jedenfalls nicht wirklich.« Ihre Miene ist offen und liebenswürdig. »Man kann nichts gründen, das bereits existiert.«

»Und wo ist der Rest von euch?«, frage ich sie unbekümmert. Aber in ihrem Gesicht macht sich Unbehagen breit.

»Day – mein lieber Freund Day – lebt jetzt auf Alabaster Island. Und Aanya, sie ist – ich weiß nicht – irgendwo. Sie zieht viel umher. Schwer irgendwo festzunageln.«

»Ihr wart zu fünft, oder?« Ich denke an mein Buch zurück.

Sie nickt. »Die beiden anderen sind tot.«

»Oh.« Ich seufze. Das tut mir leid.

»Ban war Mamas Bruder.« Jem stupst mich an.

»Und Vee ...« Sie zwingt sich zu einem Lächeln. »Sie war meine beste Freundin.«

Ich schaue zwischen ihnen hin und her und frage dann vorsichtig[*]: »Was ist passiert?«

Itheelia atmet tief durch.

»Ban hat sie getötet. Aus Versehen«, setzt sie hinzu.

»O mein Gott.«

---

[*] Soll heißen: neugierig

»Sie waren ein kleines Paar, das waren sie doch, oder?« Jem mustert seine Mutter forschend.

»Irgendwie schon.« Sie legt den Kopf schief. »Ja und nein. Ban und ich stammen aus einem sehr alten Magiergeschlecht. Alte Geschlechter«, sie sieht mich an, »sind gefährlich. So wie altes Geld in eurer Welt. In unserer Welt ist Magie Macht. Ban war, seit wir klein waren, besessen von Macht. Und Vee ...« Sie hebt eine Achsel. »Alle Geschichten auf eurem Planeten über Aphrodite und Venus, Inanna, Minerva – sie alle basieren auf Vee. Sie ist nicht wirklich eine Göttin, sie ist einfach ... schön und verführerisch und magisch charmant.« Itheelia zuckt resigniert mit den Schultern, als sie an ihre Freundin denkt, lächelt aber dennoch. »Die Leute haben sie einfach verehrt. Und Ban hat sie angebetet. Er war geradezu besessen von ihr.«

Die beiden waren offenbar ein kompliziertes Paar. Itheelia sagt, sie waren zusammen, dann wieder getrennt, dann wieder zusammen, und eines Tages, als sie gerade eine Beziehung hatten, stellten sie fest, dass sie schwanger war. Alles war gut. Sie waren glücklich. Dann kamen Gerüchte über Ban und seine Motive auf. Er hatte versucht, durch Beziehungen, Bestechung und Erpressung Macht und Gunst bei den Feen zu erlangen. Und als er auf diese Weise keinen Erfolg hatte, griff er zur Gewalt.«

Itheelia seufzt. »Und da erfuhren wir von der Prophezeiung.«

Jamison räuspert sich vernehmlich. »Es ist nur eine Geschichte.«

Ich schaue zwischen ihnen hin und her und frage mich, ob es dieselbe ist, die Rye erwähnt hat. »Welche Prophezeiung?«

Itheelia wirft ihrem Sohn einen leidgeprüften Blick zu. »Wenn sich zwei Gründer unter einem ochsenblutroten Mond vereinen, wird sich der wahre Thronerbe erheben und wieder auf dem Thron sitzen, und die Insel wird wiederhergestellt werden.«

Jamison blickt gelangweilt auf seine Hände, aber ich bin verwirrt.

»Wiederhergestellt?« Ich sehe sie an, als ob sie verrückt wäre. »Ist die Insel denn ... verwahrlost?«

Itheelia legt den Kopf schief. »Du magst es nicht glauben, wenn du sie ansiehst. Deine Erde sieht auch nicht krank aus, aber glaub mir ...« Ihr Blick ist ernst. »Sie stirbt.«

»Woran?« Ich mag das nicht glauben.

Meine Ungläubigkeit missfällt ihr. Dann antwortet sie. »An Hoffnung.«

»Vielmehr dem Mangel daran«, fügt Jamison hinzu.

»Hoffnung?«

»Unsere Welt funktioniert nicht nach denselben Regeln und Gesetzen wie eure«, erklärt Jamison, als hätte ich das noch nicht bemerkt. »Hoffnungen sind hier eine Währung, sie sind eine wichtige Substanz. Sie sind unser Treibstoff.«

»Und die Hoffnung ... stirbt?« Ich bin mir nicht sicher, ob ich das glaube.

»Sie stirbt nicht wirklich.« Sie schüttelt den Kopf. »Aber sie verschwindet.«

»Und was bedeutet das?«

»Für uns?« Itheelia schließt kurz die Augen. »Unsere Welt wird verrotten und zerbröckeln, und was eure angeht ...«

»Was bedeutet es für meine?«, dränge ich sie, als sie schweigt. Ich bin ein wenig um meine Familie besorgt.

Itheelia wirft mir einen seltsamen Blick zu.

»Hoffnung ist unser größtes Exportgut«, antwortet Jamison an ihrer Stelle. »Sie wird hier produziert, aber weltweit verwendet.«

»Wirklich?« Unglaublich.

»Wir sind alle miteinander verbunden.« Itheelia zuckt mit den Schultern. »Wenn uns hier die Hoffnung ausgeht, ist das für eure Welt wahrscheinlich nur eine weitere Große Depression, eine Weltwirtschaftskrise, die allerdings andauern wird.«

»Oh.« Ich verziehe das Gesicht. »Ist das alles?«

Itheelia stößt die Luft durch die Nase. Sie wirkt ratlos. »Wir können einfach nicht herausfinden, warum die Brunnen so niedrig sind.«

»Es gibt dafür Brunnen?« Ich schaue zwischen den beiden hin und her.

Jamisons Mutter wirft ihrem Sohn einen leidenden Blick zu. »Wie erträgst du nur ihre unaufhörliche Fragerei?«

Jamison betrachtet mich einige Sekunden. »Wegen ihres Gesichts«, antwortet er dann, bevor er die Arme vor der Brust verschränkt.

So wie wir in dem Sessel sitzen, pressen wir uns irgendwie aneinander. Beschämt nehme ich meinen flachen Atem wahr und wie wohlwollend sein Arm meinen berührt. Ein wunderbarer, stechender Schmerz durchzuckt mich, den ich nicht verstehe. Mein Gesicht!

»Ban hat also versucht, die Prophezeiung zu erfüllen?«, fragt er.

Seine Mutter nickt. »Vee bekam das Baby. Sie hat versucht, es heimlich wegzuschaffen, und wir haben uns bemüht, ihr zu helfen, es von dem Planeten zu bringen. Weg von Ban, nachdem wir sein Motiv herausgefunden hatten, aber er hat sie erwischt. Er hat versucht, sie aufzuhalten. Sie haben gekämpft, und sie verletzte ihn schwer. Also wirkte er einen Zauber, um sich zu retten, und tötete dabei sie beide.«

Ihr Gesicht sieht angespannt aus, und ich präge mir ein, immer daran zu denken, dass die Zeit nicht alles heilen kann.

»Was für ein Zauberspruch?« Jem klingt neugierig.

»Seelenbindung«, antwortet sie ernst.

Jamison legt den Kopf schief. »Davon habe ich noch nie etwas ...«

Itheelia hebt die Hand und unterbricht ihn. »Es ist alte Magie«, sagt sie ihm. »Heikel. Gefährlich.« Sie schnaubt und sieht zwischen uns hin und her. »Sie funktioniert nur, wenn ihr Seelenverwandte seid.«

»Was funktioniert nur, wenn man seelenverwandt ist?« Ich will so viel wie möglich von dieser Frau erfahren.

»Der Zauber.« Ihr Ton deutet darauf hin, dass sie mich wohl für halb schwachsinnig hält.

»Der was bewirkt?« Ich lasse mich nicht entmutigen.

Itheelia bedenkt mich mit einem weiteren ungeduldigen Blick. »Er ist ziemlich kompliziert. Er kann dir Leben geben, wenn du es zu verlieren drohst, und Macht, auch wenn du vorher keine hattest. Aber es kostet. Man wird eins. Und er kann dich umbringen, wenn ihr nicht vom Schicksal füreinander bestimmt seid.«

»Woher weiß man, ob man vom Schicksal füreinander bestimmt ist?« Ich rede leise und hüte mich, auch nur in die Richtung ihres Sohns zu sehen.

»Das weißt du, weil du nicht stirbst, wenn du den Zauber wirkst«, erklärt sie ziemlich nüchtern.

Jem seufzt. »Es gibt andere Wege.«

»Und die wären ...?«, erkundige ich mich neugierig und sehe ihn immer noch nicht an.

Jem will etwas sagen, aber seine Mutter fährt ihm über den Mund.

»Eine Abkürzung zu etwas, das du zu gegebener Zeit herausfinden dürftest«, sagt sie bedeutungsvoll.

Obwohl ich mir nicht sicher sein kann, weil ich immer noch seinem Blick ausweiche, vermute ich, dass wir beide gleichzeitig die Augen verdrehen. »Mit Seelen ist nicht zu spaßen.« Sie wirft uns einen warnenden Blick zu. »Sie sind zu zart und unmöglich zu entwirren.«

»Wie könnten sie sich denn überhaupt verheddern?« Dann halte ich verblüfft inne. »Meinst du wörtlich verheddern, als ob sie etwas Konkretes wären?«

Sie sieht mich tatsächlich an, als wäre ich ein schrecklicher Einfaltspinsel. »Natürlich sind Seelen etwas Konkretes.«

»In uns!« Ich starre sie an. »Wie ein Organ, das wir auf der Erde nur noch nicht kennen?«

Dann bricht sie in schallendes Gelächter aus.

Jamison wirft ihr einen Blick zu. »Mum …«

»Tut mir leid.« Sie schüttelt den Kopf und reißt sich zusammen, wobei sie versucht, eine Miene zu ziehen, als täte es ihr wirklich leid, statt nur amüsiert auszusehen. »Nein, Liebling, sie existiert nicht wie ein Organ in dir.«

Ich werfe ihr einen erbosten Blick zu, weil sie mich ausgelacht hat, aber nur ganz kurz, weil sie magisch ist und ich nicht will, dass sie mich verhext. Außerdem liebe ich sie, glaube ich.

»Wo dann?«

»In der Höhle der Seelen«, erwidert sie, als wäre es das Selbstverständlichste der Welt. »Da unten ist es wirklich bemerkenswert, aber …« Sie hält nachdenklich inne. »Seelen selbst sind bemerkenswert. So zart, aber fügsam. Ich habe noch nie sehen können, wie eine gebunden wird. Aber meine Mutter sah es einmal vor langer Zeit. Sie sagte, es riecht irgendwie nach Erdbeeren, wenn es passiert.«

»Und das hat Ban getan?«, will Jem wissen. »Er hat versucht, ihre Seelen aneinander zu binden?«

Itheelia nickt.

»Und sie waren nicht vom Schicksal füreinander bestimmt?«, erkundige ich mich.

»Offensichtlich nicht.« Sie zuckt mit den Schultern: »Verstehst du, Ban musste mit Vee verbunden sein, er brauchte diese Bindung, um sie zu kontrollieren. Aber Seelenmagie ist eine eigene, andere Art von Magie. Sie ist rein und mag nicht manipuliert werden. Sie lässt es einfach nicht zu.«

Jem schüttelt den Kopf. »Hölle.«

»Und das Baby?«, frage ich leise. »Du hast gesagt, sie hatten ein Baby.«

»Ja, das Baby.« Itheelia sieht von ihrem Sohn zu mir. Ihr Blick bleibt auf mir haften. »Er ist groß geworden. Ein hübscher Bursche und sehr charmant, genau wie seine Mutter. Ich glaube, er ist ein Freund von dir.«

»O mein Gott.« Ich schließe die Augen.

Sie nickt. »Die Feen haben ihn gefunden und aufgezogen.«

Mir fällt die Kinnlade herunter.

»Was zum Teufel, Mum?« Jamison fährt hoch. »Wie lange hockst du denn schon auf diesem Wissen?«

Itheelia schürzt die Lippen. »Eine Weile.«

Jamison ist aufgesprungen und geht fassungslos auf und ab. »Warum hast du ihn nicht aufgenommen?«

»Ich wollte kein Kind.« Sie zuckt mit den Schultern und fügt schnell hinzu: »Damals jedenfalls nicht! Und außerdem habe ich nicht geglaubt, dass die Legende wahr ist.« Sie hebt die Hände, als wollte sie ihre Unschuld beteuern. »Dann wurde Peter größer, und ich fing an zu befürchten, dass sie wahr sein könnte.« Sie wirft mir einen Seitenblick zu. »Du weißt doch, wie sich das Land um ihn herum verhält.«

»Stimmt es ...«, setze ich an und fühle mich schuldig, als wäre die Frage, die ich stellen will, ein Zeichen dafür, dass ich an ihm zweifle. »Ist es richtig, dass er nicht altert, weil er einen Jungbrunnen hat?«

Itheelia nickt. »Am Anfang haben die Feen ihm Wasser daraus gegeben. Sie dachten, wenn sie ihn klein hielten, könnten sie ihn leichter kontrollieren.«

»Konnten sie es?«

»Tja.« Itheelia wirft mir einen zarten, aber vielsagenden Blick zu. »Er ist kein normaler Junge.«

»Weiß er es?« Hook sieht von mir zu seiner Mutter.

Ich schüttle den Kopf, und Itheelia wirft mir einen eindringlichen Blick zu.

»Das sollte er besser auch nicht erfahren.«

»Er hat keine Ahnung, woher er kommt«, versichere ich ihr, leicht irritiert.

Sie nickt. »Aus gutem Grund.«

»Er denkt, dass seine Mutter ihn verlassen hat, dass niemand ihn will ...«

Jamison tritt unbehaglich von einem Fuß auf den anderen, aber ich bin in Gedanken ganz woanders. Ich glaube, man sieht es mir an, denn Itheelia streift mich mit einem Blick und schaut auf die Wanduhr. »Zeit zu gehen, denke ich.« Sie schenkt mir einen mütterlichen Blick. »Du wirst es ihm nicht sagen?«

Ich schlucke und seufze. »Glaubst du nicht, dass ...?«

»Mehr als das, ich weiß es«, fällt sie mir nachdrücklich ins Wort. »Wenn der Junge es wüsste, würde das nichts Gutes nach sich ziehen. Nicht für ihn, nicht für dich, nicht für das Land.« Sie hält inne, lässt die bedeutungsschweren Worte in der Luft hängen. »Du darfst es ihm nicht sagen, Daphne.«

»Okay.« Ich blicke zu Boden und antworte ganz ruhig. Ich bedanke mich bei ihr für ihre Geschichten und für den Tee. Als ich ihr den Mantel zurückgeben will, weigert sie sich, ihn zu nehmen, und behauptet steif und fest, dass sie ihn für mich gekauft hat, ohne es zu wissen.

Jem küsst seine Mutter auf die Wange und umarmt sie, was mich ein bisschen eifersüchtig macht. Ich glaube, es würde mir ganz gut gefallen, wenn er mich so umarmen würde. Oder überhaupt in die Arme nähme.

Itheelia schließt sich in der Höhle ein, sobald wir draußen sind. Es schneit jetzt sehr viel stärker.

Jamison bleibt vor mir stehen, schließt meinen Mantel, knöpft ihn zu und sieht mich dabei an.

Ein Teil von mir fühlt sich wie erdrückt. Ich weiß nicht, warum.

Es war wohl eine bedrückende Geschichte, in der es um jemanden geht, der mir sehr am Herzen liegt.

Jem mustert mich prüfend. »Alles gut?«, fragt er.

Ich nicke stumm.

Er zieht mir die Kapuze über den Kopf, dann dreht er sich um und geht den Berg hinunter.

»Wirst du es ihm sagen?«, fragt er und sieht zu mir zurück.

»Dass ihr verwandt seid?« Ich werfe ihm einen Blick zu, als wäre er verrückt geworden. »Ich denke, eher nicht. Peter ist so kurzsichtig. Ihn interessiert vor allem, dass nur er den Überbringer der Nachricht erschießen darf.«

Jamison lacht schnaubend. War das höhnisch?

»Meinst du, es ist schlecht, es ihm nicht zu sagen?«, frage ich. »Ist das unehrlich?«

Er denkt tatsächlich darüber nach. »Vielleicht.«

»Und wenn er der Thronerbe ist?«, frage ich leise.

»Er könnte es sein.« Er tut beiläufig. »Ist das der Grund, warum du ihn so magst?«

Ich werfe ihm einen gereizten Blick zu und bleibe stehen. »Ich wusste bis heute nicht, dass er es sein könnte!«

Er hält inne. »Was ist dann der Grund?«

Diese Frage bringt mich auf die Palme, und meine Wangen werden so heiß, dass sie die Schneeflocken schmelzen, sobald sie darauf landen.

»Ich weiß es nicht.« Dann sage ich übertrieben albern: »Bestimmung oder so?« Denke ich jedenfalls. Aber irgendwie kommt mir das auch albern vor.

Jamison kneift die Augen zusammen. »Sagt wer?«

»Alle.« Ich tue so, als überstiege das meinen Horizont. »Meine ganze Familie, mein ganzes Leben lang ...«

Jem verzieht den Mund. »Aye, das Familienerbe der Darling-Mädchen, die alle denselben Jungen lieben. Das ist vielleicht mies.«

Ich verschränke abwehrend die Arme vor der Brust. »Zu meiner Verteidigung muss ich sagen, dass er jetzt eher ein Jüngling als ein Junge ist.«

»Sexy.« Hook wirft mir einen verächtlichen Blick zu, geht weiter den Berg hinunter und beschleunigt seine Schritte. »Du könntest drauf pfeifen, weißt du?«, ruft er über die Schulter zurück, ohne sich umzudrehen. »Lieb einfach jemand anderen.«

Ich bleibe stehen. »Dich, meinst du?«

»Nein«, erwidert er schnell. Dann bleibt auch er stehen und dreht sich um. »Vielleicht.«

Ich starre ihn an, mein Atem geht schneller, und ich öffne leicht die Lippen.

Ich weiß nicht mal, was ich sagen soll. Ich weiß nicht ... Ich schüttle fast unmerklich den Kopf. »Aber für uns steht das nicht in den Sternen geschrieben.«

Jem knurrt genervt. »Aye, aber wer schert sich schon um Sterne?«

Ich kann den Blick nicht von ihm losreißen und fühle mich irgendwie verloren. »Immerhin haben sie mich hierhergeführt.«

»Das haben sie wohl, nehm' ich an.« Er nickt kühl. »Du weißt schon, dass deine Familiengeschichte noch mehr in petto hat, als nur aufm Wind zu reiten und den Pan zu lieben.«

Als ob er wüsste, wovon er redet! »Und was wäre das?«

»Sie sind alle gebrochen von hier weggegangen«, sagt er, und das ist die Wahrheit.

Es ist wahr, ich weiß es. Ich sehe es in den Augen der anderen. Sie wollen nur einfach nicht darüber reden. Manche Familien vererben rotes Haar, andere ein Krebsgen. Meine – wir vererben jeder Generation ein gebrochenes Herz.

Jamison fängt meinen Blick auf und hält ihn, bevor er den nächsten Schlag landet. »Aber, Boh, du musst das nicht machen.«

Etwas wie eine schwache Hoffnung, zart wie eine aufkeimende Rose, beginnt in mir zu erblühen. »Glaubst du das wirklich?«

Er nickt. »Ich weiß, dass du durchaus in der Lage bist, auf die Sterne zu pfeifen und einen neuen Weg einzuschlagen.«

»Mit dir?«, frage ich leise.

Er zuckt fast schüchtern mit den Schultern, während er auf mich zugeht und mich am Mantel zu sich zieht. »Wäre das so schlimm?«

Einen Moment lang denke ich, dass er mich vielleicht küssen wird oder ich zumindest endlich diese verdammte Umarmung von ihm bekomme. Aber dann, bevor ich michs versehe, werde ich grob zurückgerissen, weg von ihm.

»Daphne!«, schreit Peter und schleudert mich hinter sich in den Schnee. Dann landet er auf den Füßen und stellt sich zwischen Jem und mich. »Zurück! Bleib weg von ihr, du dreckiger Pirat!«

Peters weit aufgerissene Augen sind wild und ängstlich. Ich habe ihn noch nie ängstlich erlebt ... Das ist neu.

Ich springe auf und laufe zu ihnen. »Peter, halt!«

Peter schüttelt den Kopf, den Blick auf seinen Feind gerichtet. Aber ich, ich sehe nur Jem. Meine Augen sind ganz weit aufgerissen, voller Entschuldigungen, obwohl ich nicht weiß, warum ich sie ihm schulde, nur, dass ich es tue. Dann spüre ich, wie mein dummes Papierdrachenherz in einen Baum geweht wird, dort herumwirbelt, gegen die Äste schlägt und sich in sich selbst verwickelt.

»Mädchen, bleib da stehen!«, befiehlt mir Peter. »Er ist gefährlich.«

»Peter.« Ich bin genervt und ungeduldig. »Mir geht es gut!«

»Er hat dich mir weggenommen!« Peter ist empört, aber ich schüttle den Kopf.

»Nein, hat er nicht.«

Er dreht sich zu mir herum. »Mach dir keine Sorgen. Du bist jetzt in Sicherheit.«

Jamison beißt die Zähne zusammen. »Sie war vorher nicht in Gefahr.«

Ich schaue zu Jem hinüber. Mein Blick ist bedrückt, aber nicht so bedrückt wie seiner.

Peter zückt seinen neuen Lieblingsdolch. »Wage es nicht, mich auch nur anzusprechen!«

Jamison verzieht höhnisch das Gesicht. »Und fuchtel du nicht mit deinem Zahnstocher vor meinem Gesicht herum.«

»Oder was?«, fragt Peter hochmütig.

Ohne lange zu überlegen, zieht Jamison sein Schwert. »Oder das.«

»Hör auf!«, schreie ich eindringlich und hebe die Hand. »Bitte, Peter.« Ich zerre an seinem Arm. »Hör du auch auf.«

Peter macht auf dem Absatz kehrt, packt mein Gesicht mit beiden Händen und küsst mich.

Es geschieht so schnell und mit einer so merkwürdigen Kraft, die mich überwältigt. War es körperlich? War es die Schwerkraft? Waren es seine Hände? Ich könnte es euch ehrlich nicht sagen, nur dass ich es nicht aufhalte. Ich denke nicht mal daran, es zu beenden, bis es von allein aufhört.

Ein bisschen, weil es jeglicher Intuition widerspricht, Peter Pan davon abzuhalten, dich zu küssen. Ich frage mich, ob das vielleicht die Schuld seiner Mutter ist. Magisch und charmant, hat Itheelia das nicht gesagt? In diesem Moment kommt mir das tatsächlich sehr gut nachvollziehbar vor, und ich vermute, dass ich mit der Zeit gegen das abstumpfen werde, was diese Tatsache flüsternd impliziert.

Wenn Peter in meiner Nähe ist, dann vergesse ich irgendwie, warum ich es eigentlich manchmal wirklich lieber habe, wenn er nicht da ist.

Es ist schon schwer, sich nur in seiner Präsenz an Dinge zu erinnern, aber wenn er dich berührt, ist es fast unmöglich, den Nebel zu durchdringen.

Dann ist der Kuss vorbei, der Nebel lichtet sich, und ich sehe, dass Jamison weg ist.

Und jetzt kommt das Schreckliche und der Teil, der mir wirklich Angst einflößt: Hat dieser Kuss drei Sekunden gedauert? Oder waren es drei Stunden? Ich kann es euch nicht sagen – ich habe nicht die geringste Ahnung.

Und ich hatte nicht mal die Chance, Jamison zu antworten. Denn wenn ich das mit dem neuen Weg hinkriegen könnte, dann nein ... ich glaube nicht, dass es auch nur im Geringsten schlecht wäre, ihn mit ihm zu gehen.

KAPITEL 10

Fast den ganzen nächsten Tag lang unterhielt Peter die Jungs immer wieder mit der Geschichte, wie er mich vor Hook gerettet hatte. Er erzählte, ich sei in Gefahr gewesen, und Hook hätte mich gepackt, um mich zu töten oder Schlimmeres, und dass Peter dann heranrauschte, krähend, und mich rettete.

Ich mag es nicht, wenn Peter ihn Hook nennt. Bei ihm klingt das wie ein Schimpfwort, und das ist es nicht. Ich mag seinen Namen gern.

Ich mag eigentlich alles an ihm ziemlich gern, glaube ich.

Zwei Nächte sind vergangen, seit ich Jamison das letzte Mal gesehen habe, und in jeder Sekunde, die ich allein war, bin ich in Gedanken zu dem Moment zurückgekehrt, bevor Peter auftauchte. Als wäre es ein Puzzleteil, das mir fehlt. Hatte er vor, mich zu küssen? Ich wollte es so sehr. Ich habe nicht einmal gemerkt, wie sehr, bis es dann nicht passiert ist.

Und die Szene davor, bevor wir in die Wohnung im Berg gingen. Die Luft auf meinem Gesicht und der Schnee, der auf unsere Nasen fiel – in Gedanken spiele ich es immer wieder durch, weil ich Angst habe, es könnte mir entgleiten, wie alle Erinnerungen hier.

Die Wut, die ich auf Peter empfand, wegen dem, was zwischen ihm und Marin und Calla passierte, hat sich, seit ich wieder in seiner Nähe bin, gelegt. Wie ich befurchtet hatte.

Es fühlte sich schon bald weniger schlimm an. So etwas kann die Zeit bewirken – sie mildert Dinge, macht sie erträglicher, stumpft die Schärfe der Wahrheit ab, bis man sie besser schlucken kann.

Es tut mir nicht mehr so weh wie früher. Ich bin nicht mehr so wütend wie früher. Es ist jetzt alles gedämpft.

Und wir haben nicht darüber gesprochen, gar nicht.

In Peters Version der Geschichte, in der er mich gerettet hat, erwähnt er nicht, dass ich vor ihm weggelaufen bin. Er redet nicht davon, wie egal es ihm war, dass ich fast zwei Tage lang weg gewesen bin. Er sagt nicht, dass ich so reagiert habe, weil er andere Mädchen küsste. Gewisse Facetten der Geschichte lässt Peter völlig aus. Und je häufiger er seine Version erzählt, desto glaubwürdiger wird sie. Bis auf den Teil, der mir jedes Mal in den Sinn kommt, als mein Gesicht und das von Jem ganz dicht beieinander waren, der Wind uns umtoste und mich gegen ihn drängte, der Schnee uns bestäubte, als wären wir ein Dessert und er Puderzucker. Es fühlte sich an wie winzige Küsse, auch wenn es keine waren, und ich erinnere mich, wie ich mich in diesem Moment in der eiskalten, frischen Umgebung empfand. Es war das erste Mal, seit ich hier bin, dass ich mich wirklich frei fühlte.

Und selbst während alles andere um diesen Moment herum dunkler wird, bleibt dieser Gedanke aus irgendeinem Grund in meinem Kopf hell erleuchtet.

Ich habe angefangen, jeden Morgen, nachdem ich aufgewacht bin, unter dem Esstisch eine Kerbe für jeden vergangenen Tag zu machen. Jamison sagte vor zwei Tagen, es wären noch einunddreißig Tage bis zu meinem Geburtstag. Das bedeutet, in siebenundzwanzig Tagen ist der erste November, also haben wir heute den dritten Oktober.

Ich möchte meinen achtzehnten Geburtstag nicht verpassen. Das ist mein Hauptgrund, die Zeit hier zu markieren, aber irgendwie habe ich auch das Gefühl, es wäre sowieso ganz klug, es zu tun.

»Ich werde bald achtzehn«, sage ich zu Peter, und er sieht mich mit großen, entsetzten Augen an.

»Das tut mir so leid.«

»Oh.« Seine Antwort verwirrt mich. »Nein, nein. Ich bin froh, dass ich ...«

»Achtzehn ist alt«, unterbricht mich Peter tonlos.

»Du bist doch selbst ungefähr achtzehn oder neunzehn«, sage ich ihm.

Er schaut an sich herunter. Das irritiert ihn sichtlich. »Noch ein bisschen älter, und ich wäre eklig.« Er rutscht zu mir herüber und senkt die Stimme. »Ich biete das den anderen nicht an. Also sag es ihnen nicht, okay?«

»Was denn?« Fragend betrachte ich ihn.

»Ich kann dir Wasser aus dem Brunnen bringen. Du kannst es trinken, dann bleibst du siebzehn.«

Ich bin verblüfft. Siebzehn bleiben?

O mein Gott.

Es klingt ein bisschen, als wäre ein Traum wahr geworden – für immer jung sein?

Ich mustere ihn nachdenklich.

»Willst du etwa nicht für immer jung bleiben?« Er grinst mich an und berührt mein Gesicht.

»Vielleicht.« Er macht mich nervös.

Er strahlt bei dem Gedanken, hebt mich hoch und wirbelt mich durch die Luft. Wir fallen in die Netze hinter uns.

Als wir landen, fängt er mich auf und bremst meinen Sturz, dann rollt er sich auf mich und streicht mir ein paar Haarsträhnen aus dem Gesicht.

»Stell dir all die Abenteuer vor, Mädchen!« Er kräht an die Decke. »Bleib mit mir siebzehn«, drängt er mich.

»Du bist ja vielleicht nicht einmal siebzehn«, erinnere ich ihn sanft, obwohl ich mir sicher bin, dass das nicht zutrifft. Siebzehnjährige haben nicht so breite Schultern wie er, ganz gleich, wie viel sie segeln oder Rugby spielen.

Peter ignoriert mich. »Es bringt nichts Gutes mit sich, wenn man achtzehn ist.«

»Woher weißt du das?«, frage ich skeptisch.

Er zuckt mit den Schultern. »Was passiert schon Gutes, wenn man erwachsen wird? Man ist einfach alt. Man muss arbeiten, und das ist blöd.« Er prustet. »Man trägt Verantwortung, muss sich um Dinge und Menschen kümmern ...«

»Das sind keine schlechten Dinge, Peter.« Ich bin ein bisschen streng mit ihm.

»Ich will mich aber nur um dich kümmern.« Er küsst meine Nasenspitze.

»Und ich wäre für immer siebzehn?«

Er lacht unbekümmert. »Alter ist nur eine Zahl. Trink das Wasser. Solange du es trinkst, wirst du für immer jung bleiben. Du wirst einfach immer so aussehen wie jetzt.«

Ich schaue an mir hinunter.

»Ich trinke es jede Woche«, sagt er beiläufig. »Manchmal sogar zweimal.«

»Oh.«

Er setzt sich auf. »Wenn ich dir etwas bringe, trinkst du es dann?«

Ich bin unsicher. »Lass mich darüber nachdenken.«

Er atmet geräuschvoll aus.

»Dumm.« Dann steht er auf und macht eine verächtliche Geste. Ich kann nicht sagen, ob seine Reaktion Gleichgültigkeit entspringt oder ob er beleidigt ist. »Ich komme später wieder.«

»Wohin gehst du?« Ich sehe ihm nach.

»Ich hab Sachen zu tun.« Dabei sieht er mich nicht an.

Und dann fliegt er weg.

Wollt ihr die Wahrheit wissen? Ich hätte nichts dagegen, für immer jung zu sein, für immer so zu bleiben, wie ich jetzt aussehe. Das wäre doch sehr schön, oder?

Ewig jung sein?

Aber mir geht da eine Sache im Kopf herum, die für mich Grund genug ist, es nicht zu tun. Diese Sache hat Augen wie Feuer und einen Fimmel, was die Zahl siebzehn angeht. Und ich weiß nicht, ob etwas passieren wird, wenn ich achtzehn werde. Vielleicht passiert überhaupt nichts, aber ich will nicht selbst dafür verantwortlich sein, dass nichts passieren kann.

Ich muss mit ihm sprechen.

Ich ziehe mein Lieblingskleid an, das er für mich gekauft hat, ein kleines rot-blaues Schottenkleid, das mir bis knapp über die Knie reicht und einen großen weißen Claudine-Kragen hat.

Ich trage keine Schuhe, weil ich nur die Stiefel habe, und seit ich hier bin, habe ich festgestellt, dass ich mir sowieso nicht viel aus Schuhen mache.

Mach ich mir nichts daraus? Ist das mein Gedanke oder so ein Ding von Peter?

Er sickert unmerklich in dein Denken.

Nachdem ich Peter etwa zehn Minuten Zeit gegeben habe, aus der Gegend zu verschwinden, genug Zeit, wie ich glaube, mache ich mich auf den Weg ins Dorf. Ich laufe so schnell ich kann.

Es ist kurz nach Mittag, die Sonne scheint hell, und der Tag wirkt vielversprechend. Der Himmel ist so blau, dass ich ihm nicht hätte trauen sollen, und es weht kein Lüftchen.

Ich mache mich auf den Weg zu Jamisons Schiff. Ein paar Männer sind da und schrubben und putzen das Deck.

Orson Calhoun steht auf der Brücke, kommandiert sie herum und kommentiert, wie gut sie es machen – oder eben nicht.

Ich warte, bis er mich sieht, und winke dann unbehaglich. »Hallo!«, rufe ich ihm zu.

Er nickt und kommt auf mich zu. »Du schon wieder.«

Ich blicke zu Jamisons Kabine. »Ist er da drin?«

Calhoun schüttelt den Kopf und kneift die Augen zusammen.

»Oh.« Ich runzle die Stirn. »Weißt du, wo er ist?«

Orson nickt misstrauisch.

»He!« Bei der vertrauten Stimme drehe ich mich um.

»Rye!« Ich sehe ihn überrascht an.

»Daph!« Er lächelt. »Da bist du ja!«

»Hast du mich gesucht?« Ich gehe zu ihm und umarme ihn.

»Ja, natürlich«, antwortet er. »Ich wollte sehen, wie es dir geht.«

Ich bin neugierig. »Woher wusstest du, dass ich hier bin?«

»Ganz einfach, ich habe dich kommen sehen.«

»Oh.« Na klar.

»Sie sucht Jam«, wirft Orson ein.

Rye verdreht die Augen. »Natürlich, wen sonst?«

»Er ist im *Schmutzigen Vogel*«, informiert Calhoun uns.

Rye verzieht das Gesicht. »Es ist vierzehn Uhr, helllichter Nachmittag.«

Orson tut das mit einem Schulterzucken ab, und ich schaue verwirrt zwischen den beiden hin und her.

»Was ist der *Schmutzige Vogel*?«

»Warst du jemals so betrunken, dass du in einer Kneipe unter dem Tisch eingeschlafen bist und mit Erdnüssen im Gesicht und nur einem Schuh aufgewacht bist?«, erkundigt sich Orson.

Da muss ich passen. »Nein.«

Orson breitet die Hände aus. »Tja, das ist der *Schmutzige Vogel*.«

Orson führt uns dorthin. Unterwegs beugt sich Rye zu mir und flüstert mir ins Ohr: »Bist du sicher, dass du dorthin gehen willst?«

Ich verdrehe die Augen. »Es ist nur eine Bar, Rye.«

»Hier ist das eine Kaschemme.« Er sieht mich bedeutsam an.

»Und sie ist anders als alles, was du bisher erlebt hast.« Er mustert mich noch einmal von oben bis unten, bevor er eine dunkle, schwere Tür aufstößt.

Er hat recht.

Im Inneren ist es dunkel, denn die Fenster sind alle verrammelt. Der Raum wird von Kerzenlicht erhellt – überall stehen Kerzen, auf dem Boden, auf den Tischen, an den Wänden, und überall sammelt sich das Wachs von den Kerzen. Abgesehen vom Wachs besteht der Boden, soweit ich sehe, ausschließlich aus Erdnussschalen. Und es ist dreckig. Das hier ist der hinterste Winkel der menschlichen Zivilisation. Hier hat die Seuche angefangen, da bin ich mir sicher. Welche Seuche? Oh, alle wahrscheinlich.

Es gibt nur Schatten und zwielichtige Gestalten, übermäßig geschminkte Frauen und Männer mit fordernden Händen.

An einem solchen Ort will man nicht so gern auf jemanden treffen, der einen am Revers zu sich zieht.

Ich sehe ihn fast augenblicklich – vor allem, weil er unter den anderen heraussticht, als wäre ein Scheinwerfer auf ihn gerichtet. Es liegt daran, dass hier alles so hässlich ist und er so herrlich, aber auch, weil … Es ist einfach so. Man lässt seinen Blick durch einen Raum schweifen, wisst ihr? Und meiner schweift zu ihm.

Es ist schlimmer, als ich erwartet habe. Das weiß ich, noch bevor ich ihn erreiche. Er ist mit zwei Mädchen zusammen. Eine von ihnen ist Morrigan,[*] und die andere hat rabenschwarzes Haar. Auf dem Tisch stehen leere Bierkrüge, die Mädchen lachen, schmeicheln ihm und betatschen ihn überall. Und dann, gerade als ich hinschaue, schlägt er fröhlich auf den Arm des Wirts, der ihm eine dunkelgrüne Flasche reicht. Morrigan beugt sich vor, zieht den Korken mit den Zähnen heraus und grinst Jamison verschmitzt an.

Mein Mund wird trocken, und mir wird sofort ein bisschen flau im Magen.

Rye stößt mich sanft an. »Lass uns gehen«, flüstert er.

Ich weigere mich.

»Daph …!«, ruft Rye mir nach, aber ich bin schon auf dem Weg zu

---

[*] Das Tischmädchen.

ihm. Ich baue mich direkt vor Jamison auf, die Hände vor der Brust gefaltet.

»Wow!« Ich mustere ihn von oben bis unten.

Jamison erwidert den Blick völlig unbeeindruckt. »Redest du mit mir?«

»Ja«, erwidere ich herausfordernd.

»Okay.« Er hievt sich von seinem Stuhl und stellt sich hin. Er rülpst und schwankt, fängt sich aber rasch. »Willst du's erklären?«

Ich linse zu ihm hoch. »Wie betrunken bist du?«

»Was ...« Er beugt sich ganz nah zu meinem Gesicht. »... geht dich das an?«

Ich seufze. »Jem ...«

»Fick dich.« Er fuchtelt mit seinem Finger vor meinem Gesicht, und ich weiche zurück.

»Wie bitte?« Ich bin fassungslos.

»Fick dich und verschwinde!« Er spuckt die Worte hervor und mustert mich von oben bis unten. »Was machst du überhaupt hier? Warum kommst du immer wieder zu mir?« Er verzieht verächtlich die Lippen. »Ich will dich nich' um mich haben. Du vermasselst immer alles.«

»Wir sind Freunde.« Ich spreche leise und halte dann den Atem an, damit ich nicht anfange zu weinen.

»Ich will aber nich' dein Freund sein!« Er schreit so laut, dass es in der Taverne schlagartig still wird.

Er sieht sich um, eine halbe Sekunde lang verunsichert, dann schüttelt er sich und richtet den Blick wieder auf mich. Seine Oberlippe, die mich in den letzten Tagen besonders fasziniert hat – ihre Form, ihre Wölbung und wie sie perfekt von seiner Gesichtsbehaarung umrahmt wird, ihre Farbe und wie er sie verzieht, wenn er nachdenkt ... Sie ist normalerweise so prachtvoll, und jetzt und hier ist sie ganz hässlich und boshaft verzerrt.

Sein Lächeln ist hart. »Weißt du, man kann's leicht vergessen, wenn man mit dir zusammen is', weil du Engländerin bist und Bücher liest und dich für so schlau hältst ...«

»Ich bin klug.«

»Von mir aus, wenn du das sagst.« Er verspottet mich, und das bringt mich ein bisschen aus der Fassung.

Ich habe immer gewusst, dass ich klug bin. Und es hat mich noch nie gestört, wenn die Leute mich nicht für klug hielten, weil ich ja wusste, dass ich es bin. Aber dass er darüber spottet – ich fühle mich so klein wie eine Ameise.

Jamison wedelt mit der Hand vor meinem Gesicht. »Das alles soll nur davon ablenken, was du wirklich bist«, lallt er.

Ich hebe trotzig den Kopf. »Und was bin ich?«

Er zuckt gleichgültig mit den Schultern. »Bist nur 'n Mädchen.«

»Ach ja?« Meine Miene verfinstert sich. »Ich bin ein Mädchen, und du bist ein Junge, und worauf willst du …?«

»Falsch«, fällt er mir ins Wort. »Ich bin ein Mann.«

»Oh! Okay.«

Er hebt eine Braue und sucht meinen Blick, bevor er den nächsten Schuss abfeuert. »Und ich interessiere mich für richtige Frauen.« Er nickt in Richtung Morrigan.

Ich atme ein paarmal durch, um mich zu wappnen, und er nutzt den Moment, um die Hälfte der Flasche, die er in der Hand hält, in einem Zug auszutrinken.

Ich möchte nicht vor ihm weinen, obwohl mir das vielleicht unter anderen Umständen nichts ausmachen würde. Aber nicht, wenn dieses Mädchen zusieht und mich höhnisch angrinst. Ich erwidere ihren Blick, was Jamison bemerkt. Er wendet sich ihr zu und küsst sie drei unglaublich schmutzige Sekunden lang. Dann dreht er sich wieder mir zu, mit hochgezogenen Brauen, als hätte er seinen Standpunkt klargemacht.

»Willst du mir wehtun?«, frage ich ungläubig.

»Aye.« Er nickt. Kühl. »Is' das nich' genau das, worauf du stehst?«

»Nein!« Ich schubse ihn. »So kannst du mich nicht behandeln! Manchmal tut Peter mir weh, aber er ist wie ein Kind. Er ist einfach nur egoistisch und merkt nicht mal, dass er es tut. Aber du machst es mit Absicht!«

Jamison tritt auf mich zu und schiebt sein Gesicht unmittelbar vor meines. »Er weiß nich', dass er's tut, weil er nie an dich denkt, wenn du nicht direkt vor seiner Nase stehst.«

»Das ist nicht wahr!« Ich weigere mich, das zu akzeptieren.

»O doch, und ob es das is'.« Er starrt mich an. »Du weißt, dass es so is'.«

»So ist er nun mal! Es ist nicht seine Schuld!«

»Natürlich is' es seine Schuld!«, knurrt Jamison. Es ist ein richtiges Knurren. Wie von einem Tier. »Er könnte sich entscheiden, besser zu sein. Er könnte beschließen, sich weiterzuentwickeln. Er tut's nur nich'!« Hook schüttelt den Kopf. »Der Jungbrunnen verkrüppelt dich nich' emotional, Daphne. Er sorgt nur dafür, dass du nie älter aussiehst.« Er fährt sich ungeduldig durchs Haar. »Meine Mutter sieht seit siebenhundert Jahren wie dreißig aus, aber sie rennt nicht durch die Gegend und benimmt sich wie eine Idiotin.«

Ich betrachte ihn und versuche herauszufinden, ob das stimmt oder ob er nur unfreundlich ist, um unfreundlich zu sein. Aber es klingt irgendwie logisch. Andererseits würde ich ihm dieses Verhalten nicht absprechen, denn ich kenne Jamison nicht wirklich gut. Auch wenn es sich manchmal so anfühlt, als würde ich ihn kennen. Auf diese dumme, transzendente Art, so wie ich heute Morgen einen erbärmlichen, flüchtigen Gedanken hatte. Ich fragte mich, ob ich vielleicht den ganzen Weg durch das Universum nicht geflogen bin, um bei Peter zu sein, sondern um Jem zu finden. Und wisst ihr was? Ich hielt das in dem Moment für einen dummen Gedanken, und jetzt halte ich ihn für noch dümmer. Denn als ich ihn anschaue, seine geröteten Augen sehe und mitkriege, dass er nicht einmal bemerkt, wie die Frau in sein Hemd greift, wird mir klar, dass ich ihn eigentlich gar nicht kenne. Überhaupt nicht.

Jamisons Kopf kippt zur Seite, benommen vom Alkohol.

»Dein Mann will sich nich' wie ein Erwachsener verhalten ... entscheidet sich, dich zu vergessen, beschließt ...« Er holt tief Luft, und irgendwie wird das Ganze dadurch noch trauriger. »... dich in den Tod stürzen und einfach ersaufen zu lassen.«

»Hör auf«, sage ich. Tränen brennen in meinen Augen.

Jamison schnaubt. »Aye, aber es is' wahr.« Er setzt die Flasche an die Lippen und trinkt sie in einem Zug aus.

»Vielleicht machst du etwas langsamer, Jam?«, schlägt Orson besorgt vor.

»Nein.« Jamison verzieht das Gesicht. »Hab ich nich' vor.« Dann dreht er sich zu dem Mädchen mit den dunklen Haaren herum und küsst sie.

Diesmal schaue ich weg, über die Schulter zu Rye, der mich mitleidig beobachtet.

Er nickt zur Tür und teilt mir ohne Worte mit, dass wir gehen sollten, aber ich schaue zurück zu Jamison, der das Mädchen immer noch küsst und es gleichzeitig grob betatscht.

Ich räuspere mich, er nimmt die Hände von ihr und wirft mir einen verärgerten Blick zu. »Was?« Er zuckt mit den Schultern. »Ich halte mich nur an ein Blatt aus dem Theaterbuch des kleinen Mannes.« Er grinst mich eklig an.

»Was machst du da?« Ich rede laut und klinge ganz offensichtlich verletzt.

»In diesem Moment?« Jamison hebt die Brauen. »In diesem Moment mach ich das hier, und gleich nehm ich sie mit nach Hause«, er zeigt auf Morrigan, »und zieh ihr die Kleider aus.«

»Jem ...«

»Und dann nehm ich sie in der Badewanne, nur um dich zu ärgern«, fährt er fort und sieht mir dabei direkt in die Augen.

Ich hole tief Luft, aber mein Atem stockt. »Jamison, ich bin nicht hierhergekommen, um mit dir zu streiten.«

»Warum dann? Denn ich will dich nich' hierhaben.« Er tut gleichgültig, aber jetzt schreit er mich wieder an. Er deutet irgendwo nach draußen. »Ich will, dass du verdammt noch mal weg von mir bleibst, auf deiner Seite der Insel.« Er schluckt. »Spiel mit dem Mann-Welpen da drüben nach Herzenslust Rudyard Kipling, aber halt dich gefälligst von mir fern!«

Ich mache auf dem Absatz kehrt und marschiere davon, schnell. Wenn ich Ohren hätte, die ungesagte Dinge hören könnten, würde ich, während ich gehe, hören, dass er es bereut – dass ihn das Bedauern sofort und unmittelbar trifft und es sich anfühlt wie tausend Pfeile, die bis auf seine Knochen dringen.

Reue bewirkt so etwas. Stolz auch. Im Moment empfindet Jamison beides, und ich bin die größte Närrin auf dem Planeten.

Ein Pirat? Ich habe tatsächlich gedacht, ein Pirat und ich ...

Ich weiß nicht einmal, was ich gedacht habe. Ich kann nicht mehr klar denken. Ich muss hier weg.

Alles, was sie sagten, ist wahr. Du kannst einem Piraten nicht trauen. Sie sind gemein und böse, sie dringen in deinen Kopf ein und säen in dir Zweifel an den guten Dingen, an Dingen, nach denen du dich sehnst. Und vielleicht hast du sie sogar, sie liegen direkt vor dir, genau da, du musst sie dir nur nehmen, du hast sie nur nicht beachtet. Wegen eines dummen Piraten, mit Augen, die wie dein Heimatplanet aussehen, und weil etwas Schnee auf dein dummes Gesicht gefallen ist?

Ich hasse Jamison Hook. Ich hasse ihn vollkommen.

»Daphne!«, ruft Rye, als ich aus der Taverne laufe.

Ich weine definitiv nicht, denn warum sollte ich weinen?

Rye streckt die Hand aus und wischt mir über das Gesicht. Er sieht aus, als täte ich ihm leid. »Ist wohl nicht grad deine Woche.«

Mein Lachen klingt ein wenig wie ein Schrei, aber um das noch mal zu betonen, ich weine nicht.

»Soll ich dich zurückbringen?« Er deutet mit dem Kopf in Richtung meiner Seite der Insel.

Ich nicke, aber ich kann ihm nicht in die Augen sehen. »Bitte.«

Als ich nach Hause komme, wird es bereits dunkel, und ich nehme mir ein paar Minuten Zeit für mich, atme die kühle, feuchte Luft ein, spüre den Boden unter meinen Füßen und sage mir, dass ich genau da bin, wo ich sein soll.

Deswegen bin ich hierhergekommen. Ich bin wegen Peter hierhergekommen.

Ich habe das vielleicht für eine Sekunde aus den Augen verloren – sagen wir, ich wurde hereingelegt. Ich wurde ausgetrickst, und es wird mein Geheimnis bleiben, und ich werde nie wieder auf dieselbe Weise über Feuer und Schnee denken.

Ich atme tief durch, um mich zu beruhigen, und wische die letzten Tränen weg, die hier nicht mehr hingehören, als Rune auftaucht und vor mir schwebt.

Sie bimmelt.

»Mir geht es gut.« Ich schüttle den Kopf. »Ich gehe nur schnell rein.«

Sie läutet, und ich starre sie verwirrt an. Dann packt sie mich an den Haaren und zieht mich vom Baumhaus weg.

»Au!« Ich starre sie an. »Was machst du da? Nein, das war nicht

Peter. Nein. Nein, wirklich, das war er nicht. Also gut, wenn du es unbedingt wissen willst, es war Jamison.«

Sie klingelt erneut.

»Nein!« Ich schüttle den Kopf über sie. »Es ist nichts passiert, ich …« Ich lächle gequält. »Ich …« Geräuschvoll atme ich aus und schlucke. Ich will nicht weiter seinetwegen weinen. »Ich kann nicht darüber reden, Rune. Bitte … lass mich einfach reingehen.«

Ich gehe an ihr vorbei und betrete das Haus, wo die Jungs am Tisch sitzen.

Peter grinst mich glücklich an, kommt zu mir, küsst mich ausgiebig und mehr, als ich es verdient habe, angesichts der Dinge, über die ich nicht mehr nachdenken werde.

»Mädchen.« Er lächelt. »Ich habe mich schon gefragt, wo du steckst.«

»Hast du das?« Ich lächle, erleichtert und erfreut.

»Ich habe einen neuen Jungen für uns.«

»Wa… was?«, stammle ich überrascht.

Peter zeigt auf ein Kind, das ich noch nicht hier gesehen habe. »Das ist …« Peter stockt, versucht sich an den Namen zu erinnern, und ich denke an alles zurück, was der verfluchte Jamison Hook über Peter gesagt hat.

»Holden«, kommt Kinley ihm zu Hilfe, stolz, dass er sich an den Namen erinnert.

Er ist noch jung. Zehn, vielleicht? Allerhöchstens elf. Er hat fast goldblondes Haar und große braune Augen. Er lächelt mich hoffnungsvoll und nervös an.

»Hallo.« Ich erwidere das Lächeln so beruhigend, wie ich kann. »Holden, ich bin Daphne.«

Als er nicht sofort antwortet, stößt Percival ihn mit dem Ellbogen an.

»Ich weiß.« Er nickt heftig. »Und du bist nicht meine Mutter.«

»Stimmt.« Ich bin etwas verunsichert.

»Und auch nicht meine Freundin«, setzt er hinzu.

Ich nicke. »Stimmt auch.«

»Aber sie ist meine Freundin!«, verkündet Peter, und mein Blick zuckt überrascht zu ihm hinüber.

»Wirklich?«

»Ja.« Er zuckt mit den Schultern. »Ich möchte nicht, dass du die Freundin von jemand anderem bist, also musst du meine sein.«

»Okay.« Ich kämpfe gegen mein Lächeln an.

Dann fällt mir etwas auf. Ich sehe mich um. »Wo ist Brodie?«

»Hm?« Peter schaufelt sich das Essen in den Mund, und Kinley und Percival schauen ihn abwartend an.

»Wo ist Brodie?« Ich setze mich auf meine Hände. Irgendwie bin ich ein wenig besorgt.

»Oh.« Peter zuckt mit den Schultern. »Er hat sich heute auf dem Meer verirrt.«

»Was?«, schreie ich.

Peter wirft lachend den Kopf zurück, aber ich starre ihn nur bekümmert an.

»Das war ein Scherz, Wendy.« Er grinst.

Ich korrigiere ihn nicht.

»Wo ist er, Peter?« Ich spreche langsam und deutlich. »Im Ernst.«

Peter trinkt einen Schluck und beißt dann in sein Brötchen.

»Er hat seinen Bruder wiedergefunden.« Peter grinst. »Und sie lebten glücklich bis ans Ende ihrer Tage.«

KAPITEL 11

Gedanken sind wie Heliumballons, hat mal jemand zu mir gesagt. Sie driften einem durch den Kopf, und man kann sich entscheiden, ob man die Schnur packt und den Gedanken festhält, ihn von allen Seiten betrachtet, oder ob man sie loslassen kann.

Neverland ist ganz allgemein ein Ort, an dem solche Gedankenballons häufig und beiläufig vorbeiziehen. Aber wenn ich ganz offen sein will, wäre ich sehr nachlässig, nicht zuzugeben, dass ich, wenn der Jamison-Ballon in mein Bewusstsein schwebt, ihn nicht nur jedes Mal nach der Schnur packe, sondern manchmal sogar hochspringe, um ihn zu ergreifen und ihn dicht vor mein Gesicht zu ziehen, damit ich ihn gründlich betrachten kann.

»Peter.« Ich setze mich neben ihn.

Seine braunen Beine baumeln über eines der Balkonnetze, und er hat die hohlen Hände aneinandergelegt. Ein kleiner blauer Vogel sitzt darin und starrt ihn intensiv an.

»Ja, Mädchen?« Er sieht mich nicht an.

»Du kennst doch diesen Ort am Himmel, wo man …« Ich überlege, wie ich es formulieren kann, ohne Verdacht zu erregen. »Der Ort … mit dem Gepäck?«

Er nickt, ohne den Blick von dem Vogel abzuwenden, der seinen Blick genauso intensiv erwidert.

»Kannst du jederzeit dort hingehen?«

»Ja.« Er klingt gelangweilt.

»Ich auch?«

»Nehme ich an«, antwortet er gleichgültig.

»Ich habe ein paar Gedanken, die ich gern loswerden möchte«, gestehe ich.

Jetzt wirft er mir einen neugierigen Blick zu. Der Vogel zwitschert und fliegt davon.

Er sieht mich frustriert an. »Wegen dir habe ich gerade verloren.«

»Verloren? Was?« Ich verstehe ihn nicht.

»Den Starr-Wettbewerb.« Peter wischt sich die Hände an seiner

Hose ab. »Jetzt wird sie all ihren Freunden erzählen, dass sie besser starren kann als ich.«

Ich schaue dem Vogel nach. »Ich kann mir nicht vorstellen, dass sie so etwas machen würde.«

Auch Peter verfolgt ihn mit dem Blick. »Das sollte sie auch besser nicht tun«, sagt er. Würde die Sonne nicht genau in dem richtigen Winkel auf sein Gesicht fallen und ihn wie eine prächtige Statue beleuchten, eine Statue, zu der wir beteten, wenn wir das Glück hätten, zu ihren Füßen zu sitzen, hätte ich vielleicht Angst um den kleinen Vogel bekommen. Aber ich habe keine Angst, denn ich sitze zu Füßen der Statue, und sie ist wirklich schrecklich golden.

»Welche Gedanken?« Peter blinzelt mich gegen die Sonne an.

»Schreckliche Gedanken, mit denen ich dich nicht langweilen möchte«, erwidere ich ausweichend.

»Geht es um Blut und Gedärme?«

»Nichts so Aufregendes.« Ich lächle. »Nur um Erwachsenensachen.«

Er verzieht angewidert das Gesicht.[*] »Ja, lass uns die loswerden.«

»Bitte.« Ich nicke begierig, und er reicht mir die Hand. Er kann so süß sein, sage ich mir. Vielmehr, ich flehe mich an, mich daran zu erinnern. »Ich will das unbedingt.«

Er zieht mich hoch und beobachtet mich neugierig. Beiläufig schiebt er mir ein paar Haare hinters Ohr. »Ich werde dich vor Erwachsenensachen beschützen.«

Ich schlucke, während ich mich von seinem Blick verschlingen lasse.

»Danke«, sage ich leise, als er meine Hand nimmt und mich fliegen lässt.

Es ist ein schönes Gefühl, dieses Schweben mit ihm, hoch hinauf und weit weg. In diesen Momenten fühlt es sich genauso an, wie ich mir vorstelle, dass es immer sein soll, wenn man hier ist. Wenn man sich nicht mit Gedanken daran beschäftigt, wo ein bestimmter Verlorener Junge sein könnte oder ob es dem Vogel am Ende wirklich gut geht, oder an Piraten mit warmen Händen und schlechten Absichten.

---

[*] Ich wusste, dass ihn das abstoßen würde.

Peter setzt mich an der Hütte im Himmel ab und verspricht mir, dass er bald zurück sein wird. Er hat von einem Stern gehört, der dabei ist, sich vom Himmel zu lösen. Er müsse ihn davon überzeugen, sich wieder festzuzurren.

Ich gehe etwas zögernd zur Gepäckabgabe und begrüße den alten Mann mit einem Lächeln – sein Name ist John, richtig? Er steht auf und legt seine Angelrute weg.

»Ich habe mich schon gefragt, wann ich dich wiedersehen werde.«

Ich deutete mit einem Nicken auf seinen Eimer. »Hast du hier oben jemals etwas gefangen?«

»Fliegende Fische, meistens.« Er zuckt mit den Schultern. »Manchmal einen Meteor.«

»Oh.« Ich bin beeindruckt, auch wenn ich das nicht so deutlich rüberbringen kann.

»Willst du ein paar Gedanken loswerden?« Er nickt zur Hütte.

»Ja, bitte.«

»Du bist schon eine Weile hier.« Er mustert mich prüfend.

»Bin ich das?« Meine Neugier ist aufrichtig.

Er nickt kurz. »Ein paar Monate.«

»Ja klar.« Ich denke angestrengt nach und versuche zu ergründen, wo die ganze Zeit geblieben ist.

»Hat es dir gefallen?«, fragt er freundlich, und ich wünschte, ich hätte nicht kurz gezögert, auch wenn die Pause winzig war. Aber sie war da.

Hat es mir gefallen? Vielleicht. Die Zeit vergeht wie im Flug, und das tut sie, sagt man, vor allem, wenn man Spaß hat. Ich nehme an, ich habe mir Neverland immer als ein wehmütiges, geistloses Erlebnis mit langen Tagen und warmen Nächten und verwegenen Abenteuern mit einem mich anbetenden, nur auf mich konzentrierten Peter Pan vorgestellt. Aber bisher war es eher ein ziemlich berauschender, mehrjähriger Marathon des Herzens, bei dem Peter jede anbetet, die Brüste hat, und bis möglicherweise gestern – denke ich jedenfalls –, war meine Aufmerksamkeit ein winziges bisschen zwischen ihm und dem anderen aufgeteilt.

»Ja, sehr sogar«, antworte ich trotzdem.

Er lächelt zwar, aber ich habe das Gefühl, dass er mir vielleicht nicht so richtig glaubt. Das stört mich allerdings nicht, denn ich weiß nicht genau, ob ich mir selbst ganz und gar glaube.

Ich mustere ihn prüfend und verziehe fast gegen meinen Willen das Gesicht.

»Du kommst mir wirklich sehr bekannt vor«, stelle ich dann fest.

Er zuckt freundlich mit den Schultern. »Ich habe eben ein Allerweltsgesicht.«

Ich zeige zur Tür, während ich auf sie zugehe. Dann drehe ich mich auf dem Absatz herum, die Hände hinter dem Rücken verschränkt.

»Meine Gedanken kann doch niemand sehen, oder?«

»Nur ich«, antwortet er. Offenbar wirke ich, als würde mir das nicht gefallen, denn er fügt schnell hinzu: »Wenn ich sie herausnehme, um sie zu polieren.«

»Oh.« Ich schürze die Lippen bei dem Gedanken, dass noch jemand außer mir sieht, was ich da abgelegt habe.

»Man muss die Gedanken polieren. Sonst werden sie schmuddelig.«

»Natürlich.« Ich nicke, als ob mir das klar gewesen wäre.

»Es ist eine heilige Pflicht. Ich nehme das nicht auf die leichte Schulter.« Er hebt die Brauen. »Ich bin weder neugierig noch verurteile ich jemanden. Ich poliere sie nur.«

Ich greife nach der Türklinke, dann halte ich inne und schaue wieder zu ihm zurück. »Bringen viele Leute ihre Gedanken hierher?«

Er nickt, und ich wage es, meine eigentliche Frage zu stellen.

»Sehr viele Leute?«

»Ja.« Er reibt sich den Nacken und wartet darauf, dass ich es einfach ausspucke.

»Auch Piraten?«

Er nickt erneut. »Ja.«

Ich presse die Lippen zusammen und denke nach. »Und wenn er wollte, könnte er – ich meine, könnten sie!« Ich räuspere mich verlegen. »Könnten sie oder irgendjemand, wenn sie wirklich wollten – könnten sie dann meine Gedanken durchwühlen? Oder die von jemand anderem?«, setze ich noch hinzu, als ob das meine Frage weniger offensichtlich machen würde.

Er schnauft amüsiert. »Dafür müssten sie erst einmal an mir vorbeikommen.«

Ich lächle auch, aber es fühlt sich ein bisschen gezwungen an.

»Tut mir leid, wenn ich unhöflich klinge, aber ich fürchte, das ist vielleicht nicht ganz so schwierig, wie du es dir vorstellst.«

Er lacht schallend. »Ich bin kräftiger, als ich aussehe.«

Ich atme entschuldigend aus. »Nun, Sir, das solltest du auch sein.«

John lacht immer noch, als er sich wieder auf seinen kleinen Deckstuhl in den Wolken setzt, und deutet mit der Hand zur Tür der Hütte. »Geh ruhig rein.«

Als ich eintrete, bemerke ich, dass das Gepäck diesmal alphabetisch geordnet ist. Zuerst kommt der Nachname, dann der Vorname. Viele Namen kenne ich nicht, einige aber schon.

Beaumont, Alfred.* Darling, John. Darling, Michael. Darling, Wendy. Hook, James. Hook, Jamison. Mein Blick bleibt an einer Tasche in einem von Jems Regalfächern hängen – er hat viele. Nicht so viele wie Peter, wohlgemerkt, aber da ist diese eine Tasche. Sie ist wunderschön. Gestepptes Leder, Goldkette, weiß – ich will keine Namen nennen, aber die Tasche ist von einer Luxusmarke, die wir alle kennen, und ich habe den seltsamen, aber eindeutigen Eindruck, dass diese Tasche eigentlich meine ist. Oder besser gesagt, diese Tasche enthält den Ballast von mir, den er mit sich rumschleppte.

Sie ist deutlich kleiner, als ich gehofft hatte – was enttäuschend ist –, aber trotzdem ist die Tasche sehr schön.

Ich denke darüber nach, sie herauszunehmen und einen Blick hineinzuwerfen. Ich könnte es tun, denn keiner würde etwas davon merken. Dann stelle ich mir vor, wie er sich die Gedanken ansieht, die ich gleich weglegen werde, und begreife, dass es eine Sache des Vertrauens ist, diesen Raum betreten zu dürfen. Das muss ich respektieren.

Ich stelle mich vor den großen Spiegel und sehe, dass ich beladener bin, als ich dachte.

Ich sollte wohl erklären, wie das Gepäcksystem funktioniert. Ich bin zwar erst eine Minute hier, aber es ist ganz einfach zu verstehen.

Wenn ihr ein Gepäckstück aufgebt, dürft ihr nicht denken, dass es für immer weg ist oder keine Bedeutung mehr für euch hat.

Stellt euch Folgendes vor: Ihr schleppt einen katastrophal schweren

---

* Bis zu diesem Moment wusste ich nicht, dass mein Großvater Nimmerland besucht hat.

Seesack mit euch herum, über der Schulter, und er wiegt so viel, dass ihr unter seiner Last verkrümmt lauft.

Aber dann legt ihr ihn ab. Der Seesack ist immer noch da. Selbst wenn ihr den Raum verlasst, oder das Haus, ist das Gepäck noch da. Natürlich könnt ihr jederzeit an den Seesack denken, daran, wie ihr euch gefühlt habt, als ihr ihn herumgetragen habt, wie schwer er war, warum er so schwer war und was alles in ihm war. Aber es ist so viel einfacher, nicht an den Seesack zu denken, wenn ihr ihn nicht schleppen müsst. Und je mehr Zeit vergeht, desto schwieriger wird es, sich an den Inhalt eines Gepäckstücks zu erinnern. Wenn ihr jeden Tag in die Tasche seht, könnt ihr euch leicht merken, was ihr alles darin herumtragt. Aber wenn ihr sie aufgebt, verschwimmt die Erinnerung, und euch fallen tausend Dinge ein, die man in eine Tasche packen könnte.

Ich denke nicht mal mehr an all die Gedanken, die ich bei meiner Ankunft aufgegeben habe. Sie sind nur ein Luftballon, der mit einer herunterhängenden Schnur vorbeischwebt, die ich aber nicht ergreife. Was meine Mutter in El Salvador oder Honduras, oder wo auch immer sie ist,† tun mag, es ist ein Ballon mit einer Schnur, die so hoch hängt, dass ich auf etwas sehr Hohes klettern müsste, um sie zu fassen zu bekommen und mich zu erinnern.‡

Man lernt so viel, einfach nur durch das Leben, denke ich. Viele Gepäckstücke hängen an mir, Rucksäcke und Handtaschen und Umhängetaschen – alles Dinge, die man relativ leicht abschütteln kann, was ich auch tue. Es befinden sich aber auch welche in meinen Händen, die ich festhalte.

Meine Mutter. Wo Brodie ist. Warum nehmen wir jeden Tag Medizin? Ist da wirklich etwas im Wasser? Ist dieser Fisch gestorben? Geht es dem Vogel gut? Jamisons Gesicht, als er mich rettete und ich am

---

† Was sehr für mein Argument spricht – ich kann mich ehrlich nicht mehr erinnern.
‡ Oder man wird durch ein einschneidendes Ereignis daran erinnert. Rye sagt mir, dass auch das passieren kann. Im Guten wie im Schlechten. Er erzählte mir eine Geschichte über einen vermissten Mann aus seinem Dorf. Seine Frau war so viele Jahre lang so verzweifelt, dass sie schließlich die Erinnerung an ihn aufgab, damit sie die Gedanken nicht ständig verfolgten. Nach vielen Jahren kehrte er schließlich zurück, und all ihre Erinnerungen kamen mit einem Schlag zurück. Rye sagte, sie sei verrückt geworden und habe bald darauf das Dorf (und ihren Mann) verlassen.

Ertrinken war – all das kommt mir locker einmal pro Stunde in den Sinn. Wie er die Brauen zusammenzog, was ich für Besorgnis hielt. Aber jetzt vermute ich, dass es nur Neugier war. Wie seine Augen über meinen Körper glitten, als er mich aus dem Wasser fischte, und ich mich fragte, ob ich mich jemals so gesehen gefühlt hatte. Was Itheelia meinte, als sie auf unsere Handflächen schaute und dieses »Hmm« von sich gab. Das ist das Erste, was ich heute aufgebe, und sobald ich es fallen lasse, kommt es mir dumm vor, dass ich die ganze Zeit daran festgehalten habe. Nichts – sie hat gar nichts damit gemeint.

Warum Rune Peter nicht mag – das lasse ich als Nächstes los. Ich habe schon mal gesagt, dass es eine Verleumdung ist, was man über Feen sagt, nämlich dass sie, weil sie klein sind, nur eine Sache auf einmal fühlen können – das ist eine Lüge. Wahr ist jedoch, dass sie Groll hegen können, und Rune hegt einen gegen Peter. Das ist keine große Sache, denke ich in der Sekunde, in der ich es aufgebe. Leute kommen nicht immer miteinander aus. Es hat nichts zu bedeuten. Und ganz sicher nichts Bedrohliches.

Den Gedanken, dass Peter und Jamison miteinander verwandt sind, kann ich gar nicht schnell genug abschütteln. Ich bin zwar froh, dass ich ihn los bin, aber es fällt mir schwer, mich selbst von diesem Gedanken zu befreien. Cousins ersten Grades? Peter würde schon die bloße Tatsache als Verrat empfinden. Aber dass ich es weiß und es ihm nicht gesagt habe – das ist eine andere Art Verrat, nehme ich an. Ich weiß nicht, warum ich das Gefühl habe, dass es diesen Gedanken weniger wahr macht, wenn ich ihn aufgebe, aber genauso fühlt es sich an. Also gebe ich ihn auf und wische mir danach die Hände ab.

Dann ist da noch Peter und die Meerjungfrau. Ich habe ihn krampfhaft festgehalten, seit es passiert ist, habe darüber nachgedacht und genau verglichen, wo er ihren Körper berührt hat und wo meinen. Ich werde sicher erleichtert sein, wenn ich nicht mehr daran denken muss. Obwohl ich mich kurz frage, ob es vielleicht etwas ist, worüber ich nachdenken sollte. Ob es möglicherweise eine berechtigte Sorge ist? Mir scheint, dieser Gedanke enthält eine gewisse Logik, einen Sinn, aber ich will keinen Sinn. Ich bin ja nicht wegen des Sinns hier, oder? Also lasse ich ihn los, sehe zu, wie die muschelförmige Handtasche zu Boden fällt und um meine Knöchel herumtanzt. Ich fühle mich plötzlich so leicht, so ruhig und sicher, dass ich mich ernsthaft frage, warum ich so lange gebraucht habe, das alles abzulegen.

Ich lache über meine Dummheit, denn ein Kuss ist ein Kuss, versteht ihr, was ich meine? Und tief in mir weiß ich, dass ich zugelassen hätte, wenn der andere versucht hätte, mich zu küssen. Aber ich will das jetzt nicht mehr. Na ja, vielleicht aber doch.

Das führt mich zu der bei Weitem schönsten Tasche, die ich in der Hand halte. Sie ist ganz aus Sterlingsilber und massiv. Eher eine Clutch als eine Tasche, nehme ich an. Die Vorderseite ist mit ziselierten Blumen bedeckt, und auf der Rückseite ist etwas eingraviert, das ich nicht zu lesen wage. Das Ganze hängt an einer silbernen Kette, die ich sehr fest umklammere, und ich weiß, ohne sie zu öffnen, dass sie die Gedanken an seine Hände auf mir enthält, als er seine Jacke fest um mich geschlungen hat. Ich würde mich die ganze Zeit in diesem Moment aalen, als wäre es eine Sonne, in der ich bade. Aber ich weiß jetzt, dass es keine gute Idee ist, Gefühle für einen Piraten zu hegen. Er ist nicht der, für den ich ihn gehalten habe, und ich bin nicht das, was er will, also lasse ich sie los. Ich hasse es, wie es sich anfühlt, als sie fällt – die Trennung ist eher wie ein Abreißen. Doch sobald sie auf dem Boden aufschlägt, fällt die große Last von mir ab, die Sorge, dass ich vielleicht anfangen könnte, ihn zu lieben.

Was für ein dummer Gedanke! Ich kann manchmal so dumm sein. Peter hat recht.

Jetzt halte ich nur noch eine Tasche in der Hand. Es ist die, die ich am krampfhaftesten festhalte. Sie ist klein und aus Leder. Ein Beutel. Er sieht unscheinbar aus, könnte aber vielleicht Juwelen oder Gold enthalten.

Ich schaue hinein. Nicht, weil ich nicht weiß, was drin ist, sondern eben, weil ich es weiß.

Der Schnee auf unseren Nasen, als wir uns fast küssten, und die Brise, die sich wie mehr als nur eine Brise anfühlte. Ich schließe die Augen, genieße die Erinnerung daran ein letztes Mal, bevor ich sie für immer wegpacke. Ich atme es ein, rieche die frische Luft, erinnere mich an seinen Duft nach Leder und Rum und Tabak und Verheißung und Schicks…

Nein. Ich schüttle den Kopf über mich selbst. So riecht es nicht. Das kann es nicht. Unmöglich. Er kann es nicht sein. Obwohl eine kleine Stimme in mir, die sich älter und weiser anhört, als ich bin, mir einflüstert, dass ich es nicht tun sollte, ziehe ich mit meiner freien Hand den Beutel aus meiner anderen. Sie landet mit einem lauten Klappern auf dem Boden, und ich will sie sofort wieder aufheben, aber ich bekämpfe den Drang und trete sie stattdessen weg.

Und dann, gerade als ich gehen will, entdecke ich ihn. Unter einem Stapel von Umhängetaschen. Ein Rucksack. Hässliches, billiges, kratziges Material. Er muss einfach so heruntergefallen sein. Ich wollte mich nicht daran erinnern, aber in Anbetracht von allem, was passiert ist, habe ich das Gefühl, dass ich es vielleicht tun sollte. Ich sollte mich an ihn erinnern, wie er es verdient hat … wie er möchte, dass ich mich an ihn erinnere. Also hebe ich ihn auf und lege ihn wieder an. Erinnere mich an Hook in dieser Kaschemme, mit diesem Mädchen, seine Hände so eifrig wie sein Mund, der mir sagte, ich solle mich von ihm fernhalten. Seine Worte werden jetzt nicht mehr durch irgendetwas von den schöneren Dingen abgemildert, an die ich mich zuvor geklammert hatte. Ich betrachte mich im Spiegel. Von der Seite ruft der Lederbeutel nach mir, doch ich ignoriere ihn. Dann schnalle ich den Rucksack über der Brust fest und wende mich ab.

Ich blinzle im Licht von etwa acht Sonnen, als ich hinausgehe.

Peter sieht mich mürrisch an. »Hat ja ganz schön lange gedauert.«

»Ich bin einfach nur spektakulär gründlich«, gebe ich leichthin zurück.

Peter funkelt mich mit seinen gefährlich grünen Augen an. »Du bist spektakulär, Mädchen. Komm!« Er nimmt meine Hand. »Es gibt einen Ort, den ich dir zeigen möchte.«

»Wo befindet er sich?«

»Irgendwo.« Er zuckt mit den Schultern.

»Was ist es für ein Ort?«

Er beugt sich dicht zu mir. »Von dort kommen all die großen Dinge«, erklärt er freudig.

Dann packt er mich um die Taille und wirft mich in die Luft, grinst, während er hinter mir herfliegt, greift meine Hand und zieht mich höher, immer höher in den Himmel.

Ich betrachte ihn mit einer neuen Art Zuneigung. Jetzt ist es einfacher. Jetzt, wo all die Taschen, die ich festhielt, versteckt sind, und auch, weil wir oben im Himmel sind. Peter Pan ist anders, wenn er fliegt. Er zieht seinen Finger durch die Luft wie durch Wasser, taucht durch die Wolken wie ein Delfin und wird dabei die ganze Zeit von der Sonne von hinten angestrahlt wie eine Art griechischer Gott.

Er strahlt mich an. »Ich war noch nie mit jemand anderem hier.«
»Noch nie!« Ich bin begeistert. »Nicht mal mit Calla?«
Er hält inne und denkt nach. »Mit ihr vielleicht doch«, sagt er gleichgültig und fliegt weiter. »Aber sie musste ihre Augen schließen.«
Ich schürze die Lippen und bin ein bisschen weniger begeistert, bis er zu mir fliegt und seine Nase an meine legt. »Aber du darfst deine Augen offen lassen.«
Ich verdrehe sie. »Da hab ich aber Glück gehabt.«
Er reibt seine Nase an meiner und lächelt mich an. Plötzlich habe ich Schmetterlinge überall, so groß, dass sie mich in einen ganz anderen Himmel fliegen könnten. Aber dann ergreift Peter meine Hand und zieht mich herunter.
»Wir sind fast da.« Er streift mich mit seinem Blick. »Das wird dir gefallen, Wendy.«
Dass er meinen Namen verwechselt, tut kurz weh, aber dann sehe ich von Weitem etwas, das ich eigentlich unmöglich sehen kann.
Ich bleibe mitten im Himmel stehen. Und blinzle. »Ist das ...?«
Peter schwebt vor mir, die Hände in die Hüften gestemmt, stolz und groß, als hätte er diesen Ort selbst erschaffen.
»Ein Dinosaurier«, verkündet er, dann ergreift er meine Hand, und wir fliegen zu ihm hinunter.
Es ist ein Brontosaurus, um genau zu sein. Und er ist blau. Und steht auf dem grünsten Gras, das ich je gesehen habe und das bedeckt ist mit ...
Mein Blick zuckt zu Peter.
»Sind das Pilze?«
Er hält meine Hände, als unsere Füße den Boden berühren. »Riesengroße.« Er nickt.
Ich schaue mich um. Blumen so hoch wie Bäume, Bäume so hoch wie Wolkenkratzer. Adler schweben über uns, so groß wie ein Leichtflugzeug.

»Ist hier alles riesig?«, frage ich ihn, als ein Marienkäfer von der Größe einer Katze an uns vorbeikrabbelt.

Peter grinst über das ganze Gesicht. »Willkommen im *La Vie En Grande*.«

*

»Dieser Ort ist unglaublich.« Ich starre in den Himmel. Peter liegt neben mir auf einem riesigen Seerosenblatt, so groß wie ein Ponton.

»Findest du?« Peter rollt sich auf den Bauch und sieht auf mich herab.

»Meinst du das ernst?«

Unter uns schwimmen Koi-Karpfen, so groß wie Orcas und Blauwale. Die haben ihre normale Größe behalten. Peter hat mir erzählt, dass sie schon auf der Erde zu den größten Tieren gehören; sie sind einfach eines Tages in unsere Welt entkommen, und wir wollen ganz sicher nicht, dass sie noch größer werden. Wer weiß schon, was dann alles passieren könnte.

»Ich liebe es«, gestehe ich aufrichtig.

Dann verstreuen sich alle Fische unter uns, und im Wasser breitet sich ein Schatten von der Größe eines Lastwagens aus.

»Peter.« Ich setze mich langsam auf und ziehe die Beine unter meinen Körper. »Da ist etwas.«

Er schaut sich gelassen um. »Ach!« Er setzt sich auf. »Das ist nur mein Krake.«

»Dein was?«, frage ich ungläubig.

Ungerührt lässt er die Füße im Wasser baumeln.

»Mein Krake«, sagt er und schaut über die Schulter zu mir zurück, bevor er ins Wasser gleitet, und ich stoße einen kleinen Schrei aus, während ich rasch hinter ihm herkrabbele.

»Peter!«, rufe ich nach ihm und greife ins Wasser. Ein paar Sekunden lang ist nichts zu hören, dann taucht er auf der anderen Seite des Seerosenblatts auf und stützt sich mit den Ellbogen darauf ab. »Ich würde mich an deiner Stelle vom Rand fernhalten.« Er wirft mir einen Blick zu. »Der Krake mag mich, aber dich mag er nicht.«

Ich husche hastig in die Mitte, und Peter lacht, als er wieder auf das

Blatt klettert, das warm von der Sonne ist, und sich auf den Bauch legt.

Er hat einen wunderschönen Rücken. So braun, so breit, mit Sommersprossen von all den Sonnen hier übersät, das Geschenk einer winzigen Konstellation, die auf ihm abgebildet ist.

Ich lege mich auf die Seite und blinzle.

Er sieht mich an und lächelt, bevor er sich auf die Seite dreht und den Kopf in die Hand stützt.

Dann beugt er sich zu mir, die Augen kühn und sicher, und seine Lippen öffnen sich, als sein Blick auf meinen Mund fällt. Wir sind jetzt so nah beieinander, dass ich seinen Atem auf mir spüre. Er fühlt sich schwer an. Er trifft mich wie diese müde Welle, die man spät in der Nacht erwischt und die einen an den Ort trägt, an dem der Traum lebt. Mir wird schwindlig. Peter ist auch so. Er ist wie ein freier Fall. Mit ihm zusammen zu sein, kann beängstigend und unangenehm sein, aber Gott, die Aussicht auf dem Weg nach unten, die Begeisterung, die einen erfasst, wenn er sich an einen erinnert – es ist berauschend.

Und es gibt Schlimmeres, als versehentlich vergessen zu werden.

Zum Beispiel, wenn sich jemand entscheidet, dich zu vergessen, sich entscheidet, dich zu verletzen, weil du ihn versehentlich verletzt hast? Das ist schlimmer. Peter ist nicht der Bösewicht. Er ist vielleicht gelegentlich fehlgeleitet und braucht vielleicht ein bisschen Läuterung – und zweifellos braucht er ganz dringend eine Mutter. Aber er ist nicht der Bösewicht.

Er streicht mit seinen Lippen über meine, zuerst ganz leicht – es ist wie eine Berührung von Schmetterlingsflügeln, leicht nervös. Dann rollt er sich auf mich, küsst mich heftig, und es breitet sich in mir aus wie eine Flutwelle. Ich spüre es in jedem Teil meines Körpers. Er ist wie ein Sprung in den Ozean. Kennt ihr das, wenn ihr im Wasser seid und völlig untertaucht und an eine kalte Stelle kommt und es überall fühlt. Es erfrischt dich, lässt dich lebendig fühlen und erschreckt dich gleichzeitig?

So fühlt es sich an, ihn zu küssen. So, und gleichzeitig, als würde jemand an mir reißen. Wenn er so auf meinem Körper liegt, fühlt es sich an, als würde ich von einer Strömung weit hinaus aufs Meer gezogen. Das Meer ist unfassbar blau und der Himmel unvorstellbar klar, und ich bin unglaublich allein auf dem Meer, allein mit ihm.

Er und ich schweben in der kalten Stelle in der Tiefe, und ich finde, es ist gut, dass ihn zu küssen sich anfühlt wie eine kalte Strömung im Meer, oder? Weil es so erfrischend ist. Das ist doch eine gute Sache. Erfrischung ist gut. Nicht alles muss warm und wie ein Feuer sein, und außerdem kann ein Feuer einen richtig verletzen, wenn man ihm zu nahe kommt – stimmt doch, oder? Ich war schon mal zu nah an einem dran. Glaube ich. War ich das? War ich zu nahe dran, oder war ich nicht nahe genug dran? Warum denke ich überhaupt an ihn? Ich will jetzt nicht an den Piraten denken.

Ich möchte an Peter denken und daran, wie seine Finger über meinen Körper gleiten. Ich will seine Finger genauso auf meinem Körper haben, nicht wahr? Es ist schön, begehrt zu werden, findet ihr nicht auch? Es ist eine großartige Art, sich lebendig zu fühlen, was ich ja auch bin, und ich bin mir zunehmend bewusst, was es bedeutet, ein Mensch zu sein: Wie gut es sich anfühlt, gesehen und berührt zu werden, und wie süß es ist, von den Augen eines Jungen, der einen mag, angestarrt zu werden, während eure Schultern von sieben Sonnen geküsst werden, aber auch von dem seltsamen und stillen Bewusstsein der Sterblichkeit … Dass ich hier bin und atme und Luft in meiner Lunge habe, und mit Peter zusammen bin und so lange darauf gewartet habe, dass seine Aufmerksamkeit nur mir gilt und mir allein, und endlich ist es so. Seine Aufmerksamkeit und seine Augen und seine Hände gelten nur mir. Sind das seine Hände auf meinem Hals? Ich glaube nicht. Oder sind sie es vielleicht doch? Ich öffne meine Augen nicht, sicherheitshalber, denn ich liebe es, hier zu sein, glaube ich. Ich liebe es, bei ihm zu sein, und das ist der Ort, an dem ich sein soll, genau hier, ganz allein mit ihm.

Und dann huscht er durch meinen Kopf – dieser schnelle, schreckliche Gedanke, den ich dort nicht haben will, wie eine Maus, die mitten in der Nacht bei ausgeschaltetem Licht durch das Haus huscht. Denn es sind nur er und ich allein mitten auf dem Meer, auf das uns dieser große und herrliche Kuss hinausgezogen hat, und der Kuss ist genau das, er ist großartig, ich gelobe es, er ist wirklich großartig. Ich spüre ihn bis in meine Finger, er kriecht meine Wirbelsäule hinauf, was großartig ist ... Und ich frage mich, leise, vielleicht, nur für eine Sekunde, ob er mich vielleicht ertränken wird, und meine Augen öffnen sich ruckartig.

Ich setze mich auf dem Seerosenblatt auf, atemlos, mit gerötetem Gesicht.

»Was?« Er stützt sich auf einen Ellbogen und verzieht ein wenig mürrisch das Gesicht.

»Nichts.« Ich schüttle den Kopf und schenke ihm ein Lächeln, das mir der Pirat niemals abkaufen würde. »Ich bin nur außer Atem.«

Er nickt. »Das löse ich bei Mädchen aus.«

Ich blicke an ihm vorbei in den Himmel, lasse die Bemerkung an mir abgleiten wie Seide auf der Haut. Aber sie fühlt sich weniger schön an, als das Bild klingt.

»Mädchen«, sagt er und mustert mich sehr aufmerksam.

Ich sehe ihn abwartend an.

»Gibt es da noch mehr?«

Die Frage macht mich neugierig. »Was meinst du?«

»Bei dem hier.« Er blickt auf seine Hand an meiner Taille. »Ich habe das Gefühl, dass wir mehr tun könnten als das, was wir immer tun.«

»Ich meine ... ja.« Ich kratze mich am Hals. »Technisch gesehen schon«, füge ich hinzu.

Peter wird ein wenig munterer. »Es gibt mehr als nur Küssen?«

»Also ... ja.« Ich überlege und runzle die Stirn. »Aber dann wird es – erinnerst du dich daran, dass wir über Sex gesprochen haben?«

»Natürlich erinnere ich mich«, sagt er wenig überzeugend.

»Gut. Und weißt du dann noch, was Sex ist?«

Seine Miene verfinstert sich, obwohl er in einem Sonnenstrahl sitzt. »Natürlich weiß ich das noch. Aber erzähl es mir noch mal, damit ich weiß, dass du es auch weißt.«

Ich schüttle höflich den Kopf. »Eigentlich möchte ich das lieber nicht, wenn ich nicht muss.«

»Du musst aber«, sagt er, ohne eine Miene zu verziehen.

Ich setze mich auf, ziehe meine Füße unter mich und schlinge die Arme um meine Knie. Dann richte ich den Blick auf ihn. Es ist ein sanft tadelnder Blick, der sowohl dadurch abgemildert wird, dass meine Frustration ihm gegenüber nachlässt, wenn er mir zuzwinkert, als auch durch die riesigen Mohnblumen und Tulpen am Rande des Ufers, die wie Weiden über uns hängen.

Peter rückt näher und zieht eine Braue hoch. Er berührt mein Gesicht. »Du könntest es mir zeigen?«

Ich schnappe nach Luft. Seine Frage überrumpelt mich. Warum tut sie das?

»Zeig es mir«, drängt er. Seine Hand liegt jetzt auf meinem Bein. Sie ist beiläufig fordernd. Es ist keine Drohung, eher eine Erwartung.

Ich schüttle den Kopf. »Ich bin nicht bereit, es dir zu zeigen.«

Er zieht die Hand zurück und verdreht die Augen. »Weißt du nicht, wie es geht?«

»Ich weiß, wie es geht, aber ich bin nicht ...« Ich unterbreche mich. »Ich will es nicht.«

Er steht auf, gebieterisch und verärgert. »Warum willst du es mir nicht zeigen?«

Sein Name schießt mir wie eine sengende Wunde durch den Kopf. Jem.

Das sollte nicht passieren. Also nehme ich eine kalte Kompresse und betäube sie.

Ich erhebe mich, und wir stehen uns direkt gegenüber. Er hat zwei Sommersprossen auf der Brust, auf dem rechten Brustmuskel, und wenn ich den Kopf auf seine Brust lege, sind sie genau auf der Höhe von meinem Kinn und meiner Nase. Manchmal denke ich, das ist ein Zeichen. Wenn ich nach einem Zeichen suchen würde, wäre das vielleicht eines.

Aber mein Kopf liegt jetzt nicht auf seiner Brust, und ich sehe ihn mit großen Augen an, die sich irgendwie klein anfühlen.

»Weil ich es noch nie gemacht habe«, gestehe ich, und er lacht. Irgendwie klingt das gemein.

»Du weißt es also nicht.«

»Nein, ich glaube, ich weiß es nicht.« Ich zucke mit den Achseln.

Peter legt den Kopf schief, ohne meinen Blick loszulassen. »Woher willst du dann wissen, dass du es nicht willst?«

Ich straffe mich und antworte unmissverständlich. »Weil ich weiß, dass ich es nicht will.«

Er greift nach mir, legt seine Hand um meine Taille, wie ich es immer von ihm will. Nur … in diesem Moment will ich es nicht, und es gefällt mir auch nicht.

Er neigt den Kopf in die andere Richtung. »Aber woher willst du das wissen?«

»Weil ich es weiß!« Ich rede schnell und hitziger als beabsichtigt weiter. »Ich habe auch noch nie einen Schlag ins Gesicht bekommen, aber ich weiß trotzdem, dass ich das nicht will.«

Er verdreht die Augen und lächelt. »Wir reden hier nicht über Schläge, Mädchen.«

Er hat recht. Tun wir nicht. Wir reden darüber, dass du mir Kuchen in den Mund schiebst und mich zwingst, ihn zu schlucken.

Ich blicke zu ihm hoch und atme erst bei vier ein und aus, damit ich nicht so aufgewühlt wirke, wie ich mich fühle. Er mag es nicht, wenn man sich aufregt.

Peter beobachtet mein Gesicht und sucht nach einer Lücke in meiner Entschlossenheit. Aber sie ist von meiner Nervosität und einer schwachen Erinnerung an Schnee, der auf meiner Wange tanzt, verschlossen. Oder so.

»Du willst wirklich nichts über das *mehr* erfahren?«, drängt Peter.

Ich schüttle den Kopf. »Nein.«

»Eines Tages?«

»Vielleicht«, antworte ich unverbindlich.

»Mit mir?«, hakt er nach.

Ich sage nichts, und bis zu meinem Tod würde ich schwören, dass mir in dem Moment kein anderer Name durch den Kopf geschossen ist.

Peter sieht mich an. »Es würde mir nicht gefallen, wenn du es mit jemand anderem herausfindest …«

Ich nicke. »Okay.«

»Ich würde ihn umbringen.« Seine Miene ist völlig unbewegt.

Ich atme erneut erst bei vier ein und aus, bevor ich unbekümmert lächle. »Du übertreibst natürlich.«

Er zuckt mit der Achsel und wendet den Blick ab. »Natürlich.«

Ich halte meinen Blick ein paar Sekunden lang auf meine Hände gerichtet, weil ich nicht weiß, was ich sagen soll.

Peter senkt den Kopf, sodass sich unsere Blicke treffen. »Bist du sicher, dass du nicht das kleinste bisschen neugierig darauf bist, jetzt, hier, mit mir?«

»Peter«, seufze ich.

Er schüttelt überdrüssig den Kopf. »Wenn ich Calla mit hierhergebracht hätte, würde sie sich ebenfalls wundern.«

»Da bin ich mir sicher.« Ich verschränke die Arme und wende meinen Kopf von ihm ab, um ihm zu zeigen, dass ich ein bisschen pikiert bin. Dann beobachte ich ihn aus dem Augenwinkel. »Aber du triffst sie ja nicht mehr, hast du jedenfalls gesagt.«

»Hm.« Peter runzelt die Stirn. »Habe ich das gesagt?«

»Ja.«

»Ich erinnere mich daran, dass ich es gesagt habe, klar.« Er verdreht die Augen, und ich atme so laut durch die Nase aus, dass er es hören kann. Es ist zu viel Gefühl für ihn. »Lass uns gehen«, sagt er und wischt sich die Hände an seiner Hose ab.

»Wollen wir nicht bleiben?«, frage ich ihn und mache einen Schritt auf ihn zu. »Wir könnten noch einmal unter den Riesenblumen spazieren gehen.«

»Nein.« Er schüttelt den Kopf. »Sie haben nicht das, was ich hier gesucht habe.«

Seine Worte treffen mich wie ein Schlag ins Gesicht.

Diesmal packt er mich am Handgelenk, nicht an der Hand, als er mich in die Luft zieht. Dann fliegt er vornweg. Es ist schwer, mit ihm mitzuhalten. Auf dem Rückweg blickt er nur ein paarmal zu mir zurück. Er spricht mit den Sternen, nicht mit mir. Etwa auf halbem Weg nach Hause vergisst er, warum er eigentlich wütend auf mich ist, und ist stattdessen nur noch diffus beleidigt.

Unterwegs hält er noch mal bei der Hütte mit dem Gepäck an und gibt etwas auf. Dann gehe ich nach ihm hinein und lege die Teile des Tages ab, an die ich mich nicht erinnern möchte.

KAPITEL 12

Am Morgen meines Geburtstags begreife ich zuerst nicht einmal, dass es dieser besondere Tag ist, bis ich die Kerben unter dem Tisch abtaste und im Kopf nachrechne.

Ich hatte gehofft, er würde daran denken, versteht ihr? Alle meine Geburtstage bis zu meinem zwölften Lebensjahr wurden unglaublich schön gefeiert, doch dann markierte jedes Jahr nach meinem zwölften Geburtstag ein weiteres Jahr, in dem der Junge am Fenster nicht wieder aufgetaucht war. Ich hatte mitbekommen, wie meine Geburtstage die Hoffnungen meiner Großmütter aufzehrten, wie ich älter wurde und mein Alter ihnen Angst einflößte. Sie fragten sich, was aus dem Jungen geworden war, den sie so sehr lieb(t)en. Ich habe also ohnehin gemischte Gefühle, was Geburtstage betrifft. Mit vierzehn fing ich an, mich an meinem Geburtstag selbst auszuführen. Ich erzählte Wendy und Mary, dass ich etwas für die Schule zu erledigen hätte, und machte mich dann allein auf den Weg an den Ort, den ich gerade besuchen wollte.

Letztes Jahr bin ich allein zu den weißen Klippen von Dover gefahren. Das erforderte Planung und Lügen, und ich musste Charlotte und ihren älteren Cousin[*] dazu bringen, uns dorthin zu fahren. Aber ich war bereit, den Aufwand auf mich zu nehmen, wenn ich dafür nicht den ganzen Tag die besorgten Gesichter meiner Großmütter sehen musste.

Sie hatten nie vor, es zu sagen. Sie haben es auch nicht ausgesprochen. Das lief immer stumm, nie laut, aber ihre Gesichter verrieten mir, dass Älterwerden eine schreckliche Sache war. Diese Einstellung habe ich nie geteilt. Und das tue ich immer noch nicht, glaube ich.

Ich habe den Tag letztes Jahr auch genossen. Meine Freunde unterhielten mich den ganzen Tag und plapperten Wissenswertes über die Entstehung der Klippen. Dass Großbritannien und eigentlich fast ganz Europa vor einhundertsechsundsechzig Millionen Jahren noch vom Meer bedeckt waren. Und dass dieser Meeresboden mit weißem

---

[*] Sein Name war Oliver.

Schlamm bedeckt war, der aus den Skeletten sehr, sehr kleiner Algen bestand, sogenannten Coccolithen. Die bildeten zusammen mit den mikroskopischen Überresten anderer Lebewesen am Meeresgrund dieses weiße, schlammige Sediment. Erst im Känozoikum, während der alpinen Gebirgsbildung, wurde es über den Meeresspiegel gehoben.

Wir blieben den ganzen Tag dort, und als ich nach Hause kam, saßen sie an unserem Esstisch mit Kuchen und Kerzen, und ich fühlte mich schuldig, weil ich den Tag nicht mit ihnen verbracht hatte. Aber ich hatte gerade zwei Bissen von meinem Geburtstagskuchen gegessen, als Marys Gesicht sich verzog, als hätte sie Schmerzen. Sie sah mich an.

»Wo ist er?« In dieser Frage schwang schon damals, noch bevor ich ihn kannte, sehr viel Leidensdruck mit.

Darauf wusste ich keine Antwort.

»Ist ihm etwas zugestoßen?«, fragte sie Wendy. Ihre Gesichter waren zwar schon alt, aber immer noch von einem alten Schmerz gezeichnet, der ihnen in ihrer Jugend widerfahren war.

Ihm war nichts passiert, wie sich bald herausstellen sollte.

Er vergisst, was er vergessen will, und erinnert sich an das, an das er sich erinnern will. Ich glaube jetzt wirklich, dass das stimmt. Vielleicht gebe ich diese Erkenntnis später in der Hütte ab.

Peter kommt etwa zehn Minuten nach mir in den Essbereich, sein Gesicht ist noch schlaftrunken. Er schläft immer durch. Ich nie. Bei jedem Geräusch, jedem Knarren, bei jeder seiner Bewegungen im Bett[*] [†] öffnen sich meine Augen. Seine nie. Er ist vollkommen unbekümmert. Er schläft auch so laut, dass mich das manchmal wach hält. Ich habe versucht, woanders im Baum zu schlafen, aber es gibt keine Ersatzdecken. Inzwischen habe ich mich an seine Geräusche gewöhnt, an sein Atmen, das nicht so laut wie ein Schnarchen ist, aber auch nicht so leise, dass ich es ignorieren könnte. Am Ende wandere ich immer wieder zu ihm zurück.

»Wo warst du?«, fragt er mich dann jedes Mal schläfrig.

»Nirgends«, antworte ich dann immer, während ich mich an ihn kuschle, aber trotzdem friere.

---

[*] Das ja, wie ich euch in Erinnerung rufen möchte, eigentlich ein Nest ist.

[†] Und könnt ihr euch bitte versuchen auszumalen, wie lebhaft Peter Pan schläft? Der überschäumendste Junge der Welt.

»Guten Morgen.« Peter packt jetzt meinen Scheitel und drückt mir einen groben Kuss darauf. Dann setzt er sich neben mich, den Arm um meine Schultern gelegt.

Er schlägt zweimal auf den Tisch. Ich mag dieses fordernde Verhalten von ihm gar nicht, aber sofort erscheint ein Teller vor ihm, und eine Orange wird in einen Becher gepresst.

Die Magie der Heinzelmännchen ist sehr mächtig, hat mir Rye gesagt. Mit ihr ist nicht zu spaßen. Aber ich vermute, dass Peter trotzdem oft damit spielt.

»Danke!«, rufe ich dem Heinzelmännchen sicherheitshalber zu, und Peter verdreht die Augen.

Er macht sich über sein Frühstück her – drei verschieden zubereitete Eier und viel Speck.

»Weißt du, welcher Tag heute ist?«, frage ich ihn liebenswürdig.

Er neigt den Kopf ein wenig, um aus dem Fenster zu schauen.

»Ein sonniger Tag.«

»Ja.« Ich nicke. »Und?«

»Und ...« Peter schaut wieder aus dem Fenster, bevor er mich verwirrt anschaut, was er mit Verärgerung überspielt. »Windig?«

»Na klar.« Ich lächle gezwungen. »Außerdem habe ich heute Geburtstag.«

Er verzieht das Gesicht. Das gefällt ihm nicht. »Oh.«

Ich rutsche unbehaglich neben ihm hin und her.

»Wie alt bist du?« Er mustert mich aus dem Augenwinkel.

»Achtzehn«, antworte ich. Ich hasse mich selbst dafür, aber ich muss schlucken, als ob mich das nervös macht.

Er schneidet eine Grimasse, und ich weiß nicht, ob ich sie sehen sollte oder nicht.

»Ziemlich alt.«

Ich verschränke die Arme. »Immer noch jünger als du.«

Er zuckt mit den Schultern. »Kaum.«

»Du bist mindestens dreihundert Jahre ...«, beginne ich, nur um ihn zu ärgern, aber er presst mir die Hand auf den Mund. Wäre ich ehrlich zu mir,[‡] müsste ich zugeben, dass das ziemlich wehtut.

[‡] Was ich aber nicht bin.

»Sag das nicht, nicht hier.« Seine Stimme klingt tief und ernst, und er hat die Augen zusammengekniffen.

Ich nicke, so schnell ich kann. Ich schärfe mir ein, das nie wieder zu sagen, und sorge dafür, dass er an meiner Miene sehen kann, dass ich es nicht tun werde. Gleichzeitig rede ich mir ein, dass ich nicht nervös bin. Bin ich auch nicht. Denn warum sollte ich nervös sein?

Er nimmt den Arm von meinen Schultern und kaut an seinem Daumennagel. »Haben die Jungs ihre Medizin genommen?«, erkundigt er sich.

Ich nicke.

»Du auch?«

Ich nicke. »Mm-hmm.«

»Gut.« Er nimmt eine Blaubeere und betrachtet sie genau, bevor er sie ohne ersichtlichen Grund zwischen seinen Fingern zerquetscht.

Ich räuspere mich. »Hast du heute schon etwas vor?« Ich versuche, nicht zu hoffnungsvoll zu klingen.

Er sieht zu mir herüber und nickt, während er mit der Zunge etwas von seinen Zähnen saugt.

»Und?«, erkundige ich mich.

»Marin hat mir von einem Schiffswrack bei Mistica Cornucopia erzählt«, erwidert er beiläufig. »Sie will es mir zeigen. Wahrscheinlich finden wir dort einen Schatz oder etwas ähnlich Erstaunliches.«

»Oh.« Ich mache eine kleine Pause. »Ist das alles?«

»Weiß nicht.« Er zuckt mit einer Achsel. »Vielleicht töte ich einen Piraten oder so – falls welche den Schiffbruch überlebt haben.«

Ich runzle die Stirn, aber er bemerkt es nicht.* Er geht auf die Tür zu, bleibt stehen und sieht zu mir zurück.

»Ach ja.« Er deutet auf mich. »Du sagtest, du hättest Geburtstag.«

Mein zerknautschtes Gesicht entspannt sich ein wenig. »Ja.«

»Hm. Soll ich dir etwas Wasser aus dem Jungbrunnen bringen, damit du nicht noch älter wirst?«

Mir entgleisen die Gesichtszüge. Und ich schüttle kurz den Kopf. »Nein«, antworte ich leise. Mehr bringe ich nicht raus.

Peter zuckt mit den Schultern. »Deine Beerdigung.«

---

* Oder wenn doch, kümmert es ihn nicht.

Dann ist er weg.

Ich gebe ihm eine halbe Stunde Zeit, um zurückzukommen und seine Meinung zu ändern. Tut er aber nicht. Das würde er auch nie tun.

Ich gehe hoch, um meine Stiefel zu holen, denn ich weiß sowieso, was ich heute machen werde. Das, was ich immer an meinen Geburtstagen tue. Wenn ich endlich die Kraft finde, erwachsen zu werden, und herausbekomme, wie ich diesen schönen, schrecklichen Ort verlassen kann,[†] will ich immer noch Geologin werden. Ein Vulkan wird mir dann wie ein alter Freund vorkommen.

Oben neben dem kleinen Regal, das ich mir aus Ästen gebaut habe und in dem ich die wenigen Sachen aufbewahre, die ich hier besitze, finde ich ein Paar Sandalen mit Riemen aus Ranken und ein Päckchen mit einer Schleife aus Blumen. Ich reiße es auf, und Blumen und Feenstaub fallen zur Seite, als ich das schönste, magische Kleid heraushebe. Es ist weiß, wird in der Taille mit einer Kordel zusammengebunden und ist auf dem Rücken mit Blumen besetzt, die fast einen Umhang bilden.

Ich sehe mich im Zimmer nach Rune um, um ihr zu danken, aber sie ist schon weg. Ob sie gehört hat, was Peter zu mir gesagt hat? Für einen Moment bin ich peinlich berührt, doch dann kommt mir der Gedanke, dass sie ja wohl bereits über seine Methoden Bescheid weiß.

In meinem neuen Kleid mache ich mich auf den Weg zum Flussufer. Ich will keinen weiten Umweg nehmen, ich habe es eilig. Ich weiß nur nicht genau, wie ich dorthin komme. Ein kurzer Halt im Dorf, um eine Karte zu holen, dann sollte ich mich auf den Weg machen.

Am Steg neben dem Baumhaus ist ein Ruderboot festgemacht. Peter benutzt es nicht, aber manchmal sehe ich, wie die anderen Jungs damit zum Fischen rausfahren.

Ich steige vorsichtig in das Boot und rudere über den Hafen zum Dorf. Ich will das Boot gerade ans Ufer zerren, als die Flut es zum Glück für mich an Land spült. Das hat sehr geholfen. Alles hier hilft, wenn man mit Peter befreundet ist. Ich möchte nicht herausfinden, wie mich Land und Tiere behandeln würden, wenn ich es nicht wäre.

[†] Den ich mit jedem Tag, der verstreicht, mehr liebe, obwohl ich ihn manchmal hasse.

Ich gehe ins Dorfzentrum, weiß aber nicht so recht, wohin ich mich wenden soll. Wo kann ich eine Karte der Insel finden? Vielleicht ist die Frau, die mir die Kleider gemacht hat, ein guter Versuch.

Ich kenne den Weg zu ihrem Laden vage, also mache ich mich dorthin auf. Dabei achte ich darauf, den Kopf so weit wie möglich gesenkt zu halten. Ich meide jeglichen Augenkontakt. Jamison will mich nicht hier sehen, das hat er unmissverständlich gesagt, und falls er tatsächlich der Bürgermeister der Piraten ist,[*] werde ich mich ihm nicht widersetzen, damit ich nicht über die Planke gehen muss.

Ich bin übrigens nicht hergekommen, um ihn zu treffen – obwohl ein kleiner Teil in mir hofft, dass es dazu kommt. Welchen Teil von mir muss ich wohl abgeben, damit diese Hoffnung aufhört, in mir zu leben? Ich denke daran, wie ich ihn das letzte Mal gesehen habe. Ich weiß nicht, wie viel Zeit vergangen ist. Wochen vielleicht, oder möglicherweise nur Tage?[†] Meine Gedanken drehten sich vor allem um seine Hände auf den anderen Mädchen und seine Worte, dass ich mich von ihm fernhalten solle. Und das mache ich. Ich habe es ganz fest vor.

Das Problem ist nur, dass ich nicht allzu sehr auf meine Umgebung achte. Den Weg zu einem Geschäft zu finden, das ich nur einmal aufgesucht habe, während ich permanent auf den Boden starre, ist schon rein navigatorisch schwierig, von der ganzen Komplexität meines Vorhabens ganz zu schweigen!

Gerade als ich den Kopf hebe, um mir einzugestehen, dass ich mich selbst auf diesem kleinen Dorfanger verlaufen habe, renne ich direkt in jemanden hinein.

»Was machst'n du hier?« Hook sieht mich missbilligend an.

Ich verschränke die Arme. Plötzlich fühle ich mich unwohl in dem Kleid. Ich trage es für mich, nicht für ihn.[‡] [§]

---

[*] Oder so etwas Ähnliches.

[†] Es waren fünfzehn Tage, was ich gewusst hätte, wäre mir eingefallen, die Kerben unter dem Tisch zu zählen.

[‡] Jedenfalls hauptsächlich für mich.

[§] Und ein bisschen auch für ihn, in der vagen Hoffnung, dass wir uns begegnen, aber nicht in der wahren Realität, in der wir tatsächlich aufeinanderstoßen und er mich mürrisch anschaut.

»Ich will nur etwas holen. Ich weiß, du hast gesagt, ich soll auf meiner Seite der Insel bleiben, aber ich …«

Er schüttelt den Kopf. »Das hätt ich nich' sagen sollen.«

Das entwaffnet mich, aber nur für eine Sekunde. Ich straffe mich. »Aber du hast es gesagt.«

Er zuckt mit den Schultern. »Ja, aber ich meine es nich' so.«

Ich gehe um ihn herum, als wüsste ich genau, wohin ich will. »Hast du es dir zur Gewohnheit gemacht, Dinge zu sagen, die du nicht so meinst?«

Er folgt mir. »Das is' 'ne Angewohnheit, die ich mir abgewöhnen will.«

Ich drehe mich zu ihm um und mustere ihn skeptisch.

»Warum bist du hier?«, fragt er sanfter.

»Das habe ich dir schon gesagt.« Ich blicke an ihm vorbei, als ob ich woanders hinwollte. Was ja auch stimmt. »Ich brauche etwas.«

Er legt den Kopf auf die Seite. »Wo is' der kleine Mann?«

»Weiß ich nicht«, erwidere ich gleichgültig. »Irgendwo.«

Er schneidet eine Grimasse. »Es is' der erste November.«

»Ich weiß«, erwidere ich ziemlich würdevoll.

Er wartet ein paar Sekunden, hebt eine Braue. »Du hast Geburtstag.«

Ich weiß nicht, warum, aber ich ziehe einen Schmollmund. »Woher weißt du das?«

Er macht große Augen. »Weil du's mir gesagt hast und ich kein dummer Mistkerl bin.«

Ich antworte nicht. Was sollte ich dazu auch schon sagen?

»Und du machst das hier an deinem Geburtstag?« Jamison sieht sich ein wenig verwirrt um. »Daphne, wo ist Peter?« Er wirft einen kurzen Blick in den Himmel, als würde er uns von oben umkreisen. Dann sieht er mich wieder an, und meine Miene verrät ihm wohl, dass ich keine Ahnung habe.

Hook verzieht den Mund. »Du verarschst mich.«

Ich seufze, wende den Blick ab und verschränke die Arme vor der Brust.

Jamison nickt mir zu. »Was brauchst du?«

»Eine Landkarte.«

»Wohin willst du?«

»Zum Carnealian.«

»Du willst zum Vulkan?« Das scheint ihn zu wundern.

Ich nicke.

»Ganz allein?«

Ich nicke wieder, diesmal hoheitsvoll.

Jamison kratzt sich am Kinn. »Aye, ich hab 'ne Karte. Komm mit.« Er nickt in Richtung seines Schiffs.

Ich folge ihm wortlos. Er schlängelt sich durch die Leute, ich bleibe dicht hinter ihm. Ich habe nichts gegen das Gefühl, dass ich ihm folge und nicht er mir.

Einen Moment lang ertappe ich mich bei dem Gedanken, dass er jemand sein könnte, dem zu folgen sich lohnen würde, aber ich schaue auf meine Hand, spüre die Erinnerung, die ich in mir trage und nicht sehen kann. *Ich ziehe ihr die Kleider aus. Und dann nehme ich sie in der Badewanne.*

Nur weil dir jemand eine Karte geben will, heißt das noch lange nicht, dass er plötzlich gut ist. Es könnte auch bedeuten, dass er dich von seinem Teil der Insel weghaben will, und dir eine Karte zu geben, könnte der schnellste Weg sein, es zu erreichen.

Ich folge Jamison in die Kabine seines Schiffs. Er fängt an zu kramen, zieht Sachen aus Schubladen und wirft sie auf sein Bett. Dabei redet er mit sich selbst. Nichts, was er herausnimmt, sieht wie eine Karte aus.

»Komm schon!« Ich stemme meine Hände in die Hüften. »Was machst du da? Wo ist diese Karte?«

Jamison richtet den Blick auf mich und grinst. »Hast sie direkt vor der Nase.«

»Was?« Ich verstehe nicht.

Er zeigt auf sich selbst.

Ich weiche ein Stück zurück. »Du?«

Er nickt. »Wie ich leibhaftig vor dir stehe.«

Ich kneife die Augen zusammen. »Du hasst mich.«

»Tu ich nicht.«

Ich verschränke herausfordernd die Arme vor der Brust. »Ich ärgere dich.«

»O ja.« Er nickt. »Sehr sogar.«

Ich werde nicht aus ihm schlau. »Du musst das nicht tun.«

Er mustert mich ein paar Sekunden lang prüfend, dann wendet er sich ab. »Ich weiß, dass ich das nicht muss.« Er packt die Sachen auf seinem Bett in einen Rucksack und sagt, ohne mich anzusehen: »Aber ich will es.«

»Bist du sicher?« Ich betrachte ihn nervös.

Er erwidert meinen Blick, ohne etwas zu sagen. »Aye.«

»Okay.«

Er schnürt seinen Rucksack zu, dann tritt er zu mir und kommt mir ein Stück näher als nötig. »Es is' etwa ein Tagesmarsch hin und zurück.«

Es macht mich schwindelig, wenn ich ihm so nahe bin. Dummes Mädchen. Ich schlucke. Nicke. »Okay.«

Sein Blick zuckt über mein Gesicht. »Wenn es dunkel wird, müssen wir ein Lager aufschlagen und über Nacht bleiben.«

Bitte, Gott, lass es ganz schnell dunkel werden, denke ich. Laut sage ich aber nur: »Okay.«

Er legt den Kopf auf die Seite. »Und der kleine Mann hat nichts dagegen?«

Diesmal ist mein Lächeln grimmig. »Sehr wahrscheinlich wird der kleine Mann es nicht einmal bemerken.«

Er streicht mit der Zunge über seine Zähne und nickt. »Dann lass uns aufbrechen.«

Wir gehen zum Rand des Dorfs und schweigen die meiste Zeit. Aber mit Jamison macht mir Schweigen nichts aus. Vielleicht ist es sogar besser, wenn wir nicht miteinander reden. Ich gehe an seiner linken Seite und ein paar Schritte hinter ihm. Ich könnte behaupten, das wäre Zufall, ist es aber nicht, sondern ich mache das absichtlich. Jamison Hook ist aus jedem Blickwinkel spektakulär, aber der beeindruckendste ist sein Profil. Es betont seine markanten Züge, und davon gibt es viele. Im *Schmutzigen Vogel* habe ich ein paar neue Züge an ihm wahrgenommen, aber besonders seine linke Seite, wenn sie der Sonne zugewandt ist, zeigt sehr scharfe Züge. Ich sollte allerdings erwähnen, dass er zudem eine Sanftheit ausstrahlt, die er mir nicht zeigen will, glaube ich. Und die ich auch nicht mehr sehen will.[*] Deshalb habe ich diese Erinnerungen ja abgelegt.

---

[*] Obwohl das vielleicht eigentlich alles ist, was ich sehen möchte.

Er sieht mich an und feixt. »Du hast da ein prächtiges Gewand zum Wandern an.«

»Rune hat es mir geschenkt«, erwidere ich beleidigt. »Zu meinem Geburtstag.«

»Sehr gut für körperliche Anstrengungen«, erwidert er ironisch.

Ich dränge mich mürrisch an ihm vorbei.

Er lacht leise, kommt dann mit ein paar schnellen Schritten neben mich und tippt an meine Oberlippe.

»Er hat ihn nich' gekriegt.«

»Was hat er nicht bekommen?«, frage ich verwirrt.

Er deutet auf die Stelle an seinem Mund, wo bei mir der Kuss sitzt. Ich taste danach, berühre ihn, schlucke. Ich bin erleichtert.

»Nein, hat er nicht.«

Jamison nickt mir zu und lächelt, aber offenbar sollte ich das nicht sehen, denn er schaut rasch weg.

»Bist ja jetzt schon einige Monate hier«, sagt er dann. »Gefällt's dir?«

»Manchmal.«

»Nur manchmal?« Er beobachtet mich.

»Nur manchmal.«

»Du hattest einen guten Lauf.«

Ich sehe ihn fragend an. »Tatsächlich?«

»Aye.« Er nickt. »Es sind keine abtrünnigen magischen Bösewichte oder so hier aufgetaucht. Das ist ein Glücksfall.«

»Was meinst du damit?«

»Das hier ist Neverland«, sagt er und wirft mir einen schrägen Blick zu. »Hier ist nicht alles gut. Vieles ist am Arsch.«

»Wieso?«

»Hier ist beides möglich.« Er zuckt mit den Schultern. »Das muss sein. Wenn es voller Wunder sein kann, muss es auch Schrecken haben.«

Ich sehe ihn erwartungsvoll an.

Er seufzt. »Letztes Jahr is' 'n Höllenhund auf der Insel ausgebrochen und hat 'nen Haufen Leute in Stücke gerissen. Im Jahr davor is' eine Oilliphéist aufgetaucht und hat alle terrorisiert. Die Königin der Herzen …«

»Sie ist nicht real«, unterbreche ich ihn verärgert.

»Stimmt, jedenfalls nich' so, wie du sie kennst, nein.«

Ich verschränke die Arme und warte.

»Sie is' 'ne Hexe.« Er sieht mich vielsagend an. »Der Mann, den sie liebte, hat sie nicht wiedergeliebt. Jetzt reißt sie verliebten Männern die Herzen raus und verzehrt sie. Das sättigt sie einen Moment, doch dann steigert's ihren Hunger noch mehr.«

Ich mustere ihn mit großen Augen. »Das ist nur eine Legende.«[*]

»Nein.« Jem schüttelt den Kopf. »Ich hab sie mit eigenen Augen gesehen.«

Mir wird fast schlecht bei seinen Worten. »Aber sie hat dein Herz nicht gegessen?«

Er schüttelt den Kopf. »Ich war zu der Zeit nicht verliebt.«

Wir sehen uns an, wie gebannt, und ich weiß nicht, warum. Dann bricht er den Zauber mit einem Räuspern.

»Hast du schon mal 'nen Vulkan gesehen?« Er beobachtet mich aus dem Augenwinkel.

»Ja, hab ich.«

»Wo?«

Ich schürze die Lippen, und sein Blick bleibt daran hängen, als ich das mache. »Ich habe den Vesuv in Pompeji und den Mauna Loa auf Hawaii gesehen.«

»Hawaii?« Das weckt sein Interesse. »Wollte schon immer mal dorthin.« Er lächelt auf diese verzückte Art, die ich nicht verstehe, weil er aus Neverland kommt. Wie kann man sich dann nach einem anderen Ort sehnen? »Wie ist es dort?«

»Na ja, fast so wie hier – durchaus ähnlich wie Cannibal Cove. Es hat dort größere Wellen. Und es gibt keine Meerjungfrauen.«

Er lässt mich nicht aus den Augen. »Das ist ein Pluspunkt.«

»Nicht für Peter.«

Er mustert mich noch eine Sekunde scharf, ohne etwas zu sagen. Dann fragt er: »Wie bist du dort hingekommen?«

Eine seltsame Frage. »Mit dem Flugzeug, wie sonst?«

»Mit so 'ner fliegenden Blechdose?« Er zieht den Kopf zurück. »Glaub ich nicht.«

---

[*] Eine schreckliche, grausame Legende. Stimmt's?

Ich verdrehe die Augen. »Bist du nicht Kapitän eines fliegenden Schiffs?«

Er lacht leise. »Nein. Das war mein Vater. Mein Schiff is' nur 'n Schiff«, setzt er ungerührt hinzu.

»Ach.« Ich sehe zu ihm auf. »Was ist mit der Jolly Roger passiert?«

»Weiß nicht.« Er macht eine hilflose Handbewegung. »Sie is' einfach weg – verschwunden.« Dann zuckt er mit einer Achsel. »Sie is' schon verschwunden, bevor er starb, genau genommen. Das war ein ziemlich trauriges Ende.« Er schaut in die Ferne, als er das sagt, und ich möchte seine Hand nehmen. Doch dann denke ich darüber nach, wen diese Hand berührt hat und wie oft, seit ich ihn das letzte Mal gesehen habe, also lasse ich es.

Wir sind jetzt am Ende von Zomertierra, am Rand der Insel. Ein Abhang fällt steil zum blauesten, klarsten Wasser ab, das ich je gesehen habe. Noch blauer als auf unserer Seite der Insel. Dieser Farbton hat etwas Ehrliches an sich – eine Wahrhaftigkeit, die mein Herz auf seltsame Weise berührt.

»Hab gehört, du bist seine Freundin«, sagt Jamison etwas plötzlich, und ich sehe zu ihm hinüber.

»Wo hast du das gehört?«, erkundige ich mich.

»So was spricht sich rum«, erwidert er gelassen.

»Ja, klar. Das tut es. Aber ich glaube, das sind nur leere Sprüche.«

Sein Gesicht wird ein wenig länger. »Also bist du es?«

Ich verziehe die Lippen. »Das sagt er.«

Er nickt und sieht mich nicht an, als er fragt: »Und wie genau sieht das aus?«

Die Frage verwirrt mich. Oder zumindest überrumpelt sie mich.

»Ihr macht was?«, setzt er nach. »Ihr teilt euch 'n Bett?«

»Das haben wir schon immer getan«, erwidere ich leichthin.

Seine Brauen ziehen sich zusammen, und er wirkt irgendwie frustriert. »Also fickst du ihn jetzt?«

Vor Fassungslosigkeit verschlägt es mir die Sprache.

Es war schrecklich, ihn das sagen zu hören, dieses Wort klang so abfällig aus seinem Mund. Und das sagt er ausgerechnet über mich? Ich will nicht, dass er so über mich redet. Mein Nacken wird ganz heiß.

Jamison fasst mein Schweigen als ein Ja auf und atmet zischend aus. Hat ihn diese Vorstellung verletzt?

»Nein«, antworte ich dann hastig.

»Nein?«, wiederholt er. »Warum nich'?«

Ich starre ihn ein paar Sekunden an. Jeder Moment, den ich Jamison anschaue, ist ein guter Moment, schießt mir durch den Kopf, dann richte ich den Blick wieder auf das Wasser.

»Warum ist das Wasser hier so blau?«

Seine Augen wenden sich nicht sofort von mir ab. Sie ruhen ein paar Sekunden länger auf mir, als sie sollten, bevor er antwortet.

»Verglichen mit eurem Planeten, meinst du?« Er schnaubt. »Wir kippen unseren Mist nich' rein.«

»Nein, ich meine …« Ich bedenke ihn mit einem strafenden Blick. »Es ist außergewöhnlich blau.«

»Aye.« Er nickt und beobachtet mich genau. »Manchmal sind Sachen einfach nur außergewöhnlich schön, und das völlig grundlos.«

Ein Windhauch streicht über mein Gesicht und erinnert mich an etwas, das ich wohl vergessen habe. Ich verziehe vor Konzentration das Gesicht, als ich versuche, mich daran zu erinnern, was es genau war. Denn ich habe das Gefühl, dass ich es wissen sollte …

Jamison versteht mein Schweigen so, dass ich seine Antwort unbefriedigend finde. In Wahrheit finde ich jedoch nichts an ihm unbefriedigend, jedenfalls nicht das, woran ich mich allmählich wieder erinnere.

»Man sagt, die Farbe Blau kommt von hier.« Er deutet mit der Hand über das Wasser. »Dass dies hier der ursprüngliche Vorrat aus der Anfangszeit des Universums is' und dass die Fae sie dann an die anderen Orte bringen.« Er tut, als wäre das selbstverständlich. »Deshalb is' es hier so konzentriert.«

»Oh«, sage ich. Was soll man auch sonst dazu sagen? Ich räuspere mich. »Deine Jacke gefällt mir«, sage ich dann. »Ist sie neu?«

Das verblüfft ihn. »Nein.«

»Ach.« Ich gehe weiter.

»Du hast sie selbst schon mal getragen!«, ruft er mir nach.

Ich bleibe stehen und drehe mich zu ihm um. »Habe ich das?«

Er mustert mich eine Weile und blinzelt dann auf diese sonderbare

Weise, als wäre er verärgert oder müde. »Du bist zu diesem Ort im Himmel gegangen.«

»Ja.«

»Hm. Hast du Sachen von mir abgegeben?«

»Ich glaube schon«, gebe ich leise zu.

Seine Mundwinkel zucken. Dann schiebt er sich an mir vorbei und geht weiter.

»Du gehst da auch hin«, stelle ich fest.

»Tut jeder.« Er schüttelt den Kopf, ohne sich umzudrehen. »Aber ich würd nie einen Gedanken an dich wegpacken.«

Ich halte inne.

»Lügner«, erwidere ich nachdrücklich.

Er dreht sich um und sieht mich fragend an. »Was?«

»Ich weiß, dass du das auch getan hast«, erkläre ich überzeugt.

Jamison ist mit wenigen Schritten bei mir und starrt mir direkt ins Gesicht. »Du hast mein Gepäck durchwühlt?«

Ich schüttle hastig den Kopf.

»Woher weißt du es dann?«

»Ich habe es einfach gemerkt.« Ich sehe zu ihm hoch, mit großen Augen und irgendwie ängstlich. Ich glaube nicht, dass er mir wehtun würde, aber ich habe das Gefühl, als müsste ich mich gegen einen Sturm stemmen.

»Durch die Form der Tasche.« Ich schlucke. »Wie sie aussah – ich weiß nicht.« Hilflos hebe ich die Hand. »Es war, als würde es nach mir rufen.«

Sein Blick scheint mir zu sagen, ich wüsste schon zu viel. »Du weißt nich', was ich abgelegt hab«, sagt er mir mitten ins Gesicht. »Was auch immer du von mir abgeschüttelt hast und was ich abgelegt hab, is' nich' das Gleiche.« Seine Augen gleiten über mein Gesicht. »Es gibt nichts an dir, was ich vergessen möchte«, fügt er hinzu, bevor er sich umdreht und weitergeht.

»Das ist ganz offensichtlich nicht wahr!«, rufe ich ihm nach.

»Du weißt nich', wovon du sprichst«, erwidert er.

Ich mache ein finsteres Gesicht, obwohl er mich keines Blickes würdigt.

Danach gehen wir in gereiztem Schweigen weiter. Es wird nur unterbrochen von Bemerkungen wie »Vorsicht« oder »Hier is' es rutschig« oder »Fass das nich' an, das is' giftig« und so weiter. Mehrere Stunden lang reden wir nichts anderes, aber das macht mir nichts aus. Denn ich nutze die Zeit, um mir wieder in Erinnerung zu rufen, was in den Taschen ist, die ich abgegeben habe. Offenbar irgendwas mit einer Jacke. Das fällt mir jetzt wieder ein. Er hat mir seine Jacke gegeben. Aber warum war mir das wichtig? Und war da noch etwas mit Schnee oder so? Und noch was anderes? Etwas mit Familie? Seiner Familie? Und noch mehr, Dinge, die mir noch entfallen sind …

Ich habe das Gefühl, kurz davor zu sein, mich zu erinnern, als wir den Eingang einer Höhle erreichen.

Jamison sieht zu mir zurück. Er scheint immer noch ein bisschen sauer auf mich zu sein.

»Der Carnealianische Mund«, erklärt er mir, während er ein paar Felsen zu einem Strand hinuntergeht. Es ist Ebbe.

Er hält mir die Hand hin, um mir herunterzuhelfen, und ich spiele mit dem Gedanken, sie nicht zu nehmen. Vielleicht hätte ich das auch tun sollen.

Es ist einfacher, wenn ich mich nicht an Erlebnisse mit ihm erinnere. Und wenn ich seine Hand nicht genommen hätte, wäre er vielleicht die ganze Zeit, die wir im Vulkan waren, noch wütend auf mich gewesen. Das wäre vielleicht das klügere Verhalten auf dieser Reise gewesen.

Aber ich bin achtzehn, und ich wünsche mir keine Klugheit zum Geburtstag, also nehme ich seine Hand. Eine Welle kracht laut an die Felswand neben uns, und ich halte seine Hand ein paar Sekunden länger als nötig, bevor wir beide gleichzeitig loslassen.

Ich deute auf den Eingang. »Nach dir.«

Er zögert nicht, und ich folge ihm ins Innere.

Drinnen ist es dunkel und feucht, und man kann kaum etwas erkennen. Dann stolpere ich über etwas.

»Autsch!« Ich drehe den Kopf und werfe dem Nichts, über das ich gestolpert bin, einen gereizten Blick zu.

»Pass auf.« Jem sieht mich tadelnd an, und ich halte mich näher an ihn. Ohne mich anzusehen oder ein Wort zu sagen, greift Jem nach meiner Hand und hält sie. Irgendwo hinter uns pfeift ein Dampfventil. Er hält meine Hand unwillkürlich fester, und jetzt erinnere ich mich auch genau an das, was in der silbernen Tasche war – die Sache mit der Jacke und wie er mich fest an sich zog, wie es sich anfühlte, als er sie um mich legte. War da noch etwas mit einer Brise? Über einen Windstoß ist etwas in einer anderen Tasche, aber ich bin zu nervös, um mich an das zu erinnern, was darin ist, also lasse ich es.

Es wäre ziemlich schrecklich, sich daran zu erinnern, wenn es nicht einer meiner liebsten Gedanken wäre, den ich mit mir herumtragen möchte.

»Warst du schon mal hier?«, frage ich.

»Oft«, antwortet er. »Meine Mutter kommt gern her. Sie sagt, hier gibt es Magie.«

»Wo gehen wir hin?«

»Du wirst schon sehen.« Er blickt wieder zu mir zurück.

Wir gehen immer tiefer in die Höhle, und es wird wärmer und wärmer. Die Blumen auf meinem Kleid falten sich wieder zu Knospen zusammen. Er bleibt kurz stehen, zieht seine Jacke aus und wirft sie über einen Felsen.

»Verlier sie ja nicht.« Ich deutete mit dem Kopf darauf, und meine Stimme klingt etwas besorgt.

Er lächelt zufrieden. »Aye, sieh einer an, wer sich erinnert.« Er wirft mir einen kurzen Blick zu, nimmt erneut meine Hand und geht ein Stück weiter. »Was hab ich im *Vogel* zu dir gesagt?«, fragt er. Ich mustere ihn unter meinen gesenkten Wimpern hervor, und er sieht mich an. »Oder hast du das auch abgelegt?«

»Nein.« Ich schüttle den Kopf. »Das habe ich behalten.«

Er verzieht die Lippen. »Orson sagte, es war nich' gut.«

Ich mustere ihn aufmerksam. »Hast du es dorthin gebracht?«

»Nein«, versetzt er. »Ich habe nur vor Wut gekocht.«

»Ah.« Die Luft wirkt jetzt dicker, als ob wir durch sie hindurchwaten würden.

»Ist das der Grund, warum du deine Erinnerungen abgegeben hast? Weil ich dir wehgetan habe?« Er knöpft sein Hemd auf, das weit aufklafft.

Mein Blick bleibt an seiner Brust hängen, ich schlucke schwer. Dann nicke ich als Antwort auf seine Frage.

Er bleibt stehen, dreht sich zu mir um und legt den Kopf schief, während er mich beobachtet. Er schiebt mir ein paar Haare hinter die Ohren. »Holst du sie jetzt wieder ab?«

Ich spüre, wie sich eine neue Kühnheit in mir ausbreitet. Ich glaube, sie kommt nur, wenn man achtzehn wird. Ich hebe die Hand und streiche ihm ein paar Haare aus den Augen.[*]

»Wir werden sehen.«

Er blickt auf meine Hand in seiner und lächelt mich an.

Gerade als die Luft die Konsistenz von Eiercreme annimmt und ich fürchte, nicht mehr atmen zu können, sagt Jamison: »Da wären wir.«

In der Felswand der Hauptkaverne klafft eine Öffnung zu einer anderen Kammer. Er zieht mich hindurch, und ich schnappe nach Luft.

Die Wände bestehen vom Boden bis zur Decke aus Kristallen, und in der Mitte des Raums steht ein natürlicher Kaminsims, der bis zum Rand mit allen Arten von Edelsteinen und Kristallen gefüllt ist, die man sich nur vorstellen kann.

Ungläubig sehe ich mich um. »Was ist das?«

»Eine Kristallkammer.« Gelassen hebt er einige der Kristalle auf. »Habt ihr so etwas auf der Erde nich'?«

»Nein, nicht wirklich.«

»Was is' mit so was?« Er zeigt mir seinen Dolch, den ich schon einmal gesehen habe. »Habt ihr so was auf der Erde?«

Bei dem Anblick keuche ich erneut, und er hält ihn mir hin. Ich nehme ihn und drehe ihn hin und her. »Oh, er ist wunderschön.«

»Er hat eine goldene Klinge und Intarsien aus Rubinen.«

»Er ist wirklich prachtvoll.« Ich kann meinen Blick nicht davon losreißen.

»Er gehört dir«, sagt er.

Überrascht sehe ich zu ihm hoch. »Was?«

»Er ist für dich.« Er lächelt mich an. »Alles Gute zum Geburtstag.«

Ich schüttle ablehnend den Kopf. »Den kann ich nicht annehmen.«

»Na ja, ich habe ihn dir geschenkt, also …«

»Jem.«

---

[*] Was sehr mutig von mir ist, möchte ich hinzufügen.

»Daph.« Er hebt eine Braue, als er meine Hände um die Waffe legt. »Aber versteck ihn und benutz ihn nur, wenn du wirklich musst.«

Ich nicke gehorsam. »Okay.«

»Ich hoffe, du musst das nie.«

»Und ich hoffe, ich muss es!«

Er tut, als wäre er genervt, aber ich glaube, das ist er gar nicht.

Er nimmt einen großen Seleniten in die Hand und begutachtet ihn, und ich nutze die Zeit, um Jem zu betrachten. Wie breitschultrig er ist, wie stark er aussieht, wie verschwitzt er hier in diesem heißen Raum ist. Und dann ertappt mich Jamison leider dabei, wie ich zum vierzigsten Mal in den letzten dreißig Minuten auf seine Brust starre.

Mein Blick zuckt zur Decke. »Es ist so heiß ...«, ich räuspere mich, »... hier drin.«*

Er lacht kurz, sagt aber nicht, was er in diesem Moment sagen könnte, denn er ist ein Gentleman. Vielleicht verzichtet er auch nur darauf, weil ich Geburtstag habe.

Zu meiner Verteidigung muss ich sagen, dass es sich in der Kammer tatsächlich wie ein Dampfbad anfühlt – ein wunderschönes Dampfbad, ausgekleidet mit Saphiren, Smaragden, Diamanten und Rubinen.

»Wir sind direkt neben 'nem Magmaschlot«, erklärt er. Ich reagiere erschrocken, und er lacht und kommt auf mich zu. »Ich werd nich' zulassen, dass dir was passiert, Boh.«

Er wirft mir einen beruhigenden Blick zu. Ich reagiere, indem ich die Arme vor der Brust verschränke.

»Du kannst jetzt auch Vulkanausbrüche kontrollieren, willst du sagen?«

»Vielleicht.« Er grinst, und ich starre auf seinen Mund. Seine Oberlippe verheißt Ärger, aber ich würde das wirklich gern durch einen empirischen Versuch herausfinden.

Um uns herum ist es dunstig, und die Kristalle fangen Lichter ein, die gar nicht da sind. Mir ist schwindelig. Vielleicht liegt es an der Luft, vielleicht aber auch nur an ihm.

Seine Hand liegt auf meiner Taille, und ich erinnere mich an das

---

* Was auch stimmt. Aber das habe ich nicht wirklich gemeint.

Gefühl, erinnere mich, warum ich diese Erinnerung abgegeben haben muss. Seine Berührung hat eine Schwere, die mich erdet, mich genau dort versinken lässt, wo ich bin, und es begeistert mich, hier zu sein, und dann ... erinnere ich mich.

»Peter kann es«, sage ich ganz leise.[†]

Er mustert mich, die Augenbrauen finster zusammengezogen. Er denkt darüber nach, das sehe ich. Eigentlich wirkt er sogar ein wenig besorgt.

Sein Blick hält meinen eine Sekunde, dann ertönt ein tiefes Grollen aus einem Teil der Höhle, in dem wir nicht sind. Dampf zischt aus einem Schacht. Jem ergreift meine Hand und zieht mich hinaus, bevor ich auch nur Luft holen kann, um anzudeuten, dass wir vielleicht besser hier verschwinden sollten.

Wir gehen denselben Weg zurück, den wir gekommen sind, und die Luft ist immer leichter zu atmen, je weiter wir uns vom Zentrum entfernen. Mit der freien Hand schnappt er sich die Jacke vom Felsen, als wir vorbeikommen. Er nimmt sich nicht die Zeit, sie anzuziehen.

Ich sehe den Ausgang der Höhle, aber draußen ist es jetzt dunkel. Das einzige Licht spendet die Reflexion des Mondes auf dem Meer.

Ich höre ihn nicht atmen, bis wir draußen sind. Ich würde ihm gern sagen, dass Peter so etwas nie tun würde, wenn ich nicht das Gefühl hätte, dass er es vielleicht doch macht.

Jetzt atmet Jem aus. »Wir müssen bis zum Morgengrauen warten«, erklärt er mir.

Ich nicke, als wäre das eine ernste Sache für mich, und nicht etwa die Erfüllung meines Geburtstagswunsches. »Okay.«

Es ist jetzt kalt. Fast eiskalt. Wir sind beide durchnässt von dem Dampf in der Höhle. Ich fange an zu zittern, also macht er ein Feuer und setzt mich direkt daneben. Er holt etwas Essbares und füttert mich. Ich warte darauf, dass er mehr tut, aber mehr passiert nicht.

Er sitzt einfach neben mir, starrt ins Feuer und hält seine Hände davor, um sich zu wärmen. So wie ich meine Hände aus demselben Grund auf seinen Körper lege.

[†] Ich fühle mich nervös und gereizt gleichzeitig.

»Er hat es neulich versucht.« Ich sehe nicht zu ihm, sondern starre in die Flammen.

Jem wendet mir sein Gesicht zu. »Was versucht?«

Ich werfe ihm einen vielsagenden Blick zu.

»Oh«, sagt er, nickt bestätigend und sieht wieder geradeaus. »Und du …?«

»Ich habe Nein gesagt.«

Jetzt habe ich seine Aufmerksamkeit.

»Ach.« Falten bilden sich auf seiner Stirn, als er nachdenkt. »Warum?«

»Ich wollte es nicht.«

»Was hat er dazu gesagt?«

Ich überlege. »Nicht viel. Er hat nur ein paar Gründe angeführt, warum wir es trotzdem tun sollten.«

Seine Augen verengen sich zu Schlitzen. »Was für Gründe?«

»Vor allem den, dass er es wollte.«

Jamison stößt vernehmlich die Luft aus. »Er ist so ein verdammter Wichser.«

»Manchmal, ja«, gebe ich zu.

»Aber du wolltest es nich'?« Er klingt sehr ernst.

Ich schüttle den Kopf.

Er betrachtet mich prüfend. »Warum wolltest du nich'?«

Ich kann mich nicht mehr genau erinnern, weiß nur noch, dass ich einfach nicht wollte. Habe ich diese Erinnerung auch abgegeben? Ich vermute, es hatte etwas mit Jem zu tun. Ich glaube, er ist mir unpassenderweise durch den Kopf gegangen, als ich mit Peter dalag – mit Peters Händen auf mir, mit Peter, der mehr wollte. Ich glaube, meine Gedanken sind durch eine Falltür zurück zu Jamison gefallen. Es ängstigt mich, dass ich ihn so sehr wollte, obwohl ich ihn auf die beste Weise, die ich zu der Zeit kannte, verbannt hatte.

Aber wie kann ich das jetzt zugeben? Ich habe diese Erinnerungen aus einem bestimmten Grund abgelegt. Ich muss einen Grund gehabt haben. Aber es fällt mir schwer, mich daran zu erinnern, was das gewesen sein könnte, wenn er hier vor mir sitzt, erleuchtet von dem bernsteinfarbenen Schein des flackernden Feuers und vor dem Hintergrund einer Million Sterne.

»Ich weiß es nicht«, ist die schwache und lahme Antwort, die ich gebe, statt die Wahrheit zu sagen, vor der ich Angst habe.

Und trotzdem sauge ich ihn mit meinem Blick förmlich auf, obwohl das nicht passieren sollte.

Warum habe ich es nicht gemacht? Peter Pan hatte seine Hände auf meinem Körper, genau, wie ich es mir vorgestellt hatte, und als ich sie dann endlich fühlte, dachte ich nur an Jem. Ich habe mich gefragt, wie eine Nase so perfekt aussehen kann. Und woher er die Frechheit nimmt, so rosenrote Lippen zu haben.

Ich glaube, er kennt meine Gründe. Sein Gesicht sucht in meinem nach einem Hinweis, wie er meine harte Schale knacken kann.

Er lächelt fast unmerklich. »Du wolltest einfach nicht?«

Meine Wangen brennen, als ich den Kopf schüttle.

Er lässt sich rücklings auf den Boden sinken und rollt sich zu mir herum. »Und jetzt?« Sein Blick findet meinen.

»Jetzt.« Ich lege mich hin und drehe mich zu ihm herum. »Jetzt bin ich achtzehn«, sage ich tapfer. Ich fühle einen harten Schlag in die Magengrube.

»Ja«, sagt er leise und beobachtet mich einfach.

Er nimmt sich Zeit, saugt mich ein, inspiziert mein ganzes Gesicht und scheint besonderes Augenmerk auf den Winkel meiner rechten Oberlippe zu legen. Offenbar fasziniert ihn da etwas.

»Wirst du etwas diesbezüglich unternehmen?«, frage ich ihn.

Jamison atmet langsam und kontrolliert aus. Sein stets präsentes Stirnrunzeln ist jetzt sehr prägnant. Es ist eine brillante Mischung aus Konsternation und Frustration. Ich frage mich vage, wann es zu viel wird, das Gesicht eines anderen Menschen anzustarren.

»Heute nicht«, sagt er.

Ich kann es nicht verbergen – das haut mich völlig um. Das habe ich wahrhaftig nicht erwartet. Überhaupt nicht.

Ich dachte, er würde mich packen, gegen die Palme dort drüben drängen und küssen. Seine Hände unter das Kleid schieben, das mir die Fee gemacht hat, und ich würde ihn das machen lassen, was ich Peter versagt habe.

Warum habe ich Peter nicht einfach seinen Willen gelassen? Ich wollte es wollen. In jenem Moment hatte ich das Gefühl, ich sollte es geschehen lassen. Ich wollte nicht Nein sagen – ich wollte Ja sagen. Aber das hatte nichts mit meinen tatsächlichen Wünschen zu tun, sondern damit, dass ich einfach nicht gern Nein zu Peter sage. Klingt das irgendwie sinnvoll? Ist das sonderbar?

Ich fühle mich wirklich zu Peter hingezogen. Ich frage mich, wie viele Abmachungen er mit der Schwerkraft getroffen hat. Anziehungskraft kann gut sein, aber sie kann auch schlecht sein.

Ein schwarzes Loch hat so eine Anziehungskraft. Es saugt alles, was sich in seiner Nähe befindet, in seine Dunkelheit hinein, und es wird nie wieder gesehen. Meine Zuneigung zu Peter fühlt sich manchmal an, als könnte ich gar nichts dagegen tun, ihn zu mögen. Ich schätze, das ist die Bestimmung, die da spricht.

Aber Jamison hat auch etwas an sich. Ist Peter die Schwerkraft, könnte Jamison die Erde sein, auf die der Apfel fällt. Ich mag vielleicht Sklavin der Schwerkraft sein, aber Jamison ist wohl der Ort, an dem ich am liebsten landen würde.

Seiner höflichen Ablehnung nach zu urteilen, bin ich jedoch nicht sein bevorzugter Landeplatz. Achtzehn und immer noch keine richtige Frau.

Ich versteife mich, als ich mich an etwas erinnere, woran ich mich die ganze Zeit hätte erinnern sollen.

Er seufzt. »Mach das nich'.«

»Warum nicht?«, frage ich. Meine erstickte Stimme verrät mehr Gefühl für ihn, als ich ihn wissen lassen wollte. »Das ist keine große Sache für dich! Du machst es doch ständig mit Morrigan.«

Er verzieht das Gesicht. »Klar, schon, aber nich' die ganze Zeit ...«

Ich schneide ihm das Wort ab. »Und du hast es mit ihr und diesem schrecklichen Mädchen aus der blöden Kaschemme getrieben.«

Er legt den Kopf schief. »Ja.«

»Und noch mit anderen, da bin ich mir ganz sicher!«

»Da bist du dir sicher, ja?«, fragt er sichtlich verärgert.

»Also, hast du es getan?« Ich setze mich wieder auf.

Er leckt sich die Unterlippe. »Aye.«

Mein Kopf schmerzt. »Aber mit mir willst du es nicht machen?«

Jems Gesicht wird plötzlich ganz ernsthaft. »Boh, ich werd mit dir niemals das machen, was ich mit denen gemacht hab.«

»Oh.« Ich rucke zurück und reiße die Augen auf. Meine Wangen werden heiß, und in meinem Kopf tauchen Millionen Fragen auf, wie ich das nur so falsch verstehen konnte. Habe ich mich die ganze Zeit geirrt? Das muss so gewesen sein. »Okay.« Ich nicke. »Perfekt. Das ist … gut zu wissen.«

Jem hat sich zu mir gedreht, und ich kann sein Gesicht nicht mehr erkennen. Ich dachte, ich könnte es, aber offensichtlich kann ich es nicht.

»Es ist nicht dasselbe, Boh.« Er klingt erschöpft.

»Was ist nicht dasselbe?«

»Du und ich.«

»Warum nicht?« Ich stemme die Hände in die Hüften, und er sieht mich verwundert an. »Weil ich keine richtige Frau bin?«

Wieder fährt seine Zunge über seine Lippen. »Hab ich das zu dir gesagt?«

Ich nicke.

»Hab ich es dir ins Gesicht gesagt?«, hakt er nach.

Ich nicke wieder, und er stöhnt.

»Hölle.« Er atmet geräuschvoll aus, und jetzt verstehe ich gar nichts mehr.

Schließlich schüttelt Jamison den Kopf, ohne mich direkt anzusehen.

»Tut mir leid.« Er seufzt, wirft mir einen kurzen Blick zu und schaut zu Boden. Dann beißt er auf seine Faust. »Das ist nicht der Grund.«

Was dann? »Ist es, weil wir Freunde sind?«

Er wirft mir einen leidgeprüften Blick zu. »Wir sind keine Freunde.«

Das trifft mich voll in die Magengrube – und zwar mehr als nur ein bisschen, wenn ich es zugeben müsste.* Ich bin wieder beleidigt und schüttle den Kopf, weigere mich, das zu glauben, und hoffe, dass er nicht auf meinem Gesicht sehen kann, wie sehr mich das verletzt.

»Doch, das sind wir! Natürlich sind wir das«, beteuere ich. Vermutlich ist er sogar mein bester Freund.

»Daph.« Er wirft mir einen Blick zu. »Wir sind keine *Freunde*.«

Ich rolle mich herum, weil mich meine Augen sonst verraten würden. Sie sind ganz dumm und schwimmen von Tränen.

---

* Was ich aber nicht tun werde.

»He.« Er rollt mich zu sich zurück, und seine Miene wird bei dem Anblick, den ich ihm biete, weicher. »Hör zu, ich denk an dich nich' wie an meine Freunde. Ich will nich' mit ihnen zusammen sein, wie ich mit dir zusammen sein will. Ich will meine Freunde nich' so berühren, wie ich dich berühren möchte, Daphne.«

Ich atme mehrmals tief durch und frage mich, ob seine Worte das bedeuten, was ich denke. Aber er hat meine Gefühle in den letzten Minuten ein paarmal zu oft verletzt. Also verschränke ich die Arme und sehe ihn herausfordernd an. »Und wie, wenn ich fragen darf, möchtest du mich berühren?«

»Eines Tages wirst du mich bitten, dir genau das zu zeigen, aber ohne den Trotz in deinen Augen, und an diesem Tag werde ich es dir sehr gern zeigen.«

Ich schlucke angestrengt. »Aber nicht jetzt?«

Als er mich diesmal anlächelt, ist es ein neues Lächeln, das ich noch nicht kenne. Und ich will euch ganz ehrlich gestehen, dass ich mich mit den verschiedenen Mienen von Jamison Hook ziemlich gut auskenne. In seinen Augen schimmert so etwas wie Melancholie, und seine Lippen arbeiten, als er nachdenkt, bevor er antwortet.

»Ich kann mich nicht erinnern«, er beäugt mich von der Seite, »wie ich es zum ersten Mal gemacht habe.«

»Ach?« Ich runzle die Stirn.

»Ich weiß, mit wem und so.« Er winkt ab. »Mein Vater hat mich mit auf eine Reise zu einer anderen Insel mitgenommen. Da gab es eine Prinzessin ...«

»Du hast deine Jungfräulichkeit an eine Prinzessin verloren?« Ich klinge fast verzweifelt, und er lacht, als er mein Gesicht betrachtet.

»Ja, hab ich.« Er hebt die Hände. »Ich mochte sie, klar, und sie mochte mich. Aber sie hatte es schon mal gemacht, und ich war so verdammt nervös. Außerdem war ich sturzbetrunken, als wir es gemacht haben. Und ich kann mich nich' wirklich erinnern. Es sind nur Fragmente, nur ...«

Ich schaue ihn missbilligend an.

»Aber ich fänd's schön, mich daran erinnern zu können, wie der Himmel aussah oder wie sie sich anfühlte, als ich sie gehalten habe, oder wie das Licht ihr Gesicht geformt hat, oder ...« Er sieht zu mir auf, fast entschuldigend, als hätte ich ihn bei etwas Peinlichem erwischt. »Ich fühle mich deswegen nicht schlecht. Es ist passiert. Ich habe es mir selbst eingebrockt, aber ich erinnere mich nicht, und ich wünschte, es wäre anders. Es ist wichtig, verstehst du das? Dein erstes Mal, das ist wichtig.«

Ich betrachte ihn mit einer neuen Art Ehrfurcht. Er ist schrecklich rücksichtsvoll und in diesem Moment frustrierend fürsorglich und hinreißend süß.

»Okay.« Ich bin bereit, ihm das einzugestehen. »Aber um eins klarzustellen – glaubst du etwa, dass ich gerade betrunken bin?«

Jem lacht aus dem Bauch heraus, laut und tief. Es hat die Wärme von zwölftausend Lagerfeuern, und er hält sich den Bauch vor Lachen, während er den Kopf in den Nacken legt.

»Nein, ich glaub nich', dass du betrunken bist.« Er wirft mir einen leidgeprüften Blick zu. »Aber, Daph, deine Gedanken überschlagen sich förmlich. Du bist mit deinem Kopf überall.« Er stößt die Luft durch die Nase aus. »Und ich will, dass du nur an mich denkst.«

»Sie sind bei dir!«, protestiere ich, und mein Fuß stampft in meinem Herzen auf.

»Und außerdem«, er zuckt mit den Schultern, als hätte er es bereits beschlossen, »wenn wir's machen, dann nich', weil dein kleiner Potenzbrocken deinen Geburtstag vergessen hat.«

»Warum machen wir es dann?« Ich klinge etwas atemlos.

Jem starrt ein paar Sekunden lang zu mir herüber. »Weil wir nicht anders können.«

Unsere Blicke treffen sich, und ich schlucke schwer. Er rückt näher an mich heran, bis nur noch ein Fingerbreit Luft zwischen unseren Gesichtern ist. Das Feuer flackert neben uns, und seine Augen werden darin lebendig. Alle Saphire der ganzen Welt scheinen sich in seinen Augen zu sammeln. Und ich frage mich, ob er selbst vielleicht all diese Saphire und all die Diamanten und all das Gold der Welt ist. Von allen Welten vielleicht sogar.

Er lächelt mich zärtlich an. »Gute Nacht, Boh.«

»Gute Nacht, Jem.«

KAPITEL 13

Es ist ihm übrigens nicht mal aufgefallen, Peter, meine ich, dass ich an diesem Abend nicht da war. Oder wenn doch, war es ihm offensichtlich egal. Er sagte jedenfalls nichts, als ich erst am nächsten Tag um die Mittagszeit am Baumhaus auftauchte.

Er wollte weder wissen, wo ich gewesen war oder was ich gemacht hatte, noch, ob es mir gut ging. Er schlang einfach seine Arme um meine Taille, hob mich hoch und gab mir einen Kuss, den ich nicht verstand.

Er hatte etwas Raues an sich, und ich kann auch jetzt noch nicht sagen, ob es mir gefiel oder nicht. Einem Teil von mir schon, aber ein anderer Teil von mir mochte es nicht. Aber das steht nur für meine gesamte Beziehung zu Peter ...

»Hast du heute Morgen deine Medizin genommen?«

»Was? Oh.« Ich sehe ihn an. »Nein.«

Er geht hinein, um sie mir zu holen. Ich warte draußen und beobachte die kleineren Jungs. Peter kommt nach einer Minute zurück und reicht mir die Medizin in der Blume, wie immer. Jetzt stört mich nicht einmal mehr der sonderbare Geschmack. Ich glaube, früher habe ich sie nicht gern getrunken, aber jetzt kann ich mich nicht mal erinnern, warum nicht.

Mein Blick fällt auf Holden, den Verlorenen Jungen, der vor ... ich weiß nicht mehr, vor wie vielen Tagen er angekommen ist. Er spielt mit den anderen in der Sonne. Er sieht so klein aus.

Ich deute mit einem Nicken auf ihn. »Geht es ihm gut?«

Peter runzelt die Stirn. »Natürlich. Warum sollte es ihm nicht gut gehen?«

»Er könnte seine Eltern vermissen.« Ich zucke mit den Schultern. »Das passiert manchmal, wenn ein Kind so ohne sie verloren ist.«

Peter tut so, als würde er solche Dinge kennen, obwohl er meiner Vermutung nach von allen anwesenden Jungen auf die eine oder andere Weise am meisten verloren ist. »Er hat ja uns.«

Ich sehe ihn erstaunt an. »Wir sind wohl kaum Elternfiguren.«

Er richtet sich auf und legt beide Arme um mich. »Ich denke, wir machen das ganz okay.«

»Du verschwindest tagelang für deine Abenteuer.« Ihr könnt davon ausgehen, dass ich mich hüte, zu erwähnen, dass ich genau das gerade auch gemacht habe. Peter hat es nicht angesprochen, also werde ich das auch nicht tun. »Du achtest nicht sehr auf Sicherheit.«

»Die Aufgabe eines Vaters ist es, seinen Söhnen den Drang zu vermitteln, Spaß zu haben und niemals erwachsen zu werden.«

Ich lege meinen Finger auf die Oberlippe, während ich schweigend die Jungs betrachte.

Peter stützt sein Kinn auf meinen Kopf, und für eine Minute habe ich das Gefühl, dass wir zusammen sind, so richtig zusammen. Ich habe leichte Schulgefühle, wie ich den gestrigen Tag verbracht habe. Ich glaube, es war doch der Tag vor heute? Richtig? Oder nicht? Es könnte auch eine Woche her sein. Plötzlich ist es irgendwie verschleiert, und dann sehe ich ein paar Knutschflecken in Peters Nacken und ein paar tintendunkle Jaguakleckse auf seiner Brust. Ich weiß, ohne darüber nachzudenken, wie er meinen Geburtstag verbracht hat. Vielleicht habe ich in Anbetracht meines Abends mit Jamison am Feuer nicht wirklich das Recht, traurig zu sein, aber ich bin es.

»Was machen wir heute?« Ich drehe mich in seinen Armen zu ihm herum.

»Wir?«, wiederholt er. »Nichts.« Er zieht eine Grimasse. »Ich hab Jungssachen zu tun.«

Ich runzle die Stirn. »Was sind Jungssachen?«

»Heimlicher Jungenkram.« Er zuckt mit den Schultern. »Ich setze dich unterwegs bei den Indianern ab.«

»Ich glaube nicht, dass das Ind…«

»Rye will dich sehen«, unterbricht er mich und zieht dann die Augen zusammen. »Glaubst du, er hat romantische Gefühle für dich?«

Ich schüttle aus einem Reflex den Kopf, obwohl ich mich das manchmal auch frage. »Nein.«

Peter kauft mir das nicht ab. »Es würde mich wütend machen, wenn doch.«

»Ich weiß.« Ich fühle mich plötzlich müde.

Er nickt. »Dann lass uns gehen.«

Natürlich fliegen wir. Peter fliegt immer. Das liegt wohl daran, dass niemand sonst es gut kann, wenn er nicht dabei ist, was ihm gefällt, und auch – natürlich – an seiner Bequemlichkeit.

Er setzt mich am Fluss ab. Calla liegt am Ufer. Sie hat so gut wie nichts an. Sie stützt sich auf, als sie ihn sieht, und winkt ihm zu. Peter reckt das Kinn in ihre Richtung und fliegt weiter.

Wie sein Verhalten sie niederschmettert – das hat er bei mir auch schon bewirkt –, löst Schuldgefühle in mir aus, weil er es meinetwegen tut. Sie sind nicht stark genug, um ihn zu bitten, damit aufzuhören, aber sie reichen aus, dass das, was ich gestern von Jem verlangte, in meinem Kopf brennt wie ein Fieber. Ich fühle mich irgendwie wie eine Verräterin beiden gegenüber.

Rye und ich machen einen Spaziergang vorbei an der Cannibal Cove, der Moon Crescent Cove und gehen dann ein Stück in den Regenwald.

Es gibt hier unterirdische Höhlen, von denen er glaubt, dass sie mir gefallen werden. Ich weiß schon, dass er recht hat, noch bevor wir dort ankommen.

Rune taucht auf und gesellt sich unterwegs zu uns. Sie klingelt vor meinem Gesicht.

»Es war wunderbar, danke!« Dann setze ich dankbar hinzu: »Ich habe mein Kleid geliebt.«

»Oh, ich habe vergessen, dass du Geburtstag hast!«, sagt Rye und sieht zu mir zurück. »Tut mir leid! War es gut?«

»Ja. Ich hatte einen wirklich tollen Tag.«

»Was hast du gemacht?«, will er wissen.

»Ich war im Vulkan.« Ich überlege mir sorgfältig, was ich sage.

»Oh!«, antwortet Rye begeistert. Er freut sich für mich. »Peter hat dich mit zum Vulkan genommen? Hat es dir so gut gefallen, wie du es dir vorgestellt hast?«

Ich überlege, wie ich am besten antworten soll.

»Jemand«, ich lächle Rye und Rune ein wenig unsicher zu, »hat mich zum Vulkan mitgenommen, und ja, es hat mir sehr gut gefallen.«

Die Fee schwebt mitten in der Luft, und der Stjärna-Junge dreht sich ganz zu mir um. Er hat die Augen zusammengekniffen. »Daphne …«, sagt er gedehnt, während Rune etwas bimmelt.

»Was?« Ich werfe Rye einen kritischen Blick zu, bevor ich mich zu Rune umdrehe: »Ja, hat er«, sage ich ihr. Sie antwortet etwas, das ich euch nicht verraten werde. »Nein, hat er nicht!«, erwidere ich empört. Sie bimmelt, und ich flüstere ihr zu: »Was nicht heißt, dass ich es nicht versucht hätte.« Sie zwinkert mir zu.

»Wo war Peter?« Rye geht rückwärts weiter und beobachtet mich.

»Bei deiner Schwester«, erwidere ich gespielt gleichgültig.

»Es war übrigens nicht geplant, und ich habe Jem nicht darum gebeten, mich mitzunehmen. Er hat nur ...«

»Jem?« Rye grinst, und Rune fliegt zu ihm und klopft ihm wütend ans Ohr. Vielleicht hat sie ihm sogar einen kleinen Tritt verpasst.

Ich verdrehe die Augen. »Ich habe Jamison nicht gebeten, mich mitzunehmen. Wir sind uns zufällig über den Weg gelaufen. Ich wollte mir nur eine Karte besorgen.«

»Hat er sich entschuldigt?«

»Wer?«, frage ich.

»Hook.« Rye sieht mich an. »Für das, was er zu dir gesagt hat.«

»Oh.« Ich schüttle den Kopf und runzle die Stirn. »Ich glaube schon. Ich kann mich nicht so richtig ...«

»Nicht erinnern, schon klar.« Rye nickt, dann dreht er sich um und stapft weiter, ohne etwas zu sagen.

Rune klingelt an meinem Ohr.

»Vielleicht hat er ja gar kein Problem«, flüstere ich ihr zu. »Er ist Peters Freund. Vielleicht denkt er, ich tue ihm unrecht.«

Sie bimmelt lauter, und ich verdrehe die Augen.

»Ja, wir wissen alle, was du von ihm hältst.«

Sie fliegt zu meinem Fuß und umkreist den Knöchel. Ich habe den Dolch, den Jem mir geschenkt hat, in meinem Stiefel versteckt. Nicht, weil ich denke, dass ich ihn brauchen werde, sondern weil er ihn mir geschenkt hat und ich ihn deshalb gern bei mir habe. Er fühlt sich ein wenig wie ein Talisman an, nur wofür, weiß ich nicht.

Sie fliegt zu mir zurück und bimmelt wieder.

»Ja«, sage ich, sehr zufrieden mit mir. »Das hat er, zu meinem Geburtstag. Willst du ihn sehen?«

Sie bimmelt, und ich runzle die Stirn.

»Was soll das heißen: ›Ich habe ihn schon mal gesehen‹?«

Sie schwirrt vor mein Gesicht, schwebt dort, bimmelt neugierig und wechselt zu einem ziemlich dreisten Thema.

»Warum fragst du immer danach?« Ich stemme die Hände in die Hüften. »Das ist so eine Wichtigtuer-Frage.«

Sie läutet protestierend.

»Ich weiß, dass es so ist! Nein, ich weiß es. Ich habe es selbst gesehen.«

Sie bimmelt aufgeregt.

»Nein! Du weißt genau, dass es nicht so ist. Es ist nur … sehr heiß in diesen Höhlen da unten.«

Ihr Blick ist anzüglich, gelinde gesagt.

»Rune.« Ich erwidere ihn empört.

Sie zuckt mit den Schultern und sagt auf Stjär, das sei mein Verlust, bevor sie weiterfliegt.

»Hast du Gefühle für ihn?«, ruft Rye mir zu, ohne sich umzudrehen.

Ich spiele mit dem Gedanken, es zu leugnen. Ich habe es noch nie laut ausgesprochen. Ich habe es nur eine Milliarde Mal gedacht.

»Ja«, sage ich trotzig, auch wenn ich mir nicht ganz sicher bin, wem ich da Kontra gebe.

Rye seufzt. »Daphne …«

»Nein.« Ich gehe zu ihm und packe seinen Arm. »Du verstehst das nicht. Du kennst ihn nicht.«

»O doch, ich kenne ihn.« Rye wirft mir einen Blick zu. »Er ist großartig.«

»Ach?« Ich bin verwirrt.

Er hebt eine Braue. »Aber Peter …«

Rune fliegt zu ihm und bimmelt laut.

»Aber Peter …« Ich seufze und ignoriere sie. »Was hat er nur an sich?«, frage ich hoffnungslos.

Rye zuckt mit den Schultern. »Er ist der Traummann.«

Ich verdrehe die Augen, und Rune auch, aber Rye bleibt hartnäckig.

»Er ist buchstäblich eine Legende. Den meisten Leuten fällt es schwer, ihm etwas abzuschlagen oder nicht auf seinen Charme hereinzufallen. Aber du und deine Familie …« Sein Blick sagt mir, dass ich ein hoffnungsloser Fall wäre. »Bei euch liegt es im Blut.«

Ich stelle die Frage, von der ich nicht weiß, ob ich die Antwort hören will. »Glaubst du, wir sind füreinander bestimmt?«

»Ja.« Rye zuckt mit den Schultern, aber seine Miene ist düster.

Rune bimmelt wütend. Sie flucht, glaube ich. Jedenfalls spuckt sie Wörter aus, die ich nicht kenne. Sie klingen wie Wörter, die man gewiss nicht von seiner Großmutter hat.

»Ja, ich weiß.« Rye nickt. »Ich hasse das irgendwie auch.« Er lacht trocken, dann wirft er mir einen fast entschuldigenden Blick zu. »Wahrscheinlich wäre es mir lieber, du wärst mit Hook zusammen, ehrlich, aber die Art, wie Peter mit dir ist ...«

Ich sehe ihn fragend an, während Rune lautstark um meine Aufmerksamkeit bimmelt.

»Hör auf, Rune!« Ich stampfe mit dem Fuß auf. »Ich weiß, dass du ihn nicht magst, aber für mich ist das kompliziert.«

Rye sieht Rune an. »Er ist für Daphne erwachsen geworden.«

»Na ja«, widerspreche ich, »nicht für mich.«

Rye sieht das anders. »Ich weiß nicht. Irgendetwas hat ihn nach all den Jahren erwachsen werden lassen. So viele Jahre war er ein Kind, und dann ...« Er sieht mich an. »Er ist so alt geworden wie du. Wie stehen die Chancen, dass das Zufall ist?«

Ich presse die Lippen zusammen. »Eher schlecht, nehme ich an.«

»Eben«, sagt Rye. »Also Bestimmung, denke ich.«

Man sollte meinen, dass ich mich jetzt besser fühle, aber das ist nicht der Fall. Denn das ist eine Bindung. An Peter Pans Seite zu gehören, ist in vielerlei Hinsicht ein wahr gewordener Traum, nicht wahr? Nur ist es vielleicht nicht mein wahr gewordener Traum, sondern der eines anderen, den ich nur lebe. Ob es auch meiner sein könnte? Vielleicht ist es ja nur so, dass ich es zu dem Zeitpunkt nicht wusste, oder wusste ich es doch? Es ist so schwierig, sich in dem Moment, in dem man sich gerade befindet, über irgendetwas Vergangenes sicher zu sein, aber ich denke, deshalb bin ich doch hierhergekommen? Um mit Peter zusammen zu sein? Und dann ist da diese Anziehungskraft, die er auf mich ausübt ... diese Kraft, die mich zu ihm hinzieht. Ich kann sie einfach nicht ignorieren, und ich fühle sie sogar in mir, selbst wenn ich glücklicher bin, wenn ich neben jemand anderem liege. Und darüber hinaus, obwohl ich mir immer sicherer werde, dass dieser betreffende Jemand derjenige ist, bei dem ich ganz allgemein gern wäre. Peter ist der Gedanke, der in mein Herz sickert wie Wind durch ein undichtes Fenster bei Sturm. Er ist diese schleichende Schlingpflanze eines Gedankens, die sich um alles wickelt und alles bis auf ihn erstickt. Er färbt alles. Der Tag mit Jem war vielleicht der schönste Tag in meinem ganzen Leben, doch kaum war ich wieder im Baumhaus, fragte ich mich nur noch, was Peter wohl tun würde, wenn er es wüsste.

Ich machte mir Sorgen, was dann passieren könnte. Vielleicht wäre ja gar nichts gewesen, aber das Grollen des Vulkans hat in mir die leise Befürchtung geweckt, dass Peter vielleicht nicht mal einen Finger rühren müsste und trotzdem die Hölle losbrechen würde.

»Mag er dich?«, will Rye wissen.

»Jamison?«, frage ich nach. Denn im Moment jongliere ich mit ein paar Bällen, und ich fände es nicht völlig abwegig, wenn jemand das bezüglich Peter fragen würde.

»Ja, Jamison«, erwidert Rye gereizt.

»Also …« Ich zögere. »Ich glaube schon.«

Rune verdreht die Augen.

Rye hebt nur eine Braue. »Glaubst du?«

Ich nicke. »Mmh-mmh.«

Rye kneift die Augen zusammen. »Hat er das gesagt, oder …«

»Nun, wir haben das Thema meistens vorsichtig umschifft.«

»Ach?«

»Also …« Ich versuche angestrengt, es anders zu formulieren. »Ich glaube, es war nur eine Andeutung.«

Rye verzieht das Gesicht.

Ich atme vernehmlich aus. »Wir haben über Sex gesprochen.«

»Wow!« Rye fährt zurück, und Rune läutet wie eine Verrückte. Sie scheint zwischen unsichtbaren Wänden hin und her zu prallen.

Ich pruste und drohe Rune mit dem Finger. »Für eine Fee hast du wirklich eine furchtbar schmutzige Fantasie, das meine ich ganz ernst.«

»O nein, das hier geht auf dich«, widerspricht Rye. »Du hattest fast Sex mit Hook?«

»Nein«, entgegne ich entschieden. Andererseits … »Wir haben darüber gesprochen. Wir haben uns nicht mal geküsst. Es ist nichts passiert, aber ...«

»Aber du wolltest es?«

Ich werfe ihm einen überlegenen Blick zu. »Vielleicht.«

Rune schleudert einen winzigen Feenknallkörper auf meine Schulter. Es sieht aus, als hätte jemand einen Wasserballon aus Glitzer zerplatzen lassen. Ich wische mir übertrieben gereizt die Schulter ab.

»Peter hat neulich ebenfalls versucht, mit mir Sex zu haben«, verrate ich den beiden.

Rune fängt wieder an zu schimpfen, und Ryes Blick richtet sich in weite Ferne.

»Ich habe Kopfschmerzen«, sagt er wie zu sich selbst. Dann mustert er mich finster. »Was ist passiert?«

»Was schon? Er hat es versucht, und ich habe Nein gesagt.«

»Warum hast du Nein gesagt?«, will er wissen.

Die Antwort ist klar, und sie steht mir deutlich ins Gesicht geschrieben. Aber ich sage kein Wort. Das ist auch nicht nötig. Ich glaube, es lebt einfach dort. Eine Zuneigung zu ihm, die außerhalb von mir jedoch nicht überlebt. Aber ich weiß nicht, wie ich sie in mir behalten soll, und sie einfach abgeben will ich auf keinen Fall.

»Wow.« Rye beobachtet mich aufmerksam. Dann deutet er mit einem Nicken auf den Eingang der Höhle. »Da ist sie.«

Wir gehen an einigen Säulen vorbei, die fünfmal so hoch sind wie der größte Mann, den ich kenne.* Die Höhle selbst ist spektakulär. Dämme aus Kalksinter und Flusssteinen in Hülle und Fülle. Hier wird es schnell dunkel, aber das macht nichts, denn Rune leuchtet aus sich heraus. Wir gehen durch den Tunnel in einen anderen Raum, in dem es dunkler und trockener ist als in den anderen.

Rye deutet vielsagend auf die Wand, und es dauert einen Moment, bis sich meine Augen darauf einstellen, aber dann sehe ich es. Die Prophezeiung. Zumindest glaube ich, dass das eine ist. Das meiste ist in einer Art Hieroglyphen geschrieben, die ich nicht verstehe, aber ich bin mir ziemlich sicher, dass meine Mutter sie entziffern könnte.

»Der wahre Thronerbe.« Rye starrt auf die Glyphen vor uns, bevor

---

* Ich will ja keine Namen nennen ... aber es ist Jamison.

er seinen Blick wieder auf mich richtet. »Und du weißt nicht einmal, ob du ihn magst.« Er lacht trocken.

»Ich mag ihn auch«, erwidere ich irritiert, und Rune bimmelt missmutig. Ich weiß nicht, ob ich den beiden in diesem Moment in die Augen sehen kann, also betrachte ich stattdessen die Wand und fahre mit meinen Händen über ein paar lateinische Zeichen, die in die Wand eingraviert sind. »Was steht da?«

»*Praecepta vivimus.*« Rye lächelt gezwungen.

Ich schürze die Lippen und versuche mich an einer Übersetzung. »Die Regeln, nach denen wir leben?«

Er nickt. »Sie sind nicht real«, antwortet er dann etwas abschätzig, »sondern die Gründer haben das nur in die Wand gemeißelt, als sie die Höhle gefunden haben.«

Es stehen noch ein paar Sprüche da: *sanguis pro sanguine, in somnis veritas, in scientia et virtute, semper fortunas iuventutis,* und noch mehr, die wegen des schwachen Lichts schwieriger zu entziffern sind.

»*Ad pacem, ad lucem, ad magicam, ad naturam, ad omnium bonam ac libertatem*«, lese ich laut vor, bevor ich zwischen den beiden hin- und herschaue. »Haben sie sich daran gehalten?«

Rye verzieht den Mund. »Einige.«

Rune bimmelt zustimmend, und ich hoffe für mich, dass Itheelia ebenfalls dazugehört.

»Komm weiter«, sagt Rye und führt uns zurück zur Haupthöhle. »Denn das ist noch nicht mal das Beste hier.«

Er hat recht.

Ein großer Teil dieser Höhle liegt teilweise unter Wasser. An manchen Stellen ist es unglaublich dunkel, aber dann gibt es Löcher in der Decke, durch die das Licht auf eine Art dringt, die fast wie Sternschnuppen aussieht, und das Wasser – leuchtet.

Ich starre es nur eine halbe Sekunde lang staunend an, bevor ich hineinspringe. Ich kann einfach nicht anders.

»Das ist *Noctiluca scintillans*«, erklärt Rye amüsiert.

»Das ist was?«

Er lacht, dann springt auch er hinein. »Biolumineszierendes Plankton.«

»Ich dachte schon, du würdest sagen, es sei Meerjungfrauenstaub oder etwas Magisches.«

»Nein.« Er schüttelt den Kopf. »Nur Phosphoreszenz. Aber es ist trotzdem magisch.« Er starrt mich an.

Rune hustet, um eine Spannung zu brechen, deren Ursache ich nicht ganz verstehe.

»He, Daph.« Rye wirft mir einen Blick zu. »Hook ist ein wirklich guter Mann, weißt du.«

»Ich weiß.« Ich tauche kurz unter Wasser. Vielleicht ist er sogar der beste Mann. Dann seufze ich an der Stelle in meinen Gedanken, an der ich jedes Mal seufze – weil es einfach keinen Sinn ergibt. Ich lege den Kopf wieder hoch. »Er kann aber nicht meine Bestimmung sein.«

»Sagt wer?«, fragt Rye.

Ich hebe die Hände. »Du. Alle. Jeder, der mir und Peter und allem, was bis jetzt mit meiner Familie passiert ist, Aufmerksamkeit schenkt.«

Rune flüstert mir etwas ins Ohr und spritzt mir mit ihrem winzigen Fuß Wasser ins Gesicht, und ich verdrehe die Augen, weil sie sich so über diese Kleinigkeit aufregt.

»Würde es etwas ausmachen, wenn Hook nicht wäre?« Rye schwimmt in einen Lichtstrahl.

»Na ja.« Ich schwimme ihm nach. »Ich denke schon.«

»Und warum?«

Hilflos zucke ich mit den Schultern. »Weil es Bestimmung ist.«

»Genau.« Er mustert mich mitleidig. »Vielleicht ist die Bestimmung nicht alles, was sie zu sein vorgibt.«

Die Fee bimmelt wieder irgendetwas über Schnee, aber ich glaube, dass sie dem Wetter zu viel Bedeutung beimisst.

»Da war nicht viel dran, Rune.« Ich werfe ihr einen Blick zu. »Er hat mir nur seine Jacke gegeben, das war alles.«

Sie seufzt und bimmelt wieder.

»Vielleicht hat sie recht«, meint Rye. »Vielleicht gibt es verschiedene Arten von Bestimmung. Vielleicht ist alles Schicksal.« Er wirft mir einen langen Blick zu. »Vielleicht gilt das für uns alle.«

Und dann taucht er unter.

KAPITEL 14

»Wach auf, Mädchen.« Peter drückt seine Nase an meine. »Wir gehen spielen.«

Ich reibe mir müde die Augen. »Was spielen wir?«

Er strahlt mich an. »So tun als ob.« Dann zerrt er mich aus dem Bett. »Komm, gehen wir.«

Er schüttelt mich aufgeregt an den Schultern, und ich sehe ihn strafend an. »Peter, ich bin nicht angezogen.«

Er knurrt leise. »Gut, aber beeil dich«, sagt er und geht weg.

»Ich möchte erst frühstücken!«, rufe ich ihm nach.

»Keine Zeit!«, ruft er zurück. »Du hast fünf Minuten!«

*

»Wohin fliegen wir?«, frage ich während des Flugs.

»Das ist eine Überraschung.« Er strahlt und hält meine Hand fester. Er betrachtet mein Feen-Geburtstagskleid. »Wo hast du das denn her?«

»Rune«, antworte ich stolz. »Gefällt es dir?«

Er zuckt mit den Schultern. »Ist okay.«

Ich trage heute wieder ihre Stiefel. Ich trage ihre Stiefel in letzter Zeit sehr oft, vor allem, weil ich den Dolch darin verstecken kann.

Ich drücke kurz seine Hand. »Ich habe aber Hunger.«

Peter verzieht leidgeprüft das Gesicht.

»Tut mir leid.« Ich schneide eine Grimasse. »Du hast mich ja nicht frühstücken lassen.«

»Dann hättest du eben früher aufstehen müssen!« Er macht ein genervtes Gesicht.

»Ich wusste ja nicht, dass wir irgendwo hinfliegen!«, antworte ich ihm. Er stöhnt und rollt wie ein Fass in der Luft. »Ich hätte so gern einen kleinen Happen zu essen«, sage ich hoffnungsvoll.

Er atmet übertrieben aus. »Wir sind fast da, Mädchen. Kannst du noch etwas durchhalten?«

»Fast wo?« Ich sehe mich um.

Alles, was ich sehen kann, ist blau. Blau in allen Richtungen. Blauer Himmel, blaues Meer, und am Horizont verschmelzen die Blaus miteinander, sodass man das Gefühl bekommt, sich in einer Art Wasserprisma zu befinden. Was komisch ist, weil wir noch gar nicht so lange fliegen. Es ist einfach ... Neverland, nehme ich an.

Und dann sehe ich sie. Eine Insel. Sie ist irgendwie plötzlich da. Sie sieht tropisch aus, aber in der Mitte steht ein großes Denkmal oder so etwas. So groß, dass ich es schon von Weitem sehen kann.

Er fliegt uns dorthin.

»Was machen wir hier noch mal?«

»Wir spielen *So tun als ob*.«

»Richtig.« Ich nicke und ignoriere das Grummeln in meinem Magen. »Und wie spielt man das?«

Er lächelt. »Du wirst schon sehen.«

»Also, was spielen wir uns vor?«

Diesmal klingt er ungeduldig. »Ich sagte, du wirst schon sehen.«

Nach etwa zehn Minuten landen wir, und er baut sich vor mir auf, die Hände in die Hüften gestemmt. »Willst du jetzt unbedingt etwas essen?«

Ich lächle und runzle gleichzeitig die Stirn. »Ich denke schon, ja.«

»Okay, gut.« Er nickt und bedeutet mir, mich in den Sand zu setzen. »Warte hier.«

Ich nicke.

»Rühr dich nicht vom Fleck«, befiehlt er.

Ich sage ihm mit meinem Blick, dass ich ihn für seltsam und albern halte, aber gehorche trotzdem.

Ich stütze mich auf der Sandbank auf die Ellbogen zurück und starre in die Wolken.

Sie sind hier kreativ, die Wolken, meine ich. Ich glaube, sie haben das für Peter gelernt, als er noch ein Junge war. Sie tanzen, führen eine Show auf. Sie ist natürlich stumm, aber in erzählerischer Hinsicht ist es sehr einfach zu verstehen. Auf jeden Fall leichter zu kapieren als *Invasion der Körperfresser*.

Etwa zwanzig Minuten später setzt sich Peter neben mich.

»Was führen sie heute auf?«

»Ich bin mir nicht ganz sicher.« Ich schüttle den Kopf. »Ich glaube, es ist eine Art griechische Tragödie.«

Er sieht hin und kneift dann fast verärgert die Augen zusammen. »Das ist die Nummer über Theseus.«

»Ah«, sage ich und kneife auch die Augen zusammen, um zu erkennen, was er da macht. Peter streckt seine Hand aus und bietet mir eine Traube von Beeren an.

Ich nehme sie erfreut. »Danke!«

»Er ist nicht echt, weißt du.« Peter beobachtet mich.

»Wer ist nicht echt?«, frage ich ihn.

»Theseus.«

»Oh.« Ich nicke gleichgültig. »Nein, das habe ich auch nicht gedacht. Er ist eine Figur aus der Legende.«

Peter wirft mir einen Blick zu. »Aber manche Legenden sind real.«

Plötzlich merke ich, dass ich die Hälfte der Beeren gegessen habe, bevor ich ihm überhaupt eine angeboten habe.

Ich halte sie ihm auf der offenen Hand hin. Er schaut auf sie herab und schüttelt den Kopf. Seine Miene wird genauso komisch wie mein Kopf.

»Peter?«, sage ich, als der Sand unter mir zu rutschen beginnt. »Was ist hier los?«

Mir wird schwarz vor Augen, aber er sieht auf mich herab, als ich mich in den Sand sinken lasse, und strahlt.

»Lasst die Spiele beginnen!«

*

Ein Krähen. Das höre ich zuerst. Meine Augen sind noch nicht offen. Sie fühlen sich schwer an, wie Füße, die im Sand stecken. Ist das Peter, oder sind es Vögel?

Mein Gesicht fühlt sich klebrig an. Ich schwitze. Warum schwitze ich? Es ist heiß. Bin ich draußen? Wo bin ich hier? Es fühlt sich an wie ein Traum. Aber kein guter Traum. Es dauert nur wenige Sekunden, bevor ich wieder mein volles Bewusstsein zurückerlange, aber ich halte mich an sie, weil ich nicht weiß, was mich als Nächstes erwartet.

In diesen wenigen Sekunden könnte ich noch mit Jamison am Feuer schlafen. In diesen Sekunden könnte ich mich neben Peter im Nest zusammenrollen.

Beide Gedanken sind hinfällig, aber ich gönne mir trotzdem die Hoffnung.

Als ich die Augen aufschlage, steht er direkt vor mir. Bin ich erleichtert? Habe ich Angst? Was auch immer geschieht, ich bin wohl beides.

Er neigt den Kopf, als sich unsere Blicke treffen.

»Hast ja ganz schön lange gebraucht.«

»Was hast du mir da gegeben?« Ich runzle die Stirn und schaue mich um. Ich kann nicht wirklich etwas erkennen, da die vier Sonnen zur Mittagszeit auf uns herabstrahlen.

»Nun, ich wollte nicht, dass du Nein sagst und ich dann böse auf dich werde, also habe ich dir einfach ein paar Sömabeeren gegeben.« Er zuckt unbekümmert mit den Schultern und lächelt freundlich.

»Peter …« Ich starre ihn an, und in meinem Magen breitet sich nervöses Unbehagen aus. »Zu was Nein sagen?«

Er deutet mit dem Daumen auf die Wolken. »Diese Verräter wollten dir meine Überraschung verraten, weil sie denken, dass sie die Einzigen sind, die Überraschungen bereiten können, weil sie im Himmel sind. Aber sie haben nicht erkannt, dass du dumm bist, und wussten auch nicht, dass du deinen Apollodorus nicht besonders gut kennst.«

Ich sehe mich rasch um. Er weiß es zwar nicht, aber ich kenne meinen Apollodorus eigentlich ganz gut. Ich wusste nur nicht, dass mir gerade eine Vorschau auf meinen Tag gezeigt wurde.

Ich bin an eine Art Denkmal oder einen Altar gebunden. Überall gibt es Hecken. Der Boden ist mit Knochen übersät.

»Sind wir in einem Labyrinth?« Ich stelle die Frage, während mir eine weitere schreckliche Einzelheit bewusst wird. »Peter, bin ich gefesselt?«

Er strahlt mich erfreut an.

Meine Hände sind hinter dem Rücken gefesselt, die Fußknöchel vor mir.

»Peter«, sage ich nervös, als er aufsteht. Im selben Moment erkenne ich, wie die Kreatur aus etwa hundert Metern Entfernung auf uns zustürmt. Ein Minotaurus.

Der Minotaurus, genau genommen. Das nehme ich jedenfalls an.

Peter erhebt sich in die Luft und sieht auf mich herab. »Wir werden unheimlich viel Spaß haben.«

Er saust durch die Luft und rammt den Minotaurus, der auf den Rücken fällt.

Aber er ist nur eine Sekunde am Boden, bevor er auch schon wieder aufspringt. Ich kann die Kreatur jetzt ungehindert betrachten, obwohl ich wünschte, es wäre nicht so.

Sie hat den Kopf eines Stiers, weißes und braunes Fell, irre aufgerissene Augen. Ihr wisst doch, dass Kühe so viel Weiß um die Iris haben? Die hier hat das auch. Und dazu einen riesigen Ring in der Nase. Hörner so lang wie mein Unterarm, und dann der beunruhigendste Teil: Sie hat den Körper eines normalen Mannes. Des größten und stärksten Mannes, den ihr je gesehen habt – und das mal unendlich. Er ist ein Goliath. Er ist schrecklich bleich und fürchterlich vernarbt und schwingt eine doppelköpfige Axt, die immer das Licht einer der Sonnen reflektiert, ganz gleich wie er sie schwingt. Und er stürmt auf mich zu, so schnell, wie ich noch nie jemanden habe laufen sehen.

Ich gehe davon aus, dass ich höchstwahrscheinlich sterben werde, und es bekümmert mich, dass das letzte Geräusch, das ich höre, das Schleifen der Axt ist, die der Minotaurus hinter sich herzieht, sowie das Knurren, das er dabei von sich gibt und das ziemlich nach einem Stier klingt. Damit war wohl zu rechnen, denke ich. Aber immerhin ist er ja auch zum Teil ein Mensch, also weiß man wohl nie, was genau einen in einer solchen Situation erwartet.

Der Minotaurus ist etwa noch zwei Meter von mir entfernt, bevor Peter mit den Füßen voran durch die Luft saust und ihn nach hinten stößt.

»Mach dir keine Sorgen, Mädchen!« Er schaut mich kühn an. »Ich werde dich retten.«

Der Minotaurus stößt ein wütendes, frustriertes Knurren aus und schlägt sich an die Brust, bevor er auf mich zudonnert und die Axt im Kreis um seinen Schädel schwingt.

Peter stürzt sich auf ihn, aber der Minotaurus weicht ihm aus, und die Axt wirbelt weiter über ihm, während er auf mich zukommt. Ich sehe es in seinen Augen. Und ich habe so etwas noch nie gesehen – die Entschlossenheit, dich zu töten. Der Minotaurus hat sich in den Kopf gesetzt, dass ich durch seine Hand sterben werde.

Er holt zu einem gewaltigen Schlag aus, und ich werfe mich zur Seite und auf den Boden. Der Hieb verfehlt mich nur sehr knapp.

Die Schneide der Axt streift meine Wange, als Peter die Kreatur mit einer Kraft zurückstößt, die ich überraschend, beeindruckend und beunruhigend zugleich finde.

Peter landet neben mir auf den Knien und drückt seine Finger auf meine Wange.

»Schnell!«, fordere ich ihn auf. »Binde mich los.«

»Mädchen.« Er starrt mich an. »Du blutest.« Er wirft über die Schulter einen Blick auf die Bestie. »Du hast sie blutig geschlagen.«

Peter steht auf, und ich flehe ihn schreiend an. »Binde mich los, bitte!« Er ignoriert mich trotzdem.

»Dafür wirst du sterben.«

Der Minotaurus ist wieder auf den Beinen und rennt auf uns zu, und Peter ist wieder in der Luft, aber dieses Mal packt er den Minotaurus bei den Hörnern, als er sich auf ihn stürzt.

Der Minotaurus zappelt in der Luft, während Peter ihn immer höher mitreißt, hoch über das Labyrinth aufsteigt. Ich sehe ihm zu, wütend, und voller Ehrfurcht und ungläubig.

Dann verändert sich Peters Miene. Sein Blick wandert von dem Minotaurus in seinen Händen zu einem weit entfernten Ort in der Ferne.

»He, was ist denn das?«, ruft er.

»Peter!« Ich schreie zu ihm hoch.

Er würdigt mich nur eines kurzen Blickes. »Bin gleich wieder da!«, sagt er.

Er lässt den Minotaurus fallen. Der stürzt in die Tiefe und stößt einen entsetzten, stöhnenden Schrei aus, bevor er irgendwo in dem Labyrinth aufschlägt.

Dann fliegt Peter davon.

Ich starre in den Himmel, ungläubig, und bin wohl etwa zwanzig Sekunden lang fest davon überzeugt, dass dies Teil des Spiels ist. Teil dieser Ränke, mit der ich von Anfang an nichts zu tun haben wollte.

Ist es aber nicht. Es ist einfach nur Peter, der etwas Spannenderes am Horizont sieht und mich dafür sterben lässt.

Der Minotaurus wird bald zurück sein, falls ihn der Sturz nicht umgebracht hat, und ich vermute, dass das nicht wirklich möglich ist. Mir schießt der Gedanke durch den Kopf, wie es wohl sein wird, zu sterben. Und während ich hier liege und mich frage, wie er mich töten wird, fallen mir all die Schädel auf, die von den Skeletten hier abgefallen sind. Schlägt er die Köpfe ab oder reißt er sie einfach herunter? Beides wahrscheinlich. Ich würde Abhacken vorziehen. Ich erwarte natürlich nicht, dass der Minotaurus mir meinen Wunsch erfüllen wird, aber man muss das kontrollieren, was man kontrollieren kann. Mir kommt der Gedanke, dass ich das, was in dem kleinen Lederbeutel von Jamison war, nicht hätte ablegen sollen. Ich weiß, dass es die Erinnerung an den Schnee war, aber ich habe das Gefühl, dass da noch mehr ist, das mir in diesem Moment nicht einfällt. Aber was auch immer es ist, ich bin mir sehr sicher, dass ich es nicht hätte weglegen sollen. Ich glaube, es war wichtig.

Dann nehme ich meine Stiefel wahr, und wichtiger noch, ich erinnere mich daran, was im Schaft steckt.

Ich schaffe es, meine Arme vor meinen Körper zu bringen, indem ich mich zwischen sie setze und mich hindurchwinde. Es dauert eine Minute.

Vielleicht habe ich mir eine Schulter aus- und wieder eingekugelt,[*] aber es funktioniert. Mit den gefesselten Händen greife ich in meinen Stiefel und fische den Dolch heraus. Ich schneide zuerst meine Knöchel frei, dann klemme ich das Messer zwischen die Füße, um die Fesseln an meinen Handgelenken durchzutrennen. Als das letzte Stück Seil reißt, taucht der Minotaurus wieder auf. Er ist blutverschmiert. Sein Bein sieht aus, als wäre es gebrochen. Aber das scheint ihn nicht weiter zu stören, denn er rennt trotzdem auf mich zu.

Ich schnappe mir den Dolch und stürze mich in das Labyrinth. Es ist riesig. Die Hecken sind bestimmt doppelt so hoch, wie ich groß bin. Ich laufe wohl fünf Minuten ziellos umher und merke, dass ich

---

[*] Ich vermute das nur, weil ich einen kurzen Moment eine Art von Schmerz empfinde, bei dem etwas Komisches mit meinen Augen passiert, und ich zu Boden falle und denke, dass der Sturz sie vielleicht ›zurückgekugelt‹ haben könnte.

dem Rand immer näher komme, mich aber immer weiter vom Ausgang entferne.

Ich höre, wie er näher und näher kommt. Er schlägt sich auf die Brust, es klingt tief und hohl, und er stöhnt und keucht.

Mein Körper fängt an zu zittern, obwohl ich eigentlich keine Angst habe, was seltsam ist, findet ihr nicht auch? Traumata sind schon seltsam.

Ich weiche bis in die Hecke zurück, er biegt um die Ecke und kommt auf mich zu. Aber in dem Moment wächst plötzlich die Hecke um mich herum und schirmt mich ab.

Der Minotaurus sucht überall nach mir – er ist verwirrt. Er weiß wohl, dass ich hier bin, oder zumindest, dass ich gerade eben noch hier war.

Er kommt näher, dreht den Kopf suchend nach links und rechts. Ich greife meinen Dolch ... warte, bis er direkt vor mir steht, vor dem Teil der Hecke, der gerade um mich herum gewachsen ist. Dann dreht er seinen Kopf ein wenig, und ich habe freies Schussfeld, also stoße ich hindurch und ramme ihm die Klinge ins Auge.

Ich habe noch nie jemandem ins Auge gestochen. Eigentlich habe ich noch nie irgendwas in irgendwen hineingestochen.

Es gibt verschiedene Geräusche, die alle grotesk sind – wenn ich sie von mir gebe. Das Auffallendste ist sein Stöhnen, das mehr wie ein Schrei klingt.

Und auch das Geräusch einer Klinge, die ein Auge durchbohrt, das Knirschen von Knochen, als ich den Dolch durchstoße. Das sind Geräusche, die ich nie kennenlernen wollte.

Das Geräusch von jemandem, der weint – ich glaube, das bin ich –, während er die Hecken durchbricht, um zu mir zu gelangen. Dann weichen die Hecken zurück und geben mich preis.

Und als ich gerade überzeugt bin, jeden Moment sterben zu müssen, obwohl er nur ein Auge hat, ziehen sich die Heckenschichten hinter mir wie Vorhänge zurück, und der Minotaurus fällt vor Schmerz vor mir auf die Knie.

Er starrt zu mir hoch, meinen Dolch immer noch im Auge. Dann tut er etwas Seltsames. Er zieht ihn heraus, wischt ihn an seiner Brust ab und reicht ihn mir. Ich starre ihn an. Soll das ein Trick sein?

Als ich die Waffe nicht annehme, legt er sie mir zu Füßen.

Ich bin vollkommen verwirrt. Er kniet da, unbeweglich, den Kopf gesenkt, und es kommt mir immer noch wie ein Trick vor. Vielleicht will er mir nur einen Vorsprung geben. Vielleicht macht es keinen Spaß, jemanden zu töten, wenn er leicht zu töten ist. Was es auch ist, ich nutze die Chance, die sich mir bietet. Ich schnappe mir den Dolch und renne durch den Weg, den die Hecken für mich geschaffen haben. Sie schließen sich hinter mir, als würden sich die Tore schließen, und ich falle zu Boden, als ich sie endlich hinter mir gelassen habe.

Mein Atem geht stoßweise. Ich glaube, ich weine. Ich rufe nach Peter, aber er kommt nicht. Ich rufe nach Jamison und Rune, aber ich bin wohl zu weit weg. Ich glaube nicht, dass sie mich hören könnten, selbst wenn ich auf Neverland selbst wäre, und ich bin noch viel weiter von ihnen entfernt.

Ich mache mich auf den Weg zurück zum Strand, wo Peter mir die Beeren gegeben hat. Ich weiß, dass es die richtige Stelle ist, denn die Beeren, die ich nicht gegessen habe, liegen immer noch im Sand.

Ich kann Neverland von hier aus gerade noch erkennen. Die Insel ist nicht gerade in der Nähe. Ich müsste mindestens ein paar Stunden schwimmen. Ich schaue zurück auf die Insel, von der ich gerade geflohen bin, und dann wieder auf den Ozean. Ich schätze meine Chancen auf dem Meer ab.

Ich wate hinein, halte den Dolch unter das Wasser, und das rote Blut wird weggespült. Ich stecke ihn zurück in meinen Stiefel – in Stiefeln kann man übrigens eigentlich nicht schwimmen – und beginne zu schwimmen.

Ich schwimme und schwimme, vielleicht eine Stunde lang – vielleicht sogar zwei –, und meine Arme werden müde, aber ich bin schon so weit draußen und kann nirgendwo hin.

Ich halte eine Minute inne und trete auf der Stelle.

Ich weiß nicht, wie man Feen herbeiruft oder ob man das überhaupt kann, aber wenn ich es jetzt könnte, wäre das fantastisch. Vielleicht gibt es ja so etwas wie Wasserfeen.

Ganz sicher gibt es Meerjungfrauen.

Jetzt, da ich darüber nachdenke, wird mir ganz mulmig zumute. Ich bin mir ziemlich sicher, dass Marin mich ertrinken lassen würde, wenn sich die Chance ergäbe. Wenn sie nicht sogar zu mir schwimmen und mich eigenhändig ertränken würde.

Ich blicke in das klare, atemberaubend blaue Wasser unter mir.

Weißt du, welche verheerende Wirkung das Wasser mit seinen harmlosen Schatten in deinem Kopf anrichten kann?

Sofort bin ich mir sicher, dass ich sterben werde. Noch einmal. Ich bin mir sicher, dass da etwas ist, das mich umkreist. Es ist nicht dunkel, es ist hell, aber es ist eindeutig etwas, und ich drehe mich herum, spritze, während ich überall danach suche. Aber das ist doch gefährlich. Planschen lockt Haie an, richtig?

Also halte ich inne und halte Ausschau nach dem, was da unter mir ist.

Dann drückt eine kleine Welle mein Kinn hoch. Ich senke den Kopf zum Wasser hinunter.

Die Welle tut es wieder.

Dann erwischt mich eine Welle von hinten, als säße ich in einem Sessel, und treibt mich vorwärts. Vorwärts und vorwärts und durch endlose Kilometer von Wasser.

Die Welle trägt mich nach Hause.

Sie spült mich an den Strand direkt neben dem Hafen, und ich drehe mich um, um mich zu bedanken. Sie schwappt noch einmal um meine Knöchel, ich glaube, um mir zu sagen: »Gern geschehen.«

Ich kippe das Meerwasser aus meinen Stiefeln und vergewissere mich, dass mein Dolch noch drin ist. Dann gehe ich zum Baumhaus.

Ich bin auf Blutvergießen aus. Ich bin bereit, Peter dafür umzubringen, echt jetzt.

Ein Teil von mir hofft, dass ihm etwas zugestoßen ist, dass er irgendwo feststeckt oder dass es einen Notfall gegeben hat. Es ist schrecklich, so etwas jemandem zu wünschen, der einem am Herzen liegt. Aber wenn er nicht feststeckt und nichts passiert ist, bedeutet das, er hat mich dem Tod überlassen. Und das ist vielleicht noch schlimmer.

Als ich das Zimmer betrete, spielen die Jungs im Haus Fußball auf den verschiedenen Etagen der Netze.

Percival entdeckt mich als Erster, und er verzieht das Gesicht, als er mich sieht. »Was ist dir denn passiert?«

Kinley fliegt zu mir. »Geht es dir gut?«

»Ich hole dir ein Handtuch«, bietet der kleine Holden mir an, bevor er aus dem Zimmer flüchtet.

Als sein Spiel unterbrochen wird, hebt Peter den Kopf und sieht zu mir.

»Wow.« Er lacht. »Dich habe ich total vergessen!«

Ich schaue zu ihm rüber. »Ich weiß.« Ich stehe da, die Hände in die Hüften gestemmt, das Kinn gesenkt.

Percival wirft Kinley einen Blick zu, nickt zum Ausgang und huscht dann hinaus.

Peter sieht ihnen nach, bevor er zu mir zurückschaut. »Tut mir leid«, sagt er beiläufig.

Ich schüttle den Kopf über ihn. »Peter, ich hätte sterben können.«

»Ja, aber ...« Er verdreht die Augen, als sei ich verrückt, »sterben wäre doch ein furchtbar großes Abenteuer.«

»Ich will aber nicht sterben«, teile ich ihm nachdrücklich mit, und er verdreht wieder die Augen.

»Dann ist es ja gut, dass du es nicht getan hast.«

»Peter.« Meine Miene verfinstert sich.

Er fliegt zu mir und braucht weniger als drei Sekunden, um von einer Seite des Baumhauses zur anderen zu gelangen. Wie schnell hätte er mich retten können, wenn er es nur versucht hätte.

Er sieht mich misstrauisch an. »Wie bist du bis hierhergekommen?«

»Ich bin geschwommen.« Ich zeige auf mein durchnässtes Ich.

»Den ganzen Weg?«

Ich zucke mit den Schultern. »Die Wellen haben mich getragen.«

Er verzieht das Gesicht, wenig begeistert. »Das ist seltsam.«

»Warum?« Das irritiert mich. »Ich hätte gedacht, du hättest es ihnen befohlen.«

Er überlegt kurz. »Klar, habe ich auch.«

»Also?« Ich hebe die Schultern und warte darauf, was er jetzt sagt.

Peter mustert mich neugierig. »Du bist viel mutiger, als ich dachte.«

Ich blinzle zweimal. »Als du dachtest?«

Er nickt, aber er sieht nicht erfreut aus. »Und kräftiger wohl auch, schätze ich.«

Ich nehme den Kopf zurück. »Du schätzt?«

Er verschränkt die Arme und legt den Kopf schief. »Wie bist du überhaupt aus dem Labyrinth herausgekommen?«

»Was meinst du? Das war leicht.« Ich schüttle den Kopf, und sein Gesicht flackert. »Ich habe dem Minotaurus ins Auge gestochen, dann ist er umgefallen und hat das Labyrinth für mich geöffnet.«

Peter sagt nichts.

»Das war das Spiel, nicht wahr?« Ich mustere ihn scharf. »Ich habe gewonnen.«

»Richtig.« Peter nickt und geht an mir vorbei, dann bleibt er stehen und schaut zurück. »Du hast ihm ins Auge gestochen?«

»Ja.« Ich nicke. »Er hat mir sogar meinen Dolch zurückgegeben.«

»Welchen Dolch?«

Ich verstumme, und mein Mund formt eine rundes »Oh«. »Hook hat mir einen Dolch geschenkt. Zu meinem Geburtstag.« Ich sage es leichthin, als ob es nichts wäre. Am Ende setze ich ein Lächeln auf, damit es beiläufig bleibt, aber das funktioniert nicht.

»Du warst mit ihm an deinem Geburtstag zusammen?«, schreit Peter und baut sich vor mir auf.

Ich lache verächtlich. »Nun, ich war sicher nicht mit dir zusammen.«

»Ja.« Er verdreht die Augen. »Und wessen Schuld ist das?«

Ich deute ungläubig auf ihn. »Deine!«

»Meine?« Er fährt zurück.

»Ja!« Ich schreie und stampfe mit dem Fuß auf, aber es bringt nichts, weil ich im Netz hänge. »Du bist mit Marin und Calla losgezogen, um einen dummen Schatz zu suchen.«

»Das war nicht dumm«, erwidert er. »Du bist dumm.«

Ich wende den Blick ab und schüttle den Kopf, aber Peter duckt sich und sieht mich an. »Hat er dich angefasst?«

»Nein«, sage ich schnell, und das ist fast die Wahrheit. Stimmt doch, oder? Es ist jedenfalls größtenteils wahr. Er hat meine Hand gehalten und mir ein paar Haare aus dem Gesicht gestrichen, aber gilt das überhaupt als echte Berührung?

»Nicht so, wie du Calla angefasst hast«, sage ich leise. Aber er hört mich und schiebt sein Gesicht direkt vor meins.

»Was war das?«, zischt er.

»Nichts.« Ich schüttle den Kopf.

»Nein, sag es.« Er reckt das Kinn vor. »Sag es.«

Ich antworte nicht. Mein Blick flackert nicht einmal zu dem Knutschfleck an seinem Hals, der immer noch zu sehen ist. Oder ist der vielleicht sogar neu? Ist er an einer anderen Stelle als vorher?

Peter schnuppert an mir. »Du bist ekelhaft. Ich kann ihn an dir riechen.« Er geht einen Schritt von mir weg.

»Es ist nichts passiert.« Ich greife nach ihm, ich weiß nicht, warum. Vielleicht aus Zwang? »Er wollte nur nett sein. Es war ein Glück, dass er ihn mir gegeben hat!«

»Ein Glück?« Peter klingt ungläubig.

»Ja!« Ich nicke. »Sonst wäre ich vielleicht gestorben!«

Peter schüttelt sich. »Das wäre wenigstens ehrenvoll gewesen.«

Ich atme leise aus. »Du würdest mich lieber tot sehen, als dass ich ein Geschenk von Hook benutze, um zu überleben?«

»Er ist mein Feind!« Peter schreit vor Wut.

»Nein, ist er nicht!«, widerspreche ich. »Das ist alles nur verrücktes Gerede. Das bildest du dir alles nur ein!«

»Wann war er mit dir zusammen?« Peter packt mich an beiden Handgelenken und zerrt mich zurück. »Hat er dich entführt? Wie? Wann? Direkt vor meiner Nase?«

»Er hat mich nicht entführt. Ich bin mit ihm gegangen«, sage ich nachdrücklich. »Und zwar sehr gern, denn du bist ja zum vierzehnmillionsten Mal mit den Meerjungfrauen oder Calla losgezogen, oder mit wem auch immer, wenn du nicht bei mir bist, und hast mich vergessen!«

Er schüttelt den Kopf, stur. »Ich vergesse nie.«

»Du hast mich einfach vergessen!« Ich hebe die Stimme. »Du hast mich einfach dort gelassen!«

Er zuckt mit den Schultern. »Ich wusste, dass du es schon schaffen würdest. Ich vergesse nie was.«

»Du vergisst immer!« Jetzt schreie ich auch. »Immer! Und wenn du es nicht tust, dann ist es noch schlimmer.«

»Warum?«

»Darum, Peter! Entweder sind wir zusammen oder nicht, und

wenn nicht, kann es dir verfickt egal sein, wann ich mit ihm zusammen bin.«

Er kneift die Augen zusammen. »Was ist verfickt?«

Ich wollte es nicht. Ich hätte es nicht tun sollen. Aber ich muss lachen.

Er packt mich an den Schultern, und seine Miene verfinstert sich schlagartig: »Lach mich ja nicht aus.«

»Ich lache nicht über dich.« Ich seufze. »Ich bin dich einfach nur ... leid.«

Peter schnaubt verächtlich. »Keiner meiner Freunde mag Piraten.«

Ich richte mich ein wenig auf, während ich zu ihm hochblicke. »Sind wir jetzt wieder nur Freunde?«

Peter verzieht das Gesicht. »Was sollten wir sonst sein?«

Ich lache, aber es klingt hohl.

»Ich habe dir gesagt, du sollst mich nicht auslachen!«, knurrt er.

Ich frage mich, ob er wirklich vergessen hat, was wir früher waren, wie er mich früher genannt hat. Es ist mir zu peinlich, ihn daran erinnern zu müssen, also weigere ich mich, es zu tun. Ich lasse einfach zu, dass die Wucht dieser Abfuhr durch die Tatsache deutlich gemildert wird, dass ich vor wie vielen Nächten auch immer[*] alles gegeben hätte, was ich am Leib und auf der Bank hatte, um mit Jamison Hook zusammen zu sein.

»Was sollten wir beide denn sonst sein, Mädchen?«, hakt Peter ungeduldig nach. »Ich habe dir eine Frage gestellt.«

»Nun.« Ich räuspere mich zaghaft. »Ich neige nicht dazu, mein Bett mit ...«

»Mein Bett«, korrigiert er mich.

Ich ignoriere ihn. »... mit anderen Jungen oder ... Freunden von mir zu teilen.«

Peters Gesicht verdunkelt sich augenblicklich. »Du hast noch andere Freunde?«

»Männliche Freunde«, stelle ich genervt klar. Als er immer noch genauso entsetzt dreinschaut, präzisiere ich eher gleichgültig: »Damals in London.«

---

[*] Ich weiß nicht genau, vor wie vielen Nächten, nur um das mit der Zeit hier zu klären, wisst ihr?

»Wer sind sie?« Peters Stimme klingt scharf, und er springt auf die Füße. »Wie groß sind sie?«

»Nun, einer von ihnen ist ziemlich groß.« Jasper war ein Turm von einem Mann.

»Wer von ihnen?« Peter runzelt die Stirn. »Was ist seine Fensterstraße?«

Ich sehe ihn verwirrt an. »Ich ... bin mir nicht sicher.«

Peter betrachtet mich ein paar Sekunden verärgert, bevor er den Kopf schüttelt, als sei ich eine Idiotin. »Er ist nicht größer als ich.«

»Jamison ist größer als du.« Ich sage das, ohne nachzudenken. Es kommt mir einfach über die Lippen. Ich weiß nicht, warum.

Sein Gesicht verdunkelt sich. »Wer ist Jamison?«

Ich schlucke, ein bisschen nervös, denn ich meine, wenn irgendetwas ihn wirklich auf die Palme bringen könnte – und ich mag es wirklich nicht, ihn so aufzuregen, aber – Mistkacke! Ich hätte »niemand« sagen können. Wahrscheinlich hätte ich das tun sollen, aber ich habe es nicht getan, weil ich eine solche Lüge nicht gern erzählt hätte. Jamison *ist* größer als er, in jeder erdenklichen Hinsicht.

Ich schlucke, bevor ich es sage. »Hook.« Ich tue so, als wäre ich nicht nervös, als würde ich nicht zusammenzucken.

Peter starrt mich ungläubig an, als wäre mir ein zweiter Kopf gewachsen. »Jamison?« Er blinzelt.

Ich fühle mich plötzlich beklommen. »Na ja, das ist sein Vorname.«

Peter glotzt immer noch. »Du kennst seinen Vornamen?«

Ich versuche unsicher, die Sache herunterzuspielen. »Es ist nur sein Name. Ich habe ihm den nicht gegeben. Man nennt ihn nur so.«[*]

Peter sieht mich unter düsteren Brauen an, und seine Augen sind ganz dunkel. Dann hebt er den Kopf und streckt das Kinn vor. »Dann geh und schlaf heute Nacht in Jamisons Bett.«

---

[*] Zugegeben, genau genommen nenne ich ihn nicht so, aber das muss Peter wirklich nicht erfahren.

KAPITEL 15

Ich bin nicht zu Jamison gegangen und habe auch nicht in seinem Bett geschlafen, obwohl ich das vielleicht hätte tun sollen.

Aber verschwunden bin ich. Ich bin in den Wald gegangen und verwirrt immer weitergelaufen, bis ich mich in der Dunkelheit verirrt habe.

Feen haben mich gefunden – Freunde von Rune, denke ich mal. Sie haben mir ein Bett aus Klee gemacht und eine Patchworkdecke aus Blättern.

Ich habe eigentlich sehr gut geschlafen.

Wahrscheinlich so gut wie nur selten, seit ich hier bin. Vor allem ziemlich friedlich.

Ich werde von einem Seufzer geweckt, und der Klee kitzelt mich wach.

Ich blicke zu Peter Pan auf. Er hat die Arme vor der Brust verschränkt und eine Braue hochgezogen.

»Da bist du ja.« Er wirkt leicht genervt. »Ich habe mich schon gefragt, wo du hingegangen bist.«

Ich setze mich auf und runzle als Erstes die Stirn. Warum runzle ich bei ihm immer wieder die Stirn? »Du hast mich doch selbst weggeschickt.«

»Du bist gegangen«, gibt er zurück.

Ich stehe schnell auf. »Weil du es mir befohlen hast!«

Peter macht ein Geräusch in seiner Kehle. »Mädchen nehmen alles immer so ernst …«

»Sicher.« Ich werfe ihm einen missbilligenden Blick zu. »Es ist natürlich offensichtlich, dass ich die Sache aufbausche. Es ist ja nicht so, dass du mich aus unserem Haus[†] geworfen hast, nachdem du mich auf einer Insel mit einem verdammten Zentauren dem Tod überlassen hast.«

Er bedenkt mich mit einem herablassenden Blick. »Es war ein Minotaurus.«

[†] »Meinem Haus«, unterbricht er mich.

Ich stoße einen Schrei der Frustration aus und stapfe davon.

»Wohin gehst du?« Er fliegt hinter mir her.

»Weg von dir«, sage ich ihm.

»Du kennst diese Wälder nicht.« Der Klang seiner Stimme gefällt mir nicht. Ich kann nicht behaupten, dass es eine Drohung war, aber ich würde auch nicht unbedingt unterschreiben, dass es keine war.

»Ich kenne sie besser, als du denkst«, kontere ich.

»Ach ja?« Er landet vor mir. »Woher?«

»Rye«, sage ich trotzig, und Peter schaut verärgert weg.

»Du schaffst es von hier aus unmöglich allein bis zum Old Valley.«

»Und ob ich das schaffe.« Ich sehe ihn böse an. »Ich habe es schon eine Million Mal geschafft.«

»Dann geh.« Er deutet mit einem Nicken in die Richtung des Tals.

»Mach ich auch.« Ich lasse mich nicht einschüchtern.

»Ich werde dich nicht retten, wenn du dich verirrst«, sagt er mir. »Und wenn dich ein Bär oder so angreift, bist du auf dich allein gestellt.«

»Ja, Peter.« Ich sehe ihn vielsagend an. »Wie es aussieht, war ich das schon die ganze Zeit.«

Das scheint ihn zu verwirren, und ich gehe weg.

Ich gehe aber nicht ins Old Valley. Ich will weiter von ihm entfernt sein. Ein leichter Wind leitet mich durch Preterra und Haustland, und ich weiß jetzt auch, wohin ich gehe. Ich weiß, wo er mich hinführt.

Er bringt mich zu ihr.

Ich war nur das eine Mal mit Jem zusammen dort. Ich kenne den Weg nicht, aber die Brise führt mich. Ich weiß nicht, warum sie so nett zu mir ist, wo Peter und ich uns doch streiten. Vielleicht ist das ja seine Art, dafür zu sorgen, dass ich nicht sterbe. Er selbst wird mich nicht beschützen, aber er wird es der Natur überlassen. Das kommt mir ebenso faul wie schön vor.

Es ist nur ein ausgedehnter Spaziergang von ein paar Stunden.

Ich habe wieder keinen Mantel an, und mich beschleicht das Gefühl, dass ich dafür eine Standpauke bekommen werde.

Ich möchte sagen, dass die Brise ein guter Führer ist. Sie hält mich auf dem richtigen Weg und stupst mich sanft an, wenn ich von dem Pfad den Berg hinauf abweiche.

Rune schließt sich mir irgendwo unterwegs an. Sie bimmelt hitzig, und ich werfe ihr einen schiefen Blick zu.

»Ach, du hast davon gehört, ja?«

Sie bimmelt noch lauter.

»Ich wusste nicht, wie ich dich rufen sollte! Ich hätte es getan, wenn ich es gewusst hätte.«

Sie läutet Sturm.

»Er hat mich nicht einfach nur verlassen. Er hat mich vergessen.«

Runes Gesicht läuft rot an, und sie bohrt ihren winzigen Finger in meine Stirn.

»Nein, ich weiß.« Ich seufze. »Nein, das ist wirklich nicht gerade besser.«

Sie sieht mich herausfordernd an.

»Ich mag Jamison«, gebe ich zögernd zu.

Sie bimmelt.

»Ja, auf diese Art.«

Es ertönen einige überschwängliche Schellenkaskaden, und ich reagiere gereizt. »Ich glaube nicht, dass das etwas zu bedeuten hat.«

Sie klingelt sanft.

»Manchmal denke ich, er tut es, dann ...« Ich zucke mit den Schultern. »Er ist schnell mit seinen Worten.«

Dann sagt mir diese vorlaute Fee, dass Peter sehr schnell vergisst. Ich bin mir zwar nicht sicher, aber ich frage mich, ob sie recht hat.

Ich mag den Spaziergang auf diesen Berg, er hat etwas Reinigendes an sich. Je höher ich steige, desto besser fühle ich mich. Ich beschließe, das öfter zu tun. Einsame Spaziergänge, nur die Brise und ich – na ja, und eine Fee, die mich wegen Dingen anschreit, wegen denen mich meine Mutter auch anschreien würde. Stelle ich mir jedenfalls vor.

Als Schnee den Boden bedeckt und ich mit den Zähnen klappere, landet Rune auf meiner Schulter und stampft ungeduldig auf, bevor wie aus dem Nichts ein weißer Mantel aus Federn von meinen Schultern herabfällt.

»Du bist sehr gut zu mir«, bedanke ich mich liebevoll.

Und sie sagt etwas wie: »*Jemand sollte es sein.*«

Als wir auf dem Gipfel ankommen, wartet Itheelia bereits auf uns.

Sie sieht mich neugierig an. »Hallo.«

»Hallo«, sage ich leiser, als sie es wohl gern hätte, aber ich bin schüchtern. Ich weiß nicht, warum ich auf einen Berg gestiegen bin, um die Mutter des Mannes zu treffen, für den ich mit ziemlicher Sicherheit Gefühle hege.

»Was machst du hier?« Sie ist weder verärgert noch erfreut über meine Anwesenheit.

»Der Wind hat mich hergeweht.« Das ist zwar etwas sarkastisch, aber ich meine es auch durchaus wörtlich.

»Einfach so?« Sie blickt um mich herum, als könnte sie ihn neben mir sehen, dann nickt sie zu der Fee. »Und wer ist das?«

»Rune«, sage ich, während die Fee zu ihr flirrt und ihr die winzige Hand reicht.

»Ah.« Itheelia nickt. »Ich habe schon viel Gutes gehört.« Rune läutet erfreut, als Itheelia zu mir herüberschaut und auf den Schnitt an meiner Wange deutet. »Was ist da passiert?«

Rune trillert wütend, Itheelia ist sichtlich erschüttert und nickt zum Haus, um uns aufzufordern, hineinzugehen.

»Ich habe gegen einen Minotaurus gekämpft und gewonnen.«

Sie bleibt kurz stehen und misst mich dann erneut von Kopf bis Fuß mit ihrem Blick.

»Was?«

»Oh.« Ich verziehe die Lippen. »Du weißt schon, der Minotaurus auf der Insel mit dem Labyrinth?«

»Ja.«

»Nun, Peter wollte ein Spiel spielen ...«

»Was für ein Spiel?«, unterbricht sie mich.

Rune bimmelt laut, und ich seufze.

»Ein dummes.«

Damit gibt sich Itheelia nicht zufrieden: »Was für ein Spiel?«, wiederholt sie ihre Frage, lauter und nachdrücklicher.

»Ich glaube, er hat sich eine Art Rettungsszenario ausgedacht. Er wollte mich in Gefahr bringen und mich dann retten, und dann ...«

Rune bimmelt hitzig, und Itheelia, die offensichtlich Stjär spricht, reagiert ungläubig.

»Nun, was dann geschah, war, dass Peter – typisch für ihn«, füge ich hinzu, um Rune zu beschwichtigen, »abgelenkt wurde und ... mich zurückließ.«

Itheelias Lippen sind schmale Striche. »Mit dem Minotaurus?«

»Ja.«

»Und du hast überlebt?«

»Also ... ja.«

»Darüber bin ich froh.« Sie berührt sanft meinen Arm. »Und wie, meinte ich.«

»Ich habe einfach nur das Spiel gewonnen.« Ich zucke mit den Schultern. Sie ist verwirrt. »Du weißt schon. Ich bin in das Labyrinth hineingekommen, und dann ist die Hecke um mich herum gewachsen, und dann konnte ich ihm ins Auge stechen, und dann ist er sozusagen ... vor Schmerz umgefallen, nehme ich an. Dann gab er den Dolch zurück, und die Hecken öffneten sich und ließen mich raus.«

Itheelia starrt mich etwa vier Sekunden lang an, und ich kann ihre Miene nicht entschlüsseln.

»Klar.« Sie nickt. »Tee?«

»Oh.« Ich zögere. »Gern, danke.«

Sie geht zum Herd hinüber und setzt den Wasserkocher auf. Sie sieht über die Schulter zu mir. »Ins Auge.« Sie hebt eine Braue, wirkt irgendwie beeindruckt. »Ich hätte nicht gedacht, dass du dazu fähig bist.«

Ich hebe die Hände, als hätte ich keine andere Wahl gehabt. »Ich habe nur versucht zu überleben.«

»Versuchen wir das nicht alle?«, fragt sie, während sie mir einen Becher Tee reicht und Rune eine winzige Tasse. Itheelia setzt sich mir gegenüber. »Wie geht es meinem Jungen?«

Ich werfe ihr einen misstrauischen Blick zu. »Woher soll ich das wissen?«

Itheelia seufzt laut und dramatisch. »Wir rühren immer noch die Marktschreiertrommel, was?«

»Ich weiß nicht, was du damit meinst«, erwidere ich hochmütig. Sie und die Fee wechseln einen vielsagenden Blick.

»Sie ist ein bisschen anstrengend«, sagt Itheelia zu Rune, und sie bimmelt zustimmend. Itheelia sieht mich an. »Eine Mutter will wissen, wie es ihrem Sohn geht, Daphne. Glaubst du, ich trinke diesen verdammten Tee, weil er mir schmeckt?«

Ich zucke mit den Schultern. »Vielleicht.«

Sie sieht mich an, als sei ich eine Idiotin. »Er schmeckt wie Gras.«

Ich schaue auf den Becher mit Tee, den sie mir gereicht hat. »Das tut er«, gebe ich zu,* und Itheelia wirft mir einen strengen, mütterlichen Blick zu.

»Du wirst ihn trotzdem trinken.«

Ich nehme noch einen Schluck, und sie auch.

»Hast du gesagt, der Minotaurus hat dir den Dolch zurückgegeben?« Sie pustet in ihren dampfenden Teebecher.

Ich nicke.

»Was für einen Dolch?«, fragt sie.

»Oh.« Ich lächle. »Es war ein Geburtstagsgeschenk von Jamison, und ich habe mich gefreut, dass der Minotaurus ihn mir zurückgegeben hat …«

»Mit Gold und Rubinen?«, unterbricht sie mich.

Ich nicke. »Ich liebe ihn sehr.«

»Er auch.« Sie mustert mich verstohlen. »Ich habe ihm den Dolch geschenkt.«

»Oh.« Das verunsichert mich. »Hätte er ihn mir nicht geben sollen? War das …?«

»Er gehört ihm.« Sie lächelt auf eine zärtliche Art, die ich von ihr nicht kenne. »Er kann damit machen, was er will.«

Rune flirrt zu ihr und flüstert Itheelia etwas zu. Die antwortet mit einem vielsagenden Blick, aber ich weiß nicht, worüber sie reden.

»Trink das aus.« Itheelia deutet auf meine Teetasse und mustert mich dann aufmerksam. »Er hat dir nichts erzählt?«

»Worüber?«, frage ich neugierig.

»Über … irgendetwas?« Sie tut, als hätte ihre Frage keine weitere Bedeutung, aber ihr Blick gleitet kurz über meine Hand. Ich betrachte sie verwirrt, bevor ich wieder zu ihr aufschaue.

»Nein.«

Sie nickt und denkt nach. Worüber auch immer.

---

* Weil er wirklich so schmeckt.

»Was?« Ich runzle die Stirn, weil mir das Gefühl nicht gefällt, dass sie etwas über Jamison weiß, von dem ich keine Ahnung habe. Andererseits bin ich mir ziemlich sicher, dass es davon vieles gibt.

Seine Mutter wirft mir einen mitfühlenden Blick zu. »Er lässt sich nicht in die Karten schauen, nicht wahr?«

Ich lasse die Schultern ein wenig hängen. »Überhaupt gar nicht.«

»Ihr hattet einen Disput«, sagt sie.

»Nur einen winzigen, und das schon vor einer ganzen Weile«, lüge ich. »Aber jetzt nicht mehr. Jetzt ist alles in Ordnung.«

Sie nickt.

»Hat er dir davon erzählt?«, frage ich. Aber sie schüttelt nur den Kopf, tritt zu mir, nimmt meinen leeren Becher und schaut hinein. Rune fliegt herüber, landet auf ihrer Schulter und blinzelt ebenfalls hinein. Das beschäftigt beide einen Moment, dann wirft mir Itheelia einen kurzen Blick zu, bevor sie wieder in den Becher sieht.

»Hmm«, brummt sie und nimmt ihn weg. In dem Moment, in dem sie das tut, fliegt Rune zu mir und kneift mir mit ihren winzigen Händchen eine Million Mal in die rechte Wange.

»Au!« Ich versuche, sie wegzuscheuchen, aber sie wechselt einfach zu meiner anderen Wange und macht das Gleiche noch mal. »Rune!« Ich knurre, und sie ignoriert mich, fliegt hinter mich und zupft an meinen Haaren. »Was machst du ...?«

Und dann ...

»Mum?«, ruft die vielleicht beste Stimme der Welt.

Ich setze mich sofort aufrechter hin und werfe Rune einen dankbaren Blick zu. Sie ist eine bessere Freundin als eine Fee, und dabei ist sie eine phänomenale Fee.

Ich schaue über die Schulter und kriege gerade noch mit, wie er das Haus seiner Mutter betritt.

»Mum«, ruft er wieder, und dann fällt sein Blick auf mich. »Oh.« Er wirkt verwirrt, aber nicht verärgert. »Was machst'n du hier?«

Ich sage ein paar Sekunden lang nichts. Keine Ahnung, warum es mir die Sprache verschlägt. Vielleicht weil er so schön anzusehen ist, dass einem manchmal die Worte fehlen.

»Ich hatte Streit mit Peter.«

»Überraschung, Überraschung.« Aber er sieht erfreut aus.

»Dann bin ich spazieren gegangen.«

Jamisons Gesicht verzieht sich. »Und du bist hierhergekommen?«

Ich presse die Lippen zusammen, bevor ich kurz nicke.

Auf seiner Stirn bildet sich eine Falte. Ich mag es sehr, wie sich sein Gesicht verzieht, wenn er so ist. »Nicht ins Dorf?«

Ich schüttle den Kopf und weiß nicht so recht, was ich sagen soll.

Itheelia erscheint hinter mir. »Nur zum Haus deiner Mutter, Schatz, also ärgere dich nicht zu sehr.« Sie wirft ihm einen tadelnden Blick zu.

Jamison verdreht die Augen, bevor sein Blick wieder zu mir zurückkehrt.

Mit zwei Schritten durchquert er die Distanz zwischen uns, eine Hand auf jeder meiner Wangen, während er mich ins Licht zieht.

»Was zum Teufel is' mit deinem Gesicht passiert?« Er runzelt die Stirn, aber mein Herz macht Bocksprünge.

Ich schüttle den Kopf, aber nur ganz leicht, denn ich will seine Hände auf keinen Fall abschütteln.

»Das ist nicht schlimm«, antworte ich. »Mir geht es gut.«

Er lässt mich nicht los, sondern blickt mich so intensiv an, dass ich schwer schlucke und sich ein sonderbares Gefühl in meiner Magengrube regt.

Jamison schnauft. »War er das?«

»Nein«, sage ich, während Rune wenig hilfreich bimmelt.

Jamison sieht zu ihr hinüber, und ich bin erleichtert, dass er nicht so gut Stjär spricht.

»Wer dann?«

Ich schüttle den Kopf, als ob er dumm wäre. »Das ist eine lange Geschichte.«

Er dreht mich zu Itheelia herum, ohne mich loszulassen. »Mum, heil das«, befiehlt er.[*]

»Liebling.« Sie hebt den Blick zur Decke. »Jammie, das ist nur ein Kratzer.«

»Das muss genäht werden.« Er ist jetzt ungeduldig.

»Ich will keine Narbe im Gesicht!« Ich blicke über die Schulter zu ihm.

---

[*] Und zwar viel gebieterischer, als ich jemals wagen würde, mit ihr zu sprechen.

»Die Wunde is' tief, Daph.« Er klingt ernst. »Du schläfst in 'nem verdammten Baum. Sie könnte sich entzünden.« Dann richtet er den strengen Blick wieder auf seine Mutter. »Tu's, Mum, und zwar jetzt.«

Itheelia tritt zu ihrem Sohn, ohne Anstoß an seinem fordernden Ton zu nehmen,[†] und hebt eine Braue. »Ich mache es, wenn du einen Tee trinkst.«

Er schnaubt genervt und wedelt ungeduldig mit den Händen. »Neugierige Hexe«, brummt er leise.

»Das habe ich gehört«, gibt seine Mutter zurück.

»Solltest du auch«, erwidert er, bevor er mich von seiner Mutter und Rune wegzieht. Seine Miene ist ernst. »Boh, warum bist du nich' zu mir gekommen?«

Itheelia kommt mit dem Tee, reicht Jamison den Becher und bleibt dann einfach freundlich lächelnd stehen.

Er wirft ihr einen ziemlich kapriziösen Blick zu, und ich finde Jamison entweder mutig oder dumm, das zu riskieren.[‡] »Du musst nich' hier rumstehen, während ich ihn trinke. Ich sagte doch, ich tu's.«

»Das hier ist mein Haus, schon vergessen?«, gibt sie genervt zurück, zieht sich aber zurück.

Er betrachtet mich und bohrt die Zunge in die Wange. Er ist wohl ziemlich verärgert, aber auch leicht amüsiert, während er darauf wartet, dass sie außer Hörweite ist.

Dann hebt er fragend eine Braue. Er wartet immer noch auf meine Antwort.

»Jem«, seufze ich. »Ich weiß nicht ...«

Ich weiß nicht, wann seine Hand den Weg zu meiner Taille gefunden hat, aber sie ist da, und er lässt sie dort liegen.

Ich seufze. Warum bin ich nicht zu ihm gegangen? Ich weiß es nicht. Weil ich nicht auf Jamisons Boot kommen und ihn wieder mit Morrigan am Tisch vorfinden wollte und er dann sieht, wie ich vor seinen Augen die Fassung verliere? Ich wollte keine Bestätigung, dass Hook genau das ist, was ich befürchte. Dass er nicht so gut ist, wie ich

---

[†] Der zudem ziemlich rüde ist.

[‡] Vielleicht ist er aber auch einfach nur ihr tollkühner Sohn.

denke und wie ich ihn mir so verzweifelt wünsche.* Denn ich weiß schon jetzt nicht genau, was ich dem einen Jungen bedeute. Etwas zwischen nichts und alles, je nach Tag, Stunde und Moment. Das will ich nicht auch noch für Jamison sein. Aber ich kann einfach nicht herausfinden, was ich für ihn bin.

Ich will etwas sagen, aber es kommt nichts aus meinem Mund, also wedele ich nur vage und sichtlich verwirrt mit den Händen zwischen uns hin und her.

Jetzt wirkt Jamison wirklich verärgert. »Wie?« Er klingt fast ein wenig verzweifelt.

Itheelia taucht wieder neben uns auf, mit einem ungeduldigen Lächeln im Gesicht.

Ihr Sohn flucht leise und schüttet den Tee in einem Zug in sich hinein. Dann hält er ihr den Becher hin.

»Danke.« Sie lächelt kurz und sieht ihn dann einen Moment mit zusammengekniffenen Augen an. »Hast du dir gerade die Speiseröhre verbrüht?«

»Aye.« Er zuckt leicht zusammen, und unsere Blicke treffen sich.

Ich muss lachen und er auch.

Er wendet sich an seine Mutter. Der Moment zwischen uns ist verpufft.

»Was sagen die Blätter?«

Sie drückt den Becher an die Brust. »Ach, jetzt willst du es auf einmal wissen?«

»Sie gehören mir«, erklärt Jem nachdrücklich.

»Jetzt nicht mehr«, widerspricht sie liebenswürdig, aber sie zeigt die Teeblätter Rune.

Jamison wirft mir einen Blick zu, wie ein Junge, der seine Mutter liebt, aber auf sie sauer ist. Ich muss darüber lächeln, aber er fährt nur mit finsterer Miene mit dem Finger über den Schnitt auf meiner Wange.

»Klar, wer würde das schon so einem Gesicht antun?«

Ich werde plötzlich ganz weich, während ich schmachtend zu ihm hochschaue.

»Hm.« Itheelia räuspert sich, und unsere Köpfe rucken gleichzeitig

---

* Wie ich ihn sogar brauche.

zu ihr herum, als wären wir bei etwas ertappt worden. Sie hält einen kleinen Mörser und einen Stößel in den Händen, der mit einer zerkleinerten Fliederpaste gefüllt ist. Sie tupft mit dem Finger etwas davon auf und sieht mich an. »Das sticht kurz. Dann ist es weg.«

Ich nicke, dann schmiert sie mir die Paste auf die Wange.

Ich darf wohl sagen, »stechen« war eine maßlose Untertreibung. Meine Augen werden groß, und Jamison verzieht das Gesicht, als wüsste auch er, dass es viel schlimmer ist, als sie es dargestellt hat.

Die Hautzellen regenerieren sich an Ort und Stelle – sie wachsen und kriechen aufeinander zu, um die Wunde wieder zu schließen. Es fühlt sich an wie eine Verbrennung, dieser ziehende, lang andauernde Schmerz, und Jem hält meinen Blick, während ich das Gesicht verzerre.

Nach etwa einer Minute ebbt der Schmerz ab. Itheelia mustert mich eher gelassen. »Es ist geschafft.«

Jamison reicht mir die Hand und wischt mir die Paste aus dem Gesicht. »Perfekt«, stellt er fest und beobachtet mich prüfend. Ich schlucke schwer.

Ich berühre mit dem Finger meine Wange an der Stelle, an der die Wunde war. Dann sehe ich Itheelia staunend an. »Das ist Magie!«

»Buchstäblich, ja.« Sie nickt und wischt sich die Hände an ihrem Kleid ab.

Verblüfft sehe ich zu Jem hinüber, und er zwinkert mir zu.

»Ich glaube, wir sind hier fertig«, verkündet Itheelia, während sich Rune auf ihre Schulter setzt.

Jamison runzelt die Stirn. »Aber ich bin doch gerade erst gekommen.«

Seine Mutter nickt. »Und jetzt wirst du dieses Mädchen wieder den Berg hinunterführen.«

Er wirft mir einen wenig begeisterten Blick zu, aber ich grinse ihn breit und hoffnungsvoll an. Allein hierher zu wandern, hat mir schon sehr gefallen, aber in seiner Begleitung werde ich den Rückweg noch mehr genießen. Er seufzt und geht zur Tür.

»Ich liebe dich!«, ruft seine Mutter ihm nach.

Er wirft ihr einen leidgeprüften Blick zu. »Ich dich auch. Danke für ...«

Er deutet auf seine Wange und nickt in meine Richtung.

»Ja«, schließe ich mich an. »Ehrlich, vielen Dank. Und entschuldige, dass ich einfach so hereingeschneit bin.«

»Das kannst du jederzeit.« Sie macht eine kleine Pause. »Na ja, nicht jederzeit, aber in einem angemessenen Rahmen.«

Ich verabschiede mich und freue mich, weil ich das Gefühl habe, eine Freundin gefunden zu haben. Ich bin mir sicher, dass ich hier nicht allzu viele habe.

In den ersten Minuten beim Abstieg sprechen wir kein Wort, aber ich liebe die Stille mit ihm. Unsere Schultern stoßen immer wieder aneinander, und ich bin mir sehr gewahr, wo sich meine Schulter im Verhältnis zu seiner befindet. Seine Schulter und meine Nase sind ungefähr auf gleicher Höhe. Und ich betrachte ihn gern von meiner Position aus. So kann ich seinen Kiefer und den dunklen Bart so gut sehen. Außerdem hat er eine Sommersprosse im Nacken, die, wie ich glaube, meinen Namen ruft. Bei dem Gedanken muss ich wieder schwer schlucken.

»Jamison ...«

Er sieht mich aus dem Augenwinkel an. »Ja?«

»Du weißt doch noch, dass ich jetzt achtzehn bin?«

Er blickt wieder geradeaus, lächelt aber schwach. Es hält jedoch nur eine Sekunde, bevor es durch einen frustrierten Ausdruck ersetzt wird.

»Daph, du kannst zu mir kommen.« Jetzt sieht er mich an. »Jederzeit.«

Ich nicke nur. Ich weiß immer noch nicht, was ich ihm bedeute, und deshalb weiß ich auch nicht, ob ich ihm glaube.

»Ich mag deine Mutter«, wechsle ich das Thema.

»Sie mag dich auch«, gibt er zurück.

Ich spitze meine Lippen. »Tut sie das?«

Jamison lacht. »Sie is' schwer zu lesen, wie ein geschlossenes Buch, aber ... ja.« Er nickt mehrmals, bevor er mich ansieht. »Reden wir darüber, was passiert ist.«

»Nein.« Ich schaue stur geradeaus.

»Das war keine Frage, Daph.« Er tätschelt sanft meine Schulter. »Nun spuck's schon aus.«

Ich betrachte angelegentlich einen Baum weit weg von ihm. »Ich glaube nicht, dass ich das sollte«, antworte ich schließlich.

»Warum nich'?« Er ist ein paar Schritte hinter mir stehen geblieben.

Ich atme tief durch, bevor ich mich ihm zuwende. »Ich vermute, das wird dich nicht gerade begeistern.«

»Vermute ich auch, aber ich möchte trotzdem, dass du's mir sagst.«

Es fühlt sich wie eine Einladung zum Ärger an, und die letzten Tage waren schon anstrengend genug, also ... »Nein.«

Jem packt mein Handgelenk und hält mich fest, während er den Verschluss des Federumhangs zurechtrückt, den Rune mir gerade gemacht hat.

Unsere Blicke bohren sich ineinander, und der Wind ist plötzlich so kalt, dass ich mich, ohne nachzudenken, an ihn schmiege.

»Sag es mir«, wiederholt er. Keiner von uns bemerkt, wie sich der Wind um uns windet.

Ich erwidere ein paar Sekunden lang Jamisons Blick und denke angestrengt nach, ob ich es wirklich sage. Schließlich seufze ich. »Er hat mich ins Labyrinth gebracht.«

Jems Augen weiten sich. »Nein.«

Ich zucke mit den Schultern, als wäre es keine große Sache. Aber es ist eine große Sache. Ich weiß nicht, warum ich so tue, als wäre es keine. »Er wollte ein Spiel spielen.«

Er kann es nicht glauben. »Nein, hat er nich' gemacht.«

»Mit dem Minotaurus«, fahre ich sachlich fort.

Jamison verzieht wütend den Mund.

»Und dann«, ich zögere und räuspere mich, »wurde er abgelenkt und hat mich verlassen.«

Jem kommentiert das mit heftigem Nicken und marschiert dann mit ausgreifenden Schritten den Berg hinunter. »Ich leg ihn um!«

»Jem!« Ich laufe ihm nach.

»Nein.« Er schüttelt den Kopf. »Genug is' genug.«

»Jamison, warte.« Ich greife nach ihm. Er wirbelt herum, packt meine Schultern und hält mich fest, während er sich duckt, sodass wir Auge in Auge stehen.

»Du hättest sterben können!«, erklärt er.

»Ich weiß.« Ich blase die Wangen auf. »Aber ich bin ...«

»Du bist nich' gestorben?«, fällt er mir ins Wort und packt meine Schultern fester. »Das macht es aber nich' ungeschehen.«

»Es war ein ... Unfall. Glaube ich.«

Er verzieht das Gesicht. »Meinst du, ja?«

Wir starren uns böse an, bevor er die Luft ausstößt, erneut ungläubig den Kopf schüttelt und wieder losgeht.

»Er ist eben so schrecklich vergesslich!«, rufe ich ihm nach. »Wo willst du hin? Du gehst in die falsche Richtung.«

Jamison bleibt stehen. »Du machst dich über mich lustig, stimmt's?«

»Was?« Das verwirrt mich.

Er mustert mich erstaunt. »Gehst du wirklich zu ihm zurück?«

»Na ja.« Ich seufze genervt. »Wo soll ich denn sonst hin?«

Er macht wieder dieses Ding mit der Wange. »Echt jetzt?«

Sein Ton gefällt mir nicht.

»Ja, echt jetzt.« Ich stemmte die Hände in die Hüften: »Als ich das letzte Mal zu dir gekommen bin, hattest du alle Hände voll ... zu tun.«

Er bläht die Naseflügel. »Das war vor ...«

»Vor was?«

»Bevor ...« Er bricht ab. »Is' doch egal. Es is' ...« Er gibt einen spöttischen Laut von sich und geht weiter. »Was zum Teufel is' das mit dir und ihm?« Er wirft einen Blick über die Schulter auf mich. »Du bist schlauer als er. Du bist besser als er.«

»Ich glaube, es ist unsere Bestimmung.« Ich klinge besorgt. Und ich sehe wohl auch so aus. Meine Brauen berühren sich fast. Ich möchte, dass Jamison mir sagt, dass ich falschliege, aber er tut es nicht. Und aus irgendeinem Grund sieht es so aus, als hätte ich ihn geohrfeigt.

Er braucht einen Moment, um sich wieder zu fassen. Er beruhigt sich und sieht mich dann aufmerksam an. »Glaubst du nich', dass du dir dein Schicksal selbst aussuchen kannst?«

Ich zucke mit den Schultern, als ob ich dem hilflos ausgeliefert wäre. Und ich glaube auch, dass ich das bin. »Ich wüsste nicht, wie du das kontrollieren kannst.«

»Sag das nich' so.« Er verzieht das Gesicht. »Das klingt ... furchtbar.«

»Nicht furchtbar. Nur unausweichlich.«

»Und du bist sicher, dass du und er unausweichlich seid?« Jamison ist immer noch ungläubig. »Alles is' vorherbestimmt?«

Eigentlich von Sekunde zu Sekunde weniger, Jamison, denke ich insgeheim, während ich ihn betrachte.

»Mit wem sollte ich denn sonst zusammen sein?« Ich hoffe, dass er etwas wie »mit mir, du Idiotin« sagt und mich endlich schwindlig küsst und vielleicht sogar noch mehr – das würde ich wohl am liebsten mit ihm am Rande eines Bergs tun. Aber Jamison sagt es nicht. Und er tut es auch nicht. Es gibt keinen Kuss, keine wandernden Hände, kein wundervolles *mehr,* bei dem er mich an sich zieht. Daran denke ich die ganze Zeit, wenn ich sicher bin, dass Peter nicht hinsieht. Er protestiert nicht, und nur seine Augen wirken jetzt etwas mitgenommen, und ich werde plötzlich nervös.

Dann nickt er bedächtig. »Also gut.«

Jamison räuspert sich und fährt sich mit den Händen durchs Haar. Ich mag nicht, wenn er das tut. Ich mag sein Haar, wenn es ihm ins Gesicht fällt. Dann ist er weniger zugeknöpft. Ich glaube, ich sehe ihn dann klarer. Denn manchmal, ich weiß nicht warum, ertappe ich mich bei dem Gedanken, dass ich Jamison vielleicht überhaupt nicht klar wahrnehme.

»Wie war dein Mann denn so nach deinem Geburtstag?« Er sieht mich bei der Frage nicht an.

»Er hat ihn nicht erwähnt.« Ich sehe ihn an.

»Na klar.«

»Aber dafür hatte er überall Knutschflecken und war mit Jagua beschmiert.« Ich beobachte ihn aufmerksam und erwarte, dass er ausrastet und den Hügel hinunterrast. Und dabei schreit, dass Peter zu weit gegangen ist und ich eine Idiotin bin. Vielleicht laufe ich dann hinter ihm her, um ihn zu beruhigen, und darf möglicherweise seinen Arm packen.

Aber dann zuckt Jamison nur gleichgültig mit den Schultern. »Tja, wenn sich die Gelegenheit bietet.« Er sagt das fast wie zu sich selbst, aber am Ende wirft er mir einen kurzen Seitenblick zu. »Oder, so wie ich sie kenne, wohl eher, wenn sich ihm die Gelegenheit an den Hals wirft.«

Mir raubt seine Bemerkung den Atem. Es ist weniger ein Ausatmen als vielmehr das Gefühl, jemand Unsichtbares taucht hinter mir auf und presst mir die ganze Luft aus der Lunge.

»Ach, komm schon. Du weißt, dass ich ihn für einen verdammten Trottel halte, aber das kannst du ihm kaum vorwerfen.«

Ich starre ihn an und habe das Gefühl, dass man es mir ansieht, dass er mein kleines, gebrochenes Herz sehen kann. »Kann ich nicht?«

Er tut gleichgültig, und ich bin mir zwar nicht sicher, habe aber das Gefühl, dass er mich verletzen wollte. »Sie is' wunderschön.«

Meine Mundwinkel ziehen sich herunter, aber ich nicke. »Okay.«

»Ehrlich.« Jamison sieht mich an. »Ich würd's wahrscheinlich auch versuchen, wenn ich könnte.«

Ich atme durch, ignoriere das Stechen in meiner Brust, das mehr schmerzt als das Brennen, mit dem seine Mutter meine Wunde im Gesicht heilte. Dann raffe ich mich auf und werfe ihm einen trotzigen Blick zu. »Und warum kannst du es nicht?«

»Abgesehen davon, dass sie 'ne hohle Nuss ist, kann ich mir nich' vorstellen, dass das bei dir besonders gut ankommen würde.«

»Bei mir?« Ich muss so aussehen, als wüsste ich nicht, wovon er spricht.

»Ja«, er sieht mich an. »Bei dir.«

»Ich kann dir versichern, dass es mir egal wäre«, spotte ich. Dass das gelogen ist, ist offensichtlich, denke ich mal. Für mich ist es jedenfalls eine offensichtliche Lüge – meine Augen schwimmen, meine Wangen glühen, wir stehen uns streitlustig gegenüber, und ich habe das Gefühl, dass er eigentlich wissen sollte, dass ich nur Blödsinne von mir gebe. Aber ob er es weiß oder nicht, es scheint die Schärfe seines Stolzes nicht zu lindern.

»Is' das so?«

Ich hebe hochmütig den Kopf. »Es ist so.«

»Also gut!« Er schiebt den Kiefer vor. »Vielleicht mach ich's dann doch.«

»Na, wunderbar.« Ich zucke desinteressiert mit den Schultern. »Ich hoffe, sie mag Tische.«

Das trifft ihn, und er reagiert zornig. »Ich hoffe, sie mag Badewannen.«

»Weißt du was?« Ich funkle ihn herausfordernd an. »Du bist nicht sehr reif für einen Zweiundzwanzigjährigen.«

»Eigentlich bin ich dreiundzwanzig.«

»Seit wann?« Das bringt mich ein bisschen aus dem Tritt.

»Seit zwei Tagen.«

»Oh.« Ich schmolle. Keine Ahnung, warum. »Alles Gute zum Geburtstag.«

»Danke.« Er schnaubt.

»Wie hast du ihn gefeiert?« Ich versuche, beiläufig zu plaudern.

»Gar nich'.« Er zuckt mit den Achseln. »Ich hatte ein paar Drinks im *Schmutzigen Vogel*.«

»Mit wem?« Ich lasse mir den Schmerz darüber nicht anmerken, dass er es mir nicht gesagt hat. Warum hat er es mir verschwiegen?

»Mit ein paar Freunden.« Sein Blick gleitet über die Bäume, an denen wir vorbeikommen, aber meiner fällt auf ihre Wurzeln. Bin ich nicht sein Freund?

Ich beiße mir auf die Wange und versuche, die Frage so zu stellen, als wäre sie ganz normal, völlig unbelastet, einfach nur aus unverbindlicher Neugier gestellt. »Mit Morrigan?«

Sein Blick zuckt kurz zu mir, dann sieht er wieder weg, und ich habe das Gefühl, dass er die Antwort hinauszögert. »Unter anderen.«

Ich atme pustend aus und gehe vor ihm her, während ich geflissentlich und grundlos den Horizont studiere.

»Bist du eifersüchtig?«, ruft er.

Erstaunt drehe ich mich um. »Nicht mehr als du, wenn ich mit Peter zusammen bin.«

Ich sage kein Wort, aber ich flehe ihn stumm an, zu erwidern, dass er verrückt wird, wenn es um mich und Peter geht, dass seine Eifersucht unerträglich ist, dass er das Gefühl mehr hasst, als er es in Worte fassen kann. Er erwidert meinen Blick, und ich frage mich einen kurzen Moment, ob das alles tatsächlich zutreffen könnte. Dann kneift er die Augen zusammen.

»Ich bin nie eifersüchtig.«

Ich glaube, mein Gesicht wird ganz lang, oder er sieht mir das Schleudertrauma an, das ich von dem Karussell bekomme, auf dem er und ich herumsausen.

Hook mustert mich prüfend. »Stört dich das?«

»Nein, es würde mich überhaupt nicht stören, wenn du nicht ein totaler und mieser Lügner wärst«, kontere ich tapfer.

»Ich lüge nicht.« Er zuckt mit den Schultern, vollkommen ungerührt.

»Du lügst schon wieder!« Ich stampfe mit dem Fuß auf und versuche, aus dieser blöden Karussellfahrt auszusteigen.

»Nein, Daph. Ich werd nich' eifersüchtig.« In seinem Blick liegt etwas Boshaftes. »Vor allem nich' auf Jungs, die auf Bäumen leben, mit Mädchen, die nich' wissen, was sie wollen.«

»Nimm das zurück!«, fahre ich ihn an.

Er schiebt sein Gesicht bis auf einen Fingerbreit vor meins.

»Welchen Teil?«

Ich schaue ihn böse an. »Du weißt genau, welchen Teil.«

»Ich nehme gar nix zurück.« Er schüttelt bekräftigend den Kopf. »Denn es is' wahr. Du bist'n Mädchen, und du weißt nich', was du willst.«

Meine Augen werden groß. »Du magst keine Mädchen«, erinnere ich ihn. Und es ist offensichtlich, dass ich verletzt bin.

»Nein«, sagt er und sieht mir direkt in die Augen. »Mag ich nich'.«

»Und ich bin eins?«

Er wedelt abfällig mit der Hand. »Offensichtlich.«

»Fick dich«, sage ich wütend, aber ich glaube, ich klinge nur traurig.

»Von mir aus.« Er geht unbeeindruckt weiter.

Ich folge ihm mit gesenktem Kopf, und plötzlich stöhnt er genervt.

»Wann haben wir angefangen zu streiten?«

»Wir streiten immer«, antworte ich seufzend.

Er sieht mich an. »Ja, und wessen Schuld is' das?«

»Deine!«, schreie ich und schlage ihm auf die Brust. »Warum bist du immer so ein Arschloch?«

Jamison stürmt auf mich zu. »Weil du mich so verdammt wütend machst.« Er schreit auch.

»Na und?« Ich schreie weiter. »Du machst mich auch ständig wütend, und ich habe dir nie wehgetan!«

»Du hast mir nie …?« Er lacht krächzend. Hält inne. Atmet aus. »Na klar, okay, wenn du das sagst.«

»Tu ich das denn?« Ich verziehe das Gesicht. »Ich meine, tue ich dir weh?«

Ich weiß nicht, was plötzlich passiert ist, aber er sieht erschöpft aus. Einfach schrecklich erschöpft. Als ob alles an mir ihm alle Kraft aussaugen würde.

»Jamison«, dränge ich. »Antworte mir. Habe ich das?« Er sagt nichts, also mache ich weiter. »Wann?«

Er verdreht die Augen, schiebt sich wieder an mir vorbei und trottet weiter den Hügel hinunter. »Du bist eine verdammte Idiotin«, sagt er leise, aber doch laut genug, dass ich es hören kann.

»Hör auf, so mit mir zu reden!«, schreie ich ihn an.

»Dann hör auf, eine verdammte Idiotin zu sein!«, schreit er zurück.

Dann raschelt es in den Bäumen, und der Duft des Sommers wabert durch die Luft, als Peter Pan neben mir landet.

»Mädchen.« Er sieht mich an. »Belästigt dich dieser Schurke?«

Ich starre Hook finster an. Meine Augen schleudern Dolche. »Ja, tut er tatsächlich.«

Peter fliegt zu Hook hinüber und misst ihn mit seinem Blick. »Dafür sollte ich dir die Kehle durchschneiden.«

Hook wirft ihm einen abfälligen Blick zu. »Wofür?«

Die Erkenntnis flackert über Peters Gesicht, dass er nicht weiß, wofür er ihm die Kehle durchschneiden sollte. Ich kann mir allerdings nicht vorstellen, dass ihm das allzu viel ausmacht. Ich glaube, er würde Jamison so oder so gern die Kehle durchschneiden.

»Für das, was du ihr angetan hast!« Peter tut, als ob er wüsste, wovon er redet, und tritt dann schnell wieder zu mir.

Hook verdreht genervt die Augen und blickt dann an Peter vorbei zu mir. »Was habe ich dir denn angetan? Deine Gefühle verletzt? Dich ein Mädchen genannt? Dich eifersüchtig gemacht?«

»Oh.« Ich schüttle den Kopf und tue so, als läge mein Herz nicht zerschmettert am Boden wie ein verspritztes Glas Tomaten auf den Küchenfliesen. »Wie solltest du das wissen, da du ja nicht eifersüchtig wirst?«

Peter schaut von mir zu Hook, die Augenbrauen zusammengezogen und sichtlich verwirrt. Hook sagt einfach gar nichts. Er bläht nur die Nasenflügel auf.

Ich ergreife Peters Hand, und er hebt mich in die Luft.

»Komm, Peter. Lass uns gehen«, sage ich zu ihm, wende dabei aber den Blick nicht von Jem.

»Grüß Calla von mir, ja?«, ruft er mir hinterher, und ich tue so, als hätte ich etwas im Auge, als die Tränen herausquellen.

»Er ist Abschaum, Daphne«, versichert mir Peter, als wir wieder im Baumhaus sind und uns in sein Netzbett legen. »Achte einfach nicht auf ihn.«

»Nein.« Ich starre an die Decke. »Mach ich nicht.«

Peter stößt mich sanft mit dem Ellbogen. »Ich werde dich nicht noch einmal wegschicken.«

Ich drehe den Kopf zu ihm. »Versprochen?«

»Ich verspreche es.« Er nickt, und sein Mund sieht sehr rosa aus. Er streicht über meine Lippen, und ich fühle mich traurig und glücklich zugleich. »Ich bin zu dir gekommen, weil die Bäume mir gesagt haben, dass du mich brauchst.«

»Das war auch so«, antworte ich.

»Habe ich dich gerettet?«, fragt er neugierig.

»Ich denke schon.« Ich lächle ihn an, aber Peter bemerkt nicht, dass meine Mundwinkel dabei nach unten zeigen.

»Ah.« Er seufzt zufrieden und verschränkt die Hände hinter dem Kopf. »Wie klug ich doch bin.« Ich reagiere nicht, als er das sagt. Peter merkt es und runzelt die Stirn, als er meine Traurigkeit bemerkt. »Soll ich später zu ihm rüberfliegen und ihm den Bauch aufschlitzen?«

»Nein!«, sage ich hastig. »Nein.« Ich schüttle sicherheitshalber bekräftigend den Kopf.

»Bist du sicher?«, fragt er liebenswürdig. »Wär nicht weiter schlimm.«

Ich fürchte, da irrt er sich gewaltig. Es wäre schrecklich schlimm, und zwar für mich, und genau da liegt das Problem.

»Peter?« Ich rolle mich zu ihm herum.

»Mm?«, sagt er mit geschlossenen Augen.

»Wenn du mich ein Mädchen nennst, meinst du das nett oder abfällig?«

Peter öffnet erschrocken die Augen. »Mädchen ist das Schönste, wie man jemanden nennen kann.«

Das freut mich. Ein bisschen. »Findest du?«

Peter sieht mich nur verwirrt an.

Ich versuche mich an einer Erklärung. »Hook hat mich ein Mädchen genannt, aber ich glaube nicht, dass er es als Kompliment gemeint hat.«

Er schüttelt den Kopf und starrt an die Decke. »Du willst doch sowieso keine Komplimente von Piraten.«

»Nein, da hast du recht.« Ich schließe die Augen. »Will ich nicht.«

Er küsst mich auf die Wange. »Gute Nacht.«

»Gute Nacht.« Ich spüre, dass er mich im schummrigen Licht des Baumhauses beobachtet.

»Mädchen?«, sagt er nach ein paar Sekunden.

»Mm?« Ich lasse meine Augen immer noch zu.

»Weißt du, was schön bedeutet?«, fragt Peter.

Jetzt drehe ich ihm verblüfft den Kopf zu. »Was?«

Er nickt feierlich. »Du bist das.«

KAPITEL 16

Ich habe beschlossen, es Jem zu sagen. Dass es mir leidtut und dass ich zuvor Angst hatte und dumm war, dass ich aber eigentlich gern mit ihm zusammen sein möchte. Und falls er das auch möchte, würde ich gern einen Weg finden, damit es funktioniert.

Weil ich will, dass es funktioniert. Ich will ihn, wirklich. Und es gibt sogar ein Wort, das ich noch nie zuvor über einen Jungen gesagt habe, aber ich glaube, ich könnte es ... Ich fühle mich, als könnte ich es aussprechen.

Ich habe die ganze Nacht deswegen kein Auge zugetan.

Auch, weil es sich komisch anfühlte, mit Peter in einem Bett zu schlafen, obwohl ich mit jemand anderem zusammen sein will, und auch, weil ich es Jamison unbedingt sagen wollte.

Ich bin schon vor der Sonne wach, was sonst nie passiert. Das heißt auch, ich stehe vor Peter auf, was die Welt in einem seltsamen Licht erscheinen lässt. Eins, das ich kaum kenne.

Ich glaube, er weckt hier alles auf. Als ich aus dem Baumhaus schleiche, schlafen nicht nur die Jungs noch, sondern auch die Blumen und die Tiere des Waldes.

Die Sonnen verstecken sich noch gemütlich hinter dem Horizont.

Ich schleiche hinunter zum Steg und binde das Ruderboot los.

Das Wasser ist still, der Nebel schwebt darüber. Wegen der vier Monde ist der Himmel nicht ganz dunkel, aber doch fast. Ich versuche nicht, schneller als das Licht zu sein. Das kann man sowieso nicht. Es gewinnt immer. Peter wird bald aufwachen und meine Abwesenheit bemerken oder auch nicht. Wie auch immer das ausgeht, es wird keinen Einfluss auf das haben, was ich tun werde. Ich werde es auf jeden Fall tun.

Ich bin etwa auf halbem Weg zum Hafen, als ich ihn höre.

»Hallo da unten.« Er klingt etwas verwirrt.

Ich blicke hoch, und da ist er: Jamison Hook. Er segelt auf der *Golden Folly* und blickt mit einem verwirrten Lächeln zu mir herunter.

»Oh.« Ich sehe blinzelnd zu ihm hoch. »Hi.«

Er sieht so gut aus. Die Augenbrauen skeptisch gesenkt, das Haar fällt ihm über die Augen und weht im kaum vorhandenen Wind, seine Wangen sind gerötet, sein Mund von der Sonne gewärmt, was ich liebe. Ich kann mich nicht daran erinnern, dass sein Mund gestern diese Farbe gehabt hätte, aber dadurch sieht er noch verträumter aus, und das freut mich.

Er lächelt mich an, immer noch etwas verwirrt. »Ich war gerade auf dem Weg zu dir.«

Ich lächle strahlend zurück. »Ich auch.«

Er winkt mich zu sich. »Willst du nich' an Bord kommen?«

Ich deute auf mein winziges Ruderboot. »Willst du an Bord kommen?«

Er verzieht das Gesicht, und ich lächle ihn heiter an.

»Das war nur ein Scherz. Wirf mir ein Seil zu.«

Er lacht und wirft mir ein Seil hinunter. Ich stelle mich auf den großen Knoten am unteren Ende des Seils, und er zieht mich mit einer Leichtigkeit zu sich hinauf, die mich schlucken lässt. Mein Herz purzelt eine Treppe hinunter. Er hält mir die Hand hin, als ich auf das Deck trete, und unsere Hände bleiben ein paar Augenblicke länger als nötig verschränkt. Ich mustere ihn und bin plötzlich schüchtern. Nervös kaue ich auf meiner Unterlippe. »Du siehst gut aus«, stelle ich fest.

»Tatsächlich?«

Ich nicke, ohne den Blick von ihm abzuwenden. »Frisch oder gut ausgeruht oder so.«

Er lacht. Es klingt irgendwie seltsam, finde ich. Ein bisschen verlegen oder so. Jedenfalls erwidert er das Kompliment nicht. Ich bin aber nicht sonderlich beleidigt, denn er kann es auch nicht mit gutem Gewissen tun. Ich habe letzte Nacht kaum geschlafen und bin mir sicher, dass mein geschwollenes Gesicht diese müde kleine Geschichte erzählt.

»Ich wollte mit dir reden«, sagt er ernst, und ich nicke, während es in meinem Augenwinkel nervös zuckt.

»Und ich mit dir.« Bei seinem Anblick blühen meine Augen auf wie die Blumen, die das jetzt auf dem Festland tun, während Peter sie wach streichelt. »Du fängst an.«

Ich muss ihm nicht erst unnötigerweise gestehen, dass ich etwas für ihn empfinde, nicht wenn er es mir gleich selbst sagen wird.

»Gut.« Jamison lächelt zärtlich, atmet amüsiert durch die Nase ein und nickt. Dann zuckt er mit den Schultern. »Wir sind ein verdammtes Chaos, du und ich.«

Wart ihr schon einmal in einem Gefühl gefangen, schwer und intensiv? Dann ändert sich schlagartig die emotionale Atmosphäre, und ihr spürt, wie sich euer Gesicht verändert, auch die Art, wie ihr euch verhaltet, und wie das Lächeln von euch abfällt wie Fallobst von einem Baum?

Ich lache unsicher. »Sind wir das?«

Jamison wirft mir einen spöttischen Blick zu. »Ich mag es, in deinen Kopf einzudringen. Es gefällt mir, dich eifersüchtig zu machen. Ich ärgere dich gern.«

»Warum?« Ich halte die Luft an, um mich aufzublasen, damit er nicht sieht, wie ich in mir zusammenfalle.

»Ich weiß nich'.« Er zuckt mit den Schultern, als wäre es ein Rätsel, das er zu lösen versucht. »Ich glaube, wir wecken nur das Schlimmste im anderen ... meinst du nich' auch?«

»Ach so.« Ich starre ihn ein paar Sekunden lang ausdruckslos an, dann schaue ich auf meine Füße, um mich zu vergewissern, dass sie nicht im Boden versinken, ich nicht wirklich zwischen den Ritzen der Bodenbretter seines Schiffs hindurchflutsche, sondern dass ich das einfach nur so empfinde. Ich räuspere mich. »Ich nehme es an. Vielleicht.«

»Es macht Spaß, dich auf'n Arm zu nehmen.« Er zuckt mit einer Achsel. »Es fühlt sich gut an, dich zu nerven, dich dazu zu bringen, hinter mir herzulaufen.«

»Charmant.« Ich klinge bedrückt.

Er grinst schwach. »Tut mir leid. Aber außerdem bist du ein hübsches Mädchen, und es ist gut, deine Aufmerksamkeit zu genießen – das ist ein gutes Gefühl. Aber ich weiß, du bist nicht meinetwegen hier.«

Der Wind frischt auf und weht um uns herum. Gestern um diese Zeit wäre ich in ihn hineingeweht worden, hätte mich an ihn geschmiegt, damit er mich wärmt. Aber heute schneidet der Wind einfach durch mich hindurch wie ein Messer.

»Richtig.« Ich klinge atemlos.

»Aye?« Er zieht die Brauen hoch, vielleicht ein wenig hoffnungsvoll, und ich frage mich, ob er darauf wartet, dass ich ihm widerspreche. Aber wie könnte ich?

»Ja ... also.« Ich kann den Blick nicht von ihm losreißen und schlucke. »Ich ... richtig.« Ich kann ihn einfach nicht korrigieren. Im Moment kann ich ja nicht mal meine Hand ruhig halten.

Jamison nickt, offensichtlich befriedigt. »Das zwischen uns ist wohl nur ein Spiel.«

Ich schlucke. »Okay.«

Sein Gesicht wird lang, und ich schüttle den Kopf.

»Ich meine ...« Ich räuspere mich. »Ja.« Jetzt nicke ich plötzlich. Ich reagiere völlig sinnlos. »Also gut.« Ich kann nicht mal erkennen, ob er es ernst meint.

Während ich ihn anstarre, frage ich mich, ob er mich jemals so gesehen hat, wie ich es empfunden habe, oder ob das eine lächerliche Hoffnung war, an die ich mich geklammert habe, weil ich ja nur ein Mädchen bin. Er kann mich nicht so gesehen haben, wie ich dachte, denn wenn er es getan hätte, dann hätte er es wahrgenommen – es ist genau hier, an der Oberfläche. Das hier ist überhaupt nicht gut.

Er hebt erneut die Augenbrauen, ein bisschen hoffnungsvoll. »Weil wir jetzt Freunde sein können.«

»Genau.« Ich nicke und lächle gepresst. »Freunde.«

Er nickt liebenswürdig. »Wolltest du mir das sagen?«

Ich antworte erst nach dem Bruchteil einer Sekunde. Ist der Grund offensichtlich, und weiß er, dass ich lüge?

»Ja.« Ich nicke nachdrücklich. »Ganz genau. Ja.«

»Gut. Dann ...«

»Und ich wollte mich außerdem entschuldigen.« Ich zwinge mich zu einem Lächeln. »Dafür, dass ich mich gestern wie eine Göre benommen habe.«

Er lächelt schief. »Du verhältst dich jeden Tag wie eine Göre, also ...«

Ich lache hohl. Es klingt wie das Klappern von Pennys in einer Blechdose. Es hat etwas Mitleiderregendes an sich, obwohl ich nicht genau sagen kann, woran das liegt.

»Jam?«, sagt eine hohe Stimme hinter uns.

Ich schaue an ihm vorbei auf ein Mädchen. Es steht vor seiner Kajüte.

»Oh, he«, sagt er reflexartig.

Sie ist ziemlich hübsch. Sie hat dunkles, lockiges Haar. Olivfarbene Haut. Rosafarbene Lippen. Mir wird klar, dass seine Lippen, die ich vorhin bewundert habe, nicht von der Sonne geküsst wurden, sondern von ihr. Ihre Beine sind nackt, die Füße auch. Ihr Haar ist zerzaust, und sie haben offensichtlich – ganz offensichtlich – gerade Sex gehabt.

Aber wisst ihr was? Das ist noch nicht mal der schlimmste Teil. Und was ist der schlimmste Teil? Sie hat sich in seine Jacke gewickelt. Die Jacke, die ich liebe. Von der ich denke, dass sie mir etwas bedeutet, und auch ihm. Als er sieht, dass sie die Jacke übergeworfen hat, zuckt sein Blick zu mir. Aber meine Augen sind nicht mehr auf ihn gerichtet. Sie gehören jetzt dem Meer.

Verlangen ist für mich wie ein Schlag in die Magengrube, aber der Schmerz dieser Qual schießt durch meine Finger bis in meine Nervenenden. Ich fühle sie bis in meine Knochen, wo er angeblich Verlangen empfindet. Aber ich glaube, dass er das nie wirklich für mich empfunden haben kann. Das fühle ich jetzt.

Das Mädchen betrachtet mich einen Moment lang aufmerksam, bevor es den Blick auf ihn richtet. »Wo sind wir?«

Er lächelt ihr zu. »Ich musste nur was mit 'ner alten Freundin besprechen.«

Sie durchbohrt mich wieder mit ihrem Blick, und ich hebe verlegen meine Hand.

»Nur eine alte Freundin.«

»Geh wieder ins Bett.« Er hebt kurz das Kinn. »Bin gleich bei dir.«

Mein Mund klappt auf, und ich schließe ihn schnell wieder, kneife mir geistesabwesend in die Lippe, bis ich etwas Salziges schmecke.

Jamison bemerkt es und verzieht das Gesicht. »Du hast dich an der Lippe verletzt.« Er streckt die Hand aus, aber ich weiche seiner Berührung aus. Etwas wie Schmerz oder Ärger überkommt ihn, und das freut mich. Er räuspert sich unbehaglich. »Kann ich dich mit zurücknehmen?«

»Nein, o nein!« Ich schüttle den Kopf. »Ich habe das Boot.«

»Also soll ich dich abschleppen?«, fragt er.

»Nein, lass mal.« Ich schüttle den Kopf, während ich zurück zu dem Enterseil gehe. »Das Wasser wird mich tragen.« Ich lächle gezwungen. Ich muss hier weg, bevor er mich weinen sieht.

Er hält mir seine Hand hin, aber ich tue so, als würde ich sie nicht sehen, und springe ins Meer, flehe das Wasser an, das Stechen in meinem Herzen wegzuspülen, aber das tut es nicht. Auch nicht, als ich in mein kleines Boot klettere und zu ihm hochstarre. Wir sagen uns etwas mit unseren Augen, aber ich weiß nicht, was, weil wir nicht wissen, wie wir miteinander reden sollen. Ich glaube nicht, dass wir jemals auf derselben Wellenlänge waren.

Ich bin nur ein Spiel für ihn.

Ich tauche die Riemen ins Wasser und ziehe kräftig, und das Wasser und der Wind erledigen den Rest für mich. Sie tragen mich den ganzen Weg zurück zu dem Baumhaus, das ich heute Morgen für immer zu verlassen glaubte.

Es ist wohl so eine Piratensache, dass er manchmal in meinen Kopf eindringt, das ist alles. Wenn Jamison in der Nähe ist, zieht er mir den Boden unter den Füßen weg. Alles, dessen ich mir sicher bin, wenn er nicht da ist, wird so unsicher, sobald er im Raum ist. Aber das bedeutet nichts anderes, als dass er gut darin ist, mich in Bezug auf mich selbst zu verunsichern. Und das ist nichts Gutes! Wie konnte ich bloß denken, das sei etwas Gutes? Es ist eigentlich etwas Schreckliches. Jamison ist schrecklich.

Als ich am Steg anlege, bin ich noch nicht bereit, ins Baumhaus zu gehen. Ich weiß noch nicht, wie ich den Jungs, die ich gerade verlassen wollte, gegenübertreten soll. Vor allem einem von ihnen.

Ich sitze am Ende des Stegs, meine Beine baumeln im Wasser, und starre auf das Blau, das sich immer noch wie ein Wunder anfühlt, egal, wie viele Tage hintereinander ich es sehe.

Ich atme tief durch, schaue in den Himmel und sehe, wie eine der Sonnen zwischen zwei Monden aufgeht, und mich überkommt die tiefe Erkenntnis, dass es kein Zurück mehr gibt.

Wenn es nicht Jamison sein kann – und er kann es nicht sein –, dann muss es Peter sein. Was könnte Jasper England schon für mich tun, nachdem ich dieses Leben hier kennengelernt habe? Diese Jungs? Den Wind in meinem Haar, das Meer, das mich nach Hause bringt, Geheimnisse, die in einem Vulkan hausen. Alles andere würde sich jetzt wie ein halbes Leben anfühlen, und ich will kein halbes Leben. Ich will nur ein Leben, und zwar hier. Wie auch immer das aussehen mag.

Ich hole noch einmal stockend Luft und wische mir das Gesicht ab.

»Mädchen?«, sagt Peter leise hinter mir.

Ich schaue zu ihm zurück, und er steht dort wie erstarrt, mit vor Nervosität großen Augen.

Er schleicht sich an mich heran, wie man sich an ein verängstigtes Tier heranschleichen würde. »Mädchen, warum weinst du?«

Ich lächle, so tapfer ich kann. »Das liegt an den Erwachsenendingen, Peter. Sie sind immer hinter mir her.«

Er setzt sich neben mich, mit vor Mitleid mit mir trübsinnigen Augen. »Okay.« Er nimmt seinen Ärmel und wischt mir damit die Nase ab. »Willst du hoch zur Wolke? Du könntest sie abgeben.«

Ich schüttle den Kopf, und meine Augen füllen sich wieder mit Tränen. »Diesmal nicht.«

»Ich verstehe nicht.« Er weicht etwas zurück. »Willst du lieber traurig sein?«

Ich beiße mir auf die Unterlippe. »Ich muss sie nur einen Moment lang spüren.« Ich versuche, so mutig wie möglich zu sein. Ich muss mich an sie erinnern, damit ich nicht zu ihm zurückkehre.

Nur einen Moment, sage ich mir. Dann werde ich sie für immer weglegen.

KAPITEL 17

»Mädchen.« Peter schwebt über mir, während ich auf dem Steg liege und mich sonne.

Ich blinzle mit einem Auge zu ihm hoch.

Seine breiten Schultern blockieren die Hälfte des Himmels und verdecken zwei Sonnen. Ich kann mir nicht vorstellen, dass er wirklich größer geworden ist, weil er alle paar Tage aus dem Brunnen trinkt, aber für mich sieht er trotzdem aus, als sei er gewachsen.

Vielleicht ist er das nur vor meinem geistigen Auge.

Es sind ein paar Wochen vergangen, seit Jamison unsere Beziehung als »Freundschaft« eingestuft hat. Sie haben sich quälend hingezogen und sind dennoch verflogen.

Es ist, als würde man unter eine Welle gezogen und herumgeschleudert.

Wenn du das Gefühl überwunden hast, dass du nicht mehr atmen kannst und vielleicht stirbst, ist das Herumgeschleudere gar nicht so schlimm. Fast wie eine wilde Fahrt.

Peter Pan ist eine wilde Fahrt und die schönste Ablenkung von den Schmerzen in meiner Brust, die ich mir hätte erträumen können.

Neulich hat er mich nach Aqueria mitgenommen. Ich habe Poseidon getroffen, der, wie Peter mir sagte, kein Gott ist, sondern der König des Meeres. Nicht nur des einen, sondern aller Meere.

Poseidon war ziemlich streng, aber ich habe das Gefühl, dass er ganz nett sein kann, wenn er einen gut leiden kann. Ich vermute aber, dass ich nicht zu seinen Lieblingen gehöre. Denn die Meerjungfrauen haben sicher nicht viel für mich übrig, da jetzt der größte Teil von Peters Aufmerksamkeit auf mich gerichtet ist.

Trotzdem wollte er, dass ich sie kennenlerne. Eigentlich sagte er wörtlich, er wolle, dass sie mich kennenlernen.

Er war nicht unfreundlich, der Meereskönig, nur streng. Er nickte schwach mit geneigtem Kopf und sprach meist in gedämpftem Ton mit Peter.

Trotzdem war es dort unfassbar schön. Aqueria übersteigt jede

Vorstellungskraft. Eine Unterwasserstadt und ein Unterwasserpalast aus Korallen, Kalk- und Sandstein, mit Unterwasserpflanzen, die ihr noch nie gesehen habt, Kristallen, von denen ich noch nie gehört habe, und Lichtstrahlen, die durch Fenster strömen, die sich nie schließen. Warum sollten sie auch? Wir sind so tief unten, dass es eigentlich unlogisch ist, dass hier noch Licht ankommt. Aber das tut es. Vermutlich, weil es magisch ist.

Peter hat mir dieses kleine Ding gegeben, das man in den Mund nehmen kann. Es ist so etwas wie eine kleine Mundharmonika, mit der man unter Wasser atmen kann.

Sprechen ist allerdings schwierig. Und küssen ist noch schwieriger. Aber atmen ist einfach.

Wir sind auch nach *La Vie En Grande* zurückgekehrt. Wir haben einen vergrabenen Schatz auf einer Insel vor der Küste des Festlands gefunden. Wir haben ein Walbaby gerettet, das an der Küste der Buccaneers Cove gestrandet war.

Er hat mir beigebracht, wie man den Himmel malt.

Die Tage in Neverland waren so gut, wie ich sie mir immer vorgestellt habe. Ich mache es mir zur Gewohnheit, jeden Tag in die Wolke hinaufzugehen, um die Teile des Tages abzulegen, an die ich mich nicht erinnern möchte. Ich lasse jetzt auch meine Gedanken an die Medizin abgleiten – es ist schließlich nur Medizin.

Ich lasse die Gedanken daran fallen, wohin Peter geht, wenn er denkt, dass ich schlafe, oder wenn ich mit Rune oder Rye zusammen bin. Ich habe meine eigenen Freunde, warum sollte er das nicht auch haben?

Es gibt da allerdings ein paar spezifische Dinge, die zu behalten ich klüger finde, damit ich nicht wieder in schlechte Gewohnheiten verfalle, was Piraten angeht. Aber ich habe ganz bewusst den schrecklichen Gedanken abgelegt, den Rye in mir geweckt hat, nämlich dass es verschiedene Arten von Schicksal gibt. Ich bin froh, dass ich das getan habe. Der Gedanke hat mich nachts wach gehalten, bevor ich ihn habe fallen lassen. Immer wieder habe ich mich gefragt, was er meint, was es bedeuten könnte. Und jetzt, da er in einem Regal in den Wolken liegt, und ich daran denke – was ich so gut wie nie tue –, weiß ich nicht einmal, was die Aufregung in meinem Kopf zu bedeuten hatte.

Verschiedene Arten von Schicksal? Wen kümmert's? Ich weiß gar nicht, was das bedeuten soll. Ich weiß nichts von einem Berg und einem Wind, der um meinen Kopf pfeift, und ich habe keinen Schnee auf der Nase. Die einzige Bestimmung, von der ich je gehört habe, ist die von Peter und mir, die, dass er mich holen würde, und genau das hat er getan.

Jetzt schwebt er vor mir und will meine Aufmerksamkeit. »Ja, Peter?«

»Heute Abend findet ein Ball statt.«

Ich setze mich auf. »Ein Ball?«

Er schwebt herunter und landet auf einem der Holzpfähle des Docks. Dort balanciert er auf einem Fuß. »Ja. Weißt du, was Bälle sind?«

Ich verschränke die Arme. »Ja.«

»Kein Wurfball, sondern ein …«

»Ich weiß, was Bälle sind, Peter«, unterbreche ich ihn.

Er nickt. »Und Verabredungen? Kennst du dich damit auch aus?«

Ich schlucke und setze mich aufrechter hin. »Weißt du etwas über Verabredungen?«

»Natürlich weiß ich das.« Er verdreht genervt die Augen. »Bei der hier gehörst du mir.«

Ich stehe auf. »Wann ist er?«

»Bald.« Er zuckt mit den Schultern.

»Bald heißt in ein paar Tagen?«

Peter schüttelt den Kopf, als ob ich dumm wäre. »Bald wie jetzt.«

Er springt von dem Pfahl auf den Steg, die Hände in die Hüften gestemmt. »Geh und zieh dich an.« Er geht zurück zum Baumhaus.

»Was soll ich anziehen?«, rufe ich ihm nach.

Er ignoriert mich. »Und beeil dich. Du siehst ein bisschen niedergeschlagen aus.«

Angesichts seiner Grobheit bleibt mir der Mund offen stehen.

»Ich merke, dass du viel um die Ohren hast«, setzt er gleichgültig hinzu. »Wir geben das unterwegs ab.«

*

Ich habe es nicht abgegeben.

Es geht um Jamison. Das belastet mich – das, was ich für ihn empfinde.

Ich sehe es jedes Mal, wenn ich in der Gepäckaufgabe vor dem Spiegel stehe. Es ist nicht nur eine Tasche, es ist ein richtiges Joch um meinen Hals.

Ich starre es an, spüre, wie es auf meinen Schultern lastet, stelle mir vor, wie viel schöner es sich anfühlen würde, wie viel leichter mir die Tage erscheinen würden, wenn ich diese Gedanken ablegen würde. Aber wie jedes Mal in letzter Zeit, wenn ich hier stehe und es sehe, tue ich es nicht.

Ich starre mein Spiegelbild an. Ich trage ein Kleid, das Rune für mich gezaubert hat.

»Sie ist wirklich nervig, diese Fee, aber sie ist wirklich gut darin, dir Kleider zu machen«, sagte Peter, bevor Rune ihm einen Tritt gegen die Schläfe verpasste, er »Au« schrie und sich entschuldigte.

Ich zupfe mein Kleid zurecht. Soweit ich das beurteilen kann, besteht es ganz aus Blumen und Ranken. Sie klettern an einer Schulter hoch und laufen hinten in einen riesigen Rock aus, der zwar alles ziemlich bedeckt, aber trotzdem luftig ist.

Ich sehe wirklich hübsch aus, auch wenn das Kleid in meinem Spiegelbild in Kombination mit dem Joch seltsam aussieht. Wenigstens kann es außer mir niemand sehen.

Ich gehe zurück zur Wolke, wo Peter wartet.

Er trägt eine helle – und saubere – Leinenhose und ein weißes Leinenhemd. Es war noch gebügelt, als wir das Haus verließen, aber jetzt ist es ganz zerknittert. Ich glaube, das hat er absichtlich gemacht.

Schuhe trägt er nicht. Er behauptete, er würde »lieber sterben«, und außerdem: »Wozu brauchen wir überhaupt Schuhe? Wir fliegen doch überall hin.« Da hat er wohl recht.

»Alle abgeladen?«, erkundigt sich John liebenswürdig, während sich Peter in eine andere Wolke stürzt.

»Ja.« Ich lächle, aber es ist verlogen.

Das habe ich nicht getan. Und ich glaube, er merkt das.

Peter bekommt das nicht mit. Er hat nicht diese Art von Augen, die das wahre Gewicht eines anderen Menschen wahrnehmen können. John dagegen schon.

Er weiß, dass ich sie nicht abgelegt habe. Ich konnte es nicht.

Aus irgendeinem Grund hätte es sich wie Verrat angefühlt.

Jamison hat nichts Falsches getan. Er hat nur gesagt, dass er mein Freund sein will. Sollte ich meine Gefühle für ihn deswegen einfach abwaschen?

Wie kindisch.

Ich lasse den Dingen ihren Lauf, als wären sie ein Fieber. Eines Tages wird das Fieber sinken, und ich werde genesen aufwachen.

Ich brauche den Inselzauber nicht.

Ich bin mein eigener Inselzauber.

»Komm.« Peter fliegt zu mir und nimmt meine Hand. »Es ist ein langer Flug nach Alabaster Island.«

*

Er hat mich noch nie hierher mitgenommen. Wir waren zwar in der Nähe, aber nicht auf ihr. Alabaster Island ist die Hauptinsel. Sie ist groß. Sie ist eher eine Stadt als ein kleines Dorf am Meer, wie auf Neverland.

Aber es ist eine seltsame Art Stadt. Sie ist wie ein Schmelztiegel. Nicht aus verschiedenen Kulturen, sondern aus verschiedenen Epochen. Es könnte genauso gut das alte Ägypten sein wie das Jahr 2000.

»Wer veranstaltet den Ball eigentlich?«, frage ich Peter, während wir über die Stadt fliegen und durch die Straßen kurven.

Peter zuckt mit den Schultern. »Nur dieser alte Mann.«

»Nur der alte Mann?«, wiederhole ich und sehe ihn fragend an, aber er bemerkt es nicht und fliegt weiter auf ein Schloss zu, das sich an die Berge schmiegt.

Alabaster Island sieht größtenteils aus wie Cape Breton Island.

Die Insel ist dramatisch und schön und ruhig und faszinierend, aber nicht so, dass man sie unbedingt erkunden will. Man muss nicht unbedingt in jede Ecke schauen, aber ein schöner Spaziergang zu einem Ort, den man noch nicht kennt, scheint eine schöne Idee zu sein.

Wir landen auf einem Balkon. Ein ganz schön imponierender Auftritt. Nicht, weil wir abstürzen oder so, aber es scheint, dass Peter und ich die Einzigen sind, die hierhergeflogen sind.

Es erleichtert mich sofort, als ich Rye sehe. Allerdings entmutigt mich Callas Anblick neben ihm.

Peter entdeckt sie schnell und gleitet zu ihr hinüber. Er legt seine Hände auf ihre Taille und lächelt sie auf eine Weise an, wie er sie lieber nicht anlächeln sollte, wenn ich es mir wünschen könnte.[*]

Sie sieht wunderschön aus – ganz so, wie man es erwarten würde. Ihr Kleid besteht aus einer Tierhaut mit Pelz. Es hat keine Ärmel und lässt sich am Hals wie ein Trägertop binden.

Sie sieht auf eine Weise sexy aus, neben der ich in meinem Blumenkleid wie ein albernes Schulmädchen wirke.

Rye berührt eine Knospe an meinem Kleid. »Das ist unglaublich.«

Ich belohne ihn mit einem Lächeln. »Von Rune.«

Er nickt. Ich berühre dankbar sein Handgelenk.

»Ich wusste nicht, dass du auch hier sein würdest. Aber ich bin froh, dass du da bist.« Ich sehe mich um. Alles ist weihnachtlich geschmückt. »Was hat das zu bedeuten?«

Er blickt zur Decke hinauf, an der es funkelt wie von echten Sternen. »Die Wintersonnenwende.«

»Wie ist das möglich?« Ich bin erstaunt. »Es gibt hier vier Sonnen.«

Rye lacht. »Das war Days Lieblingsfeiertag auf Constanopia.«

»Day?« Ich versuche, den Namen zuzuordnen. Er kommt mir bekannt vor.

Ich glaube, in einem Teil meines Gehirns, den ich schon lange nicht mehr benutzt habe, etwas über einen Day zu wissen, und ich blättere durch die Seiten meines Gedächtnisses. Ich suche nach dem Gedanken, von dem ich weiß, dass er dort drin ist, und der mir verrät, wer dieser Day-Mann sein könnte, als sich eine Hand um meine Taille legt.

Ich weiß sofort, wessen Hand es ist – da besteht kein Zweifel. Nur einer fasst mich in diesen Tagen um die Taille, und nur einer wendet dabei so etwas wie Gewalt an. Peter zieht mich fest an sich und merkt nicht, wie er dabei eine meiner Blumen abreißt. Sie purzelt mein Kleid hinunter, und ich sehe, wie sie über den Boden rollt und neben den Füßen eines Mannes landet, dessen Gesicht ich zwar nicht sehen kann, aber dessen Rücken ich kenne.

---

[*] Obwohl ich technisch gesehen nichts dagegen in der Hand habe.

Er mustert einen Moment die Blume, bevor er über die Schulter zurückschaut. Unsere Blicke begegnen sich, und bei seinem Anblick schlägt mir das Herz bis zum Hals.

Ich befehle mir, ihn anzulächeln, und zwar schnell, wie ein Freund es tun würde! Aber ich mache es nicht, und er schluckt schwer, geht in die Hocke, hebt die Blüte auf und schaut dann weg.

Peter bohrt mir einen Finger unter die Rippe, um meine Aufmerksamkeit zu erregen, und ich drehe mich zu ihm um und schenke ihm ein Lächeln. Das habe ich schon tausendmal geübt, immer, wenn er mich dabei erwischt, wie ich an den anderen denke.

Aber da wartet nicht nur Peter. Vor mir steht auch ein anderer Mann.

Groß, breitschultrig, dunkelhäutig, majestätisches Aussehen. Er betrachtet Peter finster.

»Der Never-Prinz.«

Peter nickt ihm knapp zu. »Alter Mann.«

Der Mann sieht eigentlich gar nicht so alt aus. Er ist höchstens mittelalt.

Er wirft Peter einen unbeeindruckten Blick zu. »Man soll nicht von sich auf andere schließen«, gibt er zurück, bevor er Rye und Calla anlächelt und sie mit ihren Namen anspricht. Dann bleibt sein Blick an mir hängen. »Und wer ist das?«

Rye schiebt mich sanft zu ihm, und Peters Griff um meine Taille verstärkt sich, aber das bemerkt wohl niemand.

»Lady Never«, stellt Rye mich vor.

Die Miene des Mannes hellt sich fasziniert auf. »Ah.« Er nickt. »Er hat sich eine Lady genommen.«

Ich werfe ihm einen etwas gequälten Blick zu. »Ich fürchte, er hat sich schon viele genommen.«

Das entzückt ihn. Er lacht leise, während er mir die Hand hinhält. »Ich bin Day.«

Ich schüttle sie. »Daphne.«

»Daphne.« Er nickt einmal wissend, und ich runzle unwillkürlich die Stirn. Er merkt es, glaube ich, denn er lächelt und deutet mit einer schwungvollen Geste auf den Raum. »Viel Spaß. Und willkommen! Ich bin sehr froh, dass du hier bist.« Dann verabschiedet er sich.

»Mädchen.« Peter zupft an meinem Handgelenk und dreht mich zu sich herum. »Calla sagt, es gibt Meerjungfrauen am Steg. Sollen wir hingehen und Hallo sagen?«

»Die Meerjungfrauen machen sich nicht viel aus mir«, erwidere ich unbehaglich.

»Da hat sie recht.« Calla zuckt gleichgültig mit den Schultern. »Das tun sie nicht.«

Peter wirft ihr einen scharfen Blick zu. »Warum nicht?«

Calla zuckt wieder mit den Schultern, diesmal, als sei sie unschuldig daran, aber ich glaube, ich sehe, wie ein besorgter Ausdruck über ihr Gesicht fliegt. Sie hat Angst, dass er ihr böse sein könnte.

Peter dreht sich zu mir um. »Ich werde der Sache auf den Grund gehen«, verkündet er kühn.

»Das musst du nicht!«, erwidere ich, aber er ist schon losmarschiert. »Peter, es ist in Ordnung!«, rufe ich ihm nach.

Er ignoriert mich und wendet sich stattdessen an Calla. »Calla, komm!«

Sie geht hinter ihm her, mit einem vor Sorge verkniffenen Gesicht. Sie tut mir leid, so wie ich mir früher selbst leidgetan habe.

Rye seufzt. »Ich brauche einen Drink.« Er nickt in Richtung eines Tisches, auf dem die Getränke aufgebaut sind.

»Hast du eine Verabredung mitgebracht?«, frage ich ihn liebenswürdig.

»Nein.« Er schüttelt den Kopf. »Die Person, mit der ich kommen wollte, ist mit jemand anderem gekommen.«

»Ah.« Ich senke den Blick rasch auf das Getränk, das er mir hinhält.

Er starrt mich schweigend an, und ich weiß nicht, was ich tun soll, also mache ich nichts.

»Da drüben steht ein Freund von mir.« Er zeigt auf einen Jungen, der ungefähr so alt aussieht wie wir. »Ich sage mal kurz Hallo.«

Ich nicke.

»Kommst du klar?«

Ich nicke wieder.

Unsere Blicke treffen sich, und sein Gesicht sieht ernst aus – fast wütend, warum auch immer –, dann entfernt er sich.

Ich leere meinen Drink in einem Zug und genehmige mir noch einen, bevor ich auf den Balkon hinaustrete.

Ich brauche keine Luft – mein ganzes Leben besteht heutzutage aus frischer Luft –, aber es fühlt sich akzeptabler an, allein auf einem Balkon zu stehen. Es sieht aus, als wäre ich vielleicht gerade in nachdenklicher Stimmung und nicht nur zufällig allein.

Die Luft riecht hier anders. Auf Neverland ist sie süß. Wie Tau auf Früchten. Hier duftet sie nach Kiefer und Ahorn-Pekannuss.

Dann taucht eine Blume vor mir auf, angeboten von der Hand, die ich am meisten auf der Welt liebe. Ich weiß, noch bevor ich aufschaue, dass er es ist. Ich kenne seine Hände unglaublich gut, weil es sich immer so skandalös angefühlt hat, sich sein Gesicht vorzustellen, wenn ich neben Peter liege. Aber wenn ich an Jamisons Hände denke? Was ist schon dabei, an eine Hand zu denken? Gar nichts. Zurzeit am allerwenigsten für mich.

»Ich glaube, sie gehört dir.« Er reicht sie mir.

»Behalt sie«, erwidere ich. Mein Lächeln sieht hoffentlich weniger zittrig aus, als es sich für mich anfühlt. »An ihrer Stelle ist bereits eine neue gewachsen.«

»Ah«, bestätigt er. »Du liebst verzauberte Kleider, richtig?«

Ich zucke unschuldig mit den Schultern. »Ich trage, was mir geschenkt wird.«

Jamisons Blick gleitet an mir herunter, bevor er mir wieder ins Gesicht sieht. »Dieses Kleid ...«

Ich schlucke. »Du magst es nicht?«

»O doch, ich mag es.« Er mustert mich vielsagend. »Diese Fee is' wirklich alles andere als klein.«

Ich lache atemlos. »Das stimmt wohl.«

Jem hält mir die Blüte wieder hin. »Steck sie mir an.« Er tippt auf das Revers seines Jacketts.

Ich hole Luft, aber nur flach, weil mir immer wieder der Atem stockt, wenn er in meiner Nähe ist.

Ich finde das Knopfloch in seiner Jacke und schiebe die Blüte hindurch.

Ich bin mir sicher, dass sie sofort abfallen wird, aber dann wächst wie von Zauberhand ein kleiner Stängel heraus und klemmt sie an ihn.

Das verwirrt ihn. »Hast du das gemacht?«

Ich schüttle den Kopf, und er sieht mir in die Augen. »Magie«, sagt er.

Ich erwidere nichts und senke den Blick, lächle aber, bevor ich mich zur Balustrade umdrehe. Ich lehne mich darüber, schaue hinab und hoffe, dass er sich neben mich stellen wird.

Ich habe nichts dagegen, neben ihm zu stehen, sondern nur Angst, dass er etwas in meinen Augen sieht, das ihm Dinge sagt, die ich einfach hätte ablegen sollen. Wie dumm von mir, daran festzuhalten. Will ich all dem seinen Lauf lassen? Papperlapapp! Her mit der Kopfschmerztablette!

Er schlendert zu mir, legt die Arme auf die Balustrade und lehnt sich darüber. Seine Schultern fühlen sich wie ein Schild an, selbst wenn sie mich nicht abschirmen.

»Du bist mit Peter hier«, stellt er fest.

»Ja.« Ich beobachte Peter, der mit einem anderen Mädchen unten auf dem Steg sitzt. Ich hoffe, dass Hook es nicht bemerkt. Aber das wird er, wenn ich weiter dorthin starre, also drehe ich den Kopf stattdessen zu ihm.

»Mit wem bist du hier?«

Er sieht mich lange an, und mir wird klar, dass ich die Antwort auf diese Frage wahrscheinlich gar nicht hören will. Morrigan, höre ich sie in meinem Kopf.

»Mit meiner Mutter«, sagt er.

»Oh.« Ich lache und hoffe, dass ich nicht zu erleichtert klinge. »Also mit der schönsten Frau auf dem Ball.«

Er legt nachdenklich den Kopf auf die Seite, verzieht den Mund und mustert mich lange. »Na ja, ich weiß nicht, ob ich dem zustimmen kann.«

Irgendwo in der Ferne klappert die Tasche, die ich auf den Boden der Hütte geworfen habe, und fleht mich an, mich an sie zu erinnern. Aber ich will sie nicht hören, und obwohl mich seine Worte erregen, ärgert es mich auch, dass er so etwas nach allem, was er mir angetan hat, zu mir sagt.

Gut, er weiß natürlich nicht, dass er mir etwas angetan hat, aber es ist mein Recht als Frau, ihn auch für das, was er unwissentlich getan hat, zu verachten.

Dessen bin ich mir in diesem Moment vollkommen sicher.

Ich werfe ihm einen kühlen Blick zu. »Freunde sagen so etwas nicht zueinander.«

Er schluckt und räuspert sich. »Nein.« Er räuspert sich erneut. »Das tun sie wohl nicht.«

Ich verschränke die Arme vor der Brust. »Also, was machst du da?«

Jamison presst die Lippen zusammen, als ob er etwas sagen möchte, aber er verkneift es sich.

»Alte Gewohnheiten«, meint er ausweichend.

Seine Worte schnüren mir die Luft ab, machen mich platt wie einen Pfannkuchen.

Alte Gewohnheiten. Das ist alles, was ich für ihn bin.

»Wie geht es dem Mädchen von deinem Schiff?« Ich garniere die Frage mit einem Lächeln, das alles versucht, strahlend zu sein, aber unterwegs verwelkt.

Jamison wirkt sichtlich desinteressiert an dieser Frage. »Ich habe sie seitdem nicht mehr gesehen.«

»Ah.« Ich räuspere mich, während ich rasch wegsehe. »Dann war sie wohl etwas wirklich Besonderes.«

Meine Stimme trieft vor Sarkasmus, in den ich mich flüchte, damit ich nicht in Tränen ausbreche. Irgendwie macht dieser Gedanke es noch schlimmer.

Er zuckt mit den Schultern und kippt seinen ganzen Drink in einem Schluck hinunter. Es war Rum. Ein volles Glas. Nicht schlecht.

»Das ist ein bisschen plump aus dem Mund des Mädchens, dessen Freund ein frauenfeindliches Kleinkind ist.«

Ich verdrehe genervt die Augen. »Du nennst mich schon wieder ein Mädchen.«

»Und zack, schon bist du eins«, schießt er zurück. Seine Bemerkung zerschmettert mich.

»Na dann.« Ich hebe die Schultern, als würden mir seine Worte nichts bedeuten, als würde das Joch um meinen Hals, das ich die ganze Zeit spüre, ob ich nun mit ihm zusammen bin oder nicht, in diesem Moment nicht das Leben aus mir herauswürgen. Ich lächle ihn gekünstelt an. »Lass dich von mir nicht aufhalten. Es gibt so viele Leute hier ... so viele Frauen«, füge ich bissig hinzu, »unter denen du wählen kannst.«

»Aye.« Er nickt. »Stört dich ja nich', wenn ich das tue.«

Dann schlendert er davon, und ich sehe ihm nach. Mein Hals kribbelt, meine Augen brennen, und ich habe das Gefühl zu ertrinken. Ich schaue mich schnell nach etwas um, an dem ich mich festhalten kann, aber alle, die ich kenne, haben mich verlassen.

Ohne die Ablenkung durch Peters Präsenz fängt das Ding, das ich hätte ablegen sollen und das in meinem Brustkorb lebt – dieses Ding, das wie ein wildes Tier in meiner Brust gefangen ist –, wieder an zu heulen. Es versucht, sich einen Weg nach draußen zu bahnen und eine Möglichkeit zu finden, Jamison das zu sagen, wozu ich an dem Tag auf seinem Schiff keine Gelegenheit hatte.

Wenn Peter bei mir ist, fühlt sich das peinlich an, wie ein Gedanke, den ich früher gedacht habe. Etwas, das ich in einem anderen Leben hätte tun können. Aber dieses Leben habe ich nicht mehr. Das ist wohl wahr, das nehme ich jedenfalls an. Aber wenn ich allein bin, kommt mir der Gedanke, es ihm zu sagen, weniger dumm vor. Wenn ich allein bin, kann ich mir einreden, dass Jamison es vielleicht gern hören würde.

Vielleicht möchte er es ja hören?

Dass ich an ihn denke, wenn ich einschlafe, an seine Hände. Und an irgendetwas über Schnee.

Vielleicht weiß er ja, was der Gedanke an Schnee bedeutet.

Ich gehe wieder hinein, um ihn zu suchen.

Der Ballsaal ist voller Menschen, und es ist dunkel, auch wenn es draußen nicht ganz dunkel ist.

Gerade als ich um eine Ecke biegen will, höre ich seine Stimme.

»Dieses Kleid«, sagt er zu jemand anderem, der nicht ich bin. Mein Herz versinkt wie ein Schiff, das direkt gegen eine Klippe fährt.

»Gefällt es dir?« Das Mädchen klingt zufrieden.

»Ja«, antwortet er.

Sie können mich nicht sehen.

Ich lehne mich an die Wand, die mich verbirgt, und lausche mit einer Art makabrer Gier.

»Wer war die Person, mit der du vorhin zusammen warst?«, erkundigt sie sich.

»Nur 'n kleines Mädchen von meiner Insel«, gibt Hook zurück.

Ich schlucke schwer und putze mir die Nase.

»Es sah aus, als ob du mit ihr gestritten hättest«, meint das Mädchen.

»Kennst du das, dass dich manche Leute einfach auf die Palme bringen?«

»Ja.«

Er lässt die Worte einen Moment im Raum schweben. »Sie bringt mich am stärksten hoch.«

Das Mädchen lacht über seine Bemerkung.

»Nein«, sagt Hook amüsiert, bevor seine Stimme ernst wird, »nicht auf diese Weise.«

Klavier.

Ich beschließe, dass ich für heute Abend genug Qualen erduldet habe, und stoße mich so von der Wand ab.

Meine Brust schnürt sich ganz eng zusammen. Ich glaube, mir wird schlecht. Luft. Ich brauche frische Luft.

Peter Pan hat mich ruiniert. Es gab einmal eine Zeit, da brauchte ich, wenn mir das Herz brach, keine Luft, sondern Erde. Felsen. Steine. Die Zusammensetzung des Bodens. Dreck unter meinen Nägeln oder mein Auge am Okular des Mikroskops – das waren die Dinge, die mich früher aufgemuntert haben. Jetzt ist es Luft.

Als ob meine Gefühle für Jamison sie vollkommen aus meinem Körper herauspressen würden.

Ich will es nicht, aber ich keuche, sobald ich draußen bin.

Ich lehne mich über die Brüstung und atme in gierigen Zügen.

»Du hast keinen Spaß«, stellt die tiefe, warme Stimme von Day fest.

Ich schaue ihn an und versuche, es wegzulächeln. »Nimm es nicht persönlich.«

»Oh, das würde ich auch nie tun.« Er legt den Kopf schief. »Dieser Ort hat die Angewohnheit … Menschen zu erschüttern.«

Ich nicke. »Betrachte mich als erschüttert.«

»Hat Pan dich aufgeregt?«

Er hat etwas so Würdevolles an sich, dass ich die Hände vor mir verschränke und die Schultern anspanne. Und in dem Moment weiß ich, wer er ist.

Day.

Der Gründer.

»Weißt du, mit wem du hier bist?«, fragt er sanft.

»Ja, weiß ich.« Ich nicke. »Und jetzt weiß ich auch, wer du bist.«

Er lächelt nachsichtig, bevor er mich neugierig mustert. »Weißt du wirklich, wer er ist?«

Ich sehe ihn fragend an und versuche, mich zu erinnern.

Das ist eine Tasche, die ich weggelegt habe, glaube ich. Etwas, das ich unbedingt vergessen wollte.

Denk nach, Daphne, denk nach!

Was war in der Tasche? Und warum sollte es für den Gründer relevant sein? Was befand sich in dieser Tasche? Es war ein brauner Lederkoffer. Zerfleddert und mit Flicken bedeckt. Was befand sich darin?

Oh.

Mistkacke.

Die Erinnerung fällt wie ein Groschen in meinem Kopf. Wie ein Stein auf einem Blechdach. Das laute Klirren schüttelt mich irgendwie durch.

Peters Eltern waren Gründer.

Day hebt den Kopf. »Ah, da hast du es.«

Ich bin unsicher. »Ich kann mich nicht gut daran erinnern.«

»Verstehe«, sagt er weise. »Aber du solltest nicht vergessen, mit wem du zusammen bist.«

Das irritiert mich. »Ich weiß, mit wem ich zusammen bin.«

Er sieht mich fragend an. »Tatsächlich.«

»Ein Teil von ihm ist Vee«, erwidere ich. »Ein Teil von ihm ist gut.«

»Und einiges«, versetzt er, »ist das reine Böse.«

Ich seufze. »Glaubst du nicht, dass die Summe unserer Existenz mehr sein muss als das, was unsere Eltern waren?« Ich verschränke die Arme vor der Brust. »Oder sind.«

Ich habe das am Ende angehängt, weil die Andeutung, es wäre anders, seltsam persönlich wirkt.

Day schenkt mir ein merkwürdiges Lächeln, das mit Dingen befrachtet zu sein scheint, von denen ich nichts weiß.

»Familie gilt viel auf dieser Insel«, sagt er, als Itheelia zu uns herüberschlendert.

»Ich sehe, du hast das Never-Girl kennengelernt.« Sie schenkt mir ein festes Lächeln.

»In der Tat.« Day nickt. »Sie ist sehr charmant.«

»Das habe ich schon gehört«, sagt Itheelia, während sie mich ansieht. Mich beschleicht das Gefühl, dass ich gleich in Schwierigkeiten gerate.

Days Gesicht wird etwas ernster, als er sich Itheelia zuwendet. »Wir müssen reden, bevor du gehst.«

Sie runzelt die Stirn. »Worüber?«

Day lässt seinen Blick durch den Raum schweifen, bevor er leise antwortet. »Schreckliche Gerüchte haben meine Gestade erreicht.«

Sie wirkt ungeduldig. »Sie könnten alt sein.«

»Es wurde etwas gesichtet.« Day wirft ihr einen ominösen Blick zu. »Eine gehisste schwarze Flagge.«

Itheelia seufzt. »Hat sich denn schon irgendetwas bestätigt?«

»Nein.« Days Blick ist scharf. »Und wir sollten hoffen, dass das so bleibt.«

Itheelia verzieht den Mund. »Ich komme später zu dir.«

Day nickt, dreht sich dann wieder zu mir um und drückt meinen Arm. »Kopf hoch.«

Ich richte den Blick auf Itheelia. Obwohl ich versuche, nicht finster dreinzuschauen, gelingt mir das nicht ganz. »Was sollte das denn gerade?«

Sie hebt eine Braue. »Das geht dich nichts an.« Sie vergewissert sich mit einem kurzen Blick, dass niemand in unserer Nähe uns hören kann. »Was dich etwas angeht, ist die Frage, was du hier machst.«

Ihre Unhöflichkeit missfällt mir. »Ich war eingeladen.«

»Ich meinte mit ihm.« Sie sieht mich vielsagend an.

Ich mustere sie abwägend. »Itheelia, dein Sohn hat seine Gefühle für mich sehr deutlich gemacht.«

»Ja.« Sie nickt und wirft mir einen gereizten Blick zu. »Da gebe ich dir recht.«

Was hat sie vor? Entweder weiß sie es nicht, oder sie ist einfach nur unfreundlich zu mir. Es könnte beides sein. Itheelia hat eine scharfe Zunge. Man will sie lieber nicht verärgern. Aber wenn sie glaubt, dass ich ihrem Sohn wehgetan habe, dass ich ihm unrecht getan habe, spielt sie vielleicht nur mit mir.

Ich atme geräuschvoll aus. »Er will nur mein Freund sein.«

Seine Mutter verdreht die Augen, aber davon lasse ich mich nicht einschüchtern. »Itheelia, er hat es mir ins Gesicht gesagt!«

»Was hat er gesagt?«, erkundigt sie sich.

»Dass das alles ist, was er von mir will! Und …« – ich mache eine dramatische Pause und hoffe, dass er vor allem für diese Sache Ärger mit ihr bekommt –, »dass ich das Schlimmste in ihm zum Vorschein bringe und …«

Sie unterbricht mich. »Du bist also mit dem anderen hier?«

Ich mache große Augen. »Was soll ich denn sonst tun?«

»Hör mit mehr als deinen Ohren«, sagt sie und unterstreicht es mit den Händen.

Ich seufze. »Itheelia, ich weiß nicht, was das bedeuten soll.«

»Doch, das weißt du.« Sie mustert mich streng. »Das Universum ist lebendig, und es spricht die ganze Zeit.«

Ich schüttle verständnislos den Kopf. »Zu wem?«

Sie zieht verärgert den Kopf zurück. »Zu dir! Und ich weiß, dass du es weißt.«

Ich blinzle. »Was weiß ich?«

Sie packt mich am Handgelenk und zieht mich etwas abseits, weg von dem Ball.

»Was hat der Wind an diesem Tag auf dem Berg zu dir gesagt?«

»Welcher Tag?« Ich verstehe nicht. »Der Wind spricht nicht zu mir.« Oder tut er das? Hat er es getan?

Sie beobachtet mich trotzig. Wie sicher sie sich ist, denke ich. Ist das in diesem Lederbeutel?

»Nein«, beteure ich, aber ich bin mir nicht mehr sicher. »Das hat er nie getan.«

»Er hat es getan, als du mit Jam zusammen warst.« Sie verschränkt die Arme und mustert mein Gesicht. »Was weißt du noch von dem Tag auf dem Berg mit meinem Sohn?«

»Nichts, wirklich. Es ist nichts passiert«, antworte ich ratlos. »Wir sind gekommen, und ich habe dich getroffen. Das war alles. Mehr war da nicht.« Irgendetwas schwirrt in meinem Hinterkopf herum, und ich blinzle, während ich versuche, es zu packen. Vielleicht war da doch noch mehr.

»Verstehe.« Sie nickt, während sie mich von oben bis unten mustert. »Du hast es abgegeben.«

Ich lasse den Kopf hängen und würde am liebsten in Tränen ausbrechen. »Nicht alles.«

»Was dann? Nur genug, um ihn zu hassen?«, fragt sie scharf, und ich schüttle abwehrend den Kopf.

»Ich hasse ihn nicht.«

»Noch nicht«, sagt sie mir. »Aber verschmähte ...«

»Sag es nicht.« Ich schüttle heftig den Kopf. »Sprich dieses Wort nicht aus.«

»He!« Peter umfasst mich von hinten. »Geht es dir gut?«

»Mir geht es gut«, erwidere ich und flehe Itheelia mit einem Blick an, nichts zu sagen.

Peter nickt ihr kühl zu.

»Hexe.«

»Pan.« Sie lächelt kalt.

Peter dreht mich zu sich um, damit ich ihn ansehen kann. »Mädchen, belästigt sie dich?«

Ich schüttle den Kopf. »Mir geht's gut.«

Peter betrachtet forschend mein Gesicht und wird ernst. Das wird er manchmal und fast ausschließlich bei mir. Er streicht mit dem Daumen eine Träne von der Wange. Ich hatte sie gar nicht bemerkt.

»Bist du sicher?« Er wirft Itheelia einen finsteren Blick zu.

Ich nicke schnell, weil ich Peter möglichst entspannt sehen will.

»Sie ist meine Freundin«, sage ich, obwohl ich mir nicht sicher bin, ob sie das wirklich ist.

»Oh. Na gut«, räumt Peter ein, gleichgültig, aber wenigstens entspannt. »Itheelia.« Er nickt.

Sie erwidert das Nicken. »Peter.«

Er schlingt seinen Arm um meinen Hals und zieht mich von ihr weg. »Lass uns jetzt trotzdem gehen.« Er deutet mit einem Nicken in die andere Richtung. »Da ist ein Berggipfel, den ich dir zeigen möchte.«

Und ich möchte einen Berggipfel gezeigt bekommen. Ich möchte unbedingt von dem abgelenkt werden, woran sie mich erinnern wollte.

Es ist ein kurzer Flug, und nach der Landung ist es eiskalt. Aber das ist es wert, denn es ist wunderschön. Und außerdem habe ich das Gefühl, dass ich Kälte sehr mag. Was ist das für eine seltsame Vorliebe? Ist da etwas Kaltes in diesem Beutel?, frage ich mich, als ein paar Schneeflocken an meinem Ohr knistern, aber ich wische sie weg, weil sie mich von dem ablenken, woran ich mich zu erinnern versuche. Nur, will ich mich überhaupt erinnern, frage ich mich, jetzt, da ich bei Peter bin? Wohin führt mich das Erinnern?

Auf dem höchsten Punkt des Bergs, an den sich die Burg schmiegt, gibt es eine kleine Lichtung, von der aus man einen weiten Blick hat. Peter steht hinter mir, duckt sich und legt dann seinen Kopf auf meine Schulter. Er deutet auf ein fernes Licht. »Siehst du das?«

Ich nicke.

»Das ist unsere Insel.«

Ich drehe den Kopf, um ihn anzusehen, unsere Nasen berühren sich, und mich durchzuckt etwas wie ein Peitschenschlag. Interessant. Eine Art erstickte Sehnsucht nach Jamison, so was wie Erleichterung und zerbrechliche Hoffnung, dass ich Peter trotzdem hier bei mir habe. »Unsere Insel?«

Er lächelt belustigt. »Meine Insel.«

Ich wende den Blick ab, rücke aber nicht von ihm weg. Ein bisschen, weil mir kalt ist, vor allem aber, weil er der Peter ist, wegen dem ich wohl hierhergekommen bin.

Peter schlingt seine Arme von hinten um mich. »Bist du hier glücklich?«

Ich betrachte all das vor mir. »Manchmal.«

»Nur manchmal?« Er klingt verärgert.

Ich schaue ihn nicht an. »Ja.«

Peter dreht mich um. »Ich möchte, dass du hier glücklich wirst.« Seine Augen zucken über mein Gesicht, als ob er nach Hinweisen suchte. »Kann ich was tun, um dich glücklicher zu machen?«

Ich hebe spielerisch die Brauen. »Du könntest ... dich zum Beispiel an meinen Namen erinnern ...«

Er seufzt gereizt. »Ich kenne deinen Namen.«

»Du könntest ...« Meine Stimme versiegt, während mein Blick an seinen Armen hinuntergleitet, mit denen er mich hält. Ich pflücke eine glänzende Schuppe von seiner Haut. »Du könntest aufhören, mit Meerjungfrauen herumzumachen.«

»Ich küsse Meerjungfrauen.« Peter schneidet eine Grimasse. »Ich weiß nicht, was Rummachen ist. Das klingt jedenfalls blöd.«

»Es ist das Gleiche.«

Er tut überlegen. »Das wusste ich.«

»Du könntest vielleicht nicht so merkwürdig reagieren, wenn ich Geburtstag habe.«

»Es ist mir sogar egal, dass du alt geworden bist«, erwidert Peter spöttisch. »Das habe ich gut hingekriegt.« Er wirft mir einen trotzigen Blick zu. »Ich habe es nicht einmal erwähnt. Du siehst auch nicht alt aus. Du siehst einfach gleich aus, und das ist gut so.«

Ich stoße ihn in die Rippen. »Du könntest … mich nicht einem Minotaurus zum Sterben ausliefern.«

Jetzt passiert etwas Seltsames. Peters Gesichtsausdruck verändert sich. Etwas überrollt ihn, das ich noch nie bei ihm gesehen habe. Schuldgefühle? Reue vielleicht? Bedauern, als ob er sich tatsächlich schlecht fühlt wegen dem, was er getan hat. Peters Augen lösen sich von meinen, und er verzieht unbehaglich das Gesicht. »Ich würde dich niemals sterben lassen.«

Ich nicke, weil ich glaube, dass er das glaubt.

»Vielleicht nicht absichtlich.«

Seine Miene verfinstert sich noch mehr. Er leckt sich die Unterlippe. »Du bist mein Liebling, weißt du das?«

Ich neige geduldig den Kopf. »Dein Liebling was, Peter?«

»Mein Lieblingsmädchen.« Er zuckt mit den Schultern. »Überhaupt.«

Das überrascht mich. »Wirklich?«

Er nickt.

»Warum?« Ich bin wirklich neugierig.

»Ich weiß es nicht.« Er schüttelt den Kopf. »Da ist etwas …« Er nimmt meine Hand, legt sie über sein Herz und legt seine Hand auf meine. »Spürst du das? Wie Fäden.« Er sucht meine Augen. »Fäden von mir zu dir?«

Ich nicke. »Das Darling-Mädchen und der Pan.«

»Ja, aber nicht nur.« Er seufzt, als ob ich ihn falsch verstehen würde. »Es ist mehr als das. Es geht um … dich.« Peter zuckt mit den Schultern, als wäre die Sache hoffnungslos. »Du bist viel schöner als die anderen. Und besser, glaube ich. Ich mag dein Gesicht.« Er berührt es mit seinen großen Pranken. »Ich denke die ganze Zeit darüber nach. Manchmal ärgere ich mich auch darüber, weil ich wichtige Dinge tue, wie den Himmel zu malen oder ein Monster zu bekämpfen, und dein Gesicht taucht einfach auf und lenkt mich von dem ab, was ich gerade tue.« Peter sieht aus, als würde ihn das wirklich stören, und er schlägt mit der Hand durch die Luft. »Das ist lästig«, antwortet er auf das Lächeln in meinem Gesicht.

»Tut mir leid.« Ich sage das zwar, meine es aber nicht so.

Er starrt auf meinen Mund. »Und du küsst auch besser als die anderen.«

Ich lasse die Schultern hängen, nehme meine Hand von seiner Brust und öffne stattdessen einen der Knöpfe seines Hemds.

»Küsst du denn viele?« Ich sehe ihm bei der Frage nicht in die Augen. Er hebt mein Kinn mit dem Finger an, sodass ich ihn ansehen kann.

»Wie viele sind viele?«

»Sag du es mir«, gebe ich trotzig zurück.

Peter zuckt wieder mit den Schultern. »Die Meerjungfrauen sind ganz gut, aber normalerweise ist es glitschig und schmeckt irgendwie salzig.«

Ich ziehe eine Grimasse. »Klar.«

»Marin ist aber ganz gut darin«, fährt er fort. »Sie ist die beste von ihnen. Und Calla ist eigentlich auch gut.«

Ich werfe ihm einen langen Blick zu. »Das macht mich nicht gerade glücklich, Peter.«

Er mustert mich finster. »Warum nicht?«

»Darum.« Ich wende mich ab, entrüstet, dass ich es ihm erklären soll. Er stellt sich mir in den Weg.

»Darum warum?«

Ich verschränke die Arme vor der Brust. »Würde es dir gefallen, wenn ich über andere Leute reden würde, die ich geküsst habe?«

Da packt er mich, eine Hand an jedem meiner Arme, und umklammert mich ganz fest. Es tut mir ein wenig weh, aber ich weiß, dass er das nicht mit Absicht tut. Er lässt sich einfach von seiner momentanen Stimmung mitreißen. Er schüttelt mich zweimal. »Wen küsst du?«, schreit er.

»Niemanden.« Ich bin dankbar, dass ich es sagen kann und es die Wahrheit ist. Ich bin dankbar, dass Jamison es nie getan hat, denn ich mache mir Sorgen, was Peter tun würde, wenn er es getan hätte.

»Wer?« Er schreit immer noch. »Ich bringe sie um. Gib mir ihre Namen.«

Ich sehe ihn an und rede mir ein, dass ich keine Angst habe, aber meine Stimme klingt eingeschüchtert.

»Niemand, Peter.«

Dann umarmt er mich.

Es ist eine seltsame Umarmung – fast verzweifelt. Er umarmt mich mit seinem ganzen Körper, so fest er nur kann.

»Ich würde sie umbringen«, verkündet er.

»Okay.« Ich nicke.

»Ich werde dich nicht teilen, Daph«, erklärt er entschieden.

»Okay.« Ich halte inne. »Dann würde ich es vorziehen, dich auch nicht teilen zu müssen.«

Das verwirrt Peter. »Mit wem?«

»Mit allen.« Ich werfe ihm einen komischen Blick zu. »Nicht mit Marin, nicht mit Calla ...«

Peter lacht. »Du brauchst dir keine Sorgen wegen der Meerjungfrauen zu machen.«

»Und Calla?«

Die Frage scheint ihm lästig zu sein, denn er schüttelt sie ab. »Oder wegen Calla.«

»Muss ich nicht?« Ich blinzle. »Sie ergreift jede sich bietende Gelegenheit, um bei dir zu sein.«

Peter schnauft amüsiert. »Ja, aber das tun alle.«

»Peter.« Ich verschränke die Arme. »Sie mag dich sehr gern. Vielleicht sogar mehr als das.«

Seine Miene wird nachdenklich. »Sie mag mich mehr als nur das?«

Ich nicke.

»Dieses *mehr* wie auf dem Seerosenblatt?«

Ich kratze mich an der Wange, bevor ich die Arme wieder verschränke. »Ganz sicher, falls du das wolltest.«

»Oh.« Er denkt ein paar Sekunden angestrengt nach, dann ist der Gedanke davongeflogen. »Wenn sie dich eifersüchtig macht, werde ich mich nicht mehr mit ihr treffen.«

Das überrascht mich.

»Wirklich?«

Peter nickt. »Ja.«

»Versprichst du es?«, frage ich zögernd.

Er verbeugt sich übertrieben förmlich. »Bei meiner Ehre.«

Ich mustere ihn ein paar Sekunden und nicke dann. »Danke.«

»Daphne, Mädchen.« Peter schlingt seinen Arm wieder um meinen Hals. »Von allen Dingen, die ich besitze, bist du mir das liebste.«

KAPITEL 18

Ich stehe vor der Hütte, wie jeden Tag in der letzten Woche. Eigentlich seit mehreren Wochen. Ich mache das schon eine ganze Weile. Angefangen habe ich damit vor dem Ball, und der Ball war vor fünfzehn Kerben, die unter der Tischplatte, meine ich.

Und ich sollte mich nicht so verhalten. Ich sollte dieses verdammte Joch von meinem Hals lösen und es endgültig ablegen, aber ich tue es nicht.

Ich schwinge die Arme hin und her, während ich auf und ab gehe, und versuche, mich selbst davon zu überzeugen, dass es richtig ist, das zu tun.

»Du wirst noch ein Loch in diese Wolke brennen!«, ruft John mir zu, während er seine Angel einholt.

Ich sehe zu ihm. Meine Augen sind weit aufgerissen und auf eine Art wild, wie es wohl nur vorkommt, wenn ich mich von Jamison ungeheuer erdrückt fühle.

Ich stemme meine Hände in die Hüften und seufze. »Siehst du es?«, rufe ich ihm zu. Er ist ziemlich weit weg. Vielleicht sieben Meter oder so. »Was an meinem Hals hängt?«

Der Mann starrt ungerührt auf das Wolkenmeer. »Es steht mir nicht zu, darüber zu urteilen.«

Ich nähere mich ihm. »Ich will nicht wissen, ob du mich verurteilst. Ich frage dich, ob du es sehen kannst.«

Er dreht mir den Kopf zu, und seine Augen bleiben am Joch hängen – also ja, er sieht es. Dann schaut er wieder weg und wirft eine weitere Schnur aus.

»Ich habe niemanden!« Ich klinge eindringlich und stehe plötzlich direkt neben ihm, ob er es will oder nicht. »Ich habe niemanden, mit dem ich darüber reden kann, außer einer hitzköpfigen Fee, deren Meinung extrem schräg ist.«

Er zuckt mit den Schultern und tippt an seinen Fischerhut, den er immer trägt. »Vielleicht ist sie das aus einem bestimmten Grund?«

»Mag sein! Ich weiß es nicht.« Ich zucke heftig mit den Schultern.

Ich glaube, es gibt einen Grund, und ich habe früher wohl auch darüber nachgedacht. Wahrscheinlich habe ich es einfach verdrängt, richtig?

Ich betrachte den süßen alten Mann, dessen Augen mir ebenso vertraut sind, wie mir ihr Ausdruck leidtut. Ich lasse mich neben ihm auf die Wolke plumpsen, schlage die Beine übereinander und stütze den Kopf in die Hände.

»Ich weiß es nicht! Aber ich explodiere noch innerlich.« Ich hebe den Kopf. »Ich muss es also wissen! Siehst du es?«

Sein Gesicht wird weicher. »Ja.« Er nickt sanft. »Ich sehe es.«

Ich nicke und wische mir eine verräterische Träne aus dem Auge.

»Und weißt du, was es ist?«

»Ich glaube schon, ja.«

»Ich weiß nicht, was ich tun soll!« Es bricht wie ein gedämpfter Schrei aus mir heraus. Er berührt sacht meine Schulter, und ich atme bebend ein.

»Weil ich ... ich glaube, ich ...« Meine Stimme stockt, und ich sehe zu ihm hinüber. Meine Augen werden feucht, so wie bei meinen Gedanken an Jem. Ich schlucke schwer und versuche, es zu verdrängen. »Du weißt schon.« Ich zucke hoffnungslos mit den Schultern. »Und ich bin nicht hergekommen, um ... nun, ich bin nicht hergekommen, um ...«

Ich frage mich, wie viele Möglichkeiten es gibt, jemandem nicht zu sagen, dass man ihn liebt?

Ich schniefe und putze mir mit dem Saum des Kleids, das er mir gekauft hat, die Nase. Ich schaue wieder zu John.

»Ich bin wegen Peter gekommen. Glaube ich.« Ich runzle die Stirn. »Stimmt's?« Ich hefte meinen Blick an ihn, schüttle den Kopf wie ein Kaleidoskop, als würde mir die Bewegung meines Gehirns helfen, etwas zu erkennen. Dann presse ich meine Handballen auf die Schläfen und blinzle ins Leere. »Es ist jetzt so verschwommen, aber warum hätte ich sonst herkommen sollen?«

Er nickt und holt seine Leine wieder ein. »Klingt irgendwie logisch.«

»Und es ist Peter.« Ich werfe ihm einen ratlosen Blick zu. »Er ist meine Bestimmung, nicht wahr? Er ist mein Schicksal. Der, dem ich bestimmt bin ...« Ich seufze und trommle ein paar Sekunden lang mit den Fingern auf meinen Lippen, um den Mut aufzubringen, es zu sagen. »Den ich lieben soll.«

John zieht die Leine aus einer Wolke und blickt finster auf den schimmernden Stern, den er gefangen hat. Er löst den Haken und wirft den Stern zurück in die Wolke, sichtlich verärgert. »Das war nur ein winziges Sternchen.«

Ich sehe zu, wie es davonschimmert, und warte, dass John etwas sagt.

Er hält den Blick auf die Wolken gerichtet und beobachtet, wie ein Komet vorbeisegelt. Dann rückt er seinen Hut zurecht, bevor er zu mir herunterschaut. »In gewisser Weise ist er euer aller Schicksal. Ihr seid alle seinetwegen hier.« Er zuckt mit den Schultern. »Allerdings ist keiner von denen, die vor dir hier waren, bei ihm geblieben. Das sollte schon etwas bedeuten.«

»Wie sollten sie auch?« Ich werfe ihm einen finsteren Blick zu. »Sie waren doch noch Kinder.«

Er hebt eine Augenbraue. »Und du bist ...?«

»Ich bin eine Frau«, gebe ich beleidigt zurück.

»Natürlich.« Er nickt. »Ich bitte um Entschuldigung.«

Ich starre auf meine Hände. »Jamison will mich nicht.«

John mustert mich skeptisch. »Bist du dir da sicher?«

»Ziemlich.«

»Wirklich?« Er verzieht das Gesicht. »Ziemlich?«

Ich stehe entschlossen auf und klopfe die Wolkenreste von meinem Kleid. »Ich sollte es einfach ablegen«, erkläre ich und gehe zurück zur Hütte.

»Das funktioniert nicht so, wie du vielleicht denkst!«, ruft er mir zu, und ich halte inne. »Wen wir lieben, wie wir sie lieben – das formt uns.«

Ich verschränke die Arme. »Ich weiß jedenfalls nicht mehr, welche Form ich habe.«

Er wirft mir einen Blick zu, als hielte er mich für dumm. »Du bist gut in Form.«

»Hast du nicht vielleicht irgendwelche uralten Weisheiten für mich?«

Er mustert mich. »Für wie alt hältst du mich?«

»Sag mir einfach, was ich tun soll«, flehe ich ihn an.

Er seufzt und kratzt sich am Kinn. »Beide machen dich glücklich. Beide ...« Er wirft mir einen wissenden Blick zu. »Beide machen dich traurig. Bei beiden fühlst du dich frei, aber auf unterschiedliche Weise. Beide tun dir weh, aber ...« Er verzieht erneut das Gesicht. »Es sind auch unterschiedliche Schmerzen.« Er atmet durch die Nase aus und blickt in den sich verdunkelnden Himmel.

Ich glaube, ich bin schon seit Stunden hier oben.

Peter und ich wollten heute Morgen nach Perlen tauchen, aber dann kam ein Orkan auf, und Peter wollte darin spielen. Ich habe gesagt, dass ich sowieso hierher gehen muss, und er hatte keine Einwände. Ich bin in letzter Zeit so oft hier hochgegangen, dass er mir eine eigene Wolke besorgt hat, die mich auf sein Geheiß hin hinauf- und hinunterträgt. Die Hütte kannst du auch über den Berg und eine Menge Treppen erreichen, aber vom Baum aus ist das etwa ein Tagesmarsch.

»Einer von ihnen schenkt dir Frieden«, fährt er fort. »Manchmal«, fügt er einschränkend hinzu. Dann kneift er die Augen zusammen. »Bei dem anderen spürst du auch Frieden, aber er ist nicht real. Es ist nur eine Taubheit.«

Ich weiß, welchen der beiden er jeweils meint, aber ich weiß nicht, ob das wichtig ist, weil ...

»Aber nur einer von beiden will mich.«

»Das sagst du.« Der alte Mann seufzt.

»Das sagt er!«, widerspreche ich entrüstet.

Was er dann tut, bringt mich ein wenig aus der Fassung. Er zuckt mit den Schultern. »Wenn du ihm glaubst, hast du deine Antwort.«

Ich starre ihn finster an, zugegebenermaßen unglücklich über die Schlussfolgerung, aber zu stolz, um ihm den Grund zu verraten.

»Das habe ich wohl.« Ich hebe eine Braue. »Also schön.« Ich zucke mit den Schultern und mache auf dem Absatz kehrt. »Ich nehme jetzt dieses schwerfällige, antiquierte Ding einfach ab und ...«

»Nein!« Er humpelt hinter mir her, und ich bleibe stehen.

Es ist ziemlich unhöflich, eine alte Person dazu zu zwingen, hinter einem herzuhumpeln, findet ihr nicht? Ich glaube, meine Großmütter wären deswegen böse auf mich.

»Nein?« Ich drehe mich fragend herum.

Der alte Mann schüttelt den Kopf. »Geht nicht.«

»Geht nicht?«, wiederhole ich empört.

Er zuckt mit den Schultern. »Ich habe geschlossen.«

Das mag ich ihm nicht glauben. »Seit wann?«, frage ich zweifelnd.

Wieder zuckt er mit den Schultern. »Seit gerade eben.«

Meine Augen werden zu schmalen Schlitzen.

»Bis wann?«

Er denkt kurz darüber nach. »Bis morgen.«

»Und warum hast du plötzlich geschlossen?«, frage ich ihn und klopfe ungeduldig mit dem Fuß auf die Erde. Aber die Geste verfehlt ihre Wirkung in den Kumuluswolken. Die sehr flauschig sind. Zu flauschig für gereizte Füße.

Er mustert mich. »Ein Notfall in der Familie.«

Und ich bin kurz davor, eine Tirade über Unprofessionalität, über Lügen und darüber, dass er keine Familie hat, weil er ein Mann auf einer Wolke ist, loszulassen, als mir ein Gedanke durch den Kopf schießt und ich ihn aufmerksam mustere.

Diese unglaublich blauen Augen. Ziemlich ähnlich wie ...

»Meine Großmutter hatte einen Bruder«, sage ich.

Er sieht mich einige Sekunden an, bevor er nickt. »Ja, hatte sie.«

»Sein Name war Johannes.«

Er nickt wieder. »Ja, war er.«

Ich trete einen Schritt näher. »Seit dem Zweiten Weltkrieg hat ihn niemand mehr gesehen.«

Sein Gesicht wird ziemlich ernst. »Nein, hat man nicht.«

Ich bleibe stehen. »Sie behaupten, er sei irgendwo über dem Indischen Ozean verschwunden.«

Sein Gesicht flackert. »Irgendwo dort, ja.«

»Was ist passiert?« Meine Stimme bleibt ganz ruhig.

Er tippt mir spielerisch mit der Hand aufs Kinn. »Das ist eine Geschichte für einen anderen Tag.«

Ich schniefe und bin wieder mal empört. »Ich komme morgen früh wieder.«

»Also gut.« Er seufzt und setzt sich wieder auf seinen Stuhl. »Bring mir eine Tasse Tee mit, ja?«

Ich verdrehe die Augen, freue mich aber insgeheim über diese Bitte. »Was für einen?«

Die Frage scheint ihn zu beleidigen. »English Breakfast.« Dann wirft er eine weitere Leine. »Welchen Tee?«, murmelt er leise. »Welcher Tee kommt denn da wohl sonst in Frage? Diese Briten ... So frech ...«

Ich besteige meine Wolke nach Hause. Ich liebe meine kleine Wolke. Von all den Dingen, die Peter mir geschenkt hat – und das waren einige, zum Beispiel Juwelen, eine Krone, das Wasseratemding, eine Karte, ein Vogelbaby, das wir auf meine hartnäckige Forderung hin seiner Mutter zurückgegeben haben –, ist die Wolke im Großen und Ganzen mein Lieblingsstück. Abgesehen vielleicht von dem Vogel.

Neverland ist vom Himmel aus so schön anzusehen, vor allem in der Abend- und Morgendämmerung. Wenn alle Feuer angezündet sind, die Lampen angehen und der Feenstaub zu glitzern beginnt, sieht die ganze Insel aus wie ein Weihnachtsbaum.

Die Wolke setzt mich auf dem Netzbalkon im obersten Stockwerk des Baumhauses ab, wo Peter und ich schlafen.

Die Jungs sind nicht zu Hause. Das ist das Erste, was mir auffällt. Es ist ruhig. Hier ist es nie ruhig.

Ich frage mich, wo sie stecken. Sie wissen genau, wie wichtig mir ist, dass sie bei Dunkelheit zu Hause sind. Ich schaue mich um, aber ich finde sie nicht.

Nichts, und dann ...

Höre ich ein Stöhnen.

Höre ich das wirklich? Habe ich das gehört, oder bilde ich es mir nur ein?

Ich gehe einen Schritt tiefer in das Baumhaus.

Dann höre ich es wieder. Unverkennbar und ganz in der Nähe, ein tiefes Stöhnen.

»Peter?«, rufe ich nervös. Ich mache mir sofort Sorgen, dass etwas passiert ist, dass jemand verletzt ist oder vielleicht Schlimmeres.

Vielleicht hat jemand – ich will keine Namen nennen – jemand Kleineres aus Versehen jemanden verletzt, und ich schimpfe in Gedanken mit mir selbst, weil ich mich das frage, und ich sage mir, dass es falsch ist, dass es nicht wahr sein kann. Er liebt sie. Er würde nie ...

Dann taucht unter einer Decke der Kopf von Calla auf, kurz darauf auch der von Peter.

»Oh«, sage ich, während ich sie anstarre.

Sie hockt rittlings auf ihm, nackt. Nackt? Jedenfalls, soweit ich es sehe. Seine Hände sind auf ihr – so richtig auf ihr, ihr wisst schon. Er nimmt sie nicht weg, während er zu mir schaut.

»Daphne!« Er scheint überrascht zu sein, aber offenbar verärgert ihn diese Unterbrechung nicht sonderlich. Er lächelt mich strahlend an.

Und ich? Ich erwidere den Blick starr und ungläubig. »Was machst du da?«

Er steht auf und klettert aus dem Bett, das wir teilen. Sein Bett, nicht unseres. Er ist da immer sehr genau.

Er ist, falls ihr euch wundern solltet, vollkommen nackt.

Ich habe ihn noch nie ganz nackt gesehen. Teilweise nackt, natürlich, der Junge verbringt sein ganzes Leben halb nackt. Aber hier steht er vor mir, splitternackt, und mir ist seltsam schwindelig.

»Wir haben herausgefunden, was das *mehr* ist!«, sagt er mit einem trägen Lächeln.

Mir wird definitiv gleich übel.

Ich sehe ihn nur an. Mehr schaffe ich nicht.

»Es ist so gut«, sagt er und streckt seine Arme in die Luft, bevor er mir die Hand reicht. »Komm, setz dich zu uns.«

Calla hebt mürrisch den Kopf. »Nein, Peter!«

Peter wirft ihr einen Blick zu, als ob sie dumm wäre. »Sie darf auch mitspielen.«

»Bist du verrückt?« Ich fasse es nicht. Ich fühle mich wie in einem Traum. »Du hast gesagt, du würdest sie nicht wiedersehen.«

Pan sieht zu Calla, verdreht die Augen und verzieht das Gesicht. »Das würde ich so nicht sagen.«

»Du hast es gesagt!«, schreie ich ihn an. »Vor dreizehn Tagen hast du das gesagt.«

Seine Miene verfinstert sich. »Woher weißt du das mit den Tagen?«

Ich ignoriere diese unpassende Frage und antworte stattdessen mit einer anderen. »Was machst du mit ihr?«

»Na das.« Peter zuckt mit den Schultern und nickt dann zum Bett. »Es wird dir gefallen. Komm! Leg dich hier zu mir.«

»Nein!«, schreie ich und schüttle den Kopf.

»Warum regst du dich so auf?« Peter runzelt kurz die Stirn, bevor er sonderbar lacht. »Dein Gesicht wird ganz komisch, wenn du traurig bist.«

»Ich bin nicht traurig.« Ich blicke zu ihm rüber. »Ich bin angewidert.«

Das prallt an Peter ab. Er setzt sich auf den Rand des Nests. »Vielleicht wärst du das nicht, wenn du es einfach mit mir gemacht hättest, als ich es dir gesagt habe.«

Ich lege meine Hand auf meine Wange und nicke reflexiv, während ich überlege, was ich jetzt tun soll. Ich sehe ihn an. »Wie lange machst du das schon?«

Er kratzt sich am Nacken. »Die Meerjungfrauen haben es mir auf dem Ball gezeigt«, antwortet er gelassen, »also einfach die ganze Zeit seitdem.«

Ich presse die Lippen zusammen und lasse das Bild von Peter, wie er das mit Calla und den Meerjungfrauen in jeder freien Minute ohne mich treibt, in jede gute Erinnerung und jedes gute Gefühl sickern, die er mir seitdem bereitet hat.

»Steh auf!«, befehle ich ihm, und wisst ihr, was er tut? Er lacht.

Calla lacht auch.

Mein Hals wird heiß, und meine Augen fangen an zu brennen, aber ich beiße die Zähne zusammen und starre ihn wütend an.

»Jetzt, Peter.«

»Du hast mir nichts zu befehlen«, spottet er.

»Steh sofort auf!«, verlange ich.

Er steht auf, schwebt auf die andere Seite des Raums und beäugt mich wie ein Tier, das er gleich fangen will.

»So redest du nicht mit mir!« Er schüttelt den Kopf, hoch über mir schwebend. »Ich bin der König dieser Wälder.«

Ich packe sein Handgelenk und reiße ihn zu Boden. »Und ich bin seine Königin, und du behandelst mich wie ein Stück Dreck!«

»Ach ja?« Er durchbohrt mich mit seinem Blick. »Du bist eine schlechte Königin, deshalb bist du gefeuert.«

»Gut.« Ich drehe mich auf dem Absatz um und renne durch den Raum, um alles, was mir gehört, mitzunehmen.

Das ist nicht viel, wirklich. Ich habe nicht viele Habseligkeiten hier.

Meine Kleider, meine Schuhe, den Dolch, den ich sowieso immer in meinem Stiefel habe.

Das Buch von Hook.

Ich finde eine Decke und werfe alles hinein, wobei ich zu Peter hinüberschaue. »Und, welche von ihnen ist es dann?«, rufe ich.

Peter wirft mir einen desinteressierten Blick zu. »Wendy, ich weiß nicht einmal, wovon du redest.«

Er sieht Calla an, die lacht und wortlos die Arme ausstreckt, um Peter zu sich einzuladen.

Er schluckt schwer, dann sieht er wieder zu mir.

»Und?« Ich blinzle.

Er runzelt die Stirn. »Und was?«

»Bist du ein Lügner oder ein Betrüger?«

Peter rollt mit den Augen. »Wovon redest du?«

Calla lacht wieder, und ich finde sie wirklich unerträglich. Sie ist ziemlich schrecklich.

»Du sagtest, ich sei dein Liebling. Du hast gesagt, ich sei die Schönste. Du hast gesagt, du würdest sie nicht mehr sehen, wenn ich mich damit unwohl fühle. Du hast mich deine Freundin genannt und gesagt, wir hätten eine Beziehung. Also, warst du damals ein Lügner, oder bist du jetzt ein Betrüger?«

Peter strafft die Schultern, und seine Augen verdunkeln sich vor Trotz.

»Ich mag deine Fragen nicht«, sagt er. Er steht jetzt mit beiden Füßen auf dem Boden, überragt mich aber trotzdem. »Das ist mein Baum, in meinem Wald, auf meiner Insel. Und du bist hier zu meinem Vergnügen.«

»Ach, na klar!« Ich verdrehe die Augen. »Es geht heute Abend nur um dein Vergnügen.«

»Yepp.« Er nickt. »Und das wird auch immer so bleiben.«

Ich verknote die Ecken der Decke und mache einen kleinen Sack daraus, den ich auf die Schulter hebe, während ich ihn böse ansehe. »Weißt du, sie hatten recht, was dich angeht.«

Peter kneift die Augen zusammen. »Was ist mit mir?«

»Ach, du weißt schon.« Ich zucke mit den Schultern, um ihn zu ködern. »Damit, wie sie dich nennen.«

Seine Augen verdunkeln sich, ebenso wie der Himmel hinter ihm.

»Wie nennt man mich, Mädchen?«, knurrt er, und es donnert, aber ich zucke keine Sekunde lang zurück.

»Sie nennen dich ungenügend.«

Sein Gesicht verzieht sich säuerlich, und die kleinen Muskeln um seinen Mund fangen an zu zucken.

»Wie sollte ich ungenügend sein?« Sein drohendes Flüstern hätte mich an meinen schwächeren Tagen erschreckt.

Ich schaue ihm in die Augen und verpasse ihm den Schlag, den Hook mir immer wieder verpasst hat. »Du bist eben nur ein Junge.«

Peter gibt einen Laut von sich, der wie ein Bellen klingt, und entreißt mir meinen behelfsmäßigen Rucksack.

»Was willst du denn noch von mir?«, fragt er, und draußen beginnt es zu regnen.

»Eigentlich nichts.« Ich meine es ganz und gar ernst. »Ich will gar nichts von dir.« Ich reiße ihm meine Sachen wieder aus der Hand. »Wir sind fertig.«

Peter schüttelt den Kopf. »Wir sind erst fertig, wenn ich es sage.«

Ich sehe verächtlich weg und wende mich zum Gehen.

»Lauf ja nicht vor mir weg!«, schreit er mir nach. Es donnert.

Ich ignoriere ihn, beschleunige mein Tempo und gehe zur Tür.

Er fliegt hinter mir her und packt meinen Sack. »Ich sagte, du sollst nicht weglaufen!«, schreit er. »Daphne! Ich bin noch nicht fertig mit dir.« Er lässt meine Sachen fallen, packt mich stattdessen am Handgelenk und zieht mich wieder zu sich.

Ich stoße ihn von mir, aber er hält mich fest.

»Du gehörst mir.« Seine Blicke sind wie Dolche, und er stößt mich gegen die Wand hinter mir.

»Lass mich los!« Ich winde mich und versuche, ihn wegzuschubsen.

Er drückt mich fester an die Wand, und ich spüre, wie seine Hand über meinen Körper fährt, wie sie sich mit jedem Stoß näher und näher an meine Kehle schiebt.

Er schubst mich erneut. »Du bleibst hier, bis ich mit dir fertig bin.«

Ich greife mit meiner freien Hand in meinen Stiefel. Es ist schwierig. Ich schaffe es kaum, so fest hält Peter mich in seinem Griff, aber dann spüre ich ihn an der Fingerspitze, greife fester zu, ziehe ihn heraus und halte ihn ihm mit zitternder Hand ins Gesicht.

»Nein, das werde ich nicht!«, brülle ich, und die ganze Insel scheint für eine Sekunde zu erstarren, bevor der ganze Himmel mit einem Blitz und dem lautesten Donner, den ich je in meinem Leben gehört habe, aufleuchtet.

Peters verzieht das Gesicht zu einer merkwürdigen Miene. Als ob ich ihn verraten würde.

Calla sitzt wie erstarrt auf dem Bett. Sie hat sich mittlerweile in eine Decke eingewickelt.

Endlich sieht sie nicht mehr so schmeichlerisch aus. Jetzt wirkt sie ängstlich.

»Geh!« Peter nickt zur Tür. »Sofort.«

Ich wende mich von ihm ab. »Mit Vergnügen.«

»Und komm nicht wieder.« Er spuckt die Worte aus. Er spuckt wirklich. »Du bist verbannt.«

»Gut.« Ich nicke und wische mir mein nasses Gesicht ab. Es scheint irgendwie undicht zu sein.

»Gut.« Er nickt kaltschnäuzig zurück. »Geh zurück nach England.«

»Ich kann es kaum erwarten.« Ich bedenke ihn mit einem bösen Blick.

»Viel Glück, wenn du ohne mich nach Hause kommen willst, du dummes Mädchen«, höhnt er.

»Oh, ich schaffe das schon.« Ich nicke kühl, obwohl ich innerlich völlig aufgewühlt bin. »Alles andere hier habe ich ja auch ohne dich geschafft.«

Er mustert mich, als wäre ich jetzt etwas Verhasstes. »Du bist nicht so schlau, wie du glaubst.«

»Doch, bin ich.« Ich blicke trotzig zurück. »Und sobald ich nach Hause komme, nagele ich das Fenster zu.«

KAPITEL 19

Ich habe nichts mitgenommen. Nur das, was ich am Leib trage, und den Dolch. Ich ging so ruhig wie möglich zur Tür, weil ich nicht wollte, dass er meine Angst bemerkte. Kaum war ich sicher außerhalb seiner Sichtweite, rannte ich los.

Geradewegs zum Anlegesteg, wo die Wellen wie Tsunamis gegen das Dock schlugen. Ich sprang in das kleine Fischerboot und begann zu paddeln.

Das war in so einem Sturm verrückt, so als würde man versuchen, in einem Tornado eine Seifenblase zu pusten.

Ich hatte eigentlich erwartet, dass die Wellen mich aufhalten würden – empört darüber, dass ich ihn verließ – und mich zurück zum Ufer vor dem Baumhaus trieben. Aber sie schiebt mich an, diese große unsichtbare Strömung. Das Wasser fließt in eine andere Richtung als der Wind, und das ist doch wohl eindeutig, oder? Er stößt mich buchstäblich von sich, über einen Ozean. Ich glaube, jetzt bin ich wirklich frei. Doch wenn ich jetzt frei bin, was war ich dann vorher? Diese Frage tut sich in meinem Kopf auf wie ein Abgrund, und ich werde für den Rest meines Lebens einen Bogen darum machen.

Ich glaube, Peter peitscht den Sturm an, damit ich sterbe.

Schließlich werde ich ans Ufer gespült. Der Ozean schleudert mich förmlich aus dem Kahn. Ich plumpse auf den nassen Sand wie eine Leiche in einem Totensack. Und noch bevor ich wirklich ganz aus dem Wasser heraus bin, reißt die Strömung den Kahn wieder vom Strand weg.

Ich beobachte, wie das kleine Boot sich durch die Wellen kämpft, als es dorthin zurückschwimmt, wo es mich weggebracht hat. Einen Moment bin ich zutiefst dankbar dafür, bevor ich mich frage, wie ich wohl wieder dahin zurückgelange, wo ich wirklich herkomme. Oder, was vielleicht noch vordringlicher ist, wo ich in der Zwischenzeit bleiben soll.

Zu Rye kann ich nicht gehen, weil ich Calla nicht sehen will. Ich weiß nicht, wie ich Rune finden soll. Rune findet mich.

Auf keinen Fall kann ich bei diesem Wetter den Neverpeak besteigen. Vielleicht könnte ich morgen früh, falls der Sturm nachlässt, zu Itheelia oder zu John gelangen.

Aber mir ist klar, dass ich mir selbst etwas vormache. Ich drücke mich davor, zuzugeben, was ich längst weiß. Es gibt einen Grund, warum ich, ohne zu überlegen, zum Hafen gerannt bin.

Es gibt auf dieser blöden Insel nur eine Person, der ich vertraue, von der ich glaube, dass sie mir hilft. Ich will ihn nicht sehen, und doch sehne ich mich immer danach.

Er ist nicht zu Hause, als ich dort ankomme.

Ich bin unangemessen wütend darüber,[*] als ob er wissen müsste, dass ich komme. Wären wir füreinander bestimmt, würde er es auch wissen. Diese Lüge rede ich mir ein, um in diesem Moment, der sonst furchtbar kalt und demütigend wäre, meine Empörung und meinen Stolz zu behalten.

Ich ziehe meine Beine an die Brust und lehne mich an seine Tür. Über mir ist ein Vordach, aber irgendwie prasselt der Regen mir immer noch ins Gesicht. Ich nehme das als persönliche Beleidigung, und das ist es wahrscheinlich auch.

Ich kämpfe nicht nur gegen Peter, sondern gegen die ganze Insel, scheint es.

Ich warte lange. Das fühlt sich auch ziemlich persönlich an. Zumindest aber fühlt es sich lange an. Ich zittere nur in dieser schrecklichen Kälte, weil Jamison beschlossen hat, nicht zu Hause zu sein, wenn ich ihn brauche.

Aber es ist besser, als wenn er mit einer anderen zu Hause wäre, sage ich mir.

Wesentlich schlimmer wäre es allerdings, wenn er jetzt mit einer anderen Frau nach Hause käme.[†] Und warum sollte er das nicht tun?

Das könnte er durchaus. Wir sind ja nicht zusammen. Waren wir noch nie. Er hat alles Recht der Welt, mit anderen Frauen nach Hause zu kommen.

Und wahrscheinlich wird er genau das tun.

Mir wird wieder flau im Magen.

---

[*] Dieser verfluchte Schwanz.

[†] Oder genauer, einfach nur einer Frau, denn, wie wir ja wissen, bin ich für ihn keine.

Peter mit Calla zu sehen, war, als würde ich über eine Realität stolpern, die ich nicht hatte sehen wollen. Aber mitzubekommen, wie Jamison jemand anderen mit sich nach Hause bringt, könnte mich über den Rand einer Klippe stoßen. Und wenn ich dieses Mal falle, wird mich niemand auffangen.

Es gibt keinen goldblonden Jungen, der meinen Sturz abfängt, keine riesigen Pranken, die meine Tränen wegwischen, niemanden, der mich ablenkt, indem er Blumen etwas zuflüstert und sie zum Erröten bringt.

Sollte Hook mit einem Mädchen am Arm und einer Hand in ihrem Kleid auftauchen, bin ich gezwungen, mir selbst den Grund dafür einzugestehen, warum ich am Boden zerstört bin. Und zwar deshalb, weil ich Gefühle für ihn hege, die so groß und so bedeutend sind, dass ich sie unmöglich verleugnen kann, ohne auch einen großen Teil von mir selbst zu verleugnen. Also werde ich von ihnen erdrückt.

Oder ich muss gehen.

Ich wähle die zweite Möglichkeit.

Ich überlege mir einen anderen Weg, nach Hause zu gelangen. Oder ich komme morgen früh wieder. Ich suche Orson und bitte ihn, sich zu vergewissern, dass die Luft rein ist. Dann werde ich Jamison bitten, mir einen Weg nach Hause zu suchen. Genauso mache ich es, sage ich mir, stehe auf und will meine Sachen nehmen. Dann merke ich, dass ich ja gar keine Sachen bei mir habe. Ich bin genervt von mir selbst und frage mich, ob es gefährlich wäre, bei diesem Wetter unter dem Anleger am Hafen zu schlafen, oder wo ich sonst diesen schrecklichen Sturm abwarten könnte.

Ich will losgehen und …

»Daphne?«

Hook steht im Regen und mustert mich verblüfft. Ich erkenne seine gerunzelte Stirn kaum, wegen des Monsuns und des dämmrigen Lichts, aber ich spüre, dass er es tut – dass er die Stirn runzelt.

»Was machst du denn hier?«

»Ich wusste nicht, wohin ich sonst gehen sollte.« Ich kann ihm nicht mal in die Augen sehen, so peinlich ist mir das. »Ich muss wieder nach Hause gehen.«

»Klar.« Er macht einen Schritt auf mich zu. »Wir können aber nich' übersetzen, solange der Sturm tost, aber sobald er ...«

»Nein.« Ich schüttle den Kopf. »Ich muss zurück nach England.«

Er mustert mich ein paar Sekunden nachdenklich, dann nickt er in Richtung seiner Kajüte. »Komm rein.«

»Nein, ich will nach Hause«, widerspreche ich. Meine Stimme klingt brüchig. Das liegt daran, dass er hier ist, seine Präsenz macht mich einfach fertig.

»Daph, hier draußen is' es verdammt ungemütlich. Komm einfach rein«, wiederholt er und schiebt mich hinein. Er schließt die Tür hinter uns, dann dreht er sich zu mir um. Mir fällt sofort auf, dass er nicht auf Abstand zu mir geht. »Also, was is' los?«

»Habe ich dir doch schon gesagt.« Ich verschränke die Arme. »Ich muss nach Hause.«

Jamison schüttelt den Kopf. Das reicht ihm offenbar nicht. »Daphne, was is' passiert?« Er ist unnachgiebig.

Ich seufze. »Ich wurde verbannt.«

»Was?« Er klingt ungläubig. »Weshalb?«

Ich seufze. »Weil er es so will.«

Hook legt den Kopf auf die Seite, als er mich mustert. »Warum will er's?«

Ich atme frustriert aus. »Er hat sexuelle Gefälligkeiten mit ...« Ich verstumme, und Jamison hebt die Brauen. Ich sehe ihn gereizt an. »Mit deinem Lieblingsmädchen ausgetauscht.«

Das verwirrt ihn. »Mit dir?«

Ich verdrehe die Augen. »Mit Calla!«

»Hölle.« Er verzieht mitfühlend das Gesicht. »Bockmist. Tut mir leid.«

Ich schlinge fest die Arme um mich, weil mir kalt ist.

»Ja«, nuschle ich in den Raum, dann traue ich mich, ihn anzusehen. »Ist schon okay.«

Seine Brauen zucken. »Is' es das?«

Ich nicke. »Es hätte mich vielleicht niederschmettern sollen, aber es hat mich nur aufgebracht.«

Er schweigt eine Weile und sieht mich nur an.

»Warum?«, fragt er schließlich.

»Ich weiß nicht.« Ich zucke mit den Schultern. »Ich bin beleidigt oder so, weil er all diese Regeln und Erwartungen aufstellt und selbst ein Heuchler und Lügner ist und …«

»Aber du bist nich' traurig?« Jamison schaut mir in die Augen.

Ich spüre, wie es passiert, als sein Blick auf mir ruht. Die Runzeln auf meiner Stirn, der finstere Ausdruck auf meinem Gesicht, der da ist, seit ich Peter mit Calla gesehen habe, beginnen zu schmelzen, und mein Gesicht erblüht, nur weil er mich betrachtet.

»Nein«, erwidere ich leise. »Ich bin nicht traurig.«

Er nimmt den Blick nicht von mir, sondern nickt, bevor er meine zitternden Hände bemerkt.

Und mein ganzes zitterndes Ich.

»Oh, Hölle!« Er kommt auf mich zu. »Du musst vollkommen durchnässt sein.« Mit zwei Schritten ist er bei mir und öffnet den Verschluss des Umhangs an meinem Hals, der schwer vor Nässe mit einem Klatschen auf den Boden fällt. »Wir müssen dich aus deinen nassen Sachen holen.« Er beginnt, die Knöpfe an der Vorderseite meines Kleids zu öffnen, und ich erstarre, als seine Hände mich berühren. Er kommt etwa bis zur Mitte meiner Brust, bevor er innehält. »Hast du was darunter an?« Er scheint die Frage an den Knopf in seiner Hand zu richten.

Ich schüttle den Kopf.

Er nickt, dreht sich um, greift nach einer Jacke, die über einem Stuhl neben ihm liegt, und hält sie hoch, um mich vor seinem Blick abzuschirmen.

Ich öffne den Rest der Knöpfe selbst, ein klein wenig enttäuscht, aber wann bin ich das bei ihm nicht? Ich schäle mir die nassen Kleider vom Körper. Sie landen ebenfalls laut klatschend auf dem Boden, dann legt er mir seine Jacke um die Schultern, und ich schiebe meine Arme hinein.

Er dreht mich um, sodass ich ihm zugewandt bin, und schließt die Jacke wie einen Morgenmantel vor meiner Brust. »Besser?«

Ich nicke, immer noch zitternd.

Er legt seine Hände auf meine Arme, um zu versuchen, mich zu wärmen. Meine Zähne klappern, und Hook sieht mich besorgt an.

Er zieht mich ins Licht. »Deine Lippen sind ganz blau.«

»Na ja, mir ist kalt.«

»Briggs!«, ruft Jamison. »Komm, bitte. Jetzt!«

Sein Hauself erscheint. Er sieht genauso mürrisch aus wie beim letzten Mal, als ich ihn gesehen habe.

»Ja, Sir?« Das Heinzelmännchen schaut zu ihm auf.

Jamison räuspert sich. »Würdest du ihr bitte ein Bad einlassen?«

»Ja, Sir«, nickt Briggs und geht zur Wanne hinter dem Wandschirm. »Immer wird hier gebadet. Zu Hause wird nicht gebadet. Schmutziges Mädchen«, murrt er.

Ich fange Jems Blick auf und muss trotz meiner klappernden Zähne lächeln.

Jem ist sichtlich verlegen. »Briggs!«, tadelt er ihn.

»Entschuldigung, Sir«, erwidert das Heinzelmännchen, aber das klingt irgendwie so gar nicht aufrichtig.

Jamison lacht und schlingt seine Arme um mich. Er drückt mich fest an sich, und innerhalb weniger Sekunden hört das Zittern auf.

»Danke«, flüstere ich. Meine Stimme klingt etwas rau.

Er nickt und senkt langsam sein Kinn auf meinen Scheitel. »Gern geschehen.«

Ich habe schon seine Hände auf meiner Taille und seine Hände auf meinem Gesicht gehabt, aber noch nie so. Es ist das schönste Gefühl, das ich jemals auf der Welt empfunden habe, seine Arme so ganz um mich zu spüren.

»Du bist ein sehr guter Freund«, nuschle ich undeutlich an seiner Brust.

Das kommt irgendwie nicht so rüber, wie ich es beabsichtige, und es durchzuckt mich heiß. Habe ich damit etwa verraten, dass ich nicht nur sein Freund sein will?

Er presst seine Lippen auf meinen Scheitel. »Oder ein schrecklicher.«

Ich drehe mich in seinen Armen und sehe zu ihm auf.

Unsere Blicke begegnen sich.

»Das Bad ist fertig«, verkündet das Heinzelmännchen.

Jamison atmet aus, und es klingt verdächtig nach einem Seufzer.

Er hält mich noch ein paar Sekunden fest, bevor er mich schließlich freigibt. Ich folge dem Hauself zu der Wanne hinter dem Wandschirm.

Ich lasse mich hineinsinken, und der Elf trägt die Jacke weg. Dabei wirft er mir einen gereizten Blick zu.

»Besser?«, erkundigt sich Jamison nach einer Minute auf der anderen Seite des Wandschirms.

»Ja, danke.«

»Gut«, antwortet er.

Ich höre, wie er sich an seinen Tisch setzt.

»Ich habe deine Mutter auf dem Ball gesehen.« Ich versuche, Konversation zu betreiben.

»Ja, hat sie mir erzählt«, erwidert er.

»Oh.« Ich lasse mich tiefer in die Wanne sinken. Ich bin nervös. »Hat sie dir noch was erzählt?«

»Aye.« Er seufzt. »Sie hat sehr viel erzählt.«

»Verstehe.« Ich vertiefe mich in eine kritische Betrachtung meiner Fingernägel.

Es gibt eine merkwürdig unbeholfene Pause.

»Hat meine Mum dir etwas erzählt?«

Ich räuspere mich. »Was denn?«

»Na ja ... irgendwas?«, sagt er beiläufig und trommelt mit den Fingern auf die Tischplatte, vermute ich. »Über mich?«

Ich spitze die Lippen. »Nicht ausdrücklich.«

Er schnaubt vor Lachen, und ich schlucke.

»Jem?«

»Aye?«

»Kommst du und setzt dich zu mir?«

Er bleibt etwa zwei Sekunden lang stumm. Das hört sich vielleicht nach nicht viel an, aber im Zusammenhang mit meiner Frage kommt es mir wirklich wie eine kleine Ewigkeit vor.

»Da sind Schaumblasen«, füge ich schnell hinzu, um das lächerliche bisschen Gesicht zu wahren, das ich noch habe. »Man kann nichts sehen.«

Wieder gibt es eine Pause, und ich frage mich, ob er es merken würde, wenn ich mich einfach in seiner Badewanne ertränken würde.

»Würd'st du die Blasen wegmachen?«

Ich erstarre, und meine Augen weiten sich. Ich kriege kein Wort heraus.

»War nur 'n Scherz.«

Ich atme aus, was auf wundersame Weise wie ein kleines Lachen klingt, aber in Wirklichkeit atme ich nur. Kaum.

Ich höre, wie er näher kommt. Er bleibt auf der anderen Seite des Abgrunds stehen.

»Alles züchtig?«

Ich schaue an mir hinunter. Ich liege völlig nackt in seiner Wanne.

Von wegen züchtig. Bei ihm bin ich anscheinend niemals auch nur im Entferntesten züchtig. »Ja«, sage ich trotzdem.

Er tritt um den Wandschirm herum. Unsere Blicke treffen sich, und ein Lächeln huscht über sein Gesicht.

»Züchtig, hm?« Spöttisch verdreht er die Augen, bevor er sich direkt neben mich auf den Boden setzt. Mit dem Rücken an die Wanne gelehnt, mit dem Gesicht von mir weg.

Er sagt gefühlte fünf Minuten lang nichts. Er starrt einfach nur geradeaus und umklammert sein Handgelenk.

Ich werfe ihm Seitenblicke zu und fühle mich wieder peinlich berührt. »Geht es dir gut?«

»Aye.«

Ich nicke, obwohl er mich nicht sieht. »Du wirkst irgendwie ... seltsam.«

»Bin ich nich'.« Er klingt auch seltsam.

Ich schlucke und seufze. »Hätte ich nicht herkommen sollen?«

Daraufhin dreht er sich irritiert zu mir um. »Ich hab dir doch gesagt, du kannst jederzeit zu mir kommen.«

Unsere Blicke verschränken sich eine Sekunde lang, dann wendet er sich wieder ab.

Der Griff um sein Handgelenk wird fester. »Und außerdem wollt ich mit dir reden.«

Ich versteife mich. »Oh?«

Er nickt sich aufmunternd zu. »Ich hab dich neulich angelogen.«

»Ach.« Ich runzle die Stirn. Ich rutsche in der Wanne hin und her und seufze.

»Was ich neulich zu dir gesagt hab, war Blödsinn. Du bringst nicht das Schlimmste in mir zutage. Vielleicht lös ich's ja in dir aus, aber ...«

»Tust du nicht«, falle ich ihm ins Wort.

Jamison sieht wieder über die Schulter zu mir. Sein Blick fällt auf meinen Mund, er schluckt schwer und schaut wieder weg.

Dann atmet er aus.

»Ich habe es gehört«, sage ich leise.

Er schaut wieder zu mir zurück, fragend.

»Was du dem Mädchen gesagt hast – dass ich dich am stärksten hochbringe?«

Er verzieht den Mund.

Ich starre geradeaus. »›Nicht auf diese Weise‹«, zitiere ich ihn.

»Is' ja auch so!«, erinnert er mich, und ich werfe ihm einen strengen Blick zu.

»So hast du das nicht gemeint.«

Er sieht verärgert aus. »Oh, und du weißt, wie ich es gemeint habe, ja?«

»Ich weiß, dass sie das genau so verstehen sollte.«

Er schaut wieder weg und starrt auf seine Hände. »Ja, ich war auch in dieser Nacht richtig mies drauf.«

Ich seufze, nehme etwas Wasser in die Hände und lasse es langsam zurück in die Wanne tropfen. Es ist lauter, als man erwartet. Vielleicht ist es aber auch in diesem Raum leiser, als man es sich vorstellen kann.

»Hast du sie mit hierhergenommen?« Ich weiß nicht, warum ich das frage. Weil ich bereits traurig bin? Oder um mich noch trauriger zu machen? Um mit ihm zu streiten?

»Nich' hierher«, antwortet er.

Sehr gerissen, Pirat!

Ich atme scharf ein und glaube, er hört es. »Aber irgendwohin?«

Er schweigt einen Moment, dann lässt er den Hinterkopf auf den Wannenrand sinken. »Aye.«

Ich nicke und spüre, wie mein Herz bei dem Gedanken an seine Hände auf einer anderen schmerzt.

»Also ...« Ich fahre mit dem Finger über den Badewannenrand. »Mit wie vielen Mädchen hattest du schon in dieser Wanne Sex?«

Er lacht spöttisch.

Ich starre auf seinen Hinterkopf. »So viele?«

Er sieht über die Schulter zu mir. Seine Miene ist finster. »Gar nicht viele.«

»Wie viele denn dann?« Unsere Nasen sind so nah, dass sie sich fast berühren.

Sein Blick fällt auf mein Gesicht, dann wendet er sich wieder von mir ab.

»Mit keiner«, sagt er nach einem Moment.

»Was?« Ich starre ihn an. »Du hast gesagt …«

»Ja.« Er zuckt mit den Schultern und redet mit der Wand vor ihm. »Nur hat dieses Mädchen aus England einmal drin gebadet und mir den Spaß dran verdorben.«

»Wie?« Ich sterbe vor Scham, und meine Wangen brennen.

Er zuckt mit den Schultern, umklammert sein Handgelenk und starrt es an. »Mir wurd's schon komisch, wenn ich nur dran dachte, dass nach dir noch jemand anderes drinsitzen würde.«

Moment mal! Was?

Ich blinzle ein paarmal, dann sehe ich ihn an.

Ist es ihm …?

Mein Herz spielt verrückt.

Ich tippe ihm auf die Schulter, und er dreht sich wieder zu mir um. Ich lege meine Hand auf seine Wange und streiche mit meinen Lippen über seinen Mund.

Im Vergleich zu anderen Küssen ist es ein winziger Kuss.

Er öffnet kaum seine Lippen. Es ist ein schüchterner und nervöser Kuss, aber er funktioniert. Denn kaum berühren sich unsere Lippen, dreht er sich ganz zu mir herum und übernimmt die Führung. Er schiebt seine Hand hinter meinen Kopf und küsst mich, während er sich über mich beugt. Ich schlinge meine Arme um seinen Hals, und er hebt mich aus dem Wasser, wobei er sich selbst nass macht.

Das hält ihn aber keine Sekunde auf. Ich weiß nicht einmal, ob er es überhaupt bemerkt.

Er trägt mich rückwärts zu seinem Bett und legt mich dann darauf.

Seine Augen streifen über meinen Körper, und dann berührt seine Hand mein Gesicht. Dieses süße Stirnrunzeln erscheint wieder.

»Ich will nix erzwingen. Ich weiß, dass du's noch nich' getan hast, und du bist nich' …«

»Ich habe dich auch schon einmal belogen«, unterbreche ich ihn.

Die Runzeln auf seiner Stirn vertiefen sich etwas.

»Aye?«

»An meinem Geburtstag, als du mich gefragt hast, warum ich nicht …« Ich schweife ab. »Ich meine, warum ich nicht mit Peter … Ich sagte dir, ich wüsste es nicht. Ich wusste es aber.«

Jem leckt sich die Unterlippe und betrachtet mich. »Warum hast du's nich' gemacht?«

Ich blicke ihn flehentlich an. »Bitte zwing mich nicht, es auszusprechen.« Ich verdrehe die Augen. »Ich habe immerhin schon nichts mehr an.«

Er verzieht das Gesicht. »Boh, so läuft das hier meistens ab.«

»Jem.« Ich verschränke die Arme vor meiner Brust und bedecke mich, so gut es geht.

Er redet weiter, liebevoll spöttisch. »Na klar, das ist ein wichtiger Bestandteil davon, also läuft es eben so.« Er streicht mir eine Haarsträhne hinters Ohr.

»Bitte.« Ich bemühe meinen flehentlichsten Blick.

Er lächelt, zieht meine Arme von meiner Brust weg und schluckt schwer. »Spuck's einfach aus, Daph.«

Ich seufze und wende den Blick von ihm ab, als ich nachgebe. »Es war nicht das, was ich wollte.«

Jamison krabbelt über mich, nimmt mein Kinn zwischen seinen Finger und seinen Daumen, und dreht meinen Kopf zu sich zurück. »Aye, und was willst du?«

Meine Wangen haben sich in blühende Rosen verwandelt, und ich bohre ihm meine Knöchel in die Rippen.

Jem mustert mich unnachgiebig. »Raus damit!«

Ich schlucke nervös und atme ein paarmal tief ein und aus, aber mein Atem hört sich keuchend an. »Ich will dich. Bitte.«

Ein Lächeln breitet sich auf seinem Gesicht aus, und er lässt seinen Körper auf meinen sinken, während er mein Gesicht immer noch umfasst. »Dann sollst du mich bekommen.«

Er zieht sein Hemd aus, und ich sehe ihn mit großen Augen an. Er grinst kurz, bevor er mich an der Taille packt, mich weiter auf das Bett schiebt und hinter mir herkrabbelt.

»Zieh deine Hose aus.« Das sage ich nur, weil ich nervös bin.

»Ganz ruhig.« Er schnauft. »Beruhige dich.«

Ich deute auf mich. »Ich mag es nicht, einfach nur nackt hier herumzuliegen.«

Er schnalzt und wirft mir einen anzüglichen Blick zu. »Also, mir gefällt's.«

»Jamison!«

Er lacht, zieht seine Hose aus und blickt an sich herunter. »Ist das jetzt ein winziges bisschen besser?«

Ich mustere ihn, meine Augen werden groß, und mein Gesicht geht förmlich in Flammen auf. »Bedeutet ›winzig‹ für dich vielleicht etwas anderes als für mich?«

Er strahlt mich an, zwinkert mir zu und kichert. Dann mustert er mein Gesicht und wird etwas ernster. »Bist du nervös?«

Ich nicke und schlucke.

»Oh, verdammt.« Er hebt den Kopf. »Jetzt bin ich auch nervös.«

Ich werfe ihm einen vorwurfsvollen Blick zu. »Sei nicht so gemein zu mir. Du hast das schon tausendmal gemacht.«

Er verzieht das Gesicht. »Nicht tausendmal.«

Ich verdrehe die Augen. »Jedenfalls viele, viele Male.«

Jamison runzelt die Stirn. »Könntest du nich' einfach ›viele‹ sagen? Du musst nicht ›viele, viele‹ sagen.«

Ich seufze und sehe ihn unter halb gesenkten Lidern an. »Was ist, wenn ich schlecht darin bin?«

Er legt den Daumen und Zeigefinger um mein Kinn. »Das is' so gut wie ausgeschlossen.«

»O doch, das könnte passieren.« Ich lege den Kopf schief und denke nach. »Immerhin hatten wir eben einen schönen Kuss, und wenn jetzt ...«

Er unterbricht mich genervt. »Klar, willst du jetzt die ganze Zeit drüber lamentieren?«

Ich tue entrüstet. »Vielleicht.«

Er lächelt unwillkürlich und spielt mit meinen Haaren zwischen seinen Fingern. »Okay.« Er nickt und beobachtet mich.

»Okay?« Ich werfe ihm einen stolzen Blick zu.

»Aye.« Er nickt. »Soll mir recht sein.« Das macht mich glücklich, und er legt sein Kinn auf meine nackte Brust und sieht zu mir hoch. »Wollen wir vorher drüber reden?«

»Oh!« Ich nicke heftig. »Bitte, wenn es dir nichts ausmacht.«

Er leckt sich die Lippen, setzt sich auf und starrt auf mich herab. Es ist ein merkwürdiger Blick. Er wäre furchtbar einschüchternd, wenn sein Mund nicht so rosa wäre und mich seine Augen nicht so zärtlich ansehen würden.

»Klar, also zuerst …« Er zieht eine Braue hoch. »Leg ich mich auf dich.«

Er tut es. Kennt ihr das, wenn ihr in einer Winternacht friert und jemand eine zusätzliche Bettdecke auf euch legt und ihr es euch glücklich unter der schweren Decke gemütlich macht? Genau so fühlt es sich an, als er sich auf mich legt.

»Okay.« Ich nicke und warte auf mehr.

»Dann berühre ich dein Gesicht.« Er tut es. »Ich schiebe dir Haare aus der Stirn, aber das muss ich nich' wirklich tun. Ich möchte es einfach.«

Er streicht mir Haare hinters Ohr, obwohl da gar keine in meiner Stirn waren.

»Dann schaue ich dich vielleicht 'ne Minute an.« Er betrachtet mich. »Weil ich mir das hier vorgestellt habe, seit du vom Himmel gefallen bist.«

Ich lächle, ganz schüchtern.

Er stupst mich mit seiner Nase an. »Und ein kleiner Teil von mir immer noch nich' glauben kann, dass es wirklich passiert.«

Ich fahre mit meinen Lippen schnell über seine, immer noch schüchtern. Er lächelt und erwidert die Berührung.

»Als Nächstes …« Er zeigt mir seine andere Hand, die nicht hinter meinem Kopf liegt. »Streichle ich mit dieser Hand deinen Körper.«

Ich nicke. »Okay.«

Er tut es. Meine Haut ist so empfindsam, dass selbst seine leichteste Berührung fast schmerzhaft intensiv ist.

Er legt die Hand auf meine Taille.

»Dann fange ich an, deinen Hals zu küssen.« Er schiebt mit seiner Stirn meinen Kopf zur Seite und küsst sich langsam vom Ohransatz bis zum Hals und tiefer und tiefer nach unten.

Sein Begehren ist die Sonne, und ich bin eine Waffel, und er ist das Eis, das über mir und unter mir und um meinen Körper herum schmilzt.

Dieses »mehr«, nach dem Peter fragte, dieses Gefühl, das einen durchströmt, ist wie ein seltsamer neuer Hunger, den ich bisher für niemanden gespürt habe. Jetzt empfinde ich es.

Es fühlt sich ein bisschen so an, als hätte man Hunger, hätte tagelang nichts gegessen und würde sich zudem nach einem Tropfen Wasser sehnen. Alles fühlt sich plötzlich dringend an, und ich mache mir keine Gedanken mehr darüber, was meine Hände tun sollen. Sie sind einfach nur auf ihm.

Sein Mund streift über meinen Körper, und ab und zu hebt er den Kopf und lächelt mich mit diesen stürmischen, wilden, perfekten Augen an, die im Moment von der Sehnsucht nach mir getrübt sind, bevor ich ihn wieder auf mich ziehe.

»Okay.« Schließlich schaut er zu mir herunter. »Könnte es Zeit für das Hauptereignis sein?«

Ich nicke feierlich.

Er schiebt mir ein paar Haare hinters Ohr, dann streicht er mir über die Wange. »Bereit?«

Ich nicke erneut.

»Bist du sicher?«

Wieder ein Nicken.

»Es könnte ein bisschen wehtun.«

Ich hole tief Luft. »Ich werde mich bemühen, es zu überleben.«

Er nickt, dann streift sein Mund wieder über meinen, und er hält meinen Blick. »Sag mir, wenn du willst, dass ich aufhöre.«

»Jem.« Ich schüttle den Kopf. »Ich werde nicht wollen, dass du aufhörst.«

Als er in mich stößt, schaukelt das ganze Schiff von einer Welle, die es im selben Moment trifft. Komisches Timing, findet ihr nicht auch?

Es gibt diesen Moment, wenn man durch die Galaxie fliegt und eine Abkürzung durch ein Schwarzes Loch nimmt. Sobald man auf der anderen Seite ist, sobald man hindurchgestoßen ist, sieht man nur noch Licht und Farbe und alle guten Gefühle und alles Warme, alles Glückliche – und das hier. Ich fühle es.

Ich bin wegen Jem gekommen.

Plötzlich erinnere ich mich an den Schnee auf unseren Nasen, und was die Brise mir gesagt hat – sie hat mir etwas gesagt! – an jenem Tag, den ich zu vergessen suchte. Es war ein Flüstern, kaum hörbar, und damals war es verwirrend, aber das ist es jetzt nicht mehr. Denn alle Sterne, alle Planeten, die Monde, die Galaxien, wenn ich sie anschauen würde – glaubt mir, das habe ich nicht getan, aber wenn doch –, dann hätte ich gesehen, dass sie in einer Reihe stehen – perfekt ausgerichtet. Ich wünschte, ich hätte das gewusst. Es wäre praktisch, es zu wissen, denn man vergisst leicht die Dinge, die man nur auf abstrakte Weise weiß. Ich weiß das jetzt auf so eine abstrakte Weise, aber es ist schwieriger, mit Raum und Zeit zu streiten, dass sie sich für dich ausrichten. Obwohl ich es eines Tages trotzdem versuchen werde.

Jamison nimmt eine meiner Hände in seine, streckt meinen Arm über meinen Kopf und küsst sich den Arm hinunter und meinen Nacken hinauf. »Wie machen wir uns?«, flüstert er.

Ich kann nicht sprechen. Meine Stimme ist irgendwo in mir verloren gegangen.

Ich nicke ihm mit weit aufgerissenen Augen zu.

Er lächelt, was ein halbes Lachen ist, aber es verunsichert mich nicht. Eigentlich fühle ich mich dadurch nur sicher.

Am besten kann ich Sex folgendermaßen beschreiben:

Kennt ihr das, wenn ihr am Wasser in der Sonne liegt und ganz nah an der Stelle seid, an der die Flut auf den Sand schwappt. Aber nicht so nah, dass die Wellen euch jedes Mal erwischen?

Es fühlt sich an, als würdet ihr da liegen, die Augen geschlossen, die Sonne wärmt euren Körper von innen, und euch wird immer heißer und heißer, und ihr spürt es immer mehr in euch, werdet immer durstiger, und ihr wisst, dass eine Welle kommt. Bald wird etwas über euch hinwegprasseln und euch abkühlen, und das Gleichgewicht wird wiederhergestellt sein. Aber bis die Welle kommt, seid ihr nur ein verschwitztes, atemloses, klammerndes Chaos von einem Mädchen.

Jem erhöht langsam das Tempo. Er liegt auch in der Sonne, und wir beide lechzen nach Wasser, das nur der andere uns geben kann.

Seine Brust hebt und senkt sich, drückt immer schneller gegen meine. Meine Zehen spitzen sich wie die einer Ballerina, und Jems ganzer Körper spannt sich an, während er mich beobachtet und dann – Welle*.

---

* Wörtlich und metaphorisch.

Der Aufprall ist gewaltig, genauso, wie ich es mir erträumt habe. Ich spüre ihn von den Fußsohlen bis in die Fingerspitzen. Jeder Teil von mir – Wangen, Mund, Herz – pulsiert.

Jem sinkt erschöpft auf mich, birgt sein Gesicht in meinem Nacken, und ich merke, dass der Sturm aufgehört hat, sowohl in mir als auch draußen.

Ich liege in seinem Bett, er auf mir, seine Hand hält meine, das Gewicht von ihm verankert mich im Moment und vielleicht sogar in der Erde – Gott, ich liebe die Erde. Er lässt mich an sie denken.

Er liegt eine Minute lang schwer atmend da, dann stützt er sich auf und sieht mich an.

Er ist der schönste Mann, den ich je in meinem Leben gesehen habe.

Sein zerzaustes Haar, der rosafarbene Nasenrücken, die Augen, die wie der Wasserplanet aussehen, auf dem ich geboren wurde, all das sieht aus, wie das, was meiner Heimat am nächsten kommt, seit ich sie verlassen habe.

Erschöpft lächelt er mich an. »Ich fühle es wie eine Grippe.«

KAPITEL 20

Wir machen es danach noch mal, und dann schlafe ich in seinen Armen ein.

Ein schreckliches Klischee, ich weiß.

Ich habe noch nie in den Armen eines Jungen geschlafen. Peter schläft ausgestreckt, beide Arme hinter dem Kopf. Wenn mir in der Nacht kalt wurde, habe ich mich manchmal an Peter geschmiegt. Wenn ihm kalt war, hat er mich manchmal auch festgehalten, aber das passierte nur selten, denn Peter ist immer warm. Er fliegt so nah an der Sonne, dass er stets eine Restwärme in sich trägt … Das klingt süß, oder? Ist es vielleicht auch. Es bedeutete jedoch, dass er mich nie brauchte, um sich zu wärmen. Und ich habe den leisen Verdacht, dass Jamison mich auch dann noch festhalten würde, wenn ihm warm wäre.

Ich wache vor ihm auf und rücke etwas von ihm weg, damit ich ihn beobachten kann.

Während ich das tue, geht eine der Sonnen durch das Fenster hinter uns auf und wirft dieses perfekte, rötliche Licht auf ihn.

Ich hatte noch nie das Privileg, sein Gesicht so lange ungestört aus der Nähe zu betrachten.

Er hat ein paar Falten um die Augen, Lachfalten. Was ich lustig finde, denn entgegen seiner eigenen Meinung ist er in Wirklichkeit gar nicht so alt. Das liegt nur an den UV-Strahlen. Neverland bietet nicht viel Schutz vor der Sonne, und es stehen immer mindestens drei von ihnen gleichzeitig am Himmel. Sein Haar ist ganz zerzaust, weil ich es mit meinen Händen durchwühlt habe, und ich kämpfe gegen den Drang an, es wieder zu tun, während er schläft. Es ist hauptsächlich braun, mit honigfarbenen Flecken.

Er hat auch Haare im Gesicht – mehr als ein Bartschatten und weniger als ein richtiger Bart. Es ist blonder als der Rest seines Haars und verläuft entlang seines makellosen Kiefers, als wäre es dort aufgemalt. Und es gibt zwei ausgeprägte Sommersprossen. Eine auf seiner rechten Wange, eine links von seiner Nase.

Und diese Nase. Ich glaube, ich habe euch schon gesagt, dass es die schönste Nase ist, die ich je gesehen habe. Aber aus der Nähe ist sie ein wahres Kunstwerk. Selbst Michelangelo hätte sie nicht besser modellieren können. Seine zartrosa Lippen sind von oben bis unten perfekt ausbalanciert und spalten sich trotzdem in der Mitte, als würde etwas sie dort beschweren. Bald werde ich das sein, ich werde seine Lippen mit meinen beschweren. Im Moment ruhen sie aus, aber sie fühlen sich sehr einladend an. Mein Daumen fährt fast ohne mein Zutun über sie, und Jamisons Augen öffnen sich.

Seine Augen. Ich sagte, dass sie mich an die Erde erinnern, was ich als größtes Kompliment meine, aber irgendwie ist das trotzdem eine Untertreibung. Sie sind wie das ruhigste Meer der Welt, auf dem schönsten Teil des Planeten. Eine Flutwelle aus Blautönen, mit Flecken darin, die, da bin ich mir sicher, direkt von den sagenumwobenen Neverland-Lagerstätten stammen. Sie sind wie Edelsteine. Saphire wären zu naheliegend, und seine Augen haben mehr verdient. Aventurin und Lapislazuli und Chrysokoll und dunkelblauer Opal – wie viele Arten von Blau sind das? Zu viele. Sie blau zu nennen, entehrt sie. Obwohl ich sie gerade betrachte, habe ich keine Ahnung, wie ich sie sonst nennen soll. Welche Farbe sie auch immer haben, wie auch immer ich sie nennen soll, es ist eine Frage, mit deren Beantwortung man sein ganzes Leben verbringen möchte.

Jamison lächelt mich müde an. Er betrachtet mein Gesicht, so wie ich gerade seins betrachtet habe. Seine Augen wandern über meinen Mund, wo sein Blick hängen bleibt. Er zuckt leicht zusammen.

»Hab ich ihn?«

»Wen?« Ich runzle die Stirn.

»Deinen Kuss.« Er starrt mit großen Augen auf meinen Mund.

»Oh!« Meine Hand fliegt zu meinem Mund. »Sag du es mir. Kannst du ihn noch sehen?«

Er mustert blinzelnd meinen Mund.

»Ist er weg?« Ich drücke auf die Stelle, an der er saß.

Jamison nimmt den Kopf etwas zurück und sieht mich verwirrt an.

»Ich glaub, er ist weg.« Er kann sein Lächeln kaum unterdrücken.

Meine Augen werden groß. »Du hast ihn?«

Er nickt, strahlend.

»Wow.« Ich lache und schüttle den Kopf. »Glückwunsch.«

Er verschränkt die Arme hinter dem Kopf und sieht sehr selbstzufrieden aus. Na klar, diese Eitelkeit.

»Ich frage mich, wo er hin ist.« Ich sehe mich danach um.

»Er muss hier irgendwo sein.« Er schaut sich ebenfalls um, zuckt dann mit den Schultern und nickt mir zu. »Wie fühlst du dich?«

»Ich bin am Verhungern«, antworte ich. Er fängt an zu lachen und fährt mir mit der Hand durchs Haar.

»Ja, das kommt davon.« Er nickt. »Briggs!«, ruft er. Als der Hauself nach ein paar Sekunden nicht auftaucht, ruft er noch einmal nach ihm. »Heinzelmännchen!«

Briggs erscheint. »Sir?«

»Würdest du uns bitte ein Frühstück besorgen?«

»Ja, Sir.« Er nickt und zieht sich zurück. »Heute Morgen nicht gebadet?«, murmelt er.

Jamison droht ihm mit dem Finger. »Pass auf!«

Briggs verbeugt sich kurz vor mir. »Entschuldigung«, sagt er, ohne mich eines Blickes zu würdigen.

Jem unterdrückt ein Lächeln. »Himmel, er is' wirklich nicht dein glühendster Fan.«

Ich lege meinen Kopf an seine Brust und lache.

Er spielt gedankenverloren mit meinem Haar.

»Apropos Hunger.« Er zieht mich sanft an den Haaren zurück, damit ich ihn wieder ansehe. »Ist das das vorherrschende Gefühl der Stunde?«

Ich mustere ihn abschätzend. »Was soll ich denn lieber sagen?«

Er sieht mich zärtlich an. »Du kannst alles sagen, was du willst.«

Ich presse die Lippen aufeinander und beobachte ihn. »Ich mag dich jetzt mehr als vor dem, was wir eben getan haben.«

Er unterdrückt ein Lächeln und nickt.

»Das kannst du wirklich gut«, sage ich ihm.

Er nickt selbstsicher. »Kann ich.«

»Wieso?«, frage ich zögernd.

»Warum ich das gut kann?«

»Ja.« Ich stocke. »Ist es, weil … ›viele, viele‹ …«

Jamison massiert seinen Nasenrücken und betrachtet mich mit

halb geschlossenen Augen. »Ich weiß nicht, mit wie vielen Mädchen ich deiner Meinung nach schon geschlafen hab, aber es sind nicht wirklich übertrieben viele.«

»Wie viele sind es denn?«, frage ich neugierig. Ich lege mein Kinn auf meine Hand auf seiner Brust.

»Weiß nich' ...« Er überlegt. »Sieben? Acht?«

»Einschließlich mir?«

»Aye.«

Unbewusst mache ich einen Schmollmund, wenn ich mir vorstelle, dass er mit jemand anderem als mir so sein könnte wie jetzt.

Er zieht mich auf sich und legt seine Hand auf meine Wange. »Ob du's glaubst oder nicht, bevor du angekommen bist, hat mich noch niemand so sehr genervt, dass er mich in die Arme einer anderen Frau getrieben hat.«

Ich schaue ihn skeptisch an. »Du hast also angefangen, mit anderen Frauen Sex zu haben, weil ich hier aufgetaucht bin?«

»Aye.« Er nickt.

Ich verziehe das Gesicht. »Soll das ein Kompliment sein?«

»Weiß nicht.« Er lacht und verzieht das Gesicht. »Aber es ist ganz sicher ein Kommentar zu etwas.«

»Also bist du gut wegen der vielen Übung?« Ich formuliere meine Frage feinfühliger um.

»Jedenfalls kann's nicht schaden«, erwidert er beiläufig. »Aber Sex is' besser, wenn man ihn mit jemandem hat, der einem was bedeutet.«

»Dann war die letzte Nacht also schrecklich für dich?« Ich kneife die Augen zu Schlitzen zusammen.

»Nein.« Sein Daumen fährt über meinen Wangenknochen hin und her. »Mit dir war der beste Sex, den ich je hatte.«

Ich starre ihn an, die Augen weit aufgerissen, die Wangen glühen, und mein Bauch krampft sich zusammen, weil ich ihn so sehr will.

»Oh.« Mehr kriege ich nicht heraus.

Jamison lacht und zieht mich weiter an sich hoch, bis wir Nase an Nase liegen. Dann umfasst er meinen Hinterkopf und küsst mich kurz.

Es ist ein leichter, perfekter Kuss, wie ein Seenebel, der einen an einem heißen Tag mit seiner Anwesenheit beglückt.

Dann nimmt er den Kopf ein wenig zurück, seine Hand immer noch um meinen Hinterkopf. »Willst du immer noch, dass ich dich nach England zurückbringe?«

»Mmm.« Ich spitze die Lippen und tue, als müsste ich darüber nachdenken. »Ich glaube, ich habe einen zwingenden Grund gefunden, zu bleiben.«

»Sex?«, fragt er grinsend.

»Jamison!« Ich werfe ihm einen strafenden Blick zu, und er lacht und rollt mich unter sich. Jetzt liegt er auf mir.

»Bleib«, sagt er, und sein rechter Mundwinkel hebt sich in einem Lächeln. »Bitte bleib und geh mir auf die Nerven.«

»Ich nerve dich?«, wiederhole ich mit großen Augen und lachend.

»Klar, aber – aye.« Er nickt. »Bleib und nerv mich. Bleib in meinem Bett.« Er zuckt mit den Schultern. »Bleib in meiner Wanne, is' mir egal. Hauptsache, du bleibst.«

Es fühlt sich an, als läge eine gewisse Schwere in seinen Worten, mit der keiner von uns gerechnet hat. Aber plötzlich wird es furchtbar still im Raum, und die Stimmung schlägt um. Sie wird ernst. Das ist nichts Schlechtes, aber plötzlich wiegt alles schwer.

Ich schlucke nervös und lächle, um die Spannung zu lösen. »Ich habe keine Unterkunft, also muss ich das vielleicht.«

Er erwidert das Lächeln nicht, sondern nickt nur. »Das wär mir sehr recht.«

Der alte Briggs ist ein echter Brummbär, aber er macht ein tolles Frühstück.

Das Angebot ist unglaublich – Croissants, Hefeteilchen, Muffins, Beeren – einige habe ich noch nie gesehen –, Speck, Eier auf verschiedene Weise zubereitet, Pilze ...

Ich esse von allem etwas und nasche dann weiter, weil ich in meinem ganzen Leben noch nie so hungrig gewesen bin.

Ich pflücke eine Erdbeere, stehe dann vom Tisch auf und sehe mich in seiner Kabine um.

Jem folgt mir, ohne Hemd, denn das trage ich. Er zupft daran, während er seine Arme von hinten um mich schlingt.

Da fallen mir diese goldenen Gegenstände in einem ansonsten leeren Regal ins Auge. »Was ist das?«

Ich greife hoch, nehme einen heraus und drehe ihn in der Hand. Es ist eine Trophäe.

»Das is' von der Blut-Flut.«

Ich blinzle ihn an. »Von der was?«

Er lächelt. »Das sind kleine hiesige Spiele. Alle vier Jahre.«

»Oh.« Ich werde hellhörig und verstehe. »Wie die Olympischen Spiele?«

Jamison hebt die Achseln. »Schon, aber bei der Olympiade stirbt niemand.«

Wie bitte? Habe ich richtig gehört?

»Bei diesen Spielen schon?«

»Aye.«

»Wieso?«, frage ich nervös.

»Man kämpft gegen Bestien.«

Ich mustere ihn zweifelnd. »Welche zum Beispiel?«

»Das fragt 'n Mädchen, das gegen 'nen Minotaurus gekämpft hat.« Er sieht mich vielsagend an. »Das hier is' 'ne andere Welt. Bei den letzten Spielen hab ich gegen 'nen Typhon gekämpft.«

»Und du hast das überlebt?« Ich starre ihn an.

Er lächelt stolz. »Aye, ich hab gewonnen.«

Diese Blut-Flut findet laut Jamison alle vier Jahre statt. Jeder über sechzehn kann teilnehmen, aber das tut kaum jemand. Es treten jedes Mal nur eine Handvoll Leute an.

Jamison sagt, es ginge nur um den Ruhm, um nichts anderes.

Es gibt vier Turniere, eines für jedes der Elemente.

In jedem Spiel müssen sie gegen eine Kreatur kämpfen. In den letzten Spielen mussten Jamison und die anderen zum Beispiel bei dem Wasserturnier gegen eine Midgardschlange kämpfen, und die Feuerbestie war ein Salamander. Niemand oder nichts muss sterben, um einen Gewinner zu ermitteln, aber trotzdem passiert das oft, laut Jamison. Es sterben sowohl Menschen als auch Tiere. Jeder Spieler muss zudem einen persönlichen Talisman einsammeln, um sich für die nächste Runde zu qualifizieren. Man kann die nächste Runde spielen, auch wenn man die davor nicht gewonnen hat, aber nur, wenn man seinen Talisman eingesammelt hat.

Wer am Ende die meisten Talismane hat, ist Sieger.

»Und du hast so viele.« Ich schaue sie an. Es sind sechs.

»Hab das Turnier schon zweimal gewonnen«, sagt er achselzuckend und lächelt dann. »Wenn ich nächstes Jahr gewinne, hab ich mehr Turniere gewonnen als jeder andere zuvor.«

»Nächstes Jahr gibt es wieder eins?«

Er nickt. »Es wird dir gefallen«, versichert er mir.

»Ich weiß nicht, ob ich es mag, wenn es gefährlich ist.«

Jamison verdreht die Augen und stellt seinen Talisman wieder in das Regal.

»Du bist gefährlich.« Er schiebt mich mit dem Rücken gegen das Bücherregal und fängt an, meinen Hals zu küssen.

Ungläubig sehe ich ihn an.

»Doch, bist du.« Er nickt entschlossen. »Sieh dir nur dein Gesicht an.«

Ich verdrehe die Augen.

»Ich würde für dieses Gesicht kämpfen«, beteuert er, und dann wird seine Miene sehr ernst. »Ich würde für dieses Gesicht auch sterben.«

Dann küsst er mich und trägt mich zurück ins Bett.

*

Wir verlassen seine Kajüte den ganzen Tag nicht.

Nicht, weil wir wie die Tiere übereinander herfallen, sondern weil ich den Raum liebe.

Es ist so schön, in einem Zimmer mit Wänden und einer Decke zu sein. Es ist so schön, mit ihm in irgendeinem Zimmer zu sein.

Am Nachmittag sitzen wir nebeneinander in seinem Bett und lesen.

An diesem Abend nehmen wir ein ausufernd planschendes Bad. Briggs ist nicht erfreut über das vergossene Wasser, aber ich genieße es. Jamison sitzt hinter mir, ich lehne mich an ihn.

Ich bin so glücklich wie noch nie, seit ich hier bin, und ich komme mir dumm vor, dass ich so lange gebraucht habe, um das zu erkennen.

Am nächsten Tag gehen wir hinaus, und ich fühle mich wie die

Katze, die die Sahne schlecken durfte, während sie in Jamisons Armen liegt.

Er hält meine Hand, und wir verschränken die Finger, während wir durch sein kleines Dorf wandern.

Er begrüßt Leute, lächelt sie an und küsst mich in dunklen Ecken.

Wir wandern zum Dorfrand, dort, wo die Siedlung direkt an den Dschungel grenzt. Ein paar Jungen reparieren unter einer Palme ein Ruderboot.

Orson döst vor sich hin, während er das Projekt beaufsichtigt. Da sehe ich jemanden, den ich zu erkennen glaube.

Ich traue meinen Augen nicht.

Das kann doch nicht sein …!

»Brodie?« Ich bleibe wie angewurzelt stehen.

Er schaut über die Schulter, steht auf und lässt den Hammer einfach fallen.

»Daphne!« Sein Gesicht erhellt sich, dann geht er mir entgegen, die Arme für eine Umarmung weit ausgebreitet. »Du erinnerst dich an mich.«

»Natürlich erinnere ich mich an dich.« Seine alberne Bemerkung irritiert mich. Dann schaue ich von ihm zu Hook und deute zwischen den beiden hin und her. »Entschuldige, Jem, das ist Brodie. Er war …«

»Ein Verlorener Junge«, kommt Hook mir zuvor.

Brodie nickt seltsam ernst.

Ich betrachte ihn mit leuchtenden Augen und etwas verwirrt. »Was machst du denn hier? Peter sagte, du hast deinen Bruder gefunden.«

Brodie schneidet eine Grimasse und blickt fragend zu Hook.

Jem legt seine Hand auf meine Taille und will mich weiterführen. »Aye, wir sollten uns mal 'n bisschen unterhalten.«

»Okay.« Ich mustere ihn finster und stemme die Hände in die Hüften. »Was ist los?«

»Ich weiß bereits seit einiger Zeit, dass die Jungs, wenn sie zu alt werden …«

»Was bedeutet ›zu alt werden‹?«, unterbreche ich ihn.

Jamison wirft mir einen ernüchternden Blick zu. »Wenn sie ein gewisses Alter überschreiten.«

Ich verstehe nicht. »Dann sind sie zu alt für was?«

»Wenn sie sechzehn werden, Boh, setzt Peter sie zum Sterben auf einer Insel aus.«

»Nein.« Ich schüttle den Kopf.

Das tut er nicht. Nein. Nie und nimmer.

»Doch.« Jamison starrt mich an.

»Nein!« Ich wende mich von ihm ab. »Nein, er sagte, er habe Brodies Bruder gefunden und sie …«

»Er hat Brodie ausgesetzt«, fällt er mir ins Wort. »Auf einer Insel, genauso wie er Orson, seinen Bruder, fünf Jahre zuvor dort zurückgelassen hat.« Jamison hebt die Brauen. »Als Peter sie auf einem sinkenden Schiff vor der Küste von Alabaster Island fand.«

Ich schüttle völlig ungläubig immer wieder den Kopf. »Das kann doch nicht wahr sein.«

Jem überbrückt den Abstand, den ich zwischen uns gelegt habe, und legt mir eine Hand auf eine Wange. »Es is' wahr, meine Liebste«, sagt er sanft, und mein Blick zuckt zu seinem Gesicht.

Ich schlucke, und die Worte hängen ein paar Sekunden in der Luft. Mein Gesicht ist noch immer angespannt von dem, was er gerade gesagt hat.

»So hast du mich noch nie genannt.«

»Ich weiß.« Er nickt, seine Wangen röten sich ein wenig. Er kratzt sich den Kopf. »Ich dachte, ich probier's mal aus.«

»Und?« Ich warte gespannt.

»Es gefällt mir.«

Ich lächle. »Mir gefällt es auch.«

Er presst seine Lippen für ein paar Sekunden auf meine, bevor er sich wieder zurückzieht. »Er is' böse, Daph.«

»Jem«, seufze ich. »Manchmal spielt er und vergisst es, und ich bin sicher, es war ein Versehen.« Ich sehe ihn offen an, denn ich bin mir sicher. Das würde er nicht tun. »Peter dachte wahrscheinlich, dass sein Bruder wirklich noch auf der Insel wäre. Peter ist manchmal gedankenlos. Er ist nicht – er ist nicht mörderisch veranlagt.«

»Warum hat er Orson dann überhaupt auf der Insel zurückgelassen?«

»Ich weiß es nicht.« Ich zucke mit den Schultern und klammere mich verzweifelt daran, dass es nicht wahr ist. Es kann einfach nicht sein. »Vielleicht hat er es nicht gemerkt, oder …«

Jem schüttelt den Kopf und wendet sich von mir ab. »Na gut, dann glaub, was du willst.«

»Ich will mich nicht mit dir streiten.« Ich folge ihm und halte ihn am Arm fest.

Er dreht sich wieder um und sieht mich ernst an. »Ich auch nicht.« Er streichelt meine Wange. »Aber die Hälfte meiner Mannschaft sind Männer, die ich auf Inseln gefunden habe und die von deinem Jungen dort ausgesetzt wurden.«

Ich lege mein Kinn auf seine Brust. »Er ist nicht mein Junge.«

»Warum verteidigst du ihn dann, als wär er's?«

Ich atme durch die Nase. »Ich glaube, das ist nur ein Missverständnis.«

Jem nimmt mein Gesicht in seine beiden Hände. »Das hoffe ich, meine Liebste.« Er küsst mich auf die Stirn, bevor er in eine andere Richtung deutet. »Willst du einen Spaziergang auf den Berg machen?«

»Nein, ich bin glücklich genug hier im Dorf.« Ich zucke mit den Schultern.

Jamison verzieht das Gesicht. »Wir wollen nicht, dass man es ihm hinterbringt, ganz sicher nicht.«

»Ach!« Ich blinzle. »Das wollen wir nicht?«

Dann verdreht er übertrieben die Augen. »Boh, schenke mir einen verdammten Tag, bevor die Hölle losbricht.« Er seufzt dramatisch. »Ich will dich nur einen ganzen Tag ungestört für mich allein.«

Ich denke, dass das eine vernünftige Bitte ist. »Gut.«

Jem will das mit Handschlag besiegeln, aber bevor ich seine ausgestreckte Hand nehme, gehe ich zu Brodie hinüber und schlinge meine Arme um ihn.

»Ich bin sicher, dass es sich um ein Missverständnis handelt, aber ich bin so froh, dich zu sehen. Ich bin so froh, dass du hier bist.«

Brodie nickt. »Wir sehen uns, Daph.«

Ich winke Orson zu und laufe dann wieder zu Hook zurück.

»Hast du Rune in letzter Zeit gesehen?«, frage ich Jamison.

»Nein.« Er lächelt unbeschwert, unbesorgt. »Sie gewährt uns wahrscheinlich nur 'n bisschen Privatsphäre.«

»Ja, aber ich habe ihr nicht gesagt, dass es ein *Wir* gibt.«

Er wirft mir einen vielsagenden Blick zu. »Als ob sie das nicht trotzdem rausfinden würde.«

Dann wandern wir den Berg hinauf. Unterwegs erzählen wir uns Dinge über uns, und wir lernen uns kennen, mehr als ohnehin schon.

Jamisons Vater starb vor fünf Jahren,[*] durch die Hand von Peter. Aber Jem nimmt ihm das nicht übel. Er sagte, sein Vater hätte es verdient.

Seiner Mutter steht er offensichtlich sehr nahe. Aufgezogen wurde er von einem schottischen Kindermädchen. Aus Trotz ging er nicht wie sein Vater nach Eton, sondern auf ein Internat in Armagh, Irland, weil der Direktor dort ein alter Freund seiner Mutter war.

»Wie alt?«, fragte ich.

Er lachte und erwiderte: »Sehr alt.« Danach ging er nach Oxford, um Literatur zu studieren. Das ist wahrscheinlich der Grund dafür, dass er so romantisch und schön ist.

Soweit er weiß, hat er nichts von der Magie seiner Mutter geerbt, aber sie sagt immer, sie wäre in ihm, wenn er sich nur anstrengen würde. Sein Lieblingsessen ist ein Sonntagsessen. Seinen ersten Kuss bekam er von einem Mädchen aus dem Dorf. Sie hieß Claire. Sein bester Kuss bin ich. Er mag den Winter am liebsten, weil er ihn an seine Mutter erinnert. Er wollte kein Pirat werden, aber das war nun mal das Familiengewerbe. Er hat mehr Leute umgebracht, als er Sex mit welchen hatte. Das entlockte mir einen ziemlich bösen Blick. Er behauptet steif und fest, dass das hier kein so schweres Verbrechen wäre wie auf der Erde, versprach aber, zu versuchen, »es einzuschränken«. Er sagte das so, als würde er über das Rauchen sprechen.

Wir küssen uns den Berg hinauf, an Bäume gelehnt, an Felsen, in Wildblumenfeldern, im Schnee ...

Ich halte inne, schaue mich um und dann wieder zu ihm. »Weißt du, was das hier für ein Ort ist?«

»Das weiß ich wohl.« Er nickt, und ein Lächeln breitet sich auf seinem Gesicht aus. »Weißt du auch, was das für 'n Ort is'?«

»Aye.« Ich ahme seinen Ton mit einem breiten Lächeln nach.

---

[*] Damals war Jamison siebzehn, fast achtzehn.

»Aye.« Er lacht und legt seine Hand um meine Taille. »Du hast es nicht weggepackt?«

»Ich habe daran gedacht«, sage ich, und meine Wangen werden heiß.

Er stupst meine Nase mit seiner an und küsst sie dann. »Hast du?« Ich nicke.

»Wann?«

Ich bemühe mich, ein Lächeln zu unterdrücken, aber es gelingt mir nicht, und ich fange an zu lachen.

»Ah!« Er nickt wissend. »Wusste ich's doch, dass es eine gute Idee war, dich ins Bett zu zerren.«

Ich lache weiter, und seine Arme gleiten ganz um mich herum, bevor sein Mund über meinen streift.

»Warum magst du diese Erinnerung so sehr?« Er schaut sich um.

»Du weißt es nicht?« Überrascht weiche ich ein wenig zurück. »Der Wind hat nicht zu dir gesprochen?«

»Nein.« Jetzt nimmt er auch den Kopf zurück. »Hat er zu dir gesprochen?«

»Nein!« Ich schüttle rasch den Kopf und lache, als ob er dumm wäre. »Nein! Natürlich nicht.«

Jem duckt sich, sodass wir auf Augenhöhe sind, und mustert mich forschend. »Spricht der Wind zu dir, Boh?«

»Nein!« Ich lache gespielt unbekümmert. »Sei nicht albern!«

Er packt mich an der Taille, eine Hand auf jeder Seite. Er ist eindeutig erstaunt und fasziniert. »Doch, das hat er, stimmt's?«

»Nein.«

Er hat wieder dieses verwirrte Lächeln. »Was hat er gesagt?«

»Nichts.«

»Sag's mir.« Er lächelt, seine Hände wandern nach oben, unter meine Arme, als ob er es aus mir herauskitzeln könnte.

Meine Wangen sind jetzt glühend heiß. »Nein!«

Er packt mein Kinn und küsst mich, dieser Halunke. »Sag es!«

»Sie wird es dir verraten, wenn du ihr sagst, was in deiner süßen kleinen Tasche in der Wolke ist«, ertönt Itheelia Le Fayes Stimme hinter uns.

»Mum ...« Jamisons Ton ist eine stille Warnung.

»O ja.« Ich trete von ihm weg. »Was ist da oben?«

»Nein. Nich'!« Jem schüttelt den Kopf, lässt mich los und geht zu seiner Mutter, droht ihr mit dem Finger. »Nich'!«

»Aber ...«, beginne ich, und er wirft mir einen scharfen Blick zu.

»Du, hör auf. Ruhe jetzt!«, sagt er zu mir. »Das Gespräch ist beendet. Du und ich palavern* nicht über die gleiche Sache.«

»Oder vielleicht doch?« Itheelia schaut zwischen uns hin und her.

Ich werde ganz still, als ich Jem ansehe und unsere Blicke sich begegnen.

Plötzlich fühle ich mich nervös unter dieser Ernsthaftigkeit, die er ausstrahlt. Fast so, als könnte ich weinen, und als wäre er es wert, wenn ich es täte. Er zwinkert mir zu, und alle Schmetterlinge in meinem Bauch fliegen davon, befreit.

Er sieht seine Mutter an. »Aufwieglerin«, schimpft er und küsst sie auf die Wange. Sie schenkt ihm ein kurzes Lächeln, und ich folge ihnen weiter den Berg hinauf, vorbei an ihrem Haus.

Ich weiß nicht, wohin wir gehen.

Sie blickt zu uns zurück. »Und was verschafft mir die Ehre?«

Jem legt stolz den Arm um mich, und seine Mutter lächelt liebevoll.

Für Itheelias Verhältnisse kommt das wohl einer Parade gleich.

»Sehr gut.« Sie nickt.

Jem legt das Kinn auf meinen Kopf.

»Wann?«, erkundigt sie sich.

»Kürzlich.« Ich zucke verlegen mit den Schultern.

»Gestern Abend«, prahlt ihr Sohn ungeniert.

Sie verdreht die Augen. »Jammie.« Dann zieht sie mich zu sich und lässt mich nicht mehr los.

»Hab ihren Kuss ergattert, Mum.«

»Hast du?« Sie wirft ihm einen Seitenblick zu, bevor sie meinen Mund danach absucht. Aber er ist weg. Sie legt den Kopf schief. »Weißt du, darüber gibt es eine Legende.«

»Tatsächlich?« Hook schaut zwischen uns hin und her.

»Kennst du sie, Daphne?« Itheelias ernster Blick ruht auf mir.

Da ist wieder diese Schwere, die in der Luft um uns fühlbar ist.

---

* Das heißt »reden«.

Ich schlucke und nicke.

»Würd mich vielleicht jemand einweihen?«

Ich wende den Blick nicht von seiner Mutter ab, schüttle aber trotzdem den Kopf, und Jem seufzt genervt.

»Komm schon.« Er stupst mich an.

»Sei nicht so neugierig, Liebling«, schimpft Itheelia ihn aus. »Das gehört sich nicht.«

Danke, sage ich lautlos zu Itheelia.

Sie nickt, dann deutet sie mit dem Kopf auf etwas vor ihr.

»Was ist das?« Ich betrachte es. Es sieht aus wie ein …

»Ein Brunnen.« Jem nimmt meine Hand und führt mich dorthin.

Was auch immer tief unten in dem Brunnen ist, es glüht, wirbelt umher und bewegt sich wie Quecksilber.

Jem zieht einen Eimer herauf und taucht seinen Finger hinein, dann hält er ihn mir hin. »Probier's.«

Ich runzle verwirrt die Stirn, aber er wartet auffordernd. Ich lecke ihn schnell ab, dann weiten sich meine Augen.

Es schmeckt wie …

»Hoffnung.« Jem nickt. »Die Insel lebt davon, weißt du noch?«

Ich sehe zu Itheelia hinüber. »Wie von einem Treibstoff?«

»Sie fließt unter der Insel hindurch, wie ein Strom, der alles versorgt.«

Ich schaue zwischen ihnen hin und her. »Aber woher kommt sie?«

Itheelia legt den Kopf auf die Seite, als sie versucht, es zu erklären. »Eure Atmosphäre besteht aus Sauerstoff und Stickstoff. Unsere besteht aus Hoffnung und Staunen und auch ein bisschen Sauerstoff und Stickstoff und einer anderen Substanz namens Luxithogen, die ihr nicht kennt …«

»Mum.« Hook unterbricht sie mit einem eindringlichen Blick.

»Die Hoffnung ist ein universelles Gut«, fährt sie unerschrocken fort. »Und wir sind die Einzigen, die sie exportieren.«

»Okay …«

»Unsere Insel braucht sie zum Überleben, aber es ist auch der einzige Ort, an dem sie hergestellt werden kann.«

»Wie stellt ihr sie her?« Ich hänge neugierig an ihren Lippen.

»Ähnlich wie auf eurem Planeten Sauerstoff hergestellt wird.«

Sie zuckt mit den Schultern. »Wir atmen Beklemmung ein, und irgendwie atmen wir durch die menschliche Erfahrung Hoffnung aus.«

»Aber nich' immer«, wirft Hook einschränkend ein.

»Und nur auf diesem Planeten.« Seine Mutter nickt. »Deshalb ist Pan so wichtig«, sagt Itheelia vorsichtig. Ihr Blick zuckt zwischen mir und Jem hin und her. »Der Thronerbe soll Hoffnung bringen.« Sie runzelt die Stirn und wirkt ein wenig verwirrt. »Stattdessen scheint sie zu schwinden.«

»Die Hoffnung?« Ich schaue hinunter in den Brunnen.

»Ich überwache seine Werte genau.« Itheelia seufzt und lässt den Eimer wieder hinunter. »Sie ist in den letzten paar Hundert Jahren deutlich zurückgegangen.«

»Wirklich?« Ich sehe sie erschrocken an.

»Und besonders in letzter Zeit.« Sie richtet den Blick auf Jem. »Hast du die Gerüchte gehört?«

Er nickt.

»Sind sie wahr?« Seine Mutter leckt sich die Lippen und runzelt die Stirn.

»Ich fürchte, ja.«

Mein Blick zuckt zwischen den beiden hin und her. »Wovon redet ihr?«

Itheelia atmet vernehmlich durch die Nase aus, und Jem nickt zu mir.

»Wir müssen es ihr sagen.«

»Mir was sagen?« Ich bin zunehmend verwirrt.

»Sie wird's ohnehin rauskriegen«, sagt er gleichzeitig. »Ich möchte, dass sie's von uns erfährt.«

»Also gut.« Itheelia winkt abschätzig. »Aber wenn man von ihm spricht, ruft ihn das nur schneller herbei.«

»Von wem redet ihr?« Ich bewege den Kopf wie ein Zuschauer bei einem Tennismatch.

Jem seufzt und fährt sich mit den Händen durch die Haare. »Von meinem Onkel.«

»Oh.«

»James' Bruder«,* sagt Itheelia.

---

* Wie in: Captain James Hook.

»Jetzt sperr mal genau die Lauscher auf«,[†] sagt Hook und packt mich an der Schulter. »Wenn du an einem Schiff eine schwarze Flagge mit einer auf dem Kopf stehenden Blume siehst, rennst du so schnell wie möglich weg.«

»Was?« Ich lache unwillkürlich. »Eine Blume?«

Jem sieht mich eindringlich an. »Ich mein's ernst, Daph. Lauf weg.«

Ich schaue ihn missbilligend an. »Warum sollte er mir etwas antun, wenn er dein Onkel ist?«

Itheelia denkt kurz nach. »Er ist eine merkwürdige Art von Onkel.«

»Ist denn ein Onkel in eurer Familie gut?«, frage ich frech.

Sie lacht schnaubend. »Eher nicht.« Dann fordert sie uns mit einem Nicken auf, zu ihrem Haus zu gehen.

Jem legt seinen Arm um meine Schultern, aber er sieht traurig und angespannt aus.

Ich nehme seine Hand und drücke sie. »Ich glaube nicht, dass er mir wehtun würde, wenn er weiß, dass du dich um mich sorgst.«

Er sieht mich an. Die Sorge in seinem Gesicht löst sich zwar nicht ganz auf, wie ich es gehofft hatte, aber er zwingt sich trotzdem zu einem Lächeln. »Aye.« Er legt seine Hand um meinen Kopf und küsst mich auf den Scheitel. »Was für ein Monster würde so was auch tun?«

[†] Was bedeutet: Hör mir genau zu.

KAPITEL 21

»Guten Morgen.« Hook sitzt am Fußende des Betts und beobachtet mich. Das geht jetzt schon fast vierzehn Tage so. Seltsam, dass die Zeit hier leichter zu verfolgen ist. Die Tage vergehen genauso schnell wie auf der anderen Seite der Insel. Sogar schneller, je nachdem, wie wir sie verbringen, aber sie sind nicht verschwommen, und ich kann sie zählen. Heute ist der zwölfte dieser verträumten Tage, die sich nicht wirklich real anfühlen. Eine Tasse Tee im Bett, seine Hände in meinem Haar, meine Hände unter seinem Hemd. Tausend Küsse, und es geht weiter.

Ich schiebe ein paar Kissen in meinen Rücken. »Guten Morgen.« Ich reibe mir die Augen. »Du bist aber früh auf«, sage ich mit einem Stirnrunzeln. »Was hast du vor?«

»Daph.« Er streicht sich mit der Hand über das Kinn. »Wir müssen reden.«

Mein Herz versinkt sofort in Panik.

Ich sehe ihn an und kann kaum fassen, dass er mir das antut – was auch immer er vorhat. Und dass ich die ganze Zeit recht hatte, trifft mich wie ein Blitzschlag: Man darf einem Piraten niemals trauen. Und es ist so typisch für einen Piraten, dass er mich dazu bringt – nun, ich werde nicht einmal sagen, wozu er mich gebracht hat. Diese Genugtuung werde ich ihm nicht geben.

Ich setze mich aufrechter hin. »Na, dann los.« Ich wappne mich gegen den unvermeidlichen Schlag, der jetzt gleich kommt.

»Auf Neverland gibt es etwas, das wir den Rat nennen«, beginnt er und verwirrt mich damit völlig.

Moment mal.

Ich war vielleicht etwas zu voreilig.

»Er besteht aus Vertretern des Volks und der Gründer, die noch leben, wie meine Mutter und Day und, tja also, Aanya hat seit Jahren niemand mehr gesehen, aber sie is' auch dabei, wenn sie denn mal da ist.«

»Okay …?« Ich warte ab.

»Ich bin auch dabei, und der Häuptling. Er wird von Ryes und Callas Vater begleitet.« Er leckt sich die Unterlippe und blinzelt. »Und Peter is' auch dabei.«

»Warum sollte man ein Kind in einen Rat schicken?« Das wundert mich wirklich.

Jamisons Blick nach hat er sich diese Frage selbst schon gestellt. »Weil er der Thronerbe is'.«

Ich verschränke die Arme vor der Brust.

»Also gut.« Ich zucke ungeduldig mit den Schultern. »Mach weiter.«

Ich warte darauf, dass er mir das Herz bricht.

»Wir treffen uns immer nur, wenn's was zu organisieren gibt. Oder eine Bedrohung am Horizont auftaucht.«

»Was wollt ihr denn organisieren?«, erkundige ich mich.

Er sieht mich verblüfft an. »Nix.«

»Oh.« Ich brauche eine Sekunde. »Es gibt also eine Bedrohung?«

Er nickt. »Mein Onkel, Daph. Ich hab dir ja gesagt, dass er nix Gutes bedeutet.« Jamison seufzt, reibt sich die Augen und wirkt gestresst. »Der Rat wurde einberufen. Ich muss hingehen. Wir müssen einen Plan schmieden.«

»Okay.« Ich verstehe kein Wort. »Tagt er weit weg?«

Er schüttelt den Kopf. »Im Wald.«

Ich habe immer noch keine Ahnung, warum er so verzweifelt ist, wie er sagt.

Er steht auf und fährt sich durch die Haare. »Also hoch mit dir und mach dich fertig.«

»Ich gehe nicht mit«, sage ich lachend und kuschle mich wieder in sein Bett.

Jetzt runzelt er die Stirn. »Du musst mitkommen.«

»Warum?«

»Ich lass dich nicht allein zurück, bevor mein Onkel nicht aus diesen Gewässern verschwunden ist.«

»Orson kann bei mir bleiben«, erwidere ich unbekümmert.

Er schnaubt amüsiert. »Orson begleitet mich.«

»Gut.« Ich zucke mit den Schultern. »Brodie …«

»… ist noch ein Jüngling«, unterbricht Hook mich liebevoll. »Du musst mitkommen. Ich kann dich jetzt nich' verlassen.« Er kriecht auf das Bett und legt sich auf mich. Sein Blick wandert forschend über mein Gesicht. »Du bist hier nich' sicher.«

Ich kneife die Augen zu Schlitzen zusammen. »Ich habe das Gefühl, dass du einen Tick zu dramatisch bist.«

»Aye.« Jem küsst meine Nase und lächelt zärtlich. »Wenn's nur so wäre.«

Er holt etwas aus seiner Tasche. Zwei identische Halsketten. Das heißt, es ist keine Kette, sondern nur Garn oder etwas Ähnliches. Am unteren Ende hängen ein paar kleine, netzartige Kristalle.

Er legt mir eine um den Hals, und ich nehme sie in die Hand, um die Steine zu betrachten. Schwarzer Turmalin, klarer Quarz und Amethyst.

Ich sehe ihn fragend an. »Was ist das?«

Er tut, als wäre es nichts, aber da ist etwas in seinem Gesicht. »Du magst doch Steine.«

»Das stimmt.«

Er zuckt mit den Schultern. »Wir können beide die gleichen tragen.« Er streift sich seine über den Hals und schiebt sie unter sein Hemd, bevor er zu mir herübergreift und dasselbe mit meiner macht. »Nimm sie nie nich' ab.« Er lacht am Ende des Satzes. »Okay?«

Ich verziehe die Lippen, aber dann gebe ich nach. »Okay.«

Er küsst mich und schiebt dann sein Gesicht dicht an meins, ohne dass ich einen wirklichen Grund dafür erkennen kann.

Ich lächle etwas verlegen. »Kann ich dir etwas sagen?«

Er nickt und sieht mich abwartend an.

»Ich dachte, du wolltest mit mir Schluss machen.«

Das belustigt ihn sichtlich. »Wann?«

»Gerade eben.«

Jetzt ist Jem vollkommen verdutzt. »Wie kommst du denn da drauf?«

»Es kam mir einfach ... bedrohlich vor.« Ich zucke wieder mit den Schultern, weil ich mich jetzt dumm fühle. »Du da drüben am Fußende des Betts, um mir etwas zu sagen ...«

»Verstehe.« Er grinst.

»Ich bin sehr froh, dass du es nicht getan hast«, versichere ich ihm schnell.

»Aye, klar.« Jem schnaubt. »Ich auch.«

Ich schiebe die Hände unter meinen Po und verziehe peinlich berührt den Mund. »Ich habe gemeine Dinge über dich gedacht!«, platze ich heraus.

Jetzt lacht er schallend. Es kommt tief aus seinem Bauch. »Hast du das?« Er setzt sich auf. »Was denn?«

»Och.« Ich ziehe die Achseln hoch. »Du weißt schon, Pirat dies, Pirat das, geschieht mir recht, wenn ich mich verliebe …«

Ich unterbreche mich. Mein Gesicht erstarrt, meine Augen sind vor Entsetzen geweitet. Seine nicht. Er lächelt breit, seine Augen sind entzückt.

»In wen?«, fragt er und wartet.

»Nichts.«

Ich schüttle hastig den Kopf.

»O nein.« Er schüttelt auch den Kopf. »Raus damit.«

Ich unterziehe meine Hände einer gründlichen Inspektion. »Nein, es war nichts. Ich habe sonst nichts weiter gesagt. Ich sagte nur, es geschieht mir recht, dass ich mich in … also, dass ich … vom Himmel gefallen bin.« Ich nicke ihm zu. »In deiner Nähe, meine ich.« Ich nicke wieder. »Erinnerst du dich?«

»Aye.« Er nickt zurück. »Ich erinnere mich.«

Ich springe aus dem Bett und eile zu den neuen Kleidern, die er für mich hat nähen lassen. Ich liebe sie. Sie sehen aus wie die Kleider, die jemand tragen würde, der mit einem Piraten zusammenlebt.

Ich streife mir die Bluse über den Kopf. Die großen, weiten Ärmel fallen mir von den Schultern. Dann ziehe ich den weiten, weichen weißen Leinenrock mit dem aufreizend hohen Schlitz an der Seite an.

Jem kommt auf mich zu, während ich das schwarze Unterbrustkorsett aus Leder um mich schlinge, und er übernimmt es, es zu schnüren. Er fädelt die Enden ein und zieht sie zusammen. Ich weiß nicht, warum es genauso erregend ist, wenn er mir Kleidung anzieht, wie wenn er mich auszieht.

Er duckt sich, sodass sich unsere Blicke treffen. »Willst du es nicht zuerst sagen?«

Ich hebe trotzig den Kopf. »Ich weiß so überhaupt nicht, worauf du dich eigentlich beziehst.«

Jem lacht, packt mich an der Taille und zieht mich zu sich heran. Dann streift er mit den Lippen über meinen Mund.

»Wenn du es wissen willst ...« Unter seinem Blick schmelze ich zu einer Pfütze. »Ich bin schon vor langer Zeit gefallen.«

*

»Das ist schön«, sagt Orson und nickt Jamison und mir zu, während wir Hand in Hand durch den sommerlichen Regenwald in Richtung der Stelle schlendern, an dem der Rat tagt. Jem verdreht die Augen, hebt aber meine Hand zum Mund und küsst sie trotzdem.

»Ich habe Jam nicht mehr so glücklich gesehen seit ...« Orson denkt nach. »Noch nie.«

Jem verdreht wieder die Augen.

»Wie lange seid ihr beide schon befreundet?« Ich schaue zwischen den beiden hin und her.

Jem sieht mich nur stumm an, aber Orson reckt das Kinn in Jems Richtung.

»Jam hat mich gefunden, als ich siebzehn war.«

»Auf der Insel, auf der Peter dich zurückgelassen hat?«

»Nein.« Er hebt die Hände. »Peter hat mich auf einem sinkenden Schiff dem Tod überlassen, weil ich schon siebzehn war. Brodie hat er mitgenommen, weil der erst elf war.«

Ich will protestieren, weil das einfach nicht stimmen kann. Aber Jem drückt meine Hand, und ich merke selbst, dass das nicht der richtige Moment ist.

Orson lächelt Jem dankbar an, bevor er zu mir herüberschaut. »Du bist jetzt mit einem guten Mann zusammen«, stellt er fest, bevor er weitergeht.

Hook sieht zu mir herüber. »Is' es okay für dich, ihn wiederzusehen?«

»Peter?« Ich presse die Lippen zusammen. »Ich bin schon ein kleines bisschen nervös.«

»Klar.« Er drückt mich. »Ich bin bei dir.«

Ich drücke ihm einen Kuss auf die Schulter, denn die kann ich erreichen, wenn wir nebeneinander gehen.

Nach ein paar Kilometern sehe ich etwas, das ich für den Versammlungsort des Rats halte. Eine steinerne, offen Rotunde liegt über dem kleinen Fluss, der die Sommerseite der Insel von der des Frühlings trennt. Die Sommerseite ist von riesigen Palmenblättern, Paradiesvögeln und kopfgroßen Blumen bedeckt, während die Frühlingsseite von Wildblumen überzogen wird, so weit das Auge reicht, und aus großen und prächtigen Eichen, die den Eindruck erwecken, sie seien älter als all das hier.

Als wir näher kommen, lässt Jamison meine Hand los, aber er lächelt mich an. Vermutlich soll das beruhigend sein.

Als wir hineingehen, ist Peter noch nicht da, was mich erleichtert.

Aber Itheelia ist da, ebenso Day und Rye. Rye sitzt mit zwei älteren Männern zusammen, die ich nicht kenne, und einem, der ungefähr so alt aussieht wie wir.

Rye stößt sich von dem Tisch ab, steht auf, geht direkt auf mich zu und nimmt mich in die Arme.

»Sie haben gesagt, du seist zurückgegangen«, erklärt er, als er sich von mir zurückzieht.

Ich schaue zu Jem hinüber, der seine Mutter begrüßt.

Ryes Stimme wird leiser. »Calla hat mir erzählt, was passiert ist.«

Ich bin mir nicht sicher, wie genau Callas Version der Ereignisse war, aber ich lächle trotzdem.

»Sie hatten keinen Sex«, fährt er fort. Ich sehe ihn erstaunt an. Erstens bin ich mir nicht sicher, ob das stimmt, und zweitens glaube ich auch nicht, dass das wichtig ist.

»Sie hätten es genauso gut machen können.«

»Sie haben es aber nicht«, beharrt Rye. »Und sie wird das auch nicht tun. Unsere Mutter würde sie umbringen. Es gibt eine alte Frau in unserem Dorf, die weiß, ob du es getan hast oder nicht, und sie sagt es der Person, der du versprochen bist.«

Ich verziehe das Gesicht. »Das wirkt aber ziemlich übergriffig.«

»Das ist es auch.« Dann mustert er mich von oben bis unten. »Bist du wie eine Piratenbraut angezogen?«

»Was soll ich denn sonst anziehen?« Ich zucke abwehrend mit den Achseln. »Peter hat mir nicht erlaubt, irgendetwas mitzunehmen.«

Dann nähert sich Jem von hinten und legt seine Hand auf meinen Rücken.

Ich sehe, dass Rye das mitbekommt. Er blickt ein paar Sekunden lang auf die Hand, bevor er mich ansieht. Jamison hält Rye die Hand hin. Die beiden schütteln sich die Hände.

Dann setzt sich Jem.

»Es geht dir also gut?«, erkundigt sich Rye.

»Mir geht es gut«, bestätige ich.

Mir geht es mehr als nur gut, aber ich sollte wohl nicht zu begeistert klingen.

Mein Freund beugt sich vor und küsst mich auf die Wange. »Das freut mich.«

Dann geht er zurück und setzt sich zu seinem Vater, während ich neben Jamison Platz nehme. Itheelia winkt mir kurz zu, während Day sich räuspert.

»Wollen wir anfangen?«

»Kommt Aanya nicht?«, fragt einer der Männer neben Rye, der strenger wirkende der beiden.

Day schüttelt den Kopf, und dann fällt der Blick des Mannes auf mich.

»Wer ist sie?«

»Das ist Daphne, Dad«, antwortet Rye.[*] »Ich habe dir von ihr erzählt.«

Der andere Mann nickt. Ich glaube, er ist der Häuptling.

»Die Neue.« Er schaut mich an, und es kommt mir fast so vor, als würde er kurz noch mal genauer hinsehen. Wie würdet ihr so was nennen? Eine zweite Hinsicht?

Jem neigt den Kopf, als er darüber nachdenkt. »Aye, aber sie is' jetzt schon 'ne ganze Weile hier.«

»Und warum sitzt sie bei dir?«, will der alte Mann wissen.

»Sie is' unter meiner Obhut, Sorrel«, erwidert Jamison. Ich finde, das ist eine lustige Art, auszudrücken, dass wir zusammen sind.

Ryes Vater kneift skeptisch die Augen zusammen. »Und warum ist sie nicht in der Obhut des Jungen?«

---

[*] Später sollte ich erfahren, dass Ryes Vater Ash heißt.

»Ist das denn überhaupt jemand?«, wirft Orson mit einem finsteren Blick ein.

»Weil er mich verbannt hat«, antworte ich Ryes Vater. Es gefällt mir nicht, wenn jemand an meiner Stelle spricht. Ich werfe dem alten Mann ein kurzes Lächeln zu.

»Weshalb?«, fragt er mit einem ungeduldigen Unterton.

»Weil deine Tochter ihn …« Ich überlege, wie ich es ausdrücken soll. »… verwöhnt hat.« Ich lächle immer noch, aber die Augen der beiden alten Männer werden groß. »Und weil das die Grenzen unserer Beziehung, von denen ich dachte, dass sie für uns beide gelten, besonders krass verletzt hat, habe ich protestiert. Und wurde deshalb verbannt.«

Ich sehe Itheelia an, und sie verbirgt ein Lächeln hinter ihrer Hand, als der Mann sich an Rye wendet und ihm wütend etwas zuflüstert. Rye wirft mir einen Blick über den Tisch zu, als sei er verärgert über mich, aber ich zucke mit den Schultern. Denkt er vielleicht, dass ich seiner Schwester Diskretion schulde? Was für eine Frechheit.

»Wo steckt der Junge eigentlich?«, fragt mich Day, als ob ich das wüsste.

Ich deute mit einem Finger auf mich. »Verbannt, schon vergessen?«

Jetzt verbeißt sich Jamison ein Lächeln.

»Wo ist er?« Day seufzt und schaut sich im Raum um, aber schließlich bleibt sein Blick wieder bei mir hängen.

Ich seufze auch.

»Bei einer Meerjungfrau? Auf Schatzsuche? Jagt einem Eichhörnchen nach? Woher soll ich das wissen?«

»Wollen wir ohne ihn anfangen?«, schlägt Itheelia vor.

Day seufzt noch einmal, und es geht los.

Jeder erzählt alles, was er über diesen Onkel und seine scheinbar bevorstehende Ankunft weiß, während ich schweigend dabeisitze und zuhöre. Ich bin mir wegen dieses Mannes nicht mehr so sicher wie an dem Tag, als Jamison und Itheelia ihn zum ersten Mal erwähnten.

Es gab mehrere Sichtungen im ganzen Reich. Ich wusste nicht mal, dass wir in einem Reich leben. Ehrlich gesagt habe ich keine Ahnung, wo wir uns überhaupt befinden. Ich dachte wohl, wir wären einfach nur auf einem Planeten. Das war wahrscheinlich ein bisschen naiv.

Wie auch immer, überall gab es Sichtungen, und überall werden Menschen vermisst. Viele von ihnen sind noch sehr jung.

Ab heute Abend wird es Patrouillen geben. Und der Plan sieht vor, ihn sofort zu töten, wenn er sich zeigt.

Das dürfte schwieriger sein, als es klingt, so viel bekomme ich mit.

Ich schlug vor, ihn einfach zur Polizei zu bringen. »Oh, warum haben wir nicht daran gedacht?«, fragt Jem. »Ach ja, weil's hier keine Polizei gibt. Hier ist Neverland.«

Womit er sich einen nachdrücklich unbeeindruckten Blick von mir einhandelt.

»Kann man ihn auf der Stelle töten?«, fragt Rye skeptisch.

»Irgendwie schon«, überlegt Itheelia.

»Ein Stich ins Herz sollte genügen«, erklärt Ryes Vater, aber Itheelia scheint sich da nicht ganz sicher zu sein.

»Es gibt Gerüchte, dass er sein Herz irgendwo in seinem Körper versteckt hat.«

Ich schaue Hilfe suchend zu Jem. Ich komme nicht mehr mit.

»Er ist …« Rye verstummt. Magie ist das Wort, das er nicht ausspricht.

»Er benutzt Magie nur«, springt Jem ihm bei. »Er hat sie nich' von Natur aus in sich.«

Rye nickt. Offenbar kann er ihm folgen. »Irgendwelche Tipps?«

»Genau zielen?«, rät Jem beiläufig. »Wo auch immer genau sein mag.«

»Ich habe gehört«, beginnt Itheelia, »dass man im Mondlicht sein Herz pulsieren sehen kann.«

»Warum muss es ein Stich durch das Herz sein?« Ich schaue sie alle der Reihe nach an.

Jamison wirkt angespannt, während er überlegt, wie er es mir erklären soll. »Er hat im Laufe der Zeit einige Dinge gesammelt, die ihn mächtig gemacht haben.«

»Ach so.« Ich bin immer noch nicht ganz sicher, was er damit meint. Ich glaube, genau das ist seine Absicht.

»Wirst du Pan sehen?«, fragt Itheelia Rye. »Wirst du ihm alles erzählen …«

»Nicht nötig, Hexe.« Peter kommt mit allen Verlorenen Jungs im Schlepptau herein. Sie alle haben neue Sommersprossen.

Mich durchzuckt ein merkwürdiger Stich der Erleichterung, als ich die Kleinen sehe. Sie entdecken mich, bevor er es tut.

»Daphne!«, ruft Kinley fröhlich.

»Oh, Daphne!« Percival will zu mir laufen, aber Peter streckt eine Hand aus und hält ihn auf.

»Was machst du denn hier?« Peter wirft mir einen finsteren Blick zu, während er sich setzt. »Ich habe dich verbannt.«

Unter dem Tisch drückt Jamison beruhigend mein Knie, aber darüber sieht er Peter grimmig an.

»Ich weiß, du wirst es kaum glauben, Kumpel, aber das bedeutet einen Scheißdreck.«

Peter sieht Jamison nicht an, sondern hält seinen Blick fest auf mich gerichtet. »Du solltest nicht hier sein«, wiederholt er.

Ich starre ihn an. »Sagt wer?«

»Ich!«, fährt Peter hoch. »Ich will, dass du von meiner Insel verschwindest.«

»Es ist nicht deine Insel, Peter«, sagt Itheelia ganz ruhig. Er wirft ihr einen finsteren Blick zu.

»Sei nicht albern. Wir wissen alle, dass sie es ist.« Dann richten sich seine Augen wieder auf mich. »Und ich will, dass sie davon verschwindet. Ich werde dich selbst nach London zurückschleppen.«

Jamison steht auf. »Und ich werde dich töten, wenn du es auch nur versuchst.«

Peter springt ebenfalls auf. »Was machst du überhaupt hier?« Er springt auf den Tisch und starrt auf mich herab, während er zu uns kommt.

Ich schiebe mich vom Tisch zurück. Der Stuhl schrammt laut über den Stein, als ich mich von ihm wegbewege, und Jamison stellt sich zwischen uns.

Peter blickt mit hochgezogenen Augenbrauen um Hook herum auf mich.

»Bei ihm wohnst du also, seit du mich verlassen hast?«

»Seit du mich verbannt hast«, korrigiere ich ihn.

Peter springt vom Tisch und reißt die Augen komisch weit auf. Er wirkt fast ein wenig panisch. »Du darfst jetzt zurückkommen, Mädchen.« Er nickt mir zu. »Du kannst in meinem Bett bleiben.«

Ich schüttle den Kopf. »Ich will nicht in deinem Bett bleiben, Peter.«

Peter weicht zurück. »Aber in seinem?«

Sein Blick fällt auf mich, als wäre ich eine Verräterin oder eine Hure, und ich öffne den Mund, um mich zu verteidigen, um zu sagen, dass ich mir wünschte, ich hätte diese Entscheidung viel früher getroffen, dass ich sie jeden Tag neu treffen würde, immer und immer wieder, als Jamison dazwischenfunkt.

»Hältst du wirklich so wenig von ihr?«, sagt er. Sowohl seine Mutter als auch ich sehen ihn verwirrt an. Verletzt, um genau zu sein. Ich verstehe ihn nicht.

Hook deutete auf mich.

»Sie ist mein Gast.«

»Du kannst sie nicht haben.« Peter speit ihn förmlich an.

»Du auch nicht«, werfe ich Peter an den Kopf.

Peter starrt mich mit zusammengekniffenen Augen an. »Du gehörst mir.«

Ich stehe auf und trete um Hook herum. »Ich bin verbannt«, erinnere ich ihn, und dann macht Peter etwas Dummes. Peter macht oft dumme Sachen, und obwohl er es damals nicht gewusst haben konnte, weil Jamison ihn nicht über die Art unserer Beziehung aufgeklärt hat, sollte sich diese Sache als eine der dümmeren Sachen herausstellen.

Er packt mich, das tut Peter. Grob, am Arm, und zerrt mich zu sich hinüber.

In demselben Sekundenbruchteil zieht Jamison sein Schwert, Itheelia den Zauberstab – ich wusste nicht, dass sie einen hat –, Orson kommt von draußen hereingestürmt, und Rye drängt sich um den Tisch.

»Du lässt sie sofort los«, sagt Jem mit einem Blick, der mich beunruhigt.

»Das glaube ich nicht.« Peter zuckt mit den Schultern. »Sie gehört schließlich mir.«

Hook verzieht das Gesicht. »Is' das so, wenn du sie so festhalten musst?«

Peter lockert seinen Griff um mich. Ich reiße mich von ihm los, gehe zu Jem und stelle mich hinter ihn.

Peter schiebt trotzig das Kinn in unsere Richtung. »Glaubst du, sie gehört dir?«

Jamison sieht ihn verächtlich an. »Ich denke, sie gehört vor allem sich selbst, und ich werde gegen jeden kämpfen, der was anderes behauptet.«

Peter baut sich vor ihm auf. »Ich sage etwas anderes.«

Jem nickt und lächelt gleichgültig. »Dann zieh dein Schwert.«

Ich sehe ihn mit großen Augen an.

Peter spottet. »Forderst du mich zu einem Duell heraus?«

Jem seufzt verächtlich. »Kumpel, ich versuch nur, dir das Maul zu stopfen.«

Peter lacht schrill. »Morgen. Cannibal Cove.«

»Jem.« Ich berühre seinen Arm, aber er schüttelt mich ab.

»Wenn die zweite Sonne ein Drittel links unten am Himmel steht«, sagt Peter.

Hook nickt. »Abgemacht.«

»Bis zum Tod«, sagt Peter zu ihm.

Itheelias Augen werden groß, aber Jamison ist ungerührt. »Du bist immer gleich so dramatisch.« Jem verzieht verächtlich das Gesicht, dann bietet er eine Alternative an. »Erstes Blut.«

Peter zuckt gelangweilt mit den Schultern. »Einverstanden.« Dann wirft er mir einen bösen Blick zu. »Wenn er blutet, kommst du mit mir nach Hause.«

Ich straffe mich und schaue ihn an. »Es gibt kein ›Zuhause‹ bei dir, Peter. Dafür hast du gesorgt.«

Etwas wie Traurigkeit fliegt über sein Gesicht, aber nur den Bruchteil einer Sekunde, dann ist es weg.

Peter schiebt sich an mir vorbei, bevor er davonfliegt, und die Verlorenen Jungs rennen ihm nach.

Itheelia schlägt Jamison auf den Arm. »Was hast du dir dabei gedacht?«

Er blickt seine Mutter finster an. »Ich dachte, so kann er nich' mit ihr reden.«

»Er wird nicht fair kämpfen«, erklärt sie, und ich stelle mich neben sie.

»Sie hat recht, wird er nicht.«

Jamison wirkt ein bisschen beleidigt. »Mit dem Jungen nehm ich's auf.«

»Du darfst nicht fair kämpfen, wenn er es nicht tut«, beharrt seine Mutter.

»Klar, aber das wär schlechter Stil. Mein alter Herr würd sich im Grab umdrehen.«

Itheelia wirft ihm einen strengen Blick zu. »Besser, als wenn du dich in einem Grab neben ihm umdrehst.«

Jem wirft ihr einen genervten Blick zu, bevor er sie auf die Wange küsst, dann legt er seinen Arm um meinen Hals und zieht mich aus der Rotunde.

»Geht's dir gut?«, fragt er nach einem Moment.

Ich blicke geradeaus und stoße die Luft durch die Nase.

Ist es mir egal, dass Peter traurig aussah? Ist es mir egal, dass er gesagt hat, er würde mich selbst nach England zurückschleppen? Dass er mich von dieser Insel weghaben will?

Ja. Das alles ist mir egal, jedenfalls im Vergleich zu der Frage, die in meinem Inneren brennt.

Ich sehe Jem an und runzle bereits die Stirn.

»Schämst du dich für mich?«

»Was?« Jem ist völlig verwirrt, und er blinzelt ein paarmal. »Nein, ich liebe dich.«

Ich bleibe hartnäckig. »Warum hast du ihm dann nicht gesagt, dass wir zusammen sind?«

»Daphne.« Er seufzt. »Erinnerst du dich nicht daran, als wir im Vulkan waren und ich dich fast geküsst hätte? Er war nicht da, er konnte es nicht sehen, aber die Insel hat es für ihn gefühlt. Sie hat in seinem Namen gehandelt.« Jamison wirft mir einen gereizten Blick zu. »Was glaubst du, würde er tun, wenn er es wüsste?«

Ich zucke mit den Schultern. »Irgendwann wird er es erfahren müssen.«

»Ja, das wird er.« Jem nickt. »Und wenn der Tag gekommen ist, werde ich da sein und dich von der Insel wegschaffen.«

Ich stemme die Hände in die Hüften, absolut genervt von ihm.

Er ist genauso dramatisch wie Peter. »So schlimm wird es wohl nicht sein.«

Jamison schnaubt und geht weiter. »Es ist sehr gefährlich, wie sehr du ihn unterschätzt!«, ruft er mir zu.

»Jem.« Er hört den Zweifel in meiner Stimme.

Er dreht sich auf dem Absatz um.

»Daphne, er denkt, du gehörst ihm.« Er wirft mir einen langen Blick zu, in dem viele süße Kleinigkeiten mitschwingen, wie Eifersucht und Sorge. »Ich möchte nich' rausfinden müssen, was er tut, wenn er spitzkriegt, dass das nich' so ist. Ich bring dich weg. Wir fahren zurück nach London. Ich werd ...«

Ich schaue mit großen Augen zu ihm auf, während ich sein Gesicht streichle. Ich schlucke. »Du hast da vorhin etwas zu mir gesagt ...«

»Nein.« Er dreht sich um und will weitergehen. »Sag's nich'. Das fühlt sich nach all deinen Worten nur wie ein nachträglicher Einfall an.«

»Nein!« Ich laufe ihm nach. »Ich war nur abgelenkt wegen der Art des Gesprächs vorhin, und ich hatte das Gefühl, dass du ...«

Er wirft mir einen Blick über die Schulter zu. »Der Moment ist vorbei. Das Fenster ist geschlossen.«

Dann lächelt er etwas schüchtern und reicht mir die Hand.

Er liebt mich!

KAPITEL 22

Jamison beteuerte mir auf dem Rückweg, dass er das Duell gegen Peter gut überstehen würde, dass er von den härtesten Piraten in der Geschichte ausgebildet worden sei, dass er wisse, wie Peter kämpft, und dass er schon härtere Duelle aus nichtigeren Gründen gewonnen habe. Aber kaum waren wir wieder in seiner Kabine, musterte er mich mit diesem anzüglichen Blick, das Kinn auf die Brust gesenkt, und mit leuchtenden Augen.

»Vielleicht sterbe ich aber auch«, sagte er.

»Jem.« Ich stürzte zu ihm, umrahmte sein Gesicht mit meinen Händen.

»Wir sollten wohl das Beste aus dem heutigen Abend machen«, schlug er vor. Und dann grinste er.

Ich wandte ein, dass wir besser früh ins Bett gehen sollten, um dafür zu sorgen, dass er gut ausgeruht ist.

Er erwiderte, das höre sich nach einer anderen Art von Tod an.

Also habe ich ihm den Gefallen getan, weil er mich liebt.

Und ich ihn liebe.

Die ganze Nacht habe ich auf den richtigen Zeitpunkt gewartet, um ihm zu sagen, dass ich ihn liebe, aber keiner schien mir dieses Anlasses würdig zu sein.

Vermutlich weiß er es sowieso, aber ich werde es ihm sagen, bevor er heute Morgen zum Duell geht.

Doch als ich aufwache, liegt er nicht mehr im Bett.

Ein paar Sekunden lang bildet sich in meinem Magen ein sonderbarer Knoten, weil ich besorgt bin, dass er ohne mich losgegangen ist. Ich soll nicht mit ihm zu dem Duell gehen. Stattdessen soll ich hierbleiben und packen.

Wir packen, weil wir Neverland für eine Weile verlassen werden.

Damit wir zusammen sein können, ohne Angst vor dem Zusammensein zu haben.

Aber ich bin früh aufgewacht, damit ich packen und zusehen kann, nur für den Fall. Für den Fall, dass Peter vielleicht doch so schlimm ist, wie mir alle immer sagen. Was ich allerdings nicht glaube.

Dennoch kann man nicht ausschließen, dass er zu weit geht oder etwas ungewollt Gefährliches tut. Ein Kind, das mit einer Pistole herumspielt, ist nicht automatisch ein vorsätzlicher Mörder, selbst wenn es versehentlich jemanden dabei umbringt. Außerdem kämpft Jamison für mich. Ich fände es schrecklich, nicht dabei zu sein.

Als ich aus dem Bett steige, finde ich einen Zettel auf seinem Tisch.
Meine Liebste.
Ich trainiere mit Ors.
Komm noch nach Hause, bevor ich losgehe.
Der Deine.
Der Meine.

Ich lächle auf die Notiz hinunter, und mein Herz schwillt an wie eine große Welle, während ich den Zettel an meine Brust drücke und das Meer das Schiff schwanken lässt – komisches Timing. Ich lächle auf das Meer hinaus.

Und fange an zu packen.

Ich habe noch nie für einen Jungen gepackt.

Er hat nicht so viele Klamotten, also packe ich einfach alle ein.

Ich finde aber nur eine Tasche, also ziehe ich mich an und mache mich auf die Suche nach einer anderen. Ich kenne mich jetzt etwas besser im Dorf aus und laufe in Richtung des Ladens von Bets.

Ich weiß nicht mehr, ob sie auch Taschen herstellt, aber ich denke, sie ist eine gute erste Anlaufstelle.

Ich gehe an ein paar Leuten vorbei, die ich inzwischen schon kenne. Und ich begegne Morrigan, die mich verächtlich ansieht. Meine Ankunft im Dorf hat ihr gar nicht gepasst.

Ich hörte, wie Orson zu Jamison sagte, dass Morrigan darüber herzieht, weil ich hier bin, und dass er gehört habe, dass sie mir den Tod wünsche.

Jem spottete und erwiderte etwas, das ich nicht hören konnte, aber ich konnte sehen, dass er darüber verärgert war.

Ich wünschte, ich könnte ihr sagen, dass Jamison und ich zusammen weggehen, aber das wäre eine unnötig bissige Bemerkung. Denn ich habe ihn und sie nicht.

Das führt mich dann in ein Kaninchenloch von Gedanken darüber, wie unser Leben jetzt aussehen könnte, wenn wir von hier weggehen.

Wohin wollen wir überhaupt gehen?

Und wie lange wollen wir wegbleiben?

Außerdem, wenn man nicht fliegen kann wie Peter, wie kommt man dann überhaupt hier weg?

Über all diese Dinge denke ich nach, als ich an einer Ecke vorbeigehe und mein liebstes Lachen auf der Welt höre.

»Außerdem habe ich gehört, dass du eine neue Bettgespielin hast«, sagt eine mir unbekannte Stimme. Sie klingt britisch. Und zwar sehr.

Ich weiß nicht, warum ich mich nicht bemerkbar mache, aber ich tue es nicht. Wahrscheinlich hätte ich es tun sollen. Es ist irgendwie unehrenhaft, es zu lassen, aber irgendetwas bringt mich dazu.

Stattdessen verstecke ich mich hinter der Ecke und lausche.

Nun kann man sehr viel über das Lauschen sagen – dass man es nie tun sollte, dass man begreifen muss, dass man dabei nur einen Teil des Gesprächs mitbekommt, dass man dem Mann, den man liebt, genug vertrauen sollte, um gar nicht erst das Bedürfnis zu haben, zu lauschen –, aber ich bin auch nur ein Mensch. Und vielleicht noch dazu etwas misstrauisch.

»Aye«, erwidert Jamison. »Von wem hast du's gehört?«

»Die Rothaarige, mit der du dich früher rumgetrieben hast«, sagt die andere Stimme. »Sie sagte, sie sei deine neue Obsession.«

Ich spähe um die Ecke und beobachte sie aus der Ferne.

Jem zuckt mit den Schultern. »Ein Teil von ihr war das jedenfalls. Jetzt habe ich ihn.«

Mir gefriert das Blut in den Adern.

Der andere Mann hat weißes, schulterlanges Haar, eine spitze Nase und braune Augen, die so dunkel sind, dass sie fast schwarz scheinen. Er trägt eine seltsame Brille mit gefärbten Gläsern. »Und was hast du von ihr bekommen?«

Ich schlucke und warte, dass er etwas sagt, das den Schlamassel aufklärt, das alles auflöst.

Aber dann legt Jamison den Kopf schief, wirft dem Mann einen anzüglichen Blick zu, und ein Grinsen verzerrt seinen Mund. Ich habe das Gefühl, als würde mein Herz eine Treppe hinunterpurzeln.

Der Mann lacht. Er ist irgendwie alt und gleichzeitig alterslos. Mitte sechzig? Oder einhundertzwanzig? Ich kann es nicht sagen. Seine Haut sieht nicht alt aus, aber irgendetwas an ihm wirkt verbraucht.

Er grinst Hook an. »Wie war's?«

»Beschissen.« Jamison lacht.

Ach du liebe Zeit! Ich glaube, ich falle gleich in Ohnmacht.

Und er macht weiter. »Sie hat einfach nich' aufgehört, die ganze verfickte Zeit zu meckern.«

Der Mann lacht wieder, und Hook schüttelt den Kopf.

»Du hättest es verdammt gehasst.«

»Das hätte ich.« Der Mann nickt.

»Aber ich hab ihren Kuss ergattert.« Hook tippt auf die Stelle seines Mundwinkels, wo mein Kuss saß.

Der Mann mustert ihn mit frischem Interesse.

Ich? Oh, ich habe das Gefühl, ich schwinde dahin.

»Ach?« Der Mann starrt ihn an. »Jam, so was findet man nur selten.«

»Weiß ich.«

»Hätte ich das gewusst …« Der Mann streicht sich die langen Haare hinter die Ohren. »Dann wäre ich früher gekommen.«

»Hätte ich das gewusst«, erwidert Jamison, »hätte ich ihn nicht genommen, sondern ihn dir überlassen.«

»Würdest du ihn mir denn jetzt geben?« Die Augen des Mannes glühen gierig. »Ich hätte ihn gern für meine Sammlung.«

Seine Worte verwirren mich völlig.

»Das würd ich ja.« Hook zuckt gleichgültig mit den Schultern. »Aber ich hab ihn in der Sekunde verloren, in der sie ihn mir geschenkt hat.«

Ich presse mir die Hand auf den Mund und schlucke schwer. Ich kämpfe dagegen an, mich zu übergeben.

Der Mann verdreht die Augen. »Offenbar schätzt du sie ja sehr.«

»Sie bedeutet mir nichts.« Jem schnaubt verächtlich. »Und ich glaub auch nicht, dass dieser Kuss ihr was bedeutet hat.« Jamison kratzt sich den Hals. »Das Mädchen hat ihn mir praktisch aufgedrängt.«

»Hat sie Liebeskummer?«, erkundigt sich der Mann.

»Nein.« Jamison schüttelt den Kopf. »Vielleicht bald, aber noch ist sie nicht so weit.«

»Warum brichst du ihr nicht einfach das Herz, und dann werde ich ...«

»Unmöglich.« Hook schüttelt den Kopf. »Ich hab ihr mein Wort gegeben, dass ich sie zurück nach Blighty bringe.«

Der Mann seufzt. »Du und dein verdammtes Ehrenwort.«

»Ehre ist alles«, versichert Hook ihm.

Der Mann lacht spöttisch. »Das ist etwas inkonsequent, mein Junge.«

Hook zuckt die Achseln. »Ich bin ein Pirat.«

Der Mann fährt mit der Zunge über seine Oberlippe. »Ist noch was für mich übrig?«

Hook lacht trocken. »Nich' nach allem, was ich mit ihr angestellt hab.«

Der Mann kneift die Augen zusammen. »War sie nicht noch Jungfrau, als du sie kennengelernt hast?«

»Doch, klar.« Jamison klingt desinteressiert. »Betrachte sie als geschändet.«

Klavier. Auf meinen Kopf.

Ich kehre ihnen den Rücken zu und gehe den Weg zurück, den ich gekommen bin.

Ich habe dieses merkwürdige Geräusch von rauschendem Wasser in den Ohren, und mein Blut scheint sich auf meiner Haut zu sammeln, und mir wird heiß und kribbelig.

Meine Arme und Beine fühlen sich an wie Baumstämme, und ich bewege mich, ohne etwas wahrzunehmen, durch das Dorf.

Ich weiß nicht, wo ich hingehen soll.

Verschwinde hier.

Das ist alles, was ich in meinem Kopf höre. *Geh nach Hause.*

Verlass diesen schrecklichen, wunderbaren Ort und kehre nach London zurück.

Heirate Jasper England. Heirate niemanden! Heirate deine Arbeit wie deine Mutter!

Sprich nie wieder mit einem anderen Mann. Geh einfach.

Aber wie?

Ohne Hook, ohne Peter, ohne Rune – wo steckt sie überhaupt? – weiß ich nicht, wie ich nach Hause kommen soll.

Mein Herz rast. Ich lege eine Hand auf meine Brust und befehle mir, mich zu beruhigen. Da ertaste ich die Halskette, die Jamison mir geschenkt hat.

Ich ziehe sie mir vom Hals, die Schnur reißt, und ich werfe sie zu Boden.

»Geht es Ihnen gut, Miss?« Ein junger Mann lehnt an einer Wand. Ich habe ihn noch nie in der Stadt gesehen.

Er hat auch so eine komische Brille auf. Eine andere Form, aber auch gefärbte Gläser.

Neverland ist eben ziemlich sonderbar, also denke ich mir nicht viel dabei.

»Ich muss nach England«, antworte ich. Ich weiß nicht, warum. Aber was kann es schon schaden?

»England, wirklich?« Der Mann kommt zu mir und mustert mich von oben bis unten. »Haben Sie Probleme?«

Ich schüttle den Kopf und schlucke. »Nein, ich habe kein Problem.« Ich sterbe einfach nur innerlich, das ist alles. »Ich muss nur irgendwie nach Hause kommen. Mein früheres Transportmittel hat mich im Stich gelassen.«

»Was für eine Frechheit. Man hat Sie hängen lassen?« Er sieht mich entsetzt an. »Das ist eine absolute Frechheit.«

Ich lächle ihn an und tue so, als wäre ich von seinem Geschleime geschmeichelt. Es ist eine Männerwelt.

»Kennen Sie jemanden, der das Reich verlassen will?« Ich sieze ihn instinktiv, ich weiß nicht genau, warum.

Der Mann nickt. »Ja, ich kenne jemanden.«

»Wirklich?« Ich sehe ihn hoffnungsvoll an.

Irgendwas ist an der Sache schrecklich, sage ich mir. Wie begierig es sich anfühlt. Wenn wir hoffnungslos sind, fühlt sich die kleinste Hoffnung, die uns angeboten wird, wie ein Rettungsanker an, auch wenn sie in Wirklichkeit eine lebenslange Strafe ist.

Hoffnung trübt Dinge wie Intuition. Wenn ihr jemals auf etwas hoffen müsst, bedeutet das, dass ihr das abscheulich Offenkundige ignorieren müsst, um euch an etwas anderes zu klammern.

Gestern hätte ich beim Anblick dieses Mannes, der jetzt vor mir steht, nach Hooks Hand gegriffen.

Und jetzt? Er ist nur ein aufmerksamer Fremder, der bereit ist, einem Mädchen zu helfen, das in Not ist.

»Wirklich.« Er nickt. »Kommen Sie mit.«

Ich folge ihm durch das Dorf.

Und jetzt fühle ich mich auch gleich besser. Wir gehen ganz offen durch das Dorf. Nicht über schummerige Hinterhöfe oder zwielichtige Gassen. Wir sind am helllichten Tag unterwegs.

Die Leute sehen uns.

Alles ist gut.

Allerdings verlassen wir das Zentrum des Dorfs und lassen den Hafen hinter uns. Aber ich sollte wohl dankbar dafür sein.

Denn ich möchte jetzt nicht unbedingt im Hafen sein.

Eigentlich möchte ich nie wieder zum Hafen.

Mein Herz brennt in meiner Brust, und dass ich mich jetzt nicht vor Schmerzen krümme, zeugt nur von meiner hohen Schmerztoleranz.

Es frisst mich auf, und dabei sagt es mir die ganze Zeit nur, dass ich ihn liebe.

Ich liebe ihn, aber ich kenne ihn überhaupt nicht.

Er ist nicht der, für den ich ihn hielt. Ich habe recht gehabt, damals.

Er hat mich dazu gebracht, ihn zu lieben, und dann hat er mich zum Narren gehalten.

Ich hätte nie hierherkommen dürfen, und jetzt muss ich weggehen.

Weg. Schon der Gedanke daran bringt mich zum Weinen, denn das will ich auch nicht. Auch wenn es schwer ist, hier zu leben, wenn es mein Herz in Stücke gerissen hat – es fühlt sich trotzdem irgendwie tragisch an, Neverland zu verlassen.

Abgesehen von den beiden Jungen liebe ich es hier. Ich empfinde eine Verbundenheit mit dem Land, die ich sonst nur für England empfunden habe. Es zu verlassen, fühlt sich auch verheerend an.

Aber wie sollte ich bleiben? Gefangen zwischen Verbannung und Verrat?

»Wohin gehen wir?«, frage ich schließlich, als wir uns dem Rand des Dorfs nähern.

Hier draußen ist nicht viel los, und es gibt nur ein paar Boote. Hook sagte, hier könnte man besser fischen. Aber das ist auch schon alles. Links ist nur Wasser, rechts die Bäume.

»Zu meinem Kapitän.« Er wirft mir einen Blick über die Schulter zu. »Er wird Sie kennenlernen wollen.«

Plötzlich frischt der Wind auf. Eine gewaltige Böe fegt aus dem Nichts heran, die Blätter wirbeln um meine Knöchel wie Fesseln und treiben mich zurück in die Stadt.

Ich komme an einem Strauch vorbei, der sich schüttelt und mit seinen verzweigten Ärmchen an mir kratzt.

Das ist wohl mein Stichwort, endlich zu verschwinden.

Wenn sich die Natur gegen dich wendet oder – noch treffender – wenn Peter die Natur gegen dich wendet.

»Will er das?«, rufe ich über den Wind hinweg dem Mann zu. »Warum?«

Der Mann deutet auf ein großes schwarzes Schiff. Es ist riesig. Alles ist schwarz, außer den gewaltigen weißen Segeln, die sich im Wind bauschen. Die Insel kann mich wohl gar nicht schnell genug loswerden.

Der Wind heult, und der Baum, unter dem ich vorbeigehe, biegt sich und peitscht mir seine Äste ins Gesicht. Ich schaue zu ihm zurück, mit demselben Blick, mit dem ich einen Freund bedenken würde, der mich gerade geschlagen hat.

Gekränkt, mit verletzten Gefühlen.

Der Baum schlägt erneut zu.

Der Mann beobachtet das verwirrt.

»Das Wetter hier ist verrückt«, stellt er dann stirnrunzelnd fest.

Aber ich schüttle den Kopf. »Es liegt nicht am Wetter.« Ich seufze. »Es liegt an mir.«

Ich befreie mich von all den Ästen, die sich aus irgendeinem Grund um meine Brust geschlungen haben, und werfe sie mit dem fieberhaften Zorn von mir, mit dem ich mir jetzt wünsche, Jamisons Hände von mir gestoßen zu haben. Dann schiebe ich mich darunter hervor.

»Warum will Ihr Kapitän mich treffen?«, frage ich den Mann noch einmal.

In dem Moment ertönt eine andere Stimme von dem Schiff, die ich schon einmal gehört habe. Es ist die des Mannes, mit dem Jamison vorhin gesprochen hat. Er steht oben an der Gangway.

Hinter ihm weht eine schwarze Fahne mit einer auf dem Kopf stehenden Blume.

Der Mann kommt auf mich zu und lächelt dabei so heimtückisch, wie ich es noch nie zuvor bei einem Menschen gesehen habe.

»Weil ich schon so viel von Ihnen gehört habe.«

KAPITEL 23

Ich habe versucht zu fliehen, das darf ich schon behaupten. Ich habe das Schiff nicht freiwillig betreten.

Es gab eine Verfolgungsjagd. Ich wurde gepackt und zurück an Bord geschleift. Ich werde euch nicht mit den Details langweilen, denn sie sind langweilig.

Ich wurde ergriffen. Das ist der Kernpunkt.

Ehrlich gesagt habe ich mich am Ende gar nicht mehr richtig gewehrt. Vielleicht hätte ich das tun sollen.

Ich weiß nicht, ob ich erstarrt bin oder ob ich mich schon fühlte, als würde ich sterben, und hätte beschlossen, den Dingen einfach ihren Lauf zu lassen.

Doch das alles ist nicht der interessante Teil der Geschichte.

Der interessante Teil spielt sich in der Kapitänskajüte ab, in der ich mich wiederfinde. Sie ist mit keiner Kapitänskajüte vergleichbar, in der ich je zuvor gewesen bin.

Zugegeben, ich war nur in einer, aber die war so, wie ich es mir vorgestellt hatte.

Aber die hier – es gibt ein Bett und einen Schreibtisch, und an jeder Wand stehen Regale und Gläser mit Objekten, die ich nicht erkennen kann.

Wie eine Musterbibliothek an einer Universität oder so.

Manche leuchten, andere pulsieren, einige rattern, wieder andere liegen schlaff da und zucken nur gelegentlich.

Einer seiner Männer – es sind ziemlich viele, und alle tragen diese seltsamen Brillen – schiebt mich zum Kapitän, der auf seinem Bett sitzt.

Er klopft auf die Matratze neben sich, aber ich rühre mich nicht.

Der Mann, der mich hereingebracht hat, stößt mich zu Boden.

»Das reicht, Ian, danke.« Der Kapitän scheucht ihn weg.

Die Tür schließt sich hinter ihm, und der Kapitän betrachtet mich aufmerksam.

»Hallo.«

»Wer sind Sie?« Ich behalte instinktiv das »Sie« bei, das ich schon bei dem anderen Mann gewählt hatte, während ich ihn anstarre. Doch eigentlich ist die Frage überflüssig, denn ich weiß es schon. »Ich weiß, wer Sie sind, aber ich weiß nicht, wie man Sie nennt.«

Das scheint ihn zu überraschen. »Das weißt du nicht?«

»Niemand will Ihren Namen aussprechen.«

»Ah.« Er nickt. »Sehr weise.«

Ich beobachte ihn weiter und warte.

Seine Augen sind so dunkel. Das habe ich, glaube ich, schon einmal gesagt, aber ich meine es ernst. Sie sind unnatürlich dunkel. Ich frage mich, was ein Mensch wohl tun muss, damit die Dunkelheit ihn so sehr erfüllt, dass sie seine Augen färbt.

»Manche nennen mich den Sammler.« Er wedelt vage mit einer Hand durch die Kajüte. »Meine Freunde nennen mich Charles.«

»Und was wollen Sie von mir ... Charles?«

Er blinzelt mich über seine Brille hinweg an und schiebt sie sich dann auf die Nase. »In dir steckt so viel mehr, als man mir gesagt hat.«

Ich sehe ihn verwirrt an.

»Was rieche ich da an dir?« Er beugt sich zu mir und schnuppert.

»Was?« Ich weiche zurück. »Ich habe ... nichts an mir.«

Er widerspricht mir. »Es ist in dir.«

Ich bin verwirrt. »Wie bitte?«

»Ah.« Zufrieden lehnt er sich zurück. »Du hast ein schönes gebrochenes Herz. Es passt perfekt in meine Sammlung.« Er mustert mich mit zusammengekniffenen Augen und beugt sich dann wieder zu mir vor.

Instinktiv will ich zurücktreten, aber er packt mein Kinn und hält mich fest.

Seine Hände riechen komisch, nach Chemie und Fäulnis gleichzeitig. Er lacht. »Mein Neffe ist ein Lügner.« Er hebt die Brauen, und ein Ausdruck grausamen Vergnügens zuckt über sein Gesicht. »Unschuld und ...« Wieder zieht er tief die Luft durch die Nase. »Der alte Jammie hat keinen Tropfen davon, aber du bist von Kopf bis Fuß tugendhaft, nicht wahr?«

Er reibt sich aufgeregt die Hände, prustet, und dann höre ich etwas.

Ein Schellen? Ein Läuten? Es klingt wie ...

Ich sehe mich suchend in dem ganzen Raum um. »Wo ist sie?«, frage ich ihn drohend.

Charles schnuppert erneut und nickt. Dann steht er auf und geht zu einem seiner Regale.

Er nimmt ein Glas in die Hand und schwenkt es. Dann wirft er es mir zu. Ich fange es auf und halte es mir vor das Gesicht.

Eine mitgenommene kleine Rune rappelt sich auf. Einer ihrer Flügel scheint gebrochen zu sein.

»Rune.« Mir wird plötzlich der Ernst der Lage klar, in der ich mich zu befinden scheine. Mein Blick zuckt zu dem Mann zurück. »Was wollen Sie von ihr?«

»Von einer Fee?« Die Frage verblüfft ihn offenbar. »Heutzutage ist es sehr schwer, eine zu finden. Sie können sich so gut verstecken.«

Ich versuche, den Deckel des Glases abzuschrauben, aber das gelingt mir nicht.

Er lacht über meinen Versuch. »Sie können nur von denselben Händen geöffnet werden, die sie verschlossen haben.«

Er präsentiert mir seine Hände, als wäre er am Broadway.

Ich gebe ihm das Glas zurück. »Dann müssen Sie es öffnen.«

Er wirft mir einen Blick zu. »Als Gegenleistung wofür?«

»Was immer du willst.« Ich duze ihn doch lieber. Das fühlt sich besser an. Ich zucke mit den Schultern. »Meine Tugend?« Ich sage es, als wäre es eine alberne Sache.

Er betrachtet mich. »Weißt du denn, wie man Tugend extrahiert?«

»Das weiß ich nicht«, gebe ich zu. »Aber ich vermute, dass es genauso schrecklich ist, wie dein gieriger Blick es vermuten lässt.«

»Ertrinken ist normalerweise die beste Methode«, erwidert er ungerührt. »Dann schwimmt sie einfach nach oben. Wie Öl.«

Ich schlucke. »Okay.«

»Tugend ist eine Essenz. Nehme ich sie dir, stirbst du.«

Ich zeige auf Rune in dem Glas. »Aber sie wird überleben, wenn ich es tue?«

Er nickt. »Du hast mein Wort.«

»Nun, du verstehst sicher, dass ich buchstäblich gar nichts darauf gebe.« Ich zeige wieder auf das Glas. »Lass sie frei.«

»Noch nicht.« Er schüttelt ablehnend den Kopf. Dann nimmt er ein buntes Vergrößerungsglas. Es ist blau. »Mal sehen, was wir noch in dir finden.«

Ich beobachte ihn und blinzle müde.

Nicht viel. Ich glaube, es ist nicht mehr viel in mir. Ich habe das Gefühl, dass ich bereits alles verschenkt habe.

Ich habe mein Herz einem hinterlistigen Mann geschenkt, und ich habe mein Zuhause für einen Jungen verlassen, der sich nur für sich selbst interessiert. So etwas kostet einen mehr, als man in dem Moment, in dem man das verschenkt, begreift.

Kennt ihr euch mit Verwitterung aus?

Verwitterung ist der geologische Prozess, bei dem Gestein erodiert oder abgetragen wird oder in immer kleinere Stücke zerfällt.

Es können jedoch viele Dinge verwittern, nicht nur Felsen.

Ich, zum Beispiel. Hier zu sein, mit Peter zusammen zu sein und Hook zu lieben, das hat mich erodiert.

Was ist noch von mir übrig?

Als ich hier ankam, fühlte ich mich wie ein ganzer Mensch, und nachdem ich jetzt hier bin, gibt es einen winzigen Teil von mir, der lieber sterben würde, als wegzugehen. Auch wenn ich verschwinden möchte, will ich das nur, um dem zu entkommen, was ich hier empfinde. Nicht, weil ich nicht hier sein möchte.

Als ob das Hiersein in gewisser Weise der Sinn des Lebens wäre.

Als ob dies meine Bestimmung wäre und ich lieber sterben würde, als sie nicht zu erfüllen.

»Herzschmerz.« Charles nickt, während er mich durch das Vergrößerungsglas betrachtet. »Viel Herzschmerz. Und Unschuld ... überraschend viel davon, wenn man bedenkt, was mein Neffe über eure gemeinsame Zeit gesagt hat.«

Ich sehe ihn böse an.

»Du bist ziemlich zynisch«, fährt er fort. »Und zweifelst schnell an Menschen.«

»Nun, die Leute geben mir auch gute Gründe, schnell an ihnen zu zweifeln.«

Er kneift die Augen zusammen.

»Liebt der Pan dich?«

Ich verdrehe die Augen. »Peter liebt niemanden außer sich selbst.«

»Bist du sicher?«

»Ziemlich.« Ich werfe ihm einen entschlossenen, ungeduldigen Blick zu.

Er hebt eine Braue, und in meinem Bauch kribbelt es.

»Beschützt du ihn?«

»Peter?« Ich starre ihn verwirrt an. »Ich bedeute Peter nichts. Ich bin seine Feindin.«

Das scheint den Sammler zu verwirren, und ich mustere ihn finster. »Bist du deswegen gekommen?«

»Nach Neverland?« Er legt neugierig den Kopf schief. »Aber nein, meine Liebe. Ich bin deinetwegen hier.«

Ich verstehe ihn überhaupt nicht, was er mir ansieht.

»Die Schönheit, um die die beiden Prinzen kämpfen.«

Ich lache spöttisch über diesen verrückten alten Mann.

»Sie sind keine Prinzen.«

Seine Augenbrauen zucken nach oben. »Ist das so?«

»Das ist so«, antworte ich überzeugt.

Er seufzt. »Du kennst die Legende also nicht.«

»Natürlich kenne ich die Legende.« Ich bin empört.

Charles streicht sich ein paar Haarsträhnen hinter die Ohren. »Dann kennst du sie nicht so gut, wie du glaubst«, meint er herablassend.

Ich verdrehe die Augen. »Es geht um Peter, wenn überhaupt. Es geht nicht um Jamison.«

»Tut es das nicht?« Wieder dieser herablassende Blick.

»Kapitän James Hook war kein Gründer«, belehre ich ihn.

Jetzt nickt er. »Er gehörte nicht zu den fünf Gründern, das stimmt, aber er war dennoch ein Gründer.«

Ich verschränke die Arme, um ungeduldig zu wirken, aber insgeheim bin ich doch ein wenig interessiert. »Wovon?«

»Freibeutertum.«

Ich blase genervt die Wangen auf, und er droht mir mit einem Finger. »Verdreh du nicht die Augen über deine eigene Ignoranz.«

»Es gibt keine Begründer des Freibeutertums.«

Er hebt arrogant den Kopf. »Du hast also noch nie von der Republik der Piraten gehört? 1717. Nassau, Bahamas. Du kennst die Geschichten. Deine eigene Großmutter hat sie aufgeschrieben.« Er hebt eine Braue und zitiert eine Stelle aus dem Buch meiner Großmutter Wendy: »*Wenn die Leute wüssten, wer er wirklich war, würde das Land in Flammen aufgehen.*«

Ich kneife die Augen zusammen und kann mein Interesse jetzt nicht mehr leugnen. »Also, wer war er wirklich?«

Er wartet einen Moment mit der Antwort, um die Spannung zu steigern.

»Benjamin Hornigold«, verkündet er, und ich vermute, dass er so etwas wie eine Fanfare von mir erwartet, aber ich bleibe ungerührt und reagiere nicht.

Was ihn zu enttäuschen scheint.

»Und da nennt man dich gebildet.« Er verdreht die Augen. »Er war einer der Ersten, einer der ganz Großen, ein Mentor von Blackbeard. Und er war seinem Land gegenüber loyal. Er wollte keine Schiffe unter britischer Flagge angreifen. Das gefiel seiner Mannschaft nicht, also setzten sie ihn ab. Er wurde von König George begnadigt und dann Piratenjäger.«

Ich bin irgendwie – wenn auch widerwillig – von all dem gefesselt.

»Alle haben ihn gehasst. Er war ein wandelnder Toter … was hat er also getan?«, fragt er etwas pathetisch. »Er fand eine Fee. Überredete sie, ihn nach Neverland zu bringen. Und hat seinen Tod vorgetäuscht – in einem ›Hurrikan‹.« Er setzt das Wort mit den Fingern in Anführungszeichen. »Keiner war gerissener als er. Er fing in Neverland von vorn an und gründete auch hier das Freibeutertum.« Charles schließt mit einem Schulterzucken.

Wow.

»Piraterie war so ziemlich alles, wozu er taugte, wirklich. Und er war ein Poet«, fügt er im Nachhinein hinzu.

Könnte das wahr sein? Könnte Jamison tatsächlich ein Thronerbe sein?

»Du glaubst mir nicht?« Charles steht auf, geht zu seinem Schreibtisch, öffnet eine Schublade und holt ein Stück Papier heraus. »›30. November 1944‹.« Er räuspert sich. »»Bruder. Kaum zu glauben, aber mein Sohn wurde heute von Itheelia Le Faye unter einem blutroten Mond geboren. Das Ganze war ein ziemliches Spektakel. Er ist ein strammer junger Bursche. Er wird aufwachsen und unserem Namen Ehre machen.‹ Soll ich fortfahren?«

Das ist nicht nötig. »Weiß er es?«

»Tja ...« Charles zuckt mit den Schultern. »Würde das nicht erklären, wie er dich behandelt hat?«

Ich schüttle zaghaft den Kopf. »Eigentlich nicht.«

»Prinzen haben das Recht dazu«, behauptet er.

»Einige vielleicht«, korrigiere ich ihn. »Aber nicht alle.«

Seufzend gesteht er mir das zu. »Es scheint jedenfalls, dass deine beiden Prinzen es haben.«

»Keiner von beiden ist ein Prinz«, sage ich erneut. Und dann füge ich schweren Herzens hinzu: »Und keiner von beiden gehört mir.«

Wieder hebt er wissend die Brauen. »Das werden wir sehen.«

»Bitte lass die Fee frei.« Ich nicke auf das Glas. »Du kannst mich danach ertränken.«

Sein Lächeln ist fast liebenswürdig. »Wir haben es wohl eilig zu sterben, was?«

»Du redest mir einfach zu viel«, gebe ich zurück.

»Ich habe gehört, dass du das magst.« Er beobachtet mich genau, während er das sagt, und ich versuche, so gut ich kann zu verbergen, dass mich das bedrückt, aber er sieht es.

Er lehnt sich selbstgefällig zurück.

Dann steht er auf, geht zu dem Regal und nimmt ihr Glas heraus.

Er öffnet den Deckel langsam und vorsichtig, um sicherzugehen, dass sie nicht aus eigener Kraft fliehen kann. Dann hebt er sie an ihrem guten Flügel heraus und hält sie vor sich.

»Lass sie gehen«, bitte ich ihn noch einmal.

Er wirft mir einen kurzen Seitenblick zu.

»In einer Minute.«

Dann legt er ein klitzekleines Tuch über ihr ganzes Gesicht und beginnt, sie zu ersticken.

Sie ringt zappelnd nach Luft. Ich springe auf und renne zu ihm hinüber, aber er stößt mich fast manisch zurück.

Ich stürze mich erneut auf ihn, aber er tritt wieder nach mir, härter diesmal.

»Sehr couragiert.« Er nickt. »Den Mut nehme ich dir auch.«

»Wir hatten eine Abmachung!«

Charles beäugt mich genervt. »Ich bringe sie ja nicht um«, erklärt er.

Ich richte mich auf und schaue ihn misstrauisch an.

»Ich kann sie jetzt nicht frei und bei Bewusstsein lassen, oder?« Er drückt ihr weiterhin die Luft ab. »Wenn ich sie freilasse und sie bei Bewusstsein ist, wird sie dir helfen.« Rune erschlafft schließlich in seinen Händen, und er legt sie auf den Tisch. Er deutet mit einem Nicken auf ihren kleinen Körper.

»Komm und überzeuge dich selbst. Ihr Puls ist noch da.«

Ich gehe zu ihr und lege meinen kleinen Finger auf ihre Brust. Er hat recht. Sie atmet noch.

»Okay«, sage ich.

Er deutet in Richtung der Tür. »Wollen wir?«

Ich atme tief ein und zucke nicht einmal zusammen, als er meinen Arm packt.

Was sagte Peter immer, laut meiner Großmutter?

Etwas über das Sterben.

Dann splittert es hinter uns. Glas fliegt durch die Luft.

Im Fensterrahmen steht Peter Pan, die Hände in die Hüften gestemmt.

»Lass das Mädchen los!«, befiehlt Peter. »Sie gehört mir.«

KAPITEL 24

»Na.« Charles grinst. »Was für ein Leckerbissen!« Er schiebt sich die Brille auf die Nase und mustert Peter, so gut er kann, im schwindenden Licht.

»Oh, deine Wunder werden sich gut in Flaschen abfüllen lassen.« Er nickt Peter zu, der ihn unbeeindruckt anstarrt.

»Peter.« Ich werfe ihm einen eindringlichen Blick zu. »Geh. Er ist furchtbar. Er ...«

»Er ist kein Gegner für mich, Mädchen«, verkündet Peter mit einem breiten Grinsen und springt vom Fenstersims in den Raum.

Charles denkt kurz darüber nach: »Potenzieller Erbe«, sagt er mehr zu sich selbst. »Ich frage mich, welche Kräfte du besitzt.«

»Mehr als du«, gibt Peter kühl zurück. Er hebt seine Hand, und hinter ihm steigt das Wasser aus dem Ozean auf, das Peter zu kontrollieren scheint. Ich habe ihn das noch nie tun sehen.

Peter stößt seine Hand in Richtung Charles, der vom Wasser von den Füßen gerissen wird und in sein kostbares Regal stürzt.

Peter lacht und geht lässig zu ihm hinüber. Er beschwört erneut das Wasser und spritzt es ihm ins Gesicht. Viel zu lange, finde ich.

Dabei bleibt er ganz ruhig. Ich beobachte, wie der Mann versucht, sich vor dem Wasserstrahl zu retten.

»Peter!«, rufe ich. »Hör auf!« Ich befürchte, dass er es zu sehr genießt.

Denn damit gibt er Charles eine Chance. Der Mann greift nach einem Glas, das auf den Boden gefallen ist. Darin ist eine schimmernde, tiefblaue Flüssigkeit.

Er öffnet hastig den Deckel und trinkt gierig.

Peter sieht mich verwirrt an. Unsere Blicke treffen sich, und ehrlich gesagt und etwas überraschend bin ich erleichtert, ihn zu sehen.

Dann passiert etwas Unerwartetes.

Das Blau schimmert in Charles, leuchtet seine Kehle hinunter, in seinen Armen, durch seinen ganzen Körper hinunter bis zu den Zehen. Dann schnippt er mit den Fingern, und Peter fliegt durch die Luft zu ihm.

Charles packt ihn mit einer Hand an der Kehle und schüttelt das leere Glas vor meinem Gesicht.

»Die Seele eines Zauberers.« Er lächelt erneut liebenswürdig. »Eines mächtigen Magiers«, setzt er hinzu, bevor er Peters Hals zusammendrückt.

Peter würgt, und ich stürze mich auf Charles, aber er stößt mich problemlos zurück. Ich fliege quer durch den Raum und falle auf einige Regale.

Charles schwingt Peter durch die Luft und zerrt ihn unter eine Lampe, dann rückt er seine Brille zurecht. Er wirft mir einen kurzen Seitenblick zu.

»Wie sehr du dich doch geirrt hast.« Er klingt fasziniert und verärgert. »Wusstest du es nicht, oder bist du einfach nur unehrlich?«

Ich rapple mich hoch und beobachte ihn genau.

»Was soll ich nicht gewusst haben?«, frage ich leise.

»Dass er dich liebt«, sagt der Unhold, und ich suche erstaunt Peters Blick.

Seine Augen sind von einer furchtbaren Angst erfüllt. Es ist nicht nur die Angst um sein Leben, nicht die Furcht, dass ein Verrückter ihn erwürgt. Es ist die Sorge, dass ich es jetzt weiß.

Mein Blick gleitet von Peter zurück zu Charles.

»Das wusste ich nicht«, antworte ich schwach.

Der Mann drückt Peter ein letztes Mal die Kehle zu, bevor er ihn auf den Boden schleudert.

Peter hustet würgend. Aber er bleibt nur ein paar Sekunden am Boden liegen, dann ist er wieder auf den Beinen.

»Daphne.« Peter wendet den Blick nicht von Charles ab, während er mit mir redet. »Geh zum Fenster.«

»O nein, Daphne.« Charles schnippt mit den Fingern, und blau schimmernde Seile zucken aus seinen Händen und fesseln mich an einen Mast in seiner Kajüte. »Das machst du nicht.«

Peter sieht mich an. Sein Blick ist so besorgt, wie ich es noch nie bei ihm erlebt habe. Er sieht sich um und versucht herauszufinden, was er als Nächstes tun soll. Er springt zu einem Regal, schnappt sich eines der Gläser und versucht, es auf dem Boden zu zertrümmern. Charles lacht nur.

Dann greift Peter nach dem nächsten und versucht, es selbst zu öffnen.

»Nur seine Hände können sie öffnen!«, rufe ich Peter zu. Charles nähert sich ihm lächelnd.

Dann geht es ganz schnell. Es glitzert silbrig, ein Lächeln blitzt auf Peters Gesicht auf, und schon hält er sein Schwert in der Hand.

Mit einer schnellen Bewegung des Handgelenks schlägt er Charles' Hand ab. Sie landet dumpf auf dem Boden. Charles schreit vor Schmerz auf und fällt auf die Knie.

Peter ergreift die Hand, öffnet mit ihr das Glas und kippt es aus.

»Nein!«, schreit Charles und versucht, danach zu greifen, aber das schimmernde Gold ergießt sich auf den Boden und verdunstet.

Peter lacht erfreut, dass er einen Weg gefunden hat, ihm zu schaden. Er nimmt ein Glas nach dem anderen und öffnet alle.

Charles läuft ihm hinterher, während er gleichzeitig versucht, die Wunde am Handgelenk zu versorgen, wo seine Hand abgetrennt wurde.

Peter schnappt sich ein Glas, in dem etwas Dunkelgrünes herumwirbelt. Er öffnet es und schleudert den Inhalt auf Charles. Einen Moment lang scheint es, als würde er von dieser grünen Wolke verschluckt werden.

Peter fliegt zu mir und versucht, meine magischen Seile zu lösen, aber es gelingt ihm nicht.

»Wie geht es dir?« Er berührt mein Gesicht. »Du blutest.« Er holt sein Messer heraus und beginnt, an meinen Fesseln zu sägen. Er runzelt die Stirn. »Es funktioniert nicht.«

»Das wird es auch nicht.« Charles grinst selbstgefällig. »Blutmagie. Diese Fesseln halten.«

Allmählich wird mir Magie verhasst.

Ich versuche, Peters Blick zu erhaschen. In seinen glühenden Augen zeichnet sich die Aufregung über dieses Abenteuer ab. »Peter, du musst gehen. Es gibt Dinge, die er dir wegnehmen will, wirklich schreckliche Dinge«, sage ich.

»Von mir bekommt er nichts«, erwidert Peter.

»Peter, bitte.«

»Sei still.« Er sieht mich siegesgewiss an. »Ich rette dich.« Er küsst mich auf die Lippen, und ich blinzle verblüfft, dann fliegt er zurück zum Regal.

»Essenz des Blitzes!«, liest er laut das Etikett auf einem Glas und strahlt. Er öffnet es mit Charles' Hand, dann schüttelt er den Inhalt des Glases auf den Boden.

»Nein!«, schreit Charles, aber …

Es fühlt sich an, als würden Zeit und Licht für eine Sekunde aufreißen. Der Klang ist unvergleichlich. Ich habe noch nie ein so lautes Geräusch gehört. Es fühlt sich warm an. Als ob jemand eine Tasse mit heißem Wasser auf mich schütten würde.

Als ich endlich die Augen wieder aufschlagen kann, sehe ich, dass die ganze Kajüte in die Luft geflogen ist.

Ich bin immer noch am Mast festgebunden, aber er ist umgestürzt. Eines der Regale ist durch die Explosion umgekippt und hält den Mast am Boden.

»Peter!«

Ich höre ihn krähen. »Mach dir keine Sorgen, Mädchen. Ich bringe sie alle um und komme zu dir zurück!« Dann … herrscht Stille.

Obwohl, eigentlich ist es nicht ganz still. Ich kann etwas hören …

Ein Rauschen?

Etwas rauscht.

Wasser?

Wasser. Das Schiff sinkt.

Ich seufze, was fast nach einem Schrei klingt, und starre an eine Decke, die nicht mehr da ist.

Über mir sind nur ein dunkler Nachthimmel und ein unmöglich heller Mond.

Eine sonderbare Art zu sterben.

Auf magische Weise mit einem sinkenden Schiff verbunden.

Ich finde, das ist auch eine Art Metapher für meine letzten Monate.

Das Wasser steigt, und zwar ziemlich schnell. Ich bin immer noch unter dem Regal eingeklemmt.

»Peter!« Ich rufe nach ihm.

Vielleicht ist es dumm, Charles auf meine Anwesenheit aufmerksam zu machen oder ihn daran zu erinnern, aber Peter ist meine einzige Chance.

Charles betrachtet mich. Ich stecke fest, dem steigenden Wasser ausgeliefert. Er lacht schnaubend. »Wie es aussieht, ertrinkst du heute so oder so.«

»Bitte warte!«, rufe ich Peter nach.

Tief aus dem Bauch des Schiffs höre ich ein Ächzen und Knacken, dann rennt Charles los. Er hat zusammengerafft, was er tragen kann. Was nicht gerade viel ist.

Er flüchtet aus dem Raum, und ich höre Peters krähendes Lachen aus der Ferne.

Das Schiff ächzt wieder und bricht ein Stück zusammen.

Das Regal über mir verschiebt sich, aber es verschlimmert meine Lage noch, denn eines der Regalbretter bricht ab, und ein Splitter bohrt sich in meinen Arm.

Ich schreie vor Schmerz auf.

Dann gibt es einen schimmernden Lichtblitz, und das Regal fliegt von mir weg, wird auf die andere Seite des Raums geschleudert.

Die zerfledderte winzige Rune klettert an meiner Brust hoch und lächelt mich erschöpft an. Ich seufze erleichtert.

Sie klingelt empört.

Er kämpft gegen die Piraten?

Sie bimmelt noch etwas.

»Jem und ich? Nein. Wir sind nicht mehr ... wir sind fertig. Ich will das nicht. Rune!«, schreie ich verzweifelt. »Das ist jetzt wirklich nicht der richtige Zeitpunkt!«

Sie stampft mit dem Fuß und fliegt um den Mast herum, um ihn wieder in die Senkrechte zu heben. Doch dann fährt ein furchtbarer Ruck durch das Schiff, und ich breche durch den Boden, auf dem ich liege.

Ich erwarte, völlig erledigt zu sein, wenn ich auf dem nächsten Deck lande, aber ich lande nicht auf einem festen Deck. Ich lande im Wasser.

Und versinke.

Ich sehe, wie ein Lichtpfeil durch das Wasser schießt, während Rune an meinen Fesseln zerrt, aber sie lösen sich nicht. Ich sehe Blitze dagegen zucken – sie schleudert sämtliche Magie, die sie besitzt, darauf, aber die Fesseln lockern sich nicht einmal. Ich gehe mit dem Schiff unter.

Sie versucht es trotzdem weiter, und ich weiß nicht, wie ich ihr klarmachen soll, dass sie nichts ausrichten kann.

Ich schlucke eine Menge Wasser und spüre, wie sich mein Körper an Stellen füllt, an denen man das lieber nicht möchte.

Manche Leute behaupten, Ertrinken wäre gar nicht so schlimm. Also ich kann das nicht unbedingt empfehlen.

Dann schießt Rune aus dem Wasser und ist weg.

Ich weiß nicht, wohin sie fliegt. Vielleicht rettet sie sich selbst. Das sollte sie auch.

Es wäre zwar irgendwie nicht typisch für sie, aber ich hoffe, dass sie es tut.

Unwillkürlich schießt mir die Frage durch den Kopf, ob Peter mich vergessen hat. Das wäre jedenfalls typisch für ihn. Geblendet von dem potenziellen Sieg, der ihn erwartet, und nicht von seiner Liebe, die ersäuft.

Aber das ist doch was, oder? Dass er mich geliebt hat? Eine Feder an meinem Hut. Wie viele Leute können das von Peter Pan sagen? Ich bin vielleicht die Einzige. Der einzige Mensch in der Geschichte der Zeit, den Peter Pan geliebt hat. Und ich werde den Preis dafür zahlen, weil ich hier im Sterben liege, während er woanders kämpft, um mich zu retten.

Wenigstens hat mich irgendjemand hier geliebt, sage ich mir und versuche, mich von dem Schmerz abzulenken.

Wenigstens hat Peter mich geliebt, und wenigstens werde ich tot sein, sodass ich ihm nie eingestehen muss, dass er die ganze Zeit recht hatte, was Jamison anging.

Das geht mir durch den Kopf, als das Schiff und ich im Sand landen. Wir sind gesunken und am Meeresboden aufgeschlagen.

Wir sind zwar nicht allzu weit vom Ufer entfernt, aber das macht wohl keinen großen Unterschied.

Man kann auch in ein paar Zentimetern Wasser ertrinken, und wir sind uns wohl einig, dass ich in viel mehr als ein paar Zentimetern Wasser liege.

Der Druck des Wassers sticht in meine Ohren und Augen, und der Schmerz ist fast unerträglich. Das Wasser hat jetzt auch meine Hoffnung ertränkt, dass ich noch eine Chance auf Rettung habe.

Hoffnung ist etwas Schreckliches, nicht wahr? Sie hebt ihren fürchterlichen Kopf an den dunkelsten Orten. Es sollte mich erleichtern, dass sie ein für alle Mal ausgelöscht wird.

Mein Gehirn beginnt zu schweben und fühlt sich seltsam an.

Seltsam, dass die Insel davon lebt, findet ihr nicht auch?

Vielleicht verlässt meine Seele ja meinen Körper und füllt den Brunnen der Hoffnung noch ein wenig mehr auf.

Sterben ist so seltsam.

Ein furchtbar großes Abenteuer, das hat Peter laut Wendy schon immer gesagt.

Vielleicht glaubt er ja, er täte mir einen Gefallen.

Stellt euch das vor!

Vielleicht hat er ja nicht mal unrecht. Sterben ist wahrscheinlich nicht nur ewige Schwärze und ewiges Nichts. Wahrscheinlich ist da noch mehr. Vielleicht sogar etwas Besseres.

Ich fühle mich benommen. Als würde ich irgendwohin abdriften.

Es heißt, alle Kinder werden erwachsen, außer einem.

Aber vielleicht sind es jetzt zwei. Das ist es. Ich bin erst achtzehn Jahre alt.

Achtzehn, und ich ertrinke. Andererseits ertrinke ich wohl schon, seit ich in Neverland angekommen bin. Buchstäblich seit dem Tag meiner Ankunft, wenn ich so darüber nachdenke.

Aber auch auf eine schlimmere Art. Mir ist das Gefühl von Wasser in der Lunge fast lieber als die Empfindung, die mich durchströmte, als ich hörte, wie Jem über mich sprach.

Dafür hasse ich ihn. Und ich hasse ihn noch mehr dafür, dass er immer noch der vorherrschende Gedanke in meinem Kopf ist, während ich jetzt hier untergehe.

Seine perfekte Nase, seine rosa Lippen, wie sie sich anfühlten, wenn sie über meine Haut glitten. Sein Akzent, den ich so schwer verstehen konnte. Wie es sich anfühlte, von ihm gehalten zu werden, selbst wenn alles nur vorgetäuscht war. Und ich weiß ja, dass es das war. Immerhin habe ich wenigstens die Chance bekommen, jemanden zu lieben, bevor ich sterbe.

Und dann ... Licht.

Das war's jetzt wohl. Das sieht man, auf dem Weg dorthin, und dergleichen. Ihr wisst ja, wie es läuft ...

Ich spüre, wie das Wasser um mich herum rauscht. Etwas steigt an die Oberfläche.

Bin ich das?

Ich steige schnell an die Oberfläche. Etwas zieht mich dorthin.

Das muss Peter sein.

Ich suche nach goldenem Haar oder den Augen des Sommers.

Aber ich bin verwirrt, denn ich kann in Wirklichkeit nur einen blauen Planeten sehen.

Schließlich erreichen wir die Oberfläche, und mein Körper zittert und verkrampft sich, während ich Wasser spucke. Ich versuche zu atmen, aber ich ersticke.

Meine Lunge schmerzt wie mein Herz.

Und dann werde ich ohnmächtig.

KAPITEL 25

Ich fahre erschrocken hoch und schlage auf die Person ein, die ich neben mir spüre.

»Bist okay. 's geht dir gut«, sagt eine Stimme, die ich früher geliebt habe, und meine Augen klappen auf. Er streckt sanft die Hände aus und versucht, mich zu beruhigen. »Bist okay. Bin ja da«, beruhigt mich Jamison. »Ich bin's nur.«

Ich setze mich schnell auf und schaue mich in der Kajüte um. »Was mache ich hier?« Mein Blick landet auf ihm.

»Du bist ohnmächtig geworden.«

Ich verschränke die Arme. »Warum hast du mich hierhergebracht?«

Er verzieht das Gesicht. »Wo hätt ich dich wohl sonst hinbringen sollen?«

Ich schaue an mir hinunter und stelle fest, dass ich nicht mehr das anhabe, was ich vorher anhatte. »Wo sind meine Kleider?« Ich richte die Frage an das Kleid, das ich trage, nicht ihm.

»Du warst völlig pitschnass.« Er zuckt mit den Schultern. »Ich hab sie gewechselt. Ich hab nur ...«

Ich schlucke. »Du hast mir die Kleider ausgezogen, während ich bewusstlos war und ...«

»Boh«, spottet er, »ich hab dich schon ohne Klamotten gesehen ...«

»Ja, aber das war früher!« Ich schreie ihn an.

»Vor was?« Er starrt mich an und wirkt – warum auch immer – aufrichtig verwirrt.

Dann lässt er den Kopf sinken.

Er leckt sich die Unterlippe und atmet geräuschvoll aus.

»Du hast uns gehört?« Er sieht mir nicht in die Augen.

Ich antworte nicht, sondern sehe ihn an wie einen Verräter. Der er ja ist. Aber meine Augen lassen mich im Stich. Sie werden wässrig und dumm.

Jamison legt den Kopf schief, als er es sieht, und seufzt. »Er sammelt Essenzen«, sagt er.

»Das habe ich bereits selbst herausgefunden.« Ich presse die Lippen zusammen. »Wie hast du meine Fesseln durchtrennt? Rune hat das nicht geschafft. Also, wie hast du …?«

»Blutmagie.« Er hält den Kopf gesenkt. »Wir sind von der gleichen Blutlinie.« Er schluckt. »Deshalb kann ich sie durchtrennen.«

Ich schaue auf meine Handgelenke. Sie sind zerschnitten und wund gescheuert, weil ich versucht habe, die Fesseln selbst zu lösen.

Jem wischt sich über die Augen. Er nickt mir zu. »Hast deine Halskette abgenommen.«

Ich sehe ihn verärgert an. »Natürlich habe ich die Halskette abgenommen!«

»Ja, aber ich hab dir gesagt, du sollst sie verdammt noch mal anbehalten!« Er schreit jetzt.

Ich springe auf. »Warum sollte ich sie anbehalten?«

»Weil sie alles, was du bist, für ihn unsichtbar gemacht hat!«, schreit er. Er atmet ein paar Mal tief durch und beruhigt sich. »Sie war verzaubert.«

Ich verschränke wieder die Arme. Meine Brust fühlt sich zu eng an, weil ich sie nicht weinen lassen will. »Wenn das stimmt, hätte er sehen müssen, dass von mir sowieso nichts mehr übrig ist, auch wenn ich sie abgenommen habe.«

Er seufzt wieder. Er sieht so traurig aus, dass es mir wehtut.

»Unschuld, Daph.« Er schluckt. »Wenn er wüsste, dass du unschuldig …«

Mein Gesicht zuckt. »Bin ich nicht mehr.«

»Klar, du bist keine Jungfrau mehr.« Jamison wirft mir einen kurzen Blick zu. »Aber du bist trotzdem unschuldig.« Er wirkt genervt. »Dieser alte Trick ist nur ein Mittel, um Frauen zu beherrschen. Jungfräulichkeit gleichzusetzen mit Reinheit und Unschuld. Diese Freundin deines Mannes ist Jungfrau, sicher. Aber es gibt nix Reines an ihr.«

Ich winke ungeduldig mit der Hand.

»Ich hab versucht, dich zu beschützen, Daph.« Er sucht meinen Blick. »Ich hab es nich' ernst gemeint.«

Ich zupfe an meiner Unterlippe und starre ihn an. Meine Augen sind groß und rund.

»Du warst aber sehr überzeugend.«

Er zuckt mit den Schultern, als könnte er nichts dagegen tun. »Ich bin ein guter Lügner.«

»Oh.« Ich zwinge mich zu einem Lächeln. »Gut zu wissen.«

»Daph.« Er stützt seinen Kopf in die Hände. »Du musst doch wissen, dass ich's nicht ernsthaft meine ...«

»Woher soll ich das wissen?« Ich straffe meine Schultern. »Ich habe dich zu oft beobachtet, ohne dass du wusstest, dass ich da war, und bei keinem Mal warst du so, wie du bist, wenn du mit mir allein bist.«

Er schüttelt den Kopf. »Weil ich mit dir besser bin«, antwortet er ruhig.

Ich tue so, als wäre mir das gleichgültig. »Oder weil du lügst, wenn du mit mir zusammen bist.«

Er ist irritiert. »Warum sollte ich lügen, wenn ich mit dir zusammen bin?«

Ich zucke wieder mit den Schultern, als wäre mir der Gedanke gerade erst gekommen. Dabei ist es die Frage, die mich quält, seit ich angefangen habe, darüber nachzudenken. »Vielleicht sammelst du auch Dinge.«

»Na klar doch!« Jetzt ist er richtig genervt. »Und was hab ich dir weggenommen?«

Ich sehe ihn an. »Meinen Kuss.«

Sein Gesicht sieht aus, als würde es aufweichen, aber vielleicht kann er sich auch nur gut verstellen. Er hält den Blick auf die andere Seite des Raums gerichtet. »Den hast du mir geschenkt«, widerspricht er mir.

»Habe ich das?« Ich versuche, seinen Blick zu fangen. »Oder hast du mich ausgetrickst, damit ich ihn dir einfach zuwerfe?«

Das scheint ihn zu verletzen, und genau das wollte ich auch. Er schiebt den Kiefer vor und starrt mich an. »Wenn du das wirklich glaubst, warum bist du dann noch hier?«

Ich gehe zur Tür und schüttle den Kopf. »Ich weiß es nicht mehr.«

Er packt mich am Arm und dreht mich herum. »Du bist hier, weil wir zusammengehören, Daph.«

»Noch eine Lüge?«

Er zuckt zurück. »Komm schon!«

Ich kneife die Augen zusammen und schüttle den Kopf. »Wie soll ich auch nur einem Wort von dir noch trauen?«

Seine Hände sinken zu meiner Taille, und er hält mich so, wie ich es will. Zuerst erleichtert es mich, dass seine Hände auf mir liegen, dann tut es mir weh, weil ich merke, wie sehr ich mich nach dieser Berührung sehne.

»Weil ich dir vertraue und dich liebe.« Er lässt mich nicht los. »Auch wenn du manchmal eine verdammte Nervensäge bist und nur Blödsinn erzählst.«

Ich sehe ihn finster an. »Wieso erzähle ich Blödsinn?«

»Weil du mir auch vertraust!«

Ich versuche, an ihm vorbeizukommen. »Hör auf!«

»Das tust du!« Er packt mich fester. »Ich bin es, zu dem du kommst. Ich bin es, zu dem du dich flüchtest, wenn die Scheiße hochkocht. Du gehst nich' zu Peter. Du kommst zu mir.«

»Und wo hat mich das hingebracht?« Ich schreie, und er weicht erschrocken zurück. Meine Stimme klingt nicht mehr wie meine, sie klingt verwundet und verstümmelt. »Peter hat mir manchmal wehgetan, sicher, aber du …« Ich starre ihn an und schlucke schnell. »Du bist die totale Zerstörung für mich.«

»Daph.« Er schüttelt den Kopf, und ich ignoriere ihn.

»Du bringst nicht das Schlimmste in mir zum Vorschein. Du machst mich einfach platt. Tot.«

»Sag nich' so was«, bittet er mich leise.

Er sieht jetzt wirklich mitgenommen aus.

»Als ich an das sinkende Schiff gefesselt war …« Ich fuchtele herum und schlage mir förmlich die Tränen aus dem Gesicht, die sich ausgerechnet in diesem Moment zu zeigen wagen. »… und das Wasser um mich herum angestiegen ist und ich durch den Boden fiel und unterging, hat mich nicht das Wasser ertränkt, sondern du! Das, was du gesagt hast …«

Er atmet keuchend aus. »Daphne …«

»Und ich kann es nicht mehr rückgängig machen.« Ich schüttle eindringlich den Kopf. »Es war so herabsetzend und so peinlich, und es war alles, weswegen ich mir insgeheim Sorgen gemacht habe. Du hast es ausgesprochen. Laut und deutlich. Und das einem Mann gegenüber, der mir wehtun wollte!«

Er greift nach meiner Wange, aber ich schiebe seine Hand weg. »Peter mag egoistisch und kindisch sein und …«

»Kontrollierend und manipulativ und gefährlich und ein verdammtes Arschloch und ...«, wirft er ein.

»Und trotzdem!« Ich schneide ihm das Wort ab. »Ich habe ihn nie auch nur annähernd so über mich reden hören, wie du über mich gesprochen hast.«

Jem bläst die Wangen auf und seufzt. »Ich hab versucht, dich zu schützen.«

Ich zucke mit den Schultern, meine Augen schwimmen jetzt in Tränen. »Das glaube ich dir nicht.«

Jamison drückt seinen Daumen wieder in den Augenwinkel und schnieft. »Wieso kannst du mir nich' glauben?«

»Weil ich es nicht kann!«, schreie ich und trete einen Schritt von ihm weg. »Weil ich nicht weiß, was du ehrlich meinst!«

Er lacht barsch und spöttisch. »Dann verpiss dich.«

Ich zucke zurück. »Wie bitte?«

»Ich sagte, verpiss dich, Daphne«, sagt er laut und schüttelt den Kopf. »Das ist doch Blödsinn. Ich liebe dich, und du liebst mich und ...«

»Nein«, sage ich und schüttle den Kopf. »Vielleicht dachte ich das vorher, aber ...«

»Was aber?« Er wirft mir einen Blick zu. »Du tust es nich' mehr?«

Ich sehe ihn an, den Mann, von dem ich dachte, das Schicksal hätte mich zu ihm geführt, und ich denke daran, was er über mich gesagt hat ... Ich bade mein liebeskrankes Herz in dem, was ich gesehen habe, als er mich beschimpft und herabgesetzt hat. Ich trinke tief aus diesem Becher, lasse das Gift meine Kehle hinunterlaufen, fülle meinen Magen damit und verdränge das an mir nagende Gefühl, dass er gut und beständig und stabil ist wie die Erde, die ich so sehr liebe. Ich erinnere mich daran, dass unter ihrer schönen Oberfläche nur feurige Felsen und ein geschmolzener Kern sind, der mich bei lebendigem Leib verbrennen würde, wenn ich es zuließe. Ich erinnere mich daran, dass die Erde zerbrechen und beben kann, dass sie sich weit öffnen und dich ganz verschlingen kann. Also lasse ich mich zurück in den Riss im Boden fallen, durch den ich gefallen bin, als ich ihn hörte, und blicke durch die Dunkelheit, in die mich seine Worte gestoßen haben, wieder zu ihm hoch.

»Der Moment ist vorbei.« Ich zucke mit den Schultern: »Das Fenster ist geschlossen.«

Er atmet stockend aus, dann wischt er sich barsch über die Augen. Er nickt bedächtig, dann richtet er den Blick auf mich.

»Ich hätt ihn dich holen lassen sollen.« Er schüttelt den Kopf. »Ich hätt dich ersaufen lassen sollen.«

Klavier.

Wisst ihr, er zuckt nicht einmal mit der Wimper, als er das sagt, und das raubt mir völlig den Atem. Ich bekomme keine Luft mehr.

Er macht keinen Rückzieher, er greift nicht nach mir.

Vielleicht gab es einen tickenden Zeiger, der die Sekunden heruntzählte, in denen er es hätte zurücknehmen können, in denen er hätte sagen können, dass es ihm leidtut und er es nicht so gemeint hat, aber die Zeiger geraten außer Kontrolle, und die Uhr zerbirst. So ähnlich fühlt sich mein Herz jetzt an.

Ich weiche langsam vor ihm zurück, und er lässt mich gewähren. Es fühlt sich an, als würde ich gegen unsichtbare Gummibänder ankämpfen, die versuchen, mich wieder in seine Arme zu ziehen, aber ich ignoriere sie.

Mein Blick löst sich von seinem.

Ich verlasse seine Kabine, und die Fesseln ziehen noch fester an mir. Ich ignoriere den Teil, in dem es sich anfühlt, als würde sogar mein Kreislauf unterbrochen.

Ich fahre vorsichtshalber mit den Armen um meinen Körper herum, für den Fall, dass mich tatsächlich etwas buchstäblich an ihn bindet, aber das ist nicht der Fall, obwohl es sich so anfühlt. Ich kann es nur nicht mit meinen Augen sehen. Ich höre es in den Bergen und im Wind und im leisen Fallen des Schnees, und ich kann es nicht ertragen.

Ich verlasse sein Schiff, das ich nie wieder betreten werde, und finde einen kleinen Kahn, den ich – ohne groß nachzudenken – nehme. Ich springe hinein und beginne zu rudern.

Ich fühle mich in etwa so wie vorher, als ich ertrunken bin. Dieses seltsame, schwebende, distanzierte Gefühl, diese Verschwommenheit in meinem Geist und meinem Denken. Dann ist da dieser seltsame, dumpfe Schmerz in meiner Mitte. Einen Moment lang frage ich mich, ob der Blitz, den Peter losgelassen hat, mich getroffen hat, ohne dass ich es gemerkt habe. Vielleicht hat er mich ein wenig aufgerissen oder so etwas, und es ist eine zu schwere Verletzung, als dass ich das ganze Ausmaß des Schadens spüren könnte, und deshalb verliere ich viel zu schnell Blut, und vielleicht sterbe ich tatsächlich? Ich fühle mich ein bisschen, als wäre das so.

Ich untersuche mich vorsichtshalber, aber ich kann nichts finden. Ich verblute nicht? Ich könnte mich getäuscht haben.

Wahrscheinlich ist es nicht an mir. Es ist einfach in mir.

Ich rudere durch den Hafen zum Baumhaus, und das ist das Schlimmste. Der Wind frischt auf und versucht, mich zurück ins Dorf zu wehen. Die unsichtbaren Fesseln, gegen die ich ankämpfe, um von Jamison wegzukommen, ziehen immer fester, und ich warte darauf, dass sie reißen und mich freilassen, aber das tun sie nicht.

Ich rudere angestrengter, härter, und der Wind bläst stärker.

Ich konzentriere mich auf den seltsamen Schmerz, den ich in mir spüre. Dieser schwelende Schmerz, der sich auf eine Art gefährlich anfühlt, die ich noch nicht richtig verstehe. Ich möchte diesen Schmerz zu einer Flamme entfachen, die ich in einen Kreis ziehe, in dessen Mitte ich stehe. Ich werde dafür sorgen, dass er nicht mehr an mich herankommt.

Es gibt verschiedene Arten von Bestimmung. Hat das nicht mal jemand zu mir gesagt?

Ich dachte, genau das gelte für Jamison und mich, aber das ist nicht so.

Wir sind fertig, für immer.

Und für immer ist wirklich eine schrecklich lange Zeit.

KAPITEL 26

Es ist keine wohlüberlegte Entscheidung, dass ich zum Baumhaus zurückkehre. Ich habe diese Entscheidung aus dem Stegreif getroffen, als der Mann, den ich für meine einzige wahre Liebe hielt, mir sagte, er hätte besser seinem Onkel erlaubt – um es etwas unpassend zu formulieren –, mich zu vergewaltigen und zu töten.

Ich sitze in einem Kahn und rudere durch einen Hafen, der versucht, mich in die entgegengesetzte Richtung zu drängen. Und ich dachte nicht daran, dass ich erst vor ein oder zwei Wochen von genau diesem Ort, vor diesem Jungen geflohen bin. Und jetzt bin ich hier und rudere zu ihm zurück.

Ich stehe nicht draußen, blicke hinauf und überlege, ob ich reingehen soll. Ich kämpfe mich zum Steg vor, klettere aus dem Boot und gehe direkt durch den geheimen Eingang hinein.

Drinnen unterhält Peter gerade die Verlorenen Jungs mit der Geschichte, wie er heute Nacht »hundert Piraten« getötet hat. Sie hören gebannt zu.

Mitten im Satz schaut er zu mir herüber, die Arme gestikulierend in der Luft. Dann wird sein Gesicht still, und er reißt die Augen weit auf.

»Hallo«, sage ich leise.

Peter starrt mich ein paar Sekunden lang an, dann lässt er die Hände an seinem Körper heruntersinken und geht mit vier großen Schritten auf mich zu.

Er packt mein Gesicht mit beiden Händen und küsst mich auf diese große, weit aufgerissene, seltsam süße Art.

»Du bist wieder da«, sagt er.

Ich zucke vorsichtig mit den Schultern. »Vielleicht, ja?«

Peter dreht sich zu den Jungen um. »Könnt ihr uns bitte allein lassen, Jungs?«

»Willkommen zurück«, sagt Percival.

»Ich bin so froh, dass du wieder da bist«, sagt Kinley.

Percival drückt mir einen kleinen Kuss auf die Wange, und Holden winkt nur.

Sie gehen hinaus, und Peter mustert mich aufmerksam.

Ich schlucke. »Stimmte das, was er gesagt hat?«

»Was denn?« Peter runzelt die Stirn.

Ich verschränke die Arme und komme mir dumm vor, dass ich es aussprechen muss. »Dass du mich liebst.«

Peter zuckt mit den Schultern, als ob das keine große Sache wäre. »Ja, klar.«

Mein Herz macht ein paar seltsame Schläge.

Es ist keine reine Aufregung. Ich bin nicht glücklich, weil er mich liebt. Ich bin glücklich, dass er mich liebt, weil ich auf dem Meer Schiffbruch erlitten habe und er das erste Stück Land ist, das ich seit Wochen sehe.

Es begeistert mich, dass ich nicht mehr ertrinke.

Ich hebe meine Brauen, erfüllt von einer zögernden, mitgenommenen Hoffnung. »Tust du das wirklich?«

Peter nickt feierlich.

»Und mit Calla hörst du jetzt richtig auf? Und mit den Meerjungfrauen auch? Du gehörst jetzt nur mir, und ich gehöre dir, und das ist alles?«

Er nickt wieder mit großen Augen.

»Versprichst du es?«

Er greift nach meiner Hand. »Ich verspreche es, Mädchen.«

»Okay.« Ich nicke.

Ein Lächeln breitet sich auf seinem Gesicht aus, und er blickt zufrieden auf mich herab.

Ich stelle mich auf meine Zehenspitzen und presse meine Lippen auf seine Wange. Dann nehme ich den Mund ein kleines Stück zurück und lasse ihn dicht über seiner Haut schweben.

»Peter«, flüstere ich.

Er rührt sich nicht von der Stelle. »Ja?«

Ich strecke meinen Körper so hoch wie möglich, um sein Ohr zu erreichen und leise zu sagen: »Es gibt noch so viel mehr.«

Er biegt sich zurück, und seine Augen sind auf mein Gesicht gerichtet. »Zeig es mir.«

Ich sehe ihn mit halb geöffneten Augen an. Sie wirken schwer vor Lust, aber eigentlich sind sie nur schwer. »Gern.«

Dann stürze ich mich auf ihn, wie in eine Welle, in der ich zu ertrinken versuche.

Ich schätze, das trifft zum größten Teil zu.

Seine Küsse fühlen sich an, als würde er verhungern, und ich gebe mein Bestes, um sie auf die gleiche Weise zu erwidern. Obwohl ich mich fühle, als hätte ich gerade gegessen.

Meine Hände sinken unter seinen Gürtel, was sie noch nie zuvor getan haben. Und es fühlt sich auch nicht gerade wie etwas an, das typisch für mich wäre, aber ich möchte mich auch nicht wie die fühlen, die ich war, als ich Jamison Hook liebte.

Ich möchte mich anders fühlen, losgelöst von ihm, frei von allem, was mich an ihn bindet.

Peter ergreift meine Hüften und hebt mich auf seine Taille. Einen Moment fühlt es sich an, als würden wir rückwärts fallen, aber dann wird mir klar, dass wir nur fliegen.

Er schwebt mit mir durch das Haus und nach draußen, wo er mich in ein Kleebeet legt, und dann streichen seine Hände an meinem Körper hinunter und über das Kleid, das Jamison mir gekauft hat.

Er hält inne – wegen des Kleids. »Können wir das ausziehen?« Er schaut darauf hinunter und verzieht das Gesicht. »Ich hasse es.«

»Klar.« Ich nicke eifrig. »Ich hasse es auch.«

»Darin siehst du aus, als gehörtest du ihm.« Peter zieht die Brauen zusammen, und ich frage mich, ob ich eine winzige Spur Unsicherheit in seiner Stimme wahrnehme.

»Aber ich gehöre nur dir.« Ich schlinge meine Arme um seinen Hals.

Er nickt schnell und schluckt. »Schwörst du?«

Ich nicke auch. »Ich schwöre.«

Vermutlich wird es irgendwann real, weil ich es ausspreche ... Vielleicht gehöre ich ihm jetzt noch nicht, aber bald werde ich es. Bald werde ich mich von allem Guten befreien, das ich jemals über Jamison Hook gedacht oder gefühlt habe.

Peter stößt die Luft aus. Ich hatte nicht gemerkt, dass er den Atem angehalten hat. Dann lächelt er mich zufrieden an und zückt sein Messer.

Das Mondlicht reflektiert darauf, und im Bruchteil einer Sekunde durchzuckt mich ein Stich der Sorge. Ich spüre das Adrenalin in meinen Fingern, die Angst, dass er mich vielleicht einfach ausweiden wird und ich heute Nacht trotzdem sterbe. Und in derselben Sekunde beschließe ich, dass es eigentlich egal ist. Sterben ist Sterben. Töte mich im übertragenen Sinne, töte mich buchstäblich – es gibt so viele Arten zu sterben. Vielleicht ist das der Grund, warum es so ein Abenteuer ist? Durch die Hände von Peter Pan zu sterben, ist eine gute Art zu sterben, sage ich mir, während ich das über mir schwebende Messer beobachte. Er lässt es auf mich herabsausen und zertrennt mein Kleid in zwei Teile. Genau wie er es mit meinem Poster gemacht hat, als wir uns kennengelernt haben.

Ich seufze erleichtert.

Peter starrt auf meinen Körper hinunter, und sein Blick gleitet fasziniert über mich.

Er streicht mit dem Zeigefinger über meinen Bauch, und er legt den Kopf auf die Seite. »Ich bin der Einzige, der dich berührt hat, richtig?«

Ich nicke. Jetzt mache ich mich auch zu einer Lügnerin. »Richtig.«

Seine Augen suchen mein Gesicht ab, und dann kneift er sie zusammen.

»Ich weiß, dass du denkst, ich hätte mit Calla auch ... mehr gemacht.«

Ich schüttle den Kopf. »Das ist mir egal«, behaupte ich.

»Einige Dinge haben wir getan«, er redet einfach weiter, ohne auf mich zu achten. »Aber ich habe nicht das meiste mit ihr gemacht.«

»Ihr hattet keinen Sex?«

Er schüttelt den Kopf.

Ich schlucke. »Das ist dein erstes Mal?«

Er nickt, dann streicht er mir ein paar Haare hinter die Ohren. »Und dein erstes Mal.«

Ich nicke mechanisch.

»Aber keine Sorge.« Peter lächelt mich aufmunternd an. »Ich weiß trotzdem, was ich tun muss.«

»Ach ja?« Ich berühre sein Gesicht und versuche zu verhindern, dass sich dieser Moment wie ein absoluter Verrat an meiner Lieblingsnacht anfühlt.

Ich schelte mich innerlich. So darf ich nicht mehr denken.

»Ja.« Peter nickt, und dann küsst er mich wieder.

Ich ziehe ihn so schnell wie möglich aus, weil ich es unbedingt hinter mich bringen will.

Ich küsse seine Schultern, er schmeckt nach Sonne und Schweiß. Dann gurgelt es in meinem Kopf, wie der letzte Atemzug eines sterbenden Tiers ...

Salz und Heimat. Es roch nach Schnee, frisch gefallen.

Ich verbanne den Gedanken schnell aus meinem Kopf, so wie Peter mich von hier verbannt hat, schlage die Erinnerungen an Jamison weg, die sich wie eine invasive Rebsorte immer wieder einschleichen, so gut ich kann, packe Peter und ziehe ihn in mich hinein.

Er gibt ein Stöhnen von sich, das mich glücklich machen sollte, aber das tut es nicht. Also vergrabe ich das Gesicht in der Kuhle zwischen seinem Hals und der Schulter und hoffe, dass er mein Gesicht nicht sieht. Denn ich weiß, wie es aussieht.

Er schluckt schwer, legt den Kopf in den Nacken und kräht in den Himmel. »Das ist das Beste!«, sagt er an niemanden gerichtet.

Ich nicke nur.

Als ich nichts sage, sieht er auf mich herunter und verzieht ein wenig sein Gesicht. »Tut es weh, Mädchen?«

Ich schüttle den Kopf und schniefe ein wenig.

»Es war ein guter Schmerz«, behaupte ich, obwohl das nicht stimmt.

Er nickt. »Soll ich dir noch mal gut wehtun?«

Ich nicke schnell, und er stößt tiefer in mich hinein.

Ich stoße einen kleinen Schrei aus, und er denkt, ich tue es, weil es mir gefällt. Aber eigentlich zerreißt es mich nur.

Er tut es wieder, und ich schließe die Augen, weil ich sonst anfange zu weinen.

Ich lehne meinen Kopf so weit zurück, wie es geht. Peter denkt, ich will, dass er mich küsst, aber eigentlich will ich nicht, dass er mein Gesicht sieht, weil ich weiß, dass es aussieht, als wäre ich zerbrochen.

Er wird schneller. Er ist viel schneller als Jamison ... und das ist doch gut, oder? Denn ich weiß nicht, wie lange ich das noch durchhalten kann.

Ich mache die Geräusche, die meiner Vermutung nach nötig sind, damit er glaubt, dass wir zusammen sind, aber das ist nicht der Fall.

Er kommt.

Ich nicht.

Der Himmel glitzert nicht, es gibt keine Sternenparade, keine Vögel, die uns in den Bäumen nach Hause singen. Die Wellen brechen nicht triumphierend. Der Boden zittert nicht. Tatsächlich ist es unfassbar still geworden, und alle blühenden Blumen um uns herum verwelken und sterben, aber er merkt es nicht. Und ich auch nicht.

Peter bleibt ein paar Sekunden keuchend auf mir liegen, dann lacht er, rollt sich von mir herunter und blickt in den Himmel.

»Wo sind denn die ganzen Sterne hin?«

Ich zucke mit den Schultern.

»Seltsam.« Er starrt suchend in den Himmel. »Vielleicht war es ihnen peinlich, uns dabei zuzusehen, und sie haben sich versteckt.«

Ich nicke. »Vielleicht.«

Peter stößt mich mit dem Ellbogen an. »Das war das Beste, meinst du nicht auch?«

Ich nicke.

»Sollen wir es noch mal machen?«

Ich lächle matt. »Ich bin irgendwie müde.«

»Tatsächlich?« Er runzelt die Stirn.

Ich zucke schwach mit den Schultern. »Bin fast ertrunken, weißt du?«

Er verdreht die Augen, dann küsst er mich und lächelt mich auf eine Weise an, die sehr nach Zuneigung aussieht. »Ich bin froh, dass du zurück bist.«

Ich erwidere das Lächeln schwach. »Bist du?«

»Natürlich.« Er zuckt mit den Schultern. »Ich liebe dich.«

Ich blinzle und bringe nur ein müdes Lächeln zustande.

»Und du liebst mich«, stellt er fest.

Ich schlucke. »Peter.« Ich beobachte ihn. »Würdest du etwas für mich tun?«

Er spitzt die Lippen. »Vielleicht.«

»Bring mich zur Wolke«, bitte ich ihn.

Er wirkt fast beleidigt. »Warum?«

»Der Sammler«, erwidere ich hastig und räuspere mich. »Ich möchte mich nur an die guten Seiten von Neverland erinnern, das ist alles.«

»Okay.« Er gähnt. »Wir fliegen morgen früh.«

»Bitte.« Ich schüttle den Kopf und rolle mich wieder auf ihn drauf. »Können wir bitte jetzt dorthin fliegen?«

»Daphne.« Peter stöhnt. »Ich fühle mich gerade so wohl.«

»Bitte?« Mir treten Tränen in die Augen. »Ich habe Angst, dass mich dieser Gedanke für immer verfolgen könnte, wenn ich ihn nicht loswerde.«

Er schnaubt genervt und betrachtet mich aus dem Augenwinkel. »Wenn ich dich hinbringe, machst du es danach wieder mit mir?«

»Ja.« Ich nicke hastig.

Er setzt sich auf und streckt sich. »Also gut.«

Wir suchen mir etwas zum Anziehen, das nicht piratenmäßig ist, ein Laken, das wir um meinen Körper binden, dann geht es los.

Neverland sieht heute Abend besonders eintönig aus. Auf dem Weg nach oben höre ich keinen einzigen Vogel singen.

Normalerweise sieht es siegreich aus, wenn Peter gewonnen hat – ein Teil von mir hat ein Schauspiel ähnlich dem Nordlicht erwartet –, aber von hier oben sieht alles irgendwie gedämpft aus.

Ich kann Hooks Schiff sehen, während wir höher und höher steigen. Es ist leicht zu erkennen. Das größte Schiff im Hafen. Alle Lichter sind aus.

Ein gutes oder ein schlechtes Zeichen, je nach seiner Laune.

Nach dem Zustand zu urteilen, in dem ich ihn zurückgelassen habe, tippe ich auf schlechte Laune.

Je weiter wir steigen, desto stärker spüre ich, wie es mich zurück auf den Boden zieht, zurück zu dem Schiff, zu dem ich mich nie wieder flüchten werde.

Ich grabe meinen Finger in die kleinen Wunden an meinem Handgelenk, wo ich gefesselt war, um mich abzulenken, aber es funktioniert nicht, denn das Schicksal bindet einen mit seinem eigenen Band, aber das, was Hook und mich aneinanderbindet, sind Erinnerungen.

John sitzt an seinem gewohnten Platz in der Wolke, als wir landen. Die Angelschnur ist ausgeworfen, und ein kleines Feuer knistert vor sich hin. Er schaut auf, wie immer. Er lächelt, freundlich, dann zuckt er zusammen, als er mich sieht, und springt auf.

»Was ist denn mit dir passiert?«

»Nur ein schlechter Tag«, sage ich beschwichtigend.

Er nickt, als ob er es sehen könnte. Was er auch kann.

»Sie ist offen.« John gestikuliert in Richtung der Tür. »Geh einfach rein.«

Ich trete ganz ruhig durch diese Tür, schließe sie ruhig und zurückhaltend hinter mir, aber sobald ich weiß, dass sie mich nicht sehen können, renne ich fast zum Spiegel.

Ich starre mein Spiegelbild an und bin völlig entsetzt über das, was ich sehe. Ich bin von Taschen übersät.

Ich war nicht mehr hier, seit ich Peter und Calla überrascht habe. Das ist die erste Tasche, die ich ablege und wegtrete. Die nächste ist die Erinnerung, dass er mich verbannte.

Danach entledige ich mich des leisen Verdachts, dass Peter mich mitten in der Rettungsaktion vergessen hat – daran muss ich mich nicht erinnern. Ich werfe sie zu Boden und fühle mich schon besser mit meinen Entscheidungen.

Schließlich war er schrecklich in der Unterzahl. Es war einer gegen – wie viel? Fünfzig? Natürlich hatte er alle Hände voll zu tun.

Es passierte einfach, dass ich zu ertrinken drohte, aber das wusste er ja nicht.

Ich werfe den bösen Gedanken ab, den Jamison geäußert hat, was Peter mit den Jungs macht, wenn sie sechzehn werden. Den habe ich wirklich gehasst. In dem Moment, in dem ich ihn los bin, fühle ich mich viel besser. Denn ich weiß ja, dass er so etwas nie tun würde! Was auch immer passiert ist, es war definitiv ein Missverständnis und ein bösartiges Gerücht.

Die Taschen, die jetzt noch an mir hängen, sind alle Hook.

Ich betrachte mich und atme ein, da das Spiegelbild, das mich anschaut, irgendwie wie ein Mädchen aussieht, das ich einmal kannte.

Die Zeit ist hier so seltsam, die Art, wie sie verstreicht. Es kommt mir vor, als hätte ich eine Ewigkeit mit Jamison verbracht, ihn schon jahrhundertelang geliebt, dabei waren es nur Wochen. Das könnte ein Teil des Schicksals sein, das ich nicht mehr will. Vielleicht existieren

Seelen außerhalb unserer Körper auf einer Ebene, die wir sonst nicht sehen können. Sie kennen sich aus dieser anderen Welt, und deshalb wissen sie es sofort, wenn sie sich in dieser treffen. Deshalb kann man einen Fremden treffen, der sich wie ein alter Freund anfühlt. Vielleicht seid ihr nur neue Freunde in diesem Leben und alte Freunde in allen anderen davor.

Vielleicht, nur vielleicht, habe ich mich aber auch in Jamison getäuscht, von dem Moment an, als ich ihn kennengelernt habe. Vielleicht war Peter nie das Problem. Es war dieser hinterlistige Pirat, der mich gefunden hat, als ich das erste Mal hier herunterfiel.

Vielleicht war ich die ganze Zeit nur ein Zeitvertreib für ihn. Vielleicht war alles nur vorgetäuscht. Er ist ein guter Lügner – das hat er mir selbst gesagt.

Also atme ich tief durch und lasse sie fallen. Und zwar alle. Jede gute und freundliche und glückliche Erinnerung, die ich an ihn habe, lege ich ab.

Wie er mich aus dem Wasser gezogen hat. Wie er mich ansah, als er mich zwang, in seine Tasche zu greifen. Unsere erste gemeinsame Nacht. Die Tage mit seiner Mutter. Als er sich an meinen Geburtstag erinnerte. Als ich mit ihm in der Höhle stand. Das erste Mal, als er mich seine Liebste nannte. Unser erster Kuss in der Badewanne. Der Tag in seinem Bett, lesend. Als er mir diese Kleider kaufte, damit ich meine Ohrringe nicht verkaufen musste. Der Geschmack der Hoffnung auf seinen Fingerspitzen.

Wie er mir sagt, dass er mich liebt.

Und ich, dass ich ihn auch liebe.

Ich lasse alles von ihm mit einem Klirren auf den Boden fallen, als wäre es nichts, wäre nicht alles für mich. Und ich seufze, als würde es mich erleichtern, das zu tun, nicht umbringen. Ich warte darauf, dass die Fesseln reißen, aber das tun sie nicht. Ich kann sie noch spüren, wenn ich an sie denke, aber ich werde nicht mehr an sie denken.

Ich starre auf unser Chaos hinunter. Mein Gott, wir waren wirklich ein Chaos.

Ohne diese Erinnerungen fühle ich mich leichter und verlorener zugleich – viel weniger ich selbst als noch vor einem Moment, aber auch irgendwie weniger gebunden und vielleicht sogar freier. Denn jemanden zu lieben, schenkt einem keine Freiheit, sondern verurteilt einen zur Gefangenschaft. Und ich war seine Gefangene.

Aber jetzt bin ich das nicht mehr. Ich steige über meine Gepäckstapel und gehe zu meinem Regal. Mein Blick fällt auf ein paar Tüten ganz oben, die ich vorher noch nie gesehen habe. Seltsam, sage ich mir, aber jetzt ist nicht der richtige Zeitpunkt für Geheimnisse. Ich nehme unseren Lederbeutel ab, den ich so sehr liebe und der mir einst so wertvoll erschien. Aber jetzt ist er wie Säure auf meinen Händen und meinem Herzen. Ich gehe zu Peter zurück.

Er hockt neben John, der wieder auf seinem Stuhl sitzt und mir entgegenblickt. Er mustert mich aufmerksam, weil er all die Dinge sieht, die ich von mir abgeschüttelt habe. Er nickt mir mit dem Kinn zu und beäugt diese Tasche in meinen Händen, die nur er sehen kann.

»Du siehst ein gutes Stück leichter aus«, sagt er.

Ich glaube nicht, dass es als Kompliment gemeint war.

»Das bin ich auch«, erwidere ich ernst und nachdrücklich.

John seufzt kaum hörbar und schaut weg, als wäre er traurig über mich. Ich ignoriere ihn und stelle mich stattdessen neben Peter.

Der Beutel fühlt sich in meinen Händen unheimlich fest an. Es ist so seltsam, dieses unsichtbare kleine Ding, das mir so wehtut, obwohl niemand sonst es sehen kann.

Ich spüre die Brise dieses Tages und den Schnee, der darin herumwirbelt. Diese Erinnerung ist lebendig und vibriert in mir, während ich ihn festhalte und bis drei zähle.

Es ist dir bestimmt. Das sagte mir der Wind an diesem Tag. Zuerst machte es mir Angst, wegen Peter. Denn Peter war der Grund, warum ich hierhergekommen bin. Peter war derjenige, dem ich bestimmt war, wie ich dachte.

Weil er und ich, so dachte ich, vom Schicksal füreinander bestimmt waren. Jamison fühlte sich wie eine Bedrohung dessen an, aber eigentlich war er nur eine Bedrohung für mich.

Es gibt verschiedene Arten von Bestimmung in dieser Welt – das hat mir mal jemand gesagt. Ich glaubte, es wäre meine Bestimmung, Jamison Hook zu lieben. Ich glaube, das hat mir der Wind zu sagen versucht.

Er hätte lieber zulassen sollen, dass der Sammler mich bekommt? Ich atme gepresst aus, als ob ich durch Wehen atmen würde.

Mir ist nicht bestimmt, ihn zu lieben, mir ist bestimmt, ihn zu hassen.

Ich werfe die Tasche, die Peter nicht sehen kann, in das Feuer vor uns, und die Flammen verschlingen sie mit einem schimmernden, rauchigen Lecken.

Peter blickt mich verwirrt an und runzelt die Stirn. »Was war das denn gerade?«

Ich halte meine Hände über das Feuer, wärme sie zitternd an meiner brennenden Erinnerung und starre auf die Tasche, während das Feuer sie immer schneller verzehrt und wie ein Stück Papier verbrennt. Dieser Tag, und wie sehr ich ihn geliebt habe, beginnt langsam aus meinem Gedächtnis zu schwinden. Etwa so, wie es sich anfühlt, wenn man aufwacht und allmählich einen Traum vergisst.

Dann ist sie weg.

Ich sehe Peter an und bin selbst verwirrt.

»Ich ...« Ich schürze die Lippen. »Ich weiß es nicht.«

Er verzieht das Gesicht, legt aber trotzdem seine Arme um mich.

Gott, ist er schön.

Fast wie eine Statue, findet ihr nicht auch?

Unglaublich golden, vor allem in dem Licht dieses besonders schönen Feuers vor uns.

»Peter?« Ich schmiege mich an ihn und blicke dann voller naiver Hoffnung zu ihm hoch.

»Mm?« Er schaut träge auf mich herab.

Ich lege mein Kinn auf seine Brust. »Ich liebe dich.«

ENDE

DANKSAGUNGEN

Ich trage diese Geschichte nun schon seit 15 oder 16 Jahren in meinem Herzen mit mir herum. Ich kann nicht glauben, dass sie (endlich) veröffentlicht ist und jetzt in euren Händen liegt. Wenn ihr an dieser Stelle dies hier lest, bedeutet das wahrscheinlich, dass ihr sie gelesen habt[*] – oder wenn ihr es nicht gelesen habt und trotzdem hier seid, seid ihr vielleicht Ben oder Aodhan[†].

Mein allererstes Dankeschön, das etwas größer sein wird als mein zweites[‡], gilt Emily Jane Averill. Meine Schwester-Freundin, eine außergewöhnliche Künstlerin, die an mich und diese Geschichte geglaubt hat, seit wir uns kennen.

Ich bin so dankbar dafür, wie du mich geliebt und in allen Dingen ermutigt hast, aber besonders in dieser Sache.

Ich bin sehr zuversichtlich, dass ich ohne dich nicht hier wäre – und das hier wäre ohne dich auch nicht hier.

Nummer zwei: Ben, du große, fette Zwei. Du hast diese Geschichte nicht mal gelesen! Ich weiß genau, dass du es nicht getan hast. Aber das ist okay, denn trotzdem warst du der freizügigste, unterstützendste und selbstloseste Mann. Du hast so lange Zeit so viel gearbeitet, damit ich Vollzeit schreiben und die Saat für all die Bücher legen konnte, die wir jetzt mit der Welt teilen können. Danke, dass du nie zugelassen hast, dass meine geringen Erwartungen an mich auch deine Erwartungen an mich waren. Zusammen mit Emmy hast du dieses Buch mit deinem Glauben daran zum Leben erweckt.

Junes und Bellamy möchte ich ein echtes und aufrichtiges, von Herzen kommendes Dankeschön sagen. Und ich möchte euch außerdem sagen, dass ich so stolz auf euch bin, dass ich so dankbar für euch bin und dass ich eure Widerstandsfähigkeit und Anpassungsfähigkeit bewundere. Unser Leben hat sich so verändert

---

[*] In dem Fall: vielen Dank.
[†] Nervig.
[‡] Aber keine Sorge, Ben, mein zweites wird auch ziemlich groß sein.

Ich habe im letzten Jahr viel erlebt, und ihr wart (größtenteils) sehr geduldig und gnädig mit mir, während ich lernte, zu jonglieren.

Maddie, wir waren am Ertrinken, und du hast uns gerettet. Ich werde buchstäblich auf ewig für die Freude und den Frieden dankbar sein, die du unserer Familie bringst.

Abbey, Lindsey, Ash, Darion und Cam, danke für all die Hilfe, die ihr unserer Familie gegeben habt, damit sie überleben konnte. Ich bin so dankbar, dass ihr in unserem Leben seid.

Amanda und Madie, meine tägliche Diskussionsgruppe. Ohne euch hätte ich das nicht geschafft.

An mein wunderbares Team: Hellie, Caitlin und Alyssa – danke, dass ihr mit mir von dieser Geschichte besessen seid, dass ihr euch für sie einsetzt, für sie kämpft. Todd, danke dafür, dass du mich immer auf den Arm nimmst und mich zum Lachen bringst. Du bist der weiseste Bursche, den ich kenne. Celia, eine Gründungsmutter tief in meinem Herzen. Ich werde dir für immer dankbar sein, dass du mir auf Instagram eine private Nachricht geschickt hast und meine Lektorin geworden bist. Emad und dem Rest meiner Orion-Familie danke ich dafür, dass ihr mir vertraut, mir zuhört und offen dafür seid, unkonventionelle Dinge auszuprobieren – ich liebe es, das mit euch zu machen. Und Christa, du hast diese Geschichte unbeirrt von der ersten Minute an geliebt. Danke, dass du sie so sehr liebst, dass du Berge versetzt hast, um sie zu bekommen. Ich bin so froh, sie mit dir machen zu können.

Und schließlich danke an mein Selbst im Jahr 2008, das sich dieses Buch in einem Nagelstudio in Maroubra ausgedacht und jahrelang versucht hat, es zu schreiben. Mit unendlichen Start-und-Stopp-Phasen, die sich in sein Bewusstsein bohrten und es daran zweifeln ließen, dass es jemals das sein könnte, was wir schließlich geworden sind.

Du hast es geschafft. Du hast aufgehört, nur dann zu schreiben, wenn dir gerade danach ist. Du hast gelernt, alte Emotionen anzuzapfen und nicht nur nach neuen und schrecklichen Wegen zu suchen, um Dinge zu fühlen, über die es sich zu schreiben lohnt. Du hast eine Arbeitsmoral entwickelt. Du bist nicht dumm oder unfähig (du hast nur ADHS – Überraschung!).

Du würdest dich darüber freuen, zu sehen, wo wir jetzt stehen, und dich gleichzeitig darüber ärgern, dass es so lange gedauert hat. Aber du bist auch manchmal ein Idiot und neigst dazu, zu hohe Ansprüche zu stellen. Im Jahr 2023 sind wir zwar immer noch ein Idiot, aber haben hoffentlich etwas weniger Ansprüche.

Im Jahr 2023 bin ich mir nicht ganz sicher, ob wir an eine lineare Zeit glauben, und ich sage euch allen das in der Hoffnung, dass ihr durch die Biegung von Licht und Zeit irgendwie ein vages Gefühl der Hoffnung bekommt, dass alles gut wird, denn das wird es. Es ist wirklich alles sehr gut.

Wie oft im Leben kannst du die große Liebe finden?

JESSA HASTINGS
MAGNOLIA PARKS

Magnolia Parks und BJ Ballentine sind füreinander bestimmt, das wissen alle in der Londoner High Society. Doch BJ, Englands meistfotografierter Bad Boy, hat Magnolia das Herz gebrochen.
Während Magnolia andere datet, um BJ zu vergessen, versucht er, seine Gefühle mit One-Night-Stands zu betäuben. Verzweifelt versuchen sie, übereinander hinwegzukommen, nur um am Ende immer wieder zueinander zurückzukehren. Sie erschaffen sich eine Scheinwelt, in der sie einander niemals ganz loslassen müssen.
Doch dann holt ihre Vergangenheit sie ein. Als ihre Welt Risse bekommt und sorgsam gehütete Geheimnisse enthüllt werden, stellt sich für Magnolia und BJ die Frage, wie oft man ein gebrochenes Herz wieder zusammensetzen kann.

Drama, Glamour und ganz viel Gefühl: Band 1 der TikTok-Sensation von Jessa Hastings!